JUHA ITKONEN

EIN FLÜCHTIGES LEUCHTEN

DROEMER

JUHA ITKONEN

EIN FLÜCHTIGES LEUCHTEN

ROMAN

Aus dem Finnischen
von Stefan Moster

DROEMER

Die finnische Originalausgabe erschien 2012
unter dem Titel »Hetken hohtava valo«
bei Otava Publishing Company Ltd., Helsinki.

Diese Übersetzung wurde gefördert von

FILI
FINNISH LITERATURE EXCHANGE

Der Verlag bedankt sich dafür.

Besuchen Sie uns im Internet:
www.droemer.de

FSC
www.fsc.org
MIX
Papier aus verantwortungsvollen Quellen
FSC® C083411

Redaktion: Maria Hochsieder
Umschlaggestaltung: NETWORK! Werbeagentur, München
Umschlagabbildung: © plainpicture/Cédric Roulliat
Satz: Adobe InDesign im Verlag
Druck und Bindung: CPI books GmbH, Leck
ISBN 978-3-426-19989-3

2 4 5 3 1

Sometimes I can't believe it,
I'm moving past the feeling
Arcade Fire, »The Suburbs«

Du hasst Tschechow. Das habe ich in einem Interview gelesen, in dem du sagtest, du könntest dir nie vorstellen, Tschechow zu machen, und wenn es unbedingt sein müsse, dann nur stumm, denn Tschechows Texte weckten nichts als stille Wut in dir. Vielleicht wolltest du mit dieser Meinung provozieren, jedenfalls teilweise, junge Theaterregisseure müssen zornig sein und alles neu erfinden.

Ich weiß nicht, ob du dich daran erinnerst, wie ich mit Marjaana über Tschechow diskutierte. Wahrscheinlich nicht, du warst damals noch so klein. Es war irgendwann in Tampere, als ich Tschechow entdeckte, in den Jahren, in denen mir deine Eigenständigkeit noch nicht bewusst war; wir hatten Zeit, unsere gemeinsamen Tage kamen mir auf gute Art lang und gleichförmig vor. Wir hatten viel Zeit, um zur Bibliothek und zurück zu gehen, du an meiner Hand, und anschließend konnte ich in aller Ruhe kochen und dann lesend auf der Couch liegen, während du schliefst.

Ich las alles, was Anton Pawlowitsch hundert Jahre zuvor geschrieben hatte. Zuerst die Erzählungen und dann die Stücke, zum Schluss sogar die Briefe, die es damals nur auf Englisch gab. Plötzlich entdeckte Marjaana, was ich da las. Sie geriet schier außer sich, stand mit der *Möwe* in der Hand mitten im Wohnzimmer und erklärte mir, was an Anton Tschechow falsch war. Sie war gerade von der Arbeit gekommen, vom Stadtzentrum aus drei Kilometer mit dem Fahrrad gefahren, ihr Gesicht war rot und feucht vom Schweiß. Unsere lautstärksten Diskussionen führten wir immer, wenn sie von der Arbeit nach Hause kam, dann war sie müde, litt an Unterzucker und ärgerte sich, mich zufrieden im Wohnzimmer liegen und zum reinen Vergnügen lesen zu sehen.

Tschechow, sagte Marjaana. Ich scheiße auf Tschechow! Sie wurde laut, sprach unwillkürlich so schnell, dass jemand, der sie nicht kannte, Schwierigkeiten gehabt hätte, sie zu verstehen. Da grämen sich die Damen unter Kristalllüstern auf den Landgütern, die sie dem Volk geraubt haben. Versoffene Offiziere jagen verheirateten Frauen hinterher. Erwachsene Menschen umarmen sich oder stürzen einander in die Arme und sagen Dinge, die kein Mensch in Wirklichkeit sagt. Und was ist ihr Problem? Was haben Anton Tschechows Menschen für Probleme? Gar keine! Vielleicht, dass mal ein Baum umfällt. Die Kirschblüten welken. Dass sich jemand in Moskau aufhält und es nach Moskau so weit ist. Diese Menschen haben nicht das geringste Problem, das ist ihr Problem. Es fehlt ihnen an nichts, sie haben alles, was ein Mensch haben kann. Tschechow. Dieser verdammte Anton Tschechow.

Melancholie sei keine Kraft, die Veränderungen herbeiführe, sagte Marjaana zu mir. Nostalgie bremse jede Entwicklung. Wenn ich mich recht erinnere, saßen wir bereits am Esstisch, ich hatte ihr etwas vom Nudelauflauf und den geraspelten Karotten auf den Teller gegeben, und sie war eine Spur zufriedener. Sie aß auf ihre charakteristische effektive Art, genau wie Esko war Marjaana immer schon ein Mensch gewesen, der nicht unnötig Zeit ans Essen verschwendete. Melancholie ist keine Kraft, die Veränderungen herbeiführt, sagte sie. Ich weiß nicht, ob sie sich das in dem Moment ausgedacht hatte oder ob der Satz aus irgendeinem Pamphlet stammte. Nostalgie ist Luxus. Es gibt Menschen, die sich keine Nostalgie leisten können. Arme. Arbeitslose. Menschen mit einer unangenehmen, gefährlichen, unterbezahlten Arbeit. Die Unterdrückten des kapitalistischen Systems. Oder die Menschen in der Dritten Welt, sagte Marjaana, die wirklich durch jedes Raster fallen. Wird in Afrika Tschechow gelesen? Mit Sicherheit nicht. Würde man den Menschen dort in ihrer Sprache Tschechow vorlesen, würden sie kein Wort verstehen. Nicht das geringste! So war Marjaana manchmal, wenn sie in Fahrt kam, vollkommen maßlos, sie konnte ihre bemerkenswerte Intelligenz völlig vergessen, und ich hatte keine Lust, mich mit ihr zu streiten, ich wusste, dass sie, wenn nötig, bis in den Abend hinein durchhalten würde, ich räumte bloß den Tisch ab und spülte das Geschirr und empfand vermutlich ein gewisses Schuldgefühl. Denn sie hatte natürlich recht. Dass ich hier sitze und mich erinnere und mir bisweilen etwas vorstelle, ändert nichts. Es hilft niemandem. Anders als im Fall Tschechow hinterlässt es auf der Welt nicht einmal Spuren.

Aber Anton Pawlowitsch wusste das alles. Wenn jemand demütig war, dann er. Hätte er gesessen, wo ich damals saß, am Esstisch in einer Dreizimmerwohnung in Tampere-Haukiluoma, hätte er sich so verhalten wie ich, er hätte geschwiegen und sein Vergehen eingestanden. Denn er verfluchte sein Weltbild. Er zweifelte an jedem Satz, den er schrieb. Hätte er über etwas anderes schreiben können, über die Grausamkeiten der Zarenzeit oder die Not der Fabrikarbeiter, hätte er es ohne zu zögern getan. Er war nicht blind. Er wusste um all diese Dinge, um die brennenden Fragen, über die er hätte schreiben müssen. Er versuchte sogar, darüber zu schreiben, seine Briefe beweisen es. Aber Anton Pawlowitsch war machtlos gegen sich. So wichtig diese Dinge auch sein mochten, so waren sie am Ende doch nur sekundärer Natur, weil er sie nicht selbst erlebte, weil sie nicht durch seinen Filter gingen. Sie lagen nicht in gleicher Weise in der Reichweite seiner Worte wie sein eigenes Leben, das Leben eines Arztes und Schriftstellers in einem Land, in dem es noch Leibeigene gab, zweifellos ein glückhaftes und verdammt privilegiertes Leben, aber das einzige Leben, das er hatte.

Was hätte Tschechow mit seinem Leben anfangen sollen?

Nicht darüber schreiben? Nicht darüber nachdenken? Er hatte keine Möglichkeit, es gegen das Leben eines anderen Menschen einzutauschen. Niemand besitzt diese Möglichkeit. Wir sind alle auf die gleiche Art Gefangene, wir müssen unser Leben für einzigartig und wertvoll halten. Man kann von einem Menschen nicht erwarten, dass er sich in vollem Umfang seiner Bedeutungslosigkeit stellt, denn dann wäre er nicht mehr fähig, sein Leben fortzusetzen. Ich habe das Recht, mich zu erinnern. Ich habe das Recht, mich treiben zu lassen und in Erinnerungen zu schwelgen, in ihnen zu versinken, wenn ich es so beschließe, sie gehören mir, ich tue damit, was ich will.

1964

Esko Vuori, junger Angestellter in der Elektrohandlung Urho Puupponen, sechsundzwanzigjähriger Ehemann und bald Vater zweier Kinder. Am Morgen des 10. Oktober 1964 steht er vor dem Olympiastadion in Tokio, in einer von zig Schlangen, brav und diszipliniert wie alle anderen. Alle lächeln, er lächelt zurück, aber er versucht, den Rat zu beherzigen, den man ihm gegeben hat, und den Japanern nicht in die Augen zu schauen. Das ist schwer, denn er ist von Natur aus neugierig. Andere Menschen interessieren ihn, auch diese Tausende und Abertausende, die einander gleichen wie Kopien. Sein Blick bleibt an Details hängen, am Hut eines alten Mannes, an einer Fahne in der Hand eines Kindes, an der Blume, die sich eine Frau durchs Knopfloch geschoben hat, und dann merkt er auch schon, wie die betreffende Person sich verlegen verneigt und die Augen senkt. *Sumimasen,* sagt Esko dann, so wie man es ihnen in der Botschaft geraten hat. *Sumimasen,* »Entschuldigung« und angeblich auch »danke«.

Er ist ein Finne von leicht überdurchschnittlicher Größe, hat einen großen Kopf und breite Schultern, fällt unter den Einheimischen also mit seiner Statur auf. Seine Augen sind tiefblau, die kurz geschnittenen Haare strohblond. Für die Japaner sieht er wahrscheinlich deutsch aus. Er trägt seinen besten Werktagsanzug, grau, Marke Turo, nach langer Überlegung vom Augustvorschuss erstanden. Die Krawatte hat der Verkäufer empfohlen und Liisa widerstrebend gebilligt, der Knoten ist picobello, gerade und prall. Esko hat am Morgen im Hotel vorm Spiegel letzte Hand angelegt, als Veikko Hukkanen bereits ungeduldig an die Tür klopfte. Die schwarze Umhängetasche aus Leder vervollständigt die Ausrüstung, unter dem Druck der Menschenmenge hält er sie fest an sich gepresst. In der Tasche ist alles, was er braucht, er hat sie Fach für Fach sorgfältig gepackt. Die Japaner sind ehrliche Leute, hat man ihm mehrfach versichert, er glaubt es auch, aber er hat nie zuvor ein solches Menschenmeer um sich gehabt. Kein Meer, sondern eher ein Strom, ein Strom, der eine ungefähre Richtung hat, aber kein exaktes Flussbett. Man kann nur versuchen, in der Strömung zu bleiben, und hoffen, dass sie einen schließlich dorthin führt, wohin man will: ins Stadion.

Der Tag ist schön und sonnig, die Luft warm, aber nicht zu heiß. So wie es in Finnland Ende August sein kann, wenn man Glück hat, denkt Esko, zur Erntezeit, vor den Herbstregenfällen. Der Himmel ist freilich auf andere Art blau, schwer zu bestimmen wie, aber der zehntausend Kilometer von zu Hause entfernte Himmel ist anders. Als Esko aus einer plötzlichen Laune heraus den Kopf in den Nacken legt und gerade nach oben schaut, wölben sich über ihm die Fantasie beflügelnden Farben des Fernen Ostens. Zwei Düsenflugzeuge sind gerade kreuz und quer über das Stadion geflogen und nach kurzem Schnurren dort oben mit irrsinniger Geschwindigkeit zum Stillen Ozean abgedreht. Sie haben nur jene langsam verblassenden Spuren hinterlassen. Esko betrachtet sie lange. Er ist ein Himmelsgucker, er liebt den Himmel und das Universum, das sich daran anschließt. Allein die Vorstellung, dass er und Veikko durch eben diese Unendlichkeit hierhergeflogen sind, in gut vierundzwanzig Stunden über einen ganzen riesigen Kontinent hinweg! Zuerst nach Frankfurt, von Frankfurt über Wien und Istanbul nach Teheran, von Teheran nach Neu-Delhi und von dort nach Bangkok; von Bangkok nach Hongkong und schließlich nach Tokio. Wie kann das möglich sein? Wie kann die Welt so furchtbar groß und zugleich so verblüffend klein sein? Wie kann der Mensch so genial sein? Darum geht es, um die Genialität des Menschen. Der Mensch nimmt die ganze Welt in seinen Besitz, auch das Weltall, er schickt seine Satelliten hinauf, seine Raumfähren und seine bemannten Raumschiffe. Noch sind die Russen ein wenig voraus, haben es als Erste geschafft, Gagarin ins All zu bringen, wollen in diesen Tagen erneut drei kaltblütige Kosmonauten auf die Erdumlaufbahn katapultieren, noch dazu mit hochgekrempelten Ärmeln. Die Russen sind so weit, dass sie im Innern des Raumschiffs ohne Raumanzug auskommen. Aber die Amerikaner werden folgen und schließlich vorbeiziehen, so wird es unweigerlich geschehen, denn Amerika ist das mächtigste Land der Welt und die Sowjetunion nur ein riesiges Gefängnis. Irgendwo in New Mexico werden gerade Versuche durchgeführt, die alle Errungenschaften Sibiriens zum Gespött machen werden.

Es ist schwer zu glauben, dass er wirklich hier ist. Er steht tatsächlich in dieser Schlange, hält verstohlen mit Hilfe der Ellbogen die Stellung, bewegt sich langsam, aber sicher auf den Stadioneingang zu. In der Innentasche seiner Jacke steckt die Eintrittskarte, die ihm die Männer von Hitachi gestern gegeben haben, sie garantiert ihm den Zutritt zur Eröffnung der Olympiade von Tokio. Es handelt sich um eine echte, offizielle Eintrittskarte mit den olympischen Ringen, dem Logo des Olympischen Komitees und der aufgehenden Sonne Japans, Bedienstete in roten Jacken und weißen Hosen werden bald einen Streifen davon abreißen, dann darf er ins Innere dieses gewaltigen Stadions eintauchen. Aufgrund eines glücklichen Zufalls hat Einzelhandelskaufmann Esko Vuori aus Kuopio der natürlichen Ordnung der Dinge getrotzt und ist an einen Ort gelangt, an dem er eigentlich nichts verloren haben sollte. Seiner eigenen Ansicht nach hat er nicht einmal etwas Besonderes geleistet. Er hat lediglich die kleinen Transistorradios verkauft, die zu Beginn des Winters im Lager aufgetaucht waren. Sie waren tatsächlich einfach aufgetaucht, er hatte zuvor kaum davon gehört. Der

Ladenbesitzer hatte mit dem Importeur einen Vertrag geschlossen und war von da an Bezirksvertragshändler von Hitachi, offenbar bloß, um es mal zu probieren, und ohne große Konkurrenz. Solche Sardinenbüchsen, hatte Esko zunächst gedacht. Wie willst du die den Leuten verkaufen, die wollen ein massives deutsches, stattliches, traditionelles Röhrenradio in der Schrankwand neben den Familienfotos stehen haben. Die Kunden hielten die japanischen Fabrikate zunächst in der Tat für zu klein, zu unscheinbar. Nein, verdammt noch mal, sagte ein Kfz-Mechaniker, den Esko kannte, so einen Japsenschrott stelle ich mir daheim nicht hin, auch wenn du ihn mir umsonst gibst. Es kam aber doch so, dass sogar dieser Kunde den Laden mit einem Päckchen unter dem Arm verließ. Anfang Juli, an einem heißen Hochsommertag, geschah es dann, dass Puupponen ihn gleich am Morgen ins Hinterzimmer zerrte und ihm befahl, sich auf den Arsch zu setzen. Urho Puupponen wirkte aufgeregt, er ließ sich gewohnheitsgemäß auf seinen Bürostuhl fallen und verschränkte die Arme im Nacken, so dass die Schweißflecken auf den Achseln seines Sommerhemdes sichtbar wurden. Gerade ist ein ziemlich außergewöhnlicher Anruf aus Helsinki gekommen, sagte Urho mit ernstem Gesicht. Esko dachte an die kühnen Preisnachlässe, die er bisweilen gewährt hatte, und an die Kaffeemaschinen, die er Kunden zugeschoben hatte, um den Fernseherverkauf anzukurbeln. Was denn für einer?, fragte er möglichst forsch. Zum Teufel, erwiderte Urho. Unserem Esko steht eine Reise in den Fernen Osten bevor.

Am selben Abend berichtete er zu Hause am Esstisch ganz beiläufig von der großen Neuigkeit. Er musste in den Flur gehen und Urho anrufen und seine Frau ans Telefon bitten, erst dann glaubte sie ihm. Allein, sagte Liisa, als sie sich wieder an den Tisch setzte. Du fährst allein in dieses Japan. Er verstand ihre Enttäuschung, war jedoch zu begeistert, um sich etwas daraus zu machen. Liisa war ohnehin nicht reisefähig, da im dritten Monat schwanger. Außerdem beruhigte sie sich bald, fügte sich in ihr Schicksal und kam im September brav mit zu Carlson, um einen passenden Koffer auszusuchen. In der Woche vor der Abreise bügelte sie vor dem Fernseher seine Hemden, seine Socken und seine Unterhosen, faltete und stapelte sie fein säuberlich, band die Stapel mit Gürteln zusammen und setzte sie ordentlich in den Koffer. Als er am Sonntagmorgen um fünf zum Bus nach Helsinki aufbrach, wuselte sie im Nachthemd im Flur herum und fragte unablässig, ob er auch Pass und Fahrkarten eingesteckt habe. Er hatte die Tür schon hinter sich geschlossen und die erste Treppenstufe genommen, als ihm Liisa noch einmal hinterherrannte und ihn im Dämmerlicht des Treppenhauses leidenschaftlich küsste. Keiner dürfte es gesehen haben, nicht einmal die Nachbarin durch den Türspion, obwohl der Kuss für Zuschauer gedacht und mit einem deutlichen Besitzanspruch aufgedrückt worden war, wie ein Siegel oder Stempel. Du bist mein. Du gehörst mir, vergiss das nicht. »Komm heil zurück«, sagte Liisa heiser und mit mühsam zurückgehaltenen Tränen. »Und mach keine Dummheiten.« – »Was für Dummheiten?«, fragte er. »Den Frauen nachlaufen. Solche Dummheiten. Wenn du das tust, lass ich dich sitzen.« – »Dort gibt es angeblich die schnellsten Frauen der Welt. Bei denen komme ich nicht mit, selbst wenn ich es versuchen würde.« Und dann ging er, machte sich auf den Weg, wie es die Männer auf dieser Welt tun: Er löste Liisas Arme von seiner Hüfte und ging rückwärts die Treppe bis zum nächsten Absatz hinunter, seine Frau dabei ständig im Blick. Esko erinnert sich an Liisa im Moment des Abschieds, an die leicht nach innen gedrehten Füße und die zierlichen Beine, an die Knie, die unter dem Nachthemdsaum halb herausschauten, an die Brüste, die größer waren als sonst, an die forsch aufgerichteten Spitzen und an den Bauch, der sich unter dem Stoff mit dem Blumenmuster schön rundete. Für einen Augenblick ist ihm unbehaglich zumute, als er daran denkt, wie weit er von der Mutter seiner Kinder entfernt ist.

Das Gedränge ist schlimmer geworden, er und Hukkanen stehen bereits zwanzig Meter vor dem Tor. Zwischen den Zäunen hat sich die Schlange zu einem gebändigteren, aber zugleich auch engeren Strom geordnet. Hukkanen steht einige Schritte vor Esko, der kastenförmige Kopf überragt praktischerweise die Menschenmenge. Esko sieht die vertrauten abstehenden Ohren und den schon jetzt von der Sonne geröteten Nacken. *Sumimasen,* hört er neben sich, das gleiche Wort, ein ums andere Mal. *Sumimasen* sagt auch er, inzwischen bereits fast automatisch. *Sumimasen, sumimasen, sumimasen,* er lauscht dem Gesumme, und zum ersten Mal auf der Reise wird ihm das dichte Gedränge unangenehm, nur kurz, gerade bevor der von Maschendrahtzäunen geleitete Menschenstrom die Mündung erreicht. Danach geht alles so schnell, so effektiv und geordnet, dass nicht einmal Veikko Grund hat, sich zu beschweren. Nicht einmal die Deutschen könnten das besser. Der erste Ordner kontrolliert die Eintrittskarten, der zweite die Taschen. Der dritte klebt ihnen rote runde Aufkleber auf die Hände, die aufgehende Sonne Japans. Der vierte zeigt ihnen den Weg, der fünfte verbeugt sich, als Esko mit Hukkanen das Tor passiert, der sechste gibt ihnen mit einer Handbewegung zu verstehen, sie sollen rasch weitergehen. Sie folgen der Aufforderung, gehen mit großen Schritten über eine Fläche mit grauen und weißen Platten, deren Weitläufigkeit ihnen nach dem Gedränge fürstlich vorkommt, auf die Stadionöffnung zu. In deren Schlund öffnet sich ein erster Blick auf das Allerheiligste, auf einen grünen Rasenstreifen und einen Ausschnitt der roten Laufbahn. Die Nähe des Ziels beschleunigt die Schritte. Sie sind beinahe am Fuß der Treppe, die steil die Tribüne hinaufführt, angekommen, da bleibt Hukkanen plötzlich stehen.

Er packt Esko am Ärmel, zieht ihn in den Schatten eines Pfeilers und zaubert einen Flachmann aus der Tasche. Die Geste ist so routiniert, dass sie kaum auffällt, Esko hat sie schon mehrmals erlebt. Zum ersten Mal in der Abflughalle von Helsinki-Seutula, dann nach jeder Zwischenlandung im Flugzeug, gestern vor der Fabrikführung bei Hitachi und heute im Hotel gleich am Frühstückstisch.

»Hier, du Hitatschi-Verkaufskanone. Ein junger Kerl aus Finnland braucht was zum Mutmachen, bevor er die Höhle des Löwen betritt.«

»Stimmt, Mensch. Wie soll er sich sonst in die Gladiatorenarena trauen?«

Veikko Hukkanen, sein Reisegefährte. Ein Händler aus Lahti, Vorsitzender des Verbands der Elektrogeschäfte, von Urho als Sprachrohr der Branche gepriesen. In Sortavala geborener Vertriebener aus Karelien, der Anfang der fünfziger Jahre als einer der Ersten auf die Idee kam, in die Radiobranche zu wechseln, nachdem er zwanzig Jahre lang Landmaschinen verkauft hatte. Hukkanen ist einundfünfzig, sieht aber älter aus. Zwischen seinen Geschichten und seiner Erscheinung liegt ein tiefer Widerspruch. Was er erzählt, klingt meistens jovial, aber sein Gesicht ist wie aus Stein gemeißelt. Nicht einmal jetzt, im Moment heiterer Brüderlichkeit, lächelt er, sondern nimmt, nachdem Esko getrunken hat, einen großen Schluck und schraubt den Verschluss auf die Flasche.

»Lecker«, sagt er, verzieht das Gesicht und schlägt Esko beiläufig auf die Schulter. »Sind wir so weit?«

»Gehn wir, Mensch«, antwortet Esko. Er ist so glücklich, so voller sprudelnder Erwartung, dass er seinen Reisegefährten umarmen könnte. »Man ist schon an schlechteren Orten gewesen.«

»Allerdings. Ich jedenfalls.«

Und so gehen sie, steigen hintereinander die Treppe hinauf, Veikko voran und Esko hinterher. Hundert Stufen oder mehr, so viele, dass Hukkanen wegen seiner Lunge ab und zu stehen bleiben und Luft holen muss. Die meisten Schilder sind nur auf Japanisch, die Symbole unverständlich, und die Besucher aus Finnland verirren sich fast im Innern des Bauwerks. An jedem Tor versuchen sie, ins Stadion zu kommen, aber jedes Mal versperren ihnen Ordner mit verlegener Höflichkeit den Weg. Weiter nach oben, bedeutet man ihnen, weiter nach oben, immer weiter. »Auf die billigsten Plätze«, brummt Hukkanen. »Die Männer von Hitatschi schicken uns auf die billigsten Plätze. Ich scheiß auf euer *sumimasen,* redet finnisch!« Aber sobald sie ihr Tor zum Licht gefunden haben, als sie halb blind hoch über dem Feld in der Mittagssonne stehen und das Olympiastadion zum ersten Mal von innen sehen, hört Veikko auf zu murren. Das Stadion ist eine architektonische Meisterleistung, leuchtend weiß und schön geschwungen. Es ist auch ein Ameisenhaufen, in dem es unaufhörlich wimmelt. Blickt man über das Feld hinweg auf die Tribüne gegenüber, wogt dort die Menschenmenge wie das Meer. Das ist es, denkt Esko. Hier bin ich am Ziel. Er hat weiche Knie, ihm ist ein wenig schwindlig. Brav folgt er dem Ordner, der sie fast an der Hand nimmt, als er sie zu ihren Plätzen führt und daneben stehen bleibt, um aufzupassen, dass der große weiße Mann nicht in Ohnmacht fällt. *Sumimasen,* sagt Esko erneut. *Sumimasen, sumimasen.*

Zwei Stunden später hat er sich etwas beruhigt. Er hat die Kamera ausgepackt, eine viel zu teure Asahi Pentax, eigens für die Reise gekauft, und einige sorgfältig überlegte Bilder gemacht. Mit seinem ebenso neuen Bushnell-Banner-Medium-Range-Fernglas ist er die gesamte Stadiontribüne durchgegangen. Das Fernglas ist ausgezeichnet, besser als das wesentlich teurere Leica-Glas von Hukkanen. Der Unterschied ist so deutlich, dass es sogar Veikko widerwillig zugeben muss. Jetzt wirkt er missmutig, nimmt regelmäßig einen

Schluck aus dem Flachmann und bietet Esko nur jedes zweite Mal etwas an. Ohne erkennbaren Grund zieht er plötzlich einen Stift aus der Tasche und lässt ihn in der Luft kreisen.

»Weißt du, was das ist, du Verkaufskanone?«

»Sieht nach einem Stift aus.«

»Das ist aber nicht irgendein Stift, verdammt, sondern ein *Diplomat* aus Westdeutschland. Der hat an der Spitze eine kleine Kugel, siehst du? Die dreht sich im Silberlager. Wenn du dir so einen anschaffst, dann läuft das Geschäft. Da rennen dir die Leute die Bude ein, dass du die Scharniere auswechseln musst.«

»Der Umsatz soll vom Stift abhängen?«

»Es ist nicht egal, womit der Kunde seinen Namen aufs Papier kritzelt. Mit dem hier hinterlässt du einen guten Eindruck.«

Der Stift verschwindet wieder, Hukkanen wirkt zufrieden. Die Eitelkeit des Mannes amüsiert Esko, schon im Flugzeug hat Veikko nebenhin seine teuren Sachen präsentiert. Nach einigen Tagen Bekanntschaft weiß Esko auch, was für einen Fernseher Veikko zu Hause stehen hat, ein funkelnagelneues, unwahrscheinlich wertvolles Kombinationsmodell von Blaupunkt, direkt von der Messe in Hannover, Fernseher, Radio, Plattenspieler und vier Stereolautsprecher in einem Schrank aus Nussholz; den Bildschirm kann man verschwinden lassen, was angeblich der Ehefrau gefällt, die es mit der Einrichtung genau nimmt. Hukkanen ist snobistisch und ungehobelt zugleich, eine lustige Mischung. Er hätte es mit seinem Reisegenossen schlechter treffen können, denkt Esko. Anscheinend hat auch Hukkanen ihn auf seine schwer zu deutende Weise akzeptiert, jedenfalls hat er am Vorabend halb im Ernst versucht, ihn zu sich nach Lahti zu locken, um dort so viele Radios zu verkaufen wie bislang in Kuopio. Es war ein gutes Gefühl, dass Veikko Hukkanen seine Kompetenz anerkannte.

Irgendwie gehen sie einem aber trotzdem auf die Nerven, die Männer der älteren Generation. Nicht nur Hukkanen, sondern auch Puupponen und Konsorten, die ganzen wichtigen, sturen Händler, denen Esko begegnet, wenn er hin und wieder zu den Sitzungen des Bezirksverbands geht. Sie erinnern ihn zwangsläufig an seinen Vater. Alle diese Männer sind im Krieg gewesen, auch Hukkanen. Er hat nicht viel darüber geredet, aber trotzdem kam es heraus, im Flugzeug verriet Veikko in einem Nebensatz aus Versehen, dass er sich bei den Rückzugsgefechten auf der Karelischen Landenge mit seinen Schüssen das Mannerheim-Kreuz erworben hatte.

Man sieht es Hukkanen an, an der grimmigen Art, mit der er an der Zigarette zieht. So wurde an der Front vor dem Unterstand geraucht, bei Mordskälte in den vorderen Linien, während über dem Kopf die russischen Granaten detonierten. Als diese Männer auf die Russen schossen, saugte Esko noch an der Brust seiner Mutter. Das ist eine Tatsache, die man nicht bestreiten kann, und das werden ihm diese Männer nie verzeihen, sie werden ihm vermutlich bis zum Tod mit ihren Überzeugungen und Vorurteilen im Weg stehen. Sie verhindern, dass sich die Welt verändert. In ihrer Gegenwart muss man aufpassen, was man sagt. Wegen ihnen muss er über Dinge schweigen, die ihm etwas bedeuten. Das Elektro- und Radiogeschäft Hukkanen besitzt keine Hitachi-Lizenz, nach dem, was Veikko sagt, ist er nicht einmal daran interessiert. Im Gegensatz zu Esko ist Hukkanen nicht wegen seiner Leistungen, sondern dank seiner Position hier. Die japanischen Lobbyisten haben ihn als Verbandsvorsitzenden eingeladen, aber es ist schwer, bei ihm mit Lobbyarbeit durchzudringen, er sträubt sich mit Leib und Seele. Man hat hier alles vor Augen, den Aufstieg des Fernen Ostens, den Vormarsch der Japaner, die Zukunft, doch Hukkanen will es nicht sehen. Esko versteht nicht, wie das möglich ist.

Sie sind nun schon fast drei Tage in Japan und haben nichts als Wunder zu Gesicht bekommen.

Gleich am ersten Morgen hatte der von Hitachi engagierte Dolmetscher sie vom Hotel abgeholt. Er war fünf Jahre älter als Esko, hieß Lauri und war der Sohn eines finnischen Missionars. Seine Eltern waren nach einem zehnjährigen Aufenthalt nach Hause zurückgekehrt, aber Lauri war in Japan geblieben. Er beherrschte alles, die Sprache wie die Umgangsformen, und bewegte sich wie eine Ameise auf vertrauten Pfaden durch die Stadt. Von außen betrachtet war Lauri genau wie Veikko und Esko und stach wie sie aus der Menge hervor, aber er wusste alles. Sie bewunderten den kaiserlichen Palast, sie aßen auf einem Fischmarkt zu Mittag, standen im Gedränge des Bahnhofs Shinjuku und warteten auf den Wunderzug aus Osaka. Auf den Hauptstraßen war die Anzahl der Menschen unermesslich, ebenso die der Autos. Fremde Leben rauschten an ihnen vorbei, was bei Esko mehr als der Reiswein, den sie zum Fisch getrunken hatten, ein Gefühl von Trunkenheit verursachte. Andererseits gab es auch ruhige Ecken. Lauri führte sie zwischendurch in Nebenstraßen, um ihnen das andere Tokio zu zeigen. Dort waren die Häuser in schlechterem Zustand, die Fassaden bröckelten, die Türen hingen nachlässig in den Angeln. Gebeugte alte Männer schoben Gemüsekarren, Kinder in knielangen Hosen spielten in einem Hof auf holprigem Boden Ball. Man hatte das Gefühl, in der Zeit einen Schritt zurück zu machen, von der Zukunft in die Gegenwart oder fast in die Vergangenheit. Für Hukkanen war das offensichtlich eine Erleichterung, für Esko jedoch eine Enttäuschung. Noch am Abend bat er Lauri, ihn zu dem Platz zu führen, von dem er ein Bild in der Zeitung gesehen hatte, in den Glanz der Neonlichter. Sie waren genauso verblüffend, wie er es sich vorgestellt hatte, sie funkelten noch in den Augen, als er schon im Hotelbett lag und vergebens versuchte, Schlaf zu finden. Er bereute es, Lauris Angebot nicht angenommen zu haben, den Abend im größeren Stil fortzusetzen, in einem Vergnügungsviertel, das von amerikanischen Soldaten bevorzugt wurde.

Das war vorgestern gewesen, am Donnerstag. Gestern kam der offizielle Teil der Reise an die Reihe, die Besichtigung des Hitachi-Werks. Fast zwei Stunden fuhren sie durch die Stadt, die sich endlos fortsetzte, dann erreichten sie den Hauptsitz der Firma, New Marinouchi hieß er, er erinnerte eher an einen kleinen Staat als an ein Unternehmen. Das gesamte Areal war bewacht, von schnurgeraden Straßen durchzogen und zweimal so groß wie die Innenstadt von Kuopio. Zwischen den Werksgebäuden standen Bürohäuser, in einem davon wurden sie von den Herren Nagahama und Kobayashi empfangen. Nagahama und Kobayashi waren Männer von exakt gleichem Format, sie trugen die gleichen Brillen mit dunklem Gestell und die gleichen Anzüge aus teurem Stoff. Sie redeten, Lauri dolmetschte, Esko und Hukkanen hörten zu. Sechzigtausend Mitarbeiter. Achtundzwanzig Fabriken. Drei supermoderne Forschungslabors. Achtzig Millionen Yen Kapital. Mit todernsten Gesichtern nannten Nagahama und Kobayashi solche Zahlen, die über den gesunden Menschenverstand hinausgingen. In seiner Naivität hatte Esko geglaubt, Hitachi stelle nur Radios und Fernseher und Haushaltsgeräte her, aber diesen Irrtum korrigierten die Gastgeber auf der Stelle: Es zeigte sich, dass die Firma auch Industriemaschinen, Messgeräte für Atommeiler und sogar ganze Kraftwerke baute. Nach der Präsentation servierten junge Frauen im Kimono Tee, sie tranken mit Nagahama und Kobayashi eine Tasse, die beiden bedankten sich bei ihnen für ihre großartige Verkaufsleistung und äußerten die Hoffnung, die Zusammenarbeit werde in den kommenden Jahren noch enger werden, so dass beide Seiten in gleichem Maße davon profitierten. *Sumimasen,* antworteten Veikko und Esko natürlich, sie versuchten so gut sie konnten, auf die von Lauri übersetzten Höflichkeiten zu reagieren. Veikkos Rücken bog sich keinen Zentimeter, aber Esko probierte eine Verbeugung, wie sie die Japaner machten. Man tauschte Geschenke aus, Nagahama und Kobayashi bekamen Glasschalen, die Timo Sarpaneva entworfen hatte, Esko und Veikko die neuen A-10-Mixer von Hitachi, und danach wurden sie von ihren Gastgebern abgeschoben. Ein dritter Mann, der genauso gekleidet war, in der Hierarchie aber offenbar weiter unten stand, führte sie in eine der Werkshallen.

Dort setzten Frauen in dunkelblauen Kitteln mit flinken Fingern am Fließband ebenjene kleinen Radios zusammen, mit deren Verkauf sich Esko die Reise verdient hatte. Angeblich wurde auch in diesem Jahr eine halbe Million davon hergestellt. Wer verkaufte und kaufte die alle? Irgendwohin wurden sie vom Hafen Tokios aus gebracht, per Schiff nach Amerika und Europa und Australien, über Hafendepots und Lagerhallen in große Kaufhäuser und kleine Läden wie Urho Puupponens Elektrogeschäft und von dort in die Häuser der Menschen. In der Fabrikhalle dachte er zum ersten Mal ernsthaft an die Warenströme auf der Welt. An all die Vorkehrungen und Verträge und praktischen Maßnahmen, an die verblüffende Menge von Maschinen- und Muskelkraft, die dafür erforderlich war. Das Gerät, das er einem Kunden in Kuopio anbot, war nicht von selbst im Regal gelandet. Auf dem Rückweg im Auto versuchte Esko, seine Gedanken mit Hukkanen zu teilen, aber sobald er sie aussprach, klangen sie kompliziert, Veikko verstand nicht einmal genau, was er sagen wollte, sondern fand, dass am Band zu schnell gearbeitet worden sei, bei so einer Hektik leide unausweichlich die Qualität.

»Ich habe in *Welt der Technik* einen interessanten Artikel gelesen«, sagt Esko nun. »In Deutschland haben sie bei Wankel einen neuen Motor entwickelt. Die Lizenz dafür haben sie gleichzeitig an mehrere Fabriken verkauft, die an der

Maschine interessiert waren. Es waren große europäische Firmen darunter. Rover. Benz. BMW. Aus Japan war Datsun dabei. Rate mal, wer daraus das beste Produkt gemacht hat! Die Japsen.«

»Glaub ich nicht. Das war bestimmt wieder Daimler-Benz.«

»Du kannst es mir ruhig glauben. Die Leute von Wankel waren selbst dort, um sich davon zu überzeugen. Der Datsun war der Beste.«

»Trotzdem ist es eine Reisschüssel. Kann sein, dass der Motor geht, aber dafür hast du den Türgriff in der Hand.«

»Du hast doch gehört, was die Hitachi-Männer gesagt haben. Es wird nichts mehr ins Ausland exportiert, was den Qualitätsanforderungen nicht standhält. Die haben ein staatliches Qualitätskontrollorgan, das so etwas verhindert.«

»Diese Organe kennt man. Vorläufig kenne ich mich mit Organen noch besser aus als du. Sieh dir mal diese Uhr an, mein Junge.«

»Die habe ich schon gesehen. Eine Cortina DS.«

»Eine Cortina DS. Automatik. Wasserdicht. Bis zweihundert Meter Tiefe druckbeständig. Stoßfest. Wenn ein siebenundzwanzig Kilo schweres Stück Eisen aus sechs Metern Höhe darauffällt, hält die das aus. Stell dir den Schlag vor! Ich glaube nicht, dass der Japaner so was bauen kann. Ich glaub das einfach nicht, verdammt. Made in Japan, in unserem Alter hat man das noch unschön im Kopf.«

»Da kann man wohl nichts machen.«

»So ist es.«

»Verdammt teure Uhr, nehme ich an.«

»War ein Geschenk, von meinem eigenen Geld hätte ich mir die nie gekauft. Von der Verbandsführung zum Fünfzigsten. Als Dank für meine gute Arbeit.«

»Sie war ja auch gut.«

»Und ob, verdammt. Ich hab mein Bestes gegeben.«

Hukkanen scheint zufrieden mit sich, er nimmt eine lässige Haltung auf dem Schalensitz ein und lässt die druckbeständige Uhr unter dem Hemdärmel verschwinden. Genau genommen weiß Esko so gut wie nichts über Hukkanens Arbeit. Hin und wieder liest er in der Radiohändlerzeitschrift die Leitartikel des Vorsitzenden. Er hat auch schon den wirtschaftspolitischen Überblick, den Hukkanen in jeder Nummer gibt, durchgeblättert, aber was darin steht, kommt ihm fremd vor, Hukkanens Brandreden scheinen nichts mit der alltäglichen Arbeit zu tun zu haben. Er geht jeden Morgen zur gleichen Zeit auf derselben Straße zum selben Geschäft und ernährt mit seinem erfolgsabhängigen Gehalt bald eine vierköpfige Familie. Den Fotos in der Zeitschrift nach zu schließen reist Hukkanen dagegen die meiste Zeit durch die Weltgeschichte, stützt auf der Hannovermesse den Ellbogen auf ein neues Produkt oder hebt im Restaurant mit den Bossen von Importfirmen und deren Frauen das Glas. Hukkanen scheint überall gewesen zu sein, im Mai sogar bei der Weltausstellung in New York. Eskos Erfahrung mit den Lustbarkeiten des Arbeitslebens beschränkt sich auf die Konferenz der Wiederverkäufer von Luxor-Geräten, die im Frühjahr in Lohja stattfand. Er war von Puupponen hingeschickt worden, weil dieser im letzten Moment an einer Lungenentzündung erkrankt war.

»Und wie soll ich die Radios bei dir in Lahti verkaufen?«, fragt Esko. »Die Hitachis, meine ich. Wie soll ich die verkaufen, wenn gar keine da sind? Wenn du dir nicht die Lizenz holst.«

»Vielleicht hol ich sie mir ja. Aber zuerst guck ich mir den Nordmende an.«

»Was willst du mit Nordmende? Habt ihr nicht schon gute Deutsche im Laden? Kuba. Körting. Grundig. Blaupunkt.«

»Eins sag ich dir: Deutsche Qualitätsware kann man in einem Elektrogeschäft nie zu viel haben.«

»Doch, kann man. Die sind nämlich so groß, die teutonischen Kisten.«

»Große Männer stellen Geräte für Männerhände her. Kleine Männer machen kleine Dinger. Guck dir doch an, was wir hier für kurze Kerle um uns haben. Der da drüben reicht dir gerade mal bis zur Achsel.«

»Aber wenn sie nicht mehr in den Laden passen? Oder ins Lager? Das meine ich.«

»Die passen schon rein, ich habe gerade erst erweitert. Es war das große Glück der Deutschen, dass sie den Krieg verloren haben. Und nicht einfach verloren, sondern dass sie so richtig eins auf die Schnauze gekriegt haben. Für Deutschland war es nur gut, dass Hitler so weit gegangen ist.«

»Wieso das?«

»Na, ist doch klar. Jetzt ist den Deutschen das Kriegführen verboten, und sie sparen Kraft für wichtigere Dinge.«

»Ist es mit Japan nicht das Gleiche? Denen ist der Krieg auch verboten.«

»Ja, schon. Im Prinzip. Aber die Japsen hinken hinterher.«

»Viele andere hinken auch hinterher. Finnland zum Beispiel.«

»Und das merkt man leider. Ich würde ja gern einheimische Produkte verkaufen, aber der blauweiße Fernseher kann mit dem deutschen nicht mithalten. Und was die Kisten von Fenno für Namen haben! FE 59. SA 48. Wie willst du so was einem Kunden verkaufen, wenn die Alternative von Kuba Teneriffa oder Verona heißt? Die wechseln ja schon durch den Namen allein den Besitzer.«

»Immerhin hat Salora einen Finlandia. Und einen Boston und einen Europa. Brauchbare Geräte, meiner Meinung nach.«

»Na ja. Finlandia. In Finlandia sind wir sowieso. Und Boston. Wer will schon nach Boston? Ein bisschen Exotik muss sein. Der Glanz des Südens. Wenn du einem Fernseher einen Namen gibst, der angenehm nach Wärme klingt, dann läuft das Geschäft.«

Hukkanen nimmt den Hut ab und zieht den Kamm aus der Tasche, bringt die an den Schläfen bereits ergrauten Haare in Form und wischt sich mit dem Taschentuch den Schweiß von der Stirn. Während der gesamten Maßnahme schweigt er, weshalb Esko schon befürchtet, seinen Gefährten verstimmt zu haben. Diese nach außen hin so abgebrühten Männer sind oft überraschend empfindlich und sehr schnell beleidigt.

»Fleißig sind sie, die Japaner«, sagt Hukkanen schließlich. »Ein verdammt prächtiges Stadion haben sie gebaut, das bestreite ich nicht. Wahrscheinlich müsste man doch mal.«

»Müsste mal was?«

»Ernsthaft über die Hitatschis nachdenken.«

Nun scheint etwas zu passieren, denn die Menschenmenge gerät in Bewegung. Plötzlich springen alle gleichzeitig auf, Esko und Veikko sind hoffnungslos zu spät dran, Veikko noch peinlicher als Esko, es hat den Anschein, als warte das ganze Stadion darauf, dass sich die beiden Finnen endlich von ihren Plätzen erheben. Alle Augen richten sich jedoch auf die Haupttribüne. Der junge Mann links von Esko hat die Hand auf die Brust gelegt, der alte Mann daneben beißt die Zähne zusammen. Die Stimmung ist so ernst wie bei einem Begräbnis. Esko würde gern das Fernglas zur Hand nehmen, wagt es aber nicht, und so stehen er und Veikko einfach da und versuchen den Grund für die ehrfürchtige Stille zu erraten. Der Kaiser!, begreift Hukkanen als Erster. Der grausame Hirohito, flüstert Veikko ihm ins Ohr – er muss ein schrecklicher Tyrann sein, wenn er seine Untergebenen derart zum Heulen bringt.

Der Alte mit dem faltigen Gesicht weint nun tatsächlich, einzelne Tränen rinnen ihm über das vergilbte Gesicht. Die Haut wirkt trocken, es sieht aus, als würde sie bei der kleinsten Berührung zerbröckeln. Wer weiß, wo dieser uralte Mensch sein Leben verbracht hat. Im Krieg, denkt Esko. Wahrscheinlich im Krieg, zuerst in China und dann gegen Amerika. Die Japaner ziehen erstaunlich eifrig in den Krieg, furchtlos oder sogar tollkühn, beim Angriff auf Pearl Harbour mussten sie wissen, dass ihnen der Feind überlegen war. Wer konnte im Ernst glauben, die Vereinigten Staaten zu besiegen? Die Russen vielleicht, ganz knapp, aber doch nicht die Japaner. Nein, die Japaner wussten, dass sie verlieren würden. Das waren einfach Männer mit Ehrgefühl, ehrenhafte Männer, aber zur falschen Zeit am falschen Ort, und entsprechend schlecht erging es ihnen auch. Seine Mutter weinte, als im Radio die Bombardierung von Hiroshima gemeldet wurde, daran erinnert sich Esko jetzt, an die Tränen seiner Mutter. Auch an die Bilder erinnert er sich, seine Mutter versuchte, die Zeitungen vor den Kindern zu verstecken, aber Esko hatte sie trotzdem gesehen. Am helllichten Nachmittag drängen sie in sein Bewusstsein, der weinende alte Mann erweckt sie zum Leben, aber er will nicht an die unglückseligen Bomben denken, die mussten nun mal abgeworfen werden. Nach dem Krieg verhielten sich die Amerikaner so edel, wie es Siegern nur möglich war, sie halfen den Japanern, wieder auf die Beine zu kommen. Sogar der Kaiser durfte sein Amt behalten, zwar ohne Macht, aber immerhin. Stalin hatte das Todesurteil für Hirohito gefordert, MacArthur war dagegen gewesen, und so wurde Hirohito nicht umgebracht, er ist noch immer da und bringt sein Volk zum Weinen. Wären die Japaner gegen die Russen in den Krieg gezogen und hätten verloren, wie wäre es ihnen dann ergangen? Garantiert wäre das ganze Land besetzt worden, und man hätte auch unbedeutendere Anführer als den Kaiser liquidiert. Es gäbe kein Hitachi, in Kuopio hätte man nichts zu verkaufen, denn eine Sowjetrepublik würde kaum Exportradios bauen. Die Japaner hassen die Amerikaner auch nicht, sie spielen sogar Baseball. Esko fällt ein, wie sie am Vortag auf dem Rückweg von der Fabrik an einem riesigen Baseballstadion vorbeifuhren. Wären die Japaner wegen des Krieges noch tief verbittert, würden sie doch nicht freiwillig den Volkssport der Amis betreiben.

Nach und nach nehmen die Leute wieder Platz, offenbar ist Hirohito in seiner Loge angekommen. Esko kann gerade einen Schluck aus Hukkanens Flachmann nehmen und einen Blick auf die Uhr an der Anzeigetafel werfen, da beginnt schon der Einmarsch. Als die Griechen gemäß der traditionellen Marschordnung als Erste durch das Tor auf der Nordseite kommen und die Laufbahn betreten, gerade und aufrecht in dunkelblauen Anzügen, wird Esko von der gleichen leisen Freude erfasst wie in der Schlange vor dem Stadion. Er darf hier sein, darf all die großartigen Sportler leibhaftig mit eigenen Augen sehen, und sei es von der obersten Tribüne aus und mit optischer Hilfe. Die Flagge Äthiopiens wird von Abebe Bikila getragen, dem Mann, der bei den Spielen von Rom barfuß den Marathon gewann. Fast unmittelbar nach Äthiopien kommen die Finnen, angeführt von Pauli Nevala. Als die weiße Fahne mit dem blauen Kreuz direkt unter ihnen die Kurve erreicht, nimmt Hukkanen den Hut ab, und sie winken und klatschen beide ihren Landsleuten zu. Beinahe ebenso enthusiastisch applaudiert Veikko den Deutschen, den besten Radioherstellern der Welt. Esko findet, dass ihre Uniform zu wünschen übrig lässt, mit ihren eierförmigen Mützen und den weißen Anzügen sehen sie aus wie Kolonialherren, die sich auf den falschen Kontinent verirrt haben. Die Ghanaer, die nach ihnen kommen, erscheinen freilich noch weißer als die Germanen, sie tragen tuchartige Umhänge, die in der Nachmittagssonne leuchten und einen enormen Kontrast zu den ernsten schwarzen Gesichtern bilden.

Nach der Hälfte fängt Esko an, auf die Mannschaft der Vereinigten Staaten zu warten. Seit dem Sommer liest er in der Stadtbibliothek von Kuopio die Zeitschriften *Life* und *Time,* mit Hilfe des Wörterbuchs hat er Artikel über Bob Hayes, Joe Frazier und andere amerikanische Stars verschlungen. Als die Amis endlich kommen, kann er seine Begeisterung nur mit Mühe verbergen. Am liebsten möchte er zwei Sitzreihen nach unten springen und sich der Gruppe Amerikaner anschließen, die dort kleine Sternenbanner aus Pappe schwenkt und ungeniert ihren Leuten zujubelt. Auch das gehört zu den Dingen, die Esko an den Amerikanern bewundert: Sie genieren sich nicht. Er und Veikko feuern die Finnen irgendwie bescheiden an, darauf bedacht, nicht zu viel Aufsehen zu erregen. Die Amerikaner hingegen nehmen auf dem Platz wie auf der Tribüne den ganzen Raum ein, ausgelassen und selbstsicher marschieren die Sportler, die er bewundert, in ihren hellblauen Sakkos an der Haupttribüne vorbei und ziehen die weißen Stetsons. Wäre Hukkanen nicht dabei, könnte Esko mit den Amerikanern feiern. Er könnte mit der Gruppe da unten Bekanntschaft schließen, bestimmt würden die Amerikaner sich ganz ungezwungen mit ihm unterhalten. Aber er versucht, den Mund zu halten und sich über die Sticheleien seines Sitznachbarn nicht zu ärgern. Im Flugzeug, irgendwo über Sibirien, war Esko für kurze Zeit ein bisschen zu betrunken und zu offenherzig gewesen, weshalb Veikko in etwa weiß, was er über die Amerikaner denkt.

»Komische Unordnung bei den Amis. Die Reihen bleiben nicht geschlossen.«

»Das nennt man Freiheit.«

»Freiheit! Leck mich doch, die Jazzneger wackeln hin und her, wie sie wollen. Die Russen sind zwar über unsere Grenze gekommen, aber die wissen wenigstens, wie man im Takt marschiert. Das muss man schon bewundern, wie stramm die gehen.«

»Wir werden's ja sehen, wenn die Startpistole knallt.«

»Was?«

»Wie die Jazzneger rennen. Kann durchaus sein, dass sie ziemlich schnell rennen.«

Esko würdigt Hukkanen keines Blickes, während des gesamten Wortwechsels blickt er unverwandt mit seinem geliebten Fernglas aufs Feld. Es stimmt, der Fächer der Amerikaner fällt auseinander, und diejenigen, die am meisten für Unordnung sorgen, sind tatsächlich die schwarzen Männer. Ihre tanzenden Schritte sehen aus, als hätte man sie direkt aus einem Jazzclub in Manhattan geholt. »Mit schwarzer Brille auf der Nase«, lamentiert Veikko. »Eine schwarze Sonnenbrille bei der Eröffnung der Olympiade. Warum? Sind die blind? Die kennen keine Scham, die Jungs.« So geht das weiter, und Esko bemüht sich, Hukkanens Gedanken zu verstehen, aber sie haben keinen Sinn und Verstand, denn Amerika müsste eigentlich der Wirklichkeit gewordene Traum eines jeden Fernseh- und Radioverkäufers sein. Einundfünfzig Millionen Fernsehgeräte, hat er Veikko im Flugzeug erzählt. Sechsundfünfzig Millionen Haushalte und einundfünfzig Millionen Fernsehgeräte, jede einzelne Familie in Amerika besitzt einen eigenen Fernseher. Fünf Stunden am Tag wird dort geguckt. Mehr als fünfhundert Stationen senden von morgens bis abends. Schon nächstes Jahr wird man mehr Farbfernseher als Schwarzweißgeräte verkaufen. Veikko war nicht überzeugt, nicht einmal die Weltausstellung in New York sei etwas Besonderes gewesen. Das überzogene Marketinggetue und die Schmeicheleien der Amerikaner seien ihm auf die Nerven gegangen. Tun so, als wären sie die besten Freunde, dabei kennen sie einen kaum.

Was ist die Alternative, möchte Esko am liebsten fragen. Wenn dir die Amerikaner auf die Nerven gehen, ist das sowjetische Modell etwa besser? Die Russen waren es doch, die dich aus Sortavala vertrieben haben, nicht die Amis. Roboterhaft und ohne Lächeln stampfen die Sowjets in ihren farblosen Uniformen hinter den Amerikanern her, eine geschlossene Armee, ein Regiment, das etwas Unheimliches an sich hat, das verstockte Schweigen strahlt bis auf die Tribüne aus, wie Rauhreif, der sich früh morgens über die Felder legt. Nachtfrost. Kekkonen taut ihn auf. Kekkonen mit Chruschtschow in der Sauna seiner Amtsvilla Tamminiemi, Kekkonen auf der Bärenjagd bei Nikitas Datscha – im Flugzeug bewunderte Veikko laut lachend die Schläue von Urho Kaleva Kekkonen. Aber wie weit durfte die Schöntuerei gehen? Wo verlief die Grenze? Wovon profitierte das Vaterland, wovon Kekkonen? Esko versucht, sich zu beherrschen und nicht auf Veikko zu reagieren, er will gar nicht hinhören, aber Hukkanen gibt nicht auf, sein Fernglas hängt auf dem Bauch, die Hände liegen rechts und links auf den Rändern des Schalensitzes, und er lästert weiter.

»Die werden noch einen Krieg anfangen, deine Amerikaner. Wo mischen die überall mit? Im Kongo. In Vietnam. Und hier im Osten werden sie das ganz große Spektakel vom Zaun brechen, denk an meine Worte. Weil denen nichts genug ist. Die haben die besten Fernseher und Küchengeräte. Die größten Autos. Die haben Bügeleisen und Wäschetrockner und Toaster und Eiswürfelmaschinen, ich war mal auf der Messe in Las Vegas, ich hab das alles gesehen, du. Wenn sie nur mit ihrem ganzen Zeug friedlich jenseits des Atlantiks bleiben würden. Aber die haben so einen komischen Kleiner-Bruder-Komplex, so was in der Art. Auf den letzten Drücker haben sie Europa gerettet, und jetzt muss das mit dem Retten immer weitergehen. Auf der ganzen Welt müssen sie die Angelegenheiten regeln, sprich, durcheinanderbringen. Und Waffennarren sind sie auch. Haben sogar ihren eigenen Präsidenten erschossen, das muss man erst mal fertigbringen. Die wenigsten Völker sind zu so etwas fähig.«

John F. Kennedy, sein Held. Kennedy und seine schöne

Frau, seine inspirierenden Gedanken, sein repräsentatives Erscheinungsbild. Kennedy und sein Tod, jener schreckliche Freitag im November, Esko erinnert sich an den Tag. Er setzt das Fernglas ab und starrt zur Abwechslung mit bloßen Augen auf das Feld. Sowohl die Mannschaft der Vereinigten Staaten als auch die der Sowjetunion hat sich auf dem Rasen aufgestellt. Als Letzte marschieren die Gastgeber der Spiele ein, und dem Lärm nach zu schließen befindet sich die Mannschaft bereits innerhalb der Mauern, möglicherweise am Tor, und biegt in die Gegengerade ein, aber das sieht Esko nicht, denn er kann jetzt nicht mehr anders, er muss sich zu Veikko Hukkanen, dem Vorsitzenden des Verbandes der Elektrohändler, umdrehen und ihm direkt in die Augen schauen. Hukkanen kneift die Augen zusammen, sie sind unergründlich. Die Stirn liegt in Falten, und an der Schläfe pulsiert eine geschwollene Ader. Der Wind hat die Haare von der mehrere Zentimeter langen Narbe geweht.

»Willst du mich provozieren?«

»Kann schon sein.«

Hukkanen rappelt sich von seinem Sitz hoch, legt die Jacke ab und steht in voller Länge von einem Meter fünfundsiebzig vor ihm. Er mag nicht besonders groß sein, aber er hat kräftige Beine und mit Sicherheit Schmalz in den Armen. Vorsichtshalber schiebt Esko das Fernglas auf den Rücken, denn das darf auf keinen Fall kaputtgehen.

Sie stehen sich auffallend lange ein wenig zu dicht Auge in Auge gegenüber, so lange, dass sich die Japaner um sie herum Sorgen machen. *Sumimasen,* hört Esko sie sagen. *Sumimasen,* danke und Entschuldigung. Die Japaner bitten um Entschuldigung dafür, dass zwei Finnen sich bei der Eröffnungsfeier der Olympiade, die sie mit großer Mühe organisiert haben, prügeln wollen. Eine Hand hebt sich, Veikkos rechte Hand, beschreibt einen Bogen, der durchaus zu einem Schlag führen könnte, doch sie legt sich auf Eskos Schulter und drückt fest zu, dass der es in den Knochen spürt. Dann taucht der Flachmann auf, und der Deckel wird aufgeschraubt.

»Red keinen Unsinn, du Hitatschi-Verkaufskanone! Wir sind zusammen unterwegs. Und wir vertreten demütig, aber stolz unser nordisches Vaterland und die ehrliche finnische Einzelhändlerinnung beim gemeinsamen Sportfest der friedlichen Nationen dieser Welt.«

Obwohl ihm die Szene in diesem Moment nicht sonderlich bedeutungsvoll erscheint, gar nicht erscheinen kann, prägt sie sich ihm ein: Er ist aufgestanden, um seine Meinung zu vertreten. Er hat sich dem Stärkeren entgegengestellt, hat der Autorität getrotzt, ohne Angst zu empfinden, und sich den Respekt dieses Mannes erworben. So erinnert sich Esko später an die Situation, er macht eine Anekdote daraus, mehr noch, einen Wendepunkt seines Lebens, den Ausgangspunkt seiner Geschichte. Wegen dieses Augenblicks kommt Veikko Hukkanen noch in derselben Woche, nach Pauli Nevalas prächtigem Goldwurf und dem darauffolgenden feuchtfröhlichen Abend, auf einen Händler zu sprechen, ein Mitglied im Vorstand des Elektrohändlerverbands, ein Mann, der zufällig kinderlos ist und in absehbarer Zeit sein Geschäft aufgeben will. Deswegen erbietet sich Hukkanen drei Jahre später, als die Sache aktuell wird, sogar persönlich für einen beträchtlichen Teil des Kredits zu bürgen, den der fast mittellose dreißigjährige Esko aufnimmt. In der Anfangszeit seiner Händlerlaufbahn hat Esko in Hukkanen eine graue Eminenz im Hintergrund, einen Paten, und das bedeutet nicht, dass sich ihre Ansichten über die Welt, Finnland, die Sowjetunion und Amerika im Besonderen einander wesentlich annähern. Auch während der Reise kommt es noch zu einem ausgewachsenen Streit, am Abend des 15. Oktober, als die Nachricht von Chruschtschows Sturz sie erreicht. Im Hotelfoyer dolmetscht Esko die englischen Nachrichten für

Hukkanen, und spät in der Nacht geraten sie in Veikkos Zimmer beim Diskutieren der Folgen körperlich aneinander. Hukkanen stößt sich den Kopf an einer Ecke des Nachttischs. Die Wunde blutet, Esko muss das Pflaster aus dem Koffer holen, das Liisa für ihn eingepackt hat.

Aber das alles geschieht später, die Ereignisse verbinden sich mit späteren Ereignissen und erhalten eine Bedeutung, jetzt aber geschehen sie einfach: Die beiden Männer überspielen ihre Verlegenheit, setzen sich auf ihre Schalensitze, verstecken sich hinter den Ferngläsern und richten den Blick aufs Feld. Die olympische Fahne wird ins Stadion getragen, die Kanonen werden in Position gebracht. Die Schüsse ertönen, das Kind neben ihnen erschrickt und fängt an zu schreien, auch die Frauen stecken sich zu spät die Finger in die Ohren. Der Himmel füllt sich mit Luftballons, blau, grün, rot, gelb, schwarz, und während er sie betrachtet, sich auf ihren Flug konzentriert, während er mit jeder einzelnen Zelle seines Körpers das Leben um sich herum wahrnimmt, vergisst Esko alles Unwesentliche und bekommt diesen einzigartigen Tag wieder zu fassen. Er ist tatsächlich hier. Nur heute ist er hier. Wenn Veikko das nicht genauso empfindet, wenn Veikko zu alt ist oder zu sehr von der Welt zermürbt, um einfach staunen zu können, was kann Esko dann dafür? Es ist ja nicht seine Schuld, dass Veikko im Krieg war.

Esko steckt sich eine Kent an und betrachtet die Zigarette. Auch sie ist ein Wunder, diese gewöhnliche Zigarette: Wie gleichmäßig sie brennt, und wie glatt sich das Papier in der Hand anfühlt. Hukkanen kann das nicht wissen, Hukkanen raucht North State ohne Filter, aber das größte Wunder bei der Kent ist gerade der Filter. In irgendeinem Labor in den Vereinigten Staaten haben Männer von der NASA das Micronite erfunden, selbstverständlich für den Weltraumbedarf, und die Zigarettenfabrik P. Lorillard Co. im Herzen von Virginia hat aus Micronite dann dieses perfekte kleine Produkt gemacht. Eigentlich ist das Exemplar in Eskos Hand in Finnland hergestellt worden, von der Firma Amer, aber von jeder Partie Zigaretten, die in Finnland produziert wird, muss eine Probe zur Abnahme an die Amerikaner geschickt werden, so lautet der Vertrag, die Kent wird nicht wie eine beliebige Machorka fabriziert.

Ein Filter ist eine Kleinigkeit, na klar. Aber versuche mal, die internationale TV-Übertragung zu begreifen, zu verstehen, wie das funktioniert! In fünfunddreißigtausend Kilometern Höhe schaukelt im dunklen, schwerelosen All der Satellit Syncom III, den natürlich die Amerikaner dorthin geschickt haben. Dieser Satellit überträgt das Bild nach Point Mugu in Kalifornien, von wo aus die Kette von TV-Verbindungen über den gesamten riesigen Kontinent verläuft, über Montana, Wyoming, Nebraska und Minnesota, über Ohio und Ontario bis nach Montreal in Kanada. In einem zweifellos riesigen Rundfunkgebäude, in einem Studio mit Geräten, von denen eines teurer ist als das andere, übertragen die cleveren Kanadier das Bild auf Band. Das Band wird in einen Hubschrauber geworfen und zum Flughafen gebracht, wo ein Düsenflugzeug startbereit darauf wartet, die Männer sitzen bereits auf ihren Plätzen und haben die Hände an den Hebeln. Innerhalb weniger Stunden transportieren deutsche Piloten, höchstwahrscheinlich ehemalige Flieger der Luftwaffe, das kostbare Band nach Hamburg zum Hauptquartier der Eurovision. Noch kann der Wundersatellit nicht Ton und Bild gleichzeitig liefern, der Ton muss über Kabel übertragen werden. Auch die finnischen Reporter Seppo Kannas und Anssi Kukkonen sitzen hier irgendwo. Sicherlich in den Logen oberhalb der Haupttribüne, von wo aus sie das Feld mit superteuren Ferngläsern überwachen und dabei unablässig ins Mikrofon plappern. Die Japaner nehmen das Geplapper auf und schicken es über Kabel nach Hamburg, praktisch auf demselben irrsinnigen Weg durch ganz Asien und Russland, den Esko und Hukkanen in der Luft zurückgelegt haben. Die Deutschen nehmen das finnische Geplapper mit kühler Gelassenheit entgegen, ohne auch nur den Versuch zu machen, es zu verstehen, und ordentlich, wie die Deutschen nun einmal sind, bringen sie es mit dem Bild, das per Düsenflugzeug aus Kanada gekommen ist, zusammen. Es gibt neun weitere Sorten von Geplapper, in Hamburg müssen zehn verschiedene Übertragungen hergestellt werden. Sie werden fertiggestellt und beizeiten ins Eurovisionsnetz eingespeist. Hukkanen hat recht, in solchen Dingen kann man sich auf die Deutschen verlassen.

Japaner, Amerikaner, Kanadier, Deutsche. Franzosen, Schweden, Spanier, Italiener. Das hier bringen die Völker der Welt gemeinsam zustande, in schöner Eintracht haben sie diese komplizierte Operation vereinbart und veranstaltet. Esko ist gerührt, wenn er daran denkt und als er sieht, wie die Sportler sich wie Kinder freuen und an den Rand der Laufbahn stürmen, weil endlich das olympische Feuer in der Arena ankommt. Getragen wird es von einem jungen Mann namens Yoshinori Sakai, geboren am 6. August 1945 in Hiroshima. Dieser Mensch, dessen Leben unter der Pilzwolke seinen Anfang nahm, trägt die Flamme des Friedens und der Freundschaft ins Stadion. In den Augen der Japaner ist keine Spur von Bitterkeit zu erkennen. Jedenfalls sieht Esko nichts davon, er sieht nur enormen Stolz und vielleicht auch Erleichterung: die Freude darüber, dass die Vergangenheit vorbei ist und die Zukunft bevorsteht. Die ganze Welt wird das hier noch am selben Tag zu Gesicht bekommen, auch Liisa. Sie hat versprochen, es sich anzuschauen. Um halb zwölf am Abend liegt Esa, der Junge, im Bett und schläft, es ist still in der Wohnung, der Herbstregen schlägt gegen die Fenster im zweiten Stock. Liisa kommt in ihrem geblümten Nachthemd ins Wohnzimmer, schaltet den Fernseher ein und setzt sich auf die Couch. Der Fernseher ist ein Zwanzig-Zoll-Salora auf massiven Beinen. Liisa wollte unbedingt einen finnischen haben, und Esko stellte sich nicht quer, es ist ein brauchbares Gerät, da kann Hukkanen sagen, was er will. Liisa sitzt also da, auf der bei Muhonen auf Raten gekauften Couch, im Licht der Stehlampe, die sie bei der Gelegenheit auch gleich mitgenommen hatten, Liisa legt die von der Schwangerschaft strapazierten Beine auf den Fußschemel, und wer weiß, was sie dann sieht, womöglich ihren Ehemann, das ist durchaus denkbar, wer kann das wissen, eventuell erwischt eine der hundert Kameras im Stadion ausgerechnet diese Sitzreihe, und genau diese Aufnahme findet ihren Weg in die weltweite Übertragung. Das wäre was, wenn er mit Veikko Hukkanen und lauter unbekannten Japanern im Bild verewigt wäre. In Kuopio würden sie ihn garantiert erkennen, nicht nur Liisa. Halb Kuopio würde ihn erkennen. Jeder Besitzer eines Fernsehgeräts sitzt heute vor dem Apparat, und Fernsehbesitzer gibt es in Kuopio inzwischen reichlich, nicht zuletzt dank Esko. Er muss nun an seinen eigenen Anteil an diesem Wunder denken. Es gibt ihn, den Anteil des Elektrogerätefachverkäufers Esko Vuori, denn was nützt die schönste Satellitenübertragung, wenn es keine Empfänger gibt? Da stehen sie nun, auf ihren Ehrenplätzen in den Wohnzimmern der Kunden, all die Saloras, Luxors, Grundigs und Asas, die er in diesem Jahr verkauft hat. Sie werden gleichzeitig eingeschaltet, jeden Abend um dieselbe Zeit, während der gesamten Spiele, und ihr Schein leuchtet in den Fenstern von kleinen Bauernhöfen, bescheidenen Holzhäusern von Kriegsveteranen, Witwenwohnungen und Junggesellenbuden, ein bläulicher Schein im Oktoberdunkel. Ein wenig Licht gegen die Düsternis des Herbstes, ein blauer Tag von der anderen Seite der Erde, dieser sonderbar klare Himmel, auch wenn er in Finnland in Schwarzweiß ankommt, vorläufig noch. Vorläufig ist ein ödes Wort, aber hinter ihm verbirgt sich die Zukunft. Was hier passiert, gehört schon zur Zukunft, denn Zukunft bedeutet Ereignisse, die man vor kurzem noch für unmöglich gehalten hat. Was man sich einmal als Zukunft ausgemalt hat, verwandelt sich in Gegenwart, und der Gegenwart entspringt eine neue Zukunft, wie kann man daran nicht glauben wollen? Wie kann man diesen Zug vorbeifahren lassen?

Esko richtet das Fernglas auf die Stelle unterhalb des olympischen Feuers. Der Fackelträger kommt dort gerade an. Auf der mit gelben Blumen geschmückten Treppe liegt ein schwarzer Teppich, Yoshinori Sakai läuft in weißen kurzen Hosen und weißem Hemd ohne Ärmel flink hinauf. Oben stehen zehn Soldaten, fünf auf jeder Seite, sie tragen Mützen und Gewehre. Sakai verschwindet im Inneren des Baus und bleibt für einen Moment unsichtbar. Die Menge wartet, man hört die Erwartung, denn das ganze riesige Menschenmeer hält den Atem an. Da erscheint Sakai auf der oberen Ebene und richtet den Blick kurz auf das Feld. Dann wendet er sich zur Feuerstelle und berührt sie mit der Spitze der Fackel. Im Nu geht die Flüssigkeit in helle Flammen auf, endlich brennt es, das olympische Feuer, und Esko sieht es brennen. Tausenden weit offenen Mündern entweicht gleichzeitig ein Schrei, sogar der faltige alte Mann reißt den Mund auf, wieder hat er Tränen auf den Wangen. Alle schreien, Männer und Frauen, Kinder und Greise. Esko hört auch seine eigene Stimme und überraschenderweise sogar die von Hukkanen. Er blickt zur Seite und sieht, wie Veikko die Augen geschlossen hält und mit beiden Händen seinen teuren Hut an die Brust drückt.

Citius. Altius. Fortius. Die Düsenmaschinen erscheinen wieder am Himmel, dieselben, die Esko schon am Morgen bewunderte, als er in der Schlange stand. Sie malen fünf exakte Ringe in den Himmel. Ein Taubenschwarm steigt in die Luft auf, und aus irgendeinem Grund lassen sich die Vögel ausgerechnet vor der Anzeigetafel nieder, wo Esko mit dem

Fernglas die lateinischen Wörter erkennen kann, die er so gut kennt. Schneller, höher, weiter. Keines der drei Ziele scheint unerreichbar, im Gegenteil. Es scheint ihm unausweichlich, dass sie alle erreicht werden. Vor ihm tut sich das Leben als etwas Großes, Unbekanntes auf und offeriert ihm ungeheure Verheißungen.

BETRACHTEST DU MANCHMAL den Mond? Er ist noch immer da, dreihundertsechzigtausend Kilometer entfernt. Ich sehe ihn gerade, denn wir haben zufällig Vollmond, und darum fällt es mir überhaupt auf. Darum bin ich wach und sitze am Küchenfenster und denke an dich und deine Zukunft und zugleich an meine Vergangenheit, an Dinge, die mehr als vierzig Jahre zurückliegen. Weil Vollmond ist. Weil der Mond allein ist, verlassen, verstoßen. Kaum war der Mensch einmal dort gewesen, hatte er auch schon wieder genug von ihm und vergaß ihn am Himmel.

Was war das für ein Gefühl, auf dem Mond zu sein? Das habe ich mich immer wieder gefragt, es ist eine der Überlegungen, die mich an meiner Lebenstauglichkeit zweifeln lassen. Ich denke über etwas nach, worüber niemand sonst nachdenkt. Nicht einmal die Männer, die auf dem Mond gewesen sind, denken darüber nach. Darum bleibt die Frage unbeantwortet, sie haben nicht darüber nachgedacht, haben es nicht einmal versucht. Als sie ihren Heimatplaneten in die Ferne rücken sahen, als sie in ihrer Stahlkapsel durch das schwarze Universum rasten, hielten sie kein einziges Mal inne, um über die Unfassbarkeit ihrer Erfahrung nachzudenken. Das war natürlich kein Zufall. Man hatte sie gerade wegen dieser Eigenschaft für die Mission ausgewählt. Man nennt es Kaltblütigkeit: die Fähigkeit, nicht nachzudenken. Es gibt Männer, die handeln, und es gibt solche, die nachdenken. Die Denker haben die Handelnden ins All geschickt, insofern war es ein Projekt der gesamten Menschheit. Das Geheimnis des Erfolgs lag in der Arbeitsteilung.

Es hat sich so ergeben, dass das Rätsel ungelöst geblieben ist. Wir wissen noch immer nichts über das Weltall, jedenfalls nicht das, was ich wissen möchte. Die ehemaligen Kampfflieger, jene aufrechten Männer des Handelns, konnten ihre Gefühle nur mit Hilfe von Banalitäten beschreiben, bei denen sich sogar die Flugleitung wand. Schön, sagten sie. Erstaunlich. Blendend. Unfassbar. *A-okay.* Buzz Aldrin behauptet, er habe auf der Mondoberfläche die mystische Einheit aller Menschen gespürt, und das war so ziemlich das Eloquenteste, was einer, der im Weltall gewesen ist, gesagt hat, aber wahrscheinlich hat sich auch das der Journalist von *Life* ausgedacht, der das Privileg besaß, als Einziger die vom Mond zurückgekehrten Helden zu interviewen. Keine beneidenswerte Aufgabe, denn er musste alles selbst erfinden.

Ein russischer Dichter schlug sich selbst als Besatzungsmitglied für einen Raumflug vor. Ich weiß seinen Namen nicht mehr, einigen wir uns darauf, dass er Pawel Iwanow hieß. Es stimmt tatsächlich. Pawel Iwanow war so frustriert von den nichtssagenden Schilderungen, dass er bereit war, Kosmonaut zu werden. Vermutlich war es sein Glück, dass die Bewerbung stillschweigend begraben wurde.

Es wäre ihm nämlich schlecht ergangen, diesem Pawel Iwanow. Er hätte aus dem Fenster der Kapsel geschaut, hätte Australien unter sich gesehen, hätte angefangen zu denken, und im selben Augenblick wäre alles im Eimer gewesen. Er hätte in seinen Raumanzug gekotzt. Er hätte eine Panikattacke bekommen. Er wäre zur Last geworden, zu totem Ballast, zur Gefahr für die anderen. Die Luke wäre aufgegangen, und man hätte den Dichter aus dem Raumschiff geworfen, woraufhin er mit seinen schwerwiegenden Gedanken allein im schwerelosen Universum zurückgeblieben wäre.

Vor kurzem habe ich die ganzen Sachen über den Mond hervorgeholt. Ich musste dafür auf den Dachboden steigen, dort waren sie, genau wie ich es in Erinnerung hatte, in einem Karton von Pioneer. Ich hatte ihn im August 1981 an meinem letzten Arbeitstag im Lager des Geschäfts in der Sibeliuksenkatu mitgenommen und alles hineingepackt, von dem ich dachte, ich würde es in Tampere brauchen, alles Unverzichtbare, von dem ich mich nicht trennen wollte. Es war der erste Karton, später kamen weitere hinzu, ich bin ein unverbesserlicher Hamsterer, wie du weißt, ich habe mir ein zusätzliches Speicherabteil gemietet, damit ich genug Platz für meine Erinnerungen habe. Erinnerungen haben nämlich unter anderem den Nachteil, dass sie höllisch viel Platz wegnehmen. Erinnerungen wiegen viel. Und sie sind teuer. Ich zahle fünfundzwanzig Euro im Monat für das Vergnügen, nicht aus Versehen etwas zu vergessen.

Ich erinnere mich an alles, an jeden einzelnen Gegenstand, auch an ihre Ordnung erinnere ich mich. Noch immer könnte ich sie in dem kaum zehn Quadratmeter großen Zimmer mit der braunen Kugelmustertapete, den abstehenden Fußleisten in den Ecken und der defekten Steckdose hinter dem Bett an ihren Platz stellen. Das Zimmer gehörte mir nicht einmal allein, ich musste es mit Timo teilen, der immer alles kaputt machte und durcheinanderbrachte. Die Mondkarte ist an der rechten oberen Ecke eingerissen, weil Timo versucht hat, sie von der Wand zu reißen. An dem hölzernen Mondbausatz von Revell, meinem größten Schatz, fehlt nach wie vor ein Stück vom Landegestell. Timo hat es verschlampt, möglicherweise absichtlich, es ist nie mehr aufgetaucht. Stell dir vor, wie es ist, den eigenen Bruder zu hassen, aus tiefstem Herzen. Stell dir vor, wie ich die Mondkarte mit Tesafilm repariere. Ist es ein Wunder, dass Timo und ich uns nie nahegestanden haben?

Es war eine Dreizimmerwohnung im zweiten Stock eines Hauses, das einer Versicherung gehörte und neben einem Spielplatz lag. Keine große Wohnung, denn wir waren damals schon zu fünft. Ville war in jenem Mondsommer ein halbes Jahr alt und schlief im Gitterbett im Schlafzimmer von Esko und Liisa. Im Wohnzimmer hatten wir einen roten Flokati, einen niedrigen runden Tisch, ein Ledersofa, auf das gerade so drei Personen passten, und einen giftgrünen Sessel. Der Sessel war natürlich Eskos Platz, dort saß er und streckte die Beine aus, wenn wir alle zusammen fernsahen. Der Fernseher war ein Luxor, ein Sondermodell des Mondsommers 69, der beste Kasten, den es im Geschäft gab. Auch an jenem Julimorgen saß Esko im Sessel. Das heißt, eigentlich saß mein Vater gar nicht, denn er war längst aufgesprungen und stampfte in Hemd und Krawatte durchs Wohnzimmer. Er war den größten Teil der Nacht wach gewesen, ich mit ihm, und irgendwann hatten wir unsere Kleider angezogen, denn Esko war der Meinung gewesen, einen solchen großen Augenblick erwarte man nicht im Pyjama. Außerdem war es die Nacht von Sonntag auf Montag, ihm stand ein voller Arbeitstag bevor. Liisa trug allerdings ihr weißes Nachthemd. Deutlich gelassener als die anderen saß sie auf der Couch und stillte Ville. Auf dem Tisch standen Marie-Kekse und Waffeln, vielleicht auch eine Kanne roter Saft, seit dem Abend standen sie dort bereit, neben einer taschentuchgroßen amerikanischen Fahne auf einem kleinen Metallständer, die Esko in die Hand nahm, als die Tür der Mondfähre aufging.

Eine halbe Milliarde Menschen sahen die Fernsehübertragung. Wahrscheinlich verfolgte eine weitere halbe Milliarde die Ereignisse am Radio. Es leben also heute noch Hunderte Millionen Menschen auf der Welt, die sich an denselben Augenblick erinnern: an ihren Vater, an ihr Wohnzimmer, an das Empfangsgerät, das womöglich im entscheidenden Moment Zicken machte. Es gibt aber auch Menschen, die alles abstreiten, überraschend viele gibt es davon, Hunderttausende, falls man den Diskussionsforen Glauben schenken kann. Sie sind der Überzeugung, dass wir gutgläubige Idioten bloß einen außergewöhnlich teuren und gut gemachten Film aus den Hollywood-Studios gesehen haben. Manche Menschen können auf Wunder nur reagieren, indem sie deren Existenz leugnen. Die mystische Verbundenheit aller Menschen ist für sie ein noch befremdlicherer Gedanke als er es, wie ich fürchte, für Buzz Aldrin war.

Manchmal frage ich mich, ob es in deiner Kindheit auch einen solchen Moment gegeben hat. Ich kann mich sogar an manches erinnern, an den einen oder anderen gemeinsamen Abend vor dem weißen Finlux-Fernseher in unserem Reihenhaus in Kurala. Es war das Jahr 1989, das Jahr, in dem sich auf der Welt einiges tat. Da war der Tag, an dem die Menschenmenge zur Berliner Mauer marschierte. Das Weihnachtsfest, an dem Ceauşescu gestürzt wurde. Nachdem die Rumänen Ceauşescu und seine Frau hingerichtet hatten, wurden die Leichen aus irgendeinem Grund im Fernsehen gezeigt, du hast die Toten gesehen und dich an jedem folgenden Weihnachtsfest daran erinnert. Aber das waren alles Nachrichten, auf die du als Kind gestoßen bist, wirre, komplizierte, auch traurige Nachrichten, die Marjaana und ich mit widersprüchlichen Gefühlen zur Kenntnis nahmen, sie waren nicht so lange geprobt und erwartet und zahllose Male angekündigt worden wie der Moment, in dem der Mensch zum ersten Mal seinen Fuß auf den Mond setzte. Dieser Moment ist klar festgelegt, Jahrzehnte später kann ich ihn auf die Sekunde genau verorten: Am Morgen des 21. Juli 1969 um 04.56 Uhr finnischer Zeit setzte Neil A. Armstrong seinen weißen Weltraumstiefel in den feinen Mondstaub, und mein Vater brach in Tränen aus. Esko mag behaupten, das sei nicht der Fall gewesen, ich sei derjenige, der geweint habe, aber er kennt die Wahrheit so gut wie ich. Ich verstehe gar nicht, warum er sich dafür schämt. Es war ein Moment, der sich nie wiederholen wird, ein Moment, wie ihn keiner von uns danach noch einmal erlebt hat, und unter seiner unbeschwerten Astronautenhülle ist mein Vater empfänglich für solche Momente. Es kann gut sein, dass auch er im Weltall nicht zurechtgekommen wäre. Kann sein, dass er sich von mir viel weniger unterscheidet, als ich mein ganzes Leben gedacht habe. Buzz Aldrin oder Pawel Iwanow? Wer von beiden ist Esko eigentlich?

Solche Momente sind Störenfriede in der Menge der Augenblicke. Bewahre mich im Gedächtnis, rufen sie aus, an mich musst du dich einfach erinnern, und die anderen Augenblicke des Lebens rücken in den Schatten dieser lautstarken, die ganze Menschheit verbindenden Momente. All das Wesentliche, das man für immer aufbewahren und speichern will, in Worten, als Fotografien oder Videos, mit welchen Mitteln auch immer. Jeder Aufbewahrungsversuch ist vergebens, das Wesentliche entrinnt unweigerlich. Es gibt keinen konkreten Beleg für jene Augenblicke, die mir in den frühen Morgenstunden in den Sinn kommen, wenn ich vergebens auf den Schlaf warte. Es gibt keinen Schmalfilm von der Nacht, in der ich schlafwandelnd ins Zimmer meiner Eltern ging, Liisa mich ins Bett zurückbrachte und noch eine Weile neben mir saß. Es gibt kein Foto von deinem Gesichtsausdruck am letzten Schultag der siebten Klasse, am Ecktisch im Restaurant, vor dir liegen Zeugnis und Stipendium, und trotzdem ist es dieser Gesichtsausdruck, der mich wach hält, wenn ich mit ausgestreckten Gliedmaßen im Bett liege, das Laken klebrig vom Schweiß, und um Schlaf bete. Du würdest dich selbst nicht daran erinnern. Du kannst es nicht einmal, es war dein Gesichtsausdruck, du hast ihn nie gesehen. Ich hingegen habe ihn gesehen, denn ich saß dir gegenüber. Die Menschen, die sich im Leben unzählige Male begegnen, Familienmitglieder und vielleicht die engsten Freunde, speichern Erinnerungen aneinander auf eine Art, die sie selbst nicht kennen und voraussagen können.

Wenn ich jetzt an das Wochenende der Mondlandung denke, denke ich nicht an den Moment in der Wohnung in der Matti Alangon katu. Meine wahre Erinnerung, die, in der sich Schmerz und Wärme verbergen, fällt auf das Wochenende davor, auf eine Autofahrt mit Esko. Wir brachten einen Fernseher nach Maaninka, Esko und ich. Wir fuhren vierhundert Kilometer mit dem schreiend roten Ford Cortina, bei dem immer wieder die Schaltung streikte, im Kofferraum einen 23-Zoll-Volltransistorfernseher von Luxor. Es handelte sich um einen Notfall, denn Omas und Opas Fernseher, der schon lange Zicken gemacht hatte, hatte am Samstagmittag endgültig den Geist aufgegeben. In ihrer Not hatte Oma im Geschäft angerufen, ich kann mir dieses Telefonat gut vorstellen, und nach Ladenschluss tauchte Esko zu Hause auf und sagte, er müsse gleich wieder los. Er war ein guter Sohn, er konnte seine Eltern nicht im Stich lassen. Liisa wunderte sich ein bisschen, soweit ich mich erinnere, sie fragte wie so oft nach dem Sinn von Vaters Plänen, aber Esko ließ sich nicht umstimmen. Mich nahm er einfach mit. Liisa hatte gerade noch Zeit, um Proviant und Kleider zum Wechseln für mich einzupacken. Erst im Treppenhaus wurde mir klar, wohin wir fuhren und worin der Zweck unserer Fahrt bestand.

Da saßen wir dann nebeneinander, sechs oder sieben oder acht Stunden, Vater und Sohn. Das war selten, das wurde mir deutlich bewusst. Ein Neunjähriger begreift so etwas. Ich war verdammt stolz. Ich war ein großer Junge, ich durfte dabei sein. Ich wollte bei allem dabei sein, was Esko einfiel, und es drängte mich auch immer ins Geschäft. Fast jeden Tag ging ich nach der Schule einen Kilometer ins Stadtzentrum und setzte mich im Hinterzimmer auf den braunen Plastikhocker, bis Esko genug davon hatte und mich nach Hause scheuchte. Diesmal konnte er das nicht tun, diesmal saßen wir zu zweit im Auto, in einer geschlossenen Blase, es gab niemanden, mit dem Esko sonst reden konnte, niemanden, mit dem er einen Handel abschließen konnte, endlich einmal sprach mein Vater nur mit mir. Ich weiß nicht, warum mir das schon damals so wichtig war. Ich kann nicht behaupten, dass er ausgesprochen distanziert gewesen wäre. Er kitzelte mich, verwuschelte mir das Haar, warf mich, wenn er von der Arbeit kam, hoch in die Luft. In seltenen Fällen zog er mich beim Vorlesen der Gutenachtgeschichte fest unter seine schweißnasse Achsel. Er scheute die Berührung nicht, man könnte ihn sogar als warmherzigen, um seine ganze Verwandtschaft sehr bemühten Mann charakterisieren, und dennoch kommt es mir so vor, als hätte es zwischen uns von Anfang an diese Kluft gegeben. Ich wollte etwas von ihm, das er mir nicht geben konnte oder wollte.

Wie sahen wir aus? Ich hatte wahrscheinlich die blauen Trampas-Frotteeschuhe von Karhu an, dazu James-Jeans und das Grundig-T-Shirt, ein Werbegeschenk des Importeurs: die Uniform, in der ich den ganzen Sommer über umherzog, ohne mich um Liisas Klagen zu kümmern. Esko trug den engen ockerfarbenen Rolli, der für das Sommerwetter zu warm war, aber er fand offenbar, der Rolli betone seinen kräftigen Oberkörper. Irgendeine Frau, ich glaube nicht, dass es Liisa war, hatte es ihm gesagt, vielleicht eine Kundin. Auch eine Sonnenbrille trug mein Vater, das gleiche in Amerika bestellte Modell von Ray-Ban, das die Astronauten auf den Fotos trugen, sein ganzer Stolz. Die Brille passte überhaupt nicht zu seiner länglichen Kopfform, aber er war zehn Jahre lang nicht bereit, auf sie zu verzichten. Neben der Handbremse lagen Pastillen, wie immer, *Tervaleijona, Eucalyptus* oder *Pectus.* Vermutlich lag dort auch eine Schachtel Kent, denn 1969 rauchte Esko noch Kette. Allerdings nie im Auto, denn das Auto war heilig, es war Eskos einziger, echter Besitz – waren wir doch Mieter einer Versicherungsgesellschaft, und auf dem Geschäft lastete damals eine fürchterliche Menge Schulden. Daher roch es im Auto hauptsächlich nach Reinigungsmitteln, üblicherweise nach Zitrone oder Fichtennadeln. Das Armaturenbrett glänzte, dass man sich an hellen Tagen darin spiegeln konnte. Außerdem hatte der Cortina ein brauchbares Radio, ein Hitachi, zwar aus dem vorherigen Auto ausgebaut, doch noch immer in gutem Zustand, und so hörten wir während der gesamten Fahrt das Mondstudio, was sonst – allerdings nicht, weil es uns an Informationen gemangelt hätte. Esko und ich wussten über den Mond alles, was wissenswert war. Unsere gemeinsame Wissensmenge hätte die Experten im Rundfunk beschämt. Peenemünde. Baikonur. Wernher von Braun. Sergei Koroljow. Apollo. Sputnik. Eagle. Alle geheimnisumwobenen Wissenschaftler und sagenhaften Orte sowie die Raumschiffe mit ihren wundersamen Details waren fein säuberlich in den Fächern unseres Gedächtnisses sortiert. Wir beide liebten Wettbewerbe, und während das Mondstudio lief, machten wir ein Quiz, indem wir uns gegenseitig nach kleinen, köstlichen Einzelheiten der großen Weltraumsaga fragten. In welchem Motel wohnten die Astronauten bei ihrem Besuch in Florida? Wie hieß der Affe, den die Amis ins Weltall geschickt hatten? Und der Meterpreis für den Anzugstoff der Astronauten in Dollar? Ich konnte mir Zahlen besser merken, aber Esko hatte die längere Lebenserfahrung. Wieder einmal durfte ich mir die Geschichte anhören, wie er 1957 mit einem schönen Mädchen im Arm auf der Dorfstraße von Maaninka stand und nach dem russischen Satelliten am Himmel Ausschau hielt.

Esko war damals, mit einunddreißig Jahren, unsicher, der Pawel Iwanow in ihm näher an der Oberfläche. Seinen inneren Buzz Aldrin hatte er noch nicht gefunden. Er gehörte nicht so selbstverständlich zum Inventar dieser kleinen, in sich gekehrten Stadt, wie es später irgendwann der Fall war, die Stadt rümpfte sogar die Nase über ihn. Bisweilen hatte Esko das Gefühl, eine Sehenswürdigkeit zu sein, ein bisschen wie der Schwarze, den er in seiner Kindheit auf dem Marktplatz von Kuopio gesehen hatte. Ich weiß noch, wie er sich darüber beklagte: Die alten Frauen, die in der Provinz Häme besonders lahmarschig waren, trieben sich im Laden herum, bloß weil sie den Dialekt hören wollten, wenn ein Mann aus der Provinz Savo den Mund aufmachte. Als er sich nun also an jenem warmen Samstagabend auf der Fahrt in seine Heimat befand, ergriff ihn bereits ein gutes Stück vor Kuopio eine Art fröhliche Wehmut. Wir fuhren auf der Fernstraße 9, es war ein mir fast fremder Straßenabschnitt, unbekannte Kreuzungen, und doch behaupte ich, die gleiche Sehnsucht empfunden zu haben. Auf irgendeine Art weckte die ostfinnische Landschaft auch in mir das Gefühl der Heimkehr, etwas war hier anders, es war schwer zu sagen, was genau. Die Anstiege, die der Cortina tapfer meisterte, wurden immer länger. Verflucht, stell dir vor, man müsste mit so einem Moped auf vier Rädern bis zum Mond tuckern, schimpfte Esko. Der Mensch baut eine Rakete, mit der man ins Weltall kommt, und wir quälen uns mit so was hier nach Maaninka.

Heutzutage kann man alles ohne große Mühe im Nu herausfinden. Irgendwo würde ich wahrscheinlich sogar nachlesen können, wie das Wetter an jenem Tag war. Ich will es aber nicht, ich beschließe, dass es ein Tag war wie jeder Sommertag der Kindheit in der Erinnerung aller alten Leute, blau und warm. Am Himmel trieben dicke Schönwetterwolken, nach der Tageshitze lag noch Wärme in der Luft. An einer Tankstelle aßen wir Schnitzel, draußen, unter verblichenen Jaffa-Sonnenschirmen, das weiß ich mit Sicherheit, und nach der Tankstelle kam ein Regenschauer, wir fuhren hindurch, bevor wir anhielten, um schwimmen zu gehen. Wir schwammen neben der Brücke, an der Stelle, wo du und ich und Marjaana später schwimmen waren, und wir hatten keine Handtücher dabei. Esko befahl mir, mich warm zu rennen und nur in der Unterhose ins Auto zu setzen. Er selbst fuhr ein Stück ohne den Rolli, aus den nassen Haaren fielen Tropfen aufs Lenkrad. Das Mondstudio ging weiter, in dem funkelnagelneuen Fernsehstudio in Helsinki-Pasila sprachen die Männer druckreifes Finnisch und wirkten dabei andächtig wie ketzerische Mönche, die der Genialität des Menschen huldigten. Dreihundertsechzigtausend Kilometer von uns entfernt umkreisten Neil Armstrong, Buzz Aldrin und Michael Collins den Mond, der vor unseren Augen bloß eine kleine, matt schimmernde Sichel in der rechten oberen Ecke der Windschutzscheibe des Cortina war. Allmählich verblasste der Sommerabendhimmel, er verlor seine Farben wie ein zu oft gewaschenes himmelblaues Laken.

Na und? Warum erinnere ich mich überhaupt an diesen Tag, wieder und wieder? Die Erinnerungen, die sich immer von neuem einstellen, sind die unzuverlässigsten. Durch das zu häufige Erinnern an einen Augenblick poliert man ihn auf und tilgt die Nuancen. Er wird zu einer Geschichte, die man sich selbst erzählt, anregend oder, wie in diesem Fall, beruhigend, eine Gutenachtgeschichte, sonst nichts, und ich merke jetzt, dass diese Autofahrt, an die ich mich so gut zu erinnern glaube, Gefahr läuft, sich in eine solche Geschichte zu verwandeln. Ich möchte tiefer vordringen, hinter das Geschehene und Gesagte, unter die Oberfläche aller Wahrnehmungen gelangen. Mich erinnern und außerdem in Worte fassen, woran man sich vermutlich nicht erinnern kann: mich selbst in genau diesem Moment. Das Chaos meiner Gedanken. Der Wirrwarr meiner Gefühle. Die Verwundbarkeit meiner Kindheit. Das, was ich wirklich empfand, als ich in dem Auto saß, in dem ich der Erinnerung nach gesessen habe. Das allein ist sicher, ich erinnere mich, dort gesessen zu haben. Wenn die Erinnerung trügt, und sie trügt auf jeden Fall, ist man gezwungen, sich etwas vorzustellen. Diese Vorstellung entspricht dem gescheiterten Erinnern. Oder ist es umgekehrt? Ist die Erinnerung gescheiterte Imagination?

Jedenfalls kommen wir am Haus meiner Großeltern an, vielleicht gegen zehn Uhr am Abend, es ist noch hell. Wir biegen in die von Birken gesäumte Zufahrt ein, fahren zwischen Apfelbäumen und Kartoffelacker direkt aufs Haus zu und parken den Ford neben Opas altem Anglia. Opa sitzt rauchend auf der Treppe, wie immer, neben demselben Gewürzgurkenglas, das als Aschenbecher dient, mit derselben Strickjacke über den Schultern, mit derselben Reklamemütze der Landwirtschaftsgenossenschaft *Hankkija* auf dem Kopf. Ein gutgelaunter Opa, nicht von Gram gebeugt, nicht der unheimliche, fast stumm in der Ecke hockende Greis, an den du dich vermutlich erinnerst. Sie geben sich die Hand, Esko und Armas, Opa schnappt mich und nimmt mich in seine nach Land riechenden Arme, drückt mich fest, und Oma erscheint in der Tür, um sich über die Ankömmlinge auszulassen, um sich zu wundern und zu staunen, wie furchtbar viel ich wieder gewachsen bin. Was ist daran furchtbar, sagt Esko zu seiner Mutter und tätschelt stolz meinen Kopf. Furchtbar wäre es, wenn das Kind nicht wachsen würde. Der Karton wird aus dem Kofferraum geladen, Esko trägt ihn ins Haus, und im Wohnzimmer versammeln wir uns um meinen Vater, der auf allen vieren in die Ecke zwischen Kommode und Sofa kriecht, die Kabel sortiert und die Antenne justiert, nach kurzem Suchen das Testbild erwischt und beide Sender im Luxor-Gerät einstellt. Wie viel macht das dann, fragt Opa beiläufig. Keinen Pfennig, meine Herrschaften, antwortet Esko großspurig, und das ist die Antwort, die Esko geben und die Großvater hören will. Beide sind zufrieden, Friede legt sich über die Stube. Inzwischen ist Kaffee gekocht worden, Oma sträubt sich zunächst, erklärt sich dann aber doch bereit, im Wohnzimmer mit dem Sonntagsporzellan zu decken, weil es ein besonderer Abend ist, und da sitzen wir und trinken Kaffee und schauen das Mondstudio an, in dem sich die Atmosphäre weiter verdichtet hat; heute würden die Männer um die Wette reden und einander ins Wort fallen, aber im Jahr 1969 sitzen sie alle in ihren besten Anzügen im TV-Studio und warten brav, bis ihnen das Wort erteilt wird. Ich trinke Orangen-Palma und mümmle frisch gebackene Zimtschnecken. Omas und Opas alter Hund leckt an meinen nackten Zehen, es ist ein komischer Hund, er mag Fußschweiß. Mir brennt der lange Tag in den Augen, ich bin so müde, dass ich auf der Stelle einschlafen könnte, aber ich halte durch. Ich bin unter keinen Umständen bereit, aufzugeben, ich bleibe wach, bis mich Oma ins Gästebett trägt, mich zudeckt und alle drei Abendgebete spricht. Noch in der Kammer höre ich Eskos und Opas Stimmen, sie sind härter geworden, spätestens in diesem Stadium des Abends ist die Schnapsflasche hervorgeholt worden, und sie diskutieren über etwas, das ich nicht verstehe. Sie diskutieren immer, das weiß ich, und darum sorgt ihr Wortwechsel für Geborgenheit. Ich schlafe über ihren diskutierenden Stimmen ein.

Die Monderinnerung bildet einen tragischen Bogen, auch das weißt du: Eskos Bruder starb am selben Tag, an dem Neil Armstrong den Mond betrat. Sakari, der jüngste Bruder, der erste und einzige Abiturient in der Familie, derjenige, der promovierter Jurist oder Arzt oder etwas in der Art werden sollte. Großmutter machte sich an jenem Wochenende Sorgen um ihn, das weiß ich noch gut, sogar Esko sagt, er könne sich an die Besorgnis seiner Mutter erinnern. Sie lamentierte, warum man mit so einem uralten Auto bis zu den nordnorwegischen Fjorden fahren müsse. In der nach Zimtschnecken duftenden Wärme des Samstagabends lag bereits eine Vorahnung der künftigen Trauer.

Wir fuhren dieselbe Strecke zwei Wochen später also noch einmal, diesmal mit der ganzen Familie. Armstrong, Aldrin und Collins waren wieder sicher auf der Erde, aber irgendwo in Kalifornien in Quarantäne. Eskos toter Bruder, mein einundzwanzigjähriger Onkel, lag in der Kirche von Maaninka vor dem Altar im Sarg. Mein kleiner Bruder hat noch die Zukunft der Menschheit gesehen, sagte Esko in seiner Trauerrede. Leider darf Sakari sie nicht mit uns zusammen aufbauen, fuhr er fort, und genau in dem Moment gab er nach, alles, was Esko nach der Todesnachricht entschlossen in sich eingedämmt hatte, brach aus ihm heraus, und er weinte zum zweiten Mal in diesem denkwürdigen Sommer, diesmal ohne den Versuch, die Tränen vor den anderen Leuten zu verbergen. Ich wünschte die ganze Zeit, er würde aufhören. Ich saß neben Liisa, die mindestens ebenso heftig heulte, ich drückte ihre Hand und flehte innerlich, sie würden beide aufhören, vor allem Esko. Ein Kind will seinen Vater nicht weinen sehen. Ein Kind will das einfach nicht, es ist zu viel für ein Kind, vielleicht sollte ein Kind so etwas nicht sehen. Ich habe mindestens einmal vor deinen Augen geweint, nein, mehrmals, und ich weiß nicht, was du darüber denkst.

Ich erinnere mich jetzt, was du letzten Herbst in Berlin zu mir gesagt hast, in dem Lokal am Prenzlauer Berg, in dem wir nach eurer Premiere spät nachts gelandet waren. Ihr hattet gerade den globalen Kapitalismus, die Umweltfrage und die Klimaveränderung in die richtige Ordnung gebracht und glühtet noch vor Euphorie, in kollektiver Begeisterung, an der ein Außenstehender unmöglich teilhaben konnte. Darum saß ich so still da, obwohl ich ehrlich glücklich für dich war. Darum zog ich mich ein wenig aus der Runde zurück, verfolgte meine eigenen Gedanken und leerte in aller Ruhe mein Glas. Und das ärgerte dich wohl, meine Schweigsamkeit, mein Rückzug; die Tatsache, dass meine Energie beim besten Willen nicht mehr ausreichte, um mich an dem mal auf Englisch, mal auf Deutsch geführten Gespräch über alles Mögliche zu beteiligen. Irgendwann redet ihr euch beim

Thema Eltern fest, du und Max vor allem. Du zwangst mich in das Gespräch und sagtest diese Sätze. Meine Mutter ist mehr Mann als mein Vater. Mein Vater ist mehr Frau als meine Mutter. Also wenn man es traditionell betrachtet, durch die verknöcherten Geschlechterklischees. Max mit seinem birnenförmigen, rasierten Schädel hatte dir mit der Gebärde des Besitzers die Hand auf die Schulter gelegt, sein schamloser Schauspielerblick bohrte ein Loch in meine Seele. Die blonde Frau, die Dänin, wie hieß sie noch, Lise – Lise legte die Hand auf meine Hand und fing aus irgendeinem Grund an, mich zu streicheln, fuhr mit ihren langen Fingern meinen Arm hinauf. Theaterleute und ihr seltsames Benehmen.

Es überrascht mich nicht, dass du so denkst. Der Gedanke schockiert mich nicht, wahrscheinlich stimmt er sogar. Ich war nur überrascht, weil du ihn vor all den mir fremden Menschen laut aussprachst. Die Betrunkenheit überspülte gnädig meine Scham, jetzt kommt mir die ganze Konstellation wieder in den Sinn, ich allein, du von deinesgleichen umgeben. Vielleicht hasst du mich wirklich. Du hasst mich so, wie ich Esko hasse, nur mit einem kleinen Teil deiner Seele, aber trotzdem hasst du mich. Und weil du all das kannst, was du kannst, weil dir ein Ausdrucksmittel zur Verfügung steht, wirst du eines Tages diesen kleinen, von Liebe getönten Hass auf die Bühne bringen, und damit mich, uns beide. Wahrscheinlich wird es dir guttun, und anschließend wird dir leichter zumute sein. Ich hätte nichts dagegen, vielleicht hoffe ich sogar, dass du es tust.

Deine Geburt war meine Erweckung. Als ich im Krankenhausflur auf dem grünen Plastikstuhl gegenüber der Tür zum OP saß, war ich drei Jahre jünger als Esko bei der Eröffnungsfeier der Olympiade von Tokio. Das war seine Erweckung gewesen, der entscheidende Moment seines Lebens, und ich hatte nun meinen: den Abend, die Nacht und den Morgen in der Uniklinik von Tampere. Ich war ein junger

Vater, auch damals dachte ich das, entsetzlich jung, wenn ich jetzt daran denke, und ich fühlte mich jung, während ich wartete und die Menschen an mir vorbeigingen, die Sandalen der Krankenschwestern auf den Gängen klatschten; mein junges Herz schlug schneller als sonst, und in den Ohren hörte ich das Rauschen meines jungen Bluts. Ich hatte ein verwaschenes oranges T-Shirt und eine an den Knien durchgescheuerte Jeans an. Meine Haare waren halblang und ungewaschen, auf der Stirn verdeckten sie die letzten Pickel. In den schweißnassen Händen hielt ich die Kodak-Spiegelreflexkamera, die mir Esko zum Abitur geschenkt hatte.

Dann ging die Tür auf, und man rief mich hinein. Es war eine alte, erfahrene Hebamme, die mich rief, sie packte mich an der Schulter und führte mich zu einem Stuhl neben dem OP-Tisch. Marjaana lag mit entsetzlich bleichem Gesicht da, auf ihrer Oberlippe standen Schweißperlen. Ihre Hand war kühl und schlaff, als ich sie drückte. Marjaana war wütend und nervös, beinahe panisch. Bis dahin war bei der Geburt nichts so verlaufen, wie sie es sich vorgestellt hatte, und damals hasste sie solche Situationen noch mehr als heute, sie hasste es, wenn ihre sorgfältig gefassten Pläne auf den Widerstand der Welt trafen. Sie hatte eine natürliche Geburt gewollt, eine Zeitlang sogar eine Hausgeburt ins Auge gefasst, und jetzt musste sie sich einer Sectio beugen. Ihre Angst wirkte auf mich vollkommen anders, als man glauben möchte. Mein Herz schlug langsamer, mein Atem beruhigte sich. Der OP erinnerte an eine Kfz-Werkstatt, es war ein hellerleuchteter Raum voller Menschen mit ausdruckslosen Gesichtern und militärischer Kommandos, exakter Bewegungen, Messer, die im Licht der Neonröhren aufblitzten, und trotzdem fühlte ich mich besser als draußen auf dem Flur. Ich weiß, dass man das einer Frau nur schwer erklären kann, es klingt falsch. Marjaana würde sich über meine Erinnerung empören. Sie wurde operiert, unter der sterilen Abdeckung schnitten Ärzte ihre Haut auf. Sie befand sich in Lebensgefahr, nicht ich. Mir passierte nichts, das stimmt, die Schmerzen waren allein Marjaanas Schmerzen, und doch fühlte ich, dass ich zum ersten Mal seit der Zeugung des Kindes anwesend war, dass das Kind nicht allein Marjaanas, sondern auch mein Kind war. Vor mir tat sich ein Raum auf, den ich ausfüllen würde.

Du wurdest zuerst mir übergeben. Dein erstes Schreien erfüllte den OP, das niedlichste Geräusch der Welt, dann hoben dich die dicken Hände der Hebamme über die sterile Abdeckung, damit wir dich sehen konnten. Ein Mädchen, sagte sie. Ein kleines, niedliches Mädchen, klein und niedlich warst du, voller Blut und Schleim und Käseschmiere. Man legte dich an Marjaanas Brust, wo du einige Sekunden bleiben durftest, dann musste die Operation weitergehen. Die Hebamme schnappte dich und wickelte dich in ein weißes Tuch, ich folgte ihr, lief hinter dir her, und wir kamen in einen leeren Kreißsaal im Obergeschoss, wo ich dich wusch und dir die erste Windel anzog, wo ich dich abtrocknete und dir einen Strampler anzog. Zusammen mit der Hebamme wunderte ich mich über deine Haare, die zweifellos ulkig aussahen. Sie wollten sich einfach nicht legen, auch wenn die Hebamme sie noch so bürstete. Dann kämmen wir sie halt so, dass sie nach oben stehen, sagte ich, und so wurde es gemacht, ich setzte mich auf einen Schaukelstuhl in der Ecke, die Hebamme legte dich in meine Arme, und da waren wir dann, du und ich, und ich dir fast ebenso nah wie Marjaana in den neun Monaten zuvor. Es geschah vollkommen überraschend, ich hatte mich in keiner Weise darauf einstellen können. Dennoch kam es mir ganz natürlich und selbstverständlich vor. Keineswegs kompliziert, im Gegenteil, es war das Einfachste der Welt. Hatte es nur mit meiner Jugend zu tun, mit meinen dreiundzwanzig Jahren, dass mich diese Sicherheit erfasste? Die Hebamme betrachtete uns eine Weile, länger als üblich, glaube ich, und was sie sah, rührte sie. Diese Frau war keine, die unnötige Worte machte, sie hatte so vielen Kindern auf die Welt verholfen, dass Furchen der Müdigkeit ihr schönes Gesicht erobert hatten. Marjaana behauptet, sie wäre von ihr nur angeschnauzt worden, Marjaana hat sie als schreckliches Weibsstück in Erinnerung, aber das Lächeln des schrecklichen Weibsstücks war voller Wärme, als es endlich aufleuchtete. Ich wollte eigentlich fragen, ob ihr einen Moment alleine klarkommt, sagte sie, aber das brauche ich gar nicht zu fragen, das sieht man ja. Ihr zwei kommt überall klar.

Amazing Grace. Zufällig hatte ich das Lied am Abend zuvor gehört, eigentlich in der Nacht, in der kurzen, windigen Sommernacht, nach der fast unmerklich der Morgen deines Geburtstags anbrach. Ich war in meinem Appartement in der Aleksanterinkatu aufgewacht, konnte nicht mehr einschlafen und verschanzte mich darum in meinem alten Zufluchtsort, in dem schwarzen Ledersessel vor Fernseher und Stereoanlage. Ich war meine Platten durchgegangen und bei einer Sammlung Spirituals gelandet, aber als ich die Hymne hörte, empfand ich keine erstaunliche Gnade, sondern hatte viele widersprüchliche Gefühle. Wieder einmal hatte ich an Marjaana gedacht, daran, wie sie im Herbst zuerst verschwunden und dann mit ihrer Neuigkeit zurückgekommen war. Ich hatte an den Frühling nach ihrer Rückkehr gedacht, daran, wie unklar alles nach wie vor war, wie sie mich von sich stieß und zugleich zu sich rief. Warum schlief sie auch jetzt weit weg von mir, in ihrer WG mit Ulla Lohela und Annukka Viskari, im unordentlichsten Zimmer einer eklig versifften Wohnung, unter deren Fenstern eine Ausfallstraße tobte? Warum war sie lieber dort als bei mir? Und wenn sie unbedingt dort sein musste, warum lud sie mich nicht ein? Warum wohnten wir nicht zusammen wie normale Menschen? Sämtliche schrecklichen Möglichkeiten waren mir durch den

Kopf gegangen: dass eine von euch beiden sterben würde, dass du schwer behindert wärst, dass man dich für den Rest deines Lebens in ein Heim sperren würde, wo wir dich abwechselnd besuchen würden, einmal im Monat, Marjaana und ich, jeder für sich, und diese Gedanken trieben mich schließlich ans Fenster, wo ich stand und die Sonne betrachtete, die versuchte, hinter dem Haus gegenüber aufzugehen, die wenigen Menschen, die aus irgendeinem Grund über die leere Hämeenkatu irrten, die Möwen, die um den aufgeklappten Mülleimer an der Bushaltestelle flatterten und deren Kreischen in die Kopfhörer drang und sich unter die Musik mischte. *Amazing Grace.* Und zwanzig Stunden später dasselbe Lied vollkommen anders, so wie es sein sollte, als schöne Hymne, die im Kopf erklang. Als Chor schwarzer Frauen, deren Stimmen von meinen Schädelplatten widerhallten und Gott lobten, über dessen Nichtexistenz ich mir nicht so sicher war, wie ich es hätte sein sollen. Vielleicht gab es Gott. Dich gab es, und hinter dir musste es etwas geben. Hinter deinen halb blinden Augen und der weichen Delle in deinem Kopf, hinter deinen Nägeln, die meine Haut kratzten, hinter deinem heißen, speichelnden Mund, der hilflos durch den Hemdstoff nach meiner Brust schnappte. Du picktest mit deinen Lippen an mir, du wolltest Nahrung. Auch dies war einprogrammiert. Alle diese Einzelheiten, diese verblüffende Präzision. Dass du nur aus zwei Menschen hervorgegangen sein solltest, aus mir und Marjaana, also aus fast nichts, schien unmöglich. Ich war allein, ich war allein mit dir und durfte denken, was ich wollte. Und eben auch an Gott glauben.

Draußen rückte der Sommerabend so langsam voran, wie es Sommerabende tun, der blaue Himmel verlor allmählich seine Farbe und verblasste. Vom Schaukelstuhl in der Ecke aus sah ich nur den Himmel und den fernen Stadtrand mit dem Wald dahinter. Im Ratina-Stadion zwei Kilometer weiter fanden Sportwettkämpfe statt, Tiina Lillak warf dort den Frauenspeer zum Weltrekord, das war das Erste, was Esko sagte, als ich am nächsten Morgen zu Hause anrief und berichtete, wo ich den Abend zuvor verbracht hatte. Neuer Weltrekord! Tiina hat sich selbst übertroffen! Da ist das Mädchen aber an einem verflixt tollen Tag auf die Welt gekommen! So drückte er sich aus, kam sofort von den einigermaßen bedeutenden Dingen zu den wirklich wichtigen, und auch wenn ich wusste, dass mein Vater nichts dafür konnte, dass er so war, dass dies seine Art war, Zeit zu gewinnen, dass es sich um eine Schutzreaktion handelte, war ich natürlich wütend auf ihn. Tiina Lillak! Verdammte Scheiße, was hat Tiina Lillak damit zu tun? Ich habe ein Kind bekommen, du dein erstes Enkelkind, und du redest von Tiina Lillak!

Esko streckte sofort die Waffen. Reg dich nicht auf, sagte er. Entschuldigung, sagte er sogar. War ich es, der die ganze Zeit streiten wollte? Und Esko derjenige, der sich immer einig sein wollte? Danach sagte Esko nichts mehr, er rief Liisa ans Telefon, und mit ihr war es kein bisschen einfacher zu reden, es war eine schwierige Zeit, die Dinge waren kompliziert geworden, seitdem ich Marjaana kennengelernt hatte. Wie hätte ich ihnen erklären sollen, dass sie keine Einladung zur Taufe bekommen würden? Es würde gar keine Taufe stattfinden, nur eine kleine Namensgebungsfeier, an der hauptsächlich Marjaanas Freundinnen teilnehmen würden, Feministinnen, wie Esko sagte, Frauen, die unterm Rock oder eher unter der Hose Eier versteckten. Die Wahrheit lautete, dass ich selbst nicht wusste, woran ich war. Ich wusste nicht einmal, inwieweit ich Teil des Ganzen sein durfte. Ich wusste, dass ich liebte, dich und Marjaana, und ich hatte das Gefühl, alles würde sich zum Guten fügen. Ich sagte auch Liisa, dass ich dieses Gefühl hätte. Gut, dass wenigstens einer ein gutes Gefühl hat, erwiderte sie. Da brach ich das Gespräch sofort ab. Ich umklammerte den schwarzen Hörer des Münztelefons im Krankenhaus und knallte ihn auf die Gabel, dass die Scheiben erzitterten. Fahrt zur Hölle, dachte ich. Oder von mir aus nach St. Moritz oder auf die Kanarischen Inseln, wo Esko und Liisa damals so ihre Zeit verbrachten. Sie befanden sich fünfundsiebzig Kilometer von mir entfernt, aber aus diesen fünfundsiebzig Kilometern war ein Ozean geworden, dessen Überquerung sie zuerst in Angriff nehmen müssten. Ich würde ihnen nicht entgegenschwimmen.

Bis zum Ende des Sommers hielt Marjaanas Widerstand an. Sie wollte keine Familie. Sie wollte keinen Mann daheim haben. Sie wollte ihr Kind gemeinsam mit den Menschen, die ihr am nächsten standen, großziehen, mit Ulla und Annukka. Sie saßen in der WG-Küche, auf dem Tisch Bücher und Spiralblöcke, hielten jeden Donnerstag ihre ewige AG ab, an der immer mehr Frauen teilnahmen. Sie schrieben Leserbriefe über falsche Gesellschaftsstrukturen, waren gegen Atomkraft und planten, an Friedensmärschen in Paris oder Amsterdam teilzunehmen, studierten feministische Selbstmedikation und lachten angeblich so viel, dass die Nachbarn sich beim Hausmeister über den Lärm beschwerten. Ich weiß es nicht genau, woher sollte ich es auch wissen, ich war ein Mann und nahm an den Sitzungen nicht teil. Zweifellos hatten sie ihren Spaß miteinander, die meisten Frauen hatten schon in marxistisch-leninistischen AGs an der Uni gesessen, und im Vergleich dazu waren die Donnerstagsversammlungen informell und locker. Ihre Vorbilder waren die kleinen finnlandschwedischen feministischen Gruppen, die in den siebziger Jahren umgesetzt hatten, was auf der finnischsprachigen Seite erst jetzt passierte. Es war eine Art Paradies, und das Leben im Paradies sollte nach deiner Geburt weitergehen wie zuvor, als wäre nichts geschehen. Das versuchte mir Marjaana zu vermitteln. Aber so war es nicht. Deine Anwesenheit konnte man nicht leugnen, du quengeltest in deinem Korb auf dem Fußboden und verlangtest Aufmerksamkeit. Marjaana nahm dich auf den Arm, stillte dich und redete dabei von Geschlechterdiskriminierung, und auch wenn es natürlich und couragiert sein sollte, so trat der Anblick doch zwischen sie: Die stillende Marjaana passte nicht zu der Vorstellung, die Ulla und Annukka von Marjaana hatten. Sie hatten sich beide fest vorgenommen, keine Kinder zu bekommen, und den Unfall, der Marjaana passiert war, hielten sie tatsächlich für ein Missgeschick.

Ich kann mich natürlich auch täuschen. Ich kannte Ulla und Annukka nicht, ich kann nur vermuten, was sie dachten. Am wichtigsten war für mich, dass sich die Dinge in die richtige Richtung entwickelten: Ab dem Spätsommer und frühen Herbst stand Marjaana immer öfter vor meiner Haustür. Ich kam jedes Mal herunter, packte am Kinderwagen an, und es störte deinen Schlaf nicht, wenn wir dich drei Stockwerke nach oben trugen, Marjaana und ich, zusammen und so flott, als würden wir das ständig tun. Auch in der Diele schliefst du noch, wir nahmen dir nur die Mütze ab und öffneten den Reißverschluss. Dann tranken wir Kaffee und aßen Leberwurstbrote, redeten über Aids, denn Aids war gerade entdeckt worden und von Afrika nach Deutschland gelangt, ich weiß noch, wie wir einmal über Aids sprachen, während du schliefst, und weil du noch schliefst, legten Marjaana und ich uns auf das schmale Bett und schliefen auch ein. Ihr würdet über Nacht bleiben, das wusste ich schon. Ihr würdet auch die nächste Nacht bleiben. Und irgendwann war es sinnlos, sich weiter etwas vorzumachen, ich mietete einen Lieferwagen und holte alles, was du brauchtest, und die Hälfte von Marjaanas Sachen aus der WG.

Für ein Einzimmerappartement war die Wohnung geräumig, fünfunddreißig Quadratmeter. Das hätte genügt, wir hätten dort ohne weiteres eine Zeitlang bleiben können. Aber dann erfuhr Marjaana, dass ich keinen Pfennig dafür bezahlte, die Wahrheit war mir herausgerutscht. Esko hätte mich die Nebenkosten bezahlen lassen, aber Liisa fand das unnötig. So hatte ich zwei Jahre auf Kosten meiner Eltern im Stadtzentrum von Tampere gewohnt, obwohl wir kaum miteinander sprachen, und hatte darin, wenn ich mich recht erinnere, kein Problem gesehen. Marjaana war anderer Meinung. Du bist ein kleiner Bub, kanzelte sie mich ab, Papas kleiner Gehilfe, Mamas Liebling. Es waren schwierige Zeiten, das sagte ich ja schon, schwieriger als alle anderen. Liisa und Esko hatten dich noch nicht gesehen, sie riefen mich abwechselnd an und flehten buchstäblich, ich möge nachgeben. Ich war wütend auf Marjaana, schlug die Tür zu und marschierte aus der Wohnung. Als ich mit einer Packung Zigaretten vom Kiosk zurückkam, war sie zum Glück noch da: saß auf dem Bett, wiegte dich in den Schlaf und sah fern. Bei mir sah sie gerne fern, in der WG gab es natürlich keinen Apparat. Dann suchen wir uns eben eine Wohnung, sagte ich zu ihr. Du und ich, die Miete teilen wir uns. Und keine Schikanen mehr. Keine zwei Adressen. Wir wohnen alle drei dort und nirgendwo anders.

So landeten wir in der Dreizimmerwohnung im Stadtteil Haukiluoma, in der Wohnung, die du nur von Fotos kennst. Es hatte eine Alternative gegeben, eine Untermietwohnung im ersten Stock eines Holzhauses in Pispala, Marjaana wäre lieber dort eingezogen. Ausgerechnet sie wollte Geschichte um sich haben. Aus irgendeinem Grund befremdete sie die Vorstellung, dass wir als erste Bewohner in ein neues Haus zogen, in einen Stadtteil, der erst vor wenigen Jahren geplant worden war und jetzt am Stadtrand aus dem Boden gestampft wurde.

Die ganze Gegend war eine einzige Baustelle. Als wir unsere Sachen hineintrugen, war nicht einmal das Gerüst am Haus abgebaut. Von Hof oder Rasen keine Spur, auf dem planierten Gelände standen lediglich mit Planen abgedeckte Müllcontainer und die Pausenbaracken der Bauarbeiter. Es lohnte sich nicht, sie zu versetzen, denn unser Haus war als einziges im Viertel fertig. Das Gehämmer und Geklopfe ging also weiter, morgens wurden wir vom Kreischen der Kreissäge oder vom Dröhnen einer Bohrmaschine wach. Das Getöse der Ramme setzte gegen zehn Uhr ein und hielt bis weit in den Nachmittag an, es kam vom Waldrand, wo auf den Baugrundstücken die Pfähle für das Fundament in die Erde gerammt wurden. Aber der Mensch sieht, was er sehen will, er schaut auf die Landschaft und färbt sie sich nach Lust und Laune. So tat ich es, und darum erinnere ich mich an Haukiluoma als an etwas Unfertiges, aber trotzdem Vollkommenes, ich könnte auch jetzt durch die inzwischen dreißig Jahre alten Straßen gehen und etwas sehen, was sonst niemand sieht. Viele der Straßen waren damals noch nicht befestigt, sie warteten auf den Sommer und den Asphalt. Der Oktoberregen trommelte Löcher hinein, denen man mit dem Kinderwagen ausweichen musste. Ich schob den Wagen an dunklen Herbstabenden im ungleichmäßigen Licht der Straßenlampen über diese Straßen, ich ging und ging, denn ich musste dich zum Einschlafen bringen, und beim Gehen spähte ich in die Wohnungen. Nicht in allen Fenstern hingen damals schon Vorhänge, die Fenster glichen hellerleuchteten Gemälden, auf denen unbekannte Menschen ihrem Leben einen neuen Rahmen gaben, den Raum nach ihrem Geschmack aufteilten und mit ihren Sachen füllten. Sie schraubten Regale an die Wand oder befestigten Lampen an der Decke oder schleppten mit der ganzen Familie eine Kommode an ihren Platz. Ein Mann auf einer Leiter war ein gewöhnlicher Anblick, ebenso eine Frau an der Nähmaschine. Die kleinen Kinder liefen im Wohnzimmer um die Wette, die etwas größeren spielten mit Lego, die noch größeren machten Hausaufgaben. Ich fühlte mich diesen Menschen zugehörig, ich empfand Anteilnahme, auf eine Art, die ich nicht erklären kann. Das war es, was ich in der Uni hätte empfinden müssen, in den Vorlesungssälen, wenn ich Menschen zuhörte, die sich ihrer Sache sicher waren, und versuchte, auch aus mir so jemanden zu machen, jemanden, der sich seiner Sache sicher war. Nun, da du auf der Welt warst, saß ich immer seltener in jenen Sälen. Marjaana wollte arbeiten, war schon im Dezember halbtags im Sozialamt, und das störte mich nicht, ich fügte mich der Rolle, die man mir anbot, es war vielleicht die erste, die wirklich zu mir passte. Erweckung, das sagte ich ja schon. Du, ich und das Fläschchen.

Aber dieses Gefühl, diese Zugehörigkeit. Das Wunder der Gesellschaft. Du sagst doch immer, du würdest einzig und allein gesellschaftskritisches Theater machen, vielleicht interessiert dich mein Gedanke. Im folgenden Sommer, dem Sommer, als du ein Jahr alt warst, gingen wir jeden Tag auf den Spielplatz. Immer auf denselben, es waren zwei Kilometer bis dorthin, aber das machte nichts, es war der schönste Spielplatz der ganzen Stadt, und außerdem gab es dort zu Mittag Suppe. Du torkeltest in deinen ulkigen dicken Strumpfhosen umher, ich half dir vom Rasen auf und dachte, wie verblüffend das alles war. Welche komplexen Prozesse waren dem Entschluss vorangegangen, von Anfang Juni bis Mitte August Kindern kostenloses Essen anzubieten, immer an derselben Stelle, um Punkt zwölf Uhr? Was für eine zwischenmenschliche Zusammenarbeit, was für eine Koordination waren nötig, damit etwas so Einfaches funktionierte? In irgendeiner Behörde stellte ein Beamter eine Essensliste zusammen, entwarf sie vermutlich schon im Winter, ließ sie dann von seinem Vorgesetzten bestätigen. Ein anderer Mensch in einer anderen Abteilung kümmerte sich um die Zutaten, bestellte zweihundert Kilo Kartoffeln und weitere zweihundert Kilo Karotten, Sommertag für Sommertag die gleiche Ladung. Irgendwo gab es eine Küche, eine riesige

Einrichtung, die der ganzen Stadt diente, wo zig Menschenhände, von Dampf und Brühe und kleinen Schnittwunden empfindlich geworden, in Zwanziglitertöpfen Hühnersuppe mit Gemüse kochten. Danach der Transport. Ein von der Sonne gebräunter Mann, seit dreißig Jahren im Dienst der Stadt tätig, sprang nach dem Morgenkaffee in einen Lieferwagen und kurvte über die Hauptstraßen, bis er an der richtigen Ecke in eine Einfamilienhaussiedlung einbog, deren Straßen mit dicken Schwellen zur Dreißigerzone vermint worden war. Und da war er schon fast, der Punkt, an dem du und ich uns befanden, auf dem von alten Ahornbäumen freundlich umhegten Spielplatz, wo dicke Tanten die Suppenfässer in die Mitte stellten, die Temperatur der Suppe prüften, sie in ein Rechenheft eintrugen und ihr quälend langes Aufwärmspiel begannen, das, als die kleinsten Kinder bereits vor Hunger schrien, gnädig mit einem Ritual endete. Ein Kind drehte sich mit geschlossenen Augen und ausgestrecktem Arm im Kreis der wartenden Kinder. Das Kind, bei dem der Finger anhielt, bekam als Erstes seine Suppe. Auch das war meiner Meinung nach erstaunlich vernünftig, ein weiterer Beweis dafür, wie die Gesellschaft ohne die spezifische Entscheidung eines Einzelnen ihre Werte in den neuen Mitgliedern verwurzelte. Zwecklos, sich vorzudrängen. Zwecklos, sich eine Viertelstunde vorher anzustellen. Jeder kommt an die Reihe, es ist genug für alle da. Der Erste wird durch das gerechte Los bestimmt.

Auch solche Gedanken versuchte ich Marjaana darzulegen. Ich kann mich genau daran erinnern, dass ich es versuchte, einmal gegen Abend in der Küche, als sie am Herd stand und kochte, ich glaube Würstchengulasch. Das Repertoire ihrer Gerichte war für eine Frau mit Bewusstsein überraschend traditionell und nicht sonderlich groß. Es war der August 1984, und Esko und Ville und Timo waren bei den Olympischen Spielen in Los Angeles, auch daran kann ich mich erinnern. Ich rieb Karotten in der Mühle, erzählte vom Spielplatz, von meinem Gefühl, und Marjaana war sauer auf mich. Die Dinge, von denen ich sprach, seien keine verdammten Wunder. Das seien politische Entscheidungen, um die man jeden Tag mit den Bürgerlichen ringen müsse. Sie saß als Vertreterin der Volksdemokraten im Stadtrat und hatte mit ihrer Fraktion das Experiment mit dem Essen auf Spielplätzen durchgesetzt. Es war ein Pionierprojekt, es war stundenlang heftig darüber diskutiert worden, in meiner wunderbaren, erstaunlichen Gesellschaft lebte eine beträchtliche Zahl von Menschen, für die es keine schlechtere Idee gab als die, an kleine Kinder kostenlos Suppe auszuteilen. Es sei ein Kampf. Ein zäher, fortlaufender Kampf, ob ich das vergessen hätte. Während ich in der Sonne auf der Parkbank vor mich hin träumte, versuchte Marjaana nach allen Kräften, Menschen zu helfen, die von der Gesellschaft als unbrauchbar zur Seite geschoben wurden. Alleinerziehende Mütter, Arbeitslose, die zu trinken begonnen hatten, junge Leute mit psychischen Problemen, Familien mit niedrigen Einkommen, die ihr ganzes Hab und Gut bei missglückten Wohnungskäufen verloren hatten. Am Ende war Marjaana richtig wütend und schwenkte ohne es zu merken die Suppenkelle in der Luft. Sie schlug mir auf die Finger, als ich von hinten an sie herantrat, sie in den Arm nahm und versuchte, es mit Humor zu nehmen.

Ich weiß, dass ich Marjaana falsch in Erinnerung habe. Ich weiß, dass ich maßlos bin. Ich weiß, dass ich mich zu sehr an solche Augenblicke erinnere und die anderen vergesse, von denen es doch auch viele gab, gute, gewöhnliche Augenblicke. Wenn Marjaana nicht müde oder hungrig war, war sie stets offen für ein gutes Gespräch, wir redeten viel, und das gehörte zu den Dingen, die ich an ihr liebte. Du schliefst im Zimmer nebenan, und wir lagen nebeneinander auf dem Bett und hatten es beide nicht eilig, einzuschlafen. Dann redeten wir nicht über die Gesellschaft, wir redeten über andere Dinge. Über die Kindheit zum Beispiel, wir redeten viel über die Kindheit – vielleicht lockte die Tatsache, dass wir plötzlich ein gemeinsames Kind hatten, solche Erinnerungen hervor. Marjaana erinnerte sich vielleicht sogar genauer als ich an die Kindheit. Sie entsann sich des Gefühls, wenn man mit fünf Jahren auf einmal seine Einzigartigkeit erkennt und gleichzeitig unweigerlich seine Einsamkeit; ihr Gefühl glich exakt dem meinen, Marjaana war an solchen Dingen interessiert und konnte sie gut in Worte fassen. In ihrer fanatischsten Aktivistenzeit Ende der siebziger Jahre hatte sie seitenweise Gedichte geschrieben, die nichts Politisches an sich hatten. Sie waren ihre Zuflucht in der anstrengenden Zeit als Generalsekretärin gewesen, ich hatte nichts davon gewusst, bis sie die Gedichte eines Nachts aus der Schreibtischschublade zog und mich bat, sie zu lesen. Es war vielleicht keine große Literatur, aber es waren ehrliche Texte. Marjaana war ganz und gar nicht blind für ihre Gefühle und ihre gelegentlichen Schwächen. Sie war nicht nur ein politisches Tier, das von einer Sitzung zur nächsten rannte und ihre Familie darüber vergaß. Meine Geschichte über sie ist von Schmerz gefärbt und daher ungerecht und überdies im Nachhinein erzählt, wie alle Geschichten, die Menschen über andere erzählen. Ich weiß, was aus Marjaana geworden ist, und denke, dass sie sich mit unerschütterlicher Konsequenz dorthin bewegt hat, obwohl das natürlich nicht zutrifft, das Leben ist nicht so, kein Leben.

Dennoch stimmt es, dass Marjaana nie bereit gewesen ist, über die verblüffend komplizierten Abläufe in der Gesellschaft zu staunen. Für sie war nichts so gut, dass es nicht hätte besser sein können. Niemals. Die Welt war voller Probleme. Und mein Fehler als Linker bestand von Anfang an darin, dass mir der Status quo im Grunde genügte. Ich konnte nichts dafür, es war einfach so, immer wieder staunte ich, wo ich hätte Forderungen stellen müssen, wenn es nach ihr gegangen wäre. Esa träumt wieder, sagte sogar Jussi Kinnunen einmal, als er uns besuchte. Wovon träumst du denn, Esa, von einer neuen Stereoanlage? Sie machten sich über mich lustig, und ich ließ es zu, nahm es als Strafe in Kauf, denn ich erkannte meinen Zustand. Ich stellte mich in den Vordergrund, verirrte mich in meinen Gedanken, so wie auch jetzt, ich will nicht an die Gesellschaft denken, sondern gedanklich in jener Wohnung bleiben. In jenen vier Wänden, mich an alles erinnern. Die rumpelnde Trommel der Waschmaschine, das Knarren deines Gitterbetts, die Stofftiere neben dem Kopfkissen. Der Stapel zusammengelegter Stoffwindeln im Unterschrank des Badezimmers. Das Tappen deiner Speckfüßchen, als du schon in deinem Zimmer schliefst, aber mitten in der Nacht vom Rauschen deiner individuellen Einsamkeit aufwachtest und zu uns ins Bett kamst. Auf dem Gesicht eine selige Miene, Marjaanas Hand auf meiner Brust, das leichte Geräusch deiner Lunge. Ungebügelte Bettwäsche und nach dem Schleudern knittrige T-Shirts, unsortierte Strümpfe und BHs, die über der Duschwand trockneten. Der Schmutz, der sich sofort in der neuen Badewanne festsetzte. Die klebrigen Knöpfe an der Dunstabzugshaube. Das grüne Ericsson-Telefon und das abgewetzte Haushaltsportemonnaie von der Arbeitersparkasse, Schlüsselbunde, die immer irgendwo verschwanden. Der Kalender an der Wand in der Diele, die Einkaufsliste an der Pinnwand, Marjaanas Pamphlete daneben. Vatanens, die Nachbarn, und ihre gelegentlichen Besuche, die Hefezöpfe, die sie mitbrachten, du ließt Stücke davon im Saftglas schwimmen, und Virpi Vatanen machte das Gleiche in der Kaffeetasse. Virpi war Zimmermädchen im Hotel Rosendahl, Harri Gabelstaplerfahrer bei Tampella, ihre Jungs galten beim TPV als Fußballstars, sie aßen vom Zopf immer zuerst die Endstücke. Wo sind die Vatanen-Jungs heute? Nur noch auf Fotos, auf den Fotos, die ich mir anschaue, die Vatanen-Jungs sind Männer geworden, die Vatanen-Jungs gibt es nicht mehr. Nicht mehr das Leben, die Wohnung, die Welt außerhalb der Wohnung, und dabei ist das noch gar nicht so lange her, das alles ist gerade erst geschehen.

1959

Am schlimmsten ist es, wenn es bergab geht. Nicht allzu steil, aber lang und quälend, es kommt einem vor, als hörte es nie auf. Auf die Abfahrt folgt eine kurze Senke, dann ein mörderischer Anstieg, gefolgt von einer weiteren Talfahrt – die Straße, die früher ganz gleichmäßig gewesen zu sein schien, ist jetzt die reinste Achterbahn. Die Übelkeit kommt in Wellen, wenn sich die eine gelegt hat, folgt gleich die nächste, aber Liisa versucht, alles bei sich zu behalten. Wenn es am schlimmsten ist, macht sie die Augen zu, beißt die Zähne zusammen und umklammert mit beiden Armen die Tasche mit den Geschenken. Die Tasche enthält ihre Mitbringsel aus der Stadt: eine Nuutajärvi-Vase für die Mutter und eine Flasche Kognak für den Vater. Für die Mutter gibt es außerdem einen Strauß feuerrote Rosen. Esko wollte in der Stadt unbedingt noch am Blumenladen vorbei, obwohl die Vase schon viel zu teuer gewesen war, sie hätte ohne weiteres ausgereicht.

Es ist ein erstaunlich schöner Oktobersonntag, der Himmel beinahe unerträglich blau. Die Vormittagssonne steht niedrig über den Stoppelfeldern und scheint durch die Windschutzscheibe direkt ins Gesicht. Der Nordwind reißt die letzten Blätter von den Birken und bläst sie die Straße entlang, sie tanzen vor den Augen wie die blauen und roten Punkte bei schwerer Migräne. »Was für ein herrlicher Tag«, sagt Esko. »Ganz toll«, antwortet Liisa mit Mühe. Sie wünschte, Esko wäre still, denn sie kann gerade nicht sprechen. Aber sie merkt, wie ihr Schweigen Esko stört, seine langen Finger trommeln ungeduldig aufs Lenkrad. Die Finger sieht sie, obwohl sie versucht, nicht zur Seite zu schauen. Es geht ihr einen Hauch besser, wenn sie den Blick fest auf die Straße richtet.

»Eisenhower bricht zu einer Weltreise auf«, sagt Esko.

»Ach ja?«

»Ja, ja. Eine verdammt lange Tour will er machen, in der Illustrierten war eine Karte abgedruckt. Er fährt bis nach Indien und trifft sich dort mit Nehru. Den Schah von Persien sieht er auf dem Rückweg. Mit dem Papst will Dwight auch reden. Und mit Franco. Er hat den ganzen Kalender voller Staatsoberhäupter.«

»Bestimmt wichtige Gespräche.«

»Der muss dem Nikita halt ein bisschen zeigen, wo es langgeht. Das ist bei der Tour der springende Punkt, es muss deutlich gemacht werden, wer der mächtigste Mann der Welt ist. Sie haben Chruschtschow nach Amerika kommen lassen, jetzt macht sich der amerikanische Präsident selbst auf den Weg, um sich um die internationale Diplomatie zu kümmern. Um zu zeigen, wie das geht. Hier haben die Zeitungen geschrieben, was Nikitas Amerika-Reise angeblich für ein Erfolg gewesen ist. Wie gut er empfangen worden wäre. Aber ich weiß nicht. Ich hab in der *Times* gelesen, dass die Fabrikarbeiter in Michigan fast auf ihn losgegangen sind. Chruschtschow hat ihnen was vom Kommunismus erzählt, und das hat ihnen überhaupt nicht gefallen.«

Fünf Monate, denkt Liisa. Wieder geht es bergab, sie kann unmöglich sprechen, sie hat die Augen geschlossen und zählt die Monate zurück. Es kommt ihr seltsam vor, vor fünf Monaten hatte sie diesen Mann noch nicht einmal gekannt. Sie arbeitete an der Paketstelle am Busbahnhof, und Esko kam, um irgendwelches Antennenzubehör, das aus Helsinki eingetroffen war, abzuholen. Sie redeten sich fest, es waren so gut wie keine anderen Kunden da, bestimmt eine Viertelstunde lang verlor sich Esko im Gespräch mit ihr. Damals war Frühling, jetzt ist es Herbst, und irgendwo dazwischen lag der Sommer, der alles verändert hat, ihre Pläne, ihr ganzes Leben. Sie sehnt sich nach diesem Sommer zurück. Nach den hellen Abenden und den früh anbrechenden Morgen, nach dem Blau des Julihimmels, das weicher und wärmer ist als das im Oktober. Die Blätter dieses Sommers liegen nun auf der Erde, bald ist Winter, und der nächste Sommer wird anders sein, es wird einen solchen Sommer nie wieder geben. Nächsten Sommer wird sie ein Kind im Wagen vor sich herschieben und nicht in der Sonne auf dem Rasen liegen, mit einer Schale Erdbeeren auf dem Bauch und Eskos Hand an ihrem Hals.

»Obwohl die Amerikaner durchaus gastfreundlich sind. Auch wenn es noch so viele Meinungsverschiedenheiten gibt, zeigen sie das dem Gegner nicht sofort. Immer nur *smile. Smile though your heart is aching. Smile even though it's breaking.* Mir hat gefallen, dass sie Nikita in Iowa aufs Maisfeld mitgenommen haben. Da haben sie ihm einen Kolben und eine Flasche Cola in die Hand gedrückt, von wegen probieren Sie mal, Herr General, bitte sehr, *here you are!* So muss das sein. Hätten die Russen das hingekriegt?«

Bei ihrer ersten Verabredung hatte Esko ihr von Affen erzählt. Die Amerikaner hatten zwei Affen in den Weltraum geschickt, Able und Baker, und Esko erzählte, dass die kleinen Wesen insgesamt fünfzehn Minuten lang in fünfhundert Kilometern Höhe unterwegs gewesen seien. Alles sei letztendlich gutgegangen, aber Able habe vor Erschütterung vergessen, den Morse-Knopf zu drücken, obwohl gerade das im Ausbildungszentrum der NASA monatelang trainiert worden war. Sie saßen im Café am Markt, in der hintersten Ecke unter der Stehlampe, Esko redete über Able und Baker und Ingemar Johansson, und sie lachte über seine Geschichten und fragte sich gleichzeitig, wie blöd ein Mann eigentlich sein konnte, der versuchte, Eindruck auf eine Frau zu machen, indem er über Affen und Boxer redete. Über den Kaffeetassen sausten seine Hände durch die Luft, und der Tisch kippte beinahe um, als sich Esko im Eifer nach vorne lehnte.

Dann kam die Rede auf Paul Anka, Paul Anka kam nach Finnland, sie hatte davon gehört, aber Esko wusste es genau, und plötzlich sang er für sie »Diana«. Schamlos laut, ohne sich um die Tante zu kümmern, die hinter dem Tresen die Aufsicht führte. Liisa weiß noch, wie rot sie wurde. Sei um Himmels willen still, hätte sie um ein Haar gesagt. Benimm dich wie alle anderen, mach keinen Lärm. Aber sie ließ Esko singen, natürlich, und als Esko fertig war, legte sich seine Hand auf ihre Hand. Eine große Hand, eine Hand, in der ihre kleine Hand ganz zu ertrinken schien. Sie blieb eine Weile dort, Liisa spürte ihre Wärme.

»Sobald die Nachricht von Nikitas Besuch kam, sind die Börsenkurse an der Wall Street hochgegangen. In der Hinsicht war das ein guter Zug. Sie war überhaupt genial, die Einladung. Wir laden den Kerl einfach mal ein und sind freundlich zu ihm, dann läuft das Business wieder. Wer kommt dazu, Krieg zu führen, wenn er sich um die Geschäfte kümmern muss. Handel lohnt sich. Der Handel bringt den Frieden in die Welt.«

Sie verließen das Café. Nach »Diana« und dem Händedruck war Esko auf einmal schamhaft, auf der Straße hielten sie Sicherheitsabstand. Es war der Sonntag nach Mittsommer, die Stadt fast menschenleer, der Wind kam an dem kühlen Abend aus dem Osten, und der Wind war es wohl, der einen Vorwand bot. In der Puijonkatu legte Esko endlich den Arm um sie. Es war schwer, im Gleichschritt zu gehen, Liisa merkte das gleich, ihre Beine waren so unterschiedlich. Sie hätte am liebsten einen Witz darüber gemacht, aber Esko war so ernst, dass sie es für sich behielt.

Es fing an zu regnen. Auch dies ein Zufall, dass es ausgerechnet an dem Abend zu regnen begann. Der Schauer überraschte sie an der Grünanlage vor dem Dom, sie flüchteten sich unter das Dach des Nebengebäudes, Esko schleppte eine Parkbank an, und so saßen sie dort auf der Bank, und der

Regen prasselte aufs Blechdach, knickte im Nu die Tulpen in den Blumenrabatten, und unmittelbar vor ihren Füßen liefen Rinnsale. Liisa hatte nur ein Sommerkleid und einen dünnen Pulli an, Esko dasselbe karierte Sakko wie heute. Esko zog das Sakko aus und legte es ihr um die Schultern. Zittere nicht, Mädchen, sagte Esko, aber er zitterte selbst, sie spürte Eskos Hand zittern, als er sie fester an sich drückte. Erst da begriff sie, dass Esko genauso unerfahren war wie sie. Zum ersten Mal in einer solchen Situation, zum ersten Mal verabredet. Dieser Gedanke machte ihr Mut, und sie kuschelte sich immer tiefer in die einladende Achsel. Glitt etwas nach unten, legte die Beine auf die Bank und den Kopf auf Eskos Beine, und so lag sie mit angewinkelten Beinen auf einer Bank im Kirchenpark, den Kopf im Schoß eines Mannes, der ihr fast völlig fremd war. Es war das erste Mal. Zuvor in Kuopio hatte sie nie etwas getan, was sie nicht auch ihrer Mutter hätte erzählen können. Esko wagte es kaum, sie anzuschauen, er schaute in die Ferne, und sie spürte nur seine Finger, die langen, beinahe schon vertrauten Finger. An jenem Abend im Park vor dem Dom strichen sie ihr zum ersten Mal durchs Haar und stießen prompt auf filzige Stellen. Sie hatte sich die Haare seit zwei Tagen nicht gewaschen, und dafür schämte sie sich.

»Wegen der Wohnung. Urho hat gestern gesagt, es wär alles geregelt. Der Vormieter ist ausgezogen, wir können Anfang November rein. Was man an Möbeln für den Anfang braucht, ist drin, wir müssen nichts kaufen. Aber wir dürfen, wenn wir es uns leisten können. Sofort. Wir bringen einfach Urhos alte Möbel auf den Dachboden, wo es ein geräumiges Abteil geben soll. Da passt notfalls alles rein, kein Problem.«

Der Regen hörte auf, der Himmel wurde klar. Der Abend wandte sich der Nacht zu, behaupteten die Uhrzeiger, aber davon merkte man nichts, es war der Höhepunkt des Hochsommers, sie spazierten unter einem dunstigen Abendhimmel vom Park ans Seeufer, gingen um die Landspitze Väinölänniemi herum und kehrten zurück. Sie erzählte Esko von ihrem Vater, ihrer Mutter und ihren kleinen Schwestern. Sie erzählte von den zwei Jahren in der Stadt und sagte aus Versehen auch, wie sehr sie sich nach Hause sehnte. Sie erzählte sogar vom Herzen ihres Vaters, es schien keine Hemmungen mehr zu geben, sie vertraute diesem Menschen. Sie wusste nicht, warum, sie vertraute ihm einfach. Es war Mitternacht und endlich ein bisschen dämmrig, sie standen an der Weißdornhecke in der Snellmaninkatu, vor ihrem Mietzimmer, und wussten nicht, was sie miteinander anfangen sollten. Und Liisa tat es schließlich, sie ergriff die Initiative, nicht Esko. Esko stand groß und steif auf seinen stabilen Beinen und kam kaum auf die Idee, sich etwas vorzubeugen, als sie sich auf die Zehenspitzen stellte und die Lippen auf seinen Mund drückte. Ein Kuss, was war schon dabei. Ein zweiter hinterher, etwas länger und besser. Alles, was geschah, geschah wie von selbst, sie wollte nicht mehr warten, sie hatte lange genug gewartet. Vielleicht war es vor allem Neugier, sie wollte es einfach wissen. Dann war es vorbei, und sie war vor allem erleichtert, vielleicht auch glücklich. Zumindest kam sie sich nicht schmutzig vor, und sie schämte sich auch nicht. Sie lag auf ihrem schmalen Bett, nur mit einem Laken zugedeckt, wenn er auf der Seite lag, passte Esko gerade so neben sie, und da blieb er. Am nächsten Morgen stand sein Mund etwas offen, und Liisa spürte die Wärme seines Atems auf ihrer Wange.

»Es ist schon verdammtes Glück, dass ich so einen anständigen Chef habe. So einen erstaunlich angenehmen Einzelhändler wie Puupponen. Wenn man eine Zweizimmerwohnung in der Innenstadt zu marktüblichen Konditionen mieten müsste, würde der Preis ganz anders aussehen. Man muss sich fast schämen, dass man so billig davonkommt. Andererseits verkaufe ich auch was, da kann man nichts sagen. Vor einem Jahr erst bin ich gekommen, und jetzt hab ich schon den besten Schnitt im ganzen Laden. Puupponen will mich behalten. Er will nicht, dass ich zum Nachbarn gehe. Und dich kann er gut leiden. Ist großartig gelaufen, euer Treffen, du warst niedlich. Und verdammt hübsch, ich war fast eifersüchtig, als ich gesehen hab, wie Urho dein Blumenkleid angestarrt hat. Ist übrigens was mit dir, mein Schatz?«

»Nein. Wieso?«

»Du bist nervös, weil du nicht weißt, wie ich mit deinen Eltern auskommen werde. Und mit deinen Schwestern. Mach dir keine Sorgen, es wird schon gutgehen. Ich kann einen Teil meiner Gedanken für mich behalten.«

Da es nun ohnehin egal ist, wohnt Esko praktisch in ihrem Dachzimmer. Mit dem Recht des künftigen Ehemanns schreitet er an der Vermieterin vorbei und schleicht sich erst mitten in der Nacht nach Hause. Liisa kennt Esko inzwischen bis in die Einzelheiten, den hohen Bogen seiner Füße, die knackenden Fußgelenke, die beiden platten, kartoffelartigen großen Zehen; die verblüffend stark behaarten Beine und den dagegen fast unbehaarten Brustkorb. Die Brustwarzen sind für einen Mann relativ groß und dunkelrot, über die linke leckte sie einmal kurz mit der Zunge und brachte Esko zum Zucken. Wenn sie mit Esko im Bett liegt, hat Liisa manchmal das Gefühl, allzu forsch zu sein. Sie ist zügelloser als er, sie müsste sich beherrschen, denn immerhin ist sie schwanger. Esko passt neuerdings auf, was sie isst, trägt in der Mittagspause eine Tüte Obst zum Busbahnhof oder manchmal einen frischen Hefewecken vom Bäcker. Aus der Apotheke holt er ihr eine Mixtur namens Mellisatin, die Honig und angeblich lebenswichtige Spurenelemente enthält, Mellisatin sei das einzige bekannte Mittel im Kampf gegen Müdigkeit, und müde ist sie, zweifellos, manchmal fällt sie nach der Arbeit einfach nur aufs Bett und schläft eine ganze Stunde, ohne etwas zu träumen. Wie kann eine Neunzehnjährige so müde sein? Wie kann eine Neunzehnjährige ein Kind bekommen? Manchmal hat Liisa das Gefühl, dass ein Irrtum vorliegt, ein sonderbares Missverständnis; irgendwann wird sie aus diesem Traum erwachen und genauso leicht sein wie im Sommer.

Ich liebe dich, sagt Esko zu ihr. Du liebst mich. Ein Versehen ist ein Versehen, aber kein Unfall, alles wird gut, du wirst schon sehen. Aber was denkt Esko wirklich? Was denkt der Mann jetzt, genau in diesem Moment, während er an den Knöpfen des Autoradios seines Chefs dreht und scheinbar sorglos vor sich hin pfeift? So gut gelaunt, so vernünftig, zwei Jahre älter und scheinbar so erwachsen, Esko Vuori, aber was weiß Liisa letztendlich von seinen Gedanken, vielleicht denkt auch Esko an die Zukunft, die ihm brutal geraubt worden ist. Bei der zweiten oder dritten Verabredung erzählte er ihr von Minnesota, er hatte seine Pläne längst geschmiedet. Er wollte dorthin, zu Verwandten seiner Mutter, er hatte sogar schon die Hälfte des Reisegeldes zusammengespart und träumte davon, einen Weg zu finden, bis zu seinem Lebensende in Amerika bleiben zu können. Liisa schaut Esko jetzt an, er merkt es, versucht zu lächeln, und dieses Lächeln kommt Liisa gezwungen vor: Es ist nur eine Maske, die er sich aufsetzt, um seine wahren Gedanken zu verbergen.

Diese düstere Stimmung kommt von den Hormonen, denkt Liisa. Das sind nur die Hormone, die verursachen Gemütsschwankungen. Auch bei einer vernünftigen Frau schwanken die Stimmungen in der Schwangerschaft haltlos hin und her, dann kann man vor seinen eigenen Gedanken regelrecht erschrecken, hat in *Mona Lisa* gestanden, oder war es in *Eeva.* Esko kauft ihr neuerdings solche Zeitschriften. Esko liebt Illustrierte, er will, dass auch Liisa sie liest. Vielleicht will Esko, dass Liisa so wird wie er selbst, bestimmt stand der Artikel in *Mona Lisa,* Liisa kann sich an die

Überschrift erinnern. Pass auf dich auf, junge Braut, viele Männer versuchen, die Frau nach ihrem eigenen Bild umzuformen!

»Wäre es ein ganz und gar idiotischer Gedanke, Urho zum Hochzeitskaffee einzuladen? Also nach der Kirche im Gemeindesaal. Im Prinzip kommen da nur die Verwandten, so hatten wir es ja ausgemacht. Aber weil Puupponen uns so geholfen hat. Außerdem sagt mir mein Gefühl, dass er mit irgendeinem Apparat als Hochzeitsgeschenk anrücken wird. Am Ende gar mit einem Gefrierschrank, der fehlt nämlich in der Wohnung. Man könnte ihn für eine halbe Stunde später einladen, dann würde er nicht so auffallen. Was meinst du?«

Esko lächelt immer noch. Die rechte Hand hat sich über den Schaltknüppel hinweg ausgestreckt und auf Liisas Knie gelegt. Die Hand ist schweißig und schwer, sie verstärkt die Übelkeit, Liisa würde sie am liebsten wegnehmen, aber Eskos Lächeln ist so aufrichtig wohlwollend, dass sie versucht, es auszuhalten. Gleich sind sie auf einer Anhöhe, dann geht es erneut bergab, und diese Anhöhe ist eine zu viel, das begreift Liisa jetzt. Auf der Hälfte des Anstiegs kommt eine Bushaltestelle, bis dahin hält sie vielleicht mit Ach und Krach durch. »Halt an«, sagt sie. Es klingt wie ein Aufschrei, Esko nimmt sofort die Hand weg. »Keine Angst, sei nur so lieb und halt an. An der Bushaltestelle. Da vorne.«

»Ist dir schlecht?«

»Nein, ich will nur ein bisschen frische Luft schnappen.«

»Wo kommt das so plötzlich her? Noch zwei Kilometer bis zur nächsten Tankstelle, wie wär's, wenn ich dort anhalte?«

»Halt an. Halt verdammt noch mal an, bevor ich kotzen muss und Puupponens Auto versaue!«

Liisa schafft es gerade so hinter das Schutzhäuschen, wo man sie nicht sieht, bückt sich und würgt. Esko wartet im Auto und dreht das Radio lauter, es kommt der Sonntagsgottesdienst, Liisa hört die Messe und erbricht sich und registriert die vorbeisausenden Autos. Sie stützt die Hände auf die Knie, schützt ihr Kleid, so gut es geht, lässt alles heraus, und als sie sich schließlich aufrichtet, fühlt sie sich ein bisschen besser.

Sie hebt den Kopf und streicht das Kleid glatt. Esko ist inzwischen auch ausgestiegen und stützt einen Ellbogen aufs Dach. Er macht zwei Schritte auf sie zu und bietet ihr die Hand. Liisa ergreift sie und lässt sich von Esko die Böschung hinaufziehen. Ohne Vorwarnung beschließt Liisa, Esko zu küssen, ihm einen Kuss auf den Mund zu geben, und erstaunlicherweise wehrt er sie nicht ab, anscheinend ist ihm sogar ein solcher Kuss recht.

»Diese Krankheit ist ja sicher nicht ansteckend«, sagt er.

»Bestimmt nicht. Es macht jedenfalls nicht den Eindruck.«

»Meine ich auch. Dann können wir beruhigt ein bisschen knutschen.«

Ihre große Neuigkeit ist gar keine Neuigkeit. Sie haben es eilig zu heiraten, nach knapp einem halben Jahr Bekanntschaft, da errät auch der Dümmste den Grund. Schon vor dem Haus mustert ihre Mutter die runden Wangen, im Flur hilft Esko Liisa aus der Herbstjacke, und da ist sie, genau wie die Mutter es sich bestimmt gedacht hat: die kaum erkennbare Wölbung unter dem etwas zu engen Kleid. Liisa geniert sich, ihren Bauch zu enthüllen. Es bringt sie in Verlegenheit, sich so begutachten zu lassen, die Mutter taxiert sie und bildet sich ein, Liisa würde nichts merken. »Da ist ein echter Mensch drin«, sagt Liisa schließlich. »Brauchst nicht weiter zu rätseln. Und vielen Dank, es darf gern gratuliert werden.«

Falls die Mutter enttäuscht ist, lässt sie es sich nicht anmerken. Im Gegenteil, sie macht auf Liisa einen eigentümlich zufriedenen, wenn nicht sogar erleichterten Eindruck. Sie war neunzehn, als Liisa geboren wurde, Liisa wird gerade zwanzig sein, und offenbar sieht die Mutter nichts Besorgniserregendes darin, dass sie gerade erst mit ihrer Krankenschwesternausbildung angefangen hat und nun ein Kind bekommt. Die Mutter macht sich über solche Dinge keine Gedanken, sie findet, dafür bestehe kein Grund. Liisa bleibt daheim, selbstverständlich, und dieser charmante junge Bräutigam kümmert sich um sie. Esko würde ihre Mutter bezaubern, das hat Liisa vorausgeahnt. Seine Kavaliersgesten, die Art, mit der er den Rosenstrauch überreicht, die Sätze, mit denen er sich seiner Schwiegermutter vorstellt – Esko tut alles so, wie es sein muss, und ist sich dessen auch bewusst. Liisa verfolgt, wie ihre Mutter ihn mit großem Tamtam am Esstisch Platz nehmen und Esko sich von ihr bedienen lässt. Liisa sitzt natürlich neben ihrem Bräutigam, aber sie kommt sich fast unsichtbar vor, alle Augen sind fest auf Esko gerichtet.

Über die Haltung ihres Vaters ist Liisa besorgter gewesen. Sie will, dass die beiden miteinander auskommen. Das ist notwendig, sonst wird ihr das Leben unerträglich, sie hat Esko nicht einmal zu sagen gewagt, wie sehr sie ihren Vater mag. Jetzt, da sie ihm gegenübersitzt, auf dem vertrauten Platz am vertrauten Tisch, fühlt sie sich wieder mehr als Kind und weniger als Erwachsene. Vielleicht möchte sie Kind sein und in der Werkstatt auf dem Schoß des Vaters sitzen so wie als kleines Mädchen. Damals waren seine Hände pechschwarz vom Motoröl, die Nägel gelb, die Fingerspitzen hart, und dennoch sind sie in Liisas Erinnerung zarter als die der Mutter. Sonntagabends spielten sie mit der ganzen Familie *Der Stern von Afrika,* der Vater bewegte brav die Spielfiguren mit seinen schwarzen Fingern. Schon damals wusste sie um sein Herz. Sie hatte gerade mit der Schule begonnen, als die Mutter es ihr erzählte: Der Vater hat ein schwaches Herz, der Vater darf sich nicht anstrengen, wir müssen alle aufpassen, dass er sich nicht überanstrengt. Aber wie passt man auf so etwas auf? Wie passt ein kleines Mädchen auf einen erwachsenen Mann auf? Sie erschrak jedes Mal, wenn ihr Vater husten musste. Wenn er beim Treppensteigen manchmal auf dem Absatz stehen blieb und durchschnaufte, war sie sicher, dass er auf der Stelle sterben würde. Dennoch wurde darüber nicht weiter geredet, auch jetzt nicht, ihr Vater will nicht, dass darüber geredet wird. Wenn er wüsste, dass Liisa es Esko bereits erzählt hat, wäre er böse.

Liisa hat Esko vorab gewarnt: nicht zu viele Geschichten über Amerika. Vielleicht auch nicht übermäßig viel über Kekkonen und die Sowjetunion, und auch sonst nichts Politisches, ihr Vater ist kein Mensch, der sich für Politik interessiert. Lieber über Autos, du kannst von mir aus mit ihm über Autos reden oder über deine Fernseher, und genau über diese Themen plaudert Esko nun folgsam. Der Motor von Puupponens Vauxhall hat einen Typenfehler, Esko fragt im Namen seines Chefs, wie man den reparieren könnte, und in Vaters Stimme schwingt Stolz mit, als er einen Rat weiß. Vater interessiert sich für die Technik der Farbfernsehübertragungen, darüber wird lange und eingehend gesprochen, die Mutter räumt bereits die Teller ab und stellt die Schüsselchen für den Nachtisch hin. Seinen Tankstellenplan stellt Esko ebenfalls vor, er erzählt Vater, er wolle sich innerhalb von zwei Jahren mit Gulf oder Esso selbständig machen. Einen Platz für die Tankstelle hat er sich in Kuopio schon ausgeguckt, nur der Kredit von der Bank fehlt noch. Die Mutter wirkt verzückt, der Vater scheint das Vorhaben immerhin zu billigen. Liisa greift im Schutz der Tischdecke nach Eskos Hand und drückt sie, legt die Hand dann oberhalb des Knies auf sein Bein und streichelt den Oberschenkel.

»Nur gut, Esko, dass du bei unserer Liisa schnell angebissen hast«, sagt der Vater. »Dass du ihr sozusagen an den Haken gegangen bist. Da muss man seine älteste Tochter nicht bis nach Australien ziehen lassen.«

»Nach Australien?«, fragt Esko. »Wieso nach Australien?«

»Heutzutage landen junge, unverheiratete Frauen angeblich in Australien. Solche, bei denen keiner anbeißt. In Australien soll gnadenloser Frauenmangel herrschen. Arbeit und Sonne gibt es dort genug, Wasser und Frauen weniger. Die australischen Männer sind so verzweifelt, dass sie Bettelbriefe an den Bürgermeister von Helsinki schicken.«

»Wie kann der Bürgermeister von Helsinki da helfen?«

»Das frage ich mich, ehrlich gesagt, auch. Bilden sich die Kerle auf der Südhalbkugel ein, der Bürgermeister unserer Hauptstadt entscheidet, wo die finnischen Frauen hingeschickt werden? Da hat die Hitze die Jungs da unten anscheinend gehörig durcheinandergebracht. Es geht heutzutage ein bisschen fortschrittlicher zu, hier im Norden, unsere Liisa ist von heute auf morgen nach Kuopio gegangen. Hat sich an der Tür bloß kurz verabschiedet. Da hat der alte Vater nicht viel zu sagen. Vom Helsinkier Bürgermeister ganz zu schweigen. Wer ist übrigens derzeit Bürgermeister von Helsinki?«

»Erzähl weiter, Arvo«, sagt die Mutter. »Erzähl die Geschichte zu Ende, wo du schon mal angefangen hast.«

»Ja, stimmt. Also die Postflut an den Bürgermeister kommt daher, dass in irgendeiner Zeitung da unten vor zwei Jahren ein Artikel über Finnland stand. Darin hieß es, hier gäbe es Frauenüberschuss, weil so viele Männer im Krieg gefallen wären. Wir hätten direkt Probleme mit all den schönen und klugen Frauen, wir wüssten gar nicht, wohin mit ihnen. Die australischen Männer haben gemeint, dass man sie zu ihnen schicken könnte. Warum nicht. Freundschafts-, Kooperations- und Beihilfeabkommen. Aber was haben die Australier dafür zu bieten? Wir können denen die schönen Frauen doch nicht einfach so geben.«

»Känguruhs«, schlägt Helena vor.

»Geht nicht. Das Fleisch soll zäh sein. Ich esse lieber Elch.«

»Koalabären«, sagt Leena. »Von denen waren Bilder in den *Wochennachrichten.* Die sind furchtbar süß.«

»Na ja, warum nicht. Aber was stellt man mit denen an? Die halten die Kälte doch nicht aus.«

»Dann eben Geld«, sagt Esko. »Da unten im Süden blüht die Wirtschaft angeblich wie in Amerika. Früher eine Strafkolonie, und heute geht es ihnen bestens. Die haben bald mehr Geld als ihr ehemaliges Mutterland.«

»Um Himmels willen«, mischt sich Liisa ein. »Das wär ja Sklavenhandel mit finnischen Frauen.«

»Stimmt«, sagt der Vater. »Vielleicht ist das keine gute Idee. Passt nicht in die Gegenwart. Obwohl man damit natürlich das Handelsdefizit ausgleichen könnte.«

»Und wie«, lacht Esko. Der Vater lacht ebenfalls, die Männer lachen zusammen, und Liisa ärgert und freut sich zugleich, Esko und ihr Vater sehen sich ähnlich, Liisa begreift vielleicht zum ersten Mal, wie sehr sie sich in bestimmten Dingen ähneln. »Für das Vaterland. Doch, die Frauen Finnlands sollten sich opfern.«

»Wir wär's, wenn wir das Thema wechseln?«, schlägt Liisa vor.

»Von mir aus. Warum nicht, mir soll's recht sein. Aber zuerst trinken wir einen Kognak. Falls mein Schwiegersohn mit einem Hochzeitskognak im Voraus einverstanden ist. Der ist echt, kein Branntwein. V.S.O.P. sogar. Hat mir ein Kunde als Dank mitgebracht, ein Herr Doktor. Also, wie ist es, darf ich einen anbieten?«

»Ein Kognak ist mir immer recht. Vielen Dank.«

»Na also. Ein Mann, ein Wort. Und für die Damen einen Beerenlikör. Nur einen Schluck, für den Geschmack. Oder für die Gesundheit. Das schadet auch der Braut nicht. Der werdenden Mutter. Oder Liisa, schadet das was?«

»Schenk nur ein, wenn du unbedingt willst. Es wird nichts ausmachen, wenn ich ein kleines bisschen probiere.«

Der Vater verschwindet in der Küche, kommt zufrieden mit den Flaschen zurück und stellt vor jeden ein Glas hin. Er sieht besser aus als zuletzt im Sommer, gesünder und kräftiger, zur Abwechslung hat seine Haut ein wenig Farbe. Das hat die Mutter schon am Telefon gesagt, es gehe ihm gut, er habe nun ganz mit dem Rauchen aufgehört. Er hat Holz gehackt, seit langem mal wieder das Kartoffelbeet geharkt, der Arzt meint, bei körperlicher Arbeit müsse er nicht übertrieben vorsichtig sein und er dürfe sie auf keinen Fall völlig meiden. Liisa führt das Glas an die Lippen, kostet den Beerenlikör, und dann stoßen sie auf das Kommando des Vaters alle auf die freudigen Nachrichten an.

»Jetzt müssen noch die jüngeren Mädchen hier beizeiten an den Mann gebracht werden. Hoffentlich haben wir bei Leena und Helena genauso viel Glück wie bei Liisa. Damit sie nicht in Australien landen.«

Nach dem Essen spült die Mutter das Geschirr, und der Vater legt sich hin. Das sagt er jedenfalls, Liisa glaubt ihm. Woher soll sie wissen, dass der Vater in Wirklichkeit vorhat, zur Sauna hinunterzugehen und eigenhändig die Fichten zu fällen, die dort die Aussicht versperren. Die Mutter schlägt dem jungen Paar vor, ins Dorf zu gehen, und das tun die beiden, sie machen einen Spaziergang.

Der Tag ist noch immer so blau wie am Morgen, nur wärmer. Als die Straße zum Kirchdorf aus dem Schatten des Waldes hinaus aufs offene Feld führt, ist es plötzlich fast heiß. Esko legt den Arm um Liisa, und sie versucht wieder, ihre Schritte an Eskos Takt anzupassen. Das Gehen fällt ihr schwer, zwar ist das Kind angeblich erst zehn Zentimeter groß, aber sie spürt es trotzdem schon. Andererseits kann man das kaum glauben, man kann nur schwer begreifen, dass da wirklich ein Kind kommt. Leena und Helena gehen hinter ihnen her und plappern unablässig, Liisa ist mit ihren Schwestern diese zwei Kilometer bestimmt Hunderte Male gegangen, aber jetzt ist alles anders, Leena und Helena sind noch Kinder, sie aber ist erwachsen. Wann ist das passiert? Wann hat sie aufgehört, Kind zu sein? Liisa erinnert sich, wie schwer es war, nach Kuopio zu gehen. Ihr Vater und ihre Schwestern wollten sie natürlich hinbringen. Warum?, fragten die Schwestern. Warum musst du weggehen? Sie wollte ihr eigenes Geld verdienen. Sie wollte raus aus dem Haus der Eltern. Und dennoch konnte sie sich nicht einmal selbst genau erklären, warum, sie war ja erst siebzehn, sie hätte ein Jahr oder zwei warten können. Warum hatte sie es so eilig?

Wie ist es, mit einem Mann zusammenzuleben, Tag für Tag, wenn Esko nicht mehr nach Mitternacht seine Sachen zusammenrafft und in die eigene Wohnung verschwindet? Bald wird sie jeden Morgen neben diesem Mann aufwachen. Die Trauung findet in drei Wochen statt, am letzten Wochenende im Oktober, danach sind sie Mann und Frau. Am Tag darauf bekommen sie Puupponens Zweizimmerwohnung, sie werden ihre paar Sachen hineintragen und aus den kahlen Räumen irgendwie ein Zuhause machen. Das wird in ihrer Verantwortung liegen, Liisa weiß das, das eigene Heim einzurichten ist Frauensache, und Esko erwartet das selbstverständlich von seiner Frau. Sie muss die Spuren der Vormieter beseitigen, Teppiche, Vorhänge und Lampen beschaffen, Bettwäsche besorgen und das Ehebett machen, in der Waschküche im Keller Eskos Kleider waschen und in den Schrank räumen. Sie muss einkaufen und kochen, dafür sorgen, dass der Tisch gedeckt ist, wenn Esko von der Arbeit kommt. Die Einkäufe müssen vorab geplant werden, sie muss einen Speiseplan aufstellen, man darf kein Essen wegwerfen, denn sie hat kein Geld zu verschwenden. Immerhin hat sie noch welches, denn sie arbeitet weiterhin am Busbahnhof, aber was tut sie im Frühjahr, wenn das Kind auf der Welt ist? Wo bekommt sie dann Geld her? Esko wird ihr wohl etwas von seinem Lohn abgeben, es bleibt ihm gar nichts anderes übrig, wie soll sie sonst einkaufen gehen? Über solche Dinge haben sie nicht gesprochen, wenn sie nachts zu zweit im Bett liegen, reden sie nur über einfache und angenehme Dinge, über Filme und Bücher und Neuigkeiten, über Begebenheiten aus der Kindheit, über ulkige Vorfälle auf der Arbeit. Zwar auch über die Zukunft, aber nur unbestimmt, über große, ferne Träume. Auch Esko redet immer nur von Minnesota und einer Gulf-Tankstelle und nie davon, was für einen Küchentisch man anschaffen sollte und mit welchem Geld.

Sie muss lernen, über solche Dinge mit Esko zu reden, denkt Liisa. Sie müssen anfangen, das Leben von Erwachsenen zu führen. Ist Esko denn ein richtiger Erwachsener? Zwei Jahre älter, das schon, und fest angestellt. Kann gut Radios verkaufen, ganz bestimmt, Liisa hat nicht den geringsten Zweifel daran. Aber er hat etwas Kindisches an sich, etwas leicht Gefährliches und Verantwortungsloses, ihre Mutter hat das nur noch nicht bemerkt. Vielleicht kann man es gar nicht auf Anhieb merken, Eskos Charakter offenbart sich Liisa erst nach und nach, der Mann scheint voller kleiner Überraschungen zu stecken, von denen Liisa nicht alle mag. Esko isst zum Frühstück zum Beispiel Kellogg's Cornflakes, es müssen genau die sein, obwohl sie schockierend teuer sind. Auch sonst nimmt er es mit Kleinigkeiten sehr genau, Liisa hat gar nicht gewusst, dass Männer sich über so etwas Gedanken machen. Das Rasierwasser und die Unterhosen müssen von einer bestimmten Marke sein, die Zigaretten unbedingt Kent, obwohl doch eigentlich eine Zigarette wie die andere ist. Nicht einmal Boston geht, es muss Kent sein. Wenn Liisa sich als kleines Mädchen einen Mann für sich ausmalte, ähnelte der Esko überhaupt nicht.

Die schwierigen Gedanken lösen sich jedoch in Luft auf, die Wärme dieses Tages wischt sie weg. Die Spaziergänger erreichen das Dorf, schlendern dort eine Weile umher, blicken zum Zeitvertreib in die Schaufenster und bleiben lange vor dem örtlichen Elektrogeschäft stehen. Esko will das Kino besichtigen, in dem Liisa ihren ersten Film gesehen hat, und fängt im Foyer ein Gespräch mit dem Eigentümer an. Dieser hat gerade erst einen neuen Projektor angeschafft, den will er Esko unbedingt zeigen, und weil bis zur nächsten Vorstellung noch Zeit ist, sitzen sie für einen Moment alle vier in dem leeren Saal, den Liisa so gut kennt. Aus dem Halbdunkel des Kinos treten sie wieder auf die Straße, gehen die Hauptstraße entlang wie ein königliches Brautpaar, und die gesprächigen Brautjungfern folgen ihnen treu im Fahrwasser. Küsst euch, fordert Leena in einem fort. Nun küsst euch doch, ihr habt euch doch schon geküsst! Gebt euch einen Kuss! Auf einer Parkbank neben einem Kiosk küssen sie sich dann, Leena muss immer kriegen, was sie verlangt, sie gibt nicht auf. Passenderweise kommt gerade die Handarbeitslehrerin aus der alten Volksschule vorbei, so wird bald das ganze Dorf Bescheid wissen. Die Liisa von Pietiläinens hat einen Mann, groß und gutaussehend. Sauber angezogen, die Jacke hat einen teuren Eindruck gemacht.

Sie bleiben länger als gedacht, mehrere Stunden. Als sie dieselbe Strecke wieder nach Hause gehen, gibt der Tag bereits auf. Die Sonne ist hinter den Fichtenwipfeln verschwunden und die Kühle des Morgens zurückgekehrt. Leena und Helena fragen Esko nun nach Paul Anka aus, und Esko erzählt ihnen von seinem Ausflug nach Helsinki, und Liisa muss nichts anderes tun als gehen und zuhören. Sie denkt an die Heimfahrt, an den Abend und an die folgende Nacht. Esko wird mit zu ihr kommen, auf der Heimfahrt im Auto wird sie ihn bitten, und er wird sich kaum dagegen wehren. Liisa will jetzt fort aus Leppävirta, fort von den Eltern und

Geschwistern, fort aus dieser Kindheitsfalle und zurück in die Stadt, wo sie mit ihrem Bräutigam allein sein kann. Sie ist an diesem Tag etwas sonderbar gewesen, das hat mit der Umgebung zu tun. Im ersten Stock des Holzhauses in der Snellmaninkatu wird sie wieder das fröhliche, lachende Mädchen sein, das Esko kennt.

Aber noch sind sie hier, auf dieser Straße, die sie tausend Mal gegangen ist. Die Strecke kommt ihr länger vor als sonst, länger als beim Hinweg, ihr tun die Beine weh und es rumort auch wieder im Bauch. Vielleicht kommt es von den herbroten Farben des Sonnenuntergangs, vielleicht von den Schatten der Bäume, die auf die Straße fallen, vielleicht von dem Eichhörnchenkadaver am Straßenrand, dass Liisa Böses ahnt. Schon bevor der Krankenwagen auf der Höhe von Saarinens Haus an ihnen vorbeifährt, schlägt ihr Herz schneller. Sie schaut den Rücklichtern nach, das Blaulicht auf dem Dach dreht sich, ohne einen Laut von sich zu geben. Sie blickt kurz auf Helena, Helena blickt kurz zurück, ihrem Mund entweicht ein kurzes Stöhnen, ein kleiner, jämmerlicher Ton mitten im stummen Wald.

»Der ist auf dem Weg zu uns. Der fährt zu uns. Nein. Nein! Das darf er nicht!«

»Nun übertreib mal nicht«, sagt Esko. »Es stehen schließlich noch andere Häuser an der Straße.«

»Warum fährt er nicht schneller? Warum ist die Sirene nicht an? Haben sie schon aufgegeben? Wissen die schon alles?«

»Wahrscheinlich ein Kontrollbesuch. Wenn wirklich jemand in Not wäre, hätten sie das Martinshorn an.«

Die kleinen Schwestern rennen bereits, Leena als die jüngere und flinkere voran, Helena hinterher. Auch Liisa würde rennen, wenn Esko sie nicht festhalten, sie mit beiden Händen so fest an sich drücken würde, dass Liisa das Gefühl hat, es raubt ihr den Atem.

»Beruhige dich, mein Schatz. Sei ganz ruhig und atme tief durch. Hast du noch nie einen Krankenwagen gesehen?«

»Auf dieser Straße nicht. Lass mich los. Lass mich los!«

»Kommt zurück, Mädels! Helena und Leena, kommt zurück!«

»Lass mich los, Esko, lass mich los!«

Liisa kämpft sich frei, sie stößt Esko den Ellbogen in die Rippen, schlüpft unter seinem Arm hindurch und entwischt. Bis nach Hause ist es ein halber Kilometer, bis an den Feldrand zweihundert Meter, und von der Anhöhe neben dem Feld sieht man, wohin der Krankenwagen fährt, man hat einen freien Blick aufs Haus. Liisa rennt jetzt. Sie rennt so schnell, wie sie es in ihren guten Schuhen kann, aber Leena und Helena holt sie nicht ein, der Abstand ist zu groß. Helena erreicht als Erste die Anhöhe und bleibt stehen. Nein, schreit sie. Nein! Nein! Liisa rennt weiter, auf der Anhöhe stolpert sie, und so bleibt sie dann, auf allen vieren auf der unbefestigten Straße. Die kleinen Steine reißen die Strumpfhose auf, ein Knie blutet, aber Liisa merkt es nicht einmal, sie empfindet keinen Schmerz.

Der Krankenwagen ist abgebogen und durch das Tor aufs Grundstück der Eltern gefahren. Unter den blattlosen Birken gleitet er langsam wie ein Leichenwagen auf das Haus zu, ohne die geringste Eile. Die Mutter steht auf der Eingangstreppe, an ihrem Platz, dort, wo sie sonst immer sitzt, aber nun putzt sie keine Beeren und wäscht keine Kartoffeln, sie steht nur da, das Gesicht in den Händen begraben. Ihre Haltung lässt keinen Irrtum zu, sie sagt alles.

Liisa dreht sich der Magen um, sie muss sich zum zweiten Mal an diesem Tag übergeben, sie übergibt sich und weint gleichzeitig und bemüht sich dann, aufzustehen, aber die Beine tragen sie nicht. Etwas ist passiert, sie kommt nicht hoch. Sie schafft es einfach nicht, der Befehl vom Gehirn an die Beine wird nicht weitergegeben. Sie sinkt wieder auf die

Erde und verletzt sich erneut am Knie, diesmal heult sie auf vor Schmerz. Sie hört Schritte hinter sich, das schwere Stampfen von Schuhen mit der Größe sechsundvierzig. Endlich ist auch Esko losgelaufen, er packt sie und nimmt sie auf den Arm, und Liisa hat das Gefühl, in die Luft aufzusteigen. Sie ist leicht, schwerelos. Sie ist ein Kind, das getragen wird, Esko trägt sie. Sie würde es ablehnen, wenn sie könnte, sich dagegen sträuben, sie würde selbst gehen, aber sie hat keine Kraft, um sich zu wehren. Sie hält sich mit beiden Händen an diesem Mann fest, klammert sich an seinen Hals wie eine Ertrinkende an eine Boje, und dieser Mann, der bald ihr Ehemann sein wird, rennt und trägt sie dabei auf den Händen. Eskos Herz schlägt, Liisa hört es schlagen. Ein gutes Herz, denkt Liisa. Ein starkes Herz. Ein Herz, das mehr aushält. Vielleicht denkt sie nicht so, aber sie spürt, dass das Herz ihres Vaters stehen geblieben ist, Eskos Herz aber schlägt. Jemand trägt sie. Ein Mann, der fast wie ihr Vater ist, stärker und mutiger als sie selbst.

Ich liebe Marjaana noch immer. Das dürfte die Wahrheit sein, leider. Aber ist das so verwunderlich? Wäre es nicht verwunderlicher, wenn es einem gelänge, eine Liebe, die man einmal empfunden hat, zu vergessen? Ich sehe Marjaana im Fernsehen, ich sehe zu, wie irgendein Schnösel, der gerade die Journalistenschule absolviert hat, sie quält, und kann nichts dafür, dass ich vollkommen auf ihrer Seite bin. Wenn sie sich aufregt, wird sie blass, und auf ihren Wangen und ihrem Hals bilden sich wütende Flecken. In einer Diskussionsrunde fängt ihr linker Fuß an zu wippen, und sie verlangt mit der rechten Hand das Wort. Ein ums andere Mal macht sie den gleichen Fehler, sie offenbart ihre Empörung, der junge Löwe von den Konservativen, der neben ihr sitzt, wartet gelassen ab, bis er an der Reihe ist, auf dem Gesicht ein Dauerlächeln, das er bei einem Wochenendseminar von *Trainer's House* gelernt hat, und ich sitze allein zu Hause im Sessel und lehne mich genau so nach vorne wie Marjaana im Studio, rufe meinen Widerspruch ins Leere, teile ihre machtlose Wut. Kurios daran ist die Tatsache, dass ich in vielen Dingen anderer Ansicht bin, ich möchte gern mit ihr darüber diskutieren, es sind die gleichen Dinge, über die ich gelegentlich auch mit dir in Streit gerate. Du und Marjaana, ihr seid auf identische Art allergisch gegen Grautöne, ihr seht die Welt durch eine Bildröhre mit scharfen Kontrasten.

Vor allem die unterlegene Marjaana weckt mein Mitgefühl. Würden wir in einer Welt leben, die nach ihren Träumen geformt ist, wäre Marjaana mit ihren Idealen im Vorteil, dann wäre meine Liebe zu ihr vermutlich längst gestorben. Ihr Zappeln rührt mich. Ihre Halsstarrigkeit, ihre widerwillige Anpassung, ihre in jeder Hinsicht schmerzhafte Wandlung.

Sie hat sich die Haare fast wie eine bürgerliche Frau schneiden lassen, im Parlament kann man sie im Kostüm antreffen, vor den Wahlen lächelt sie sogar in der Zeitung und spricht über ihre Gefühle. Sie ist eine in die Käfigecke getriebene Tigerin, deren einzige Möglichkeit, das Revier zu verteidigen, darin besteht, die Krallen einzuziehen und sich streicheln zu lassen. Sie tut Dinge, von denen sie sich nie hätte vorstellen können, sie jemals zu tun, und dennoch wird sie von den Leitartiklern für ein feuerrotes Frauenzimmer gehalten, eine Kommunistin, die vor langer Zeit vom Riesenrad gefallen ist. Die in der Vergangenheit feststeckt, in den alten Schützengräben, in einer Welt, die es nicht mehr gibt.

Im Grunde bin ich der gleichen Meinung. Das ist sie. Aber diese These ist zu einfach, zu offensichtlich, einer der praktischen Stempel, die man heutzutage jedem Politiker aufdrückt. Sie schließt die Vorstellung mit ein, dass Marjaana in einer anderen Zeit oder einer anderen Welt vollkommen zu Hause wäre, und das stimmt nicht. Menschen wie Marjaana begehren immer auf, auch dann, wenn sie mit dem Strom schwimmen, den sie sich selbst ausgesucht haben. Marjaana ist weniger eine Frau mittleren Alters, die von der Vergangenheit nicht loskommt, als eine überjährige Jugendliche. Darum wird sie von den Jungen gewählt, zur Überraschung aller, auch in die Parteiführung, mehr als die alten Hasen und ein paar vielversprechende Talente. Die Jungen stört es nicht, dass Marjaana bald sechzig wird. Es stört sie nicht, dass sie mit zu greller, bei den Fragestunden im Parlament regelmäßig brechender Stimme spricht und dass sie stottert, wenn sie müde ist. Jetzt haben sie eine Fraktionsvorsitzende, die eine halb aufgegessene Banane über die Parlamentsflure trägt und eine ausgeblichene Umhängetasche voller hingekritzelter Notizen. Eine Fraktionsvorsitzende, deren Gedächtnis leckt wie ein Sieb, deren Organisationstalent zu wünschen übrig lässt und deren Pressekontakte schwere Mängel aufweisen. Herzlichen Glückwunsch an die Linke! Sie haben sich entschlossen, mit Marjaana auszukommen.

Ein feuerrotes Weibsstück, sagte auch Esko. Da hast du dir ein feuerrotes Weibsstück ausgesucht. Nicht dass es eine Überraschung für ihn gewesen wäre, zu seiner Ehrenrettung muss man sagen, dass er darauf vorbereitet war. Eine feuerrote Stadt, eine feuerrote Universität, feuerrote Studenten – dieser Ruf drang mühelos fünfundsiebzig Kilometer nach Süden vor. Wenngleich die Universität Tampere gar nicht feuerrot war, damals nicht mehr. Die goldenen Jahre ekstatischer linker Studenten, all die wilden Schlagzeilen, die Esko mit Tampere verband, lagen einige Zeit zurück. Dort zu studieren war, als käme man zu spät zu einer Party – in einem Stadium, in dem die Weinflaschen so gut wie leer, einige Gäste auf dem Fußboden eingeschlafen und die anderen längst gegangen sind. Anderswo hat bereits ein neues, verlockenderes Fest begonnen. Dennoch gibt es auch auf alten Partys Leute, die in aller Ruhe miteinander anstoßen, leidenschaftlich diskutieren und so leben, als gäbe es kein Morgen. Sie wissen, dass ihre Party bald vorbei sein wird, wollen es aber nicht wahrhaben.

Im Herbst 1981 befand sich Jussi Kinnunen ungefähr in dieser Phase. Er war sieben Jahre älter als ich und 1972 an die Uni, also noch rechtzeitig zur Party gekommen. Er schrieb am Schwarzbuch des Sozialistischen Studentenbundes mit und klopfte mit Forderungskatalogen in der Hand an die Türen der Professoren. Vor den Toren der Tampella-Fabrik verteilte er den *Berichterstatter* und hielt marxistisch-leninistische AGs für mehr oder weniger begeisterte Arbeiter ab. Rasch war er in der Hierarchie aufgestiegen und Ende der siebziger Jahre Vorsitzender der TYMR und Vorstandsmitglied des SOL geworden. TYMR war die Abkürzung für die marxistische Gruppe der Universität Tampere, SOL das Kürzel für den Sozialistischen Studentenbund. Ich weiß, dass dir diese Buchstabenfolgen nichts mehr sagen, aber Anfang der achtziger Jahre waren sie selbst für mich noch selbstverständlich. War man auf dieser Ebene in einer Organisation tätig, war das praktisch ein Vollzeitjob. Das galt sogar für geringere Tätigkeiten; die Revolution war kein Kinderspiel, sondern bedeutete eine Versammlung nach der anderen. Vermutlich saß Jussi Kinnunen deswegen in jenem Winter in der gesellschaftswissenschaftlichen Bibliothek und bereitete sich auf die gleichen Prüfungen vor wie ich. Er behauptete zwar, schon weiter zu sein, aber das stimmte nicht. Er war keiner von denen, die sich in dem, was sie sagten, immer innerhalb der engen Schranken der Wahrheit bewegten.

War er mein Freund? Der große Bruder, der mir fehlte, mein Tutor, meine Bezugsperson? Zumindest war er der erste Mensch in Tampere, den ich etwas besser kennenlernte, es geschah auf seine Initiative hin und war darum leichter, als mit Studenten in Kontakt zu kommen, die mit mir angefangen hatten. Über die Universität hatte ich vorher nichts gewusst, darum wusste ich auch nicht, wie allein jeder Einzelne dort ist. Ich hatte sie mir eher wie die Schule vorgestellt, als Ort, an dem man einen Stundenplan in die Hand gedrückt und gesagt bekommt, wie man sich mit seiner Klasse von einem Vorlesungsraum zum andern bewegt. Am Anfang war ich in Tampere allein, allein in meinem Appartement, allein im Vorlesungssaal, allein in der Bibliothek mit meinen Büchern. Daheim, inmitten von Eskos und Liisas Tohuwabohu, hatte ich mir eingebildet, mich nach Stille zu sehnen, nun aber suchte mein Instinkt den Lärm und das Getöse.

Und Jussi war laut. Er stammte aus Ostfinnland wie meine Eltern, er war leutselig und hatte eine kräftige Stimme. Er war wortgewandt, hatte Humor, nahm den Kommunismus ernst, sich selbst aber nicht; vermutlich war er ziemlich gut mit den Arbeitern von Tampella ausgekommen. Seine große

Zeit mochte vorbei sein, aber noch immer umgab ihn die Aura des Anführers. Er wurde auf den Gängen angesprochen, um ihn herum war immer ein bisschen mehr Leben als anderswo. Jussi war gern unter Leuten, er liebte Feste und besonders deren Fortsetzungen in den frühen Morgenstunden. Vielleicht hatte er beschlossen, die Politik zurückzuschrauben und sich auf sein Studium zu konzentrieren, aber das Studentenleben hatte er nicht aufgegeben. Er war immer dort, wo etwas los war, auch auf den neuen Partys, bei denen er eher als ungeladener Gast auftauchte. Stolz trug er das Parteibuch der SKP in der Innentasche seines Sakkos und versuchte mit geringem Erfolg, Erstsemester in die Marxistische Gruppe zu locken. Glaubt ihr vielleicht, es hilft der Sache der Arbeiterklasse, wenn ihr euch an Bäume kettet?, provozierte er junge Studenten, die mit der Koijärvi-Umweltbewegung sympathisierten. Glaubt ihr, solche Aktionen haben eine Bedeutung in einem Land, in dem sich der gesamte Apparat in der Hand der Bourgeoisie befindet? Eines Nachts war er so betrunken, dass er sich nicht mehr auf den Beinen halten konnte, ich half ihm vor dem Studentenhaus aufzustehen, und schließlich landeten wir in meinem Appartement in der Aleksanterinkatu, wo wir sicherheitshalber noch mehr ungarischen Rotwein tranken. Ich weiß noch, wie wir auf dem Teppich lagen und auf die von Liisa angebrachte Marimekko-Leuchte an der Decke starrten, die sich in der Morgendämmerung zu drehen schien. Es war still im Raum, die Platte war zu Ende, nur die Nadel kratzte auf dem Teller. Jussi sprach von einer Marjaana, in die er eindeutig hoffnungslos verliebt war. So eine tolle Frau, murmelte er. So toll. Stark. Umwerfend. Hat sich aber von diesen Weibern mitziehen lassen. Das war Jussis Interpretation von Marjaanas Entscheidung, den Feminismus zu wählen und den Kommunismus aufzugeben. Während Jussis Ära als Vorsitzender war Marjaana immerhin Generalsekretärin der Marxistischen Gruppe gewesen, seine rechte oder linke Hand. Jetzt war sie eine von den vielen Verirrten, die sich mit Nebensächlichkeiten befassten und nicht mehr das große Ganze sahen. Wir verheddern uns im Kleinkram, und die Bourgeoisie lacht sich kaputt, lamentierte Jussi.

Ich kannte Marjaana damals noch nicht, für mich war sie einfach eine Frau, in die Jussi verliebt war. Als ich im Januar 1982 neben ihm unter der Marimekko-Leuchte auf dem Teppich lag, hielt sich Marjaana in Dänemark auf. Den ganzen Herbst und Winter war sie dort gewesen, irgendwie hatte sie es geschafft, einen Platz im Austauschprogramm an der Uni Århus zu ergattern. Im Februar kam sie zurück, den Kopf voller europäischer Gedanken, und ihre Rückkehr blieb an der Uni Tampere nicht unbemerkt. Ihr Diskussionskreis ging allmählich zu konkreten Aktionen über. Mit Ulla Lohela und Annukka Viskari organisierte Marjaana zunächst ein Happening, bei dem die Wände im obersten Stockwerk des Hauptgebäudes mit Plakaten gegen Pornografie tapeziert wurden. *Deine Brüste sind kein Kapital,* stand dort. *Nieder mit dem Porno* und *Es lebe die Frau.*

Du bist ein Freund von Jussi, sagte Marjaana zu mir. Es waren ihre ersten Worte, sie stand im grauen, dürftigen Licht eines Wintertages im Lesesaal der Bibliothek vor mir, und als sie mich überraschend zu einem Kaffee einlud, ließ ich meine Bücher brav auf dem Tisch liegen und folgte dem Klappern ihrer Clogs in die Cafeteria im Untergeschoss. Die langen blonden Haare hatte sie zu Zöpfen geflochten, die schwer auf ihren ziemlich breiten Schultern lagen. Ihr Gesicht war ungeschminkt, die Haut rein. Die hohen Wangenknochen glühten, als sie sich über Jussis Blödheit in Rage redete. Sie wollte wissen, ob ich Jussis Artikel über die Frauenfrage gesehen hätte. Natürlich hatte ich ihn gesehen, und wie Petrus vor Ostern verleugnete ich ohne zu zögern die Gedanken meines Freundes. Sie waren nun mal, was sie waren, reaktionär, altmodisch, sogar gefährlich. Ich drehte mein Fähnchen nach dem leisesten Wind, meine Ansichten schwankten schon damals, zu keiner Sache konnte ich einen festen Standpunkt einnehmen. Darum hatte ich auch keinerlei Schwierigkeiten, von jetzt auf gleich zum Feministen zu werden. Du hast ein süßes Gesicht, sagte Marjaana zum Abschluss ihres Monologs zu mir, als sie sich ein bisschen beruhigt hatte, aber noch immer leicht außer Atem war. Überraschend legte sie ihre Hand auf meine und streichelte mit dem Zeigefinger meinen Handrücken. Richte Jussi einen schönen Gruß von mir aus, sagte sie nach einem Moment vollkommener Stille. Was für Grüße, fragte ich sie. Er soll sich ins Knie ficken.

Zwei Wochen später war ich zum ersten Mal in ihrem Zimmer. Ich saß auf dem ungemachten Bett und sah dem Staub zu, der in der Luft schwebte. Das Belüftungsfenster stand offen, neben uns toste die Ausfallstraße, es war kaum Abend und ich war nicht bereit, ich hatte nicht mit so etwas gerechnet. Vor mir stand ein Regal, ganz oben die Standardwerke des Kommunismus, in der Mitte der Feminismus, weiter unten ein bisschen Belletristik aus der Bibliothek, im Regal herrschte Ordnung, sonst nirgendwo, und Alexandra Kollontais *Situation der Frau in der gesellschaftlichen Entwicklung*, das ich mit theatralischem Interesse in Augenschein genommen hatte, fiel mir aus der Hand, als Marjaana hinter mich aufs Bett kroch und meinen Nacken küsste. Keines der ungefähr zehn Mädchen, die ich bis dahin gehabt hatte, hatte sich so benommen, das war offenbar etwas, das man in Dänemark lernte. Marjaana küsste mich auf dänische Art, und ihr dänischer Kuss war erstaunlich leicht zu beantworten. Alles, was danach passierte, war darin kodiert, der Kuss beinhaltete die Verhaltensanweisungen. Nicht einmal bei diesem ersten Mal kann ich mich erinnern, unsicher gewesen zu sein. Im Bett war Marjaana angenehm großzügig, sie klammerte sich nicht an Kleinigkeiten und folgte auch nicht immer dem gleichen Schema. Beim Sex war es wesentlich einfacher als sonst, mit ihr einig zu werden.

Ist dir das peinlich? Vermutlich. Niemand will sich seine eigenen Eltern im Bett vorstellen, Mutter und Vater sind keine fleischlichen Wesen, wir sind alle der Meinung, jungfräulich geboren worden zu sein. Zwei so verschiedene Menschen, wirst du außerdem denken. Wie können zwei so verschiedene Menschen auch nur versuchen zusammenzuleben? Aber genau deshalb musst du dir diesen Moment vorstellen: damit du verstehst, wie kompliziert die Dinge sind, damit du verstehst, wie perfekt Marjaana und ich andererseits zusammenpassten. Und jetzt spreche ich nicht nur vom reinen Sex, es gibt keinen reinen Sex zwischen zwei Menschen, die sich lieben. Der sexuelle Moment ist immer der Versuch zu verstehen, für einen Augenblick miteinander zu verschmelzen.

Von Anfang an habe ich Marjaana um ihre Familiengeschichte beneidet. Ich tue es noch immer, denn sie ist so klar und eindeutig. Ein Großvater, der im Bürgerkrieg nach Tammisaari verschleppt wurde und dort verhungerte. Der erste Mann der Mutter, Vater von Marjaanas älteren Geschwistern, der im ersten Sommer des Fortsetzungskrieges weit weg in Karelien fiel, beim Aufbau von Großfinnland. Marjaanas Vater, ehemaliger Späher einer Aufklärungskompanie, unberechenbar und gewalttätig, aufgrund seiner Kriegserfahrungen glühender Kommunist. Die Mutter, die nach dem frühen Tod von Marjaanas Vater vier Töchter allein großziehen musste. Die älteren Geschwister hatten ihren Beitrag geleistet und wie die Mutter in der Textilfabrik Luhta gearbeitet, und so war die Familie durchgekommen, stolz und ganz und gar ohne Mann. Diese Geschichte spricht Marjaanas Wähler und Wählerinnen noch immer an. Es ist eine gute Geschichte, bewegend, konsequent und überdies wahr. Marjaana hatte 1982 an der Uni Tampere nichts zu verheimlichen.

Du kannst mir glauben, dass ich es nicht eilig hatte, Marjaana von meiner Familie zu erzählen. Anderen Leuten log ich bei dem Thema manchmal etwas vor, ihr jedoch nicht direkt. Besonders lange konnte ich sie von meinem Appartement allerdings nicht fernhalten, es war so groß und schön eingerichtet, es würde alles verraten. Als sie dann auf dem Teppich vor der Pioneer-Stereoanlage in die Hocke ging und den Deckel des Plattenspielers anhob, erzählte ich ihr von Eskos Geschäft. Ich weiß nicht mehr, was sie sagte, ich kann mich nur noch an ihren Gesichtsausdruck erinnern. Obwohl alles offensichtlich war, obwohl sie die belastenden Beweise vor Augen hatte, wirkte sie für einen Augenblick ehrlich überrascht.

Sonntag, 26. September 1982. Ich habe es gerade im Kalender überprüft. An dem Tag war ich zum ersten Mal mit Marjaana im Haus meiner Eltern in der Straße, die Bärenweg hieß: Karhupolku. Den Tag kann ich mir merken, weil am Tag zuvor, genau genommen am selben Morgen finnischer Zeit, Keke Rosberg Formel-1-Weltmeister wurde. Das war das Erste, was Esko zu uns sagte, es waren seine ersten Worte an Marjaana: Keke ist Weltmeister. Habt ihr schon gehört, Keke hat gewonnen! Er stand vor dem Bahnhof auf dem Parkplatz, stützte sich mit dem Ellbogen auf das Dach seines Ford Taunus, und auch wenn die Herbstsonne sich höchstens kurz zwischen den Wolken blicken ließ, trug Esko natürlich seine neue Sonnenbrille, diesmal ein Achtziger-Jahre-Modell, das gleiche, das Keke hatte. Weltmeister, verdammt noch mal, sagte er. Keijo »Keke« Rosberg. In Las Vegas. Letzte Nacht. Ein Finne. Ist das nicht unglaublich? Und natürlich gab Esko nicht auf, bis er bekommen hatte, was er wollte, es musste über diese Angelegenheit, die jeden normalen Tagesablauf über den Haufen warf, Übereinstimmung erzielt werden. Erst als auch Marjaana Kekes Weltmeisterschaft anerkannt hatte, durften wir uns ins Auto setzen und losfahren.

Wir fuhren am Laden vorbei. Das war natürlich extrem peinlich, aber was sollte ich tun: Marjaana wollte ihn sehen, Esko wollte ihn vorführen. Zu dritt gingen wir durch das menschenleere Geschäft, Esko voraus, Marjaana und ich hinterher, und Esko redete, als wollte er etwas verkaufen, er stellte Marjaana detailliert die neue Waschmaschine von Siemens vor, den Wäschetrockner, der zur gleichen Serie gehörte, und den neuen VHS-Rekorder von JVC, der damals fast als das siebte Weltwunder durchging. Esko redete mit Marjaana über mich, als wäre ich gar nicht da, er lobte mich, weil ich im Sommer das Lager so gut aufgeräumt hatte, beklagte sich aber über meine Trotteligkeit beim Verkaufen. Er ist ein bisschen still, unser Ältester. Halt ein Philosoph. Kriegt nicht immer den Mund auf. Etwas in der Art, genau kann ich mich nicht erinnern, jedenfalls etwas, das Marjaana veranlasste, meine Hand zu nehmen und sie fest zu drücken. Mehr noch, mir den Kopf zuzuneigen und leicht an meinem Ohr zu nagen. Ich verstehe, wollte sie sagen. Ich sehe es. Ich weiß es. Ich bin auf deiner Seite. Wir standen in der hintersten Ecke des Ladens, am Ende des Ganges, bei den Kühl- und Gefrierschränken. In der Ecke, wo das Herbstlicht nur durch das kleine Oberlicht hereinsickerte.

Das Haus im Karhupolku war nicht mein Zuhause. Das hatte ich Marjaana schon vorher zu erklären versucht, ich hatte meine Kindheit nicht in diesem Haus verbracht, sondern gerade mal drei Jahre vor meinem Studium dort gewohnt. Ich hatte auch versucht, ihr von den Wohnungen zu erzählen, in denen ich wirklich gelebt hatte, vor allem von der Dreizimmerwohnung, die der Versicherungsgesellschaft gehörte. Marjaana sollte verstehen, dass wir vor zehn Jahren alle noch in genau so einem Fünfundsiebzig-Quadratmeter-Würfel gelebt hatten wie Marjaana mit ihrer Mutter und den Geschwistern in Lahti. Der Unterschied zwischen uns war keine von Jahrhunderten diktierte Selbstverständlichkeit. Wir gehörten nicht dem Adel an, wir waren nur Emporkömmlinge mit Schulden. Dumm bloß, dass die Immobilie im Karhupolku gerade dafür geschaffen war, einen größeren Wohlstand als tatsächlich vorhanden zu signalisieren. Es war schwer, die passenden Worte zu finden, als der Taunus zwischen den Säulen aufs Grundstück einbog und Esko ihn großspurig in die für zwei Wagen bemessene Garage lenkte. »Das Geschäft scheint zu florieren«, sagte Marjaana. »Und wie«, gab Esko zurück, so taub für Ironie wie immer, wenn es um Geld oder Erfolg ging.

Liisa hatte den Tisch wahrscheinlich schon am Vormittag gedeckt. Gläser von Iittala, Besteck von Hackman, Teller von Arabia, dicke Stoffservietten. Anfang der achtziger Jahre herrschte beim sonntäglichen Mittagessen im Karhupolku bereits Hochkonjunkturstimmung. Wir aßen Roastbeef und Knoblauchkartoffeln, glaube ich, jedenfalls stand das jeden zweiten Sonntag auf dem Speiseplan, und Liisa machte jede Menge Aufhebens, wie immer, wenn Gäste da waren, nur diesmal noch schlimmer als sonst. Mit Sicherheit war sie nervös. Mit Sicherheit war sie aufgeregt, und in dem Zustand vergaß sie oft ganz und gar, dass sie redete. Trotzdem schämte ich mich für sie. Es ist unschön, das zu sagen, aber ich schämte mich zutiefst für meine eigene Mutter, die sich ausgerechnet dazu entschloss, endlos, quälend, unfassbar lange über den Tod von Grace Kelly zu sprechen. Die Grace von Monaco, die in Philadelphia geborene Millionärstochter, der Hollywood und alle reichen Amerikaner und Schlösser nicht genug gewesen waren, sondern die unbedingt Fürstin hatte werden müssen und den Heiratsantrag des nichtssagenden, fliegenschissgroßen Zwergprinzen aus dem Steuerflüchtlingsstaat angenommen hatte! Und die Stephanie war mit im Auto, jammerte Liisa so mitfühlend, als wäre Mutter Theresa persönlich ums Leben gekommen. Die eigene Tochter! Die Polizei untersucht den Fall. Es gibt da aber auch steile Abhänge, in Monaco. Furchtbare Straßen, ganz furchtbar, du warst doch sicher schon mal dort? Nein, und ich werde auch nicht hinfahren, erwiderte Marjaana. Aus irgendeinem Grund ging Esko nicht dazwischen, Liisa redete immer weiter, und schließlich war es Ville, der mich rettete. Mama, könnten wir vielleicht mal über was anderes reden? Ville und Timo sagten allerdings selbst so gut wie nichts, sondern saßen stumm und breitschultrig nebeneinander am Tisch und warfen verstohlene Blicke auf Marjaana, als wäre in ihrer Mitte ein Wesen aus dem Weltall gelandet.

Und so sprachen wir über etwas anderes, leider. Israel und Palästina lagen sich auch damals in den Haaren, in der Hinsicht, und vielleicht einzig und allein in dieser, war die Welt damals genau die gleiche wie heute. Den ganzen Sommer über hatten israelische Truppen Beirut eingekesselt, Städte in die Steinzeit zurückgebombt und Tausende Zivilisten getötet. Im Herbst hatte sich der Papst mit Arafat getroffen, und die erbosten Israelis sahen über einen blindwütigen Massenmord in einem Palästinenserlager in Beirut hinweg. Über tausend Todesopfer hatte es gegeben, hauptsächlich Frauen, Kinder und alte Leute. Die PLO-Soldaten waren zuerst evakuiert und dann eliminiert worden.

Dieses Thema hatte ich vorab gefürchtet, fast hatte ich geahnt, dass wir am Esstisch irgendwie darauf kommen würden. Ich sehnte mich nach Grace Kelly, nach ihrer kühlen, ätherischen Bedeutungslosigkeit. Die Imperialisten. Die Handlanger der Imperialisten. Die arabischen Knoblauchfresser. Solche Worte wurden benutzt, überraschend schnell sank das Gespräch auf dieses Niveau, und ich drückte unter dem Tisch Marjaanas Oberschenkel und diskutierte gleichzeitig mit Esko, versuchte, selbst das Wort zu führen, damit Marjaana nicht in Fahrt kam. Junge, Junge, widersprach Esko murmelnd. Hat das Volk Israels nicht genug gelitten? Hat es nicht sein eigenes Land verdient? Soll es das nicht verteidigen dürfen? Euer Yasser ist auch kein Waisenknabe. Liisa war vom Tisch geflüchtet und räumte am anderen Ende des riesigen Essbereichs das Geschirr in die Spülmaschine. Timo und Ville hatten sich längst in ihre Zimmer verzogen, um sich Videos anzuschauen oder TV-Spiele zu machen, nichts konnte sie weniger interessieren als die Probleme im Nahen Osten. Und Reagan, fuhr Esko fort, zufrieden mit seiner großen Erkenntnis: Reagan war derjenige, der unter das Ganze einen Schlussstrich gesetzt hat. Oder etwa nicht? So ist das, Reagan hat Scharon in die Schranken gewiesen. Es ist nun mal so, ihr lieben jungen Leute, dass nur Amerika Israel Grenzen setzen kann. Amerika ist die einzige Macht, auf die die Juden heutzutage hören.

Ihr lieben jungen Leute – das war der Tropfen, der das Fass zum Überlaufen brachte. Marjaana stand auf und ging ohne ein Wort an Esko vorbei auf die Terrasse. Ich folgte ihr und brachte sie dazu, wieder hineinzugehen, rechtzeitig zum Kaffee, der in einer für dieses Haus seltenen Stille getrunken wurde. Marjaana sagte noch immer kein Wort, Liisa war vor Entsetzen stumm geworden. Esko kam auf Kekes Weltmeisterschaft zurück und referierte über die Casinos von Las Vegas, über Kalifornien und Nevada, über die Reise an die Westküste, die wir fünf Jahre zuvor mit der ganzen Familie unternommen hatten und die so teuer gewesen war, dass der Bau des Ferienhäuschens aufgeschoben werden musste. Ich war in Las Vegas gewesen, ausgerechnet, Las Vegas war fast schlimmer als Monaco, und natürlich musste Esko Marjaana auch dieses schreckliche Geheimnis aus meiner Vergangenheit erzählen, bevor die erste Begegnung der beiden zu Ende ging. Ich weiß schon, dass Esko es nicht absichtlich tat, für ihn war es eine tolle Sache, die man unbedingt erzählen musste. Er wurde auch nicht laut, nicht einmal, als er über Israel redete. Gerade das machte Marjaana wohl besonders wütend, Esko saß am Kopfende des Tisches, es war ein Heimspiel, und es gelang ihm leicht, die Überlegenheit zu wahren.

In Vegas, sagte Marjaana im ersten Stock. In Las Vegas, Esa. Was hast du dort gemacht? Ich saß tief im Sessel meines alten Zimmers, in dem ich kaum gewohnt hatte, in dem dennoch meine Vergangenheit gespeichert war, das Kind, das ich gewesen war, das Kind, das ich noch immer war. Ich hatte mich auf diesen Besuch vorbereitet, hatte beim letzten Mal die alten NHL-Poster und die Reliefkarte Nordamerikas von der Wand gerissen, die Pinnwand von verdächtigen Postkarten bereinigt, die Fotoalben tief im Schrank unter den Schulbüchern versteckt, so dass sie Marjaana wenigstens nicht zufällig in die Hände fielen, und dennoch kam ich mir trotz Jeans und Flanellhemd nackt vor. Als wäre ich ein für alle Mal entlarvt worden, als wisse Marjaana jetzt alles über mich und würde mich nach unserer Rückkehr nach Tampere nicht mehr anschauen. Ich war kleinlaut, aber irgendwie auch trotzig, denn in dem Moment ärgerte ich mich über Marjaana. Über ihre selbstgefällige Sturheit, darüber, dass sie am Esstisch keinen Zentimeter nachgegeben hatte. Von unten drang das Klappern von Geschirr herauf, vermutlich spülte Liisa nun die Töpfe ab, schrubbte sie mit dem grünen Schwamm, und ich musste an ihren Gesichtsausdruck denken, als Marjaana gesagt hatte, sie würde nie im Leben nach Monaco fahren. Genau in dem Moment fiel Liisa aus der schützenden Blase ihres Redeflusses, sie begriff ihre Dummheit, und ich empfand Mitleid mit ihr. Ich kannte sie so schmerzhaft gut, sie war meine Mutter, ich wusste, wie sie sich in unterschiedlichen Situationen verhielt, und diesen anderen Menschen, diese Frau, von der sie absichtlich gekränkt worden war, kannte ich so gut wie gar nicht. Plötzlich kniete sich Marjaana vor dem Sessel hin und zog mir die Hose herunter, küsste meine verschwitzten Zehen und Waden und sogar die knochigen Knie, fuhr mit den Lippen die Innenseite meiner Oberschenkel entlang, so dass ich schon glaubte, sie würde mich in den Mund nehmen, so wie es die Frauen in den Zeitschriften taten, die ich mir vor Jahren im Antiquariat besorgt und ebenfalls weit hinten im Schrank versteckt hatte, allerdings in einem anderen Fach als die Fotoalben. Aber das tat Marjaana dann doch nicht. Nicht in dieser Haltung. Sie begriff, dass sie vor mir kniete, auf allen vieren wie ein Hund. Innerhalb einer Sekunde schälte sie sich aus ihrer Jeans, setzte sich auf mich und schob ihren Slip zur Seite, so dass ich in sie eindringen konnte. Man versank wirklich tief in dem Ledersessel. Er war nicht nur weich, er schaukelte auch, knirschte und quietschte, man hörte es natürlich sowohl in Villes und Timos Zimmer als auch im Erdgeschoss, und ich war nicht so dumm und erregt, um nicht zu begreifen, dass genau darin die Absicht bestand.

Marjaana wollte, dass man uns hörte. Sie war feuchter als sonst, keuchte mir anders ins Ohr als je zuvor oder lange danach. Die Situation steigerte ihre Lust. Dieser Ort, dieses Zimmer, die Vorstellung, dass ich im Schutz dieser Wände ein Leben geführt hatte, von dem sie nichts ahnte. Zielstrebig bewegte sie sich auf mir hin und her, ich liebte sie, ich würde sie lange lieben, vielleicht ewig, das wusste ich damals schon, und gleichzeitig wusste ich, dass Las Vegas immer zwischen uns stehen würde, ich erinnerte mich so genau an Las Vegas und die ganze Reise und an alle anderen Reisen, die ich in meinem früheren Leben unternommen hatte – auch wenn ich noch so sehr versuchen würde, mich zu ändern, würde es mir wahrscheinlich nicht gelingen. Es ging nicht um Scharon oder Reagan und auch nicht um die brutal erschossenen Palästinenser. Nicht um die auf Moskau, Prag und Havanna gerichteten Atomsprengköpfe, nicht um die Raketendepots mitten in Europa, nicht um die Wirtschaftspolitik, die die Dritte Welt noch ärmer machte; es ging um nichts, worüber man diskutieren oder wogegen man demonstrieren konnte. Nicht darum ging es, denn seine Meinung kann man ändern, seine Weltanschauung wechseln, aber in den tiefen Schichten des Gehirns, vielleicht auch anderswo als im Gehirn, unter der Haut, gibt es Dinge, die man nicht verleugnen und nicht ausradieren kann. Erinnerungen? Vielleicht Erinnerungen. Denn es ging um Esko, der vor Ceasars Palace im riesigen Miet-Chevrolet rückwärts gegen eine Betonabsperrung fuhr, um Liisa, die bei Macy's in San Francisco Kleider kaufte, es ging um die offenen Gepäckstücke im Kofferraum, um M&M-Bonbons und Lay's-Kartoffelchips und Cola mit Kirschgeschmack aus einer Blechbüchse, die man mit der Hand zusammendrücken konnte; um Parkplätze vor Restaurants am Straßenrand und Neonreklamen, die beinahe bis in den Himmel ragten, um all die Swimmingpools der Motelketten, in die wir nach Einbruch der Dunkelheit in einer Reihe eintauchten, Timo, Ville und ich. Es ging um Esko und Liisa, die sich tatsächlich in einem jahrhundertealten Mammutbaum im Yosemite-Nationalpark küssten, um die Hitze, die über dem Asphalt flimmerte, und um den Sonnenuntergang in der Wüste, um die Nacht in einer vor hundert Jahren verlassenen Stadt im Wilden Westen unter unwirklich hellen Sternen; es ging darum, wie das gerade erschienene *Born to Run* abends auf dem Highway klang, als wir die äußersten Autobahnringe von Los Angeles hinter uns gelassen hatten und nur die Straße an die Menschen erinnerte und die Stromleitung, die aussah, als wäre sie von den ersten Siedlern verlegt worden. Darum ging es letzten Endes, genau darum, und alle diese verbotenen Dinge würden nicht aus mir verschwinden, auch wenn mir Marjaana noch so sehr ins Ohr biss, mir den Rücken zerkratzte, mich an sich drückte, wie sie es in dem Moment, in dem sie kam, tat, so dass ich kaum Luft bekam. Ich hatte überraschenderweise Schwierigkeiten, zum Schluss zu kommen, Liisa spülte unten noch immer ab, es war unmöglich zu überhören. Komm einfach, keuchte Marjaana in mein Ohr. Es sind die sicheren Tage, halt dich nicht zurück. Komm. Nun komm schon, bitte. Die sicheren Tage, verspann dich nicht, lass es kommen.

Es waren nicht die sicheren Tage gewesen. Zähle eins plus eins zusammen, schau auf den Kalender, dann wird ziemlich klar, dass es genau da passierte.

Nach dem Sonntag im Karhupolku verschwand Marjaana. Fast sofort, gleich in der folgenden Woche. Sie behauptet, ihr Verschwinden habe nichts mit dem Anfang deines Lebens zu tun gehabt. Sie wäre sowieso weggegangen, schon als wir uns kennenlernten, habe sie gewusst, dass sie im Herbst nach Amsterdam fahren würde, sie habe es nur nicht ansprechen wollen. Mir nicht weh tun wollen, sagte sie zunächst. Mir nicht von Dingen erzählen wollen, die mich nichts angingen, sagte sie dann. Wir haben oft darüber geredet, viel zu oft, damals noch nicht, aber zehn Jahre später. Marjaanas Verschwinden wurde zur Zwangsvorstellung für mich, zu der ich immer wieder zurückkehrte, als alles Wichtige zerfiel und ich mich darauf hätte konzentrieren müssen, zu bewahren, was noch übrig war. Was willst du eigentlich von mir, verdammt?, fuhr mich Marjaana an, immer auf die gleiche Art. Wenn sich Paare streiten, folgen sie bis in die einzelnen Repliken hinein immer demselben Drehbuch. Soll ich mich vielleicht bei dir entschuldigen? Es war mein Leben. Meine Entscheidung. Mein Kind. Ich habe Zeit für mich gebraucht. Zeit, um in Ruhe nachzudenken.

Um worüber nachzudenken? Als sie wegging, wusste sie nicht einmal, dass sie schwanger war. Dachte sie über mich nach, über unsere Beziehung? Wohl kaum, denn für sie gab es ja nicht einmal eine Beziehung. Wenn es etwas gab, dann war es so bedeutungslos, dass sie mich einfach in Tampere zurücklassen konnte, wo ich durch die Novemberstraßen trottete, ohne etwas über eine mögliche Rückkehr oder das, was sie irgendwo in der Welt tat, zu wissen, ja, ohne ihren Aufenthaltsort zu kennen. Ulla und Annukka wussten natürlich alles. Eines Abends, bei Schneeregen, trat ich voller Zorn gegen ihre Tür. Sie ließen mich schließlich herein, setzten mich an den Küchentisch, boten mir Tee und Butterbrote an und erzählten mir trotzdem nichts, obwohl ich schwor, Marjaana nicht nachzulaufen. Sie glaubten mir natürlich nicht, denn sie mussten mich nur ansehen. Ich wäre gleich am nächsten Morgen abgehauen, wenn ich nur gewusst hätte, in welche Richtung.

Als Marjaana zurückkam, war es fast Weihnachten. Aus irgendeinem Grund saßen wir in der Cafeteria des Kaufhauses Stockmann, wo wir sonst nie hingingen, und alles, was ich Marjaana hatte sagen wollen, kam mir plötzlich sinnlos vor. Sie saß mir gegenüber, und das genügte mir. Ich hatte das Gefühl, alles vergessen zu können, ja, fast hatte ich es schon vergessen. Außerdem war sie überraschend versöhnlich. Sie bat mich um Verzeihung für ihr Verschwinden, dieses eine Mal tat sie es, danach nie wieder. Sie sah eine Spur anders aus, als ich es in Erinnerung hatte. Die Haut war nicht so rein wie sonst, auf der Stirn waren ein paar preiselbeergroße Pickel aufgetaucht, ihr Gesicht glänzte im fahlen Neonlicht. Trotzdem war ich so blind, wie es nur junge Männer sein können, und ahnte nichts. Ich konnte die Zeichen nicht lesen, ich wusste nicht, was sie bedeuteten.

Wir gingen zu Fuß zum Aussichtsturm Pyynikki. Das war mein Vorschlag, ich wusste, dass ich sie an diesem Abend noch nicht dazu bewegen würde, zu mir zu kommen, und wollte mich auf keinen Fall schon von ihr trennen. Wir stiegen die Treppe zum Turm hinauf, dieselbe, die im Sommer von den

Eishockeyspielern zum Training benutzt wird, jetzt waren die Stufen vereist, und auf dem Geländer lag eine dünne Schneeschicht. Marjaanas Sohlen waren glatt, ich bot ihr die Hand an, damit sie nicht hinfiel, und sie ergriff sie und kam näher heran, und für einen Moment berührten sich unsere Körper. Ich küsste sie, und sie erwiderte den Kuss, ihr Geschmack hatte sich nicht verändert, ihre Lippen waren genauso weich wie früher. Wir lösten uns voneinander, um einem Läufer auszuweichen, der uns mit raschelndem Anorak überholte, er war Schauspieler am Theater und eine Art Promi, seinen Namen habe ich vergessen, aber ich weiß, wie er an uns vorbeilief und uns mit seinen neugierigen Augen musterte.

Ich bin schwanger, sagte Marjaana. Ich habe über Abtreibung nachgedacht. Ich habe mich entschieden, das Kind zu behalten. Ich, ich, ich, Marjaana redete über dich, als würde es mich gar nicht geben, das konnte mir nicht verborgen bleiben. Andererseits war sie immerhin hier und nicht in irgendeinem verfluchten Amsterdam. Sie war alles, was ich von der Welt wollte, den ganzen Herbst über hatte ich mein Bestes getan, um mich zu dieser unerschütterlichen Überzeugung zu bringen, und dementsprechend war ich auch jetzt davon überzeugt und konnte es mir nicht leisten, sie zu verlieren. Die Liebe ist ein Spiel, da kann man sagen, was man will, und ich war nicht derjenige, der die Regeln vorgab, ich hatte sie zu akzeptieren. Außerdem begriff ich in dem Moment nicht einmal die ganze Tragweite ihrer Mitteilung. Natürlich erschrak ich, und vielleicht war es auch eine Erleichterung, dass Marjaana versprach, dich zu sich zu nehmen. Denn damals wollte ich ja nicht dich, sondern Marjaana. Lieber hätte ich sie ohne Kind gehabt, aber das Kind war auch ein Band zwischen uns, durch dich war ich enger mit ihr verbunden als zuvor, das war mir damals schon bewusst, auf der Treppe des Aussichtsturms, auch wenn ich ansonsten vollkommen durcheinander war.

Die Bitterkeit kam später. Wie hätte sie ausbleiben sollen? Es war eine Gemeinheit von Marjaana, mich zu übergehen. Sie verheimlichte mir etwas, das mich anging, sie schloss mich von Entscheidungen aus, sie raubte mir fast mein Kind. Aber es gibt keine berechtigte Verbitterung. Bitterkeit ist Gift, sie zerstört den Menschen, der sie in sich trägt. Sie ist wie eine Eisenkugel am Fuß, man ist sich ihres Gewichts bewusst und lässt sie trotzdem nicht los, weil man sie sich verdient und teuer dafür bezahlt hat.

Denn wenn ich ehrlich bin – und ich versuche, ehrlich zu mir zu sein, weil das Erinnern sonst keinen Sinn hat: Waren die wenigen Monate im Herbst, in denen Marjaana weg war, wirklich so schlimm, wie ich immer behaupte? Der Novemberregen fiel auf die lichtlosen Straßen. In der Hämeenkatu glänzten die Pfützen, Autos spritzten mir Dreck auf die Hose. Einmal stand ich eine halbe Stunde vor dem Kaufhaus Stockmann an der Ampel und kam nicht über die Straße. Es gab Tage, an denen ich mein Appartement nicht verließ, ich hörte Joy Division, deren Musik, wie ich entdeckt hatte, zu meinem Zustand passte, ich sah mir Fotos von Ian Curtis an und stellte mir vor, dass es mir so schlecht wie ihm ginge und ich in der gleichen spastischen Umklammerung steckte, unter demselben düsteren Kirchturm in Manchester-Hulme, der Ian Curtis kaputt gemacht hatte. Andererseits ging ich oft feiern. Jussi Kinnunen zerrte mich aus dem Bett, schleifte mich auf Partys in der Uni, und dort gelang es mir sogar hin und wieder, eine Frau aufzugabeln, die jünger war und besser aussah als Marjaana, wie Jussi unermüdlich betonte. Er war ein gutherziger Mensch, er dachte immer auch an mich, obwohl ihn damals Breschnews Tod bedrückte. Leonid Breschnew mochte auf seine alten Tage senil geworden sein, aber er war trotzdem ein großer, starker Anführer gewesen. Welche Richtung die Sowjetunion nach seinem Tod einschlagen würde, stand in den Sternen, womöglich konnte sie für die ganze internationale Arbeiterbewegung gefährlich werden. Ja, Breschnew war tatsächlich gestorben, und Jussi wusste nicht, was er davon halten sollte. Wenn ich mich recht erinnere, wurde damals Lech Walesa aus der Haft entlassen. In Dallas versuchte jemand, J. R. zu ermorden, auch dies ein wichtiges Ereignis, Liisa rief mich eigens an, um es mir zu erzählen. Ville wurde ins Trainingslager der U-13-Nationalmannschaft eingeladen, allmählich kam sein bemerkenswertes Eishockeytalent zum Vorschein. Alles Mögliche geschah, ich war mir dessen bewusst und durchaus vital genug, um all das für bedeutsam zu halten und mich sogar dafür zu interessieren. Ja, ich war deprimiert, meine Niedergeschlagenheit war echt, aber nicht total, sie enthielt mehr als nur eine Spur Theatralik. Noch hatte ich sie im Griff, sie glich einem Kleidungsstück, das ich überzog und zwischendurch ablegte, ich bewegte mich auf der sicheren Seite und wusste das auch. Die Jugend umgab mich wie warmer Nebel, wie eine dicke Decke, in die mich ein unbekannter Gott zum Schutz meiner Seele gewickelt hatte. Mir fehlte nichts.

1976

Der Ford Taunus sieht aus wie ein Sarg. Das sagt Liisa Esko nicht, aber so ist es. Sie steht in dem Reihenhaus in der Aulangontie an dem Erdgeschossfenster, das nach Süden geht, und sieht zu, wie Esko stolz den neuen, auf Pump gekauften kanariengelben Sarg rückwärts auf die Straße fährt. Ohne den Kopf zu drehen, winkt Esko, das ist eine Angewohnheit von ihm. Auch wenn ihm niemand zuschaut, selbst wenn die ganze Familie im Auto sitzt, winkt er. Manchmal lachen sie deswegen über ihn, Liisa und die Jungen.

Sobald das Auto verschwunden ist, geht Liisa ins Bad. Dort stehen die Turnschuhe im Sportschrank, braune Turnschuhe Marke Karhu, Esko hat sie ihr zu Weihnachten geschenkt. Der Schrank ist nicht aufgeräumt, Liisa versucht gar nicht mehr, ihn in Ordnung zu halten. Vor zwei Jahren hat sie aufgegeben und ihn endgültig Esko und den Jungen überlassen. Der Schweißgeruch würde ihre empfindlichen Augen zum Tränen bringen, aber Liisa schnappt sich nur rasch die Schuhe, schiebt die ärgsten Strumpfknäuel nach hinten und schlägt die Schranktür zu.

Der Sportwahn ist schwer zu verstehen. Die gesamten sechziger Jahre hindurch hat Esko zufrieden seine Kent geraucht und absolut keinen Sport getrieben. Seit der Armeezeit war er nicht mehr Ski gelaufen, als sie in der Matti Alangon katu wohnten, hatten dort nicht einmal Skier auf dem Speicher gestanden. Jetzt ist kaum der Schnee geschmolzen, und Esko wartet schon auf den nächsten Winter. Zwar kann man im Sommer natürlich einen Marathon laufen oder auch mehrere, aber das wahre Ziel von Esko und ein paar anderen Verrückten liegt im nächsten Winter: Sie haben sich vorgenommen, sämtliche extrem langen Loipen in Europa abzuklappern und für ihre Heldentaten bis in die Schweiz und nach Italien zu fahren. Die braunen Karhu-Turnschuhe sind ein gar nicht so dezenter Wink: Liisa soll bei diesem Wahn mithalten. Echter Sport ist zwar Männersache, aber trotzdem. Offenbar findet Esko, dass Liisa auf ihre Fitness achten soll. Vielleicht stimmt es. Vielleicht ist sie ein bisschen runder geworden, vielleicht ist ihr Körper mittlerweile kurvenreicher. Esko berührt sie manchmal anders als früher, tritt, angeblich von einem plötzlichen Liebesanfall getrieben, hinter sie und fährt mit den Händen seitlich an ihrem Körper entlang, als betaste er zärtlich das üppige Fleisch. Mit welchem Recht tut er das? Bildet er sich ein, dass sie das nicht merkt?

Ein Spiegel sagt nie die Wahrheit, das weiß Liisa. Der Spiegel im Bad lügt noch mehr. Das ist auch Esko aufgefallen, da haben wir ja ein raffiniertes Ding gekauft, hat er gesagt. Aber genau deshalb steht Liisa jetzt davor, betrachtet sich aus möglichst günstigem Winkel und richtet die Haare so, dass die Stirn frei bleibt und die Ohrläppchen ganz bedeckt sind. In der linken Tasche ihres Jogginganzugs steckt ein Lippenstift, sie trägt etwas davon auf. Sie steht vorm Spiegel und schminkt sich für den Waldlauf, wird ihr bewusst, sie schminkt sich, obwohl sie vorgeblich bloß ein bisschen Trimm-dich machen will, und dieser Gedanke löst ein Gefühl aus, das sie vor dem Spiegel flüchten lässt. Als sie den Jungen mitteilt, was sie vorhat, hören die nicht einmal hin. Esa liegt mit dem Kopfhörer auf dem Bett und liest in einem Buch, Ville und Timo spielen in Timos Zimmer Tischhockey. »Im Kühlschrank sind Würstchen«, sagt sie zu Esa. »Wenn ihr Hunger habt, könnt ihr die essen. Und der Met, den ich angesetzt habe, ist jetzt fertig, den kann man trinken. Die Maikringel sind aber für morgen, die dürft ihr nicht essen. Hörst du? Die Kringel esst ihr nicht, oder ihr müsst mit eigenen Händen neue backen.«

Liisa verlässt das Haus und geht zum Tor, vorbei am Müllhäuschen und den Briefkästen der Wohnanlage. Zur Straße hin stehen drei zweistöckige Reihenhäuser, die genauso aussehen wie ihres. Der Datsun Bluebird der Välimäkis ist nicht da, der funkelnagelneue Volvo der Kivistös steht auf seinem Platz. Weil es mehr als wahrscheinlich ist, dass Kaarina Kivistö sie vom ersten Stock ihres Hauses aus beobachtet, fängt Liisa an zu laufen und hält bis zur Tankstelle an der Ecke durch. Schon das ist zu viel, selbst diese kurze Strecke bringt sie außer Atem. Sie geht an der großen Straße entlang weiter, marschiert forsch den leichten Anstieg hinauf und muss wenig später den Reißverschluss ihrer Jacke aufmachen. Der blöde Anorak widert sie an, er sitzt wie eine Wurstpelle an ihr. Vor Eskos Augen kaufte sie ihn bei Intersport eine Nummer zu klein. Außerdem ist es schlagartig wärmer geworden. Als sie am Mittag mit dem Fahrrad von der Arbeit kam, war es noch regnerisch und kühl, jetzt kommt ein milder Wind aus dem Westen, und die Sonne kämpft sich hinter den Wolken hervor. So haben sie es in den Nachrichten vorhergesagt, am Vorabend des ersten Mai solle es im Süden schön werden.

Der richtige Frühling darf gerne kommen und endlich die mit Hundescheiße, Müll und Split gespickten Schneewälle rechts und links der Straße abschmelzen. Vor der Schule rutscht Liisa aus, kann sich aber mit der Hand abfangen und verhindern, dass die Hose schmutzig wird. Ein Auto hält neben ihr an, der Fahrer, ein fünfzigjähriger Mann, kurbelt das Fenster herunter. Er kommt ihr bekannt vor, vermutlich ein Kunde von Esko, Liisa kann sich an den Namen nicht erinnern, unterhält sich aber mit ihm, als wären sie die besten Freunde. Plaudern kann sie, die Lebhaftigkeit, die sie aus der Heimatregion mitgebracht hat, ist ihre Geheimwaffe in dieser Stadt der langsamen, stillen Menschen. Vor ihrem Dialekt, der noch immer durchklingt, und den irgendwie aus dem Rückenmark hervorsprudelnden Worten strecken die

Hiesigen die Waffen. Die Kolleginnen auf der Station, die Mütter, deren Kindern sie auf die Welt hilft, die Väter, die über die Gänge irren – ständig bleibt jemand bei ihr stehen und wundert sich, was sie für eine gute Laune hat. Manchmal ist es fast lästig. Aber sie ist nun einmal gesprächiger als die Leute hier, das begreift sie selbst. Und sie ist nicht so dumm, dass sie sich nicht bisweilen von außen betrachtet. Sie quatscht viel und Esko auch, sie sind aus dem gleichen Holz geschnitzt, sie kommen nun mal aus Savo, und dort können die Leute eben den Mund nicht halten. Aber ist sie glücklicher als die anderen? Ist es so, wie der Oberarzt behauptet, dass sie, Liisa Vuori, ein Licht mit sich herumträgt? Sie weiß es nicht. Eigentlich weiß sie es nicht, vielleicht ist sie glücklich, wenn es so aussieht, wird es wohl stimmen. Bloß ist das Leben im Moment so vollgestopft, ein Kreuzworträtsel, das irgendwie gelöst werden muss, ein Labyrinth, aus dem man herausfinden muss. Jeden Tag, Woche für Woche und Monat für Monat, von Weihnachten bis Weihnachten, und nie kommt man dazu, innezuhalten und darüber nachzudenken, ob man glücklich ist oder nicht. Der Mann kurbelt das Fenster hoch und fährt davon, Liisa kann endlich ihren Weg fortsetzen. Das Gespräch ist sofort wie weggewischt, schon auf der anderen Seite der Aulangontie weiß sie nicht mehr, worüber sie gesprochen haben.

Die Holzhäuser in diesem Stadtviertel sind von Kriegsheimkehrern auf exakt gleich großen Grundstücken an schnurgeraden Straßen errichtet worden. Hier und da stehen ein paar ältere und größere Häuser, deren morsche Mansardendächer von altersschwachen Ahornbäumen beschattet werden, aber alle anderen Häuser sind gleich und unterscheiden sich nur in der Farbe. Liisa geht an ihnen vorbei auf den Stadtwald zu, wo die schnurgeraden Straßen enden. Dort rennt sie zum zweiten Mal an diesem Tag ein kurzes Stück, quer über den Spielplatz, den eine Schar Jugendlicher eingenommen hat. Zum Glück sind keine Freunde von Esa oder Timo darunter, jedenfalls kennt sie keinen von ihnen. Auf den Grundstücken sind die Leute bei der Gartenarbeit, Eltern von Schulkameraden ihrer Söhne, aber niemand ist im Vorgarten beschäftigt, und nach dem Waldstück ist Liisa ohnehin vor neugierigen Blicken sicher. Das Haus, das sie ansteuert, steht am Ende einer Straße unmittelbar am Waldrand. Eine hohe Fichtenhecke trennt es vom Nachbarn, weshalb man von dessen Fenstern aus nicht sehen kann, wie die Besucherin durch eine Lücke in der Weißdornhecke schlüpft und zwischen Apfelbäumen und Johannisbeersträuchern zur Haustür huscht, schnellen Schrittes und sicherheitshalber ein wenig gebückt.

Der Duft des fremden Hauses ist genauso stark wie immer. Diesmal liegt jedoch etwas Neues darin. Liisa steht im Windfang und krault den Hund, der angerannt gekommen ist, unter dem Kinn. Der Geruch des Hundeatems mischt sich mit dem des Holzbodens, und es dauert eine Weile, bis man das frische Aroma von Kiefernseife wahrnimmt. Seppo hat getan, was Liisa ihm beim letzten Mal empfohlen hat, er hat die Böden geschrubbt. Als Liisa die Schuhe auszieht und hineingeht, stellt sie fest, dass auch die Teppiche die Plätze getauscht haben. Das Haus hat immer schon karg gewirkt, im sauberen Zustand scheint es fast noch leerer zu sein. Ist der Staub erst einmal weg, wird einem die spärliche Möblierung erst richtig bewusst.

Seppo sitzt mit einem Kaffeebecher in der Hand am Küchentisch, in seinem alten Hemd und seiner verschossenen Cordhose. So ist es immer, es hat nie den Anschein, als würde er auf sie warten oder als hätte er sich in irgendeiner Weise auf ihr Kommen vorbereitet. Liisa weiß nicht, was sie als Nächstes tun soll. Es ist erst das vierte Mal, das dritte Mal bei ihm. Jedes Mal ist der Anfang unangenehm, der erste Satz klingt immer gleich gekünstelt. Trotzdem muss Liisa ihn aussprechen, das ist ihre Rolle in dem gemeinsamen Stück. Stille Menschen beanspruchen für sich das Recht, die Entwicklung der Lage zu verfolgen, und überlassen die schmutzige Arbeit den anderen.

»Hier ist ja geputzt worden«, sagt Liisa. Sie dreht den Wasserhahn auf und nimmt ein Glas aus dem Schrank, trinkt es, lässig an die Spüle gelehnt, aus und stellt es falsch herum ins Becken. Dann geht sie zum Tisch und setzt sich neben Seppo, denn das muss sie tun, deswegen ist sie gekommen.

»Scheint wärmer geworden zu sein«, sagt Seppo.

»Und wie. Fast schon heiß. Nach drei Kilometern Gehen bin ich ganz verschwitzt.«

»Gehen? Ich dachte, du rennst hierher?«

»So eilig hab ich es auch wieder nicht, zu dir zu kommen. Wenn ich gehe, komme ich auch noch rechtzeitig.«

»Darf man sich vergewissern, wie verschwitzt du bist?«

Seppo steht auf, tritt hinter sie und legt ihr die Hände auf die Schultern. »Nicht verspannen«, hört sie ihn sagen. »Du darfst dich nicht ständig sträuben. Entspanne dich. Du bist ja angespannt wie eine Geigensaite.« Und ob sie das ist. Sie sitzt in einem fremden Haus, in einer fremden Küche, auf dem Platz einer fremden Frau. Ein fremder Hund schmiegt sich unter dem Tisch an ihre Beine und leckt an ihren nackten Knöcheln. Liisa denkt an Esko, der mit seinen Freunden beim Waldlauf jetzt in voller Fahrt ist. Sie hat versprochen, den Männern für ihren Saunaabend Bratwürste zu kaufen, die hat sie nun vergessen, wie soll sie das erklären, wenn Esko danach fragt. Auch die Arbeit kommt ihr in den Sinn, sie konnte die in der Nacht eingeleitete Geburt nicht zu Ende führen, weil ihre Schicht zu Ende ging, hat die ängstliche junge Mutter nur ungern der Kollegin überlassen. Nach und nach aber weichen die Gedanken zurück, und Liisa spürt, wie sie Wachs unter Seppos Händen wird. Niemand massiert so gründlich, so konzentriert. Wenn sich Esko manchmal auf ihre Bitte hin bereit erklärt, ihre schmerzenden Schultern zu berühren, tut er das wie nebenbei und denkt an andere Dinge. Unvorstellbar, dass Esko sie so anfasst, wie Seppo sie jetzt berührt, dass er sich so vollkommen dem Dienst am anderen Menschen hingibt. Esko verkauft, denkt Liisa, Seppo pflegt. Ist es nur das?

»Ganz schön hart. Tut's weh?«

»Nein. Es tut nicht weh. Hör noch nicht auf.«

Liisa könnte gut und gern so bleiben. In gewisser Weise will sie das, sie würde einfach hier sitzen und sich von Seppo die Schultern massieren lassen, und eine halbe Stunde später würde sie aufstehen und gehen, und nichts Verbotenes wäre geschehen. Aber diese Möglichkeit besteht nicht, nicht einmal Seppo massiert sie zum Spaß. In seine Bewegungen kommt bereits ein maskuliner Anspruch, die rechte Hand schiebt sich unnötig schnell und auch ein bisschen grob unters Hemd und massiert die Brüste unterm BH. Andererseits ist Entschlossenheit auch eine Tugend. Ein Mann darf kein Mauerblümchen sein, ein Mann muss wissen, was er will, ein Mann muss den Ton angeben. Der Moment in der Küche ist auf jeden Fall unmöglich, man muss über ihn hinweg und zur Sache kommen.

»Ich hör nicht auf, keine Sorge. Aber wenn du nichts dagegen hast, machen wir oben weiter.«

Seppo nimmt ihre Hand, zieht sie vom Stuhl hoch und führt sie durchs Wohnzimmer zur Treppe. Der Hund trabt vor ihnen her, seine Krallen hinterlassen weitere Spuren im Boden, aus dem bald überall Splitter herausragen werden. Im ersten Stock öffnet Seppo eine Tür, der Hund schlüpft hinein, in das Zimmer, das für Liisa tabu ist, und Liisa denkt kurz an die Sachen darin, an all die Fotoalben und Frauenkleider und wer weiß was für Ziergegenstände aus dem Urlaub, die im ganzen Haus weggeräumt worden sind und nun hier aufbewahrt werden. Der Hund jault, er ist untröstlich, er will nicht allein in der Vergangenheit eingesperrt sein. Als Liisa im Eckzimmer am Ende des Ganges die Arme zur Decke streckt, damit Seppo ihr das Hemd ausziehen kann, fängt der Hund auf einmal wie wild zu bellen an. Still, ruft Seppo scharf. Still, Manne! Still! Der Hund gehorcht, es wird still, und in der Stille setzt sich Liisa aufs Bett und lässt sich unter der Hand des Mannes auf den Rücken sinken.

Nach dem Sex liegen sie nebeneinander auf dem Bett. Es ist das alte Bett von Seppos Sohn, gerade breit genug für zwei Personen. Das Zimmer ist nur zur Hälfte aufgegeben worden, noch finden sich überall Sachen des Jungen: ein Baseballschläger mit Handschuh, eine Reihe Flugzeug- und Panzermodelle, im Regal ein mehrbändiges Lexikon und sauber gestapelte Comichefte. Der Junge ist jetzt neunzehn und vor zwei Jahren ausgezogen. Seppo ist siebenundvierzig, elf Jahre älter als Liisa. Er sieht nicht so alt aus, aber elf Jahre sind viel, in einen solchen Zeitraum passt einiges hinein. Was den Krieg betrifft, kann sich Liisa mit Müh und Not an dessen Ende erinnern, an den Nachbarn, der mit der Nachricht vor ihrem Haus in Leppävirta stand. Seppo hingegen war auf der Flucht vor dem Fortsetzungskrieg in Schweden, drei Jahre lang, als fünftes Kind einer wohlhabenden Pastorenfamilie in Schonen. Das war das erste annähernd Persönliche, das Liisa von Seppo erfuhr. Nachts im Pausenraum der Klinik kam eine Radiosendung über Kriegskinder, und da erwähnte Seppo seine eigene Erfahrung. Nur kurz natürlich, er wollte um keinen Preis mehr erzählen, da konnten ihm Liisa und die anderen Frauen noch so gut zureden.

Es gibt so vieles, was sie von diesem Mann nicht weiß. Bisweilen kommt es ihr so vor, als wisse sie gar nichts über ihn, als wäre der nackte Körper voller Rätsel, als wäre eine unbekannte Vergangenheit in diesem langen, schlanken Körper gespeichert. Er hat außergewöhnlich viele Narben, am linken Bein zieht sich eine Operationsnarbe über die ganze Wade. Vielleicht ist er als junger Mann mit dem Motorrad gestürzt. Seppo mag Motorräder, und er mag es, an ihnen herumzuschrauben, das weiß Liisa. Oder die Verletzung ist bei einer Wanderung oder beim Fischen in Lappland passiert. Wenn er Urlaub hat, verschwindet Seppo auf solchen Touren, manchmal mit einem Freund, aber oft allein. Was treibt er bloß allein in der Wildnis in seinem regennassen Zelt? Gibt es in einem leeren Haus wie diesem nicht genug Platz für die Gedanken eines einzelnen Menschen?

Auch Seppos Gedanken kann Liisa meist nur erahnen. Sie hat ihn nie über Politik oder Wirtschaft reden hören, nie über Kekkonens Intrigen und die Unzuverlässigkeit der Volksdemokraten oder die totale Lächerlichkeit der Notstandsregierung – all das, was sie sich zu Hause bis zum Überdruss anhören darf. An der Notstandsregierung ist nichts richtig außer dem Namen, sagt Esko, hier herrscht tatsächlich der Notstand. Neulich machte Esko einen Riesenaufstand wegen Ingmar Bergman, den die schwedischen Sozialdemokraten mit ihrer schweinischen Steuerpolitik nach Deutschland vertrieben hätten. So weit wird es noch kommen, rief er am Sonntagmorgen im Schlafzimmer mit geschwollenen Schläfenadern. So weit wird es auch hier kommen, verflucht! In solchen Situationen kann Liisa nur brav zuhören, ab und zu widersprechen, aber nicht zu viel, denn dann dauert der Ausbruch noch länger. Esko ist in diesem Jahr aufbrausender gewesen als sonst. Er liest ein bisschen zu viel Zeitung und steigert sich beim Lesen in seine Wut hinein. Er hat Angst vor der Rezession, und nicht immer kann er seine Angst für sich behalten, was Liisa nicht nur schlecht findet. Uns fehlt doch eigentlich nichts, hat sie zu ihm gesagt. Dann schieben wir unsere großen Pläne eben ein bisschen auf, schnallen den Gürtel ein bisschen enger und leben etwas sparsamer. Zuvor war es immer andersherum gewesen, sie hatte die Zweifel und Esko die Zuversicht.

Ohne ihn wäre sie nicht zurechtgekommen. Stimmt das? So kam es ihr jedenfalls vor, so kommt es ihr noch immer vor, wenn sie an die Zeit nach dem Tod ihres Vaters denkt. Es war, als wäre der Altersunterschied von zwei Jahren schlagartig auf zehn Jahre angewachsen. Esko war erwachsen und musste sich um sie kümmern, sie regte sich auf, und Esko regelte alles, nicht nur ihre Angelegenheiten, sondern auch die ihrer Familie. Ihre Mutter war noch mehr außer Fassung gewesen als Liisa. Davon erhole ich mich nicht mehr, hatte die Mutter immer am Telefon gesagt. Das ist das Ende, damit hört mein Leben auf. In jenem Winter arteten ihre Gespräche regelmäßig in Heulerei aus oder zumindest in Gejammere, irgendwann kam Esko hinzu, nahm ihr den Hörer aus der Hand und redete in ganz anderem Ton mit ihrer Mutter. Er überredete sie, das Haus zu verkaufen. Eine andere Möglichkeit gab es nicht, sie brauchte das Geld. Der Nachbar wollte es kaufen, die Forstgesellschaft kaufte das Land rund um das Haus, Esko wickelte auch diese Geschäfte ab. Im Februar fuhren Liisa und Esko wieder mit Puupponens Auto nach Leppävirta und brachten die Mutter, Leena und Helena nach Kuopio, damit sie die Dreizimmerwohnung in der Minna Canthin katu billigten, die Esko für sie ausgesucht hatte. Über Esko fand die Mutter auch eine Arbeit, er kannte einen Transportunternehmer, für den er Bus gefahren war, bevor er bei Puupponen angefangen hatte. Zufällig hatte der Mann gerade seinen Betrieb verkauft, war wohlhabend geworden und suchte nun eine Ganztagshilfe für den Haushalt.

In der Woche nach der Hochzeit brach Liisa für kurze Zeit vollkommen zusammen. Esko will es noch immer nicht zugeben, Esko meint, so etwas habe nie stattgefunden. Du warst nur traurig, Liisukka, sagt er. Du warst so müde, das kann man ja auch verstehen. Aber es war nicht nur die Trauer und die Müdigkeit. Sie wollte nicht schwanger sein. Dessen war sie sich plötzlich vollkommen sicher, sie war selbst noch ein Kind und taugte nicht zur Mutter, es war grotesk, dass in ihr ein neuer Mensch heranwuchs. Sie würde sich nicht um ihn kümmern können. Sie wäre dazu nicht fähig. Sie wurde ja nicht mal mit ihrem eigenen Leben fertig, sie kam nicht aus dem Bett, schaffte es zumindest nicht bis zur Arbeit, Esko musste bei ihrem Chef anrufen. Sie lag in der Nacht wach und überlegte sich, wie sie das Kind loswerden könnte, aber es gab keine Methode, die Schwangerschaft war zu weit fortgeschritten, es gab in ganz Finnland keinen Arzt, der eine solche Operation vorgenommen hätte. Sie wäre dabei wahrscheinlich gestorben, und sterben wollte sie dann doch nicht.

Sie war nicht einmal so klug gewesen, ihre Gedanken für sich zu behalten, sondern sprach sie vor diesem Wildfremden aus, den sie ein halbes Jahr zuvor kennengelernt hatte und der jetzt ihr Ehemann war. Esko war erstaunlich langmütig, erstaunlich verständnisvoll, erstaunlich geduldig. Geduldiger als neuerdings, weniger beansprucht und auch in seinen Bewegungen langsamer. Liisa weiß noch, wie sie in einer dunklen Winternacht zwei Monate vor Esas Geburt in der Küche ihrer Wohnung in der Kauppiaankatu saß, Esko Eier auf dem Gasherd briet und Butterbrote vor sie hinstellte. Iss. Iss jetzt. Du musst essen, sogar für zwei. Wie kann eine Frau schwanger sein und überhaupt nicht zunehmen? Ihm zuliebe aß sie. Die schlimmste Phase war da vorbei, das neue kleine Radio auf der Fensterbank lief, es lief immer, es kam ein kurzweiliges Hörspiel, und Esko legte die Hände um die Teetasse und sah auf einmal schrecklich gut aus in seinem grauen Rollkragenpullover. Den hatten sie am Wochenende zuvor gemeinsam bei Carlsson gekauft, sie hatten ein Bett für das Kind besorgt und bei der Gelegenheit in der Damenabteilung einen Umstandsrock und in der Herrenabteilung diesen Pullover gekauft. Er war teuer gewesen, aber Esko wollte genau den haben. Auch der Rock war teuer gewesen, Esko hatte ihn für sie ausgesucht. Das Kinderbett hatte er ebenfalls ausgesucht, damals traf er alle Entscheidungen.

Muss das so sein?, denkt Liisa. Muss es so sein, dass Esko den Ton angibt und ich ihm folge? Sogar diese Stadt – es ist Eskos Schuld und Verdienst, dass sie hier sind. Hätte Liisa entscheiden dürfen, wären sie in Kuopio geblieben. Sie wollte bleiben, ihre Mutter und ihre Schwestern waren dort, Timo war zwei und Esa erst sieben, sie wollte um keinen Preis vierhundert Kilometer nach Süden, allein mit den Kindern in eine Stadt, in der sie niemanden kannte. Und der Kredit entsetzte sie, sie kannte nicht einmal die genaue Summe, aber sie war hoch, das hörte sie Eskos Stimme an. Könnten wir nicht einfach hierbleiben?, bettelte sie. Bezahlt dir Puupponen denn nicht genug? Und ich kann auch bald wieder arbeiten gehen, dann bleibt etwas Geld übrig. Auch damals weinte sie, während des Umzugs, als sie gerade an Jyväskylä vorbeifuhren. Und Esko war nicht mehr so geduldig. Nicht vor den Kindern, sagte er wütend, eine erwachsene Frau! Reiß dich wenigstens ein bisschen zusammen. Beherrsch dich! Aber das konnte sie nicht, in der Matti Alangon katu fing das Weinen wieder an, am ersten Abend in der Küche der neuen Wohnung, als sie die Spuren der Vormieter beseitigte und durchs Fenster auf einen fremden Spielplatz blickte. Warum heulte sie, um Himmels willen? Es war nichts Schlimmes passiert, sie waren zusammen, die Jungs schliefen im Zimmer nebenan in ihren Betten, und Esko hängte im Wohnzimmer die Lampe auf. Trotzdem dieses Gefühl, eine Traurigkeit, die sie nicht erklären konnte, die nicht einmal mehr einen Grund hatte. Sie schämte sich dafür, sie wollte sie loswerden. Sie wollte sein wie Esko, ebenso stark. Sie wollte nicht stets aufs Neue Esko in die Arme sinken.

Ist ein Betrug schlimmer, wenn man ihn bei Tageslicht begeht? Seppo hat das Rollo heruntergelassen, aber der Stoff ist zu dünn, er reicht nicht aus, um den Tag auszusperren, Licht dringt hindurch und erinnert Liisa an ihr Leben, das sich dort draußen, in den Gärten, fortsetzt. Dort müsste sie jetzt sein und tun, was die anderen Leute tun, den Hof kehren oder Blumen pflanzen oder Laub vom Vorjahr zusammenrechen. Mit Kaarina Kivistä hat sie besprochen, die Gemeinschaftsschaukel und das Grillhäuschen einem Frühjahrsputz zu unterziehen, das hätte schon am vorigen Wochenende passieren sollen, jetzt bekommen Eskos Laufkameraden einen dreckigen Grill zu Gesicht, Liisa schämt sich dafür. Es ist kriminell, in diesem viel zu kühlen Zimmer unter dieser flusigen Wolldecke zu liegen, einem fremden Mann den Kopf auf die Brust zu legen und mit der Hand seine halb ergrauten Brusthaare zu kräuseln. Siebenundvierzig, denkt Liisa erneut. Seppo ist zwei Jahre älter als ihr Vater bei seinem Tod.

»Im Radio haben sie heute Morgen gesagt, der Hafenstreik würde eventuell beendet«, sagt Liisa.

»Haben sie das tatsächlich gesagt?«

»Es wird auch Zeit. Die Schiffe liegen im Hafen und werden nicht entladen.«

»So scheint es zu sein.«

»Bald haben die Geschäfte nichts mehr zu verkaufen. Und Finnland kein Geld mehr.«

»Ehrlich gesagt habe ich im Moment eher keine vaterländischen Angelegenheiten im Sinn.«

Liisa plaziert den Nacken auf Seppos knochiger Schulter und dreht sich dann auf die Seite, um sein Gesicht zu sehen. Zärtlich fährt sie mit zwei Fingern über sein Kinn und streichelt die Stoppeln, die dichter und rauher sind als bei Esko. Der Adamsapfel ist auffallend groß, auch ihn überziehen hartnäckige Barthaare. An der höchsten Stelle hat die Rasierklinge eine Wunde mit einer Spur getrocknetem Blut hinterlassen. Als Liisa es abkratzt, hindert sie Seppo nur der Form halber daran. So sind die Männer, alle Männer, man muss sich unentwegt um sie kümmern, wenn ein Mann allein lebt, hört er auf, in den Spiegel zu schauen.

»Wie ist es dem Jungen ergangen?«, fragt Liisa.

»Welchem Jungen?«

»Dem Zwanzigjährigen, der vorgestern Abend mit dem Krankenwagen gebracht wurde. Den du in vollem Tempo in den OP geschoben hast. Ich war unten in der Cafeteria, ich hab's gesehen.«

»Ich weiß nicht.«

»Doch, du weißt es. Sag's mir einfach.«

»Es ist ihm wohl nicht so gut ergangen.«

»Er ist also gestorben.«

»Soweit ich weiß, ja.«

»Ich konnte kurz sein Gesicht sehen. Es war ein schöner Junge. Wie kann man so durch die Windschutzscheibe fliegen, dass das Gesicht fast unversehrt bleibt?«

»Die Sanitäter haben das meiste Blut weggewischt. Und woher weißt du, dass er durch die Windschutzscheibe geflogen ist?«

»Die Kolleginnen auf Station haben davon erzählt. Und es hat in der Zeitung gestanden.«

»Euch gehen auf Station die Gesprächsthemen nicht aus.«

Seppo schlüpft unter ihrer Hand heraus, dreht sich auf die Seite und schaut Liisa direkt in die Augen. Seine linke Hand wandert unter der Decke an ihrem nackten Körper entlang, die rechte streichelt ihr Haar. Eine so offene Zärtlichkeit hat Seppo bislang vermieden.

»Bei uns sind am Sonntag in einer Schicht zwei Zwillingspaare auf die Welt gekommen.«

»Davon habe ich gehört.«

»Anscheinend gibt es auch anderswo genügend Gesprächsstoff.«

»Die Ohren hören nun mal allerhand. Ich kann meine Arbeit schließlich nicht mit Gehörschutz machen.«

»Die Geburten waren aber so verschieden, wie es nur geht. Das eine Zwillingspaar kam schön ordentlich heraus, im Abstand von einer halben Stunde, wie es im Lehrbuch steht. Der anderen Mutter musste im letzten Moment der Bauch aufgeschnitten werden. Baby A konnten wir rausziehen, B wollte einfach nicht kommen. Aber der Arzt war bis zum Schluss der Meinung, es wird nicht geschnitten, es kommt schon noch.«

»Das war bestimmt Rahikainen.«

»Wer sonst. Seine Prinzipien bringen nichts, das habe ich ihm oft gesagt. Der sollte sich selbst mal mit gespreizten Beinen vor andere hinlegen, das würde ihm guttun.«

»Der kommt halt vom Militär. War angeblich sogar noch an der Front.«

»Frauen kämpfen an ganz anderen Fronten.«

Seppo setzt sich in Hüfthöhe auf sie und fängt wieder an, sie zu massieren, nun mit eindeutiger Absicht. Ihre letzte Begegnung liegt einen Monat zurück, Seppo scheint überschüssige Energie zu haben. Liisa wehrt sich nicht, sie bringt ihn mit der Hand so weit und lenkt ihn in sich hinein. Zunächst scheint es, als komme sie mit, aber bald wird die Bewegung monoton, der Mann ist schwer und die Matratze zu dünn, Liisa spürt den Lattenrost unter dem Steißbein. Sie würde gern die Stellung ändern, zur Abwechslung oben liegen, aber Seppo merkt nichts, seine ausgestreckten Arme versperren ihr den Weg wie zwei unerschütterliche Pfosten.

Wieder kommt ihr der falsche Gedanke. Warum ist sie hier? Was tut sie da? Ist es Rache? Das würde sie sich nie eingestehen. In all den Jahren, in denen sie daheim auf Esko gewartet hat, hat sie so etwas nie geplant. Vielleicht lässt es sich trotzdem nicht ganz abstreiten. Als ihr Seppo beim feuchtfröhlichen Ausklang der Weihnachtsfeier die Hand auf den Hintern legte, fiel ihr alles wieder ein. Die Messen in Hannover, Köln und Rom, die Bezirksvertretertage in Vääksy oder Seinäjoki, die Sitzungen des Verbandsvorstands in Helsinki. Saunaabende in wer weiß welcher Gesellschaft in wer weiß welcher Sauna einer Bank oder Versicherung, eine unerklärlich späte Heimkehr und halbseidene Erklärungen über den Verlauf der Ereignisse. Als die Jungen noch klein waren, machte sie jedes Mal einen fürchterlichen Aufstand. Inzwischen fehlt ihr die Kraft, sich so aufzuregen. Eskos kleine Geheimnisse sind gar keine, das macht es ihr leichter, ihr eigenes Geheimnis zu tragen.

Männer und ihre Cliquen, Gesellschaften, bei denen Frauen ausgeschlossen sind. Sogar dem Lauftreff kann man sich nicht einfach anschließen, man wird eingeladen, und so eine Einladung ist eine große Ehre. Die Männer haben sich als Verein eintragen lassen, sich einen Namen ausgedacht, den sie für lustig halten, und sich einheitliche Lauf- und Skikleidung angeschafft, einschließlich Schals und Mützen. Die orangen Rückenteile der Anoraks blähen sich wie Segel im Frühjahrswind, wenn die Männer um den See herumlaufen. Das ist mittlerweile ein traditionelles Mai-Ritual, der Lauf rund um den See mit dem seltsamen Namen: Katumajärvi, Reuesee. Würden sie nur bereuen, die Guten, es gäbe Grund genug. Aber Männer bereuen nicht, im Gegenteil. Sie laufen in breiter Front, nehmen den ganzen Weg ein, und wenn von hinten ein Auto kommt, muss es endlos lange hupen, bis sich die Gruppe verteilt. Unerträgliche, selbstzufriedene Männer. Liisa kann es trotzdem nicht ändern: Einen von ihnen liebt sie. Mehr noch, sie liebt sie alle, einschließlich der Ehefrauen, die sie eine nach der anderen kennengelernt hat. Inzwischen liebt sie sogar diese Stadt, von der sie aufgenommen wurden, von der sie akzeptiert und bezahlt werden. So jedenfalls kommt es ihr vor. In Kuopio war sie niemand, und Esko auch nicht. Hier sind sie der Elektrohändler und seine Frau.

Das sind sie für alle, auch für Seppo. Als Liisa im Pausenraum der Klinik Seppo zum ersten Mal dazu verleiten konnte, über etwas anderes als das Wetter zu reden, fing er sofort von dem Fernseher an, den er bei Esko gekauft hatte. Mit dem stimmte angeblich etwas nicht, die Sender wurden nicht gespeichert, wie es laut Verkaufsberatung sein sollte. Selbst schuld, sagte Liisa bloß. Was kaufst du auch bei einem, der aus Savo kommt.

Die Uhr im Zimmer misst gnadenlos die Zeit, es ist viel zu wenig davon übrig, es ist bereits halb vier. In einer Stunde haben die Männer ihre Runde absolviert, setzen sich in ihre Autos und fahren im Konvoi nach Hause. Sie gehen davon aus, dass alles vorbereitet ist, die Sauna warm und das Bier kalt, auf dem Tisch belegte Brote gegen den ersten Hunger. Wenn Liisa nicht zu Hause ist und sie empfängt, sich lobend über die Energie der Herren auslässt und über ihre bewundernswerte Leistung staunt, wird das bei Esko und den anderen für unnötige Irritation sorgen. Sie versucht, nicht daran zu denken, sie presst die Beine um Seppos Hintern, nimmt eine Brustwarze zwischen die Finger und kneift sie leicht. Bei Esko funktioniert der Trick, Seppo merkt es kaum. Er ist in seiner Hülle eingeschlossen und drückt die Augen zu, mechanisch wie ein Zug stampft er über sie hinweg. Seppo hat keine Ahnung von dem Schmerz, den Liisa spürt, jetzt, da sich ihr ganzer Körper von diesem Augenblick zu lösen scheint. Bald wird sie ganz trocken sein, es fühlt sich an, als würde sie innerlich mit Sandpapier ausgerieben.

Von dem Gedanken, wie viel auf dem Spiel steht, wird ihr schwindlig. Er hängt irgendwie mit dem Schmerz zusammen, der Schmerz bringt sie zur Erkenntnis. Die Gegenwart mit allem, was dazugehört, von den Plänen ganz zu schweigen: die Zukunft, von der man das Gefühl hat, dass sie nach so viel Planung bereits halb in Erfüllung gegangen ist. Esko ist außergewöhnlich gut darin, die Zukunft zu planen, das ist eine seiner vielen guten Seiten. Am anderen Ende der Stadt gibt es ein Grundstück, das einer alten Witwe gehört. Esko hat schon mehrmals mit ihr Kaffee getrunken, jetzt warten sie nur noch auf ihren Tod. Ein Sommerhaus suchen sie auch, falls Rezession oder Devaluation ihnen keinen Strich durch die Rechnung machen, können sie sich beides leisten, beteuert Esko. Liisa blättert zu Hause Einrichtungszeitschriften durch, sie will das alles, sie will es wirklich: Fußbodenheizung und in der Decke eingelassene Leuchten, einen Wärme speichernden Kachelofen und einen Brotbackofen für die Küche, einen Esstisch im Wohnzimmer, an den zwölf Personen passen. Sie will ein Zuhause im Helsinkier Stil, eines, wie es die geheimnisvollen Geschäftsleute im Hochglanzmagazin *Der offene Kamin* haben. So ein Zuhause würde Eindruck machen, da würden die Münder offen stehen. Sie möchte es ihrer Mutter vorführen, besonders ihrer Mutter, die wie eine Fremde an der Weihnachtstafel sitzen und die Hände über dem Kopf zusammenschlagen würde. Sie selbst würde sich der Mutter gegenübersetzen und in aller Ruhe zusehen, wie deren Blick durchs Haus schweift.

Die Bewegung hört auf, Liisa öffnet die Augen. Ihre Blicke treffen sich, Seppo dreht den Kopf zur Wand. Die Adern an seinem Hals sind blau und dick, das Gesicht ist rot. Sein Atem geht schwer, Liisa sieht, wie sich der Brustkorb weitet und zusammenzieht.

»Da hat sich der alte Mann wohl ein bisschen zu viel vorgenommen.«

»Tatsächlich?«

»Verdammt noch mal. Entschuldige. Das ist mir jetzt peinlich.«

»Schon gut. Es war wunderbar.«

Seppo gibt auf und lässt sich auf den Rücken fallen, murmelt noch ein paar Erklärungen. Schlecht geschlafen in der

Nacht. Zu viel Arbeit. Hartnäckige Erkältung. Liisa steht auf und hebt ihre Kleider vom Boden auf. Hemd und Hose liegen mitten im Zimmer auf dem Flickenteppich, sie zieht sich unter der verbeulten Hängelampe an. Das Zimmer macht sie nervös, es ist zu kahl, zu banal, zu gewöhnlich. Sie denkt an die Orte, an denen Esko sie wahrscheinlich betrogen hat, gut ausgestattete Hotels mit gedimmtem Licht und massiven Betten, weiche, ordentlich auf der Tagesdecke drapierte Kissen, als Schauplatz der Untreue scheinen diese Zimmer angemessener als dieses. Sie befindet sich im Haus einer anderen Frau, in den Ruinen einer unglücklichen Familie. Einer kleinen Familie, aber immerhin, Seppo und seine Frau hatten ein Kind, Seppo hätte gern mehrere gehabt, aber seiner Frau war empfohlen worden, nicht noch einmal schwanger zu werden. Liisa ahnt dies mehr, als dass sie es weiß, ihr Wissen über Seppos ehemalige Frau ist sehr begrenzt. Sie weiß nicht, wie sie aussah, alle Fotos sind in dem Zimmer, in dem der Hund eingesperrt wird. Seppos Sohn hat sie einmal gesehen: ein Zwanzigjähriger, aus dem gleichen Holz geschnitzt wie sein Vater, den er von der Nachtschicht abholte. Sie fuhren Liisa nach Hause, während der Fahrt sagte der Sohn kein Wort und Seppo nur das Nötigste. Der Tod der Mutter lag damals erst einige Monate zurück. Zwischen Liisa und Seppo war noch nichts gewesen, doch Liisa erinnert sich an die Augen des Jungen im Rückspiegel, sie schauten sie auf eine Art an, die sie damals nicht verstand und über die sie nicht weiter nachdachte. Der Junge schaute sie an, als wisse er schon Bescheid.

»Wie geht es Markku?«, fragt Liisa. Sie weiß, dass sie damit eine unsichtbare Grenze überschreitet, Seppo schweigt lange, ehe er antwortet.

»Gut, denke ich. Er ist in Lappeenranta und verkauft Möbel. Das heißt, ich weiß nicht, inwieweit er sie verkauft, er liefert wohl hauptsächlich Sofas an die Kunden aus. Ich mache ab und zu mal Anspielungen, dass es sich lohnen könnte, hin und wieder ein Buch zu lesen.«

»Er ist doch noch jung. Das kann er immer noch tun.«

»Je weiter er es aufschiebt, desto weiter rückt der Traum in die Ferne. Das weiß ich aus eigener Erfahrung.«

»Kommt er manchmal nach Hause?«

»Es ist eher so, dass ich zu ihm fahre. Markku fühlt sich hier nicht wohl. Schon lange nicht mehr. Er findet, das Haus sollte verkauft werden.«

»Hast du nie daran gedacht? Es zu verkaufen, meine ich.«

»Wo soll ich denn hinziehen?«

»Irgendwohin. Zum Beispiel näher ans Krankenhaus.«

»Denkst du, dass dort mein Leben ist? Im Krankenhaus?«

Nun ist auch Seppo aufgestanden, er steht vor der Kommode und zieht sich die Strümpfe an. Die Strümpfe vor der Unterhose, Liisa kann nicht anders, sie muss auf das zusammengeschrumpfte Glied schauen, das gerade noch in ihr war. Ihr ist klar, dass sie Seppo beleidigt hat, sie möchte etwas sagen, sie weiß nur nicht, was. Letzten Endes haben sie wenig gemeinsam, ihre Leben überschneiden sich nicht, Seppo weiß das so gut wie sie. Sie wird am Abend zu den Salminens gehen, Satu und Marja kommen auch, sie nehmen die Kinder mit. Die Kinder werden im Garten spielen, bis sie todmüde sind, und gegen Mitternacht auf den Matratzen einschlafen, die Sinikka im ersten Stock hingelegt hat. Schließlich werden sie in aller Ruhe zu viert am Küchentisch sitzen, Satu, Marja, Sinikka und sie, und so offen miteinander reden, wie man es nur nachts kann. Sie werden Rotwein trinken und Sherry, den Leenas Mann vom Schiff mitgebracht hat, und sie werden in der hellen Frühlingsnacht auf dem Balkon Zigaretten rauchen, ohne dass Esko nörgeln kann, wie er es neuerdings zu Hause tut. Warum sollte sie nicht rauchen? Sie läuft schließlich keine Langstrecken. Und sie sammelt weder irgendwelche verfluchten Stempel für die Skier noch Diplome für die Wand oder Aufkleber für die Heckscheibe des Ford Taunus. Liisa wartet die ganze Woche schon auf diesen Abend, sie wartet auch jetzt darauf, und morgen wird ein weiterer guter Tag sein, ein Tag mit Esko, sie werden ihn der Familie widmen. So ist es ausgemacht, am Vormittag werden sie mit den Jungen auf den Markt gehen, vielleicht kommt sogar Esa mit. Sie werden im Restaurant *Hälläpyörä* zu Mittag essen, und Timo und Ville werden mit ihren Mai-Masken Quatsch machen. Sie und Esko werden ihren Kater mit ein, zwei Drinks bekämpfen, und dann werden sie am See entlang und über die Fußgängerbrücke auf die andere Seite der Bahn spazieren, es ist nicht weit, aber vielleicht legen sie einen kleinen Umweg ein. Morgen wird es wärmer sein als heute, so hieß es in der Wettervorhersage. Der bislang wärmste Tag in diesem Frühjahr, ein erster Mai wie in der guten alten Zeit.

Was wird Seppo morgen tun? Liisa weiß es nicht. Sie will es nicht wissen. Sie würde es nicht aushalten, allein in diesem Haus zu wohnen. Die Stille würde sie verrückt machen, wenn sie am ersten Mai hier allein wäre, würde sie wahrscheinlich die Stühle umtreten und die Tapeten von den Wänden reißen. Seppo hat sich inzwischen angezogen und aufs Bett gesetzt, seltsam gebückt sitzt er da, den Blick auf den Teppich gerichtet und die Hände auf den Knien verschränkt. Er sieht gebeutelt aus, aber auch so, als habe er sich mit seinem Los abgefunden. So hat Seppo schon immer auf Liisa gewirkt. Oder nicht immer, vielmehr in den letzten zwei Jahren. Ein Kollege unter anderen, der für die Abgabe der Medikamente zuständige Pfleger, der einem auf dem Gang entgegenkommt und sich ab und zu im Pausenraum blicken lässt, der über Aufmerksamkeit erregende Arme verfügt und jahraus, jahrein dieselben abgelaufenen Sandalen trägt. Auf der Geburtsstation lachen alle über Seppos Sandalen.

»Isst du auch ordentlich?«, fragt Liisa. »Du hast abgenommen. Du bist neuerdings ein bisschen zu dünn. Du hast doch eine große Gefriertruhe im Keller stehen. Wenn du willst, kann ich sie mit Essen füllen.«

»Mach keine Witze.«

»Ich bring dir was.«

»Lass gut sein. Da ist noch so viel Elchfleisch vom letzten Jahr drin, dass gar nichts reinpasst.«

»Das Elchfleisch nützt dir nichts, wenn du nichts damit machst. Ich koch dir was. Was magst du gern? Janssons Versuchung? Ich hab da ein todsicheres Rezept, mit so viel Sahne, dass die Anchovis darin zerlaufen. Und ich kann gut backen, ich backe so viele Hefewecken, dass nie alle aufgegessen werden. Immer bleiben welche übrig. Immer. Sogar auf der Arbeit reagiert keiner mehr, wenn ich welche mitbringe.«

»Liisa. Lass uns mal kurz still sein.«

Seppo tritt hinter sie, schon wieder. Plötzlich hat Liisa das Gefühl, als würde immer ein Mann hinter ihr stehen, sie bewachen, sie für sich beanspruchen, Esko, oder nun eben Seppo. Auch Seppo ist groß, fast so groß wie Esko, warum verliebt sie sich immer in solche Lulatsche? Würde Seppo den Kopf etwas heben, könnte sie sich unter seinem Kinn unterstellen.

»Ich verlange überhaupt nichts von dir«, sagt er. »Ich werde nicht zwischen dich und deine Familie treten. Ich stelle mir nicht einmal vor, dich ganz für mich zu haben.«

»Nicht?«

»Ich bin ein erwachsener Mensch, Liisa. Ich lebe nicht in einem Tagtraum.«

»Mir kommt es manchmal wie ein Tagtraum vor.«

»Immerhin nicht wie ein Alptraum.«

»Ich weiß nicht. Wahrscheinlich nicht.«

Liisa kann nichts dafür, dass ihr Tränen in die Augen treten. Sie möchte es nicht zeigen, versucht, sie verstohlen wegzuwischen, aber Seppo hält sie im Arm, natürlich merkt er es. Kurz drücken seine Arme sie etwas fester, dann lassen sie los. Seppo tritt ans Fenster und zieht das Rollo hoch, lässt schlagartig das harte Licht des Frühlingstages und damit auch alles andere herein.

»Du musst nicht hierherkommen. Das ist dir doch klar.«

»Ich komme gern. Ich warte richtig darauf.«

»Das muss nicht auf Teufel komm raus weitergehen. Wir sind nicht gezwungen, uns zu sehen.«

»Auf der Arbeit schon.«

»Dort sehen wir uns wie früher auch. Wie Kollegen.«

»Mach das Rollo zu!«

»Warum? Von der Straße aus kann niemand reinschauen.«

»Mach es einfach zu. Und komm her. Komm noch einen Moment her.«

»Es ist bestimmt besser, wenn ich hierbleibe.«

Seppo setzt sich neben dem alten Globus auf die Schreibtischecke, schnappt sich eine Ausgabe von *Welt der Technik* und blättert darin. Liisa geht einen Schritt auf ihn zu, hält inne, steht allein mitten im Raum und weiß nicht, welche Richtung sie einschlagen soll. Übermorgen werden sie sich wieder sehen, im Pausenraum auf Station, im Alltag. Seppo wird mit einer Illustrierten in der Hand neben der Kaffeemaschine sitzen und Kreuzworträtsel lösen. Liisa wird Reste vom Maifest mitbringen.

»Sei mir nicht böse. Bitte nicht. Ich …«

»Sag nichts.«

»Es hat gutgetan. Es war wunderbar.«

»Schön, wenn es gut genug war.«

»Ich muss gehen. Es ist furchtbar spät. Ich glaube, ich muss jetzt wirklich rennen. Dabei kann ich das gar nicht, ich bin ganz schlecht im Rennen, ehrlich. Schon in der Schule war ich das.«

»Nun geh schon. Was stehst du hier noch rum? Ich halte dich nicht auf.«

Liisa wischt sich die letzten Tränen aus den Augen. Seppo folgt ihr nicht, als sie die Treppe hinuntergeht und kurz ihre Turnschuhe im Flur sucht. Sie wirft die Tür hinter sich zu, eilt, ohne sich umzublicken, durch den Garten in den Schutz des Waldes, und im Wald läuft sie diesmal wirklich, sie läuft auch die schnurgeraden Straßen entlang, vorbei an den Häusern, die alle gleich aussehen, sie läuft durch die beruhigende Umgebung, die immer noch ist wie zuvor. Nach der Hälfte des Heimwegs hat all das Vertraute sie in ihre Obhut genommen, sie hat das Gefühl, einigermaßen in Sicherheit zu sein. In der Luft liegt die Verheißung von Dauerhaftigkeit: ein gutes und sicheres Leben mit neuen Frühjahren und neuen Maifeiern, mit positiven Tagen und ruhigen Nächten. Ihr Schritt ist leicht. Liisa läuft die ganze Strecke bis nach Hause, und sie ist rechtzeitig da, steht mit umgebundener Schürze am Küchenfenster und lächelt, als der Männertrupp eintrifft und die Wohnung in Beschlag nimmt, sie mit dem Leben füllt, das Liisa kennt.

WAHRSCHEINLICH KANNST DU dir auch das von mir vorstellen und bist nicht einmal überrascht: Bisweilen schleiche ich mich im Sommer auf einem fremden Grundstück herum. Es ist nicht gefährlich, das Risiko, erwischt zu werden, ist minimal. Die neuen Eigentümer unseres alten Sommerhauses Lähdeharju, ein Bankdirektor aus Helsinki und seine Frau, eine Juristin, sind unter der Woche nie da. Ich kann den Wagen bei der Kiesgrube abstellen und einfach aufs Gelände spazieren.

Der Bankdirektor und seine Frau halten die Immobilie gut in Schuss. Die Balken sind in Ordnung, die Dachpappe am Hauptgebäude ist erneuert worden. Vor dem Haus haben sie eine Terrasse gebaut, deren Bretter letztes Jahr im Frühling lackiert wurden. Am oberen Grundstücksrand hat die Juristin unter Hühnerdraht Erdbeeren gepflanzt, beiderseits der Fahnenstange wachsen prächtige Gerbera. An der sonnigsten Stelle, oben auf dem Landrücken, wächst noch mehr, dort gibt es ein üppiges, mit Natursteinen eingefasstes Beet, wo im Hochsommer Veilchen und Glockenblumen und exotische, teure Blumen blühen, die Juristin hat sie mit Hilfe eines Gartenarchitekten im Katalog ausgesucht, der im Winter in einem Haus in Espoo auf dem Glastisch im Wohnzimmer gelegen hat. Alles ist schön, aber so klinisch, steril, kulissenhaft. Dem Blumenbeet fehlt Liisas Großzügigkeit. Sie liebte Blumen, sie wollte unbedingt auch am Sommerhaus welche pflanzen. Jedes Frühjahr zwang sie Esko, einen Anhänger voller Pflanzen hinzubringen. Daraufhin vergaß sie sie oder etwas ging schief, sie wählte zu anspruchsvolle und für den betreffenden Boden ungeeignete Pflanzen. In der Julihitze riss sie das tote Kraut zornig aus der Erde und gab dem Verkäufer in der Gärtnerei die Schuld, der jedes Jahr die Stirn habe, ihr zweite Wahl zu verkaufen. »Ich muss wohl damit leben«, sagte sie einmal niedergeschlagen, »dass ich keinen grünen Daumen hab.« – »Stimmt«, bestätigte Esko. »Aber du hast eine rote Nase.« Auch das stimmte. Liisa hatte auf dem Steg in der Sonne gesessen und sich das Gesicht verbrannt. Auch an jenem Sommertag hatte sie eventuell einen Gin Tonic zu viel getrunken.

Das Blumenbeet und die Erdbeeren kann ich noch akzeptieren, aber die Wetterfahne nicht. Warum steht die auf dem Dach? Was soll sie signalisieren? 1993, ist dort eingestanzt, offenbar unter einem verdammten Familienwappen. Der Zeitpunkt der Eroberung, der Beginn einer neuen Zeitrechnung; der Augenblick, als sich dem Bankdirektor und seinen sich hartnäckig über Wasser haltenden Konsorten plötzlich hunderttausend Gelegenheiten boten, Menschen, die durch die Rezession in Schwierigkeiten geraten waren, auszunutzen. Er ergriff eine davon, na klar, ohne eine Sekunde zu zögern, und man kann ihm keinen Vorwurf machen, in seiner Lage hätte es Esko genauso gemacht. Es ist nur irdisches Gut, sagt Esko zu mir, was soll man darüber weinen, bloß Besitz, der kommt und geht. Manchmal gewinnt man, manchmal verliert man. Am Ende kann man doch nichts mitnehmen. Das letzte Hemd hat keine Taschen.

Esko wäre wütend, wenn er von meinen Ausflügen erfahren würde. Auch für dich bin ich sicher nur hoffnungslos sentimental. Das Haus ist gestrichen, alles steht am alten Ort, müsste ich da nicht zufrieden sein? Das heißt doch, dass sich jemand um meine Erinnerungen kümmert und meine Vergangenheit bewahrt. Das stimmt. Aber immer wenn der Jackpot so groß ist, dass in den Nachrichten die Rede davon ist und alle davon sprechen, gehe ich zum Kiosk und fülle einen kompletten Lottoschein aus. Eines Sommers werde ich am Wochenende nach Lähdeharju fahren, so stelle ich es mir vor, in der Julihitze, wenn der Bankdirektor und seine Frau mit Sicherheit dort sind. Ich fahre bis vors Haus, marschiere auf die Terrasse, wo sie sich auf ihren teuren Sonnenliegen ausgestreckt haben und sich Erdbeeren und Sekt schmecken lassen. Ich biete ihnen eine halbe Million, ein Angebot, das der Bankdirektor nicht ausschlagen kann, und falls doch, lege ich noch hunderttausend drauf. Dann lasse ich die Sträucher wieder wuchern und pflanze im Blumenbeet, was ich will. Reiße die verdammte Wetterfahne vom Dach. Von der habe ich Esko nichts gesagt, über die würde auch er sich ärgern. Ich weiß, dass er sie so sehen würde wie ich, als blanke Gemeinheit.

Häuser und Grundstücke, Sommerhäuser und Waldstücke, Uferlinien und Bootslandestellen. Jemand besitzt sie, aber unter Umständen gehören sie einem anderen. Eigentlich gehört die Landschaft denen, die sie lieben. Lähdeharju war nie Eskos Ort gewesen. Er baute es Anfang der achtziger Jahre, weil er etwas bauen wollte, er musste beinahe, es gehörte sich so. Er war in einem Alter und einer Lebensphase, in denen er kein emotionales Verhältnis zu seinem Eigentum mehr aufbauen konnte. Er hatte schon so viel davon, er war zu beschäftigt, er war mehr in Fahrt als je zuvor. Der Buzz Aldrin in ihm war an die Oberfläche getreten, und Pawel Iwanow immer mehr ins Abseits geraten. Lähdeharju war für Esko vor allem ein Ort der Repräsentation, einer unter mehreren: Der Hauptzweck der massiven Holzbalken bestand darin, Eindruck auf die Leute zu machen, die ständig bei ihm aufkreuzten.

Für mich war es mehr. Für mich war es unser Ort, deiner, meiner und Marjaanas. Oder deiner und meiner. Es war nicht einmal ein Sommerhaus, wenn ich jetzt an Lähdeharju zurückdenke, sehe ich es nie im Hochsommer. Esko versprach uns eine ganze Woche im Juli, das tat er immer, ich glaubte ihm, wir richteten uns ein, und als es uns gerade gelungen war, uns in der friedlichen Blase einzuschließen, tauchte unvermutet das Boot, das Esko in Stockholm gekauft hatte, auf. Das Geräusch ließ keinen Irrtum zu, ich hörte es schon von weitem, ging ihm widerwillig ans Ufer entgegen, und da waren sie, Esko, Liisa und ihre wechselnde Begleitung, damals üblicherweise die Nieminens oder die Kallios oder der gerade erst geschiedene Sportartikelhändler Raimo Mäkinen mit seiner neuen Freundin, einer unfassbar lauten Friseuse. Wir bleiben nicht lange, sagten sie. Wir kochen bloß Kaffee und machen vielleicht die Sauna an. Lasst euch von uns nicht stören. Aber natürlich blieben sie über Nacht, lärmten bis in die frühen Morgenstunden bei der Ufersauna und kamen im Morgenlicht zum Schlafen ins Haus gekrochen, weckten mich und Marjaana, indem sie Julio Iglesias hörten, angeblich nur ganz leise. Sie waren jedes Mal so höllisch gut gelaunt. Sie bildeten sich tatsächlich ein, nur zu flüstern, ich kann mich an ihr betrunkenes Getuschel erinnern, an das gleichmäßige Stampfen ihrer Füße, wenn sie auf dem Rentierfell vorm Kamin eng und langsam tanzten. Keijo Kallio interessierte sich für Liisa, zwischen ihnen lag etwas in der Luft. Esko war unverhohlen scharf auf Riitta Nieminen. Nach Mitternacht verloren sie ihre Hemmungen und betäubten ihr Gewissen, befummelten einander leise kichernd auf der Couch, und ich lag neben Marjaana wach, sah alles durch den Türspalt und hatte das Gefühl, wieder Gefangener meiner Kindheit zu sein. Ich wollte ein eigenes Leben, ein Leben, in dem es keinen Platz für diese Menschen gab, aber zugleich gab mir ihre Anwesenheit Sicherheit. Ich registrierte dieses Gefühl und hasste mich dafür.

Dich konnten sie nicht aufwecken. Du hast immer fest geschlafen und begeistert den Morgen mit Oma und Opa erwartet. Wenn Esko und Liisa auftauchten, hast du geschrien vor Freude, bist mit wehendem Rock am Ufer auf und ab gehüpft und hast noch lauter geschrien, wenn Esko dich unendlich lang durch die Luft wirbelte, genau wie mich früher im Flur der Wohnung in der Matti Alangon katu, ich konnte euch beiden nicht zusehen, ohne mich daran zu erinnern. Dir war ganz schwindlig, als Esko dich endlich absetzte. Er nahm dich an der Hand, führte dich zum Getränkekeller hinter der Sauna und gab dir so viele Flaschen grüne Zitronen-Frisco, wie du wolltest. Meistens hatte er eine Tüte Süßigkeiten in der Tasche, sie haben dich mit Zucker bestochen, Esko und Liisa, und dich auf ihre Seite gezogen, während mein Part darin bestand, mich mit Marjaana zu streiten, der die gute Laune natürlich sofort abhandenkam, wenn sie das gleichmäßige Tuckern von Eskos Volvo-Penta-Dieselmotor auf dem See hörte.

Ich war bestimmt auch eifersüchtig. Ich sah zu, wie Esko sich mit dir beschäftigte, wie er die Reuse richtete oder die Angel auswarf oder am Misthaufen hinter der Sauna nach Würmern grub, und ich hatte das Gefühl, dass er dich mir wegnahm, dass er sich mit seinen Kunststückchen zwischen uns schob. Wenn er dich auf den Schultern vom Ufer zum Haus trug, klang dein Lachen in meinen Ohren falsch. Ich behauptete, Esko sei zu unachtsam mit dir und bringe dich leichtfertig in Gefahr, aber in Wirklichkeit wollte ich dich nur ganz für mich haben. Ich wollte dich mit niemandem teilen, schon gar nicht mit meinem Vater. Vielleicht nicht einmal mit Marjaana, denn auch sie war übermächtig. Am allerliebsten war ich mit dir allein.

Im Herbst war das der Fall. Wegen des Herbstes würde ich Lähdeharju so gern haben, wegen der Tage Ende August, im September und auch noch im Oktober. In dieser Jahreszeit möchte ich aus der Stadt fliehen und dort wohnen, so wie damals. Wenn die Schule anfing und die Nachbarhäuschen sich leerten, wenn Eskos Bootstouren aufhörten und er wieder gewissenhaft von morgens bis abends im Geschäft stand, dann verschanzte ich mich mit dir wochenlang in Lähdeharju. Marjaana hatte natürlich keinen Urlaub mehr, sie verbrachte die Wochen in Tampere und machte nie Schwierigkeiten, wenn ich mit dir auf dem Land sein wollte. Wenn niemand zu Hause war, blieb sie lange auf der Arbeit und bereitete sich abends mit der erforderlichen Energie auf die Stadtratssitzungen vor. Das waren die Jahre, in denen ihre politische Zukunft Gestalt annahm.

Wir beide hatten keinerlei Stress. Die Felder rings um das Sommerhaus leuchteten reif und golden, wir gingen zwischen ihnen hindurch zur großen Straße und schauten den Mähdreschern zu, die das Getreide einbrachten. Wir sammelten Pilze auf dem eigenen und auf dem Nachbargrundstück und etwas weiter weg am Rand der Kiesgrube. Auch du hast welche gesammelt, schon mit vier konntest du Steinpilze von Reizkern unterscheiden und Pfifferlinge so sauber pflücken, dass nichts verloren ging. Das Birkenlaub fiel auf die Pflastersteine vor dem Haus, wir fegten die Fichten- und Kiefernnadeln, die in der Sommerhitze herabgerieselt waren, vom Saunadach, es gab genug zu fegen, und dein kleiner roter Plastikrechen kratzte über das Dach, ich kann mich an das Geräusch erinnern. Es regnete öfter, na klar, es wurde allmählich kühler, aber es gab auch warme Altweibersommertage, an denen die Wespen um unsere Saftgläser schwirrten und die Sonne auf der Terrasse so stark wärmte, dass wir beschlossen, den Picknickkorb zu packen und über den See zum Sandstrand zu rudern. In der nächsten Woche regnete es wieder, der Herbst schritt unaufhaltsam voran, und wir beschäftigten uns im Haus. Du klebtest Glanzbildchen in ein Heft und übtest die Buchstaben, spieltest mit den Barbies, die Liisa gebracht hatte und die Marjaana bei uns daheim nicht sehen wollte. Ich saß an meiner Examensarbeit oder schrieb den einen oder anderen Artikel. Im Lauf der Jahre waren es mehr geworden, aber nicht so viele, dass sie sich stauten. Ich war so langsam, ich nahm jeden Auftrag viel zu ernst. Es konnte sein, dass ich eine ganze Woche lang an einer dürftigen Buchbesprechung für *Demari* oder *Kansan Uutiset* feilte und es nicht einmal merkte, bis Marjaana am Wochenende aus der Stadt kam und sich nach meiner Arbeit erkundigte. Ich hatte ja genug Zeit, grenzenlos, wir lebten in Lähdeharju nach unserer eigenen Zeitrechnung, und die Welt konnte uns nichts anhaben. Unsere Zeit wurde von deinem festen, zuverlässigen Kinderrhythmus bestimmt, der auch mich in einen ruhigen Tagesablauf lenkte. Marjaana vermissten wir nicht. Wir waren ihre Abwesenheit gewohnt, aber wir wussten auch, dass sie kommen würde. Sie kam immer freitags nach der Arbeit, zuverlässig kurz vor sechs, freitags machte sie nie Überstunden. Der gebrauchte Lada, den sie ihrem Schwager abgekauft hatte, fuhr aufs Grundstück, man erkannte ihn fast genauso gut aus der Ferne wie Eskos Boot. Marjaana breitete die Arme aus, du ranntest zu ihr, und ich fühlte mich einfach nur gut, ich freute mich über Marjaanas Kommen genauso wie du.

Außerdem gefiel es Marjaana in Lähdeharju. Natürlich war es ihr nicht möglich, das laut zu sagen, weil Esko der Besitzer und weil alles so großspurig angelegt und geschmacklos eingerichtet war, aber es stimmte nun einmal: Marjaana fühlte sich dort wohl. Ich merkte es ihr an, wenn sie am Samstagmorgen aufwachte und Kaffee kochte und sich ganz gegen ihre Gewohnheit an den Küchentisch setzte, um mit dir zu malen oder Karten zu spielen. Da saß sie dann, unter der silbern schimmernden Sony-Uhr, einem Werbegeschenk, ruhig und gelassen im dicken Flanellpyjama und mit ihren abgetretenen alten Clogs und machte nicht den Eindruck, den sie sonst so oft machte, daheim in Tampere, in der Wohnung, die ich ausgesucht hatte und gegen die sie unbewusst wohl noch immer aufbegehrte: dass es ihr schwerfiel, sich in dem Moment und in der Situation zu akzeptieren. In

Lähdeharju tat Marjaana unter Umständen Dinge, die sie andernorts so gut wie nie tat, sie zog zum Beispiel an einem regnerischen Nachmittag Nadeln und Wolle aus der Tasche und begann zu stricken. Sie war schnell im Stricken, sogar schneller als Liisa, die ziemlich schnell war. Im Gegensatz zu Liisa musste sich Marjaana nicht einmal sonderlich konzentrieren, sie konnte stricken und dabei »Ich belade mein Schiff« spielen, ohne dass ihr die Maschen durcheinandergerieten. Solche Abende hat es gegeben, lange, gute, glückliche, ich will, dass du das weißt. Ich will, dass du dich daran erinnerst, dass jemand sich mit mir daran erinnert. Erinnerst du dich an Marjaana und die Stricknadeln und an den Schaukelstuhl in der Ecke? Erinnerst du dich, dass sie wirklich dort saß, kannst du mir diese Erinnerung bestätigen? Und das Waffeleisen, erinnerst du dich daran, an die Waffeln mit Erdbeermarmelade und Schlagsahne an jedem Wochenende, samstags nach der Sauna? Noch immer reisen meine Gedanken sofort nach Lähdeharju, wenn jemand irgendwo Waffeln bäckt. Auf einem Jahrmarkt in Belgien ging ich einmal an einer Bude vorbei, das ist bald zehn Jahre her, es war meine erste romantische Städtereise mit Laura, und ich konnte diese Erinnerungen in dem Moment wirklich nicht gebrauchen, aber sie kamen. Ich musste mich auf eine Bank setzen und Laura unter einem Vorwand wegschicken.

War es eine Belastung? Heutzutage beklagen sich die Leute darüber, wie belastend das Leben mit kleinen Kindern sei, dass man keine Zeit für sich habe. Dass man sein Erwachsenen-Ich verliere, nicht zu seinen Hobbys komme und nichts habe als einen Alltag, der nach Kacke und pürierten Birnen rieche und der ganz anders sei als das Leben zuvor und darum unerträglich. Die Leute bekommen ihre Kinder zu spät. Eine andere Erklärung gibt es nicht. Wenn sie ihr erstes Kind bekommen, sind die Leute zu alt, um Eltern zu sein, müde und ungeduldig, zu weit von der eigenen Kindheit entfernt, um sich zu erinnern, wie das Leben eines Kindes ist. Kinder sind nicht schwierig. Erwachsene sind es.

Die Leute wunderten sich allerdings über uns, das weiß ich noch gut. Angeblich war es bemerkenswert, dass es ein Vater wagte, mit einem dreijährigen Kind allein auf dem Sommerhaus zu sein. Der Rapsbauer aus der Nachbarschaft schaute mich an wie ein Gespenst. Liisa rief ständig an und fragte, wie wir zurechtkämen, und wollte immer Esko mit Lebensmitteln zu uns schicken. Sogar Marjaanas feministische Freundinnen, allen voran Ulla Lohela, wunderten sich über unser Arrangement. Sie konnten sich nicht entscheiden, was sie davon halten sollten. Ein Vater sollte sich einbringen, aktiv sein, alles tun, was auch die Frau tat, und sogar mehr, sich im Prinzip also so verhalten, wie ich es tat. Trotzdem war das Verhältnis zwischen Mutter und Kind auf unerklärliche Weise heilig, kein Mann durfte sich hineindrängen. Marjaana brauchte meine Hilfe, ohne mich wäre sie kaum mit dir klargekommen, aber sie wollte es nicht zugeben. Es ist deiner Mutter immer schwergefallen, zuzugeben, dass sie Hilfe braucht. Ihr politisches Ziel ist eine Gesellschaft, die den Menschen hilft, aber ihr inneres Ideal sieht einen Menschen vor, der allein zurechtkommt.

Marjaana würde es sich nie eingestehen, aber sie konnte wegen eines kleinen Kindes in Panik geraten. Kurz bevor du ein Jahr alt wurdest, warst du nachts oft lange wach. Diese Phase dauerte einige Monate, und in einer Nacht im Frühsommer flippte Marjaana aus. Sie klemmte dich unter den Arm und rannte durch die Wohnung, das hat doch alles keinen Zweck, schrie sie, wo soll ich das Kind hinstecken, sag's mir, verdammt noch mal, ich weiß nicht, was ich damit machen soll. Ich würde es dir lieber nicht erzählen, aber es ging noch weiter. Bevor ich dazwischengehen konnte, bevor ich dich auf meinem Arm in Sicherheit bringen konnte, stand Marjaana plötzlich auf dem Balkon und schüttelte dich. Du warst nicht in Gefahr hinunterzufallen, denn ihr standet in der Ecke des Balkons, aber ich kann die Szene trotzdem nicht vergessen, deinen kahlen, ungeschützten Kopf, der in einer verregneten Juninacht unter dem Wäscheständer hin und her wackelte. Über diese Nacht und den folgenden Tag haben wir nie mehr gesprochen. Wir wollten beide nicht darüber reden, obwohl wir es unbedingt hätten tun sollen. Marjaana schlief von da an im Wohnzimmer auf der Couch, und ich übernahm in den Nächten die Verantwortung. So hielten wir es bis zum Ende des Sommers, als die schlimmste Phase vorbei war und du wieder mehr oder weniger ruhig schliefst. Du warst nie eine besonders gute Schläferin, da kommst du nach mir. Vielleicht fiel es mir deshalb leichter als Marjaana, auf meinen Schlaf zu verzichten. Es hatte nichts Heldenhaftes an sich, denn ich ging ohnehin nicht davon aus, die ganze Nacht durchzuschlafen. Wenn das einmal der Fall war, kam es mir wie ein Wunder vor.

Woher weiß man, dass Gefühle gesund sind? Wo verläuft die Grenze? *Wir sammelten Pilze,* habe ich geschrieben, wir rechten, wir putzten, aber genau genommen stimmt das nicht, denn du warst zwei oder drei oder vier, du hast nicht geputzt. Du hast Sauerei gemacht. Dieses Personalpronomen »wir« – jetzt fällt mir ein, wie wir, also du und ich, 1985 mit Jussi Kinnunen in der Uni-Cafeteria beim Mittagessen saßen. Damals ging ich hauptsächlich zum Essen in die Uni und abends manchmal zum Zeitunglesen, den Besuch von Vorlesungen hatte ich komplett eingestellt. »Wir lernen jetzt, trocken zu werden, Miia und ich«, sagte ich. Jussi brach in Gelächter aus, und ich verstand nicht, wieso, meiner Meinung nach hatte ich nichts Witziges gesagt. »Und wie läuft es so?«, fragte Jussi. »Wer von euch beiden ist weiter? Habt ihr gleich große Windeln?«

Ich erinnere mich noch an eine weitere Begegnung mit

Jussi, an eine mit ernsterem Ton. Er hatte mich verleitet, ein Bier mit ihm zu trinken, wir saßen in seiner Stammkneipe am Ecktisch. Es war Oktober 1986, du und ich waren gerade von Lähdeharju zurückgekehrt, und ich glaube, ich jammerte, weil ich gern länger geblieben wäre, in der Stadt fühlte ich mich unwohl, mit einem kleinen Kind war es auf dem Land viel einfacher. »Das Kind wird groß werden«, sagte Jussi zu mir. »Das ist dir doch klar, Esa? Es ist ein eigener, unabhängiger Mensch und wird groß werden. Verdammt noch mal, du kannst dein Leben nicht an so einen Zwerg hängen.« So drückte er sich aus. Er war der Sohn eines Bauern aus Joutseno und vom Grundcharakter her ein maskuliner Typ, es fiel ihm nicht leicht, über solche Dinge zu reden. Ich weiß noch, dass er auch über Rettungswesten redete, jeder müsse im Leben seine eigene Rettungsweste haben, sagte er und meinte, ich würde zu sehr an dir hängen. Er musste sich wirklich Sorgen um mich gemacht haben, sonst hätte er das Ganze gar nicht zur Sprache gebracht.

Damals war ich natürlich wütend auf ihn. Ich war wütend, behielt es aber für mich, ich dachte, er ist bloß verbittert, schon dreiunddreißig und kein Kind und nicht mal eine feste Freundin. Er hatte Marjaana gewollt, und jetzt beneidete er mich, ohne dass er es selbst begriff, um Marjaanas Kind. Abgesehen davon machte Jussi nicht unbedingt den Eindruck eines Mannes, der es sich leisten konnte, anderen Leuten Ratschläge zu erteilen. Er war nicht rasiert und hatte fettige Haare, die einen Schnitt gebrauchen konnten. An der Uni wirkte er wie ein Relikt aus der Vergangenheit, konnte ihr aber nicht den Rücken kehren, ihm fehlte ein Ort, an den er stattdessen gehen konnte. Zwar hatte er einen Halbtagsjob im Parteibüro der SKP, aber auch davon war er nicht mehr vollkommen überzeugt. Sein Vater war im Spätsommer gestorben, hatte bei der Feldarbeit überraschend einen Infarkt bekommen, und Jussi war darauf nicht vorbereitet gewesen.

Auch an jenem Abend am Ecktisch im *Tillikka* bedrückten ihn Dinge, die er zu seinem Vater gesagt hatte: Die Sowjetunion war im Recht, als sie in der Tschechoslowakei einmarschierte. Finnland hat den Krieg angefangen, in dem du dein linkes Auge verloren hast. Es war ein sinnloser Krieg, Finnland hat ihn vom Zaun gebrochen. Davon sprach Jussi noch gar nicht, er war dazu nicht fähig, erst Jahre später sprach er mit mir über seinen Vater, in der Redaktion in der Arvi Kariston katu. Doch ich spürte seine Niedergeschlagenheit, ich hatte das Gefühl, ihm helfen zu müssen und nicht umgekehrt. Offen gesagt nahm ich seine Worte über dich nicht so ernst. Aber vielleicht hatte Jussi recht, vielleicht war meine Perspektive wirklich verzerrt. Dass du ein eigenständiger Mensch warst, hielt ich nicht für selbstverständlich, ich begriff damals noch nicht, dass wir beide nicht ein und dasselbe waren.

Tatsächlich kann ich mich an den Augenblick erinnern, in dem ich es begriff. Ich erinnere mich jetzt genau daran, es war in dem Jahr, in dem Jussi mich zur Rede stellte, ein paar Monate später, aber mit Sicherheit noch im selben Jahr. Es war Dezember, wir hatten Weihnachtseinkäufe gemacht. Ein schwarzer, nasser Frühwintertag, von den Autos spritzte Schmutz auf unsere Hosen, als wir vor Stockmann an der Bushaltestelle standen. Alles war wie oft zuvor, wir zwei machten Erledigungen und Marjaana arbeitete, durch den Wollhandschuh spürte ich die Wärme deiner Hand. Du hieltest meine Hand fest umklammert, denn die Dunkelheit machte dir Angst und du mochtest den Verkehrslärm nicht. Wir stiegen in den Bus. In einen normalen Stadtbus, so wie immer. Es war vielleicht fünf Uhr, die Leute fuhren von der Arbeit nach Hause, der Bus war voll, und alle stumpfen, stummen Wintergesichter starrten vor sich hin, niemand machte Anstalten, aufzustehen, es gab im ganzen Bus nur zwei einzelne freie Plätze an verschiedenen Stellen. Da trafst du deine Entscheidung und setztest dich neben eine Rentnerin im Minkpelz. Ich blieb im Gang stehen, aber du scheuchtest mich weg, deutetest auf den freien Sitz weiter hinten im Bus. Du warst sehr ernst. Sagtest kein Wort. Wirklich?, fragte ich. Du nicktest und starrtest gerade vor dich hin und hieltest den Bärenrucksack auf deinem Schoß fest. Ich verstand nicht recht, worum es ging, aber ich begriff, dass es dir sehr wichtig war.

Ich folgte deinem Befehl und setzte mich fünf Meter hinter dir hin, neben mir saß ein Mann mit einer Plastiktüte von Alko zwischen den Beinen, und es kam mir seltsam vor, da zu sitzen und dich aus der Entfernung zu betrachten, als wärst du ein fremdes, allein fahrendes Kind, auf das zufällig mein Blick fiel. Während ich dich so betrachtete, kamst du mir nach und nach fremder vor, alles, was mir durch und durch vertraut war, wirkte fast neu. Ich hatte nie so genau die Form deiner Ohren bemerkt, deine leicht schiefe Haltung oder deine schmalen Schultern. Es war unheimlich, dass du allein dort saßest, ich hatte das Gefühl, dich nicht dortlassen zu dürfen, und ich musste mit aller Macht gegen meine Intuition ankämpfen, ich musste ein Buch aus der Tasche ziehen und mich zwingen, darin zu lesen. Es war *Berlin Alexanderplatz* von Alfred Döblin, Jussi Kinnunen, der alles gelesen hatte, war der Meinung, dass ich Bildungslücken hatte, was Klassiker betraf, weshalb ich hin und wieder träge versuchte, sie zu schließen.

Dann schliefst du ein. Ich las vielleicht drei Seiten Alexanderplatz, du schliefst ein, und als ich vom Buch aufblickte, schliefst du fest, lagst schon halb auf deinem Sitz, und die Frau im Pelz, die offenbar Angst vor Kindern hatte oder sie verabscheute, schenkte dir keinerlei Beachtung. Die Mütze war dir vom Kopf gerutscht, der Rucksack war nur mehr halb auf dem Schoß, deine Beine baumelten schlaff zwanzig Zentimeter über dem Boden, Schmutzwasser tropfte von den Winterstiefeln. Dein Gesicht war das entspannte Gesicht eines schlafenden Kindes. Und da geschah es, in diesem Augenblick, in dem Bus, der vor dem Theater lange an der Ampel warten musste. Ich schaute dich in dem spärlichen Licht von meinem Platz aus an und verstand vielleicht zum ersten Mal, was Jussi mir zu sagen versucht hatte. Über deine Eigenständigkeit, über die Tatsache, dass du in nicht allzu ferner Zukunft ohne mich Bus fahren würdest. Dass dich diese Busse am Ende von mir wegbringen würden und ich nicht einmal unbedingt wüsste, wohin. Zum ersten Mal überkam mich die Trauer, der sich alle Eltern stellen müssen. Ich ahnte, wie ungeheuer groß sie sein würde.

Dachte ich mir deshalb einen Traum aus? Einen realisierbaren Traum, klar umrissen, einen, der eine sichtbare Spur auf der Welt hinterlassen würde, einen Traum, wie Esko ihn gehabt hatte und den er Tag für Tag lebte? Natürlich dachte ich meiner Meinung nach damals nicht an Esko. Das Geschäft meines Vaters war das Letzte, woran ich denken wollte, aber vielleicht hatte ich es im Hinterkopf. Und vielleicht ging es tatsächlich auch um dich und dein Größerwerden. Das ganze Jahr über hatte ich das Gefühl gehabt, eine Richtung für mein Leben finden zu müssen, einen anderen Sinn, außer mich um dich zu kümmern, jetzt, da mir deine Eigenständigkeit nach und nach deutlich geworden war. Liisa war offenbar noch immer der Ansicht, dass mich Marjaana unter Druck setzte, irgendwoher nahm sie diese Vorstellung, aber es war eher umgekehrt, es war allein meine Idee, und Marjaana zögerte zunächst. Meinem neuen Ich stand sie mit machtloser Besorgnis gegenüber, wie eine Mutter, die von unten ihrem Kind auf dem Klettergerüst zuschaut.

Marjaana lag allerdings neben mir, als ich meine Königsidee hatte. Es war ein Sonntagabend im November 1987. Am

Nachmittag war ich mit dir bei meinen Eltern gewesen und hatte von dort wie üblich das lokale Anzeigenblatt mitgenommen. Ich las im Bett die Kolumne »Um die Ecke«, und Marjaana lachte laut über die besten Stellen, die ich für sie herauspickte. Ein gewisser Martti Heikkilä war mit einer Plastiktüte in der Hand durch die Stadt gezogen und hatte sich die Schaufenster der Juweliere angeschaut. Jaana Muirot und Sirkku Vähälä hatten ein neues Hobby und trainierten zusammen für die Ruderregatta in Sulkava im nächsten Sommer. Mirja Turunen war es mit Hilfe von Hypnose gelungen, nach achtzehn Jahren mit dem Rauchen aufzuhören. Solche Meldungen über ganz normale Leute standen Woche für Woche in der Zeitung, wir hatten uns auch früher schon darüber amüsiert. Im Gegensatz zu Marjaana kannte ich aber einen Großteil jener Leute, auch Mirja Turunen, die durch Hypnose vom Rauchen losgekommen war. Ihr Mann war nämlich mein Mathematiklehrer gewesen, und im Herbst 1979 hatte ich der Familie eine Stereoanlage von Akai verkauft. Sie verdienten etwas Besseres. Die ganze Stadt verdiente etwas Besseres. Ein lokales Anzeigenblatt musste keine von Kotelett-, Wischlappen- und Autowerbung umrahmte Klatschspalte sein, die Welt kannte wesentlich ambitionierteren Lokaljournalismus. Dies war der Samen meines Traums, dieser hochtrabende Gedanke, und er eroberte mich im Nu.

Es war eine gute Idee. Marjaana brachte keine Einwände vor, denn die Idee war gut. Die Stadt wuchs, es gab nur ein Anzeigenblatt, das unfassbar schlecht war, geradezu eine Beleidigung für die unschuldigen Einwohner. Ich hatte Kommunikationswissenschaften studiert und schrieb seit Jahren Artikel für richtige Zeitungen. Ich schlug nicht vor, ein kleines Café im französischen Stil zu eröffnen oder ein Fitnessstudio, ich wollte auch keine Qualitätsweine aus der Provence importieren. Mit anderen Worten, ich fing nicht an zu spinnen, ich wollte mich nicht einfach selbständig machen wie mein Vater und schon gar kein Geschäft aufmachen. Es war mehr eine Frage des bürgerlichen Engagements, es ging darum, den Menschen etwas zu geben. Endlich würde ihnen jemand ordentlichen, professionell redigierten Journalismus über die Ereignisse in ihrer Umgebung anbieten. Der Inhalt solcher Anzeigenblätter wurde von den Werbekunden diktiert, war weitgehend bürgerlichen Inhalts und bestand aus unternehmerfreundlichen Reklametexten, die an den Bedürfnissen und alltäglichen Problemen der Leser vorbeigingen. Natürlich war das feierliches Gerede, das ich noch von der Universität im Kopf hatte, aber es war die Sprache, die Marjaana verstand und täglich benutzte. Sie merkte allmählich auf, schnappte sich die Lesebrille vom Nachttisch und nahm Stift und Notizblock aus der Schublade. Ich ging im Schlafzimmer auf und ab und redete pausenlos. Marjaana machte Notizen und warf zwischendurch eigene Vorschläge ein. Das war ihr Arbeits-Ich, es war die Marjaana aus dem Stadtrat und aus den Seminaren und AGs, die Marjaana, wie andere Leute sie kannten, nicht meine Marjaana, und die Tatsache, dass diese Marjaana nun im Nachthemd im Bett saß und aufschrieb, was ich sagte, spornte mich erst recht an. Mein erstes Erinnerungsbild an diese Szene war wieder einmal vor Bitterkeit verzerrt gewesen: Marjaana war nicht beunruhigt. Mein Traum hatte mich bereits erfüllt, er verlieh mir einen neuen Status, und Marjaana teilte meine Begeisterung. Noch am selben Abend sprachen wir über den Umzug. Das war die Voraussetzung für meinen Plan, seine einzige negative Seite, aber Marjaana hielt auch diesen Gedanken nicht für ausgeschlossen. Zwei Bahnstationen weiter südlich, sagte sie, was ist das schon. Man wird auch dort leben können. Man kann ja auch wieder wegziehen. Wenn man den Widerwillen, den sie gegenüber der ganzen Stadt hegte, in Betracht zieht, wenn man bedenkt, was für Erfahrungen sie mit der Stadt gemacht hatte, war ihre Haltung verblüffend positiv.

Gleich in der folgenden Woche sprach ich mit Esko. Ich war wohl so begeistert, dass ich gar nicht an eine Alternative dachte, ich wollte das Gefühl, das mich ergriffen hatte, nicht loslassen. Im Grunde brauchte ich hauptsächlich Geld, vielleicht auch ein paar Ratschläge zur Buchhaltung, Versteuerung und sonstigen praktischen Dingen, und die schnellste Methode voranzukommen bestand darin, sich an Esko zu wenden.

Ich war ewig nicht mehr in seinem Geschäft in der Sibeliuksenkatu gewesen. Es kam mir enger vor als noch vor zwei Jahren, die Wände waren von oben bis unten mit Regalen verkleidet, auf den Gängen zwischen den Haushaltsgeräten kamen zwei Personen kaum aneinander vorbei. Die Hi-Fi-Ecke war weiter geschrumpft, das fiel mir sofort auf, und obwohl mehr Sachen im Laden standen, war das Angebot schmaler als zu Beginn des Jahrzehnts. Angeblich hatte ein von der Ladenkette beauftragter Innenarchitekt die Einrichtung gerade erst erneuert. Esko lobte das Resultat und ließ mich auf einem für Kunden bestimmten Sessel Platz nehmen, um die neuen verkaufsfördernden Spots zu bewundern. Hell waren sie immerhin, da konnte ich nicht widersprechen, und zusammen mit den Neonröhren beleuchteten sie die hundertzwanzig Quadratmeter so effektiv, dass es aussah wie in einem großen Solarium. Die orangen Pappkreise, die an der Decke aufgehängt waren, glühten im Licht wie kleine künstliche Sonnen.

Unser Gespräch führten wir im Büro. Auch diesem hatte der Innenarchitekt einen Besuch abgestattet, er hatte die Tische und Stühle erneuert, ansonsten war der Raum kaum anders als zu Beginn des Jahrzehnts, als wir zusammen hier gesessen hatten. Am kleinen Tisch in der Ecke saß an meiner Stelle nun Timo, auf dem Tisch stand ein Bild von ihm und seiner Freundin im Skiurlaub irgendwo in den Alpen. Hinter Eskos größerem Schreibtisch hingen noch mehr Fotos als bei meinem letzten Besuch, auch damals waren es schon viele gewesen, aber es sammelte sich Jahr für Jahr mehr Vergangenheit um ihn herum an und schien ihn immer mehr in die Enge zu drängen. Er versuchte gar nicht mehr, seine Erinnerungen zu sortieren, sondern knallte einfach ein Bild nach dem anderen neben Verkaufsdiplome und Seminarzeugnisse und Urkunden von Importeuren an das alte Schwarze Brett. Bis Ende der siebziger Jahre hatte er seine Urkunden noch gerahmt, seitdem hingen sie ohne Rahmen an der Wand. Es war ein kleines, schmuckloses Büro, für eine andere, bescheidenere Zeit geplant, und Esko sah zweifellos wie ein Mann aus, der nicht mehr zwischen seine Bilder passte.

Ich kann mich nicht erinnern, dass er von meinem Anliegen überrascht gewesen wäre. Er hörte ungewöhnlich schweigsam zu, unterbrach mich nicht ständig mit seinen Witzen und Sprüchen wie sonst. Ich wurde nervös, Eskos Schweigen und die Geschichte, die uns umgab, wirkten sich auf mich aus. Was ich zu sagen hatte, klang auch in meinen eigenen Ohren nicht mehr so überzeugend wie noch im Zug, als ich mir die Worte zurechtgelegt hatte. Timo unterbrach uns, indem er im Türrahmen Stellung bezog und belanglos zu plaudern anfing, es störte ihn offenbar, dass ich allein mit Esko im Büro saß. Wahrscheinlich dachte mein Bruder, ich wollte ihn aus dem Feld schlagen und ihm seine erfolgreiche Zukunft als Elektronikhändler streitig machen, für die er sich gerade entschieden hatte.

»Was für einen Journalismus hast du dir denn vorgestellt?«, fragte mich Esko. Es war eine angemessene Frage, genau die Frage, die man mir stellen musste, aber in dem Moment kam sie mir unsinnig vor. Meiner Meinung nach hatte ich sie schon beantwortet.

»Ehrgeizigen«, sagte ich. »Guten. Einen vollkommen anderen als den, der bisher gemacht worden ist.«

»Gut. Verdammt gut. Mach was Gutes. Aber mach auch was, das die Leute lesen wollen.«

»Was wollen sie denn lesen?«

»Sie wollen über andere Leute lesen. Wie es ihnen geht. Was sie so treiben. Was sie vorhaben.«

»Also Klatsch.«

»Das ist kein Klatsch. Das ist soziales Leben. Normaler zwischenmenschlicher Kontakt. So wie geschäftlicher Kontakt.«

Esko blieb weiterhin außergewöhnlich ernst. Er hatte die spatengroßen Hände vor dem Gesicht zusammengelegt und spreizte nun der Reihe nach die Finger auf und zu wie eine Geisha ihren Fächer. Auch an diese Geste kann ich mich erinnern und an die untrennbar damit verbundene Miene, die gerunzelte Stirn und die schmalen Augen, die verschmelzenden Augenbrauen. Eskos Miene, wenn er nachdachte, wenn ein Kunde um den allerletzten Preis feilschte oder wenn ein Großhandelsvertreter, der seine Produkte präsentierte, ein Angebot machte, das man nicht ablehnen konnte, das man als Einzelhändler aber trotzdem nicht anzunehmen gedachte.

»Eine Zeitung machen hat nichts mit Geschäftemachen zu tun.«

»Verdammt noch mal! Was ist ein Anzeigenblatt denn sonst?«

»Journalismus. Die Verbreitung von Information. Kundenservice.«

»Das Wort verstehe sogar ich. Kundenservice. Diejenigen, die Anzeigen aufgeben, das sind deine Kunden.«

»Die Leser auch.«

»Na klar. Aber der beste Kunde ist der zahlende Kunde.«

Diese endlosen Selbstverständlichkeiten, diese Slogans, die

Esko ausspuckte. Sein lehrmeisterhafter Gesichtsausdruck, die Art, wie er sich nach vorne lehnte, wie die rechte Hand nach einem Stift griff und ihn in der Luft kreisen ließ. Ich kannte das alles so gut, Eskos alltägliches Theater, und ich musste es einfach aushalten, denn Esko war jetzt ein Kunde und ich hatte ihm etwas zu verkaufen. Der beste Kunde ist der zahlende Kunde, er hatte recht. Außerdem war er interessiert, das merkte ich ihm an. Seine natürliche Neugier machte mir die Verkaufssituation letztlich leicht.

»Ich bin ja kein Journalist. Und auch kein Magister, sondern bloß ein Schelm, der die Handelsschule im Fernunterricht besucht hat. Du bist viel intelligenter als ich, Esa. Aber dass die Leute hier und überall auf der Welt über andere Leute lesen wollen, das stimmt, ob du es glaubst oder nicht. Da können sie euch an der Lenin-Universität erzählen, was sie wollen.«

»Ich glaube es.«

»Solltest du auch. Ich stehe seit fast zwanzig Jahren hier an der Werkbank. Die Leute in dieser Gegend sind neugierig. Alle Leute sind es. Am meisten interessiert sie, ob jemand was Neues ausheckt.«

»Ausheckt?«

»Na, du weißt schon. Eine neue Geschäftsidee. Eine Ladenrenovierung. Der Neubau von Haus oder Ferienhaus. Der Austausch der Ehefrau.«

»Nicht alle Leute in dieser Stadt sind Einzelhändler in deinem Alter.«

»Das nicht. Aber diejenigen, die in der Zeitung inserieren. So ist das, mein Junge.«

»Sag nicht ›mein Junge‹.«

»Entschuldigung! Aber du bist halt nun mal mein Sohn. Mein Junge. Der Erstgeborene.«

Seine Stimme bebte. Er hatte schon immer die überraschende Fähigkeit besessen, sich von jetzt auf gleich zu Tränen rühren zu lassen, oft und vielleicht vor allem durch seine eigenen Worte. Aber jetzt bin ich unnötig boshaft. Du kennst ihn ja, du weißt, dass seine Rührung auch echt und darum ansteckend sein kann. Im Büro seines Geschäfts in der Sibeliuksenkatu schaute er mir direkt in die Augen, ich konnte den Blick nicht abwenden und bekam einen rauhen Hals von alldem, was sich über die Jahre zwischen uns aufgestaut hatte, Jahre, in denen es mir zeitweilig gelungen war, mich von meinen Eltern zu lösen. Jetzt saßen wir wieder hier, in einem Abstand von zwei Metern. Ich roch seine Halspastillen. Ich sah die Schweißflecken unter seinen Achseln. Ich sah die münzengroße Glatze, die Tränensäcke unter den Augen, die schnörkeligen Ohren, und diese Einzelheiten ließen ihn Wirklichkeit werden, einen Menschen, den man nicht vergessen oder übergehen konnte. Komischerweise, denke ich heute, verhielt sich Esko exakt wie Marjaana. Er setzte die Lesebrille auf, kramte einen Notizblock hervor und machte sich Notizen zu dem, was ich sagte. Dann schnappte er sich sein dickes, ledernes Visitenkartenetui und gab mir die Karte von Kari Salmenranta.

»Als Erstes brauchst du einen Anzeigenverkäufer«, sagte Esko. »Fangen wir damit an. Der hier wäre gut.«

Du erinnerst dich bestimmt an Kari Salmenranta. Zumindest an manches. An sein breites kalifornisches Grinsen und das unverwüstliche Lachen, an seine für Kinder nicht geeigneten Witze. An seinen Vokuhila-Schnitt und seinen Walrossschnauzer, an die Nase, die ihm in der A-Jugend bei einem Fußballspiel verbogen worden war, an seine leuchtend weißen Zähne. Die Zähne waren ihm wichtig, wenn er aufs Klo ging, überprüfte er sie jedes Mal im Spiegel über dem Waschbecken. Du hast neben diesem Mann gesessen, an einer Ecke seines Schreibtischs, das war im Büro dein Lieblingsplatz. Kari hatte die Angewohnheit, dir Malbücher und Comics und etwas zu oft Süßigkeiten mitzubringen. Seine Tochter war etwas älter als du, sie hieß Noora und wohnte bei ihrer Mutter in Turku, und vermutlich hast du deswegen die empfindliche Stelle in seinem Verkäuferherz getroffen. Oberflächlich betrachtet war Kari einer der sorglosen, von Geburt an heiteren Menschen, die auf Leute wie mich unerträglich glücklich wirken, wahrscheinlich aber ihren Schmerz nur tiefer verbergen als andere. Er war außerdem ein ausgezeichneter Anzeigenverkäufer, da hatte Esko recht gehabt, das Telefon war die natürliche Fortsetzung seiner Persönlichkeit. Ich glaube, er fühlte sich erst komplett, wenn er sich den Hörer ans Ohr hielt und die Nummer eines Kunden wählte. Und das bedeutet nicht, dass er den Kontakt von Angesicht zu Angesicht gescheut hätte. Wenn wir gelegentlich unsere Kunden abfüllten, war Kari immer der Letzte, der schlafen ging.

Du erinnerst dich an Veikko Niemi. Kari arbeitete auf Provision, Veikko stand überhaupt nicht auf der Gehaltsliste. Er war freier Mitarbeiter, dem ich beschämend geringe Honorare für seine einwandfreien Artikel zahlte. Für einen angestellten Redakteur fehlten die Mittel, allein war ich nicht einmal auf dem Gipfel meiner Hybris in der Lage, das ganze Blatt zu füllen. Ich brauchte genau so einen wie Veikko, einen echten Profi. Er war fünfzig, zwei Jahre zuvor wegen Alkohol gefeuert worden, anschließend trocken geworden, und er schuftete jetzt mit jenem wiederentdeckten Berufsethos, den nur ehemalige Alkoholiker an den Tag legen. Er wollte nicht zu Hause schreiben, er wollte zur Arbeit kommen, und so saß er in einer unerträglich engen Lücke neben Salmenranta, von Heften und Blöcken umgeben, hörte Interviewbänder über den Walkman ab, den Esko ihm geschenkt hatte, und hackte so fest auf die Tastatur, dass Kari behauptete, die Verkaufsarbeit würde darunter leiden. »Mensch, Veksi, verdammt«, beschwerte er sich. »Die Leute da draußen hören, dass hier gearbeitet wird, was an sich natürlich positiv ist. Aber sie glauben, es wird Holz gehackt.«

Vielleicht erinnerst du dich auch noch an Sari Kanerva. Sie machte eine Ausbildung zur Krankenschwester, aber ihr Hobby war das Fotografieren, und sie besaß eine Spiegelreflexkamera. Sari fotografierte für mich alles, was ich ihr auftrug, und wenn sie die Filme entwickeln ließ, brachte sie gleichzeitig ihre eigenen künstlerischen Arbeiten in den Laden. Das war ihr Honorar, mehr zahlte ich nicht. Ich versuchte an allem zu sparen, niemand kann behaupten, wir hätten zu großspurig losgelegt. Die Redaktion war lächerlich klein, etwas über fünfzig Quadratmeter: Diele und Küche und drei hundehüttengroße Zimmer hintereinander an einem schmalen Gang. Allerdings hatte sie eine tolle Lage im obersten Stockwerk eines Hauses mit Aufzug, durchs Fenster blickte man über den Vanajavesi-See hinweg in Richtung Bahnhof, die Stadt, über die wir schrieben, zeigte uns ihr schönstes Gesicht, und im ersten Sommer schien die Sonne zwei Monate lang ununterbrochen, von Ende Mai bis Anfang August, alles war leicht und mühelos und lief erstaunlich glatt. Ich hatte das Gefühl, nicht einmal Schlaf zu brauchen, so euphorisch war ich. Wir waren erst im Frühling umgezogen, und du hattest noch keinen Kindergartenplatz. Manchmal saßest du den ganzen Tag in der Redaktion, bis dich Marjaana am Abend abholte, und ich möchte glauben, dass das gute Erinnerungen für dich sind, dass du dich an die Redaktion in der Arvi Kariston katu genauso erinnerst, wie ich mich an Eskos erstes Geschäft in der Hallituskatu erinnere, in das ich nach der Schule hoffnungsfroh ging. Vor allem damals in der Anfangsphase war die Redaktion ein lebhafter Ort, voller Leute und Stimmen, voller fröhlichem Gerede. Hin und wieder kam ein genervter Anzeigenkunde hereinmarschiert, manchmal ein forscher Büromaschinenvertreter, einmal ein Friseur, dessen Ladenfenster besprüht worden war und der wollte, dass wir über diesen Akt des Vandalismus schrieben. Ab und zu kam ein einsamer Bürger herein, der im Leben aufs Nebengleis geraten war, und machte aus einer Mücke einen Elefanten, um wenigstens kurz mit jemandem reden zu können. Mitten im heißen Juli tauchte der um zehn Jahre gealterte, aber nach wie vor riesenhafte Tarmo Manni auf, der sich über eine von Veikko zweifellos mit links geschriebene Freilichttheaterkritik ärgerte und den Verfasser ein bisschen aufklären wollte. Es herrschte Betrieb, Menschen kamen und gingen, in der Hinsicht erinnerte die Redaktion tatsächlich an ein Elektrogeschäft, und meiner Auffassung nach lieben Kinder solche Orte. Sie denken als Erwachsene daran zurück, wenn ihnen die Komplexität der Welt aufgegangen ist und ihre Gedanken sich in solche Schutzhäfen flüchten, in Paradiese, die es einmal gegeben hat.

Ich kann mich an keine einzige Nachricht, an kein bedeutendes Ereignis aus jenem Sommer erinnern. Der Sommer 1988 war eine Zwischenphase, die Ruhe vor dem Sturm. Die ganze Welt holte Luft vor dem nächsten Jahr, in dem dann wirklich etwas passierte. Oder ich kam einfach nicht dazu, über die Welt nachzudenken, weil ich die ganze Zeit an meine Zeitung dachte und an die Stadt, über die wir berichteten. Die Stadt war ein trügerischer Mutterschoß, in den ich gleich nach meiner Rückkehr wieder versank. Ich erinnere mich gut an den Moment, als der Umzugswagen aus Tampere, der unsere Sachen brachte, vor dem Reihenhaus vorfuhr. Ich erinnere mich an die Panik, die ich empfand, als ich die Bananenkartons hineintrug. Auch Marjaana war außer sich, weil das Versprechen, das sie in einer schwachen Stunde gegeben hatte, nun konkrete Gestalt annahm. Leicht hysterisch wischte sie den Baustellenstaub von den Melamintüren, die den vorherigen auf deprimierende Weise ähnelten, denn wieder waren wir auf meine Initiative hin in einem Neubauviertel gelandet. Marjaana stand mit dem Lappen in der Hand auf der Terrasse, die von den Schneeresten des Winters umgeben war, und betrachtete all die halbfertigen Reihenhäuser ringsum. Es graute ihr, und das war kein Wunder, denn die Umgebung war grauenvoll, später hasste ich sie noch viel mehr, als Marjaana es tat. Aber damals machte ich mir keine großen Gedanken darüber, ich hatte zu tun, die erste Nummer der Zeitung musste in Druck gehen. Wenn man beschäftigt genug ist, hat man keine Zeit, sich von den Umständen bedrücken zu lassen.

Wir betrieben tatsächlich einen anderen Journalismus, das war nicht bloß Gerede gewesen. Wir betrieben einen Journalismus, auf den du stolz gewesen wärst. Gerade war die Fußgängerzone eingeweiht worden, dort gingen wir sofort hin. Einmal die Woche, donnerstags, wenn Markt war, standen Veikko und ich mit einem Zelt vor dem Kaufhaus Sokos. »Freie Aussprache« stand auf dem Zelt, es war wie ein Musterprojekt für engagierten Journalismus, und trotz Veikkos Skepsis funktionierte es. Ab dem Spätsommer bekamen wir dadurch zahlreiche vernünftige Themen für Artikel, und zwar zum Preis von zwanzig Packungen Kaffee und hundert Hefezöpfen. Manche führten in den Bereich des investigativen Journalismus, aber Veikko kannte die Stadt und war von Natur aus ein versöhnlicher Mensch. Er schrieb seine Texte so diplomatisch, dass ich lediglich ein paar Schmähbriefe und zwei Anrufe von besorgten Anzeigenkunden bekam. Das waren kleine Brände, leicht zu kontrollieren. Mir fiel nicht einmal auf, dass Esko deswegen in irgendeiner Weise beunruhigt gewesen wäre. Wo gehobelt wird, da fallen Späne, sagte er bloß.

Esko kam oft in die Redaktion. Fast störend oft, die ersten Monate ständig. Andererseits hielt er sich an seine Rolle als Vorstandsmitglied und hauptsächlicher Finanzier der Kommanditgesellschaft. Lange Zeit brachte er seine Auffassung von erfolgreichem Lokaljournalismus nicht zur Sprache. Er kam, weil ihn die Atmosphäre anzog. Er kam, weil sich alles im Anfangsstadium befand und er Anfänge immer gemocht hatte, so wie ich auch, wer mag sie nicht. Wahrscheinlich empfand Esko das Gleiche wie ich, die Redaktion erinnerte ihn an das alte Geschäft in der Hallituskatu und an ihn selbst, als er zwanzig Jahre jünger war. Darum stand er in der Ecke herum und zögerte den Abschied hinaus, witzelte mit seinem alten Bekannten Salmenranta, als gäbe es auf der Welt nichts als Zeit. Darum, und vermutlich auch wegen dir. In der Redaktion stand er nicht unter Marjaanas Beobachtung, und Liisa wuselte nicht herum. Esko konnte sich ungestört mit dir abgeben. Ich sah euch zu, dem fünfzigjährigen Mann, dem fünfjährigen Mädchen, du im Sommerkleid auf Eskos Schoß, und ich brachte es einfach nicht übers Herz, ihn hinauszujagen, ich wusste, dass es in seinem Leben nicht allzu viele solcher Momente gab.

In welchem Umfang mir Esko half, weiß ich nicht genau. Ich weiß natürlich, dass er bei allen seinen Bekannten für das Blatt Reklame machte, bei den Freunden vom Lions Club und bei den Mitgliedern des finnisch-amerikanischen Vereins, ebenso bei den Leuten, mit denen er vor fünfzehn Jahren joggen und danach Ski fahren gegangen war und mit denen er nun eifrig Golf übte. Allerdings kannte ich die meisten von ihnen, viele persönlich, vor nicht allzu langer Zeit hatte ich in den Zimmern ihrer Kinder gespielt und in ihren Autos auf der Rückbank gesessen. Wahrscheinlich meinten sie es nur gut mit mir, sie wollten, dass ich zurechtkam, sie wollten mir auf die Beine helfen, und außerdem lag eine allgemeine Unzufriedenheit in der Luft. Das alte Anzeigenblatt hatte Anfang des Jahres die Preise für Inserate um zwanzig Prozent erhöht. Darauf taten die Unternehmer sich zusammen und gaben eiskalt alle Anzeigen in unserem Blatt auf. Obwohl die Druckkosten wesentlich höher lagen, als ich kalkuliert hatte, legten wir gleich im ersten Jahr eine positive Bilanz hin.

Hinzu kam, dass wir einen guten Ruf und überraschend viele Freunde hatten. Die Polizei erkannte, dass unsere Texte vernünftig waren, und gab uns Tipps. Esko und Ville garantierten ein gutes Verhältnis zur Eishockeymannschaft, ohne deren Wohlwollen nicht einmal ich mir eingebildet hätte, ein Lokalblatt in dieser Stadt über die Runden zu bringen. Die Kulturleute schlugen sich auf unsere Seite, denn sie wussten, dass sie uns brauchten: Seit langem würdigte wieder jemand die Veranstaltungen und Konzerte und die selten durchziehenden Theatertruppen. Tarmo Manni verzieh uns jedoch nicht. Nach Veikkos Freilichtbühnenkritik versuchte ich vergebens, ihn zu einem Interview zu bewegen. Egal wie sehr ich mich auf unsere alte Freundschaft berief, er sprach nur mit dem Konkurrenzblatt. »Die Glatze wächst und mit ihr die Qualität«, hatte Veikko geschrieben. Er hielt das für ein Kompliment, Tarmo Manni nicht. Auch das war eigentlich eher lustig. Wir hatten unseren hauseigenen zornigen Schauspieler, unseren Hausgeist, wie Kari ihn nannte. Trotz seines Boykotts stattete Tarmo Manni der Redaktion nämlich weiterhin Besuche ab, ihm graute vor jedem Augenblick ohne Publikum, und wir waren das nächstgelegene Publikum, denn die Redaktion befand sich passenderweise oberhalb seiner Wohnung.

Auch Sillanpää gab sich damals noch schmeichlerisch. An einem warmen Morgen im Juli saß er auf dem Marktplatz vor dem Bäckereiwagen. Esko war wohl zufällig zur gleichen Zeit vorbeigekommen, und so thronten sie gut gelaunt wie müßige Kaiser auf den weißen Plastikstühlen. Sie winkten mich zu sich, und da ich es nicht eilig hatte, setzte ich mich an ihren Tisch, trank Kaffee und aß einen Krapfen mit meinem künftigen Feind. »Es ist immer gut, wenn ein Monopol fällt«, sagte Sillanpää zu mir, ein Satz, den er keinesfalls so meinte. Auf seiner Stirn glänzte der Schweiß, sein Sommerhemd spannte sich aufs äußerste über dem Bauch. Er hatte Zucker in den Mundwinkeln und Marmelade an den Fingern. Immer war er am Essen, auch jetzt. Ich weiß noch, wie er die Finger an der Tischdecke abwischte und eine Schachtel Zigaretten aus der Brusttasche zog. »Ihr schreibt gute Sachen«, fuhr er fort. »Sehr gute. Gerade habe ich Esko erzählt, was es für einen Spaß macht, euer Blatt zu lesen. Hast du das Zeitungmachen nicht sogar irgendwo studiert? Ja, genau, in Tampere, jetzt weiß ich's wieder. Das merkt man. Wenn einer was kann, sieht man das einfach. Du merkst, dass Fachmänner am Werk sind.«

1988, I

Liisa fährt im Pflug. Vor ihr liegt eine kleine Erhebung und danach eine Abfahrt in die Senke und ein erneuter Anstieg, sie hat Angst, als ginge es ihr an den Kragen, sie sträubt sich mit dem ganzen Körper gegen das Gleiten und stößt schließlich die Stockspitzen in den Schnee, woraufhin die Bewegung stoppt und Liisa sich auf ihre Stöcke stützt. Eine unglücklich krumme Gestalt, die Ski erbärmlich über Kreuz, als würde Liisa eine besonders dringende Notdurft verrichten.

Es ist bereits zig Male passiert. Wenn die Loipe matschig ist oder ein bisschen glatter als sonst, wenn der Nachtfrost, wie so oft im Frühjahr, die Loipe in eine Eisrinne verwandelt hat, bekommt Liisa Schwierigkeiten. Sie war vermutlich von Kindesbeinen an eine, die stolperte, eine von der Spezies, die über die eigenen Schnürsenkel fiel. Esko findet, dass er geduldig ist. Er hat Liisa gezwungen mitzukommen und ihr in zehn Jahren Lappland leidlich das Skilaufen beigebracht. Neuerdings kann Liisa sogar Abfahrtslauf, das ist eine echte Leistung, das hätte man Anfang der achtziger Jahre nie geglaubt. Als sie zum ersten Mal versuchte, mit dem Kinderlift den Hang hochzukommen, fiel sie fünfmal hintereinander vor dem Aufsichtshäuschen auf den Hintern. Man muss zugeben, dass sie zäh ist. Im Gegensatz zu vielen anderen Frauen gibt sie nicht so schnell auf.

Trotzdem ärgert er sich, ausgerechnet heute, aus irgendeinem Grund. Er steht neben der Loipe und blickt auf seine Frau. Er hat das Warten satt und fährt nach einem kurzen Fluch die Abfahrt hinunter, obwohl Liisa erwartet, dass er brav zu ihr zurückkommt.

Normalerweise würde er das tun. Auch an diesem Morgen hat er alles getan, was sie wollte. Er ist eigens früh aufgestanden, hat die Skier gewachst, die Route geplant. Anschließend hat er quälend lang im Freien gewartet, bis Liisa fertig war. Auf der Verbindungsloipe zwischen Laanila und Saariselkä, einem vier Kilometer langen, übervölkerten Abschnitt, ist er hinter ihr geblieben, hat aus nächster Nähe nach ihrem Parfüm geschnuppert und versucht, es aus der Kakophonie der anderen Parfüms herauszuriechen. An solchen sonnigen Tagen im April riecht es auf der Loipe wie in der Parfümerieabteilung eines Kaufhauses, aber das stört Esko normalerweise nicht, er liebt Lappland im Frühjahr. Die vielen Leute, ihre glücklichen Gesichter, ihre Erleichterung nach der schweren Last des Winters. Männer ohne Mütze, mit bis zum Ellbogen aufgekrempelten Ärmeln, sorgfältig geschminkte Frauen mit Stirnbändern und in der Sonne funkelnden goldenen Ohrringen. Liisa sieht in ihrem anilinroten Steppanzug durchaus vorzeigbar aus – jedenfalls würde sie das, wenn sie endlich auf die Idee käme, sich gerade hinzustellen. »Verdammt noch mal«, ruft Esko. Liisa ruft etwas zurück, das er nicht versteht. Die Stimmen hallen in der Schlucht zwischen den Hängen nach, und man schämt sich, weil man so laut gewesen ist.

Man hätte früher aufbrechen sollen, denkt Esko, mit dem Auto schnell auf den Parkplatz am Kiilopää fahren und von dort aus loslaufen sollen. Es ist Karsamstag, schon fast Mittag, alles voller Menschen. Ein Siebzigjähriger, ein richtig alter Knorz, saust auf uralten Holzskiern vorbei. Ohne aus der Puste zu kommen, überholt er am Anstieg eine Familie, die in aller Ruhe in Richtung Rumakuru rutscht, bis jetzt noch in seliger Eintracht. Der Vater zieht das kleinste Kind im Schlitten hinter sich her, die größeren Jungs stehen selbst auf Skiern. Fünf und sieben, schätzt Esko, seiner Meinung nach unfehlbar, er ist davon überzeugt, das Alter von Menschen besonders gut erraten zu können. Die Mutter sieht allerdings erstaunlich jung aus, kaum dreißig. Andererseits hatten sie mit dreißig auch schon so eine Brut, er und Liisa. Sie waren damals bloß nicht hier. Sie hatten nicht das Geld, nicht die Zeit, nicht die Möglichkeit. Als sie mit der Familie zum ersten Mal nach Lappland fuhren, war Esa schon fast erwachsen, und Timo und Ville waren Ski gelaufen wie die Alten.

Alles hat seine Zeit, wie es so schön heißt. Das ist Eskos Devise, er ist keiner, der sich grämt, das Schlimmste, was einem Menschen passieren kann, ist, dass er im Leben wieder zurück auf Los muss. Das Leben ist kein Monopoly, man geht nicht zurück auf Los. Aber der Gedanke an die Jungs als Kinder versetzt ihm einen Stich, er versucht, ihn zu leugnen, spürt ihn aber trotzdem. Er beobachtet, wie die Familie den Hügel erklimmt und hinter niedrigen Fichten verschwindet. Inzwischen sind auf seiner Höhe andere Leute angekommen, vermutlich ein Paar aus Helsinki, ein Mann, der wie ein Ingenieur aussieht, und eine Frau, die Ärztin sein könnte. Sie ist ein spröder Typ, dünn und ernst, eine, die schon im Moment ihrer Geburt das erste Mal erschrocken ist. In dem Mann wird kaum mehr Leben stecken, mit zehn Anekdoten hat er sich durch die Karriere geschlagen, in Diplom-Ingenieur-Kreisen reicht das. Trotzdem sieht der Mann in Esko offenbar seinesgleichen, jedenfalls gibt er das zu verstehen: Genau auf Eskos Höhe, zwei Meter hinter seiner keuchenden Frau, bemüht er sich um ein brüderliches Grinsen. Du kennst das ja, will er sagen. So ist das, wenn man verheiratet ist. So wird es auch bleiben, bis in die graue Zukunft hinein, das Leben der Senioren. Der Mann und die Frau sind zehn Jahre älter als Esko und Liisa, vielleicht schon pensioniert. Seit einer kleinen Ewigkeit laufen sie hier schon Ski. Fünfzig, sagt Esko beinahe laut. Verdammt noch mal, ich bin fünfzig, ein Mann im besten Alter. Es war ein teuflisches Fest, sein Fünfzigster, hundertfünfzig Gäste und volle Bewirtung. Ein Streichquartett spielte während des gesamten Essens Mozart. Der Bürgermeister würdigte die Veranstaltung durch seine Anwesenheit. Eine Abordnung des Elektrohändlerverbands überbrachte ihrem Vorstandsmitglied Grüße, die Kameraden vom Lions Club schenkten ihm eine Reise nach Miami, die Golfer eine Spielberechtigung in Marbella. Am Nachmittag trat ein Männerchor auf, am Abend die Tangoprinzessin vom Vorjahr, und an Getränken wurde nicht gespart, bis in den Morgen hinein wurde im Restaurant Heikkilä in Aulanko gefeiert. Wäre der Ingenieur-Opa dabei gewesen, wäre er garantiert vom Schlitten gefallen.

Es ist der Gesichtsausdruck des Mannes, der den Auslöser gibt, der Esko dazu bringt, seine Entscheidung zu treffen. Er blickt auf den gegenüberliegenden Hang, wo Liisa immer noch steht, an genau derselben Stelle wie zuvor. Auf allen vieren versucht sie, die Bindungen aufzumachen. Anscheinend hat sie beschlossen, den Hang zu Fuß hinunterzugehen, schon diese winzige Rutschbahn ist ihr zu viel. Verdammt noch mal, sagt Esko laut. Er steigt im Grätenschritt die letzten Meter den Hügel hinauf, überlegt dort einen Moment und läuft dann los, ohne sich noch einmal umzublicken.

Er kennt die Strecke durch und durch, er ist sie zig Mal gelaufen, allein oder mit Freunden, mit seinen Söhnen Timo und Ville, einmal dürfte auch Esa dabei gewesen sein. Liisa hatte nie weiter als bis zu dem kleinen See Luulampi laufen wollen, aber weil Liisa jetzt nicht mehr wie ein mit Steinen beladener Lastschlitten an ihm hängt, läuft Esko eine Stunde später am Luulampi vorbei und in Richtung Rautulampi weiter. Er läuft wesentlich schneller als gewöhnlich, fast so schnell wie Mitte der siebziger Jahre. Das waren Touren! Die ersten Finlandia-Läufe. Bei zwanzig Grad unter null oder im dichten Schneegestöber, zweimal sogar bei Regen standen sie mit der Startnummer auf der Brust in Reih und Glied auf dem zugefrorenen Katumajärvi. Beim Startschuss rannten sie los, hetzten die fünfundsiebzig Kilometer nach Lahti wie die schärfsten Konkurrenten. Schließlich war es ein Wettlauf und kein Picknick. Besonders wichtig war es, Pirttilä zu schlagen, gerade Pirttilä. Mittlerweile wäre es ein Kinderspiel, Arto Pirttilä zu besiegen, denn Arto ist so dick, dass er sich kaum noch auf den Skiern halten könnte. Anfang der achtziger Jahre ging er komplett zum Abfahrtslauf über, seitdem sitzt er nur noch in Pistenrestaurants mit dem Zigarillo in der Hand auf seinem Posten und trinkt Kakao mit Schuss. Eskos Kondition ist auch nicht mehr dieselbe, zwischen den Fjälls verläuft die Loipe ohne Anstiege, trotzdem hört er sein schweres Keuchen.

Das alles ist vorbei. Es ist vorbei, was soll man dem nachtrauern. Damals waren sie eben jung. Damals hatten sie eine bessere Kondition. Damals waren sie vielleicht besser befreundet, fast wie Brüder, so nah standen sie sich. Heutzutage begehen sie den traditionellen Muttertagsabend nicht mehr. Auch die Koskinens reisen nicht mehr am 23. Dezember an, um ihren selbst gemachten Weihnachtssenf zu bringen. Zum Sonntagmorgenlauf findet sich angeblich nur noch eine Handvoll Leute ein, zwei alte Laufkameraden machen ihre Elektronikeinkäufe kalt lächelnd im Citymarket. Wohin ist das alles verschwunden? Im Strom der Jahre, aber über diesen Strom darf man nicht weiter nachdenken, sonst ertrinkt man darin, es muss weiter vorangehen, das ist die einzig mögliche Richtung im Leben eines Menschen. Man muss sich beharrlich den steilen Anstieg nach Rautulampi hinaufquälen, aus dem Tal heraus aufs blanke Fjäll, wo einem der Wind heftig entgegenschlägt und unter die Kleidung dringt. So ist das Leben, ab und zu dringt der Wind unter die Kleider. Aber der schwere Abschnitt dauert nicht lange, im Schutz der Schlucht lässt der kalte Wind nach, und auf der anderen Seite des Fjälls verwandelt er sich in angenehmen Rückenwind.

Wie diese Loipe hier, denkt Esko, das Jahrzehnt ist wie diese Loipe, am Anfang gleitet man gut, in der Mitte wird es kurz zäh, und dann läuft es wie geschmiert. Der Exklusivlizenzvertrag mit Sony war der Schlüssel, das hatte er sofort gewusst. Der Importeur wollte ihn zuerst an Toivola geben, aber Esko hat ihn nun mal umgestimmt, an einem feuchtfröhlichen Saunaabend auf der anderen Seite Lapplands. Seitdem muss er nur noch dafür sorgen, dass die Ladentür offen ist und die Kasse funktioniert. Er macht Profit und hinterlässt Müll. Natürlich braucht er mehr Platz, ein neues Geschäft, das Fundament ist schon fertig. Bald wird es auf dem Grundstück stehen, das er der Stadt günstig abgekauft hat, an der im Bau befindlichen Autobahn, einen Kilometer von der Stadtmitte entfernt. Es gehört zur Hälfte ihm, er teilt sich die Fläche und die Kosten mit Hannula. Seppo verkauft TV-Elemente und Regale, Esko Fernseher und Stereoanlagen, um die Möbel zu verschönern. Pirttilä hat ihnen die Kredite gegeben, die sie für den Bau benötigen, dazu war der dicke Arto immerhin noch fähig, den Stift konnte er noch halten. Sie stehen weiterhin zueinander, die alten Laufkameraden, trotz allem.

Das Skilaufen ist jetzt ein Fest, der pure Genuss. Die Nachmittagssonne scheint ihm direkt ins Gesicht, man kann den Reißverschluss bis über die Brust öffnen. Aus irgendeinem Grund kommen ihm in der Loipe nur noch schöne Frauen entgegen, jede erwidert sein Lächeln, an so einem schönen Tag ist niemand knauserig. Lappland im April ist wie ein kleines Amerika, nicht einmal die Finnen trauen sich, ein Gesicht zu ziehen. Im Café am Kiilopää trinkt Esko im Freien zwei Grogs mit einer gewissen Satu aus Joensuu, einer rundwangigen Bankangestellten von nicht mal vierzig Jahren, die steif und fest behauptet, weder verheiratet zu sein noch Kinder zu haben. Sie wohnt im Hotel Riekonkieppi. Esko gelingt es, ihr die Zimmernummer abzuluchsen.

Aber all das ist nur ein Spiel, eine kleine Erfrischung am Nachmittag, mehr nicht. Während er auf dem ebenen Abschnitt in Richtung Kakslauttanen läuft, stellt sich Esko zufrieden den bevorstehenden langen Abend mit Liisa vor. Irgendwie müssen sie sich versöhnen, vielleicht bietet er an, ihr die Schultern zu massieren. Oder den Lendenwirbelbereich, lieber den, in letzter Zeit plagt Liisa schlimmer als sonst der Ischias, den sie als Erinnerung an die letzte Geburt behalten hat. Ville war schon bei seiner Geburt ein anderes Kaliber als seine Brüder, schwer auf die Welt zu kriegen. Abrupte Zärtlichkeit überkommt Esko, als er sich daran erinnert, wie Liisa vor zwanzig Jahren in der Geburtsklinik lag, das Gesicht fleckig und verschwitzt, fest schlafend wie eine Sportlerin, die alles gegeben hat. Liisa hat ihm drei Söhne geboren, das darf man nicht vergessen. Drei gesunde, anständige, in jeder Hinsicht gesellschaftstaugliche Söhne. Er sollte dankbar sein. Er ist es auch. Er ist in seinen Wünschen maßvoll und alles andere als undankbar, nach der Sauna breitet er im Wohnzimmer ein Handtuch auf dem Fußboden aus und holt von oben ein pralles Kissen. Dann kann sich Liisa auf den Bauch legen, er setzt sich auf ihre Beine, auf die vertrauten, schön vollen Oberschenkel, zwischen denen seine Söhne auf die Welt gekommen sind, dort sitzt er also, aber leicht, nicht mit dem ganzen Gewicht, und dann drückt er mit seinen kräftigen Händen die Stelle, wo der Schmerz sitzt. Er kennt die Stelle, er trifft sie genau. Er ist fast besser als die echten Masseure, hat Liisa zu ihm gesagt, er wird ihren Rücken wieder in Ordnung bringen. Er ist so, wie Liisa es will, zärtlich und rücksichtsvoll.

Das Ferienhaus ist nicht übermäßig groß, sechzig Quadratmeter nur. Dennoch hatten sie einen Architekten beauftragt, und die Stämme sind aus dem Süden herbeigeschafft worden, aus dem eigenen Wald. Von der Reihe neuer Ferienwohnungen, die innerhalb von zwei Jahren auf dem Nachbargrundstück entstanden, hebt sich die Villa Vuori ab wie ein Luxusauto von einem Haufen Zweitwagen. Es ist jedes Mal ein gutes Gefühl, vor dem eigenen Haus die Skier in den Schnee zu rammen und auf die Leute hinabzublicken, wie sie auf den zusammengewachsenen Terrassen ihrer identischen Reihenhäuser sitzen.

Esko betritt das Haus, zieht die Überkleider aus und wirft sie in den Trockenschrank im Flur. Der ist von bestmöglicher Qualität, so wie alles andere hier, der König der Trockenschränke: die Fächer sinnvoll angeordnet und so stabil, dass man ohne Probleme die Schuhe, Winterjacken, Mützen und Handschuhe von vier Personen hineinpacken kann. Früher war der Schrank knallvoll, jetzt ist er halb leer und sieht ein bisschen traurig aus. Liisas mit Perlen verzierte Handschuhe liegen im mittleren Fach, das türkisfarbene Haarband daneben, die silbernen Skischuhe stehen in der hintersten Ecke. Zumindest hat sie auf eigene Faust nach Hause gefunden und ist nicht in den Schnee gefallen. Esko bittet noch nicht um Entschuldigung, sondern ruft nur hallo durch die Tür und verzieht sich sofort in die Sauna. Dort sitzt er lange in seiner Ecke an dem kleinen Fenster und macht einen Aufguss nach dem anderen, dann legt er sich auf die Pritsche und bearbeitet seine strapazierten Waden mit der Faust. Durch die dünne Wand hört er in der Küche das Pfeifen des Wasserkochers und verheißungsvolles Topfklappern. Als er mit dem Handtuch um die Hüfte in die Stube tritt, steht das Essen schon auf dem Tisch.

Das Ostermenü haben sie sich vorab gemeinsam überlegt: Lamm, Knoblauchkartoffeln und Rosenkohl. Am Vortag hat Esko im Alko in Ivalo zwei Flaschen Rotwein geholt, die ein vertrauenerweckend rundlicher Fernsehkoch empfohlen hatte. Sie essen in fast vollkommener Stille. Darauf ist Esko vorbereitet. Liisa versucht immer zu streiten, indem sie schmollt. Aber der Versuch ist zum Scheitern verurteilt, der Mensch kann nicht gegen seine Natur ankämpfen, früher oder später wird Liisa unmerklich anfangen zu reden. Man muss nur abwarten, denkt Esko, Geduld haben, auch wenn das nicht leicht ist, die Schweigsamkeit tut beiden in den Ohren weh. Aus irgendeinem Grund läuft auch noch seltsam hysterische Opernmusik, die Liisa beim Hantieren in der Küche aufgelegt hat. Unter anderen Umständen würde Esko die Platte sofort wechseln, stattdessen vielleicht die *Best of* von Sinatra auflegen, aber das kann er sich jetzt nicht erlauben. Er hört brav die Oper und zermahlt mit den Backenzähnen das Lamm, das Liisa wieder einmal zu lange gebraten hat. Liisa hat tödliche Angst vor rohem Fleisch, sicherheitshalber brät sie es immer so lange, bis es trocken ist wie eine Schuhsohle. Zuerst wagte er nicht, etwas zu sagen, dann tat er es ständig. Mittlerweile hat er keine Lust mehr. Heute jedenfalls lässt er es besser bleiben und behält es für sich. Die Arie hat ihren Höhepunkt erreicht, verblüffend lange hält die Frauenstimme einen Ton, Esko erinnert sich, vor zwei Jahren im Sommer eine ähnlich verblüffend lang gezogene Note bei den Opernfestspielen in Savonlinna gehört zu haben. Das war ein guter Abend. Sie hatten Sex, das ist heutzutage eine so rare Delikatesse, dass man jedes einzelne Mal zu schätzen weiß.

Nach der Mahlzeit macht Liisa keine Anstalten, den Tisch abzuräumen, sondern lässt sich auf die Couch fallen und schaltet den Fernseher ein. Esko wickelt den restlichen Braten in Folie und räumt Messer und Gabel in die Spülmaschine. Er beschließt, auch die Teller abzuräumen. Was Liisa wieder einmal auf dem Teller liegen gelassen hat, wirft er ohne ein Wort in den Mülleimer. Als er den Hahn aufdreht und Wasser ins Spülbecken einlässt, müsste Liisa eigentlich bemerken, dass er sich auf die Arbeit konzentriert. Sieh nur, ich büße meine Sünden ab. Merkst du, was ich tue, ich bitte um Vergebung. Er spült, wie es sich für einen Mann gehört, grob und absichtlich laut klappernd. Den Abtropfschrank benutzt er nicht, er legt ein Handtuch auf die Arbeitsplatte und legt das Geschirr zum Trocknen darauf. Liisa würdigt ihn noch immer keines Blickes. Von mir aus, denkt Esko. Soll sie schmollen, soll sie sich Zeit lassen. Er geht gelassen ins Schlafzimmer, wirft sich aufs Bett, ohne die Tagesdecke zur Seite zu schlagen und schläft auf der Stelle ein.

Als er eine Stunde später aufwacht, ist der Fernseher immer noch an. Anscheinend läuft eine belanglose Seifenoper, die schaut sich Liisa neuerdings an. *Dallas* und *Denver-Clan* sehen sie zusammen, aber Liisa hat andere Lieblingssendungen, die Esko gar nicht kennt, an jedem Wochentag eine. Sie schaut inzwischen zu viel fern, es fing an, als Ville nach Amerika ging. Du bist eine Sklavin des Fernsehens, sagt Esko. Aus dir ist eine Sklavin des Fernsehers geworden, Schatz. Kann mir ein Fernsehhändler das vorwerfen?, fragt Liisa zurück.

Jetzt aber ist nicht die Zeit für solche Reden. Esko zieht sich den weinroten Pullover von Paul & Shark über und tritt energisch in die Stube, um Frieden zu schließen. Liisa hat sich tief in eine Ecke der Couch vergraben und die Wolldecke über die Beine gezogen, die Fernbedienung hält sie fest wie eine Kostbarkeit. Es ist störend viel Licht im Raum, die Jalousien sind offen, weshalb die Sonne durch die etwas schmutzigen Fenster sticht und jeden einzelnen Gegenstand zum Glänzen bringt. Esko steht unter dem Rentiergeweih, das am Kamin festgenagelt ist, und kommt sich vor wie ein Schauspieler in einer falsch ausgeleuchteten Szene. Auch er schaut nun auf den Fernseher, er beachtet nicht die Sendung, die Liisa schaut, sondern den Apparat selbst. Es ist ein achtundzwanzig Zoll Sony Trinitron, hergestellt im japanischen Nakada, in einem verblüffend modernen, perfekten Werk. Im Herbst hatte Esko die Gelegenheit, es zu besichtigen. Ein hervorragendes Fernsehgerät, mit guter Gewinnspanne an etwas wohlhabendere Kunden zu verkaufen, die meistens nicht einmal um den Preis feilschen. Die Leute feilschen ohnehin nicht mehr so wie früher, auch insofern wird die Welt aus der Sicht des Einzelhändlers immer besser. Obwohl es auch etwas Trauriges an sich hat: Etwas fehlt, wenn der Kunde nicht handeln will. Der Zweikampf bleibt aus, das Spiel, das Theater.

»Soll ich dich ein bisschen massieren? Dir tut bestimmt wieder der Rücken weh.«

Liisa antwortet nicht, Esko dehnt die Hände über dem Kopf. Die Finger knacken dabei, er hört seine Gelenke knirschen.

»Ich bin in ziemlich hohem Tempo an Rautulampi vorbeigelaufen. Glänzendes Wetter, richtiges Flugwetter. Bloß oben auf dem Fjäll hat es überraschend stark gezogen.«

Esko setzt sich neben Liisa auf die Couch, nimmt ihr die Fernbedienung aus der Hand und legt ihr die Hände auf die Schultern. Zuerst die Schultern, denkt er. Am besten mit den Schultern anfangen, um den unteren Rücken kümmern wir uns später. Er hat das Gefühl, dass alles im Großen und Ganzen läuft wie gewünscht. Er fühlt sich so selbstsicher, dass er den Fernseher ausschaltet und Stille im Raum zulässt.

»Da war ein langes Stück ohne Loipe. Markierungen hat man auch keine gesehen, weil der Wind überall Schnee drübergeblasen hat. Gut, dass ich die Strecke gekannt habe, sonst wäre mir mulmig geworden.«

Esko fängt langsam und ruhig an zu massieren, zuerst über dem Kleiderstoff. Die Fleecejacke hat einen hohen Kragen, der den Nacken fast ganz verdeckt. Ansonsten wäre er nackt, denn im Januar, mitten im kältesten Winter, ließ sich Liisa ohne ihn zu fragen plötzlich die Haare kurz schneiden. So eine Helmfrisur, die Frisur eines anderen Menschen, es dauerte, sich daran zu gewöhnen. Die Haare waren immer Liisas

Stolz, dick, kräftig und dunkel. Auch jetzt, so unnötig kurz geschoren und unscheinbar strahlen sie noch eine Vitalität aus, die der übrigen Erscheinung fehlt. Mit fünfzig werden Frauen einfach müde, da ist nichts zu machen. Sie sinken in sich zusammen, verlieren ihre Haltung, können nicht mehr mit geradem Rücken dastehen, auch wenn man sie noch so an den Schultern zieht. Liisa hängt da wie ein Sandsack, trübselig. Aber ihr Gesicht ist noch immer schön, mit den runden, roten Backen, den braunen Mandelaugen. Die Augen haben Esko schon immer ganz besonders gefallen. Es tut weh, wie Liisa stumm auf den weißen Haargarnteppich starrt, nachdem Esko den Fernseher ausgeschaltet hat.

»Morgen könnten wir es zur Abwechslung auf der anderen Seite der Fernstraße probieren. Angeblich ist die Kulmakuru-Strecke seit langem mal wieder geöffnet.«

In aller Stille schieben sich die Daumen unter den Kragen auf die bloße, warme Haut. Liisa bückt sich ein klein wenig unter der Berührung. Man hört ein kleines Stöhnen, sie ist zufrieden. Esko massiert energischer rechts und links der Wirbel, erhöht allmählich den Druck, aber so vorsichtig, dass Liisa sich nicht beschwert.

»Bist du zur Rumakuru-Hütte gelaufen?«

»Ja«, antwortet Liisa überraschend. »Ich bin allein hingelaufen und habe allein dort gesessen. In der Sonne, neben dem Holzschuppen, wo wir sonst immer zusammen sitzen. Wo alle Paare sitzen.«

»Hast du dich eingecremt?«

»Dieses Gesicht braucht kein Fett mehr.«

»Die Ärzte sagen, man soll sich eincremen. Damit man sich nichts Schlimmes holt.«

»Das ist bestimmt schon passiert. Zu spät, sich deswegen zu grämen, der Tod holt sich, was ihm gehört.«

Esko wagt es, mit dem Gesicht näher heranzugehen. Auf der Loipe riecht seine Frau wie alle anderen Frauen, hier auf der Couch im Wohnzimmer mehr nach sich selbst. Er versteht nicht, warum Frauen so scharf auf teure Düfte sind, auf die kleinen, komisch geformten Sprühflaschen, die er Liisa mitbringt, wenn er auf einer Messe gewesen ist. Warum muss man den Geruch eines Menschen überdecken? Warum den vertrauten, milden Duft am Hals der eigenen Frau vertreiben, bei dem einem alles Mögliche in den Sinn kommt? Zum Beispiel der Sommer nach Villes Geburt, als sie mit der ganzen Familie im Cortina, den Wohnwagen hintendran, nach Imatra fuhren und in der Julihitze an der Stromschnelle saßen. Esa war angewidert, weil Esko und Liisa sich in aller Öffentlichkeit küssten. Angeblich hatten sie geknutscht wie Teenager. Damals roch Liisa wie jetzt, nach Sommer und Sonne, leicht nach Schweiß. Die Sonne scheint durchs Fenster und wärmt ihren ungeschützten Nacken, die Haut ist ein klein wenig feucht.

»Von Rumakuru aus bin ich mit einem Mann zusammen zurückgelaufen«, sagt Liisa.

»Aha«, sagt Esko möglichst gelassen. »Mit was für einem Mann?«

»Einem sehr sympathischen. Einem mit braunen Augen. Ein gutes Stück jünger als du. Sieht vielleicht ein bisschen ausländisch aus. Obwohl er Finne ist.«

»Was macht er denn so, der Mann?«

»Verkauft Kosmetik. Lancôme und Estée Lauder. Selbständiger Reseller. Verkaufsbezirk Varsinais-Suomi und Satakunta.«

»Hat er dir Proben gegeben?«

»Und ob! So ein kleines Röhrchen. Anti-Falten-Creme.«

»Ein Seifenhändler, verdammt! Läuft in Saariselkä auf Skiern durch die Gegend und hat die Taschen voller Fläschchen. Da hat er sich den richtigen Ort ausgesucht, das muss man zugeben. Mitten in der Zielgruppe.«

Liisa könnte jetzt eigentlich mal lachen. Normalerweise

würde sie längst lachen, es braucht wahrlich nicht viel, um sie zum Lachen zu bringen. Stattdessen versteift sie sich im Nu, rollt sich ein wie ein Igel, den man im Garten unter der Himbeerhecke findet und in die Hand nimmt. Die Stacheln richten sich wieder auf, anscheinend ist das Thema noch nicht durch.

»Gustav. Der Mann heißt Gustav.«

»Gustav Gans.«

»Im Gegenteil. Er hat mir seine ganze Lebensgeschichte erzählt. Ihm sind alle möglichen furchtbaren Dinge passiert. Nur schlimme Sachen. Seine erste Frau kam bei einem Autounfall ums Leben. Sein Sohn ist halber Invalide, er war bei den Friedenstruppen auf den Golan-Höhen und wurde dort verwundet. Er selbst hatte vor einem Jahr einen Herzinfarkt und musste sich einer Bypass-Operation unterziehen.«

»So was erzählt er wildfremden Leuten.«

»Als wir wieder auf der Laanila-Loipe waren, kam er mir gar nicht mehr so fremd vor.«

»Ein Märchenonkel. Ein Schwindler. Einer, der die Frauen zum Weinen bringt. Die gibt es nämlich auch, nicht nur solche, die Frauen zum Lachen bringen. Frauen zum Weinen zu bringen ist die zweite Taktik, die funktioniert.«

»Du meinst, Gustav hat mir nicht die Wahrheit gesagt?«

»Garantiert nicht. Was glaubst du, was hier für Helden in den Frühlingsschnee kommen, um reifes Wild zu erlegen. Frauen in den Wechseljahren kriegen doch sofort ein feuchtes Höschen, wenn ihnen einer was vorzwitschert. Da läuft der Saft bis zu den Zehen.«

»Hör auf. Hör auf mit dem Massieren!«

»Man gibt ihnen ein bisschen Faltencreme und darf dafür vielleicht ran ans faltige Loch.«

»Hör auf, hab ich gesagt. Verdammt noch mal, hör auf!«

Liisa schnellt hoch, Esko bleibt allein auf der Couch sitzen. Seine Hände kommen ihm nutzlos vor, jetzt, da sie ihrer

Tätigkeit beraubt worden sind, er klatscht sie gegeneinander. Auf einmal kann er Liisas Verhalten nicht mehr deuten. Die Versöhnung kam im Großen und Ganzen wie üblich in Gang, er hatte sich bereits einen ganz anderen Verlauf des Abends ausgemalt, einen Frieden, der mit Lachen besiegelt wird, eventuell sogar ein bisschen matter Sex. Danach vielleicht ein entspannter Spaziergang an diesem warmen Aprilabend oder ein Drink auf dem Gipfel des Kaunispää, während die letzten orangeroten Sonnenstrahlen die Fjälls berühren. So hätte es gehen sollen. Aller Vernunft nach.

»Was ist los?«

»Was ist los? Du fragst mich, was los ist? Nichts. Überhaupt nichts, verdammt noch mal.«

Auf dem Couchtisch steht ein Weinglas, Liisa schnappt es sich und trinkt es in zwei Schlucken aus. Demonstrativ, Esko dabei unverwandt fixierend.

»Aha. Auf ex.«

»Genau. Aus Chile. Verdammt gut zum Lamm. Oder auch danach.«

»Hundert Mark die Flasche.«

»Billig im Vergleich zu deinen Malzwhiskys.«

»Wie wär's, wenn wir zusammen rausgehen und uns ein bisschen abkühlen? In Laanila ist Skischuhtanz, der ist bestimmt noch in vollem Gange. Ich kann Aslak anrufen und ein Taxi bestellen.«

»Bestell dir nur eins. Du kannst allein hinfahren und mit deinen Finanzsachbearbeiterinnen tanzen.«

Die Verwunderung weicht dem Ärger. Esko hält sich nicht für nachtragend. Liisa ist es auch nicht, das ist eine ihrer besten Seiten. Aber der Morgen liegt lange zurück, um fünf Uhr nachmittags sollte ein kleiner morgendlicher Ärger nur noch eine ferne Erinnerung sein. Er hat alles getan, um seine kleine Aktion wiedergutzumachen, er ist vor Liisa auf den Knien gerutscht, und sie kommt ihm keinen Zentimeter entgegen.

Sie ist nicht ganz dicht, steht noch immer mit dem Weinglas in der Hand mitten im Raum unter der idiotisch teuren dänischen Leuchte, greift zur Flasche und gießt den restlichen Wein ins Glas. Hat er mal gesagt, dass sie zu viel trinkt? Offensichtlich tut sie es, es stimmt, an Sylvester bei den Saarinens fiel sie im Pelzmantel in den Schnee und zerbrach die Raketen. Liisa ist unberechenbar geworden. Man muss ein bisschen auf sie aufpassen. Ab und zu hat Esko das Gefühl, die Verantwortung für ein Kind zu tragen, das nicht kapiert, was gut für es ist.

»Dann ruf ich an.«

»Verdammte Scheiße, dann ruf eben an!«

Tränen schießen ihr in die Augen, Esko kann es noch sehen, als er an seiner Frau vorbei ins Schlafzimmer eilt. Er sucht im Schrank nach einem sauberen Hemd, es hängen eine ganze Reihe auf den Bügeln, Liisa hat sie gewaschen und gebügelt und aufgehängt, aber daran denkt Esko nicht. Er steht vor dem Spiegel, probiert zwei Strickjacken an und betrauert seine sensible Seele, die so schlecht behandelt wird. Dann bleibt sie eben hier, denkt Esko. Soll sie sich im selbst verursachten Kummer wälzen wie ein Schwein im eigenen Saft. Sein Leben lang hat er so gut es ging solche Leute gemieden. Das sind Träger eines Virus, die verbreiten nur Unglück. Liisa ist nicht so eine. Jedenfalls war sie es nicht, sie darf es nicht sein. Und die Vorstellung, dass seine Frau sich ändern könnte, sich möglicherweise schon verändert hat, ist schlicht und einfach grauenhaft, Esko will davon nichts wissen, auch nicht von ihrem kleinen Streit. Als er in der Diele auf dem Teppich sitzt und sich die Schuhe anzieht, hat er das Gefühl, keine Sekunde länger in diesem Haus bleiben zu können. Er wirft die Tür hinter sich zu und springt über die Pfützen zur großen Straße hinunter und geht sie entlang, die Hände tief in der Daunenjacke vergraben wie ein verdrossener Teenager.

1988, II

Die verdammte Sonne will nicht untergehen, sie liegt stur auf dem Dach des Reihenhauses gegenüber und streckt ihre ekelhaften Strahlen überallhin. Der Tag dauert schon viel zu lang, der Morgen liegt eine Ewigkeit zurück, und doch ist es erst halb sechs. Niemand sieht sie, Liisa ist allein, sie hält sich nicht mehr zurück, sondern lässt sich auf die Bank am Tisch fallen und heult ungeniert. Als keine Tränen mehr kommen, geht sie auf die Toilette und quält sich, indem sie ihr Gesicht anstarrt. Sie sieht das Gesicht einer achtundvierzigjährigen Frau, das von der Sonne verbrannt, von Wind und Sauna gerötet und vom Heulen formlos angeschwollen ist. Sie sieht aus wie ein gebrühtes Schwein, speckig und abstoßend.

Sie muss etwas tun. Sie beschließt, die Schränke aufzuräumen. Mit dem schlimmsten fängt sie an, dem neben dem Kühlschrank, dort steckt sie immer alles mögliche Zeug hinein. Sie räumt die Sachen auf den Tisch. Wasserkocher. Rentiergeweihextrakt. Ein Rest uralter Rum. Spielkarten. Ein einzelner Handschuh. Ruhig und gelassen, es ist ein ganz normaler Frühjahrsputz, mehr nicht. Eine Ausgabe der Lokalzeitung *Saariselän Sanomat* aus dem Jahr 1985. Eine eingerissene Loipenkarte. Das Telefonbuch von Nordostlappland. Unbenutzte Weinbecher aus Zinn, die Esko mal als Werbegeschenk von der Vereinsbank bekommen hat. Liisa schafft die zwei mittleren Fächer, dann macht sie eine Pause.

Sie raucht nicht mehr, wenn Esko es sieht, weil sie sich sein Gemecker nicht mehr anhören will. Vor fünfzehn Jahren drückten sie nach dem Rhodos-Urlaub gemeinsam ihre letzte Zigarette aus, aber natürlich hat nur Esko an seinem Entschluss festgehalten. Esko ist einer, der an seinen Entschlüssen festhält. Aber jetzt ist Esko wer weiß wo, und Liisa lässt sich nicht hindern. Sie steht mit einem Wollschal um den Schultern auf dem Balkon, raucht zwei Mentholzigaretten nacheinander und betrachtet die Reihenhäuser, vor denen sich der Schnee in Matsch verwandelt hat. Ein Mann kratzt Wachs von den Skiern und hat auch seine Kinder für die Arbeit eingespannt. Der Junge ist vielleicht dreizehn, das Mädchen zwei Jahre jünger. Sie stehen rechts und links von ihrem Vater und schrubben stumm an den Skiern. Der Mann redet unablässig auf sie ein, gibt ihnen so laut Ratschläge, dass sogar Liisa die einzelnen Anweisungen versteht. Macht reichlich von dem Mittel drauf. Mit dem feuchten Lappen. Zuerst mit der Abziehklinge die Nadeln aus der Furche kratzen! Das Mädchen ist noch brav und folgsam, in den Gebärden des Jungen steckt bereits pubertärer Widerstand. Liisa denkt an früher, an die Abende vor der Abreise, an das Putzen und an die Hektik. An den Geruch von Kleister, Terpentin und Wachsentferner, an die Jungs, die abwechselnd ins Haus rannten, um einen Lappen oder Küchenpapier oder ein Messer oder Streichhölzer zu holen. Sie selbst putzte das Haus genauso vehement wie die rothaarige Frau auf dem Balkon gegenüber, sie ließ den Teppichklopfer durch die Luft sausen, klopfte Federbetten, Kissen, Tagesdecken aus. Wenn sie von einem der Männer gebraucht wurde, unterbrach sie ihre Arbeit anstandslos und erfüllte jeden Wunsch und jede Bitte. Nie hat sich jemand dafür bedankt. Nie hat es jemand auch nur bemerkt. Wenn alles fertig war, die Teppiche an ihrem Platz lagen und der Boden blank gebohnert war, konnte es sein, dass Esko mit seinen dreckigen Schuhen noch einmal hereingetrampelt kam, um eine Bierflasche aus dem Schrank zu holen.

Liisa schließt die Balkontür und verkriecht sich wieder in der Couchecke, in ihrem eigenen, sicheren Winkel. Der eine Sender bringt einen Russischkurs, der andere ein Skirennen. Zum Glück ist die Kommode unter dem Fernseher voller

Videokassetten, zwei ganze Fächer, fein säuberlich sortiert. Sie enthalten hauptsächlich Fernsehfilme, und es sind viele, mindestens fünfzig, zu Hause sind es noch zweihundert mehr. Jede Kassette ist beschriftet, meistens von Timo. Die Handschrift ist penibel und gerade, auf einer Linie mit dem Charakter des Jungen. Die durch die Hölle gehen. E.T. Taxi Driver. Leben und sterben lassen. Für eine Handvoll Dollar. Zwei Asse trumpfen auf. Liisa hat schwammige Erinnerungen an alle diese Filme, sie hat sich brav auch solche angesehen, die ihr nicht gefallen haben. Wenn es zwischen den Jahren manchmal gnadenlos kalt war, lagen sie alle vier in der Stube, sie, Esko, Timo und Ville, sahen sich zwei, drei Filme hintereinander an und bemerkten kaum den kurzen hellen Moment draußen. Im Dezember ist es in Lappland viel zu kalt, das ist die blanke Wahrheit. Daran gibt es nichts zu deuteln, auch wenn Esko es nicht zugeben will.

Nur eine Kassette trägt Eskos Handschrift. Esko schreibt, wie vielbeschäftigte Menschen seiner Ansicht nach schreiben, so großzügig wie Ärzte ihre Rezepte. Wäre sie nicht zufällig seine Frau, könnte sie die Klaue kaum entziffern. Lake Placid 1980 steht auf der Kassette, die Buchstaben sind so groß, dass sie über den Rand hinausragen: NIEMALS ÜBERSPIELEN!!! Liisa erinnert sich, was für eine Mühe Esko dieses Band gekostet hat. Er wollte das historische Spiel unbedingt mit dem amerikanischen Kommentar sehen, so wie es in Amerika im Fernsehen kam. Ihr Austauschschüler Matthew aus Minnesota organisierte es schließlich und schickte nach seiner Heimkehr Esko das Band als Weihnachtsgeschenk, leider zunächst irgendwie im falschen Format. Esko war verzweifelt, aber Timo gelang es, das Problem zu lösen. Begreift Esko eigentlich, wie abhängig er von seinen Söhnen ist? Kapiert er, wie viele Dinge sie beherrschen, die er niemals lernen wird? Liisa hat das Gefühl, ihre Söhne immer verteidigt und hin und wieder auch beschützt zu haben. Sie hat sie in ihrer Liebe ertränkt, die bedingungslos gewesen ist und nicht wie Eskos Liebe von Leistung und Errungenschaften abhing. Sie störte es nicht, dass Timo keine Lust hatte, Abitur zu machen. Das hatte sie von ihm auch nie erwartet. Aber Esko hatte es erwartet, für ihn war es hart. Ohne Abitur wollte er Timo nicht ins Geschäft lassen. Die Liebe des Vaters ist gar keine Liebe, denkt Liisa, sie besteht nur aus Anforderungen.

Sie legt die Lake-Placid-Kassette ein. Sie hat das Match mehrmals gesehen, sie kennt die entscheidenden Momente auswendig. Selbst wenn man sie aus dem Tiefschlaf wecken würde, könnte sie wahrscheinlich die Namen der Helden aufzählen. Mike Eruzione. Mark Johnson. Mark Pavelich. Jim Craig. Liisa erinnert sich an die Februarnacht vor acht Jahren, damals wohnte Esa noch zu Hause, alle ihre Männer saßen geschlossen und laut vor dem Fernseher. Ville war erst elf, aber schon fast so groß wie ein ausgewachsener Mann und mit Fleisch und Blut Eishockeyspieler. Irgendwann um Lake Placid herum ging es los, dass über die finnische Liga geredet wurde und über etwas noch Größeres, die NHL mit ihren Geldtöpfen. Da saß Ville, das verblüffende Eishockeytalent, zwischen seinen großen Brüdern auf der Couch. Esko saß hinter dem Couchtisch in seinem imposanten Fernsehsessel, soweit es ihn dort hielt, denn die meiste Zeit ging er mit Riesenschritten im Zimmer auf und ab, rang die Hände und verzog ungläubig das Gesicht. Als das Spiel schließlich vorbei war und die Amis, die vor Glück ganz außer sich waren, über die Bande sprangen, packte Esko Liisa an beiden Armen und gab ihr einen langen Kuss direkt auf den Mund. Liisa! Liisa! Das kann nicht wahr sein! Es ist aber wahr! Jetzt regnet es Manna vom Himmel! Ville und Timo klatschten, Esa freute sich mit, Esa war genauso fröhlich wie die anderen. Damals gab es noch keine Marjaana, Esa durfte ungestört Amerika anfeuern.

Eine Ehe führen heißt, sich an die Absonderlichkeiten eines anderen Menschen zu gewöhnen. Bevor Liisa Esko kennenlernte, hatte ihr Amerika nichts bedeutet. Jetzt ist sie seit wer weiß wie vielen Jahren im finnisch-amerikanischen Verein aktiv. Man kann die Leute dort nicht einfach im Stich lassen, das Grillfest am 4. Juli muss organisiert werden, jemand muss das in die Hand nehmen. Außerdem hält sie Reagan überhaupt nicht für einen schlechten Präsidenten. Sie ist mit Esko einer Meinung, Reagan drängt Gorbatschow in die Ecke und öffnet die Schleusen für eine Flut, deren Macht man sich hier im hohen Norden nicht einmal vorstellen kann. Auch jetzt, wenn sie sich das verblasste Videoband von einem fast zehn Jahre zurückliegenden Spiel ansieht, ist Liisa mit ganzem Herzen auf der Seite der Amis. Wenn Mike Eruzione, der Kapitän, das Siegtor gegen den überraschend für Tretjak eingewechselten Wladimir Myschkin schießt, reckt Liisa die Fäuste in die Luft. Sie spult bis zum Ende vor, sieht sich die wilde Siegesfeier an und merkt, dass es ihr ein bisschen besser geht. *Do you believe in miracles,* ruft der Kommentator. *Yes, I do!* Die Freude hat die schöne Eigenschaft, ansteckend zu sein. Man lebt nicht, damit man sich grämt. Lach nur, mein Mädchen, hat ihr Vater immer gesagt. Lach nur, auch wenn das Lachen durch noch so viele Tränen kommt.

Was würde Esa sagen, wenn er sie jetzt sehen würde? Liisa muss an Esa denken. Esa würde lachen, wenn er sie sehen würde, allein und gerührt angesichts des Eishockeyfinales von Lake Placid. Esa ist der Meinung, dass Liisa nicht ihr eigenes Gehirn nutzt und es vielleicht nie getan hat. Aber wie soll sie nach bald dreißig gemeinsamen Jahren ihre eigenen Gedanken von Eskos Gedanken trennen? Wie stellt sich Esa das vor? Gerade er, dessen Gedanken heute schon mehr die von Marjaana sind. In einer Ehe gehört einem am Ende alles gemeinsam. Gedanken und Erinnerungen, Ziele und Pläne,

Rechnungen und Schulden und irgendwann möglicherweise ein Vermögen, das sich angesammelt hat.

Bis zum Letzten kann man allerdings doch nicht alles miteinander teilen. Zum Beispiel die Sehnsucht. Sehnsucht verbindet nicht, sie trennt. Esko kennt diese Leere auch, Liisa weiß das, sie sieht es ihm an. Esko streunt genauso verloren durch dieses Ferienhaus, wo jede Ecke mit einer Erinnerung an die Kinder verbunden ist. Auf der Galerie haben die Jungs mit Skihandschuhen geboxt. An der einen Ecke der Treppe hat sich Timo so stark den Oberschenkelknochen gestoßen, dass sie nach Ivalo fahren mussten, um es dem Arzt zu zeigen. Neben dem Kamin stehen noch immer die Wurstspieße für alle, im Waschraum sind Haken für fünf Handtücher angebracht, im Geschirrschrank gibt es eine New-York-Rangers-Tasse für Timo und eine Edmonton-Oilers-Tasse für Ville. Liisa fühlt sich ein bisschen verlassen, seit die Kinder ausgeflogen sind. So sagt es Esko allen, ihren gemeinsamen Freunden und sicherlich auch den Kunden. Liisa fühlt sich verlassen, wie mit leeren Händen. Aber Esko wirkt genauso, wenn er in seinem neuen grellgelben Skianzug über die Loipen von Saariselkä geistert. Esko sah im Flugzeug über dem Atlantik äußerst verloren aus, als sie im Januar von Ville zurückflogen. Sie hatten in einem Motel am Highway gewohnt, neben Villes WG, sie hatten ihn spielen sehen, jeden Abend mit ihm verbracht und waren über die Weihnachtsfeiertage zu dritt nach New York gefahren. Es war eine gute Reise, bloß hatte Liisa nicht mehr weggewollt. Sie wollte Ville nicht dort allein lassen, wo verrückte, mit Hormonen aufgeblähte Verteidiger ihn verprügelten. Zwei Vorderzähne hatte er schon verloren. Das Schlüsselbein war einmal zersplittert und der Nacken verdreht worden. Das ist ein Männersport, sagte Esko im Flugzeug, als sie über Villes Verletzungen lamentierte. Das ist ein Männersport, Liisa, Ville hält das schon aus.

Bloß dass Esko ganz und gar nicht so hart ist, wie er tut. Er hat eine sensible Seite, auch er fühlt sich verlassen, und trotzdem leugnet er seinen Anteil an der gemeinsamen Trauer und lässt Liisa allein diese Last tragen. Das ist unfair. Das ist feige. Es bringt Liisa manchmal dazu, den Mann zu hassen.

Sie gibt sich einen Ruck und macht sich wieder an die Arbeit. Aus irgendeinem Grund geht sie ihr jetzt besser von der Hand, für eine Weile gelingt es ihr sogar, darüber alles zu vergessen. Nachdem sie den Schrank des Schreckens aufgeräumt hat, ordnet sie das Geschirr neu und nimmt sich anschließend die Putzkammer vor. Vieles kann weggeworfen werden, sie fasst sich ein Herz und stopft alles Überflüssige in einen schwarzen Müllsack. Sie will ihn hinausbringen, zieht sich bereits die Stiefel an, überlegt es sich aber anders. Das darf Esko machen, damit er sich wenigstens ein bisschen beteiligt.

Sie füllt ein Wasserglas mit dem Sherry, den sie aus Madeira mitgebracht haben, und greift zum Telefon. Es ist funkelnagelneu, ein schnurloses Modell, es ist komisch, wenn man beim Reden nicht mit der Schnur spielen kann. Zuerst versucht sie es bei Ville, obwohl sie weiß, dass es zwecklos ist. Nach langem Warten wird die Fernverbindung hergestellt, aber es tutet nur in der Leitung. Ville ist in der Halle oder auf der Fahrt zu einem Spiel, Liisa kennt den Spielplan eigentlich auswendig, aber jetzt bekommt sie ihn nicht in den Sinn. Timo meldet sich ebenfalls nicht, wahrscheinlich zieht er um die Häuser, er hat gerade so eine Phase, er geht jedes Wochenende aus und zu Eskos Verdruss manchmal auch unter der Woche. Am Ostersonntag wird ihn und seine Freunde nicht viel zurückhalten.

Der dritte Versuch glückt. Freilich nicht so, wie Liisa es sich wünscht, denn Marjaana ist am Apparat. Esa und Miia sind draußen, Weidenkätzchen sammeln, und darum hat Liisa nun diesen schrecklichen Menschen am Hals. Sie sitzt wieder auf dem Balkon, auf dem Holzschemel, im mittlerweile kühlen Abendwind und versucht, ein Gesprächsthema zu finden. Marjaana klingt wie immer hektisch und gleichgültig. Liisa versucht es trotzdem, dehnt das Telefonat mit der ihr eigenen Hartnäckigkeit auf eine Länge aus, die sie akzeptabel findet, und ganz am Schluss wird Marjaana überraschend weich. Wie geht es euch, dir und Esko?, fragt sie, und in ihrer Stimme liegt ein ganz neuer, menschlicher Ton. Alles in Ordnung?, fragt Marjaana noch, geradezu neugierig, und Liisa befürchtet, ihre Schwiegertochter könnte etwas ahnen, woraufhin sie sofort über das Wetter quasselt, über die Sonne, die die ganze Woche geschienen hat, und den schnell schmelzenden Schnee. Sie beendet das Gespräch so hastig, dass sie Sorge hat, es könnte seltsam wirken. Sie will nicht, dass Marjaana über dieses Telefonat mit Esa redet. Sie bereut es, überhaupt angerufen zu haben.

Sie beschließt, den Müll nun doch wegzubringen, weil Esko es ohnehin nicht tut. Beiläufig stellt sie den Sack bei den Mülltonnen der Reihenhäuser ab und geht dann einen Kilometer weit an der Straße entlang in Richtung Wildnis, fort von Menschen und Häusern. Die Sonne gibt nun endlich auf und verschwindet hinter den Fjälls. Am Abend wird der tagsüber weich gewordene Schnee wieder hart, es hat sich bereits eine gläsern glänzende Kruste gebildet. Die angefrorenen Pfützen krachen unter den Sohlen, Liisa tritt achtlos hinein. Dann kommt ihr die Demütigung von diesem Morgen wieder in den Sinn, der schreckliche Augenblick, als sie mit den Skiern in der Hand den Hang hinunterging und Eskos Rücken hinter den niedrigen Kiefern verschwinden sah.

Wieder im Haus, geht sie direkt zum Telefon. Die Nummer steht auf einem Zettel in ihrem Portemonnaie, sie hat sie monatelang mit sich herumgetragen. Hatte beschlossen anzurufen und nur den richtigen Moment abgewartet, aber der kommt im Leben nie, dieser Abend ist dafür genauso gut oder schlecht geeignet wie jeder andere.

Ihrer Rechnung nach ist Markku jetzt zweiunddreißig und ein offenbar erfolgreicher Möbelverkäufer in dem Geschäft, in dem er einst als Fahrer angefangen hat. Es gab eine Phase, da machte sich Seppo Sorgen um seinen Sohn, weil er zu viel trank und sein Geld verspielte, aber inzwischen ist Markku glücklich verheiratet, Vater von drei Kindern und lebt in einem Einfamilienhaus in Lahti, das er noch mit seinem Vater gebaut hat. Liisa erinnert sich gut an die Zeit. In jenem Jahr machte Seppo fast nur Nachtdienst und fuhr am Tag nach Lahti auf die Baustelle. Das war vor zwei Jahren, als sich die ersten Anzeichen von Müdigkeit zeigten. Seppo klagte über Rhythmusstörungen, wollte sich aber nicht ausruhen, sondern erhöhte sogar die Schlagzahl. Einmal überraschte sie ihn schlafend im Pausenraum. Er war vor dem Fernseher eingeschlafen und wurde wütend, als Liisa ihn weckte. Ich habe nicht geschlafen, behauptete er steif und fest. Red keinen Unsinn, ich hab bloß kurz die Augen zugemacht. Seppo war wütend, am Ende war Seppo oft wütend auf sie, vielleicht kam das von der Müdigkeit. Aber es kam nicht nur davon, denkt Liisa.

Sie hat fast die Hoffnung aufgegeben, als sich Markku doch noch meldet. Zum Glück er selbst und nicht seine Frau oder eines der Kinder. Noch wäre ein Rückzug möglich, noch könnte sie einfach auflegen und aus der Leitung verschwinden, den Mann den Samstagabend mit seiner Familie verbringen lassen. Im Hintergrund hört man die Kinder, bestimmt sieht die ganze Familie fern, auch die Zwillinge sind um diese Zeit noch auf. Ein Junge im Grundschulalter, fünfjährige Zwillingsmädchen, die Frau religiöse Physiotherapeutin, die von einer eigenen Praxis träumt – auch wenn ihr die Stimme fremd ist, weiß Liisa doch erstaunlich viel über das Leben dieses Mannes. Sie hat Bilder von den Kindern gesehen. Sie hat von ihrer motorischen Begabung gehört. Sie hat über ihre kindlichen Einfälle gelacht, sie mit Seppo zusammen bestaunt, als hätte sie Anteil daran.

»Liisa Vuori hier. Entschuldigung, dass ich um diese Zeit anrufe.«

»Worum geht's?«

»Erinnern Sie sich an mich? Ich bin eine Kollegin von Seppo.«

»Ich kann mich nicht erinnern.«

»Bestimmt nicht? Hat Seppo nie von mir gesprochen?«

Markku antwortet nicht. Liisa muss an Esko denken, an Eskos mögliche Rückkehr. Was soll sie tun, wenn er in diesem Moment zur Tür hereinkommt? Sie geht die Treppe zur Galerie hinauf, setzt sich auf Timos altes Bett und starrt auf die Reste von Klebemasse an der Stelle, wo früher das Led-Zeppelin-Poster hing. Warum muss einem so etwas einfallen? Warum muss man sich an alles erinnern? Warum muss man sich daran erinnern, dass auf dem Poster ausgerechnet Led Zeppelin abgebildet war, mit diesem langhaarigen Sänger ohne Hemd? Der Mann sah gut aus, und die Musik war auch nicht schlecht. Würde sie die Nachttischschublade aufziehen, würde sie darin möglicherweise eine Kassette von Led Zeppelin finden.

»Wir sind uns einmal begegnet«, sagt Liisa. »Es ist schon lange her. Sie haben Seppo von der Arbeit abgeholt und mich bei der Gelegenheit in der Stadt abgesetzt.«

»Worum geht's? Um diese Zeit.«

»Ihr Vater und ich. Wir ...«

»Warten Sie kurz. Ich geh an den anderen Apparat.«

Liisa hat Bilder von Markkus Haus gesehen. Von innen und von außen, alle Zimmer, in der Bauphase und im fertigen Zustand. Ein großes, eingeschossiges Haus in L-Form, Klinker und Holz, ein Schuppen und eine Garage für zwei Autos.

Liisa kennt sogar den Grundriss, sie ahnt, wo Markku hingeht, in sein Zimmer im kurzen Flügel des L. Markku will nicht, dass seine Frau und die Kinder hören, wie er mit der störenden Anruferin Klartext redet.

Was soll sie als Nächstes sagen? Was könnte sie sagen? Dass es länger hielt, als man sich hatte vorstellen können, elf Jahre? Dass es die ganze Zeit vielleicht eher Freundschaft war, beiderseitige Sehnsucht statt echter Liebe? Dass sie nur selten miteinander schliefen, am Ende so gut wie gar nicht mehr? Unausgesprochen beschlossen sie, ein Terrain zu suchen, auf dem ihnen der Betrug nicht so sehr wie ein Betrug erschien. Dass in elf Jahre allerhand hineinpasst, auch eine Phase, in der sie tatsächlich nur Arbeitskollegen waren? Damals war Seppo mit der spindeldürren Kassiererin aus dem Alko zusammen, zog sogar in deren Reihenhaus ein. Fünf Jahre ging das, Anfang des Jahrzehnts, sie sahen sich nur auf der Arbeit, nirgendwo sonst. Dann trat Seppo eines Tages im Pausenraum hinter sie, legte ihr die Hände auf eine bestimmte Art auf die Schulter, und alles ging von vorne los, sie wusste auf Anhieb, dass es wieder anfangen würde. Alles lag in diesen Händen. In dieser Berührung, in der Gewissheit dieser Berührung.

»Hallo. Jetzt bin ich wieder dran«, sagt Markku. Er ist außer Atem, vielleicht weil er in seinem riesigen Haus vom einen Ende zum anderen gegangen ist. Oder er regt sich auf, ist außer sich. Schmeichle dich nicht ein, denkt Liisa. Versuche nicht, ihm zu gefallen, reiß dich zusammen. Sag, was du sagen willst!

»Wussten Sie davon?«, fragt sie. »Hat Seppo je über mich gesprochen?«

»Wieso? Warum rufen Sie an? Warum heute? Warum jetzt?«

»Wussten Sie etwas? Doch, Sie wussten es. Wie lange wissen Sie es schon?«

»Was spielt es für eine verdammte Rolle, was ich wusste?«

Zuerst war die verbotene Liebe eine Last gewesen, schwer zu tragen. Irgendwann erinnerte sie mehr an einen Schatten, ohne den man sich unvollständig fühlte. Und wie an den Schatten gewöhnt man sich an diese Liebe, hält sie zunächst für natürlich und dann für notwendig, sie erscheint einem nicht mehr verboten. Wie sonst wäre ihre Dreistigkeit zu erklären gewesen? Einmal fuhren sie sogar zusammen in den Süden, wenn auch eher ungeplant, aber trotzdem. Sirpa sollte mit Liisa nach Rhodos fliegen, aber Sirpa brach sich das Bein, und das Ticket konnte auf Seppo umgeschrieben werden. In der Maschine saßen sie getrennt voneinander, ebenso im Flughafenbus, und die ganze Woche über gingen sie den anderen Pauschalreisenden aus dem Weg und hielten sich vom Hotelpool fern. Stattdessen fuhren sie mit einer gemieteten Vespa in abgelegene Gegenden, gingen im Schatten der Platanen auf staubigen Wegen Hand in Hand, saßen auf felsigen Hügeln und betrachteten das Mittelmeer. Am letzten Tag verdarben sie sich beide wegen eines Grillspießes den Magen, den sie in der schmutzigsten Taverne Griechenlands aßen, in einem kleinen Dorf, das wohl in den sechziger Jahren vergessen worden war. Liisa erinnert sich an die Taverne. Sie erinnert sich an die herumstreunenden Katzen im Hof und unter dem Tisch, an die kleine Tochter des Wirts, die im Laufstall krabbelte und ihre Rassel schwenkte. Sie erinnert sich an den Abendhimmel, daran, wie es dunkel wurde, und an den Mond, der über dem Meer leuchtete. Sie erinnert sich an jede Kurve auf der Rückfahrt und an die unheimliche Dunkelheit. Wenn es bergab ging, klammerte sie sich so fest an Seppo, dass er nachher im Hotelzimmer handgroße blaue Flecken an den Hüften hatte.

Hast du mit so etwas Erfahrung, möchte Liisa Seppos Sohn fragen. Weißt du etwas über solche Dinge? Vielleicht nicht, du bist wie dein Vater, im Prinzip ein aufrechter Mann.

Plötzlich hört sie in Markkus Tonfall den Widerhall von Seppos Stimme: die gleiche Festigkeit, dieselbe unbedingte Sicherheit, dieselbe Rechtschaffenheit. Im Nachhinein erscheint es seltsam, dass Seppo nie auf den Gedanken kam, dass er Liisas Familie gefährdete oder ihre Ehe bedrohte.

»Warum haben Sie das getan? Ihren Mann betrogen? Ihre Familie aufs Spiel gesetzt? Warum?«

Die Frage ist unverschämt direkt, Liisa hat das Gefühl, darunter zu schrumpfen. Und es gibt keine Antwort, keine, die sie diesem fremden Menschen geben könnte, und erst recht keine, die für Esko taugen würde. Sie wollte sich jedenfalls nicht von Esko trennen. Wenn sie mal längere Zeit mit Seppo verbrachte, vermisste sie an ihm Eigenschaften, die sie bei einem Mann gewohnt war. Auch auf Rhodos ärgerte sie sich über Seppos Verschlossenheit. Seine Sehnsucht nach Routine, seine Unfähigkeit, sich gehen zu lassen, sein Mangel an Fantasie. Die so krass von Esko abweichende Eigenschaft, sich immer und überall mit wenig zufrieden zu geben.

»Man wächst einfach zusammen«, sagt Liisa. »Und wird abhängig voneinander. Mag sich. Oder ich weiß nicht. Vielleicht ist mögen das falsche Wort.«

»Was ist dann das richtige?«

»Das weiß ich nicht.«

»Sagen Sie es!«

»Sind Sie böse auf mich?«

»Das interessiert doch einen Scheißdreck, was ich bin. Ich will nur das Wort hören. Ich will hören, wie Sie es sagen. Man wächst zusammen. Wird abhängig. Und mag sich nicht, sondern?«

Markku hustet, Liisa lauscht seinem schweren, röchelnden Atem. Durch das kleine Fenster im oberen Stock sieht sie ein Stück Himmel, dessen Farbtöne endlich von Blau in Schwarz übergehen. Sie denkt an den Augenblick, als sie von Seppos Tod erfuhr. Vor einem halben Jahr, an einem vom Nachtfrost klaren Septembermorgen, auf die gleiche Art wie alle anderen, im Pausenraum, aus dem Mund des Stationsarztes – geradeso, als hätte Seppo ihr kein bisschen näher gestanden als ihren Kollegen Sirpa, Sinikka, Ossi oder Hannu. Liisas Weinen unterschied sich kein bisschen von Sirpas oder Sinikkas Weinen. Es wunderte sich auch niemand darüber, dass ihr Weinen nicht aufhörte. Es wird niemals aufhören. Zehn Jahre war sie besorgt gewesen, dass es jemand erfahren könnte, jetzt war es schlimm, dass es niemand gewusst hatte. Der plötzliche Infarkt war laut Stationsarzt vorletzte Nacht eingetreten, seitdem war ein ganzer Tag verstrichen. Ein Sonntag, klar und warm. Liisa war nach langer Zeit wieder einmal mit Esko in den Pilzen gewesen, zu zweit. Sie hatten fürstliche Beute gemacht, Reizker, Steinpilze, Trompetenpfifferlinge, und im Häuschen hatte sie die Pilze geputzt und aus den Trompetenpfifferlingen eine Soße gemacht, die Esko als die beste aller Zeiten lobte. Da war Seppo schon tot gewesen. Seppo war tot gewesen, und Liisa hatte es nicht einmal gewusst, sie führten bis zum Schluss getrennte Leben, sie lebte ihr eigenes Leben mit ihren Menschen, so wie an allen anderen Tagen auch. Seppos Tod änderte daran nichts, ihr Alltag ging unverändert weiter. Genau das ist schwer zu begreifen. Das macht sie traurig, genau das möchte sie Seppos Sohn erklären. Verstehst du? Verstehst du überhaupt etwas? Jetzt kommen gleich die Tränen, Liisa kennt das, sie wird sie nicht mehr zurückhalten können.

»Entschuldigung. Entschuldigen Sie, dass ich so eine Heulsuse bin. Ich weiß nicht, warum ich angerufen habe. Das hätte ich nicht tun sollen. Entschuldigen Sie bitte.«

Es ist peinlich zu weinen, wenn der andere vollkommen still ist. Nie zuvor hat Liisa sich so für ihre Tränen geschämt, und doch schluchzt sie, als habe sie den Verstand verloren, das Stück Küchenpapier, nach dem sie kurzerhand greift, weicht im Nu durch und verwandelt sich in einen unförmigen Kloß. So kommt es, wenn der Mensch seine Trauer einkapselt. So kommt es, wenn man gezwungen ist, sie zu verheimlichen. Esko versteht ihre Situation nicht, er kann sie gar nicht verstehen, und auch deswegen weint Liisa: Ihr Betrug trennt sie von Esko erst jetzt, da er vorbei ist.

»Mein Vater hat dich geliebt«, sagt Markku überraschend. »Er hat dich geliebt, ich weiß nicht, warum. Er hätte dich ganz gewollt.«

»Nein. So war das nicht.«

»Doch. Die ganze Zeit. Von Anfang an.«

»Sag nicht so etwas. Sag das nicht!«

Der Stein eines Feuerzeugs knirscht, Liisa hört, wie der Mann an seiner Zigarette zieht. Sie versucht, sich ein Leben ohne Esko vorzustellen. Sie hat es wer weiß wie oft versucht, sie kann es einfach nicht. Immer wenn sie es versucht, auch jetzt, scheinen ihre eigenen Umrisse zu verschwinden, und sie fühlt sich so gestaltlos wie manchmal, wenn sie nach einem langen Nachtdienst den Fehler macht, in den Supermarkt zu gehen, und verwirrt vom Schlafmangel und im Tageslicht wie durchsichtig vor der Kasse Schlange steht. Um sie herum herrscht Freude und Leben, die normale Wirklichkeit, an die sie normalerweise mühelos Anschluss findet, jetzt aber bewirkt ihre Müdigkeit, dass sie außerhalb bleibt, ausgestoßen. Wer sich scheiden lässt, wird ausgestoßen, so geschieht es. Anja und Pekka ließen sich vor fünf Jahren scheiden, Osmo und Leena ein paar Jahre später, danach Pentti und Anni. Alle sind weg, von der Bildfläche verschwunden. Seit der Scheidung hat Liisa kaum einen von ihnen zu Gesicht bekommen. Die Männer sieht man gelegentlich noch, die Frauen überhaupt nicht mehr. Ohne ihre Männer existieren sie nicht, nicht einmal Anja, die immerhin Orthopädin ist und ihre eigene Praxis in einem privaten Ärztezentrum hat. Jetzt ist sie allein und verzweifelt und hat angefangen, Marathon zu laufen, man sieht sie am Seeufer in ihrem rosa Trikot, und wenn sie einem entgegenkommt, grüßt sie kaum. Das ist Anjas soziales Leben heutzutage, Anjas Platz in der Welt. Das Los der geschiedenen Frau.

Allein die praktischen Dinge. Liisa denkt an deren erdrückende Menge. Es gibt so vieles, das sie nie gelernt hat, Esko hätte es gar nicht zugelassen. Es ging sie einfach nichts an, sie hatten eine klare Arbeitsteilung: Esko kümmert sich um den Rahmen, und sie hält ihn in Schuss. Erst vor zwei Jahren hat sie begriffen, dass sie nichts über ihre Finanzen weiß. Sie hat immer brav alles unterschrieben, was Esko ihr hingelegt hat, und alles geglaubt, was Esko ihr gesagt hat. Womöglich hat sie ihren Namen versehentlich unter einen Ehevertrag gesetzt, wer weiß. Vor zwei Jahren wollte sie ein eigenes Konto eröffnen, Sirpa fand, jeder Mensch solle ein eigenes Konto haben, und sogar darüber musste sie mit Esko streiten. Esko hielt es für überflüssig, ihr Geld sei sowieso gemeinsames Geld. Wir sitzen doch in einem Boot. Bis zum letzten Hafen im selben Boot.

»Ich hatte eine Familie«, sagt Liisa beinahe resolut zu Markku. »Ich hatte die ganze Zeit eine Familie. Drei heranwachsende Jungen zu Hause.«

»Darüber wundere ich mich am allermeisten. Dass du die ganze Zeit schön nach Hause zu deiner Familie gegangen bist, als wäre nichts.«

Es ist unangenehm still auf der Galerie, im ganzen Haus. Die letzten Lichtstrahlen fallen durch das kleine Fenster, beleuchten aber nur noch einen kleinen Streifen auf dem Fußboden. Bei Markku hört man im Hintergrund eine schrille Stimme, eines der Zwillingsmädchen kreischt, und Liisa stellt sich die Familie auf der Couch vor, in bequemen Klamotten, mit einer Schüssel Popcorn aus der Mikrowelle, sie stellt sich die Nähe vor und beneidet Markku, der gleich wieder zu seiner Frau und seinen Kindern gehen wird. Was Geschäftliches, wird er zu seiner Frau sagen. Ein Idiot, der an Ostern anruft.

Dann lässt er sich in den Sessel fallen, schnappt sich die Fernbedienung und schaufelt mit der anderen Hand Popcorn aus der Schüssel, und das Popcorn knirscht zwischen seinen Zähnen, während er voller Selbstgewissheit die lärmenden Kinder zurechtweist und ab und zu zerstreut die Wollstrumpffüße seiner Frau streichelt, die sie ihm inzwischen auf den Schoß gelegt hat, weil der Fußboden so kalt ist.

»Vielleicht sollten wir langsam aufhören«, sagt Markku. »Ich gucke gerade mit meiner Frau und den Kindern einen Film.«

»Was guckt ihr?«

»Wie, was? Einen Film. Video. Weißt du?«

»Kannst du mir nicht sagen, was für einen Film? Ich bin in Lappland in unserem Ferienhaus und habe gerade die ganzen alten Filme gefunden, die wir mit den Jungs früher immer angeschaut haben. James Bond und so weiter. Magst du die Bond-Filme?«

»Die stehen alle hier im Regal.«

»Ich mach mir nicht so viel daraus. Aber ich habe alle gesehen. Connery ist am besten, und an Roger Moore hat man sich langsam gewöhnt. Aber dieser neue Bond ist nichts. Man hätte nach Moore die ganze Reihe einstellen sollen, oder was meinst du?«

»Ich leg jetzt auf.«

»Da ist so viel Geld im Spiel, dass sie einfach nicht aufhören können. Aber wahrscheinlich kommt es bloß darauf an, welchen von den Schauspielern man als Ersten in der Bond-Rolle gesehen hat. Von unseren Jungs hat Esa noch Connery gesehen, und er ist der gleichen Meinung wie ich, Connery ist der einzig Richtige. Die Jüngeren haben zuerst Moore gesehen, die finden Connery zu steif und Moore tausendmal witziger. Ist er ja auch. Moore ist lustiger, oder?«

»Hörst du mir überhaupt zu? Ich lege jetzt auf. Der Film ist auf Pause, die Kinder werden unruhig.«

»Ich bin kein schlechter Mensch. Ich will niemandem was Böses. Vielleicht können wir uns mal treffen. Ich könnte zum Beispiel Möbel bei dir kaufen, kann sein, dass ich bald welche brauche.«

»Wir hören jetzt auf zu reden. Die Kinder warten. Gute Nacht.«

»Gute Nacht. Frohe Ostern. Und auch sonst alles Gute. Ich dachte nur …«

Markku legt mitten im Satz auf, und Liisa hört ihre eigene, verlassene Stimme. Das Telefon tutet, sie drückt auf den Knopf und lässt es aus der Hand fallen. Dann legt sie sich aufs Bett, rollt sich auf der Seite zusammen, in ihren Kleidern, auf der gestreiften Tagesdecke, und so schläft sie ein: unter dem entfernten Led-Zeppelin-Poster. Die hartnäckigen Spuren der Klebemasse sind noch immer auf der Tapete mit dem Streifenmuster zu erkennen und werden nie verschwinden, mit keinem Reinigungsmittel der Welt.

1988, III

Esko fährt mit dem Taxi nach Ivalo. In Ivalo gibt es nichts, nur einen Alko und den Flughafen, und beides braucht er jetzt nicht. Er will einfach fahren, im Taxi auf der Rückbank lungern und auf der kürzlich neu geteerten Straße durch die Fjälllandschaft gleiten, leicht nach oben, leicht nach unten, wie in einer großen Schaukel. Das Leben ist mehr als ein dürftiges Butterklümpchen auf einem trockenen Roggenbrotkanten. Das Leben ist Baguette, das Leben ist ein Fest. Das Leben ist Einstellungssache, es wird sofort ein bisschen besser, wenn man auf die Idee kommt, das eigene Auto stehen zu lassen und sich ein Taxi zu nehmen. Sein Vater nahm es Esko immer übel, wenn er in den sechziger Jahren in Kuopio ab und zu mit dem Taxi fuhr. Auch Liisa graute es vor der Ausgabe, und sie versuchte, ihn daran zu hindern. Aber vom Rücksitz eines Taxis aus hat man eine bessere Aussicht, so ist es nun mal, wer mit dem Taxi fährt, der kommt im Leben weiter als die Geizhälse. Zufrieden mit sich und seiner Freigebigkeit nimmt Esko eine noch bequemere Haltung auf dem Ledersitz ein und hört dem Schnurren des Mercedes-Dieselmotors zu.

»Scheiße, Aslak. Was meinst du? Der Tag ist wie eine frisch getraute Braut.«

»Eher noch nicht getraut, würde ich sagen. Ein Tag vor dem Verfallsdatum, so schön, wie dieser Samstag ist.«

Esko kennt Aslak Morottaja durch und durch, der Mann ist mehr Freund als nur Taxifahrer. Esko zahlt für die Fahrten einen Freundschaftspreis und hält dafür seit fast einem Jahrzehnt in Aslaks Backsteinhaus die Elektronik auf dem neuesten Stand. Aslak hat drei Söhne und eine Frau, die ausgesprochen scharf auf Küchengeräte ist, es besteht also genug Bedarf. Mindestens einmal im Jahr greift Aslak zum Telefon und gibt seine Bestellung durch. Esko liefert die Sachen im Prinzip zum Einkaufspreis, entweder über einen Mittelsmann im zur gleichen Kette gehörenden Laden in Rovaniemi, oder er bringt sie selbst mit, wenn er mit dem Lieferwagen der Firma nach Lappland kommt. Als Gegenleistung bekommt er bei Bedarf diese Gentlemanbehandlung, diesen Ministerfahrdienst: einen persönlichen Chauffeur, der ihn und seine Begleitung fährt, wohin Esko will. Im November waren sie mit dem Vorstand des Elektrohändlerverbands hier. Und es machte, verdammt noch mal, genau den gewünschten Eindruck: Mit einem einzigen Anruf gelang es Esko, der ganzen Bande einen Fahrer zu organisieren, der mit Seidenkrawatte unter der sauberen Jacke fünfzehn Minuten früher als versprochen vor dem Hotel auftauchte und sich den ganzen Abend um sie kümmerte.

Esko lehnt sich nach vorne und legt Aslak kameradschaftlich die linke Hand auf die Schulter. Aslak hat das eine und das andere zu Gesicht bekommen, seinerzeit auch Nächte, über die man Liisa besser nicht alles erzählt. Esko ist gerührt, wenn er an Aslaks Treue denkt, an ihre gemeinsamen Fahrten, an seine mehr oder weniger betrunkenen Monologe. Dieser bei Bedarf verschwiegene Same hat sie alle gehört, den Blick fest auf die Straße und hin und wieder in den Rückspiegel gerichtet.

»Hör zu, Aslak. Sag einem Mann aus dem Süden doch mal, was du bestimmt weißt: Wie stellt man es an, dass die Ehefrau zufrieden bleibt?«

»Na ja, da hat man alle Hände voll zu tun. Über die entsprechenden Methoden soll man sich schon Gedanken machen. Man muss sich den Kopf mit zwei Händen kratzen, damit einem was einfällt. Geld hilft natürlich ein Stück weit. Also dass ein bisschen mehr davon da ist.«

»Und? Ist was da?«, fragt Esko, um Aslak zu ärgern.

»Nicht übertrieben viel«, führt Aslak auf. »Nicht bei diesen Politikern. Nicht bei diesen Steuern. Der schöne Daimler hier zum Beispiel? Was ist da an Steuern drauf? Die Hälfte!«

»Das reicht nicht mal. Der Staat nimmt sich seinen Teil.«

»Aber was soll's, Fahrten hab ich in letzter Zeit genug gehabt. Heutzutage hat man so viel zu tun, wie man kann. Wahrscheinlich sollte man sich noch einen Wagen anschaffen und einen Fahrer einstellen.«

Aslak ereifert sich und erzählt Esko von seinen großen Plänen. Das Fahren geht aufs Kreuz, ewig kann man das nicht machen. Man müsste sich was anderes einfallen lassen, was Leichteres und Rentableres, die Gesundheit schonen und die Rente sichern. Es gibt Alternativen, Aslak wird von zwei Firmen als Anteilseigner umworben. Die eine ist eine Baufirma, die einem Spekulanten aus Rovaniemi gehört. Es geht darum, an den Hängen des Kaunispää mehr Reihenhäuser zu bauen, der Bebauungsplan liegt der Gemeindeverwaltung schon vor und wird mit ziemlicher Sicherheit durchgehen. Das andere ist eine noch größere Sache, ein neues Spa-Hotel, als Konkurrenz zu dem, das gerade fertig geworden ist. Es klingt, als hätte Aslak tatsächlich ein bisschen Geld zusammengespart. Esko fragt sich, ob er ihn bremsen und ihm raten soll aufzupassen. Er kann sich nicht vorstellen, was ein Taxifahrer bei solchen Projekten zu suchen hat, die eindeutig Geschäfte von großen Jungs sind. Andererseits will er Aslaks Pläne auch nicht völlig in den Wind schlagen. Schließlich hat Esko mit eigenen Augen gesehen, wie Saariselkä von einem kleinen Dorf zu seinem jetzigen Glanz herangewachsen ist, warum sollte es nicht auf die gleiche Art zuverlässig weiterwachsen wie alles andere auch? Heutzutage wächst doch alles. Irgendjemand hat ordentlich Hefe in die Schüssel geworfen.

Ab und zu meldet sich ein Zweifel. Von Osten her schiebt

sich eine Wolke vor die Sonne, und die Landschaft verdüstert sich kurz. Esko erinnert sich an sein eigenes Bauprojekt und rechnet noch einmal den Kostenvoranschlag durch. Aslak plappert weiter, erzählt stolz von den hohen Herrschaften, die sich neuerdings in Saariselkä herumtreiben, Bankdirektoren, Bosse von Versicherungsunternehmen, Minister, und Esko hat das Gefühl, als drehten sich die Räder des Mercedes und die Räder der ganzen Welt ein bisschen schneller, sogar der Rentierzüchter dreht durch, quasselt von Spas und Euribor-Zinsen und den vornehmen Herrschaften von der Volksbank. Dann geht Aslak dazu über, von Holkeri zu reden, auch Ministerpräsident Holkeri hat er schon gefahren. Über Holkeri kommen Esko und Aslak auf ihr Lieblingsthema, sie ziehen über die Sozis her, und wie er sich darin vertieft, vergisst Esko seine kleinen Sorgen im Süden. Im Vergleich zu dieser weiten Landschaft kommen sie ihm klein und bedeutungslos und leicht lösbar vor.

»Ist Liisa daheimgeblieben und schmollt?«, fragt Aslak nach kurzem Schweigen. Sie sind in Ivalo gewesen, haben kehrtgemacht und fahren gerade wieder ein Fjäll hinab. Aslaks Fuß tritt fest aufs Gaspedal, die Geschwindigkeit steigt weit über das Limit. Esko fragt sich, was Liisa jetzt gerade tut. Heult sie mit ihrem Rotweinkopf vor sich hin und lässt diesen perfekten Tag vorübergleiten? Was soll er da tun? Man kann einen anderen Menschen nicht ständig an der Hand führen. Man kann sich nicht aneinander ketten. So ist das Eheleben, ab und zu geht man in verschiedene Richtungen.

»Verdammter Mist. Wir wollten zusammen auf den Kaunispää-Gipfel. Oben einen Grog trinken und Zukunftspläne machen. Das war der Vorsatz. Ganz ehrlich.«

»Bestimmt. Es hilft bloß nicht immer, auch wenn man alles versucht.«

»Nein, es hilft nicht. Das Beste ist nicht gut genug.«

»Meine Eeva hat vor, wieder in den Süden zu ziehen, zu den besseren Herrschaften nach Helsinki.«

»Red keinen Unsinn!«

»Tu ich nicht, meine Frau ist diejenige, die Dummheiten von sich gibt. Fühlt sich angeblich nicht wohl hier im Hinterwald. Hat sich noch nie wohl gefühlt. Obwohl sie bald zehn Jahre hier ist.«

Esko denkt an Aslaks Frau, setzt sie aus den dürftigen Erinnerungsbildern von zwei kurzen Begegnungen zusammen. Sie ist aus dem Süden gekommen, aus Kotka oder Umgebung, mit der Eisenbahn gebracht und dann vom Taxi geholt worden. Eine große blonde Frau, schön, aber irgendwie unzufrieden. Sie saßen in aller Ruhe beim Nachmittagskaffee in Aslaks Küche, da beschwerte sie sich plötzlich über die Schneehaufen im Hof. Aslak regte sich prompt auf und rückte ihr den Kopf zurecht. Sie muss ein gutes Stück jünger sein als er, wenn es hoch kommt vierzig. Aslaks Söhne sind noch klein, der älteste hat gerade erst mit der Schule begonnen. Aslak ist zweiundfünfzig und sieht keinen Tag jünger aus. Die Jahre auf der Straße haben die stolze Haltung des Naturburschen von vor zehn Jahren zusammensacken und unterm Hemd eine pralle Kugel wachsen lassen. Aslak isst, wie es sich ergibt, und schläft, wenn er dazu kommt, so ist das als selbständiger Unternehmer im Transportwesen, weiß Esko, und wenn er an Aslaks schlechtgelaunte, angespannte Frau denkt, hat er plötzlich tiefes Mitleid mit sich und Aslak und allen Schicksalsgenossen, im Grunde mit dem ganzen männlichen Geschlecht. Es reicht nicht, wenn man seine Pflicht erfüllt, mit Schweiß im Nacken lange Tage schiebt, um den Lebensunterhalt für die Familie zusammenzukratzen. Es reicht nicht, seinen Teil des Vertrags zu erfüllen, sprich, ein Mann zu sein und die Verantwortung zu tragen, die einem Mann zufällt. Früher war das genug, heute ist es das nicht mehr. In die Frauen ist etwas Merkwürdiges gefahren, zuerst in die jungen, inzwischen aber auch in die reiferen Exemplare. Matti Hirvonen, einem Händlerkollegen aus Lappeenranta, ist gerade erst die Frau weggelaufen.

»Das ist nur Gerede«, sagt Esko aufmunternd. »Eine Ehe ist menschlich gesehen einfach zu lang, da passt allerhand rein. Gute und schlechte Tage.«

»In letzter Zeit hat es mehr schlechte gegeben. Oder verdammt schlechte. Das ist heutzutage die Variationsbreite.«

»Wo will Eeva denn hin? Ihr Haus steht hier. Mit Vollpension. Mit Furz und Feuerstein, alle Apparate picobello. Läuft sie übrigens, die Miele-Waschmaschine?«

»Die läuft. Da kann man nicht klagen.«

»Na also. Miele ist einfach wahnsinnig gut. Aber wo will Eeva hin? Das wollte ich fragen, bevor mir die Miele eingefallen ist.«

»Zu ihrer Mutter, behauptet sie. Aber ich glaube, die hat da unten im Süden einen Mann.«

»Das glaub ich nicht.«

»Garantiert, verdammt noch mal! Da drüben, bei der Hütte am Kuukkelilampi hat sie diesen Winter bei der Saisoneröffnung gestanden, die Eeva, und hat Pfannkuchen für die Leute aus Helsinki gebacken. Da wird sie sich einen ausgeguckt haben, Scheiße, was weiß ich. Oder jemand sie, schließlich sieht sie noch gut aus. Hält sich in Schuss, lässt sich nicht gehen. Isst nix wie Ananas und Hüttenkäse und Roggenbrot, das merkt man schon. Oder was meinst du?«

Esko nickt. Ehrlich gesagt ist Aslaks Frau nicht sein Typ, zu dünn und zu düster für seinen Geschmack. Er hat schon immer mehr die weichen Frauen bevorzugt, die verlockenden, selbst wenn sie ein bisschen dicker sind. Wenn eine Frau dünn ist, weist das auf einen schwierigen Charakter und möglicherweise auf schwache Nerven hin. Aslaks Vorlieben sind das genaue Gegenteil, der kleine Lappe schmückt sich mit einer großen, schlanken Frau. Fast vierzig Jahre lang hat er nach der Richtigen gesucht und schließlich zugeschlagen, sie mit dem Lasso eingefangen wie bei der Rentierscheidung. Jeder ist seines Glückes Schmied, denkt Esko, es besteht die Gefahr, dass sein Mitgefühl nachlässt, als er hört, in welchem Ton Aslak von seiner Frau spricht. Aslak ist eindeutig auf ihren Körper fixiert, jetzt quasselt der arme Kerl wieder von Aerobicvideos und Hanteln und von dem Stepper, den er ihr zu Weihnachten in Rovaniemi gekauft hat.

»Ich wollte doch bloß, dass sie straff bleibt. Für mich! Für daheim. Für den eigenen Gebrauch. Und jetzt hält sie den Touristen ihre Titten unterm engen Top vor die Nase.«

»Du solltest stolz sein. Dass sie was zum Vorzeigen hat.«

»Bin ich ja auch, verdammt. Oder nicht? Das weißt du. Du hast die Titten ja gesehen. Wenn auch nicht blank. Sag bloß nicht, dass du sie doch gesehen hast.«

»Hab ich nicht. Nicht blank.«

»Eeva sagt, sie nimmt die Jungs mit in den Süden. Nimmt sie mit und schickt sie ab und zu mal herauf. In den Skiferien, an Ostern und einmal im Sommer.«

»So eine Scheiße.«

»Aber das soll sie mal versuchen, verflucht. Dann gibt es Tote. Tote, sage ich dir, Esko. Tote!«

»Sag nicht so was. Mitten am helllichten Tag.«

Eine Weile fahren sie in vollkommener Stille dahin, passieren den Kaunispää und die Neste-Tankstelle und die Abzweigung zur Ortschaft. Esko merkt, wie Aslak versucht, wieder in die professionelle Rolle zurückzufinden. Er hat gemerkt, dass er die Grenze zwischen Kunde und Dienstleister verletzt hat, die man zwar antasten, aber nicht überschreiten darf. Esko hat Respekt vor dem Versuch. Er will selbst nur Stammkunde sein, ein gut zahlender Fahrgast. Er will kein bisschen mehr über Aslaks Leben hören. Die Rolle des Kaufmanns besteht darin, die Balance zu finden, denkt Esko. Egal, ob man Taxifahrten oder Fernseher verkauft, man muss dicht genug herankommen und trotzdem Distanz wahren. Alle wollen einen freundlichen Verkäufer, niemand will einen Verkäufer zum Freund.

»Also wohin?«, fragt Aslak plötzlich fast offiziell. »Weiter nach Süden und in einem Rutsch bis Sodankylä oder zurück zum Quartier? Wie sieht's aus, Maestro?«

»Noch nicht zurück. Die Stimmung daheim ist ein bisschen frostig, da lass ich lieber noch ein bisschen auf mich warten. Aber ich frag mich gerade, ob man zum Spaß nicht mal ausprobieren sollte, was dein Mercedes so unter der Haube hat.«

»Die Straßenränder sind voller Polizei. Die holen aus der Touristensaison heraus, was geht.«

»Aber um die Tageszeit sind die Indianer doch nicht mehr auf Posten. Ich zahl den Strafzettel, wenn wir geblitzt werden.«

»Na klar. Aber wenn ich den Führerschein los bin? Wie holst du mir den zurück, Esko? Kennst du den Polizeichef von Ivalo besser als ich?«

»Jetzt gib schon Gas. Autos sind zum Fahren gemacht. Und die Straßen auch. Es ist Verschwendung, Asphalt durch die Wildnis zu legen, wenn ihn niemand richtig benutzt.«

»So ist es. Genau so, verehrter Elektrohändler. Du redest fast wie einer, der Autos verkauft.«

»Ich könnte auch Autos verkaufen, ohne weiteres, aber man kann nicht alles machen. Du hast übrigens ein verdammt gutes Radio, Aslak. Sony-Qualität, das beste auf dem Markt. Glückwunsch, das hebt den Wiederverkaufswert. Also: Lautstärke hochdrehen und die Drehzahl erhöhen. Was meinst du?«

Aslak wartet ab, bis sie die größten Kreuzungen hinter sich haben, und fährt in der erlaubten Geschwindigkeit an Laanila vorbei. Nach dem Hotel Kakslauttanen werden die Ferienhäuser spärlicher, nach und nach verschwinden die

Ansiedlungen, und der Mercedes beschleunigt wie ein Flugzeug, ebenso leicht und mühelos, als wäre er genau für diesen Zweck gebaut worden. Als Esko die Augen schließt, kommt es ihm tatsächlich so vor, als fliege er. Er sitzt auf der Rückbank eines Taxis, aus den teuren Lautsprechern in den Türen kommt »Africa« von Toto, und das Auto riecht, wie alle Autos auf der Welt für immer und ewig riechen sollten: nach frisch ausgepacktem Leder.

Zwei Stunden später steht Esko im zweiten Stock des Hotels Riekonkieppi auf dem Gang. Aslak hat ihn in der Ortsmitte abgesetzt, und Esko hat zuerst in der Lobby des Fjällhotels und anschließend in der Bar Mut gefasst. Er ist zwei Leuten begegnet, die er flüchtig kennt, hat mit ihnen ein bisschen geplaudert, ist schon fast so weit gewesen, den Abend im Ferienhaus der Männer zu verbringen, aber dann doch hier gelandet, an einem Ort, den er von zwei früheren Besuchen kennt.

Das Riekonkieppi ist ein richtiges Liebesnest. Hier übernachten alle, die nach Lappland kommen, um Gesellschaft zu suchen, oder zumindest nichts dagegen haben, wenn sie welche finden. Darum ist auch diese Frau hier, Satu aus Joensuu, die fast unbekannte Frau hinter der Tür, an die Esko jetzt klopft. Zuerst etwas zögernd mit dem Knöchel, dann zweimal leicht mit der Faust. Die Tür öffnet sich einen Spaltbreit, und Satu aus Joensuu steht vor ihm.

Ist das überhaupt dieselbe Person? Sie sieht völlig anders aus. Für einen Moment glaubt Esko, die Zimmernummer falsch in Erinnerung zu haben. Die Frau ist gerade unter der Dusche oder vielleicht in der Sauna gewesen, ihr Gesicht ist völlig ungeschminkt, die Wangen glühen rot, und die Haare hat sie in ein Handtuch eingeschlagen. Immerhin ist sie nicht im Bademantel, sondern trägt ein rosa Shirt und verwaschene Jeans. Sie ist auch wesentlich jünger, das erkennt Esko jetzt, denn ein blankes Gesicht ist leichter zu lesen. Ihre Haut ist noch glatt, und sie hat kaum Falten in den Augenwinkeln. Satu aus Joensuu könnte gut und gern noch ein Kind zur Welt bringen. Warum läuft ein so junges Mädchen hier den Senioren zwischen den Füßen herum?

Der Anfang verläuft vielversprechend, fast so, wie Esko es sich in der Lobby vorgestellt hat. Zuerst versucht Satu, ihn zu verscheuchen, er solle unten warten, bis sie sich zurechtgemacht habe und wie ein Mensch aussehe. Wie ein Mensch siehst du jetzt schon aus, sagt Esko und schlüpft einfach irgendwie hinein, indem er redet, so wie immer. Er redet die ganze Zeit, und bald sitzt er auch schon auf dem Bett mit der weinroten Tagesdecke, hält einen weißen Einwegbecher in der Hand, der aussieht, als wäre er für eine Urinprobe bestimmt, und trinkt kleine Schlucke von dem Pisang Ambon, den Satu ihm anbietet. Der ist so süß, dass einem schlecht wird, aber Esko lobt ihn trotzdem, Pisang Ambon ist gerade in Mode, darum muss man ihn mögen. Wenn etwas beliebt ist, egal was, dann ist das für Esko ein Beweis von Großartigkeit. Er gibt Satu Tipps für Drinks, die er einmal in der Kundenzeitschrift von Alko gelesen und sich für Liisa gemerkt hat. Er erzählt, wie verblüffend wenig eine Flasche Pisang Ambon am Frankfurter Flughafen kostet. Die Musik aus Aslaks Auto klingt noch in seinem Kopf, die Pauken von Toto und der Regen über der Serengeti. Es wäre schön, mal nach Afrika zu fahren, denkt Esko. Dort war er noch nie, denn in Afrika gibt es keine Elektronikmessen, und Liisa will in Afrika nicht Urlaub machen.

»Wo ist denn deine Freundin?«, fragt Esko. Satu sitzt wenige Meter von ihm entfernt auf dem Stuhl vor dem Schreibtisch. Über dem Schreibtisch hängt ein Spiegel, Esko sieht die Frau doppelt, direkt von vorne und im Profil. »Wie heißt sie noch? Minna? Minna ist inzwischen bestimmt wach.«

»Die ist gerade aufgestanden, als ich von der Loipe kam. War auf dem Weg zur Piste. Da ist sie immer noch.«

»Wie das denn? Die Lifte fahren doch gar nicht mehr.«

»Das nicht, aber das Pistenlokal ist offen. Da findet sie bestimmt Anschluss.«

»Mit Sicherheit. Eine Adresse, wo sie hingehen kann.«

»Eventuell.«

Die Wangen heben sich, hübsche Grübchen bilden sich. Schon am Tag ist Esko das niedliche Lächeln aufgefallen. Es liegt jedoch auch etwas Rätselhaftes darin, es ist nicht nur ein warmes Lächeln, es ist auch eine Einladung zu dem Spiel, zu dem Esko sich bereit fühlt. Er nimmt auf dem erstaunlich schmalen Bett des Liebesnests eine bequemere Haltung ein, lehnt sich, auf die linke Hand gestützt, etwas zurück und streckt die langen Beine aus. Er trägt die braune Cordhose von Gant, die Liisa gebügelt hat, und die im Februar in Genf gekauften unverschämt teuren italienischen Schuhe. Er wünscht, er hätte Jeans an, Jeans wären eher Satus Stil, aber andererseits hat diese Garderobe auch etwas für sich.

»Bist du viel Ski gelaufen?«, fragt Esko.

»Na ja«, antwortet Satu, noch immer lächelnd, »was heißt viel. Minna ist so gut wie überhaupt nicht gelaufen. Sie findet, wir sollten uns mehr auf den Unterhaltungsteil konzentrieren.«

»Was macht sie denn so beruflich, die Minna?«

»Sie ist Bankangestellte wie ich. In derselben Bank. Am Schreibtisch nebenan. Wir fahren öfter zusammen weg.«

Minnas ungemachtes Bett steht in Eskos Rücken, im türseitigen Teil des Zimmers. Auf dem Fußboden daneben liegt ein offener Koffer voller weiblicher Sachen: Slips, Strumpfhosen, allerlei Kosmetika. Minna scheint keine Frau zu sein, die Ordnung hält, eher eine von der schlampigen Sorte, die um sich herum Chaos verbreiten. Solche Frauen bleiben immer allein, kein Wunder, dass Minna an Ostern Urlaub im

Riekonkieppi macht. Esko wundert sich eher über Satu. Andererseits treten einsame Frauen in Lappland immer paarweise auf. Warum eigentlich? Warum müssen sie immer zu zweit sein? Frauengruppen sieht man in Saariselkä so gut wie nie, und nirgendwo stößt man auf die gutgelaunten Trupps, in denen Männer gern unterwegs sind.

»Man kriegt die Zeit auch ohne Skier herum, so viel, wie hier los ist.«

»Natürlich. Aber ich versuche trotzdem, auf der Loipe zu sein. Hundert Kilometer habe ich schon zusammen.«

»So viel? Das ist ja das reinste Fanatikerpensum.«

»Ach was, wir sind ja schon bald eine Woche hier. Ich habe aber mal am Pirkka-Lauf teilgenommen. Und am Finlandia und Pogosta auch. Und du?«

»Die hab ich alle abgeklappert. Aufs Halti-Fjäll bin ich gestiegen. Auf den Kebnekaisen habe ich es einmal versucht, aber dann kam ein so verflixter Nebel, und ich musste aufgeben. Ich wäre gern weitergegangen, aber man konnte kaum die eigene Nasenspitze sehen.«

»Gib mal nicht so an!«

»Ich gebe nicht an. Ich erzähle dir das nur, weil du gefragt hast.«

Satu schweigt und sorgt dafür, dass Stille zwischen ihnen einkehrt. Esko füllt sie wie ein ins Stocken geratenes Verkaufsgespräch über eine Waschmaschine, er erzählt von der Tour zum Kebnekaisen-Fjäll, die bald zehn Jahre zurückliegt und für die sich Satu nicht einmal interessiert. Esko merkt es, redet aber trotzdem weiter, weil ihm kein anderes Gesprächsthema einfällt. Er könnte natürlich übers Geschäft reden, über den neuen Laden, über sein langjähriges Engagement im Vorstand des Elektrohändlerverbands, von solchen Sachen möchte er der Frau am liebsten erzählen, aber wenn man nur eine Nacht was miteinander hat, soll man nicht zu viel von sich preisgeben. Am Kiilopää hat er gesagt, er sei

Kaufmann, das muss reichen. Je weniger Satu aus Joensuu über sein Leben weiß, desto besser.

»Ich würde gern mal nach Spitzbergen fahren«, sagt Esko. »Oder nach Kanada, in die Wildnis. Und du? Brennt bei dir auch so was?«

»Nein, überhaupt nicht. Frauen sind vernünftiger als Männer. Die bleiben auf der markierten Loipe.«

Auf einmal sieht Satu gelangweilt aus, sie wendet das Gesicht ab und spielt mit einem Kosmetikdöschen auf dem Tisch. Esko zerdrückt aus Versehen den Plastikbecher, woraufhin ein paar grüne Likörtropfen auf dem ohnehin schmutzigen Fußboden landen. Die Hände kleben, er würde sie am liebsten abwischen. Wäre er alleine, würde er sie unauffällig an der Hose abwischen, aber das geht jetzt nicht, Satu könnte es merken. Esko starrt auf seine Hände, er weiß nicht, wohin mit ihnen. Schließlich legt er sie auf die Knie, streckt den Rücken durch und versucht, im Spiegel Satus Augen zu erwischen.

»Bist du mit deiner Frau unterwegs?«, fragt Satu.

»Natürlich nicht. Ich bin in Lappland gern für mich. Das ist besser so.«

»Du hast aber einen Ring am Finger.«

»Noch. Aber wir gehen längst getrennte Wege.«

»Wo ist deine Frau jetzt?«

»Im Süden. Dort schnuppert sie mit einer Freundin gerade ein bisschen den Frühling am Mittelmeer.«

»Ihr habt unterschiedliche Interessen. Das sagen sie alle. Und so ist es auch bei euch, bei dir und …«

»Ritva. Ja, genauso ist es, unterschiedliche Interessen. Ritva macht sich nicht viel aus dem Winter. Und ich bin verrückt nach Schnee.«

Satu hat sein Problem bemerkt und reicht ihm ein Taschentuch, mit dem er sich die Hände abwischen kann. Dazu hält sie ihm den Papierkorb hin. Leicht beschämt und darum besonders großspurig wirft Esko den kaputten Becher hinein. Dann kehren die Hände auf ihre Position auf den Knien zurück. Er begreift, dass er vor dieser attraktiven Frau sitzt wie ein Schulbub hinterm Pult bei der Abfrage. Als sich Satu nach seinem Alter erkundigt, antwortet er ehrlich. Ein bisschen wie beim Verhandeln, denkt Esko, zwischendurch kann man ein bisschen Unfug von sich geben, aber nicht die ganze Zeit. Das war schon Urhos Prämisse gewesen: Wenn nichts anders hilft, soll man es mit Ehrlichkeit probieren.

»Genau fünfzig?«

»Genau. Runde Zahl. Setz dich doch neben mich, Satu.«

»Lieber nicht.«

»Nun komm schon. Es ist komisch, sich so gegenüberzusitzen.«

Das letzte Mal liegt Jahre zurück, das begreift Esko erst jetzt. Er ist nie ein Weiberheld gewesen. Angesichts der Gelegenheiten, die sich ihm geboten haben, ist er geradezu anständig gewesen, er hat nie dasselbe Bedürfnis gehabt wie andere, Frauen sind für ihn kein Freiwild, dem man zwanghaft hinterherjagt. Jetzt steckt er in der Sackgasse. Eigentlich will er gar nicht weitermachen, aber er kann nicht mehr den Rückzug antreten. Also handelt er seinem Charakter gemäß: Augen zu und durch, der unbekannten, wahrscheinlich lichten Zukunft entgegen.

»Komm schon. Wir sind doch nur einmal hier.«

»Ich dachte, du kommst jedes Frühjahr.«

»Einmal im Leben. Einmal auf der Welt. Dieser Welt statten wir alle nur einen Besuch ab.«

»Und jeder Mensch ist ein Lied wert. Fang bloß nicht an, mir das Lied vorzusingen, das so heißt!«

»Tu ich nicht. Das ist mir zu traurig. Zu viel Moll.«

Esko tätschelt das Bett neben sich, eine kleine Staubwolke steigt von der Tagesdecke auf. Satu erhebt sich, schiebt den Stuhl sorgfältig unter den Tisch und setzt sich dann neben

Esko aufs Bett. Die Jalousien sind offen, das Abendrot strömt herein und färbt das Zimmer rötlich. Esko berührt leicht Satus noch feuchte Haare, fühlt mit den Fingerspitzen die gröberen Haarborsten und darunter den harten Schädel. Er spürt eine plötzliche Zärtlichkeit für diesen fast fremden Menschen aufkommen, er spürt auch Lust, er ist bereit, aktiv zu werden, erleichtert nimmt er das zur Kenntnis. Mit fünfzig ist nichts mehr so selbstverständlich wie früher, manchmal, wenn er müde ist, passieren ihm bei Liisa seltsame Dinge.

»Wie ist das so?«, fragt Satu mit ernstem Gesicht. Ihr wunderbares Lächeln ist verschwunden. Esko überlegt, wie er es wieder hervorlocken kann. »Ich meine, fünfzig zu sein. Wie fühlt sich das an?«

»Was soll ich dazu sagen? Ausgeglichen.«

»Ausgeglichen.«

»Es hat was Ausgeglichenes und ein bisschen Gleichförmiges. Die großen Entscheidungen hat man im Prinzip getroffen, mit mehr oder weniger Erfolg. Im besten Fall hat man es geschafft, sich ein bisschen Wohlstand zuzulegen. Das Leben hat seine Flughöhe erreicht.«

Dieser Satz ist nicht von ihm. Esko spricht ihn laut aus und erinnert sich im selben Moment, ihn irgendwo gehört zu haben. Er denkt so nicht, er spricht jetzt mit dem Mund eines anderen Mannes. Das Leben hat seine Flughöhe erreicht, so hat es der Pfarrer auf seiner Geburtstagsfeier gesagt, und das ist eine Zeitlang her, damals wurde nicht der Fünfzigste gefeiert. Das war vor zehn Jahren, als er vierzig wurde. Da hatte es der Pfarrer zu ihm mit sanfter, barmherziger Pfarrerstimme gesagt, und schon damals war er anderer Meinung gewesen. Im Leben gibt es keine verdammte Flughöhe. Keinen Scheitelpunkt und nicht mal unbedingt einen Landeanflug. So ein Schwachsinn. Esko schiebt die rechte Hand hinter Satu und zieht sie an sich. Er greift nach ihrem Gesicht, drückt ihr den Mund auf die Lippen und merkt, wie sie sich leicht öffnen. Satu aus Joensuu erwidert seinen Kuss. Nach der Dusche hat sie sich auch die Zähne geputzt, der Pfefferminzgeschmack der Zahnpasta mischt sich mit dem Nachgeschmack des Pisang Ambon, und Esko wagt es nicht recht, die Zunge zu bewegen, Satus Mund kommt ihm so rein und jungfräulich vor, stattdessen macht er sich Gedanken über seinen eigenen säuerlichen Atem. Der Geruch seines Atems hat sich irgendwann verändert. Seitdem benutzt er mehr Rasierwasser, aber der Geruch lässt sich nicht überdecken, die Leute nehmen ihn wahr. Er riecht ihn selbst. Liisa riecht ihn. Und Satu riecht ihn auch. Gerade als Esko die Hand unter ihr Shirt schiebt, weicht Satu überraschend zurück.

»Das hat überhaupt keinen Sinn. Ich knutsche hier mit einem wildfremden Mann, der alles hat. Frau und Kinder, Häuser, Autos, Geld. Dessen Leben die Flughöhe erreicht hat.«

»Das ist kein tolles Gefühl.«

»Doch, das ist es, verdammt! Es muss so sein. Ich will, dass es so ist!«

Die Stimme wird laut, hallt von den Wänden des im Grunde unfassbar geschmacklos eingerichteten Zimmers wider. Ein Liebesnest, und was für eines. Muffige Decke und verstaubte Kissen, das Sperma früherer Gäste in der tausendfach gewaschenen blassgelben Bettwäsche. Esko sieht plötzlich alles mit anderen Augen als zehn Sekunden zuvor, sein verirrter Blick sucht in dem elenden Loch nach einem Fixpunkt. Über die Augen von Satu aus Joensuu hat sich ein feuchter Film gelegt, nach der Berührung stehen die Haare ab, Esko mag die Frau nun nicht mal mehr richtig anschauen. Seine vielversprechende Erektion ist weg, und dennoch versucht er es noch einmal, denn auch diese Situation muss ehrbar gemeistert werden, er ist kein Mann, der aufgibt. Also zieht er

Satu erneut zu sich und versucht, dort weiterzumachen, wo sie aufgehört haben.

»Hör auf. Hör endlich auf!«

Satu sträubt sich mit der ganzen Kraft ihres Körpers, dreht den Kopf weg und reißt sich los. Esko staunt über ihren Zorn und umklammert noch fester ihre Handgelenke. Er ist fast einen Kopf größer als sie, er könnte sie mühelos auf den Rücken werfen. Er könnte mit ihr machen, was er will, sie käme nicht gegen ihn an. Schlimme Vorstellungen blitzen in seinem Kopf auf, die Wut bringt sie an die Oberfläche, die schlaffen Fäuste dieser Frau, die nun gegen seine Brust trommeln. Lass los, hört er Satu sagen. Lass mich los! Und dann lässt Esko endlich los, schnellt sogleich hoch und kehrt Satu den Rücken zu. Er hört ihren schweren Atem, der allmählich in Schluchzen übergeht.

Sie ist verrückt. Die Frau ist verrückt. Satu aus Joensuu hat ein schlimmes Trauma, ihr Freund hat sie verprügelt oder ihr Vater sie betatscht, als sie klein war, keine normale Frau würde so auf eine normale, zärtliche Annäherung reagieren. Das ist aber auch ein teuflischer Samstag. Sämtliche Frauen fangen an zu heulen. Sämtliche Frauen scheinen der Meinung zu sein, dass er etwas falsch macht. Früher konnte er mit Frauen umgehen, jetzt offenbar nicht mehr. Die Sekunden verstreichen, der Augenblick dehnt sich. Esko schaut durchs Fenster auf den Parkplatz. Gerade ist eine Gruppe Tourenskifahrer aus den Fjälls zurückgekehrt, die Männer glühen vor kollektiver Wonne; sie klopfen sich gegenseitig auf den Rücken und packen zufrieden die Lastschlitten aus, die bei der Tour sichtbar strapaziert worden sind. Das ist das Leben in seiner besten Form, denkt Esko. So war es.

»Da draußen stehen ein paar Männer, die auf Tour gewesen sind. Ich wette, die waren auf dem Sokosti. Die haben so viel Gepäck dabei, dass sie weiter als nur am Kiilopää gewesen sein müssen.«

Für einen Augenblick fühlt er sich unendlich alt. Seine Gliedmaßen sind schwer, er möchte sich am liebsten setzen. Er denkt an Liisa, Liisa hat ihn immer verstanden und Liisa ist noch immer wütend und Liisas Rücken tut weh, er ist nicht dazu gekommen, Liisas Ischias zu massieren, der Nachmittag ist so merkwürdig in die Binsen gegangen. Vielleicht braucht er nur einen Schluck, einen anständigen Malt Whisky, keinen verdammten Pisang Ambon. Vielleicht ruft er Aslak an, Aslak holt ihn ab, und sie fahren tatsächlich nach Sodankylä. Das könnte Laune machen, fast vierhundert Kilometer hinten im Taxi sitzen. Aus diesem Zimmer muss er auf jeden Fall herauskommen, so schnell wie möglich, das ist das Einzige, was Esko mit Sicherheit weiß.

»Und weiter?«, fragt Satu. Ihre Stimme ist leise, klingt aber eher verdrossen als erschrocken, das Schluchzen hat weitgehend aufgehört. »Was ist mit den Männern?«

»Ich meine bloß, dass so eine Skiwanderung verdammt viel Spaß macht. Musst du mal ausprobieren.«

Esko sieht Satu nicht an, er geht an ihr vorbei zur Tür. Seine Jacke hängt am Haken, sein Hut liegt auf der Ablage darüber. Er zieht sich in dem dunkel gewordenen Vorraum die Jacke an, ruft ein kurzes Wort zum Abschied und spürt Satus vorwurfsvollen Blick im Rücken. Der folgt ihm auf den Gang hinaus, in den Lift und in die Lobby und weiter zur Tür hinaus ins Freie, wo er mit seinen italienischen Schuhen an den noch mit dem Ausladen beschäftigten Männern vorbeischlittert und sich zu dem Fenster im zweiten Stock umdreht. Man sieht nichts, nicht einmal Licht. Satu hat das Licht gelöscht, warum? Ist sie so traurig? Hat Satu gar nicht vor, den Abend fortzusetzen? Esko möchte, dass sie das Licht anschaltet und die Vorhänge öffnet, dann würde er ihr zuwinken und bekäme ein Winken zurück. *No hard feelings.* So ist das Leben. Wenn wir uns begegnen, lächeln wir uns an, nicht wahr, Satu aus Joensuu?

Er muss Aslak anrufen, denkt Esko. Aber er will nicht mehr nach Sodankylä, er muss zu Liisa zurück. Unterwegs im Supermarkt Blumen kaufen, um Entschuldigung bitten, diesen Tag vergessen und zum nächsten übergehen. So ist es, Liisa, mein Schatz, wenn die Sonne untergeht, ist dieser Tag bereits vergangen, so wie alle Tage, und morgen wird sich keiner von uns beiden mehr daran erinnern.

DIE SIEBZIGER JAHRE, das Jahrzehnt der Brauntöne. Gleichförmig, sicher, zurückhaltend. Aber auch berauscht, laut, im Bowlendunst, voller Lachen und Gesang und heftiger, trunkener Diskussionen – die Hintergrundgeräusche meiner Kindheit und frühen Jugend. In den Reihenhäusern, wo wir zu Besuch sind, fallen mir die Augen zu. Ich spiele Mensch ärgere dich nicht und Monopoly und Tischeishockey von Stiga. Ich versuche, mich mit den Größeren zu arrangieren und die Kleineren zu ertragen, ich suche die Gesellschaft der Erwachsenen, bis sie zu betrunken sind, dann schließe ich mich in irgendeinem abgelegenen Zimmer ein und lese ein Buch, bis ich einschlafe. Irgendwann kommen sie mich holen, Liisas Hand legt sich auf meinen Kopf, ihre Parfümwolke, ihr Atem, der nach Zigaretten, Sherry und Knoblauch riecht, ich rapple mich auf und Esko klemmt mich unter den Arm, ich lande im Freien und dann in einem Taxi. Die Rückbank eines Taxis ist ein magischer Ort, ein mit schwarzem Leder ausgekleidetes Paradies. Ein Taxi ist Luxus, fast eine Sünde. Reiche fahren Taxi, bessere Leute, es ist etwas, das man in Helsinki und vor allem in Amerika tut. Darum fahren wir immer mit dem Taxi, wenn sich die Gelegenheit bietet. Genau deshalb, um uns von der Masse abzuheben, um die engen Grenzen, die uns in dieser Stadt gesetzt sind, zu überschreiten, auch wenn es noch so weh tut. Und es tut weh, ich erinnere mich an Eskos Gesichtsausdruck, wenn der Wagen vorm Haus steht, wir Kinder ausgeladen worden sind und Esko sein Portemonnaie aus der Jackentasche zieht. Er ist äußerst ernst. Fast andächtig. Er holt die Scheine hervor, betrachtet sie kurz und zählt sie dem Fahrer dann einzeln in die Hand. Jeden gibt er gesondert her. Er weiß immer noch nicht, wie er mit Geld umgehen soll, und dieses Rätsel quält ihn. Er ist Geizhals und Verschwender zugleich, es hängt vom Tag und vom Grad seiner Betrunkenheit ab. Aber er ist nicht so ein Erbsenzähler wie die anderen Männer der Stadt, er will es nicht sein, und auch wenn ich damals noch nicht richtig verstehe, warum, so habe ich heute davor Respekt. Mein Vater will sich von den anderen abheben. Er traut sich das. Er verärgert die anderen bewusst, er provoziert seine Freunde, die der gleiche Zweifel plagt wie mich später, sie wissen nicht, ob mein Vater Fisch oder Fleisch ist, Buzz Aldrin oder Pawel Iwanow. Ist er nur ein bisschen seltsam oder richtig gefährlich, möglicherweise zum Schaden seines Geschäfts? Immerhin sind es die siebziger Jahre, das Jahrzehnt der Brauntöne. Es gilt die außenpolitische Liturgie. Leonid Breschnew führt die Sowjetunion. Unser Stadtrat ist fest in der Hand der Sozis.

Trotzdem und genau deshalb feiert Esko Vuori den amerikanischen Unabhängigkeitstag. Die Existenz der Vereinigten Staaten, ihre edlen Werte, ihren selbstlosen Einsatz für die Freiheit, die Demokratie und den Weltfrieden. Es ist der 4. Juli 1976, seit der Gründung des großartigsten Staates der Welt sind zweihundert Jahre vergangen, Hunderttausende verfolgen die Segelschiffparade vor New York, in Washington werden Raketen im Wert von zweihunderttausend Dollar in den Himmel geschossen, Geld ist ja genug da, und im Garten unseres Reihenhauses wird gefeiert wie schon in den drei Sommern zuvor, die gleiche Party, nur etwas größer. Gut dreißig Leute sind im Garten versammelt, mehr noch, fünfzig. Die Mitglieder der örtlichen Abteilung des finnisch-amerikanischen Vereins. Zum größten Teil Eskos Lions-Club-Kameraden, einige Freunde vom Lauftreff. Der neue Vorstandsvorsitzende des Elektrohändlerverbands aus Lahti, ein fast ebenso großer Freund der USA wie Esko. Der stellvertretende Stadtratsvorsitzende, ein Sozialdemokrat, der als junger Mann ein Jahr in Boston verbracht hat und von dem behauptet wird, er hege heimliche Sympathien für die konservative Sammlungspartei. Dazu unsere Gäste in diesem Sommer: Jason Firth aus Fresno, Kalifornien, und dazu eine weitere amerikanische Teenagerin, die sich über ein Schüleraustauschprogramm in die Stadt verirrt hat, ein sommersprossiges Mädchen mit dicken Armen, das erstaunlich gut Fußball spielt und dessen Namen ich gnädig vergessen habe. Sie ist ein bisschen stämmig, hat aber ein hübsches Gesicht, vermutlich würde ich um sie herumscharwenzeln, wenn ich alleine wäre wie üblich.

Aber diesen Sommer bin ich es nicht, und vielleicht kann ich mich deshalb so gut an die Party erinnern. Ich stehe hinten im Garten an einer Ecke des blau-weiß-roten Partyzeltes und habe ein Mädchen im Arm, mit dem ich mich seit Ostern treffe, meine erste und für einige Zeit meine letzte Freundin. Sie heißt Susanna Mäkinen, ist charakterlich so biegsam wie ihr Körper, den ich erst sehr vorsichtig habe kennenlernen dürfen. Sie hat lange blonde Haare, die ihr bis zur Mitte des Rückens reichen, auch an diesem Sonntag wellen sie sich offen. Ihre Augen sind blassblau, die Nase fällt im Verhältnis zum Gesicht etwas zu groß aus. Wenn Susanna lacht, entblößt sie die Zahnspange, die sie im Frühling bekommen hat. Sie mag der Grund dafür sein, warum sie sich mit mir abgibt und nicht bei einem Eishockeyspieler auf dem Gepäckträger sitzt. Oder es genügt ihr, dass ich ein ehemaliger Eishockeyspieler bin, ein berührungsscheuer, aber schneller und mit den Händen einigermaßen geschickter Stürmer, erst vor einem Jahr habe ich aufgehört zu spielen. Möglicherweise mag Susanna einfach nur meine Familie. Sie mag sie nicht nur, sie liebt sie geradezu. Esko und Liisa sind ihrer Meinung nach fantastisch, das hat sie mir innerhalb von drei Monaten mehrmals gesagt. So aktiv. Wunderbar verrückt. Sie sind tatsächlich anders als ihre Eltern, ein Hausmeister am Landgericht und eine Telefonistin im Finanzamt, zuverlässige Menschen, die ein Lexikon im Regal stehen haben und einen zu kleinen Fernseher in einer Ecke der Dreizimmerwohnung, in der die Abendsonne unerträglich hereinblendet. Dort sitzen sie nach der Arbeit von fünf bis neun, starren auf den zu kleinen Fernseher und lösen Kreuzworträtsel. Susanna ist ihr einziges Kind, es ist entsetzlich still bei ihnen, ich verstehe gut, warum Susanna lieber bei uns ist und mit Liisa *Peyton Place* auf dem großen Bildschirm sieht.

Esko hält seine Rede selbstverständlich auf Englisch. Er hat den gleichen Akzent wie zwanzig Jahre später die finnischen Formel-1-Fahrer, aber sein Wortschatz ist größer, er ist ein motivierter Schüler, er bestellt sich ständig neue Sprachkurse, Bücher und Lernkassetten. Er redet über Thomas Jefferson. Über Gettysburg. Über die Ideale der Gründerväter, darüber, dass die Unvoreingenommensten und Unternehmungslustigen aus dem in alten Schützengräben feststeckenden Europa nach Ellis Island aufbrachen. Die Verrücktesten und Verzweifeltsten, flüstere ich Susanna ins Ohr, aber sie lacht nicht, sie zwickt mir in den Oberschenkel. Hör zu! Ich höre, was gesagt wird, obwohl ich nicht hinhöre, notgedrungen, denn Esko spricht in ein Mikrofon. Für die Musik sind Pioneer-Boxen im Garten aufgestellt worden, die kommen zum vollen Einsatz. Eskos Stimme klingt metallisch und massiv aus den Lautsprechern, sie wird bis in die angrenzenden Grundstücke getragen, wo Nachbar Kurtto, der die Kommunisten wählt, in seinem unveränderten Veteranenholzhaus garantiert die Messe hört und mit den Zähnen knirscht. Eskos Krawatte mit dem Sternmuster flattert im Wind, die Luftballons an den Ahornzweigen hinter seinem Kopf stoßen aneinander, und ich sehe meinen Vater mit den glockenblumenblauen Augen von Susanna Mäkinen, ich sehe den Mann, den Susanna sieht oder sich einbildet zu sehen, den Mann, der Esko gern wäre. Vielleicht ist mein Vater dieser Mann. Ab und zu, vielleicht gerade heute, ist er es. Wir alle sind mal dies und mal das. Das Leben ist lang, da passen viele Augenblicke hinein. Oberflächlich betrachtet sind die Menschen einfach, aber wenn man sie näher kennenlernt, wird es kompliziert.

Jason Firth kann Gitarre spielen. Er hat eine teure akustische Martin aus Kalifornien mitgeschleppt, und mit diesem erstaunlichen Schatz um den Hals tritt er ans Mikrofon, nachdem ihn Esko vorgestellt hat. *Ladies and gentlemen, Mr. Jason Firth, our dear guest. A nice young man and in the future a world-famous musician, straight from California!* »This Land is Your Land«, singt Jason, Woody Guthrie, mit dünner, aber reiner Stimme, und während er singt, lächelt er und flirtet mit den Leuten im Garten. Jason ist ein netter Kerl, netter als die beiden vorherigen Sommergäste. Ich habe nichts gegen ihn. Er singt zwei weitere Songs, »Desperado« von den Eagles und Neil Youngs »Heart of Gold«, und als das Publikum ihn zurück auf die Bühne unter den üppigen Ahornbäumen in unserem Reihenhausgarten in der Aulangontie klatscht, heimst er endgültig die volle Punktzahl ein, indem er zuerst »California Dreamin'« und danach »Jailhouse Rock« spielt. Niemand kann behaupten, Jason hätte eine klare musikalische Linie, aber wen stört das, die Vereinsmitglieder tanzen schon, mehr Elvis ist auf Platten vorhanden. Jason und ich übernehmen den DJ-Job, wir bringen die Onkel und Tanten zum Twisten. Die Jungen und Mädchen auch, die Kinder komplettieren die Schar. So wird bei uns im Garten gefeiert, ganz natürlich, familiär, genau wie in Amerika.

Was denkt Liisa? Sie hat schließlich alles organisiert, wieder einmal, jedenfalls das meiste. Sie hat berechnet, wie viel Essen gebraucht wird, hat sich über die Zutaten Gedanken gemacht. Hat die fehlenden Gartenmöbel leihweise beschafft. Hat für alle Gäste kleine Sternenbanner gebastelt.

Hat vergebens versucht, uns andere dazu zu bringen, das Haus zu putzen, und es dann selbst getan. All das hat sie nebenbei gemacht, neben ihrem eigenen Leben, und Esko hat nicht mehr getan, als mit dem Taunus die Einkäufe zu erledigen und die Musikanlage zu holen. Wenn die anderen tanzen, ist Liisa bei der Arbeit, steht mit umgebundener Schürze am Grill und wendet Würstchen und Brötchen. Esko twistet im Takt von Elvis, was das Zeug hält, die Rolle des Gastgebers scheint ihm überhaupt keine Kopfschmerzen zu bereiten, die Last der Verantwortung ist längst verflogen, oder er findet, dass er ihr so am besten nachkommt. Wenn er müde wird, stellt er sich einfach in die Essensschlange, wartet brav, bis er an die Reihe kommt, und vertilgt mit Senf in den Mundwinkeln zufrieden seinen Hot Dog. Er zerknüllt das Papier, wirft es in den Abfalleimer, legt Liisa kurz den Arm um die Hüfte und küsst sie hastig. Dann begibt er sich wieder zu den Männern, wo die wichtigen Gespräche geführt werden. Liisa scheint das nichts auszumachen, sie bindet sich die Schürze enger und öffnet eine neue Packung mit Würstchen. Sie betrachtet Esko fast genauso wie Susanna Mäkinen, ebenso nachsichtig, ebenso bewundernd. Vielleicht ist das Liebe, ich weiß es nicht.

Später am Abend kommt es zu einem Handgemenge. Die meisten Gäste sind gegangen, immerhin ist morgen Montag. Der Grill ist aus, das Zeltdach abgebaut, die Stereoanlage samt Boxen aus dem Garten entfernt, nachdem Esko mit Kurtto lautstark darüber verhandelt hat. Timo und Ville schlafen im Zimmer nebenan in ihren Betten, ohne sich um den Lärm zu kümmern, sie sind daran gewöhnt, so wie ich auch, vermutlich werden sie bis zu ihrem Lebensende auch im größten Chaos schlafen. Ich hingegen bin sechzehn und nicht müde, Susanna Mäkinen hat mir das Kinn auf die Schulter gelegt und küsst meinen Nacken, wir sitzen auf dem Rand meines Bettes, und allmählich wird uns warm. Susanna ist betrunken, wir sind es beide, ohne dass es jemand bemerkt oder groß protestiert hat, haben wir viele Becher Gin und Bowle mit Grapefruitlimonade getrunken. Diesen Geschmack hat Susanna auf der Zunge, die sie mir in den Mund schiebt, während sie sich auf meinen Schoß setzt, im Prinzip genauso, wie Marjaana es sechs Jahre später tun wird, aber trotzdem vollkommen anders.

Wir stehen beide gleichermaßen im Wald, wir wissen beide nicht, was wir tun sollen. Ich versuche einfach, auf ihre Initiative zu reagieren, schiebe ihr meine vermutlich gleich schmeckende Zunge entgegen, und während meine Hände sich unter ihre Bluse vortasten, höre ich unten Stimmen, das Gespräch zwischen Esko und seinen Freunden wird immer hitziger. Verdammt, wie soll Geld in Umlauf kommen, wenn man die Unternehmer zu Tode versteuert! Auf allem ist Steuer drauf! So ein Modell kann nicht funktionieren, verdammt! Nein, absolut nicht! In Schweden ziehen sie Ingemar Stenmark und den Typen von Abba schon neunzig Prozent vom Einkommen ab! Neunzig Prozent werden da an die Allgemeinheit verteilt, das muss man sich mal vorstellen! Und Finnland macht es nach! Die Männer sind meistens einer Meinung, schließlich sind sie Eskos Freunde, Mitglieder des finnisch-amerikanischen Vereins oder zumindest des Lions Clubs, die wenigen Sozis aus dem Lauftreff sind spätestens nach Elvis heimgegangen. Nur Tarmo Manni ist noch da und widerspricht tapfer. Er ist Schauspieler am Stadttheater, ein fünfzigjähriger Exzentriker, der allein lebt, damals ein Stammgast auf unseren Partys. Sein richtiger Name ist nicht Tarmo Manni, Esko und Liisa nennen ihn untereinander so. Sie schätzen ihn sehr, ihrer Ansicht nach ist Tarmo Manni ein Schauspieler von Weltklasse, seine Leistung in *Endstation Sehnsucht* unvergesslich. Ich weiß es nicht, ich habe ihn nur einmal als Krokodil Gena und einmal als Jesper in *Die Räuber von Kardemomme* gesehen. Außerdem habe ich ihn einmal vor unserem Haus wie eine Bahnschranke in den Fliederstrauch fallen und ihn ein andermal im Erdgeschoss mit beiden Armen die Kloschüssel umarmen sehen. Und wieder ein anderes Mal kam er mir auf dem Heimweg von der Schule heftig weinend am Marktplatz entgegen, erfasst von einem unbeherrschbaren Gefühlsausbruch.

Tarmo Manni ist ein Mann der großen Gefühle. Er schont sich nicht, auch nicht beim Trinken. Am 4. Juli hat er sich ebenfalls fleißig Bowle nachgeschenkt, das höre ich an seiner Stimme, sie ist getrübt, aber tragend, die Stimme eines Theaterschauspielers der alten Generation, du wüsstest sie wahrscheinlich zu schätzen, und Susanna löst sich zum ersten Mal aus meinem Griff, als Tarmo Manni aus vollem Hals »Ihr Scheißspießbürger« ruft, zum Plattenspieler trampelt und Dolly Parton vom Teller fegt. Durch die Fußbodenbretter dringt ein Lärm, der mich nach all den Jahren kein bisschen erschreckt, und mit der Kraft meiner Entschlossenheit bringe ich Susanna noch für eine Weile dazu, sich aufs Wesentliche zu konzentrieren. Ihre Grapefruitzunge kehrt in meinen Mund zurück, meine Hände sind jetzt schneller, ich habe es eilig, ich weiß es, und verwirrt von alldem hebt Susanna die Arme, und ich kann ihr die Bluse über den Kopf ziehen, ich sehe zum ersten Mal ihren BH, der aus irgendeinem komischen Grund braun ist, auch er, das ganze Jahrzehnt ist braun.

Scheiße, brüllt unten jemand, vielleicht Martti Perälä, der Immobilienmakler der Stadt. Haltet den Mann auf, verdammt! Tarmo Manni stößt ein teuflisches Schauspielerlachen aus. Esko und Liisa haben recht, der Mann ist nicht ohne Talent. In einer größeren Stadt könnte er ein Star werden. Er würde auf der Bühne des Helsinkier Stadttheaters glänzen, er könnte es sogar ins Fernsehen schaffen, wer weiß. Er lacht wie ein Irrer, Perälä und die anderen Männer übertönen ihn mit ihrem Geschrei, und dann bricht das Lachen ab und geht in ein Lied über. *Drei kleine Männer stapfen durch den Schnee, holen sich ihre Suppe in der Streikküche. In diesem Winter herrscht ein guter Geist, weil der Kapitalist die Arbeiterklasse zum Kämpfen treibt.* Tarmo Manni hat die Platte vermutlich im Theater mitgehen lassen und in einer Tüte, in der normalerweise nur Flaschen klimpern, auf die Party zur Unabhängigkeit der Vereinigten Staaten geschmuggelt. Jetzt dreht sie sich auf dem Plattenspieler im Wohnzimmer und dröhnt so laut aus den Boxen, dass mir Susanna entgleitet. Sie sieht aus wie ein verschrecktes Reh, sucht nach ihrer Bluse und zieht sie an, ich versuche, sie zu beruhigen. Unten haben Tarmo Mannis dicke Holzfällerfinger den Lautstärkeregler gefunden und halten ihn fest, der Mann singt und grölt und hält sich mit der freien Hand Perälä vom Leib, der zu dem Zeitpunkt offenbar schon aufgesprungen ist. Liisa und zwei andere Frauen sind aus der Küche gekommen, um das Schauspiel zu verfolgen, ihre schrillen Stimmen mischen sich unter das allgemeine Chaos. Herrgott, nein! Herrschaftszeiten, erwachsene Männer! Kommunist, schreit Martti Perälä, ihr habt einen Scheißkommunisten im Haus! Perälä ist kein Verseschmied, ihm fällt nichts Besseres ein. Lass die Platte laufen, ruft Esko, und zum ersten Mal seit langem höre ich seine Stimme wieder. Lass sie nur laufen, ein paar Kommunisten passen in jede Stadt! So ist er, überraschend jovial. Außerdem mag er Tarmo Manni. Fünfzehn Jahre später wird er bei dessen Beerdigung eine sentimentale Rede halten, und anscheinend bringt Eskos Großherzigkeit Perälä endgültig aus der Fassung. Er trifft seine Entscheidung und geht auf Tarmo Manni los.

Liisa ruft Esko beim Namen. Esko! Esko! Tu was, Esko, sonst stirbt gleich jemand! Susanna ist vollkommen gelähmt. Sie ist willenlos geworden, in meinen Armen geschmolzen und auf den Rücken gesunken. Ich habe mich neben sie gelegt, die Decke über uns gezogen, den Gummi an Ort und

Stelle gebracht, da zersplittert etwas: Die Aalto-Vase fällt vom Regal aufs Parkett und zerspringt in Hunderte winzige Splitter, die noch Monate später beim Saugen rasseln werden. Herrgott, ruft Liisa, genau genommen kreischt sie. Hört auf! Hört auf! Stellt wenigstens die furchtbare Platte ab! Das alles überlagernde Geräusch im Chaos der Stimmen ist Tarmo Mannis Lachen, hemmungslos und für die Bühne bestimmt. Der ist verrückt, ächzt Martti. Verdammt noch mal, der ist noch verrückter als ein normaler Kommunist. Und irgendwie entspannt sich die Lage, ich weiß nicht, wie, aber der Lärm hört auf, und es kehrt fast Stille ein. Susanna und ich liegen in der Stille auf meinem schmalen Bett und halten einander fest.

In der Nacht kommt Tarmo Manni in mein Zimmer. Susanna ist noch immer bei mir, sie hat vergessen zu gehen und ist in meinem Arm eingeschlafen, sie wacht nicht einmal auf, als Tarmo Manni hereinpoltert, sich auf den viel zu kleinen Schreibtischstuhl fallen lässt und sich nicht mehr vom Fleck rührt. Er atmet schwer und stoßweise, im Dämmerlicht der Sommernacht kann ich die dicken Speichelfäden in seinem ungepflegten Bart erkennen. Tarmo Manni redet nun nicht mehr. Keine ganzen Sätze, nichts, was Hand und Fuß hätte. Er hat schon am Vortag angefangen zu trinken, am Samstag, nach der Freilichttheateraufführung, jetzt ist sein Maß voll. Es ist unklar, ob er weiß, wo er ist, vielleicht glaubt er sich zu Hause, in der Kellerwohnung am Kirchenpark, wo er damals meines Wissens wohnt, und dennoch ist er in gewisser Weise im Bilde, denn er reagiert eindeutig, als er mich bemerkt. Esa, verdammt, du hast jemanden bei dir. Da ist jemand. Wer? Rate mal! Und dann lacht er, nicht dumpf wie vorhin im Erdgeschoss, sondern eher leise kichernd. Tarmo Manni ist wieder in seiner Rolle, ich weiß bloß nicht, in welcher.

Dein Vater, flüstert Tarmo Manni plötzlich todernst. Seine Augen funkeln wie kleine grüne Lichter. Die Zeit bleibt stehen, alles ist so verflucht langsam wie immer bei Stockbesoffenen. Susanna dreht sich unter meinem Arm um, ich habe Angst, dass sie aufwacht. Dein Vater, fängt Tarmo Manni wieder an. Ein großartiger Mann, bringt er heraus. Ein großartiger Mann. Ein Ausnahmemensch. Aber mein Vater. Mein Vater, Esa, mein Papa. Nicht großartig. Überhaupt nicht großartig.

Er lässt den Kopf sinken, der Blick richtet sich starr zu Boden, es sieht aus, als würde Tarmo Manni jeden Moment einschlafen. Er kommt aber noch einmal zu sich, rappelt sich auf, stützt sich am Schreibtisch ab und an meinem Bücherregal. Dort steht er eine Weile, und nachdem er Kraft gesammelt hat, bewegt er sich mit kleinen, vorsichtigen Schritten auf die Tür zu. Dabei flüstert er vor sich hin. Er geht auf Messers Schneide, und das weiß er. Aber es geschieht ein Wunder, und er gelangt ans Ziel. Erleichtert dreht er sich zum Bett um und enthüllt mir sein Gesicht, auf dem sich nun ein warmes, die ganze Welt und alle ihre Phänomene verstehendes Lächeln breitgemacht hat. Er ist ein Schauspieler bei der Verbeugung, er tritt noch einmal vor sein Publikum, und seine letzten Worte bleiben im Zimmer zurück. Wie ein Baum, Esa, sagt Tarmo Manni zu mir. Dein Vater ist wie ein Baum, der einen schützt und in den Schatten stellt. Schützt und in den Schatten stellt. Denk daran, Esa. Bleib nicht im Schatten deines Vaters. Tu das nicht!

Das geschah in den siebziger Jahren. Auch das. Es war eine tolle Zeit. Die siebziger Jahre waren wie ein sicherer Schoß, alles Fremde war so wenig fremd, dass es einem bekannt vorkam. Ich war damals noch ein Kind, und jeder Erwachsene sehnt sich wohl auf irgendeiner Ebene in seine Kindheit zurück. Aber mindestens ebenso deutlich wie an mich selbst erinnere ich mich an meine Eltern damals. An Esko und Liisa und ihren Freundeskreis, an ihre gleichaltrigen Freunde, deren Kinder so alt waren wie ich, sie befanden sich alle in der gleichen Lebenslage, wohnten in gleichartigen Häusern und fuhren gleichartige Autos. Sie waren auf rührende Weise zufrieden, sie wurden vom selbstverständlichen, unantastbaren Optimismus einer ganzen Generation getragen. Die Zeit selbst trug sie, in jenen Jahren hatte die Zeit etwas Freundliches, wir alle trieben im gleichmäßigen Strom der Zeit, der langsamer war als heute. Die Träume der Menschen damals waren maßvoll. Ich bin nicht sicher, ob man sie überhaupt Träume nennen kann, es waren eher realisierbare Pläne. Sie waren schon dankbar, wenn ihnen die Bank einen Kredit gab. Im Vergleich zu ihrer Herkunft, zu den Veteranenholzhäusern und Kleinbauernhöfen und Zweizimmerwohnungen, die sich ganze Familien teilen mussten, war ein kleines Reihenhaus im Stadtteil Papinniitty ein Vermögen. Der nächste Schritt war ein Einfamilienhaus, danach kam vielleicht ein Sommerhäuschen hinzu, sie rückten im Gleichtakt auf dem Band voran, das alle vorwärts transportierte, und niemand fiel herunter. Es gab mehr als genug Errungenschaften, wahre Wunder, mit denen sie ihre Eltern blendeten, wenn diese zu den Geburtstagen der Enkelkinder zu Besuch kamen oder sich an Weihnachten an den neuen Artek-Tisch setzten, die Kartio-Gläser von Iittala betasteten und das Kristall von Humppila in der Vitrine bewunderten. Schon damals besaßen sie so viel. Das galt für uns alle, es wäre genug gewesen.

Aber genug ist nie genug. Und die Zeit bleibt nicht stehen. Nach den siebziger Jahren kamen die achtziger Jahre und verdarben alles, die Devisenverkehrsbeschränkung wurde aufgehoben, und das Geld trat über die Ufer. Das große Geld schlängelte sich in kleinen Bächen auch bis in unsere kleine Stadt wie die Schlange ins Paradies und zerstörte die Idylle. Die Freunde begannen, miteinander zu konkurrieren. Sie neideten einander den Erfolg. Einige hatten inzwischen so viel mehr Besitz angehäuft, dass man es nicht übersehen konnte, er bildete Hindernisse zwischen ihnen, die sie nicht mehr überwinden konnten, die Weißdornhecken um ihre Häuser wurden höher und dichter, und sie saßen abends nicht mehr zusammen und riefen in den frühen Morgenstunden nicht mehr gut gelaunt ein Taxi. Ich kehrte in einem dramatischen Augenblick zu ihnen zurück, gerade als der Topf endgültig überzukochen drohte. Ein Rallyefahrer war in die Stadt gezogen, hatte sich ein Haus gebaut, und dieses Haus wurde zum Symbol der Veränderung, zum Monument der neuen Zeit, groß und weiß und leuchtend, eingezäunt und überwacht wie die Villen in den größeren Städten. Der Rallyefahrer begnügte sich nicht mit einer Weißdornhecke, sein Schloss umgaben Mauern mit Überwachungskameras.

Das Haus war ein Problem, denn es beschämte alle anderen. Neben ihm sahen die mit Mühe und Schulden und teils in Eigenleistung erbauten Backsteinhäuser fast wie Ferienhütten aus. Ihre Bewohner trieben sich in Scharen an der Baustelle herum, taten so, als führte ihr Spaziergang zufällig daran vorbei. Als die Villa fertig war und der Rallyefahrer mit seiner Familie einzog, saßen die Neugierigsten auf dem Hügel nebenan und spähten mit Ferngläsern über die Mauer. Liisa erzählte mir am Telefon, sie habe in der Stadt gesehen, wie hochnäsig die Frau und die Tochter des Rallyefahrers mit einer Textilverkäuferin umgegangen waren. Die Tochter des Rallyefahrers hatte ein eigenes Pferd und verteilte auf dem Hof der Grundschule Autogramme an ihre Mitschüler. Esko war auf das Haus nicht einmal neidisch. Er fand es großartig, dass fünfhundert Meter von ihm entfernt einer wohnte, der wirklich reich und berühmt war. Stattdessen wurmte es ihn, dass sich jener nicht für ihn interessierte. Hartnäckig versuchte er, dem Rallyefahrer das neue integrierte Heimstereosystem von Sony zu verkaufen, und war am Schluss verärgert, weil der Rallyefahrer nicht einmal auf seine Angebote reagierte. Trotzdem versuchte er auch später noch, Bekanntschaft mit dem Rallyefahrer zu schließen, indem er ihn ansprach, als er ihm einmal zufällig in dem Waldstück bei der Eigenheimsiedlung begegnete. »Ein sympathischer Kerl«, meinte Esko. »Aber ein stiller Vertreter, wahrscheinlich schüchtern. Im Rallyesport muss das wohl so sein, der Kartenleser quatscht, und der Fahrer hört zu. Wäre schlecht, wenn der Fahrer in einer Kurve bei Monte Carlo auf einmal zu plaudern anfängt. Dann geht es ihm wie der Grace von Monaco.«

Heute heißt der Besitzer des Hauses Sillanpää. Schon seit zwanzig Jahren. Irgendwann Anfang der neunziger Jahre kapierte der Rallyefahrer selbst, dass er sich den falschen Ort ausgesucht hatte, und schleppte sein Auto, sein Pferd und seine übrigen Sachen weiter nach Espoo, wo sich niemand darüber wunderte. Sillanpää war damals vermögend, vielleicht der Einzige in der Stadt, der zu der Zeit Geld hatte. Ich weiß noch, wie darüber geredet wurde, Sillanpää hat das Haus des Rallyefahrers gekauft, als wäre es eine große Eroberung. Sillanpää wohnt jetzt im Haus des Rallyefahrers mit seiner dicken, wachsgesichtigen Frau, und an dunklen Herbstabenden essen sie im Schutz der Mauern ihre Filetsteaks, die sie aus dem Riesenlager ihres eigenen Riesensupermarkts gestohlen haben, und ich gehe auf dem beleuchteten Fußweg daran vorbei und betrachte ihr Haus. Es bei Helligkeit zu betrachten ist freilich noch schöner, das Gebäude erfreut mich. Es sieht nämlich nach nichts mehr aus. Die Zeit macht mit Gebäuden dasselbe wie mit der menschlichen Haut, sie nimmt ihnen den Glanz. Weiße Häuser sind besonders gefährdet, sie sind zum schönen Schein errichtete Tagfalter, sie sollen nicht einmal die Zeit überdauern. Zwanzig Jahre nach ihrer jungfräulichen Geburt sehen sie so melancholisch aus wie mit Schlamm bespritzte Schwäne auf einem Waldweiher im Herbst. Schade nur, dass Sillanpää es nicht sieht. Er hält sich nach wie vor für den Mann, der es sich leisten kann, das Haus eines Rallyefahrers zu kaufen. Er begreift überhaupt nicht, wie klein er ist, nur einer unter vielen, Männer wie er beherrschen diese Stadt, und das Verblüffendste an ihnen ist ihre Zufriedenheit. Zufällig hat die Stadt genau die richtige Größe für sie, für ihre Begabung, ihre Träume und Bedürfnisse. Helsinki liegt hundert Kilometer entfernt, auf der Autobahn braucht man bis dorthin eine Stunde, aber Helsinki existiert gar nicht, die Männer verschwenden keinen Gedanken daran. Es gibt kein Land, keine Welt, es gibt nur diese Stadt, die Stadt ist das gesamte Universum, und die Männer lassen nicht zu, dass sich ihre Gedanken jemals über die Stadtgrenzen hinaus verirren, denn fünfzig Kilometer weiter nördlich, südlich, östlich oder westlich wären sie keine Riesen mehr, sondern nur winzige Ameisen, und tief in ihrem Inneren wissen sie es.

Krebs. Ein Krebsgeschwür. Sillanpää sieht krank aus, vielleicht hat er ein Geschwür und stirbt bald. Müsste ich Mitleid mit ihm haben? Krebsgeschwür, das war das Wort, worüber sich Sillanpää das erste Mal aufregte. Außer Fassung rief er in der Redaktion an und drohte damit, den Mann zu verprügeln, der so etwas schrieb. Jussi Kinnunen hatte das Wort in seiner Kolumne benutzt, möglicherweise als Erster in ganz Finnland, und ein besseres Wort ist seitdem nicht erfunden worden. Wenn man heute an dem Gebiet vorbeifährt, sieht man, wie es ununterbrochen wächst, neue Metastasen entwickelt, die von immer höher in den Vorstadthimmel wachsenden Türmen markiert werden wie ein Melanom von Leberflecken. Ich weiß nicht, ob du davon etwas weißt. Ich habe dir wahrscheinlich nie ausführlich vom Schicksal meiner Zeitung erzählt, dabei interessiert es dich vielleicht, du könntest es sogar auf der Bühne verarbeiten. Es ging um Bebauungspläne. Damals fing man damit an, jenes Finnland aus Tankstellen, Hypermärkten und Möbelhallen zu planen, das uns heute überall umgibt wie eine unaufhörlich wachsende urbane Wüste. Unsere gewöhnlich so langsame und vorsichtige kleine Stadt war ganz vorne mit dabei, die Autobahn befand sich im Bau, und die Stadtväter wollten neben der Autobahn sofort ihr eigenes Krebsgeschwür haben. Sillanpää betrieb Ende der achtziger Jahre in der Innenstadt ein vor sich hin vegetierendes kleines Lebensmittelgeschäft, aber zufällig war er Mitglied der Stadtverwaltung. Ich habe keine Lust, ins Detail zu gehen, ich habe mir in meinem Leben zu viele Gedanken über diese Konstellation gemacht, ich möchte dir ehrlich darlegen, was passierte, aber es besteht die Gefahr, dass ich trotzdem lüge. Sillanpää fasste tatsächlich den Entschluss, mich zu vernichten, aber er betrieb nicht meine Zeitung, und er lebte nicht mein Leben. Er machte auch nicht meine Fehler, die habe ich selbst gemacht, das darf ich nicht vergessen.

Jussi Kinnunen mochte Pink Floyd nicht. Aufgeblähte Scheiße, sagte er, als ich ihm in Tampere einmal *The Wall* und *Animals* vorspielte. In diesem einen Fall war er mit Esko einer Meinung, Esko beschwerte sich immer, wenn ich einem Kunden eine Stereoanlage vorführte und als Musterplatte *Dark Side of the Moon* auflegte. Esko mochte ganz Großbritannien nicht, insbesondere vor Margaret Thatcher habe dort alles im Argen gelegen, Amerika schaue nach vorne, England zurück. Seiner Meinung nach kristallisierte sich in Pink Floyds deprimierender Klage die ganze viktorianische Zurückgewandtheit Englands. »Es gibt genau zwei Arten von Musik. Die eine ist lebendig, die andere ist Gejammer«, analysierte Esko einmal am Plattenteller. »Und Gejammer höre ich mir nicht an.«

Jussi störte sich mehr an Pink Floyds Erfolg, genauer gesagt an der Art, wie er zustande gekommen war. Roger Waters, Dave Gilmour und die anderen übrig gebliebenen Mitglieder seien unbegabte, zynische Opportunisten, die ihr Vermögen damit gemacht hätten, dass sie auf dem Grab des einzigen Genies der Band tanzten. Syd Barrett sei ein echter Künstler gewesen, der Gründer und Visionär der Band, der Einzige, der Eier in der Hose gehabt habe, und jetzt, da Syd einen hohen Preis für seinen Mut zahle und seine Tage im Haus seiner Mutter auf dem Land friste, in einer vom LSD getrübten Wirklichkeit, schrieben die anderen Lieder über Syd und tourten in Amerika durch die Stadien. Jussi war aus ganzem Herzen auf Syds Seite, daran erinnere ich mich jetzt, oft führten wir in den frühen Morgenstunden in der Aleksanterinkatu das gleiche Gespräch. Die Eindeutigkeit der Geschichte sprach ihn an, es gab Gut und Böse, so wie es in Jussis Welt sein sollte. Es gab auch ein Opfer, und Jussi mochte Menschen, die sich opferten, Märtyrer, Ausnahmemenschen, die zwischen den Rädern der kapitalistischen Gesellschaft gnadenlos zerrieben wurden. Syd Barrett war kein Kommunist, rief ich Jussi in Erinnerung. Er lebte in seiner eigenen Welt, er war total unpolitisch. Jussi scherte sich nicht darum. Syd sei im Herzen ein Linker gewesen und die anderen bloß Spießer.

Warum fällt mir das ein? Weil ich an Jussi denke, an Jussi, wie er damals war am Übergang von einem Jahrzehnt zum nächsten, als wir uns zwei Jahre lang fast täglich trafen. Ich lasse ein Stück laufen, »Shine on You Crazy Diamond« vom Album *Wish You Were Here*, und habe das Gefühl, als kapiere ich zum ersten Mal, worüber wir vor dreißig Jahren diskutierten. Jussi identifizierte sich mit Syd, und das war nicht einmal abwegig, denn vielleicht hatten sie etwas gemeinsam. Jussi war natürlich nicht so verrückt, seine Droge war bis zum Schluss der Alkohol, aber Syds Impulsivität, sein Talent, die helle Flamme, die eine Zeitlang brannte und dann langsam erlosch – es mag an der Flasche Rotwein liegen, die ich bald alleine ausgetrunken habe, dass ich so viele Gemeinsamkeiten sehe. Jussi zog sogar ebenfalls in sein Elternhaus zurück. Zwar war seine Mutter damals schon tot, und er benötigte auch keinen Vormund, aber trotzdem. Genau wie Syd war Jussi ein Vorreiter, der etwas anfing, von dem er sich dann entfremdete und das andere, praktischer veranlagte Leute später so veredelten, dass es zur Welt passte. Jussi war nicht wie Marjaana dazu fähig, die Politik zum Beruf zu machen und sein Leben als Linkspolitiker in einer durch und durch rechts gewordenen Welt zu führen. Im Gegensatz zu Marjaana war er nicht wie Roger Waters, nicht so anpassungsfähig, nicht so stark, auch wenn er stark aussah und dadurch alle täuschte, lange Zeit auch mich.

Natürlich hätte ich diesen Mann nie in die Nähe meiner Zeitung lassen dürfen. Ich begriff es selbst, wusste, wie er war, wusste, wie sich seine Gegenwart auf mich auswirkte. Andererseits war er mein Freund. Er rief mich an und brauchte etwas von mir. Endlich einmal war es so herum. Ich kann mich genau erinnern, wann er anrief, am 2. Mai 1989, als die Ungarn den Zaun an der Grenze zu Österreich öffneten. Wir sprachen nicht darüber, Jussi ging über die Nachricht einfach hinweg, stattdessen erzählte er mir, er habe seine Stelle im Parteibüro der SKP aufgegeben. Er wollte bei der Gestaltung eines neuen Linksbündnisses nicht mitmachen, das überließ er gern jüngeren Kräften. Schließlich gab er sogar sein Parteibuch zurück, was er schon Jahre zuvor hätte tun sollen, er war fast vierzig und an den Punkt gekommen, an dem es Zeit war, etwas Neues zu machen. Jussi redete, und ich hörte zu, aber ich merkte, dass er sich in einem manischen Zustand befand. Obwohl er behauptete, die Maifeier ausgelassen zu haben, war er vermutlich ziemlich betrunken. Es war ein heller Frühlingsabend, ich saß allein in der Redaktion, und Jussi Kinnunen fragte mich, ob er vielleicht ab und zu für meine Zeitung schreiben könnte, und ich schaute auf die stille Wasseroberfläche, auf die Schiffe an der

Anlegestelle, auf die hartnäckigen Übriggebliebenen von der Maifeier, die auf der Terrasse des Casinos saßen, und sagte ja. Ich dachte, er würde es vergessen und am nächsten Tag nicht einmal mehr wissen, dass er mich angerufen hatte. Jussi war kein Journalist. Er hatte nie Journalist werden wollen, seine Vorstellung vom Beruf des Journalisten war nicht sonderlich schmeichelhaft. Er hatte sogar versucht, mich dazu zu bewegen, das Studium der Journalistik aufzugeben und mich ganz auf Staatswissenschaften oder internationale Politik zu konzentrieren.

Es stellte sich jedoch heraus, dass er es ernst meinte. Schon in der nächsten Woche kam er in die Stadt. Er hatte seinen Stil verändert, hatte sich rasiert und die Haare schneiden lassen, hatte sich neue, auffallend enge Jeans gekauft, in die seine kräftigen Oberschenkel kaum hineinzupassen schienen. Er schleifte einen Stuhl in die Ecke meines Büros, schlug sein Notizbuch auf und listete die Themen auf, die er sich überlegt hatte. Sie waren alle unbrauchbar, viel zu umfassend und zu wenig klar umrissen. In den siebziger Jahren hätte man solche Themen im öffentlich-rechtlichen Rundfunk behandeln können, aber nicht Ende der achtziger Jahre, nicht einmal mehr beim Rundfunk, geschweige denn in der kleinen Zeitung, an der wir saßen. Ich sagte es ihm direkt, und zuerst war er natürlich beleidigt, das sah ich am Blitzen in seinen Augen.

Aber er hörte mir zu. Er lernte. Ich hatte vergessen, wie sehr er sich in etwas hineinknien konnte, ich wusste es nicht einmal, denn ich hatte ihn nie bei der Arbeit erlebt. Für meine Lokalzeitung zu schreiben war nun seine Arbeit, eine andere gab es nicht, so hatte er es beschlossen, und es störte ihn nicht, dass er am Anfang nur wenige Artikel bekam und ich ihm praktisch nichts zahlen konnte. Er lebte von Arbeitslosenhilfe und verlor vermutlich sogar Geld, weil er darauf bestand, seine Honorare auf Lohnsteuerkarte zu bekommen.

Zweimal in der Woche kam er mit dem Zug aus Tampere, dienstags und freitags, und als er im Oktober erklärte, ganz in die Stadt zu ziehen, war ich nicht einmal mehr überrascht.

Es störte mich nicht, dass er gelegentlich in der Redaktion auf der Couch schlief. Es störte mich auch nicht, dass er immer wieder rauchend auf der Fensterbank saß und abends manchmal, wenn wir zu zweit waren, umstandslos drinnen rauchte. Die Lautstärke seiner Stimme überraschte mich nicht, wenn nötig konnte ich die Ohren vor der Flut seiner Flüche verschließen. Seine Art, alles, was ihm in einer Zeitung oder einem Buch auffiel, unverzüglich allen Anwesenden mitzuteilen, kannte ich. Er war, freundlich gesagt, eine raumgreifende Persönlichkeit, das wusste ich, aber Veikko und Salmenranta wussten es nicht, und so war die angenehme Harmonie, die in der Redaktion geherrscht hatte, dahin. Du warst auch nicht mehr da, um für eine sanftere Stimmung zu sorgen, wir hatten längst einen Kindergartenplatz für dich gefunden.

Jussi und Salmenranta kamen noch einigermaßen miteinander aus. Wenn nötig konnte Kari den Lautstärkeregler hochdrehen und Jussi skrupellos als Kommunisten beschimpfen, aber den armen Veikko quälte Jussis Anwesenheit wie eine sirrende Mücke am Ohr. Kinnunen ist verrückt, sagte Veikko vor Weihnachten zu mir, nachdem er lange genug still vor sich hin gelitten hatte. Jussi Kinnunen ist total verrückt, das ist dir doch wohl klar. Die erste Krebsgeschwürkolumne war gerade erschienen, und wir sprachen darüber. Veikko hatte schon vor Jussi ein Jahr lang zum Bebauungsplan für das Einkaufszentrum recherchiert und beschlossen, nicht darüber zu schreiben, weil es seiner Meinung nach nichts zu schreiben gab. Er war ein alter Gewerkschaftler und gemäßigter Sozialdemokrat, er interessierte sich für materielle Dinge, wie es Menschen, die aus einfachen Verhältnissen stammen, häufig tun. Unser Krebsgeschwür war für ihn ein vernünftiger, fortschrittlicher Plan, der mehr Arbeitsplätze bedeutete, Steuereinnahmen und eine Verbesserung der Einkaufsmöglichkeiten. Du bist doch der Sohn eines Einzelhändlers, sagte er zu mir, wie kann der Sohn eines Einzelhändlers ein Einkaufszentrum für ein Krebsgeschwür halten. Er wies zum ersten Mal direkt auf diejenigen hin, die unser Blatt finanzierten, und vielleicht antwortete ich ihm deshalb brüsker als beabsichtigt. Ich sagte, wenn Lokaljournalismus bedeutsam sein wolle, brauche er auch Meinungen. Er habe absichtlich Informationen zurückgehalten, die mich interessiert hätten, er habe den falschen Beruf, wenn er Angst vor der Rache seiner Kumpels habe. Sein Gesicht lief rot an. Er holte tief Luft. Sillanpää, sagte Veikko dann mit vor Zorn schriller Stimme. An deiner Stelle würde ich mich zumindest vor Sillanpää hüten. Und außerdem weißt du einen Scheißdreck von meinen Kumpels, du Radiohändlersohn.

Veikko ging, und ich blieb allein im Raum zurück. Jussis Schreibtisch stand in der Ecke, ich setzte mich daran und nahm die Flasche heraus, von der ich wusste, dass er sie in der untersten Schublade unter einem Stoß Papier aufbewahrte. Ich füllte einen Einwegbecher zur Hälfte mit Weinbrand. Das war nicht meine Art, das hatte ich noch nie getan. Jedenfalls nicht vor diesem ersten Mal. Jussi kam aus der Stadt zurück, er war brav in der Fußgängerzone gewesen, um die belanglose wöchentliche Umfrage zu machen, und ich sagte ihm nichts von dem Zwischenfall. Er nahm eine Filtertüte aus dem Schrank, setzte Kaffee auf und verteilte die Gebäckstücke, die er auf dem Markt gekauft hatte, auf dem Tisch. Er redete begeistert von dem großen Artikel, den er für die Ausgabe der nächsten Woche plante. Es ging darin um die kurdischen Familien, die vor kurzem in die Stadt gekommen waren. Jussi und ich hatten gemeinsam beschlossen, die Geschichten der Flüchtlinge hervorzuheben, damit die Einwohner der Stadt erfuhren, aus welchen Verhältnissen diese Menschen kamen. Verdammt, das wird eine klasse Sache, freute sich Jussi. Eine wichtige Story, echt wichtig. Kriege ich eine ganze Seite? Was meinst du? Das war er, mein leidenschaftlicher Freund mit der richtigen Gesinnung, und Veikko durfte gehen, wenn er das für richtig hielt, Leute wie Veikko gab es in der Stadt genug. Jussi Kinnunen würde bleiben.

Du kannst dich auch an Jussi erinnern, natürlich erinnerst du dich an ihn, daran, wie er sonntagnachmittags bei uns in Kurala in der Wohnung saß. Er war unser Stammgast zum Essen. Ich hatte das so beschlossen und Marjaana dazu gebracht, es zu akzeptieren. Das ganze Sonntagsessen war eine fixe Idee von mir. Da ich nun einmal in diese kleinbürgerliche Stadt zurückgekehrt war, hatte ich womöglich unterbewusst das Gefühl, selbst die kleinbürgerlichen Sitten befolgen zu müssen. Und so war in Kurala an jedem Sonntag um sechzehn Uhr der Tisch für vier gedeckt. Vom Herbst bis Weihnachten 1989 aßen wir so. Um uns herum nahm die Welt eine neue Position ein, und wir saßen jede Woche in einem unbedeutenden Winkel der Welt am selben Tisch und versuchten zu verstehen, was da zum Teufel vor sich ging.

Ich erinnere mich an den Sonntag nach dem Fall der Mauer, an dem sich das Essen bis spät in den Abend zog und zu dem wir mindestens drei Flaschen Wein leerten. Jussi hatte beschlossen, sich über den Zusammenbruch des verrotteten Systems zu freuen, panische, ungläubige Freude war seine Reaktion auf den Schock. Wir haben es verbockt, schrie er Marjaana aus vollem Hals an. Wir sind verarscht worden, man hat uns angeschmiert! Gib es zu! Gib es endlich zu! Die Lippen rot vom Cabernet Sauvignon aus Chile gab er solche Dinge von sich, er reizte Marjaana mit aller Macht, aber sie blieb erstaunlich ruhig. Es war alles wahr, was dort seinerzeit geschah, sagte Marjaana. Die Menschen, die wir kennengelernt haben, leben immer noch dort. Nein, brüllte Jussi zurück. Die sind alle im Westen! Die sind im Westen und kaufen im Kaufhof Bananen, Kosmetik, Mikrowellenherde und Pornos! Honecker hatte Bananen und Pornofilme! Egon Krenz ebenfalls! Und die Stasi! Aber die anderen hatten es nicht, unser tolles System hat es ihnen nicht bieten können, und daran ist es gescheitert! An Bananen und Pornofilmen! Er hatte das ganze Wochenende getrunken, seine Augen glänzten. Was er sagte, war nichts für Kinderohren, ich hatte dich längst ins Bett gebracht, aber es fiel dir schwer, unter der My-Little-Pony-Decke zu bleiben, die Liisa gekauft hatte, weil Jussi so laut redete. Schließlich landete er in Marjaanas Armen, um sich trösten zu lassen, zu zweit saßen sie auf der Couch, und Marjaana strich Jussi übers Haar, und ich spürte den gleichen Stich der Eifersucht wie so oft zuvor.

Im Prinzip stand für sie wesentlich mehr auf dem Spiel als für mich. Ich war nur einmal in der Sowjetunion gewesen und nie in der DDR. Ich hatte nicht der Partei angehört, nicht einmal der Studentenorganisation, Jussi hatte mich nicht zum Beitritt bewegen können, und Marjaana hatte es gar nicht erst versucht. Als ich im Fernsehen die Menschen zum Brandenburger Tor stürmen sah, außer sich vor Freude, gab es für mich keinen Grund für Kummer oder Angst, ich hätte mich mit ihnen freuen sollen. Dennoch wäre es meiner Meinung nach besser gewesen, wenn sich alles anders entwickelt hätte, friedlicher, beherrschter. Wenn sich die Bevölkerung mit den neuen, vom Politbüro bekanntgegebenen Reisebestimmungen zufriedengegeben hätte, wenn sich die Leute brav ihr Visum geholt und gemeinsam die unvermeidlichen Veränderungen in die Tat umgesetzt hätten, anstatt in einer zufälligen Nacht im November als chaotische Herde die Mauer zu stürmen. Es wäre besser gewesen, wenn das neue Mitglied des Politbüros die Anweisung von Egon Krenz nicht missverstanden und auf die Frage eines Journalisten nicht mit »ab sofort« geantwortet hätte. Es war ein Versehen, ein menschlicher Irrtum, deshalb fiel die Mauer genau in jener Nacht und so spektakulär. Die Art und Weise, wie es geschah, ist von Bedeutung, denn sie hat den Kapitalisten erlaubt, auf dem Grab des Sozialismus zu tanzen, und das tun sie nach wie vor.

Ich weiß, dass es schwer zu erklären ist. Mich erschreckte nicht so sehr die Richtung der Veränderung, nicht einmal die unsichere Zukunft. Mich erschreckte das Verschwinden des Alten, die Tatsache, dass alle Dinge, sogar solche gewaltigen Dinge wie zig Kilometer lange Mauern oder Staaten von der Größe eines Kontinents, die man für ewig gehalten hatte, in einem einzigen Augenblick aufhören konnten zu existieren. So viel war gleichzeitig in Bewegung, zu viel: In der Woche vor dem Fall der Mauer war Esko am frühen Abend in der Arvi Kariston katu aufgetaucht, hatte mir zuerst überraschend ruhig die Leviten gelesen, weil für Eishockey zu wenige Spalten reserviert waren, und war dann nach langem, peinlichem Schweigen auf das eigentliche Thema zu sprechen gekommen, nämlich auf die nicht näher definierten Schwierigkeiten, die er mit Liisa hatte. Nie zuvor hatte Esko mit mir über seine Ehe gesprochen. Es gehörte sich nicht, dass er mit mir darüber sprach. Die beiden hatten keine Probleme miteinander, nach meiner damaligen und vielleicht auch heutigen Auffassung waren Esko und Liisa füreinander geschaffen. Ihre kleinen Auseinandersetzungen gehörten zur unvermeidlichen alltäglichen Reibung, sie waren Bestandteil der Reibungsenergie zwischen ihnen. Und jetzt legte mein Vater solche Bekenntnisse ab, erwähnte das Wort Trennung, wenn auch nur als eine Option, aber trotzdem, das Wort war gefallen, und ich konnte es weder fassen noch vergessen. Ich verstehe gar nicht, warum ich das Gespräch so schwernahm. Warum dachte ich danach so oft an die beiden, fast jeden Tag? Ich war ein erwachsener Mann, bald dreißig Jahre alt, ein Mensch in diesem Alter braucht seine Eltern eigentlich nicht mehr. Und sie starben ja nicht, ließen sich wohl nicht einmal scheiden. Als ich Liisa direkt darauf ansprach, sagte sie, Esko durchlaufe seine persönliche Fünfzigerkrise. Einen Monat später sah ich sie bei Weihnachtseinkäufen in der Stadt, und da wirkten sie wie immer, ein selbstverständliches Ehepaar. Das genügte aber nicht, um mich zu erleichtern. Mir war der Zweifel eingepflanzt worden, und der keimte nun in einem immer dichter werdenden Wald von weiteren Zweifeln und Ängsten und beklemmenden Gedanken.

Das neue Geschäft von Esko und Hannula wurde schließlich am 12. Mai 1990 eröffnet, fast ein Jahr später als geplant. Der Boden auf dem Grundstück hatte sich als verschmutzt erwiesen, man hatte die Reinigung abwarten müssen. Als es mit dem Bau dann losging, befand sich die Hochkonjunktur in der heißesten Phase, man musste die Zimmerleute mit doppeltem Lohn und Beschwörungen auf die Baustelle locken, und die Dachbleche mussten in Deutschland bestellt werden. All das kam Esko natürlich teuer zu stehen, er war gezwungen, den Mietvertrag seines alten Ladens Monat für Monat zum Wucherpreis zu verlängern und im März zusätzlich ein separates Lager für die Kühlgefrierkombinationen von Rosenlew anzumieten, die bei der Eröffnung als Lockangebot dienen sollten. Die weiße Linie wird ziehen, die Kunden werden kommen, lautete noch Ende 1989 seine Devise. Jetzt stiegen die Zinsen in den Himmel, alle Neubautätigkeiten ruhten praktisch, und das Immobiliengeschäft lag auf Eis. Ich wusste das nur zu gut, denn ich spürte es am eigenen Leib. In der Redaktion eines lokalen Anzeigenblatts konnte es einem nicht verborgen bleiben. Die Makler wollten für die Objekte, die ihnen noch geblieben waren, nicht einmal mehr Werbung machen.

Falls Esko Angst hatte, verbarg er es gut. Am Eröffnungstag strahlte er, die gewaltige weiße Reihe von Kühlgefrierkombinationen an der Rückwand des Geschäfts schien ihm keinerlei Sorgen zu bereiten. Er liebte solche Situationen, Feste aller Art, Karneval, jeden Vorwand, es sich gutgehen zu lassen und im besten Fall vor die Leute hinzutreten. Er hatte die Einweihungsfeier geplant, seit der Bagger zum ersten Mal die Schaufel in die billig erworbene Erde neben der Autobahn gerammt hatte. Nun spielte die Blaskapelle der Musikschule amerikanische Klassiker, Swing und Hollywood-Hits. Der Magier aus Helsinki zauberte ein Kaninchen aus dem Hut und knotete für die Kinder Tiere aus Luftballons. Es gab sogar Cheerleader, denn in der Stadt war gerade eine American-Football-Mannschaft gegründet worden, und Radio Vuori war natürlich der Hauptsponsor. Die Mädchen hatten zwei Monate in der Turnhalle geübt und versuchten, unter den riesigen Pappschildern von Sony eine Pyramide zu bilden. Esko hatte von einem amerikanischen TV-Star als Top-Act geträumt, von Knight Rider oder MacGyver, aber Hannula hatte ihn davon abgebracht. Stattdessen kam spät am Nachmittag Paula Koivuniemi, aus deren Stippvisite Esko alles herausholte. Er unterbrach den Verkauf für die Dauer ihres Auftritts und stand vor der Bühne, kaum eine Armlänge von der Frau entfernt, die er nach Laila Kinnunen für die größte finnische Sängerin hielt.

Du warst mit mir dort, na klar. Esko besorgte dir ein Autogramm von Paula Koivuniemi, eine von den Cheerleadern rieb dir Glitter aus ihrem Haar in die Hand. Du erklärtest, du wolltest Klarinette lernen, vertilgtest mindestens drei Portionen Zuckerwatte, denn es gab auf diesem Jahrmarkt sogar eine Zuckerwattemaschine, es fehlte an nichts. Marjaana war auch da, ich hatte sie überredet. Bevor Paula Koivuniemi kam, saßen wir alle in Eskos neuem Büro, mit Liisa und Timo und Timos damaliger Verlobten Sanna, wie eine Familie, die ihren bedeutendsten Vertreter feiert. Natürlich ging Marjaana die Situation auf die Nerven, es fiel ihr schwer, mit den anderen das Sektglas zu heben. Viel Glück und Erfolg, brachte sie dennoch heraus, dann stahl sie sich in den Verkaufsraum davon.

Am besten kann ich mich an Hannula erinnern. Ich ging durch die Möbelabteilung der Halle und beobachtete ihn, zwischen den gigantischen Couchgarnituren aus Leder und den dunklen TV-Möbeln und Bauernschränken mit Messingbeschlägen sah er aus, als sehnte er sich fürchterlich nach seinem alten kleinen Geschäft in der Raatihuoneenkatu. Nervös schlug er immer wieder die Hände zusammen, ich erinnere mich an das Geräusch. In dem mehrere Meter hohen Raum hallte es wider, wenn er Glückwünsche entgegennahm und versuchte, den wenigen Interessenten etwas zu verkaufen. Leute waren genug da, mit Zuckerwatte, Bratwürsten und Paula Koivuniemi hatte man die Einwohner der Stadt anlocken können, aber bedauerlich wenige waren in Kaufabsicht unterwegs.

Ich kann mich an weitere nervöse Personen erinnern. So ziemlich alle Freunde von Esko waren anwesend, die inzwischen gealterten Gesichter aus meiner Kindheit, Männer, die ich in den vergangenen zwei Jahren als Erwachsener neu kennengelernt hatte. Meine Kunden, meine Geschäftspartner. Ich erinnere mich, dass ich am Eröffnungstag des neuen Ladens zum ersten Mal deutlich begriff, wie eng mein Schicksal an ihr Schicksal geknüpft war. Ich bewegte mich zwischen ihnen, plauderte mit ihnen in der Sprache der Stadt, die überraschend natürlich aus meinem tiefsten Inneren kam, und es ärgerte mich, wie Marjaana mich aus der Ferne betrachtete. Sie hatte sich mit zwei linken Stadtratsfreunden in einer zum Verkauf stehenden gewaltigen Couchgarnitur verschanzt, und von dort aus beobachteten sie mich und meine Bemühungen, als erniedrigte ich mich damit, dass ich mit den Ausbeutern redete. Ich wiederum wusste sogar ein bisschen zu viel über diese Ausbeuter. Ich wusste von Salminens Schwierigkeiten mit seinem Maschinenbaubetrieb. Von Vuolles zweijährigen Steuerrückständen. Von dem Wasserschaden in Kekkis Sportgeschäft, von Hessus Investition in einen neuen Offset-Druck. Ich hatte in den Pausenräumen ihrer Büros gesessen, umgeben von Buchhaltungsordnern, ich hatte sie in den Restaurants der Stadt zum Essen und Trinken eingeladen, war mit ihnen in Aulanko und Kipinäniemi und im Penthouse des neuen Hotels Vaakuna in der Sauna gewesen. Es war mir unmöglich, sie nicht als Menschen zu sehen, unmöglich, Dinge über sie zu denken, die ich in Tampere zu denken versucht hatte. Es war unmöglich, mit ihnen zu reden, ohne die allgemeine Unruhe zu spüren, das Geräusch des drohenden Unwetters, das weder die Blaskapelle mit »When the Saints Go Marching In« noch Paula Koivuniemi mit »Ich bin eine erwachsene Frau« ganz übertönen konnten. Sie redeten um den heißen Brei, ausweichend, vorsichtig. Niemand wollte feste Zusagen über Inserate machen, die über einen Zeitraum von zwei Wochen hinausgingen. Was hätte ich tun sollen, um meine Haut zu retten? Sie unter Druck setzen, hartnäckiger sein, nicht nachgeben? Auch in dem Moment wurde ich mir mit schmerzlicher Deutlichkeit meiner Mängel als Verkäufer bewusst, all der Eigenschaften, über die Esko verfügte und die mir fehlten. Ich sah mich von außen, mit den Augen dieser Männer: den Schweiß auf meiner Stirn, die Flecken unter den Achseln, die übertriebene Festigkeit des Händedrucks. Ich hätte anders sein müssen. Ich hätte so sein müssen wie sie, dann hätten sie mich akzeptiert und mir wenigstens ein paar Hunderter aus ihren schnell schrumpfenden Kassen gegeben.

Auch Sillanpää war bei der Eröffnung anwesend, natürlich. Er schob sich eine Bratwurst in den Rachen, dass die Backen glänzten, die kleinen Ferkelaugen hervorquollen und Senf am Schnurrbart hängenblieb. Na, Esa, sprach er mich an der Würstchenbude an. Er hatte diese ätzende Art, ein Gespräch zu beginnen, na, mein Junge, war die Alternative, bisweilen nannte er mich auch Vuori junior. Oder Zeitungs-Vuori, auch diese Anrede war im Gebrauch, es war der beste Witz, zu dem Sillanpää imstande war. Na, Esa, sagte dieser widerliche Mensch mit einer Bratwurst in der Hand und drängte sich ungebeten zu mir, als ich gerade mit Kekki und Vuolle redete. Schon da hatte er beschlossen, mich zu versenken. Er hatte damit begonnen, seine Truppen zu sammeln und weitere Inserenten gegen mich aufzubringen. Kekki und Vuolle verzogen sich peinlich berührt, daran erinnere ich mich jetzt. Zuerst hatten wir zu viert über dieses und jenes geredet, wahrscheinlich auch über Eishockey, natürlich über Eishockey. Dann verdrückten sich Kekki und Vuolle einfach, und ich blieb mit Sillanpää allein. Steht der Lada noch in der Arvi Kariston katu auf dem Parkplatz?, fragte Sillanpää und zerknüllte das Wurstpapier in der Faust. Ja, da steht er noch, sagte ich. Sein Lächeln war immer schief gewesen, schon damals, als wir noch die besten Freunde waren und bei Kaffee und Krapfen auf dem Marktplatz saßen, aber jetzt war ich nicht sicher, ob es überhaupt noch ein Lächeln war, vielleicht eher eine Grimasse. Sillanpää runzelte sonderbar die Stirn und schmatzte ab und zu mit den Lippen. Ich weiß nicht, wie er auszusehen glaubte, wie Marlon Brando, Al Pacino, Robert De Niro. Er sah wie ein Schwein aus, einfach nur wie ein Schwein.

Es ging um Jussis Lada. Um den zweifellos fürchterlichen, einst wohl hellbraunen, inzwischen fast durchgerosteten Lada aus der Mitte der siebziger Jahre, der auf dem Parkplatz vor einem lokalen Anzeigenblatt, das sich in einer kleinbürgerlichen Provinzstadt über Wasser zu halten versuchte, eine unnötige Provokation darstellte. Ich hatte mich darüber schon bei Jussi beklagt, hatte ihn dazu zu bewegen versucht, zu Fuß zur Arbeit zu kommen oder die Kiste irgendwo abzustellen, wo Passanten sie nicht sahen. Im Hinterhof gab es Parkplätze, neben meinem Corolla wäre für den Lada Platz genug gewesen. Salmenranta war der Lada ein noch größerer Dorn im Auge, mehr als einmal zog er Jussi den Schlüssel aus der Tasche und setzte den Wagen mitten am Arbeitstag um. Je mehr über das Thema geredet wurde, desto schwerer fiel es Jussi natürlich, nachzugeben.

Auch sonst wurde er allmählich unhaltbar. Er trank wieder mehr, hatte immer öfter eine Fahne, wenn er vormittags in die Redaktion kam. Der Alkohol machte ihn so unzuverlässig wie alle Alkoholiker, er kam zu spät zu Terminen und vergaß Versprechen, die er mir gegeben hatte. Er machte ihn wieder impulsiver, unberechenbarer, ideologischer, vielleicht mehr zu dem, der er tatsächlich war. Die überraschende Demut, die er zu Beginn seiner Redakteurslaufbahn an den Tag gelegt hatte, war verschwunden und seine Bedingungslosigkeit wieder an die Oberfläche gekommen. Ich zeigte ihm die Tabelle mit dem ständig schrumpfenden Anzeigenverkauf, er hielt mir Vorträge darüber, was für eine Zeitung wir machen müssten. Hinter meinem Rücken hatte er ein Verhältnis mit Sari Kanerva angefangen, die beiden vögelten schon ein halbes Jahr miteinander, bevor Jussi sich an einem Ecktisch in William's Pub entschied, mir davon zu erzählen. Es war eine Beziehung, die nur in der Katastrophe enden konnte. Ein älterer, dominanter Mann und ein sensibles, zerbrechliches Mädchen. Aber trotz dieser ungleichgewichtigen Konstellation ahnte man, wie es enden würde: Das Mädchen würde sich losreißen, und der Mann bliebe allein zurück. So erging es Jussi immer, er verliebte sich derart maßlos, dass er das Objekt seiner Liebe verschreckte.

In seinem Hass war er ebenso maßlos. Schlappschwanz, nannte er Sillanpää. Arschloch. Wichser. Drecksau auf zwei Beinen. Ich hatte seine Neigung zu persönlichen Kreuzzügen vergessen, Jussi war ein Mann, der den Zweikampf liebte. Nachdem Sillanpää zuerst seine Wut an mir ausgelassen hatte, rief er natürlich Jussi direkt an, beleidigte ihn angeblich auf persönlicher Ebene, wovon ich nichts Genaues weiß, und von da an ging es nicht mehr um den Bebauungsplan, nicht um vernünftige Städteplanung, nicht um die Durchsichtigkeit von Stadtratsentscheidungen und die Zweckmäßigkeit bestimmter Vorgehensweisen, um Dinge also, die mir ursprünglich wichtig gewesen waren. Es ging nur noch um den Geschäftsmann Raimo Sillanpää, der Jussis Ansicht nach all das Schlechte repräsentierte, das in dieser Stadt, im Land und auf der Welt die Macht innehatte. Natürlich hatte Sillanpää sich entlarvt, indem er sich so maßlos aufregte. Natürlich intrigierte und klüngelte er und wollte nicht, dass jemand in der Stadt etwas über den Bebauungsplan erfuhr, bevor er in Kraft trat. Mit seinen persönlichen Beziehungen sorgte er dafür, dass die von ihm vertretene Kette das Baurecht für ein Grundstück erwerben konnte, für das es auch andere Interessenten gab. Die Kette dankte es ihm, indem sie ihn zum Ladeninhaber machte, sein Citymarket wurde ein Erfolg, es stellte sich heraus, dass die Einwohner der Stadt mit Freuden fünf Kilometer aus der Stadt hinausfuhren, um in einer eilig hochgezogenen Betonhalle ihre Einkäufe zu erledigen. Aber die schreckliche Betonhalle und alle anderen Betonhallen daneben wären ohnehin gebaut worden. Das Krebsgeschwür hätte sich auch ohne Sillanpääs Intrigen oder ganz ohne Sillanpää am Stadtrand ausgebreitet, insofern war unser heldenhafter Journalismus reine Selbstzerstörung. Und wenn es Jussi nicht gegeben hätte, oder wenn Jussi nicht so gewesen wäre, wie er war, wäre alles vielleicht anders gelaufen und meine Zeitung hätte fortbestanden. Sillanpää wäre mit einem Anruf seine Wut losgeworden, und wir hätten über andere Themen geschrieben. Zum Beispiel über die kurdischen Flüchtlinge, das waren wirklich gute Artikel. Jussi schrieb eine ganze Serie über Immigranten, in der Stadt bedankten sich die Leute bei mir dafür. Diese Texte hatten eine Bedeutung, unsere Krebsgeschwürkolumne dagegen war ein Kampf gegen Windmühlen, und einen solchen Kampf konnten wir uns nicht leisten.

Ich sah das alles, erkannte, dass es geschah. Ich verstand, dass Jussi toter Ballast in einem Zug war, der ohnehin an Geschwindigkeit verlor, ich hätte es auch verstanden, wenn man es mir nicht eigens gesagt hätte. Veikko hatte es bereits gesagt. Salmenranta sagte es. Esko natürlich, mehr als einmal. Im August 1990 hätte ich ein paar Tausender gebraucht, um ein akutes Defizit auszugleichen, aber Esko wollte mir nichts geben. Zuerst schmeißt du den roten Säufer raus, dann sehen wir weiter. Roter Säufer, sagte er. Ich weiß noch, wie ich mich in dem Moment über ihn ärgerte. Ich erinnere mich an seine unerträgliche Selbstgerechtigkeit. Er hatte leicht reden, denn in dieser Phase der Weltgeschichte hatte er einen K.-o.-Sieg errungen. Er konnte ein Stück der Berliner Mauer, das er sich eigenhändig geholt hatte, auf den neuen Schreibtisch knallen und sah sich das Videoband vom olympischen Finale in Lake Placid, das für ihn spätestens jetzt die endgültige Entscheidung im Kalten Krieg symbolisierte, noch zufriedener an als zuvor. Und wenn Jussi Kinnunen seinen Lada so prominent in der Arvi Kariston katu parkte, dann tat er das wahrscheinlich, weil auch er etwas tun musste. Jussi handelte nicht wie Marjaana und die anderen Überlebenskünstler, er sagte nicht immer und unter allen Umständen, er sei Idealist und wolle eine bessere Welt. In all seinem Schwarz-Weiß-Denken war Jussi doch streng mit sich selbst, er wollte nicht vergessen, er wollte etwas wissen. Er las westdeutsche und amerikanische Zeitungen. Er fuhr nach Tallinn, sobald Estland selbständig geworden war. Er wollte, dass die Stasi-Archive möglichst bald geöffnet würden, er war sicher, dass sie auch etwas über Jussi Kinnunen enthielten, er wollte wissen, was in den Unterlagen über ihn gesagt wurde. Der Mann, der vor ihm der Vorsitzende der Marxistischen Gruppe an der Uni Tampere gewesen war, an dessen Namen ich mich nicht erinnern kann und der ein ebensolcher Wahrheitssucher wie Jussi war, schrieb nun an einer kritischen Dissertation, die mit den Methoden der Diskursanalyse die Zeit der extremen Linken in Finnland untersuchte. Jussi hatte versprochen, sich dafür befragen zu lassen, weshalb die beiden einmal im Monat für eine lange Sitzung zusammenkamen. Natürlich war Jussi nicht konsequent, man kann seinen Glauben wahrscheinlich gar nicht konsequent verlieren, aber er suchte, er strampelte, er litt, und Esko hatte keine Ahnung, was Jussi durchmachte.

Ich versuchte, ihm zu helfen. Oder war es umgekehrt? Wenn wir zu zweit in der Redaktion saßen, wusste ich nicht immer, wer wem half und wer Hilfe brauchte. In jenem letzten Herbst saßen wir oft zu zweit dort, es wurde dunkel, der Regen schlug gegen die Fenster, und Jussi und ich blieben, nachdem die anderen gegangen waren, zwei verrückte Kapitäne auf einem sinkenden Schiff. Ich hatte wohl gute Gründe, länger zu bleiben, denn es gab höllisch viel zu tun. Ich versuchte noch mehr als früher, selbst zu schreiben, ich konnte es mir nicht einmal mehr leisten, Texte von Veikko zu kaufen, zu dem das Verhältnis ohnehin abgekühlt war. Den Teilzeit-Layouter hatten wir aufgegeben, Jussi und ich versuchten mit vereinten Kräften, die Zeitung druckfertig zu machen, obwohl keiner von uns das Layout-Programm beherrschte.

Die Zeitung erschien donnerstags, bis Mittwochmorgen um neun musste das Material druckfertig sein. Immer öfter passierte es, dass wir die Nacht zuvor nicht zum Schlafen kamen. Jussi war zäh, in seiner Zeit als Studentenagitator hatte er sich an lange Abende und kurze Nächte gewöhnt, in jenen frühen Morgenstunden in der Redaktion erfüllte er mich mit Zuversicht. Seine manische Art hatte auch diese Seite, sie versenkte uns nicht nur, sondern hielt uns vorher auch ein bisschen länger über Wasser. Ohne Jussi hätte ich bei den geringen Ressourcen viel früher aufgeben müssen.

Ich hielt dem Druck nicht stand. Ich hatte Schwierigkeiten, meine Texte zu schreiben, auch kleine und simple. Ein Interview mit dem stellvertretenden Bürgermeister zum Geburtstag, Bildunterschriften zu Kaffeekränzchen, die verdammte Polizeispalte, die ich nach ein paar Leserzuschriften übereilt ins Blatt genommen hatte, um die Seiten zu füllen. Wie gelähmt saß ich am Computer, die Buchstaben flimmerten vor meinen Augen, ich hatte das Gefühl, meine eigenen Sätze nicht mehr zu verstehen. Waren es überhaupt Sätze? Nein, ich reihte nur Buchstaben aneinander. Ich war dabei, meine Sprache zu verlieren, die Fähigkeit zu schreiben. Vielleicht auch meinen Verstand. Ich konnte meine Not nicht verbergen, die Hände zitterten, und das Gesicht wechselte die Farbe. »Atme«, sagte Jussi dann zu mir. »Was immer es auch ist, es geht vorbei. Alles geht vorbei, das Gute wie das Schlechte, das ist das Schmerzliche und das Barmherzige im Leben.« In solchen Momenten durchschaute er mich, er verstand mich, und das erklärt alles, was passierte, Jussi war mein Freund, ich konnte ihn nicht fallen lassen.

Im selben Herbst sah ich auf seinem Schreibtisch *Die Dame mit dem Hündchen* liegen. Da lag es, ich erinnere mich jetzt genau. An einem Mittwochmorgen, nachdem wir die Zeitung fertig gemacht hatten, landeten wir in seiner unaufgeräumten Wohnung in der Parolantie, um unseren allwöchentlichen Überlebenskampf zu feiern. Zehn Jahre zuvor war Jussi über Tschechow der gleichen Meinung gewesen wie Marjaana. Anton Pawlowitsch hatte nicht hoch im Kurs gestanden, die Revolution war nicht nur über seine Figuren, sondern auch über ihn selbst hinweggegangen. Nun aber gab es keine Regeln mehr, alles war zusammengebrochen, die Revolution hatte ihre Kinder gefressen, und übrig geblieben war nur das, was überdauerte, das Rätsel, das nicht zu lösen war.

Was habt ihr getan, als meine Zeitung im Sterben lag, du und Marjaana? Du warst in die Schule gekommen, morgens vor acht packte Marjaana deinen Rucksack und scheuchte dich ins Auto. Oft wart ihr schon weg, wenn ich aufstand. Marjaana absolvierte ihren Arbeitstag, acht Stunden im Sozialamt der Stadt, holte dich vom Hort ab, kochte oder wärmte Fertigmahlzeiten auf, und am Abend, wenn ich endlich nach Hause kam, warst du normalerweise schon im Schlafanzug, machtest Hausaufgaben, warst mit den letzten einsamen Spielen des Tages beschäftigt oder lagst im Bett und lasest Petzi oder Nils Holgersson. Marjaana leistete dir keine Gesellschaft, sie saß im Wohnzimmer auf der Couch und schrieb Besprechungsprotokolle oder Leserbriefe oder Anträge für den Parteitag des Linksbundes. Nachdem ich meine Zeitung gegründet und mich in meinen Traum verirrt hatte, wurdest du ein einsames Kind.

Schon damals dachte ich, dass ich dich betrogen hatte, dass ich mich verändert hatte und nicht mehr so wie früher war, wie ich es dir versprochen hatte. Oder du hattest mich betrogen, indem du zu dem großen, dünnen, ernsten Mädchen wurdest, das ich nicht mehr durch und durch kannte, zu dem Mädchen, das mir wahrscheinlich nie mehr in die Arme laufen würde und das manchmal den Kopf abwandte, wenn ich es streicheln wollte. Es fiel mir schwer, das zu akzeptieren. Es war vollkommen normal, das wusste und begriff ich, dennoch empfand ich es als Betrug. Ich machte Marjaana dafür verantwortlich, beschuldigte sie, dich zu sehr für sich zu beanspruchen, dich gegen mich aufzubringen. Ich warf ihr zweierlei vor: dass sie sich nicht so mit dir abgab, wie ich es getan hatte, und dass sie dich mir wegnahm. Ich saß an deinem Bett, bis du einschliefst, erzählte dir von meinem Tag, holte aus dem Augenblick zu zweit alles heraus, und als du dann schliefst, ging ich ins Wohnzimmer und griff Marjaana an. Das kann nicht dein Ernst sein, sagte sie zu mir. Esa, du machst dich lächerlich, ist dir eigentlich bewusst, was du da sagst? Es fiel ihr schwer zu glauben, dass dies meine echten Gefühle waren. Marjaana hatte nie ein so enges Verhältnis zu dir wie ich, sie hätte problemlos ohne Kinder leben können. Ihre Aura ist die eines kinderlosen Menschen, sie erwähnt dich in Interviews nur, weil du erfolgreich bist und in ihre Geschichte passt.

Wir haben uns nie verstanden. Marjaana glaubte, ich würde nur spielen und könnte so werden wie sie, wenn ich nur wollte. Dann kam die Weihnachtsfeier in der Schule, bei der ich mir die Augen wischte. Es war Mittwochmorgen, und ich hatte wieder einmal die ganze Nacht nicht geschlafen. Du warst einer von den Weisen aus dem Morgenland, du sahst groß und einsam aus, ich sah der Aufführung zu und fing an zu weinen. Marjaana schämte sich für mich. Sie rückte von mir ab, ich weiß noch genau, was das für ein Gefühl war. Wir saßen in der letzten Reihe vor der Sprossenwand, in der Mitte, unter dem Basketballkorb. Ich schluckte meine Tränen hinunter und schaute nach oben, auf einen Strumpf, der am Korb hing, auf die zusammengebundenen Kletterseile, auf die Neonröhren, die an der Decke der Turnhalle flackerten. Es gelang mir schließlich, mich zusammenzureißen, aber da war der Stuhl neben mir bereits leer. Marjaana hatte mich verlassen. Sie stand an der Seitenwand und applaudierte dir und den anderen Kindern, ihr hattet euch vor der Bühne aufgestellt und verneigtet euch und saht erleichtert aus und strahlend und zufrieden, wie nur Kinder aussehen können, die eine aufregende Situation überstanden haben. Es war ein gewöhnliches Grundschulkrippenspiel. Es gab keinen Grund zu weinen, in gewisser Weise verstand ich, warum sich Marjaana für mich schämte. Außerdem ist mein Gedächtnis selektiv, besonders wenn ich an Marjaana denke, ich erinnere mich so leicht daran, wie sie sich in der Turnhalle für mich schämte, und vergesse darüber viele andere Momente aus demselben Winter. Wie sie dienstags immer in die Redaktion kam und mich zum Mittagessen ins Emilia abholte. Sie wollte keine dritte Person dabeihaben, da blieb sie konsequent. Wie sie uns im Januar ein Spa-Wochenende in Nokia buchte und mich mit Gewalt hinschleppte. Wie sie dort im Eden mit mir schlief. Ihr Körper hatte sich nicht verändert, er war immer derselbe, und wie sie auf der Heimfahrt vom Paradies sagte, sie mache sich keine Sorgen über den Euribor-Kredit für unsere Wohnung in Kurala, wir würden schon über die Runden kommen. Marjaana gab sich Mühe. Sie wandte sich nicht gegen mich, sondern ich wandte mich von ihr ab, das ist die Wahrheit, auch wenn es mir schwerfällt, das zuzugeben. Komm zurück, sagte Marjaana einmal zu mir. Bitte, Esa, komm zurück. Komm her und fass mich an, geh nicht in die Redaktion, was willst du dort, da ist doch niemand. Ich bin hier. Hier, siehst du. Sie saß auf dem Rand unseres gemeinsamen Bettes und sah müde aus in ihren Alltagskleidern, es war Herbst und dunkel, ihr Gesicht blass, traurig und aufrichtig, und vielleicht war das der entscheidende Augenblick, ich weiß es nicht mit Sicherheit, aber ich tat nicht, worum sie mich bat, sondern ließ sie dort sitzen.

Jussi hatte tatsächlich beschlossen, Sillanpää abzuschießen. Wie ein Hermelin saß er im Rathaus auf der Zuschauertribüne, wenn der Stadtrat tagte, und lauerte auf jedes Wort von Sillanpää. Bei den Sonntagsmahlzeiten lag er Marjaana, die ebenfalls im Stadtrat saß, wegen weiterer Informationen in den Ohren. Mit dem Bebauungsplan tat sich in jenem letzten Winter aber nicht viel, es gab nichts Neues darüber zu schreiben. Stattdessen trieb Jussi irgendwo die siebzehnjährige Sanna-Maria Salmen auf. Das Mädchen hatte zuerst einen Ferienjob in Sillanpääs Laden gehabt und später an den Wochenenden ausgeholfen, dann fand Sillanpää sie irgendwann faul und unnütz, und Jussi wollte daraus unbedingt eine Geschichte über gebrochene Versprechen und nicht bezahlte Überstunden machen. Ich sagte ihm, so eine Geschichte werde nicht gemacht. Er machte sie trotzdem, schrieb sie, machte ein Foto und das komplette Layout. Das war Anfang des Jahres 1991, früh im Januar, und danach grub er den Artikel jede Woche aus, immer wenn wir vor Redaktionsschluss zu zweit in der Arvi Kariston katu schufteten. Das hier hätte ich noch, sollen wir das nicht ins Blatt nehmen. Einmal brachte er den unseligen Artikel bei einem Sonntagsessen zur Sprache. Marjaana hörte sich das Ganze an, und dann verbündeten sich die beiden gegen mich. Du bist nicht Manns genug. Das war ihre Einstellung, auch die von Marjaana, und sie erinnerte mich daran, dass ich mir seit Oktober kein Gehalt mehr hatte zahlen können. Wir lebten von ihrem Geld, das wurde mir deutlich zu verstehen gegeben.

Und dann kam der Artikel doch ins Blatt. Ende Februar, in der letzten Ausgabe des Monats. Ich erinnere mich gut an die Nacht, in der ich nachgab. Ich hatte keine Lust mehr zu diskutieren, obwohl ich ahnte, was passieren würde, aber mir fehlte die Kraft, es ernst zu nehmen. Ich war betrunken. Wir waren beide betrunken, es war eine Winternacht mit Nieselregen, ich schaute durchs Fenster auf den See, und die Landschaft war das Gegenteil von jener, auf die ich im ersten Sommer geblickt hatte. Wir waren am Ende, ich wusste es.

Nie wären wir aus der Scheiße rausgekommen, Esko will mich nur ärgern, wenn er behauptet, ohne diese letzte Böswilligkeit hätten wir noch eine Chance gehabt. In Wahrheit waren wir längst umzingelt gewesen. Man hatte uns vergessen und allein gelassen. Sie alle hatten Schwierigkeiten mit ihren Geschäften, das stimmt, aber sie haben nie aufgehört zu inserieren, sie gaben ihre Inserate bloß nach und nach wieder in der anderen Zeitung auf. Einer nach dem anderen und meist mit großem Bedauern, aber trotzdem wie auf eine gemeinsame Vereinbarung hin. Das Geld ist im Moment so knapp, dass man sich für die sicherste Option entscheiden muss, sagten sie. Aber es steckte Sillanpää dahinter, Sillanpää und seine lautlosen Machenschaften. Er hatte lange zuvor damit angefangen und führte sie nun zu Ende. Es gab keine Hoffnung mehr, da konnten wir auch die Geschichte über Sanna-Maria und ihr Pech bringen, und ich erinnere mich, wie ich neben Jussi saß und zusah, wie er die Seite in den Druck gab. Er war ehrlich glücklich darüber, dass es nun endlich geschah. Weil ich betrunken war, fällt es mir schwer, mich genau zu erinnern, aber soweit ich weiß, umarmte mich Jussi sogar. Mensch, Esa, das ist eine wichtige Geschichte. Ein Riesending! Darüber wird man lange reden! War er wirklich so blind? Kapierte er nicht, was mit uns passieren würde, was bereits passiert war?

Natürlich wurde über den Artikel überhaupt nicht gesprochen. Falls doch, dann redeten die Männer der Stadt unter sich darüber. Wir stießen auf beharrliches Schweigen. Am Erscheinungstag kam Salmenranta zur Arbeit, las die Zeitung und ging ohne ein Wort wieder hinaus. Veikko blieb zu Hause. Ich wartete den ganzen Tag auf Eskos Anruf, aber der kam nicht, Esko rief mich erst am nächsten Tag aus irgendeinem Grund an. Überraschenderweise blieb auch Sillanpää völlig stumm. Jussi war enttäuscht, denn er war natürlich davon ausgegangen, dass sein Feind auf der Stelle anrufen würde. Ich rief Kantola an. Es war an jenem Donnerstag, ich erinnere mich, wie ich Jarmo Kantola anrief, mit dessen Sohn ich in einer Mannschaft Eishockey gespielt hatte. Unzählige Male hatte ich meine Sporttasche in den Kofferraum seines 96er Saabs gestopft, neben die Tasche seines

Sohnes. Der Baumarkt von Jarmo Kantola war der letzte große Anzeigenkunde, der uns geblieben war, wir hatten mündlich eine feste halbe Seite bis zum Sommer vereinbart, und ich hörte, wie verlegen Jarmo war, er saß wie auf Kohlen, er wand sich minutenlang am Telefon, bis er über die Lippen brachte, was er zu sagen hatte. Ihr scheint das Kriegsbeil ausgegraben zu haben, rückte er schließlich heraus. Gegen uns Unternehmer, meine ich. Da mache ich mir dann so meine Gedanken. Oder hab sie mir schon gemacht. Und bin zu dem Entschluss gekommen. Bedauerliche Angelegenheit. Ich sagte nichts mehr, konnte mich nicht einmal korrekt von ihm verabschieden. Ich knallte ihm den Hörer aufs Ohr, und das bereue ich immer noch. Jarmo Kantola war ein guter Mann, was passierte, war nicht seine Schuld, er tat nur, was er tun musste. Er schützte sein Eigentum und seine Beziehungen und seinen Ruf, er verließ im letzten Moment das sinkende Schiff. Aber was heißt sinkend – es war gerade endgültig untergegangen, wenn auch in gewisser Weise ehrenhaft. Denn Sillanpää hatte Sanna-Maria beschissen. Sanna-Maria war nicht die einzige Angestellte, die er beschiss, er bescheißt auch heute noch seine Mitarbeiter, da bin ich mir sicher. Er ist geizig und gemein, tatsächlich ein Schwein auf zwei Beinen, und ich hoffe, er wird im weißen Haus des Rallyefahrers verschimmeln, ich hoffe, er hat Krebs, denn das hat er verdient.

Ich wusste, dass wir dieses Gespräch führen würden, wir wussten es beide. Zu Eskos Ehre muss ich gleich sagen, dass er keine Lehrstunde daraus gemacht hat, auch keine Moralpredigt. Er konstatierte eher, wie die Lage war. Überraschenderweise erwähnte er nicht einmal den Artikel über Sanna-Maria. Es war im Frühjahr, Mitte April, das alles entblößende Licht dieser gnadenlosen Jahreszeit knallte durch die Fenster im ersten Stock des Restaurants *Piparkak-*

kutalo. Es schien nicht einmal richtig die Sonne, trotzdem war der Tag zu hell für meine Augen. Der Kirchenpark war voller schmutziger Schneeplacken und Hundehaufen, Raketenreste und sonstigem Müll, die unter dem Schnee zum Vorschein kamen. Von den Dächern gerutschte Schneebrocken hatten die Rosensträucher ramponiert. All das sah ich. Ich sah es, weil ich mich für mein Scheitern schämte und meinem Vater nicht in die Augen schauen konnte. Zwischendurch zwang ich mich, seinem Blick zu begegnen, aber Esko wollte mich auch nicht anschauen, er wandte sich ab und betrachtete dasselbe deprimierende Panorama. Als das eigentliche Thema besprochen war, als er erklärt hatte, seiner Meinung nach sei es an der Zeit aufzuhören, jetzt, da die Verluste noch einigermaßen tragbar waren, fragte er mich, wie es mir gehe. Gut, antwortete ich natürlich. Ich erinnerte mich wieder daran, wie sehr Esko solche Situationen immer verabscheut hatte, wenn es zwischen den Familienmitgliedern auch nur ein bisschen problematisch wurde. In geschäftlichen Dingen konnte er hart sein und Schwierigkeiten ertragen, zu Hause aber sollte alles möglichst angenehm und bei guter Stimmung ablaufen. Trotzdem erkundigte er sich noch einmal nach meinem Befinden. Ich konnte sehen, wie unangenehm ihm das war, ein bisschen so, wie wenn man sich mit der Nadel in den Finger sticht. Gut, sagte ich erneut. Ehrlich gesagt siehst du nicht so aus, knurrte er, und da sagte ich schließlich das Wort, das dann doch nicht in das Drehbuch passte, das er für diese Situation vorgesehen hatte.

Ich weiß es nicht, sagte ich. Ich hab wahrscheinlich so eine Art Burnout. *Böh Naut,* sagte Esko nach langem Schweigen. *Böh Naut.* So ein Wort habe ich noch nie gehört. Astronaut kenne ich und Kosmonaut, aber *Böh Naut* nicht. Was soll das denn sein? Er stand auf, um sich an der Theke einen Kaffee zu holen. Als er zurückkam, sprach er das Thema nicht mehr an. Stattdessen ging er dazu über, von Ville zu sprechen. Ville kehrte nach Finnland zurück und verhandelte gerade mit seinem alten Verein über einen Vertrag, das hielt Esko für ein angemessen aufheiterndes Gesprächsthema in dieser allzu düster gewordenen Situation. Er schien zufrieden, so einen cleveren Ausweg gefunden zu haben. Und was tat ich? Ich redete mit ihm über Ville. Jedenfalls versuchte ich es. Ich versuchte mich zu benehmen, als wäre dieses Mittagessen nur eines von vielen und nicht das letzte Abendmahl, das es in Wahrheit war. So ging es, so viel Macht hatte er über mich, ich wollte ihn bei guter Laune halten. Er hatte seine eigenen Probleme, es war zu viel verlangt, ihm auch noch meine Last aufzubürden. Außerdem sprach Esko gar nicht über das, was ihn wirklich plagte. Über geschäftliche Sorgen ja, aber nicht über Liisa. Liisa hatte damals zum ersten Mal den Entschluss gefasst wegzugehen, sie hatte sich bereits ein Appartement in Helsinki gemietet, sich aber noch nicht getraut einzuziehen. Esko unterschlug diese Information, als er sein Portemonnaie vom Tisch schnappte, es in die Innentasche seines Sakkos schob, mir zum Abschied schweigend auf die Schulter klopfte und ins schmutzige Frühjahr dieser Stadt verschwand. Alles, was wichtig ist, bleibt unausgesprochen. Alles Wesentliche, worüber wirklich geredet werden müsste, behalten die Menschen für sich. Darum ist das Leben so, wie es ist, eine einzige Rätselei. Ein Tappen im Dunkeln. Ein Missverständnis nach dem anderen.

1993, I

Einen ganzen Winter lang geht Liisa zu Wohnungsbesichtigungen. Sie steht jeden Sonntag um sieben Uhr auf, zieht sich an, schminkt und frisiert sich, holt die *Helsingin Sanomat* aus dem Briefkasten, deren Sonntagsausgabe sie eigens abonniert hat, schließt sich dann in einem der leeren Zimmer des Hauses im Karhupolku ein, breitet die Zeitung auf Esas, Timos oder Villes ehemaligem Schreibtisch aus und nimmt einen Stift in die Hand. Vor ihr liegt der Stadtplan von Helsinki, denn sie kennt die Stadt nicht. Es ist schwer einzuschätzen, wie lange es vom Stadtteil Etelä-Haaga bis zur Frauenklinik dauert. Man kann unmöglich wissen, wie es sich in Oulunkylä oder Kontula lebt. Töölö, Punavuori, Kruununhaka und Munkkiniemi sind teure Gegenden, das weiß Liisa, und ihr Budget ist klein, sie will günstig wohnen, denn sie weiß nicht, wie viel Geld sie nach der Scheidung haben wird, ob überhaupt welches. Sie schließt diese Gegenden also aus, ansonsten hat sie beschlossen, nicht wählerisch zu sein.

Sie stellt einen Zeitplan auf, schreibt die Objekte dieses Tages in ein blaues Heft, packt Proviant ein und macht sich auf den Weg. Sie geht die drei Kilometer zum Bahnhof zu Fuß und wartet am Bahnsteig auf den Zug, der aus dem Norden kommt. Das Dach schützt sie vor dem Schneeregen, der jeden Sonntag fällt, die Winter sind immer unzuverlässiger geworden, wie überhaupt die ganze Welt, es ist nicht leicht, in solchen Momenten entschlossen zu bleiben, oft ist sie der einzige Mensch am ganzen Bahnhof. Die Stadt strahlt ihren stillen Frieden aus, in den Häusern hinter Liisas Rücken schlafen Menschen, von denen sie die meisten kennt. Sie ist in ihrem Vorhaben allein, niemand sonst will am Sonntagmorgen das Paradies verlassen. Sie könnte ebenso gut die

Treppe zur Unterführung nehmen, auf der anderen Seite der Bahnlinie wieder ans Tageslicht kommen und dieselben drei Kilometer zurückgehen. Daheim die Haustür öffnen, den Schnee abklopfen, den Mantel zum Trocknen aufhängen. Sich an den Frühstückstisch setzen, wo Esko auf sie wartet, an den Tisch, an dem sie Esko zurückgelassen hat. Liisa denkt an Eskos Gesichtsausdruck, als sie ihm zum Abschied hastig etwas aus dem Flur zurief. Hören wir mit dem Blödsinn auf, würde sie zu Esko sagen, ich höre damit auf, und ihr Leben wäre wieder wie früher, solche Sonntagmorgen gäbe es nicht mehr. Sie könnte es tun, es wäre leicht und das einzig Vernünftige, und gerade deshalb steigt Liisa in den Zug, der immer auf den letzten Drücker kommt, sie kann der Verlockung nicht widerstehen.

In Helsinki rennt sie von einer Adresse zur anderen, springt in einen Bus, in eine S-Bahn, kämpft sich die Rolltreppe zur U-Bahn hinunter, und immer wenn sie an einem unbekannten Ort aussteigt, irrt sie mit dem nassen Stadtplan in der Hand durch die fremden Straßen, bis sie endlich den rettenden Aufsteller der Immobilienfirma auf dem Bürgersteig erblickt. Im Treppenhaus nimmt sie den Eigengeruch des Hauses wahr. In dem einen riecht es nach Zigaretten oder einer Tüte voller Bierdosen, die gerissen ist, in dem anderen nach den Sonntagsmahlzeiten von Familien. Nein, denkt Liisa jedes Mal, hier kann ich nicht wohnen, unter keinen Umständen, aber die Tür steht einen Spaltbreit offen, in der Diele liegen die blauen Plastiktüten zum Überstreifen bereit, der Makler gibt ihr die Hand und überreicht ihr ein Informationsblatt, und ehe sie sichs versieht, hat sie das Leben eines anderen Menschen betreten. Neugierig betrachtet Liisa die Kulissen dieses Lebens: die Bilder an den Wänden, die Familienfotos im Regal, die Einkaufslisten an der Kühlschranktür, die Stundenpläne und Zahnarzttermine. Ist die Wohnung leer, empfindet sie es als Enttäuschung; ein bisschen so, als ginge man ins Kino und es gäbe keine Vorstellung. Die leeren Wohnungen verlässt Liisa schnell, sie sind ihr unheimlich, in so eine will sie auf keinen Fall ziehen. Vielleicht will sie überhaupt nirgendwo einziehen, im April muss sie sich das eingestehen. Sie ist die einzige Interessentin bei einer Besichtigung, die junge Maklerin erkundigt sich, was an der Wohnung nicht stimmt, es stimmt alles, sie entspricht genau ihren Wünschen. Sie ist derselben Maklerin schon zweimal begegnet, die Frau weiß, was sie sucht. Meinen Sie es überhaupt ernst, fragt die Frau schließlich, ohne ihren Verdruss sonderlich zu verbergen. Oder verschwenden wir hier nur unsere kostbare Zeit?

An dem Abend holt Esko sie am Bahnhof ab. Obwohl Liisa es ihm verboten hat, wartet er im Auto auf dem Parkplatz. Die Beifahrertür steht einen Spaltbreit offen, Liisa steigt ein und setzt sich auf ihren Platz, Esko lässt den Motor an. Sie fahren nach Westen, das ist ihre Richtung, seit sie von der Aulangontie in den Karhupolku gezogen sind, beide sagen nichts, und auf der Brücke erinnert sich Liisa an all die Male, die sie diese Brücke überquert haben. Das Fenster ist einen Spaltbreit offen, der Abend überraschend warm. Es war genau so ein Frühjahrsabend, als sie Ende der siebziger Jahre einmal mit Timo und Ville von den Hämäläinens aus Ahvenisto kamen und in der anderen Richtung über die Brücke fuhren. Eskos Hand liegt an der gleichen Stelle wie damals, entspannt neben dem Schaltknüppel. Unter dem Jackenärmel blitzt das Goldarmband hervor, auf dem Handgelenk ist eine Spur graues Haar zu erkennen. Am Markt wandert die Hand auf Liisas Seite, legt sich ihr in den Schoß, wie tausend Male zuvor. Liisa blickt auf die Uhr an der ehemaligen Sparkasse, die heute eine Abwicklungsanstalt ist, und spürt, wie Esko ihren Oberschenkel drückt. Du gehörst mir, sagt die Hand. Bleib in diesem Auto. Bleib in diesem Leben. Geh nicht weg, du darfst nicht gehen.

»Im Juni fahren wir nach Malaga. Kostet uns nichts, Paavo gibt uns seine Wohnung gern, solange er sie noch hat. Und die Flüge sind fast umsonst. Sie müssen bloß sofort gebucht und bezahlt werden, bei dem Preis. Was meinst du? Erster Juni, Morgenmaschine. Dann fliegen wir und Schluss.«

Drei Wochen später zieht sie um, Mitte Mai. Esko zwingt sie, einen Lieferwagen seiner Firma zu nehmen, aber er kommt nicht mit. Ville fährt, und der Masseur der Eishockeymannschaft hilft beim Tragen. Es sind nicht viele Sachen, das Auto ist schnell leer. Viel Glück, sagt Ville. Sieh zu, dass du klarkommst. Liisa umarmt ihren Sohn in der Diele, sie hängt sich ihm an den Hals, und natürlich weint sie. Sie steht in der Küche, wischt sich die Tränen aus den Augen, zerknüllt das Staubtuch in den Händen und blickt aus dem Fenster im dritten Stock auf den Asphalt, wo ihr jüngster und vermutlich am wenigsten wütender Sohn in den Lieferwagen steigt und die Tür zuschlägt. Das Zimmer dröhnt vor Leere, die Erben haben den runden Tisch und die Korbstühle ihrer verstorbenen Großmutter abgeholt, es gibt also keinen Tisch, es gibt keine Stühle, keinen Schrank, keine Kommode. Es gibt nur vierundfünfzig leere Mietquadratmeter, die sie nun irgendwie füllen muss. Die Aufgabe erscheint ihr übermächtig, sie wird sie nie bewältigen. Sie lässt sich zu Boden sinken und sitzt mit dem Kopf zwischen den Händen da, lauscht dem Brummen des Kühlschranks. Als sie die Augen aufmacht, bemerkt sie, wie alt der Kühlschrank ist. So einen hatten sie und Esko zuletzt in den sechziger Jahren in Kuopio. Aus einer komplett ausgestatteten Küche mit Keramikherd, Maßmöbeln und integrierter Mikrowelle ist sie hierher zurückgekehrt, zum Ausgangspunkt.

Aber vielleicht ist es gut so. Womöglich ist es besser so, Liisa begreift das allmählich, der Mai geht in den Juni über und der Juni in den Juli, die Arbeit in der Frauenklinik beginnt, und die Tage sind nicht mehr so lang. Sie beschließt, in der Wohnung heimisch zu werden und auch ihren lauten Kühlschrank zu mögen. Die schwarzen Spuren um die Herdplatten zu akzeptieren und die goldbraun gefärbte Herdklappe, die knarrenden Bodenbretter und die aufgequollenen Fensterrahmen, die Balkontür, die man aufreißen muss, dass die Scheiben klirren. Eines Tages begreift sie, dass das Haus genauso alt ist wie sie. Obwohl sie das zuerst erschreckt, tröstet sie die Vorstellung auch. Es wird ein Satz daraus, den sie am neuen Arbeitsplatz immer wieder sagt, wir sind übrigens gleich alt, sagt sie allen, das Haus und ich. Die Traufen hängen schon ein bisschen, und in den Ecken zieht es. Aus alt wird nicht mehr neu, das ist nun mal die Wahrheit.

Was tut sie in diesem Sommer, wann immer sie keinen Schichtdienst hat, an den Morgen, Abenden und Nachmittagen ihres neuen Lebens? Immerhin entscheidet sie, wie die Wohnung aufgeteilt wird, und plant mit Hilfe eines Maßbandes, wo die Möbel stehen sollen. Sie kauft eine Bettcouch und lässt sie sich nach Hause liefern. Sie lernt den geschiedenen Professor, der unter ihr wohnt, kennen. Er zieht das Antennenkabel vom Schlafzimmer ins Wohnzimmer und bohrt Löcher für die Bilder in die Wand. Sie lernt andere Leute aus dem Haus kennen, auch solche, die nicht so viel Wert darauf legen, Ende August kennt Liisa alle Nachbarn mit Namen. Eines Abends lädt der Professor von unten sie zum Abendtee ein. Sie sitzt in einer erstaunlich sauberen Küche und isst das Teegebäck, das der Mann für sie gemacht hat. Sie hat nicht gewusst, dass es Universitätsprofessoren gibt, die Teegebäck backen. In der Diele nimmt der Professor ihre Hand, Liisa lässt es geschehen, aber als er versucht, sie zu küssen, weicht sie zurück. Danke für die Hilfe, sagt sie. Danke für das Gebäck. Trauerzeit.

Das stimmt, sie trauert. Jederzeit kann die Trauer ohne

Vorwarnung über sie kommen, sie stürzt sich auf sie, wenn sie am Nachmittag auf ihrem kleinen Balkon sitzt und in einer Frauenzeitschrift liest, oder wenn sie am Abend das bisschen Geschirr spült und im Nachbarhaus eine Familie mit Kindern am Esstisch sitzen sieht. Sie denkt an Esko, der vielleicht auch abspült oder das Geschirr in die Maschine räumt, dass die Gabeln klirren. Sie denkt an Timo, der auf ihre Anrufe noch immer nicht reagiert, an Ville, der seine Zwei-Wort-Sätze knurrt, und dann denkt sie an Esa, der sie braucht, und sie hat das Gefühl, dass ihr Leben verwerflich ist, verkehrt, ein blödsinniges Theaterstück, das sie für sich selbst aufführt. Aber überraschend oft denkt sie auch an keinen von ihnen. Sie hat das alles so lange geplant, dass sie einen Teil ihrer Trauer schon vorab geleistet hat. Außerdem hat diese Wohnung etwas; vielleicht sind es die Birken auf dem Felsen, deren grüne Zweige der Wind vor dem Küchenfenster bewegt. Birken und Felsen locken ihre Gedanken über den Karhupolku hinaus, zurück nach Leppävirta zu ihrem Elternhaus, wo sich vor dem Fenster im ersten Stock ein ähnlicher Blick auftat. Jetzt, da sie Zeit hat, kommt ihr die Landschaft wieder in den Sinn, sie trinkt Wein und schaut sich alte Fotoalben an, weint bisweilen ihrem Vater nach, und obwohl sie allein und vielleicht ein bisschen zu viel trinkt, beschleicht sie kein schlechtes Gewissen. Sie hat das Gefühl, diese Zeit zu verdienen. In ihrem Leben gibt es jetzt so eine Phase. Esko und die Jungs denken, sie sei übergeschnappt, und vielleicht ist sie das auch, woher soll sie das wissen, ihr ist der Gedanke auch schon gekommen. Aber was kann sie dafür?

Vom Fenster ihrer Wohnung aus sieht Liisa den massiven Block der Frauenklinik, die obersten Stockwerke, die nach Norden gehenden Fenster ihrer Station. Fünfmal die Woche geht sie zu Fuß in die Klinik. Eigentlich würde sie lieber mit dem Rad fahren, aber die Strecke ist so kurz, dass sie mit dem Fahrrad im Nu absolviert wäre. Also geht sie zu Fuß, überquert die Koskelantie und biegt in die Kalervonkatu ab und geht kurz an den Schrebergärten entlang, biegt in einen von Fichten gesäumten Weg ein und von dort links in die Sofianlehdonkatu. Dann geht sie die Auffahrt hinauf, vorbei an nervös rauchenden Vätern, betritt das Gebäude durch die automatische Schiebetür, fährt mit dem Lift in den sechsten Stock und setzt sich schließlich auf die Bank vor ihrem Spind. Die Frauenklinik ist wie die ganze Stadt: ein bisschen zu groß. Die unteren Etagen des Gebäudes sind Liisa so unbekannt wie viele Stadtteile von Helsinki. Wenn sie manchmal auf der Suche nach einem Labor oder einem speziellen Facharzt über fremde Gänge geht, befürchtet sie, sich zu verlaufen. Andererseits sind Krankenhäuser überall gleich, und unter ihren Dächern passieren die gleichen Dinge. Liisas Rolle bei der Arbeit ist die gleiche wie früher, das ist ihre Schutzhülle, es ist, als würde diese im Umkleideraum auf sie warten. Sie zieht die Arbeitskleidung und die fünf Jahre alten Sandalen an, wirft einen kurzen Blick in den Spiegel neben der Tür und denkt oft gar nicht daran, dass sie sich in Helsinki befindet, alles ist so klar und vertraut. Wenn sie den Pausenraum betritt und dort neue Leute trifft, wundert sie sich manchmal fast.

Die Station im sechsten Stock ist anspruchsvoll. Dort schlafen zwei oder gar drei Monate zu früh geborene kleine Menschen in Plastikwannen, die schwächsten in Brutkästen. Schreiber zeichnen die Kurve ihres schwachen Atems auf. In der Nachtschicht geht Liisa durch die Zimmer und wacht über den Schlaf der Kinder, korrigiert bei Bedarf ihre Position, deckt die kühlsten sorgfältig zu. Die Essensportionen sind rührend winzig, sie misst sie millilitergenau ab und verabreicht sie alle drei Stunden über eine Magensonde. Bei der Tagschicht ist es anders, dann sind die Eltern da. Die Mütter und manchmal auch die Väter harren von morgens bis abends neben ihren Kindern aus. Gehen Sie zwischendurch mal nach Hause, sagt Liisa zu ihnen, geht um Himmels willen heim und ruht euch aus und sammelt Kraft, aber die wenigsten tun es. Sie haben das Gefühl, dass alles auf Messers Schneide steht. Ihnen steckt der Schreck so gründlich in den Knochen, dass ihnen ein Menschenleben zerbrechlicher erscheint, als es ist. Manchmal kommt es Liisa so vor, als arbeitete sie nicht so sehr im Dienst der Kinder, sondern der Eltern, die Unterstützung brauchen. Auch zu Hause denkt sie an die Väter und Mütter, sie gehen ihr nicht aus dem Sinn, wenn sie ihre Arbeitskleidung in den Schrank hängt, sie muss immer an die Leute denken, die sich in dem Moment auf der Station befinden. An manche erinnert sie sich noch nach Jahren, manche erinnern sich an sie, und die Vorstellung freut sie, Liisa weiß, dass sie eitel ist, aber sie will, dass man sich an sie erinnert. Sie will, dass die Eltern manchmal ihr Schulkind betrachten und sich dann an die kleine, dunkelhaarige, lächelnde Frau im Krankenhaus erinnern, die im schwierigsten Moment da war und versicherte, es werde alles gut. Denn meistens geht es gut. Im Gegensatz zu dem, was allgemein behauptet wird, ist ein Menschenleben nicht so zerbrechlich, sondern, im Gegenteil, erstaunlich zäh.

Im ersten Herbst an der Frauenklinik gibt es einen Fall, der Liisa ganz besonders beschäftigt. Eine dreißigjährige Juristin, deren Mädchen ohne jede Vorwarnung in der zweiunddreißigsten Woche zur Welt kommt. Zwei Stunden nach der Geburt erscheint die Frau auf Station, um nach ihrem Kind zu schauen, dem es ausgezeichnet geht, es atmet selbständig und liegt ruhig unter der Wärmedecke. Die Frau wirft nur einen flüchtigen Blick darauf. Sie traut sich nicht, das Baby auf den Arm zu nehmen, obwohl Liisa es ihr vorschlägt, sie berührt es kaum. Die Frau ist allein, ein Mann nirgendwo zu sehen. Es ist auch keine Rede von einem Mann.

Ich habe eine Besprechung, erklärt die Frau plötzlich, wie spät ist es, ich muss gehen. Lassen Sie mich. Ich muss hier weg. Geben Sie mir meine Kleider! Verdammte Scheiße, gebt mir sofort meine Kleider! Liisa nimmt die Frau an der Hand, die Frau reißt sich los. Sie steht vor dem Spiegel und fährt sich mit den Fingern verzweifelt durchs Haar, findet in der Tasche des Morgenmantels einen Lippenstift und bemalt sich die Lippen. Liisa tritt zu ihr, nimmt sie in den Arm, nimmt ihr nach einer Weile sanft den Lippenstift ab, und während Liisa sie festhält, fängt die Frau an zu weinen, Liisa hält sie fest und lässt nicht los, die Juristin sinkt ihr in die Arme und würde zu Boden fallen, wenn Liisa den Griff lockerte.

Sie bringt die Frau in ihr Zimmer zwei Etagen tiefer und besorgt ihr ein Beruhigungsmittel. Die Frau schläft vierundzwanzig Stunden und kehrt danach in etwas besserem Zustand zurück. Aber dann kommt es, wie es manchmal kommt, bei Frühchen weiß man nie, auf den ersten guten Tag kann ein zweiter wesentlich schlechterer folgen. Gerade als die Frau sich traut, ihre Tochter auf den Arm zu nehmen, wird der Puls ungleichmäßig, und der Atem stockt. Es muss sofort ein Arzt gerufen werden, das Baby wird eilig auf die Intensivstation verlegt. »Mir ist es egal, wenn es stirbt«, sagt die Frau zu Liisa, als ihr Kind weg ist. Sie sitzt zusammengesunken neben dem leeren Bett ihrer Tochter, die Hände, die eben noch das Kind gehalten haben, hängen schlaff an ihr herunter. »Glauben Sie mir, es ist mir egal. Besser, es stirbt, es ist zu schwach fürs Leben.« – »Soso«, sagt Liisa. »Besser, Sie stellen sich darauf ein, dass es nicht stirbt. Das wäre nämlich genauso wahrscheinlich, wie wenn ich auf dem Heimweg über den Bordstein stolpere und von einem Lastwagen überfahren werde. Also gehen wir mal lieber davon aus, dass es überlebt. Es überlebt, und Sie sind seine Mutter. Und über kurz oder lang wollen Sie das auch sein, das können Sie mir glauben.«

An diese Frau denkt Liisa den ganzen Herbst über. Saara heißt sie. Saara ist nicht die erste Frau, die ihr Kind allein bekommt. Sie ist nicht die Erste, die sich nicht traut, sich in ihr eigenes Baby zu verlieben. Menschliche Schicksale gleichen einander überraschend, für alles gibt es Präzedenzfälle, und Liisa ist Saara schon früher begegnet, einer Saara in einer anderen Stadt, einer Saara mit anderem Namen. Aber diese Saara geht ihr näher als gewöhnlich, zu nah, Saara und ihre kleine tapfere Tochter dringen bis in ihre Träume vor. Liisa spielt schon mit dem Gedanken, zum Oberarzt zu gehen und ihm zu gestehen, dass sie ihre professionelle Distanz verloren habe. Es hat mit meiner Lebenssituation zu tun, würde sie dem Oberarzt sagen. Es hat damit zu tun, dass ich mich von meinem Mann scheiden lasse; meine Kinder sind erwachsen, ich habe viel zu viel Zeit. Ich bin allein in einer neuen Stadt, diese Stadt ist viel zu groß für mich, ich kenne hier keinen. Wäre der Oberarzt ein anderer, wäre er etwas gesprächiger und etwas weniger förmlich, würde Liisa das vielleicht tun. Aber weil sie noch in der Probezeit ist und ihren Arbeitsplatz unbedingt behalten will, schweigt sie.

Sie ist also für Saara verantwortlich. Sie allein hat beschlossen, an Saara zu glauben, alle anderen Schwestern auf der Station waren der Meinung, dass Saara in der Klinik behandelt und das Baby unter Umständen für kurze Zeit in Obhut genommen werden müsse. Die Kleine ist von der Intensivstation zurückgekommen, sie hat keine Atemschwierigkeiten mehr. Allerdings ist ihr Wachstum gefährlich langsam und der Darm unterentwickelt. Liisa versucht, das Kind zu füttern, und betet, dass es wenigstens eine kleine Menge Milch bei sich behält. Saara hingegen arbeitet wieder, sie ist zu ihren Besprechungen zurückgekehrt, in das Leben, das sie bislang geführt hat und weiterhin führen will. Zweimal am Tag kommt sie in der Klinik vorbei, einmal um die Mittagszeit, das zweite Mal abends, wenn die Besuchszeit schon fast vorbei ist. Weiterhin sitzt sie neben dem Säugling, als ginge sie das Ganze gar nichts an, und vergisst sich zwischendurch vollkommen in ihren Arbeitsunterlagen.

Eines Abends nach der Arbeit stößt Liisa zufällig an der Bushaltestelle auf Saara. In Zivil, bloß als Mensch, ohne den Schutz der Arbeitskleidung, und da passiert es, aus Versehen, dass sie Saara einlädt, ein Glas mit ihr zu trinken. Wenig später sitzen sie im Old Sophie am Ecktisch, Liisa trinkt Weißwein und Saara Mineralwasser. Man muss Saara zum Sprechen bringen, Menschen wie Saara reden nicht, wenn man nicht zuerst mit ihnen spricht. Also redet Liisa, bestellt sich ein zweites Glas Wein und redet weiter, Saara raucht die meiste Zeit und schaut an ihr vorbei, aber als sie das Lokal verlassen, weiß Liisa wenigstens etwas von dieser Frau. Wo sie wohnt. Für welche Firma sie arbeitet. Wie der Vater des Kindes heißt und dass Saara nichts mit ihm zu tun haben will. Saara ist ein Einzelkind und bei ihrem Vater aufgewachsen, auch er Jurist, die Mutter wohnt irgendwo im Ausland, und Saara redet kaum mit ihr. »Nimm du das Kind«, sagt Saara am Ende des Abends zu Liisa, als sie im Sturzregen an der Tankstelle auf ein Taxi warten. »Wo du doch so eine verdammt gute Mutter bist. Du weißt anscheinend, wie man als Mutter zu sein hat.« Saara verschwindet im Taxi, Liisa geht allein den Hang hinauf zu ihrer öden Wohnung und weint auf dem ganzen Weg. Dieser grausame Mensch kennt sie kein bisschen und ist trotzdem gemein zu ihr.

Aber am nächsten Tag ist Saara wie verwandelt. Etwas ist passiert, Liisa sieht es sofort. Zum ersten Mal ist Saara bereit, ihr Top auszuziehen und den BH zu öffnen. Liisa legt der Mutter den Säugling so behutsam wie möglich an die Brust, stützt selbst mit der Hand den Nacken und versucht, das Kind dazu zu bringen, den Mund aufzumachen. Schließlich gelingt es, für einen Moment schließt das Baby die kleinen roten Lippen um die Brustwarze. Saara ist blass vor Anspannung, versucht aber zu lächeln. »Die Milch wird schon kommen«, sagt Liisa zu ihr. »Sie wird sofort einschießen. Am anderen Ende des Ganges gibt es eine Pumpe. Damit presst du die ersten paar Tropfen raus. Da ist alles Mögliche drin, in den ersten Tropfen, die sind wichtig. Ich werde sie dem kleinen Fräulein dann servieren.« Von diesem Nachmittag an werden Saaras Besuche allmählich länger. Sie ist bereit, ihre Arbeitstasche an der Garderobe im Gang zu lassen und bringt sich irgendwann Proviant mit, verbringt einen ganzen Sonntag auf der Station, pumpt Milch ab und liest neben dem Bett in Ruhe ein Buch. Saara spricht mit den anderen Müttern, diese verlieren nach und nach die Angst vor Saara, und Mitte November finden die Ärzte endlich eine Erklärung für die Darmprobleme des Babys. Es muss einmal operiert werden, wird danach aber so schnell kräftiger, dass es an ein Wunder grenzt. Liisa versteht nicht genau, warum ihr das alles so wichtig ist, aber das ist es. Und in diesem einsamen Herbst erscheint es ihr noch wichtiger als sonst, dass ein kleiner Mensch überlebt und ein großer Mensch sich seiner annimmt.

Esko ruft jeden Tag an, keinen einzigen lässt er aus. Ist Liisa bei der Arbeit, hinterlässt er eine Nachricht auf dem Anrufbeantworter. Wenn sie dann nach Hause kommt, blinkt an dem weißen Kasten von Ericsson ein munteres grünes Licht. Die Nachrichten können lang sein, Esko spricht die Minuten voll und ruft gleich danach noch einmal an. Eines Abends hat er ihr, vermutlich im Whiskyrausch, »Diana« auf Band gesungen. Liisa zieht in der dunklen Diele die Gummistiefel aus und hört Eskos schiefe Töne. *Oh, please, stay by me, Diana.* Sie weiß, wohin sie zurückkehren soll, an den Tisch in einem bestimmten Café in Kuopio vor mehr als dreißig Jahren, aber dazu wird es leider nicht kommen, nicht jetzt, nicht wenn Esko es bestimmt. Sie ist eine müde, fünfzigjährige Frau, die von der Arbeit nach Hause kommt, Esko ist ein fünfzigjähriger Mann, der daheim alleine trinkt. Und außerdem kann Esko nicht singen.

Normalerweise allerdings ist er sachlicher. Er hat beschlossen, ihre Abwesenheit als vorübergehenden Zustand zu betrachten, als kleine Störung, die sich von selbst repariert, wenn man ihr nur Zeit gibt. Der Frost treibt die Schweine in den Stall, denkt Esko. Es wird Winter, es wird dunkel, der Hunger kommt. Eigentlich ist Esko erstaunlich ruhig; nur zweimal wird er laut und knallt den Hörer auf. Oft klingt er geradezu gut gelaunt und erzählt Liisa von seinem Tag, und obwohl sie versucht, die Telefonate kurz zu halten, ziehen sie sich leicht eine halbe Stunde hin und manchmal auch länger. Solche Telefongespräche haben sie seit Jahrzehnten nicht geführt, seit Anfang der siebziger Jahre, als Esko manchmal voller Sehnsucht abends von einer Messe oder einer Verbandssitzung aus anrief. Liisa sitzt im Sessel, die Telefonschnur reicht gerade bis dahin. Sie zieht die Beine hoch, kauert sich auf immer kleinerem Raum zusammen, zieht sich die Wolldecke über, und Eskos Stimme rinnt verlässlich und gewöhnlich aus dem Hörer, rettet Liisa vor ihren eigenen Gedanken, die sich sonst um diese Tageszeit in unerwünschte Richtungen verirren.

Das Geschäft läuft nicht, muss sich Liisa natürlich anhören. Sie weiß, dass es nicht läuft, wie auch? Mit bangem Herzen sieht sie die Wirtschaftsnachrichten, sie hofft, dass etwas passiert, aber alles bleibt erschreckend düster. Manchmal bereitet ihr mitten bei der Arbeit in der Frauenklinik die Finanzlage der Firma Kummer, obwohl sie über die Einzelheiten so wenig weiß wie früher. Über Geldangelegenheiten ist noch nichts vereinbart worden, Liisa erhält ihren Monatslohn von der Frauenklinik, sonst nichts. Lähdeharju ist verkauft, das Haus in Lappland ist verkauft, das Boot ist verkauft. Das Haus im Karhupolku würde Esko auch verkaufen, wenn es jemand zu einem vernünftigen Preis kaufen würde. Aber in Konkurs wird er nicht gehen, das schwört er Liisa und allen anderen: »Verdammt noch mal, ich werde doch nicht mein Lebenswerk aus den Händen geben, bloß weil eine einzige verfluchte Sowjetunion den Geist aufgibt.«

»Rate mal, was heute passiert ist«, sagt Esko eines Abends. »Ich bin auf einen Kunden wütend geworden.«

»Was hat er denn getan? War es ein schwieriger Fall?«

»Nicht mal sonderlich. Er hat einfach nichts gekauft.«

»Und deswegen bist du wütend geworden.«

»Genau. Wie Hannula. Ich hab ihn angeschnauzt, dass das Geschäft nicht läuft. Aber so läuft es erst recht nicht. Wenn man sich den Ruf einhandelt, nicht mehr alle Tassen im Schrank zu haben, und die wenigen, die noch was kaufen wollen, auch noch vergrault. Aber ein Einzelhändler hat eben auch seine Grenzen, verflixt noch mal. Wenn so ein Kerl zum Spaß wer weiß wie oft seine Runden durch die Halle dreht. Und sich dabei die Schuhsohlen durchläuft.«

»Ist es immer noch so leer?«

»Leer ist es nicht. Wenn die Leute heutzutage was haben, dann Zeit. Und irgendwo müssen sie ja hin. Da machen sie halt einen Spaziergang durch die Geschäfte, gucken, ob's vielleicht irgendwo einen kostenlosen Kaffee gibt. Und bei uns gibt es ab und zu mal einen. Einen Kaffee und sogar noch einen Hefewecken dazu. Ich hab wahrscheinlich so einen Ruf: Der Vuori ist großzügig.«

»Bist du ja auch auf deine Art.«

»Ich geize nicht. Das Geld wird nicht mehr, wenn man geizt, es wird mehr, wenn es zirkuliert. Alle, die mich um was bitten, tun es für einen guten Zweck, die ganzen Eishockeyjunioren und Schüler und Pfadfinder und Chorsänger. Die kommen zu mir, weil ihnen sonst keiner mehr was gibt.

Und ich muss ihnen jetzt leider sagen, dass ich nix habe, von dem ich ihnen was abgeben kann. Nicht bevor ich eine unmögliche Aufgabe gelöst habe.«

»Welche?«

»Wie ich das Geschäft halten soll, wenn dort nur zwei Sorten Leute aufkreuzen. Diejenigen, die nur gucken, und diejenigen, die Geld aus der Kasse davontragen. Kann sein, dass mal jemand einen Tischstaubsauger oder einen Toaster oder ein Waffeleisen kauft. Oder einen Wasserkocher. Einen Wasserkocher, verdammt noch mal! Wie soll ich von Wasserkochern leben? Die sollen ihr Wasser im Topf kochen, wie man es früher gemacht hat, und sich stattdessen einen Fernseher kaufen!«

Liisa muss laut lachen, und Esko schmunzelt. »Das vermisse ich am allermeisten«, sagt er plötzlich in ganz anderem Ton. »Dieses Lachen. Bring es wieder her.« Es wird kurz still, die Bitte ist so skrupellos direkt. Liisa weiß nicht, was sie Esko sagen soll, nicht einmal, was sie sagen möchte. Ich muss erst herausfinden, was ich sagen will, denkt sie, sonst gehen diese Gespräche immer weiter und ich bin zu niemandem ehrlich und es klärt sich gar nichts.

»Was hast du denn nun zu dem Mann gesagt?«

»Zu wem?«

»Zu dem, der nichts gekauft hat. Der dich wütend gemacht hat.«

»Ach so«, ereifert sich Esko wieder. »Das war so ein gewöhnlicher Trampel im Allwetteranzug. Vielleicht vierzig, wahrscheinlich von der Ruukki-Metallfabrik auf die Straße gesetzt. Hat nicht viel geredet, wollte bloß einen Videorekorder kaufen. Einen Videorekorder! Jemand, der in diesen Zeiten einen Videorekorder kauft! Da war ich natürlich begeistert und hab ihm die Geräte gezeigt. Alles, was im Regal steht, und da steht heutzutage ja allerhand, weil nichts weggeht. Zuerst das Flaggschiff von Sony. Dann das Jubiläumsmodell von JVC. Danach die Jedermannklasse von Sony, auch ein absolut korrektes Modell. Und kostet nicht viel. Den billigeren Sony hat er dann eine Zeitlang gestreichelt, mein Freund im Allwetteranzug.«

»Was für einen Allwetteranzug hat er denn angehabt?«, fragt Liisa dazwischen. Das ist jetzt eine Geschichte, und Esko liebt Geschichten. Er erzählt sie Liisa, Liisa hört zu, so geht es immer. Sie hört Eskos Stimme und fragt sich, was Esko gerade anhat. Einen Pyjama vermutlich, seinen Lieblingspyjama, den blauen gestreiften von JC Penny in New York. Irgendwann in den achtziger Jahren waren ihm die finnischen Modelle von Nanso, die er immer zu Weihnachten geschenkt bekommen hatte, nicht mehr gut genug. Von nun an musste auch die Nachtwäsche aus New York kommen. Inzwischen sind ihm die von Nanso bestimmt wieder recht, denn in Amerika hat er vorerst nichts verloren.

»So einen ganz gewöhnlichen. Wie sind die Allwetteranzüge heutzutage? Gibt es da Unterschiede? Ist mir noch gar nicht aufgefallen. Packen wir ihn ein, frag ich den Mann im Allwetteranzug also. Wir gehen zur Kasse und machen einen Umweg übers Kassettenregal, ich lege noch zwölf Stunden Band obendrauf. Klare Angelegenheit, Geschäft gemacht. Der erste Rekorder seit bestimmt einer Woche, gut, dass ich keine Freudentränen vergossen habe. Und da fängt diese Kreatur an, mir was von Goldstar zu erzählen.«

»Goldstar. Was ist das?«

»Gute Frage. Ein koreanisches Einwegprodukt. Toivola hat es in seiner Verzweiflung ins Sortiment genommen und macht im Lokalblatt groß Reklame dafür. Qualität für Preisbewusste. Den Satz hat er sich ausgedacht. Oder seine Frau, die macht ja immer die Werbung für ihn.«

»So was gibt es doch gar nicht. Qualität für Preisbewusste.«

»Eben. Eben, mein Schatz, genau das habe ich dem Allwetteranzug ins Gesicht gesagt. Dass das eine unmögliche Gleichung ist, dass so was vielleicht noch gar nicht erfunden worden ist. Aber der kostet hundert Mark weniger, erklärt mir der Allwetteranzug. Hundert Mark billiger und hundert Mal schlechter! An dem Punkt ist mir die Sicherung durchgebrannt, und ich hab's gemacht wie Hannula. Ich kann mich nicht erinnern, wann mir das zuletzt passiert ist. Wahrscheinlich nie.«

»Und was hast du gesagt?«

»Seien Sie so gut, mein Herr, und verlassen Sie das Geschäft. Sie kaufen ja doch nichts, sondern nutzen hier nur meinen Kunststoffboden ab. Linoleum ist heutzutage teuer, Sie glauben gar nicht, wie teuer. Und noch dazu in so versauten Schuhen. Da kommen die Reinigungskosten auch noch drauf. Verlassen Sie das Geschäft, wenn Sie doch nichts kaufen wollen. Bitte gehen Sie. Der Mann war ganz verdattert, ist rot geworden wie eine Vogelbeere und nicht mal auf die Idee gekommen, sauer zu werden. Dem hat die Welt in letzter Zeit genug Verdruss gebracht. Mit raschelnden Hosen ist er abgedampft. Wahrscheinlich direkt zu Toivola, um sich den Goldstar zu kaufen. Ich war ein gottverdammter Depp.«

»Allerdings.«

»Rate mal, ob ich mich im Nachhinein geschämt hab. Fast wäre ich hinterhergefahren und hätte um Verzeihung gebeten. Zum Glück haben mich meine Söhne nicht gesehen. Timo. Und Esa auch nicht.«

»Hilft Esa bei dir aus?«

»Ja, ja«, sagt Esko ungeduldig. »Natürlich, so ist es doch ausgemacht.«

»Wie oft?«, zwingt sich Liisa zu fragen. »Wann zuletzt?«

»Was wann zuletzt?«

»Wann war Esa zuletzt im Laden?«

»Esa ist hier. Ich bin hier. Du bist dort. Also ist es besser, wenn ich meine Angelegenheiten mit Esa regle.«

»Ich denke gar nicht an deine Angelegenheiten«, sagt Liisa matt, »sondern mehr an die von Esa.«

»Und in Helsinki denkt es sich gut darüber?«

Esko räuspert sich vielsagend. Liisa kennt das, so macht er es immer, wenn er sich aus irgendeinem Grund geniert. Das Räuspern ist eine Bitte, zum nächsten Thema überzugehen, es kommt, wenn aus Versehen der Name dieses Menschen fällt, und auch Liisa will nicht über Esa reden, sie will nicht an ihn denken, sie will ihn nicht in ihren Träumen haben. Sie hat den Raum gewechselt, liegt im Schlafzimmer im Bett, will einfach nur schlafen, und sie will, dass das Gespräch so heiter endet, wie es bis dahin gelaufen ist. Sie träumt lieber von Esko als von Esa.

»Überhaupt nichts Positives?«, fragt Liisa. Freundlich, als würde sie neben Esko im Bett liegen und ihren Ellbogen auf seine Brust stützen und direkt zu seinen erstaunlichen eisblauen Augen sprechen.

Auf Eskos Augen zu verzichten fällt Liisa fast am schwersten. Wenn sie zu Ende führt, was sie begonnen hat, wenn sie es wirklich tut und nicht zurückrudert, wird Esko sie nie mehr so anschauen. Niemand wird es tun, keiner hat solche Augen.

»Also im Geschäft, meine ich«, fügt Liisa hinzu. »Kein Licht am Horizont? Nicht der geringste Hoffnungsschimmer?«

»Na ja, hier und da geht immer was. Zwischendurch zwängt sich auch mal ein Sonnenstrahl durch eine Ritze. Keine Rezession, die nicht irgendwann vorbei ist. Das hat es noch nie gegeben.«

»Irgendwann ist immer das erste Mal.«

»Mach keine Witze. Die Marktwirtschaft korrigiert sich immer selbst. Und die Finnland AG ist jetzt endlich zur

Marktwirtschaft übergegangen. Darum geht es bei dem ganzen Getöse.«

»Erzähl mir was Gutes aus dem Geschäft. Etwas Positives. Wenigstens eine Sache.«

»Na ja, jetzt, wo du fragst. Ich hab eine Kühlgefrierkombination mit gutem Gewinn verkauft. Gleich nach dem Allwetteranzug kam ein Mann im echten Anzug. Hat bar bezahlt und nicht einmal gehandelt.«

»Da siehst du es. Nicht allen ist das Geld ausgegangen.«

»Stimmt. Wenn zwanzig Prozent arbeitslos sind, haben immer noch achtzig Prozent Arbeit. Ich dachte, ich fange an, Satellitenantennen zu verkaufen.«

»Diese Schüsseln für aufs Dach?«

»Genau die. In einer Woche haben wir übrigens auch so eine am Haus. Man muss ja bei den Nachbarn Werbung machen. Mal gespannt, ob man dann endlich CNN sehen kann.«

»Wohl kaum.«

»Doch, durchaus möglich. Und diese Schüsseln verkaufen sich wirklich. Dieses Jahr sind in Finnland fünfundzwanzigtausend Pakete über den Ladentisch gegangen, steht im *Elektrohändler*. Und hier verkauft die noch niemand. Ich bin der Pionier, wie immer, ich nehme allein den Markt ein. Ärgert mich nur, dass ich nicht früher auf die Idee gekommen bin. Verdammt, man muss doch was versuchen, damit man mehr als nur die Oberlippe auf dem Brot hat.«

»Gute Nacht, du Optimist«, sagt Liisa. Sie hat das Licht gelöscht, die Wollstrümpfe ausgezogen und die Lesebrille neben die Lampe auf den Nachttisch gelegt. Sie liegt allein in einem kleinen dunklen Zimmer in einem etwas zu schmalen Bett und erinnert sich plötzlich an ihre Konfirmandenfreizeit. Sie ist noch immer derselbe Mensch. Es hat wahrscheinlich mit der nach wie vor fremden Umgebung zu tun, dass sie sich neuerdings oft jünger fühlt, als sie ist.

»Gute Nacht, Ehefrau des Optimisten.«

»Hör auf.«

»Bist du doch. Bedenkzeit. Du hast bestimmt noch nicht mal die Unterlagen zum Magistrat gebracht.«

»Natürlich habe ich das getan.«

»Hast du nicht. Ich bin sicher, dass du es nicht getan hast.«

»Du bist wirklich ein Optimist.«

»Das hast du schon mal gesagt.«

»Du gibst niemals nach.«

»Ich? Nachgeben? Bestimmt nicht. Ich lass dich nicht los, das brauchst du dir gar nicht erst einzubilden.«

»Ich hör jetzt auf.«

»Ich ruf dich morgen wieder an. Gute Nacht, Schatz.«

»Gute Nacht.«

»Bloß gute Nacht? Sei nicht so grausam.«

»Du bist ein Schatz, doch, aber ...«

Liisa kann den Satz nicht zu Ende sagen, es tutet bereits in der Leitung. Im Karhupolku hat Esko aufgelegt und sich die Bettdecke über den Brustkorb gezogen. So liegt er nun da, andächtig mit dem Akt des Einschlafens befasst. So ist Esko beim Einschlafen, irgendwie ernst: steife Arme, ausdrucksloses Gesicht, reglose Haltung. Liisa denkt an den schlafenden Esko, an seinen langsamer werdenden Atem, an den ruhigen Gesichtsausdruck, an die ersten Schnarcher in der Kehle, und mit diesen Gedanken schlummert sie selbst ein und schläft friedlich bis zum Morgen.

GLAUBE NICHT AN diese Familie. Glaube an nichts, was sie dir über sich vorlügt. Glaube nicht an die Leier, die Esko und die Männer aus der Familie immer wieder anstimmen, dass auch dein aufkeimender Erfolg ein Beweis für die Besonderheit gerade ihrer Gene sei; dass Intelligenz, Hartnäckigkeit und ein Eigensinn, der an Irrsinn grenzt, Eigenschaften wären, die von einer Generation auf die nächste übergehen.

Jede Familie vergisst ihre Versager. Ihre Ehebrecher, Quartalssäufer und Kleinkriminellen, die ihre Wälder verkauft und ihre Äcker vertrunken haben – über die spricht keiner. Sie sind bloß Namen, Aststümpfe am Stammbaum. Die anderen, die das Leben zu fassen bekommen haben und womöglich einigermaßen erfolgreich sind, blasen ihre banalen Errungenschaften zu mythischen Dimensionen auf, erzählen sich alle das gleiche Märchen und klopfen sich gegenseitig auf die Schultern, wenn sie sich treffen. So sind wir nun einmal, wir Erfolgreichen, wir Männer in der Familie. Und die Frauen auch. Sie sind nicht viel schlechter als die Kerle. Und erst die nächste Generation – so clever. Alles Akademiker, Juristen, Ärzte, Lehrer. Die Waldhütte, aus der wir stammen, liegt weit zurück, wir haben es zu was gebracht, und es wird noch weitergehen. Das sind die Vuoris, verdammt!

Was ist eine Familie? Nichts als ein Mythos, eine alberne Geschichte. Die Fiktion, dass genetische Nähe die Menschen gleich macht. Völlig unterschiedliche Menschen, die nicht zusammenpassen, versuchen auf Teufel komm raus, miteinander auszukommen, weil sich niemand traut, sich seiner grundlegenden Einsamkeit zu stellen.

Die eine Geste sagt alles über den Menschen: Ähnlicher könnte sich mein Vater nicht sehen. Das Foto ist im Garten des Hotels Keurusselkä gemacht worden, im Juli 1978, am Abend des ersten offiziellen Familientreffens der Vuori-Sippschaft. Die ganze stolze Schar posiert auf dem Rasen für den Fotografen, der mit der Kamera auf dem Dach seines Wohnmobils Position bezogen hat. Die kleinen Kinder stehen im Vordergrund, dahinter die Pubertären, in der dritten Reihe die Paare; Esko hat seinen Vater Armas und dessen noch lebende Brüder mit ihren Frauen auf den Ehrenplatz neben der Fahnenstange gesetzt. Er selbst steht am linken Bildrand, das heißt, er steht natürlich nicht, sondern agiert, er ist vierzig und ständig in Bewegung, nicht einmal für das Foto hält er still. Er hat die Versammlung einberufen, er hat sie finanziert, und er ist der prädestinierte Vorsitzende der neugegründeten Sippschaft. Er hatte einen Karton Pioneer-Luftballons mitgebracht, von denen die kleinen Kinder welche in den Händen halten. An die Schulkinder hat er großzügig BASF-Aquachrome-Kassetten verteilt, als Preise für das Quiz zwei Föne und drei Toaster gestiftet. Er hat eine lange, ausschweifende Rede gehalten, über die gelacht worden ist, hat den Teilnehmern des Treffens einen Familienforscher aus Helsinki vorgestellt, der den großartigen Vuoris und den glücklichen Ehegatten der Vuoris etwas über die Wurzeln der Familie und die mutmaßlichen Stammväter erzählt hat. Ich verstehe noch immer nicht, warum Esko das alles getan hat, neben all der Arbeit, die er ohnehin hat, aus irgendeinem Grund bricht Mitte der siebziger Jahre die Verwandtschaftsliebe bei ihm aus. Offenbar braucht er diese Geschichte, diese Familie, an die er glaubt und die an ihn glaubt. Eine Familie, die ihn sowohl trägt als auch beneidet, zumindest in den Augen zweier Cousins liegt deutlicher Neid, und Esko braucht diesen Neid. Er braucht Menschen, denen er seinen Edelmut zeigen kann. Er ist wie Tarmo Manni, er braucht ein

Publikum. Aber nun ist die Rede gehalten, der Tag über die Bühne gebracht, der offizielle Teil des Familientreffens vorbei. Die ersten Schnäpse werden ausgeschenkt. Im Saal stimmt eine Tanzkapelle ihre Instrumente, einige Frauen haben bereits ihr Abendkleid angezogen. Eskos linke Hand wedelt in der Luft, sein Mund steht offen, wie ein Dirigent führt er souverän das ganze Orchester, und wenn ich dieses Bild jetzt betrachte, enthält es tatsächlich alles von meinem Vater, seine Seele, seine Persönlichkeit, seinen Charme. Seine Hände, seine Miene, seine ganze Erscheinung lädt zum Feiern ein. Liebe Verwandte, jetzt haben wir unseren Spaß! Freuen wir uns des Lebens! Vergessen wir den Kummer und die Sorgen, falls jemand welche haben sollte.

Und was lamentiere ich eigentlich? Worüber beklage ich mich? Warum fällt es mir so schwer, an etwas zu glauben, und sei es nur an die eigene heitere Verwandtschaft und ihre Redlichkeit? Wir hatten nämlich unseren Spaß. Ich hatte Spaß an jenem Juliabend, würde ich etwas anderes behaupten, wäre es gelogen. Ich stehe auf dem Foto zehn Meter von Esko entfernt, unter den Ästen einer alten Birke, neben meinen Cousins Hannu und Rami, und sehe aus, als gehörte ich dieser Sippe sehr gerne an. Wir waren gerade im Wohnwagen von Onkel Pertti, um ein Glas Bowle zu trinken, die Onkel Pertti als Beerensaft bezeichnet hat. Wir haben mit Pertti, Ulla, Veikko und Salli ein paar Runden Karten gespielt, Pik-Dame und Kreuz-Sieben. Wie üblich hat Veikko versucht zu schummeln, ist erwischt worden und hat alles abgestritten. Bald werden wir in den Saal gehen, wo die Kapelle zuerst die obligatorischen Schieber und Tangos spielen und dann zu Elvis, Chuck Berry und Little Richard übergehen wird, in diesen Dingen ist auf Esko Verlass. Esko hat die Band engagiert, die im Vorjahr bei der Weihnachtsfeier der finnisch-amerikanischen Gesellschaft im Hotel Kalastajatorppa in Helsinki aufgetreten ist. Wir tanzen und trinken noch mehr Beerensaft. Ziemlich viel, irgendwann schmeckt er tatsächlich nach Beeren. Unbemerkt vom Personal hat Onkel Pertti seinen Ausschank unmittelbar vor den Restaurantsaal verlegt, wir schlüpfen durch die Hintertür auf die Terrasse, um unsere Gläser zu füllen, und im Nu wird die Sommernacht um uns herum dunkel, überraschend kommt das Signal für die Sperrstunde, die letzten langsamen Tänze werden getanzt. Liisa und Esko tanzen Wange an Wange Walzer, Liisa hat die Augen geschlossen und schnappt mit den Lippen nach Eskos Hals. Meine Cousins und ich schauen ihnen zu, und ich schäme mich. Die Saaltüren werden geschlossen, unsere laute Familie kann die Aufforderung zum Gehen nicht akzeptieren, alle betrunkenen Vuoris protestieren kurz im Hotelfoyer, und als die Frau an der Rezeption uns schließlich hinauswirft, schlagen wir unser Lager natürlich bei Onkel Perttis Wohnwagen auf, der Wohnwagen ist die Landmarke, das Asyl, der Mittelpunkt der Ereignisse. Ich mag Onkel Pertti, schon als kleiner Junge mochte ich ihn, er ist die leichtere Version von Esko. Esko ohne Amerika, Esko ohne den Zwang, sich darzustellen, der logischere, verständlichere und weniger ärgerliche Esko. Das glaube ich jedenfalls, aber ich bin nicht sein Sohn, im Gegensatz zu Hannu und Rami. Sie umarmen sich, Esko und Pertti, irgendwann, als der Tag bereits angebrochen ist, kommt es zu einem kleinen brüderlichen Zank, und als dieses Wortgefecht beigelegt ist, gehen wir alle schwimmen.

Auch das ist eine Idee von Esko, natürlich kommt der Vorschlag von ihm. Verflixt, jetzt geht die ganze Sippe schwimmen! Und wir gehen, alle, die noch wach sind, Esko und Pertti und ich und Hannu und Rami, zwei Cousins von Esko und Pertti mit ihren Frauen, sogar Liisa, die kurz im Wohnwagen auf dem Bett gelegen hat und jetzt wieder munter ist und sich von Perttis Frau Salli überreden lässt mitzukommen. Wir gehen den langen steilen Weg zum See hinunter, er ist voller Steine und Wurzeln, Onkel Pertti stolpert über eine Kiefernwurzel, Scheiße aber auch, und Liisa und Salli schwätzen mit den Vögeln um die Wette. Die Vuoris sind in der Tat ein lautes Volk, es ist alles andere als still im Wald. Ein wunderbarer heller Morgen bricht an. Die ersten Sonnenstrahlen recken sich über die Fichtenwipfel, treffen auf die blaue Seeoberfläche, aber noch ist es schattig, an der schattigsten Stelle steht ein Sprungturm, dessen Leitersprossen vom Tau feucht und glatt sind. Wir steigen im Gänsemarsch hinauf, stehen in fünf Metern Höhe und springen einer nach dem anderen hinunter, Esko natürlich als Erster. Ich springe gleich nach ihm und weiß genau, was ich tue, denn ich bin ein viel besserer Schwimmer als mein Vater. Ich breche die harte Folie des Wassers sauber mit meinen Händen und tauche dann zwei Meter neben ihm auf.

Esko packt mich und zieht mich zu sich heran. Er hält mich im Schwitzkasten und verstrubbelt mir das Haar, ich bin achtzehn und schon fast so groß wie er, in seiner euphorischen Betrunkenheit hat er das vollkommen vergessen. Wir treiben etwas unbequem im dunklen, kühlen Wasser, Onkel Pertti lässt neben uns eine Bombe platzen und lacht laut darüber. Eskos Augen sind genauso blau, wie man immer sagt, er ist ein blauäugiger Mensch, er ist voller Wonne, wieder einmal hat ihn das unerschöpfliche Wunder des Daseins auf gesegnete Weise erfasst und fließt noch stärker als der Alkohol in seinen Adern. Auch in meinen Adern. Meine Augen sind fast ebenso blau und fast ebenso weit offen, ich schlage mit den Händen aufs Wasser und versuche, Esko ins Gesicht zu spritzen. Er schreit. Er brüllt. Und dann wird er für einen Moment still. Mensch, Esa, verdammt! Ist das Leben nicht einfach wunderbar?

Das ist es. Das ist mein Leben, ich habe diesen Augenblick erlebt. Er ist genauso wahr wie alle anderen Augenblicke, an die ich mich erinnere, die schwarzen, düsteren, traurigen, wehmütigen Augenblicke, aus irgendeinem Grund kommt immer die Trauer an die Oberfläche, wenn ich schreibe, und begräbt die Freude unter sich. Ich bin nicht so betrübt wie der Mann, von dem ich dir erzähle. Ich weiß nicht einmal, ob ich dieser Mann bin. Ich erschaffe ihn hier und jetzt, forme ihn aus meinen Erinnerungen, den Mann, der an mich erinnert – und der Mensch, der ich wirklich gewesen bin, gerät mir aus dem Griff. Man kann ihn nicht in Worte fassen. Niemanden kann man in Worte fassen. Der achtzehnjährige Junge, der an einem frühen Morgen im Juli im kalten Wasser mit seinem Vater gerungen hat, ist längst verschwunden, seine Gedanken sind unter immer neuen Gedanken begraben worden, die Gedanken häufen sich, und in meinen Kopf passt nichts mehr hinein, es kommt mir vor, als wäre er voll, das Leben ist unfassbar lang, und ich lebe bereits unfassbar lang. Der achtzehnjährige Junge hingegen – sein Kopf ist noch fast leer. Zwar gibt es darin die Kindheit mit ihren tausend Erinnerungen, den Traum vom Erwachsenwerden, aber sonst ist da nichts. Nicht die Jahre, die irgendwann ihre klaren Umrisse verlieren und sich miteinander vermischen, zusammenstoßen zu Lebensphasen, die beginnen und enden, alle scheinen sie ewig zu sein, aber plötzlich sind sie doch vorbei. Ich sitze hier und blicke zurück und verstehe die für alle anderen unbestreitbare Tatsache nicht, dass ich tatsächlich ein Mann von fünfzig Jahren bin, zehn Jahre älter, als es damals im See Esko war.

Was beinhaltet eine optimistische Lebenseinstellung? Was beinhaltet der Glaube an die Zukunft? Dass man sich vor solchen Gedanken schützt, ihre Gefährlichkeit erkennt. Dass man die Zeit vergehen lässt, ohne an ihren Verlauf zu denken, dass man sich in dem unaufhörlichen Strom oben hält. Dass man akzeptiert, dass der Mensch zum Mond fliegen, ein Atom isolieren und ein Gerät erfinden kann, das er in der Tasche mit sich trägt, um jeden Moment mit einem anderen Menschen auf der anderen Seite der Erde in Verbindung zu treten, dass aber das Leben selbst für den Menschen ein Rätsel bleibt. Wir sind kein bisschen weiser als die Dichter der Antike, nicht klüger als die Höhlenmenschen, wir haben nicht den geringsten Fortschritt gemacht. Es gibt Dinge, bei denen man nicht vorankommt. Es gibt Fragen, die man nicht lösen kann. Warum, zum Teufel, fixiert man sich auf sie?

Freude entsteht nicht von selbst. Sie entsteht nicht von selbst, man muss sie zur Entfaltung bringen. Esko hat das gesagt, ich erinnere mich daran, ich erinnere mich offenbar an alles, was mein Vater je gesagt hat. Und so hat er auch gehandelt, er hat gelebt, wie er es gelehrt hat, hat unermüdlich für seine Freude gearbeitet. Hat die Voraussetzungen dafür geschaffen. Hat sich für Dinge begeistert. Für Menschen. Hat zahllose Feste veranstaltet. Hat an Amerika geglaubt, an das Glanzbild seiner Oberfläche, und die ganze Scheiße darunter einfach nicht beachtet. Hat sich mit hellen Farben und heiteren Liedern und glücklich endenden Filmen umgeben. Hat russische Schwarz-Weiß-Filme und Aki Kaurismäki verabscheut, Topi Sorsakoski und all die anderen versoffenen Schlagersänger, die finnischen Klagegesänge, die ganze fürchterliche slawische Melancholie. Wenn Anfang der achtziger Jahre im Autoradio ein Lied wie »Die Trümpfe des Lebens« kam, wechselte Esko den Sender. Das hören wir uns nicht an, sagte er zu mir. Das ist Gift. Das steckt an. Er traf diese Entscheidungen, lebte danach, und zumindest bis zu einem bestimmten Punkt seines Lebens folgte er dem selbst geschriebenen Drehbuch, es war voller fröhlicher Momente, die er mit seiner Entschlossenheit schuf. Ich war ein blinder Passagier, ich fuhr in seinem Fahrwasser mit. Ich müsste ihm dankbar sein und sollte nicht ständig nach seinen Fehlern suchen. Aber auch fröhliche Momente haben den Fehler, dass sie irgendwann vorbei sind. Sie sind für immer und unwiderruflich vorbei, nichts bringt sie zurück. Wie sollte man darüber nicht traurig sein?

»Es muss noch etwas anderes als Nostalgie geben«, hast du im Tschechow-Interview gesagt. »Etwas anderes als den ewigen Kummer über die Vergänglichkeit, diese verdammte, jahrhundertealte tschechowsche Sehnsucht. Wohlsituierte Leute wollen Reflexe dieses Gefühls sehen, sonst nichts. Es zieht sie an wie das Saftglas die Fliegen an einem sonnigen Nachmittag auf der Veranda einer alten russischen Villa. Na klar, ist ja auch klasse. Es ist Zucker. Aber die Fliegen gehen an diesem Zucker zugrunde. Nach einem kurzen Orgasmus schwimmen sie auf dem Rücken und fliegen nie mehr.«

Wir fuhren in Urlaub, was sonst. So wird es immer gemacht: Im letzten möglichen Augenblick, wenn nichts anderes mehr zu tun ist, fahren Familien gemeinsam in Urlaub. Ihre Hoffnung lautet, dass die Luft im Ausland anders ist, dass sie das Unmögliche möglich macht, dass sie Vater und Mutter hilft, einander wiederzufinden und sich gemeinsam an etwas zu erinnern, was jeder für sich vergessen hat. Diese Hoffnungen liegen als unsichtbare Wolke am blauen Himmel über den Badeorten. Ihr Gewicht kann man in den Nachmittagsstunden am Pool spüren oder am frühen Abend auf der Hauptstraße, wenn die Familien, die ihre Badekleidung gegen die Abendgarderobe getauscht haben, an den Restaurants vorbeiflanieren und so genau die Speisekarten studieren, als würden diese das Rätsel des menschlichen Daseins erklären. Auf dem Spiel steht so viel mehr als eine Mahlzeit. Womöglich steht das gemeinsame bis dahin gelebte Leben und dessen Fortsetzung auf dem Spiel. Darum kann die Wahl eines Lokals für das Abendessen so teuflisch schwerfallen, und nicht etwa, weil es von Bedeutung wäre, ob man an einem Mittwochabend auf Kreta eine Schinkenpizza oder Moussaka isst.

Unser Urlaub war voll von solchen Situationen. Ich bin immer unfähig gewesen, eine Wahl zu treffen, kleine bedeutungslose Entscheidungen, das weißt du. Wenn ich aus irgendeinem Grund das Gefühl habe, unter Druck gesetzt zu werden, wenn ich mich irgendwie bedroht fühle, fällt es mir erst recht schwer. Unser Urlaub im Sommer 1991 in Chania besteht in meiner Erinnerung aus einer Abfolge unglücklich endender Entscheidungssituationen. Abend für Abend stehen wir auf derselben verdammten Hauptstraße, du, Marjaana und ich. Es ist noch früh, noch heiß, die Sonne hat nur wenig nachgegeben und hängt noch am Himmel, der Schweiß perlt auf meiner Stirn und rinnt mir am Körper herab, macht mein Hemd am Rücken nass. Die Rufe der Werber tönen in meinen Ohren, sie sprechen natürlich finnisch, hierher, mein Herr, herzlich Willkommen, Pizza, Schnitzel, Frikadellen, und in regelmäßigen Abständen packt mich jemand am Arm und ich reiße mich los. Marjaana starrt mich voller Überdruss an, zwischendurch redet sie mir gut zu, dann fleht sie mich wieder an oder macht sich über mich lustig, und das Lokal, in dem wir am Ende landen, ist natürlich von Anfang an verurteilt, alles ist schon verloren, wenn wir uns an den Tisch setzen und der Kellner die Kerze anzündet, wir ertragen uns mit schiefen Blicken gerade so bis zum Nachtisch, bis einer von uns, normalerweise ich, die Serviette auf den Tisch knallt und in den plötzlich dunkel gewordenen Abend hinausmarschiert. Du sitzt dazwischen, immer bist du dazwischen, mit deinen sommersprossigen Wangen und deinen sommersprossigen Armen, eine Achtjährige, manchmal im geblümten Kleid, manchmal in Barbie-Shirt und Shorts, ein zerfasertes Band am Handgelenk, an deiner Stuhllehne hängt eine gehäkelte Tasche voller Drachmen, und dein Weinen ist das Einzige, was uns, Marjaana und mir, in solchen Situationen hilft, uns zu beherrschen. Wir legen abwechselnd die Hand auf deine Hand und schauen einander über den Tisch hinweg an, zuerst irgendwo in die Kinngegend, schließlich in die Augen. Eigentlich sind Marjaanas Augen grün, aber aus irgendeinem Grund sind sie grau geworden. Kohlengrau, unerreichbar. Ich hasse diese Augen. Ich hasse Marjaana. Aber wir schauen uns auf deinen Befehl hin an, du lenkst uns. Vertragt euch jetzt, sagst du und wischst dir die Tränen ab. Seid so lieb und vertragt euch endlich. Der Kellner hat uns von Anfang an beobachtet, nach dem Nachtisch bringt er dir noch einen Lutscher, während er die Scheine vom Tisch nimmt, sieht er mich lange an, in den Augen eine Mischung aus Missbilligung, Bedauern und Mitgefühl. Er ist alt, er hat das zig Male gesehen. Hunderte Male. Tausende Male. Er hat Tausende Familien gesehen, die unter dem blauschwarzen Nachthimmel des Mittelmeers versuchten, an den letzten Resten ihres Glücks festzuhalten. Ungefähr der Hälfte gelingt es, der anderen Hälfte nicht. Am Ende bleibt die Statistik.

Warum sind wir gescheitert? Warum gehören wir zur zweiten Hälfte? Du magst anderer Ansicht sein, bestimmt bist du es, aber ich gebe Marjaana die Schuld. Nicht für etwas, auf das sie hätte Einfluss nehmen können, sondern allein für ihre Herkunft. Sie ist nicht in so einer Familie aufgewachsen wie ich. Ein ums andere Mal stießen wir uns daran, an der Familie zwischen uns, an der Erfahrung, die ich gemacht hatte und die ihr fehlte, und dieser Widerspruch sprengte schließlich die kleine Familie, die wir zusammen aufgebaut hatten. Marjaana konnte sie nicht retten. Sie glaubte nicht, dass sie noch zu retten war. Und dass ich allein so blind an ihre Rettung glaubte, nützte nichts, im Gegenteil. Ich hielt erbittert an etwas fest, von dem Marjaana später sagte, sie habe nie daran geglaubt, weil es eine Institution war, die ihrer Lehre, ihrer Weltanschauung, ihrer ganzen Persönlichkeit widersprach. Zur Hölle mit dieser Familie und allen anderen Familien, sagte sie. Sie hasste Familien, diese kleinen spießbürgerlichen Blasen. Sie wusste, verstand besser als ich, dass sie wirklich nur Blasen sind. Sie gehen immer kaputt, früher oder später, und wenn es sonst nichts gibt, was sie kaputt macht, dann macht es die Zeit. Marjaana hatte recht, du hast recht, es ist verhängnisvoll, sich so an die Familie zu binden, wie ich es getan habe.

Am letzten Abend auf Kreta verließ Marjaana zuerst das Lokal und nahm dich mit. Wir saßen in einem von Deutschen bevölkerten Restaurant in der Platanias, derselben Straße wie immer, und diesmal kamen wir nicht einmal bis zum Nachtisch. Marjaana versetzte mir absichtlich einen Stich zwischen die Rippen, indem sie anfing, über Geld zu reden. Esko hatte zwei Drittel des Verlusts meiner Zeitung übernommen, mir blieb eine Rechnung von hunderttausend Finnmark. Darüber sprachen wir, über den Kredit, den ich brauchte, um meine Schulden zu bezahlen, über den Kredit, der zu dem immer teurer werdenden Kredit für unsere Wohnung hinzukäme, und ich wurde so wütend, dass ich mit der Faust auf den Tisch schlug. Du fingst sofort an zu weinen. Sei so gut und geh, sagte Marjaana entsetzlich ruhig zu mir. Sie sprach mit ihrer Berufsstimme, mit der sie im Sozialamt zu ihren Klienten sprach. Sei so gut und geh. Leck mich am Arsch, ich gehe nirgendwohin. Esa, wir haben Angst vor dir. Ihr habt Angst, rief ich. Ihr habt Angst? Ihr habt Angst! Verdammte Scheiße! Dann musste ich etwas tun, das begriff ich selbst, die Leute starrten mich an, und so stand ich auf, ging aufs Klo und wusch mir das Gesicht. Als ich zurückkam, wart ihr weg.

Ich aß meine Lammkoteletts auf. Da war viel zu viel Rosmarin, die Stachel blieben zwischen den Zähnen hängen wie verdammte Fichtennadeln. Ich saß allein unter Deutschen, glücklichen, heiteren, betrunkenen Deutschen, und es kam mir vor, als wäre ich Luft für sie, aber auch für mich. Aus irgendeinem Grund saß ich in dem Moment genau dort.

Ebenso gut hätte ich anderswo sitzen können. In einem anderen Lokal auf der anderen Seite der Erdkugel, ganz egal, es hatte keine Bedeutung, wo ich saß. Das Leben war nichts als sinnloses Herumsitzen, mehr war es nicht. Von der Rotweinflasche war noch die Hälfte übrig, ich leerte sie ganz. Brav verzehrte ich alles, was man mir brachte. Ein Glas Raki, das unerträglich süße Baklava, auch die Halva-Stückchen, die mit der Rechnung kamen. Ich zahlte und gab ordentlich Trinkgeld, denn ich mochte ein gescheiterter Unternehmer und pleite sein, aber geizig wollte ich nicht werden. Ich wäre gern in dem Restaurant geblieben, ich wollte überhaupt nicht weg, aber auf der Straße standen neue Gäste Schlange, bereit, sich auf den Plastikstuhl zu setzen, den mein Hintern vorgewärmt hatte. Ich musste meinen Platz an sie abtreten, das waren die Regeln.

Ich ging eine kleine Straße entlang zum Strand. Das schien mir die einzig mögliche Richtung zu sein, der Stille entgegen. Zunächst kamen mir so viele Menschen entgegen, dass sich fast ein Stau bildete, Familien, die zum Essen trotteten und die abendliche Prüfung noch vor sich hatten. Motorroller knatterten. Hunde bellten in den Höfen. Der Wind trug den Lärm der Hauptstraße herüber. Ich ging weiter, die Geräusche wurden weniger, hörten dann fast ganz auf, bis schließlich nur noch das Zirpen der Grillen zu hören war. Allerdings war auch das fast Lärm, weil es so viele Grillen gab, die letzten hundert Meter bis zum Strand ging ich durch Schilf. Bald würde es planiert werden, und an der Stelle würde ein Hotel oder ein Restaurant entstehen. Ständig wurde gebaut, überall, auch dieser Urlaubsort wuchs wie ein Krebsgeschwür.

Die Sonne war noch nicht ganz untergegangen, es war der letzte, schwindende Augenblick des Tages. Ich setzte mich am Wasser auf die Erde, zog meine Segelschuhe aus und krempelte die Hosenbeine hoch. Ich hatte das Lied »So verbringe ich meine Zeit« von Eppu Normaali im Kopf, ein widerliches Stück, eines, das ausgesprochen schlecht zu Sommer, Urlaub und einem brütenden, orangen Abend am Mittelmeer passt. Die Jungs von Eppu Normaali waren einmal jung und fröhlich und rebellisch gewesen, hatten schnelle Songs geschrieben, die ich mit Timo und Ville im Escort auf Kassette hörte, als ich noch im Karhupolku wohnte. Mit Jussi Kinnunen hatte ich in meinem Appartement in der Aleksanterinkatu *Maximum Jee & Jee* und *Akun tehdas* gehört, das waren tolle Platten, und heute machten diese Typen so etwas. Es war das Stück eines niedergeschlagenen, deprimierten Mannes, und ich hasste den Sänger Martti Syrjä und die anderen dafür, es war etwas mit ihnen passiert, sie waren erwachsen geworden, und das Gleiche war nun auch mit mir passiert. Ich erinnerte mich an meinen Dreißigsten. Ich erinnerte mich an die Party, die schon ein Jahr her war, ich wünschte mir, es wäre noch der Sommer, in dem ich dreißig wurde, denn in dem Sommer hatten wir alle drei, du und ich und Marjaana, eine Woche Urlaub in Lähdeharju verbracht. Diesen Sommer würde daraus nichts werden, obwohl es ausgemacht war, denn dies war das Ende unserer Beziehung. Wie es aussah, war es das, was konnte man da tun. Der Wein und der Raki hatten mein Gehirn so weich gemacht, dass ich die Vorstellung einer Trennung für einen Moment fast akzeptieren konnte.

Ich hätte einschlafen können, mich im Sand zusammenrollen und am nächsten Morgen mit den ersten Sonnenstrahlen aufwachen können. Ich nahm es mir vor, ich hielt es für eine gute Idee. Etwas Derartiges hatte ich nie getan, obwohl ich es unbedingt hätte tun sollen, ich war immer viel zu brav gewesen, das war mein Problem, und darum gingen andere Menschen über mich hinweg. Ich dachte, wie schön es wäre, bei Tagesanbruch zum Hotel zurückzukehren, wenn Marjaana schon wach wäre und sich Sorgen machte. Ich schloss die

Augen, lag eine Weile regungslos da, begriff dann aber, dass man mich in der Nacht wahrscheinlich ausrauben würde. Liisa hatte mir das schon in den goldenen siebziger Jahren eingebleut, bei den ersten gemeinsamen Familienurlauben im Süden, in Las Palmas und auf Mallorca. Man soll nachts nicht alleine an den Strand gehen. Am Strand sind Verbrecher. Der Strand ist voller Gefahren, der Strand ist von allen üblen Orten der schlimmste. All das kam mir mit dem Kummer wieder in den Sinn, die sorglosen Jahre, die aus dem Boden gestampften Pauschaltouristenhotels mit ihren identischen Balkons und hastig angelegten Swimmingpools im Schatten der Hochhauskolosse. Liisa kupferbraun auf einem orange-weiß gestreiften Liegestuhl mit einem Schundroman in der einen Hand und einem Drink mit blauem Schirmchen in der anderen, und Esko neben ihr ein bisschen ungeduldig, er sitzt auf seinem Liegestuhl, erklärt lauthals und gestikulierend, dass er ein Auto mieten und uns zu einem Kloster auf dem Berg fahren will. Eskos Problem bestand darin, dass er Strandurlaube nicht mochte. Ihm wurde schnell zu heiß, und es fiel ihm schwer stillzuhalten. Er reiste nur in den Süden, weil es plötzlich möglich war und weil Liisa die Wärme liebte wie eine Katze die Ofenbank.

Ich stand auf und ging am Strand entlang nach Westen. Die Sonne war nun endgültig untergegangen, der Mond nahm die Landschaft in seinen Besitz. Im Nu legte er eine Lichtbrücke auf die schwarzen Wellen und erleuchtete die Frachtschiffe weit draußen auf dem offenen Meer. Eine Chartermaschine voller hoffnungsfroher Neuankömmlinge flog über mich hinweg, ich betrachtete ihre Lichter, dachte an die Familien in dem Blechrumpf, und dann schaute ich wieder aufs Meer, das still und einsam wirkte und ganz anders als am Tag. Irgendwo rechts von mir lag in zwanzig Metern Tiefe das Wrack eines deutschen Bombers, das wir am Tag zuvor alle drei durch unsere Taucherbrillen bestaunt hatten. Wir hatten auf dem Wasser einen Kreis gebildet, uns an den Händen gehalten, die Köpfe untergetaucht, und für einen kleinen Augenblick hatte mich Marjaana freundlich und zugleich traurig angelächelt. Sie hatte mich anders angesehen als sonst während des Urlaubs oder vielleicht je zuvor. Ich hatte geprustet und geplanscht, hatte euch beigebracht, wie man die Schwimmflossen benutzt, ihr hattet es beide geübt, und du hattest über Marjaanas Versuche gelacht, ich auch, niemand hatte Marjaana als Kind das Schwimmen beigebracht, und das merkte man. All das war gerade erst geschehen, am Vortag, am Mittwoch, da hatte ich noch nicht an das gedacht, woran ich jetzt dachte: an das Skelett des Bomberpiloten im Cockpit der Maschine. War es noch immer dort? Vermutlich hatte man es herausgeholt. Wahrscheinlich sogar, denn das Wrack war eine Sehenswürdigkeit, und die Leute wollen in ihrem Urlaub keine Toten betrachten. Was passiert mit einer Leiche in fünfzig Jahren unter Wasser? Mir wurde klar, dass ich auch das nicht wusste, wieder einmal wurde mir schwindlig davon, wie wenig ich von der Welt wusste. Es kam mir plötzlich grotesk vor, wie wir dort gekreist waren, wir drei und all die anderen Touristen mit Flossen an den Füßen. Aus dem Hafen von Chania fuhren täglich zig Schiffe zum Wrack, und doch war die Stelle das Grab eines unbekannten Menschen, sonst nichts. Ich dachte an den Tod. Er war die ganze Zeit verblüffend nah. Auch ich hätte jederzeit ins Wasser gehen können, zum Beispiel jetzt, hätte nur ein paar Steine in die Taschen stecken und meine Lunge mit Salzwasser vollsaugen müssen.

Der Weg zum Hotel war nicht ganz kurz, vielleicht fünf Kilometer. Ich hatte ungefähr die Hälfte hinter mir, als ich auf die Schweden stieß. Schon von weitem hörte ich ihre Stimmen in einer Bucht hinter der Landspitze, und wenig später sah ich sie in einem heimeligen Kreis zusammensitzen. Sie saßen da, wie Menschen im Dunkeln zusammensitzen, sie gaben sich gegenseitig die Geborgenheit, die mir fehlte. Sie hatten Spaß, sie lachten, und mein ursprünglicher Plan bestand natürlich darin, an ihnen vorbeizugehen. Aus irgendeinem Grund blieb ich aber doch stehen. Der Strand bestand nicht aus Sand, sondern aus Kies, es war schwer, darauf zu gehen. Ich stand da, und die Schweden riefen mich zu sich, einer von ihnen tat es, er war vielleicht fünf Jahre jünger als ich und hatte den Körper von Patrik Sjöberg und die Haare von Benny Andersson. Im Arm hielt er das perfekte Schwedenmädchen, groß, schlank und honigblond.

Wir waren zehn, vielleicht fünfzehn, ich bin nicht sicher. Auch die Schweden hatten sich vorher nicht gekannt, sondern sich erst auf Kreta kennengelernt, es gab keine dauerhaften Bindungen zwischen ihnen. Nur Patrik Sjöberg und die große Honigblonde waren eindeutig ein Paar, alle anderen konnten jedem um den Hals fallen. Sie waren sehr betrunken, allesamt. Sie füllten mir einen Plastikbecher bis zum Rand, lauwarmer Bacardi, noch wärmere Cola, und in der Mitte des Kreises stand natürlich ein Radiorekorder, einer von Akai mit zwei Laufwerken, ein Modell, das Mitte der achtziger Jahre auf den Markt kam und das Esko gut verkauft hatte. Die Musik, die sie hörten, kannte ich nicht. Sie gehörte zu anderen Leuten und einer anderen Zeit, meine Musik war es nicht, aber das störte mich nicht, nichts störte mich, wenigstens war Eppu Normaali aus meinem Kopf verschwunden. Und im immer eindringlicheren Mondlicht, unter der von Sternen zersplitterten schwarzen Decke der Mittelmeernacht, hörte ich schließlich auf zu denken und küsste das Mädchen aus Malmö neben mir.

Sie hieß Lisa. Lisa oder Ulrika, ich bin nicht sicher. Ulrika war es, die große Honigblonde hieß Lisa. Ulrika also erwiderte meinen Kuss, und das wunderte mich nicht einmal. Es war mir gelungen, das Gehirn auszuschalten, und das war eine große Erleichterung, mehr noch, es war ein Wunder.

Ulrika nahm mich an der Hand, oder es war umgekehrt, ich nahm sie an der Hand, und wir beide stahlen uns davon, entfernten uns aus dem Kreis und zogen uns zweihundert Meter zurück. Obwohl der Strand flach war, fand sich ein Sichtschutz, ein kleiner Sandrücken. Dahinter sanken wir auf die Erde, es fühlte sich an, als gäben meine betrunkenen Beine unter mir nach, dann waren sie auch schon mit Ulrikas Beinen verschlungen, deren Knochen ich spürte. Ulrika hob ihren Sommerrock, öffnete mir den Gürtel, ich fuhr mit der Hand in ihren Slip und streichelte ihre glatt rasierte Möse, und bald war ich schon in ihr, ohne Schutz, ohne alles, ohne Gefühl, ohne einen einzigen Gedanken. Weil ich nichts dachte, gab es euch nicht. Ihr wart nicht zwei Kilometer von mir entfernt im Hotel Chania Blue Palace, im obersten Stock der dreistöckigen Baracke, in einem zu heißen und zu kleinen Zimmer, auf dessen Balkon der Nachtwind die Handtücher und die Badekleidung von uns dreien trocknete. Du schliefst nicht in dem Zustellbett neben der Tür, die Haare auf dem Kopfkissen aufgefächert, dein Brustkorb senkte und hob sich beim Atmen nicht unter dem Prinzessinnennachthemd, und Marjaana lag nicht wach, um in dem seltsam niedrigen Bett mit der knarrenden Federkernmatratze auf mich zu warten. Ich dachte nichts, es gab euch nicht, und die wunderbare Ulrika packte mich mit ihren kleinen Händen im Nacken und zog mich näher heran, wir befanden uns auf einer Schaukel, und unsere Bewegungen hatten einen gemeinsamen Takt, den gleichen Takt wie die Wellen, die in gleichmäßigen Abständen aus tausend Kilometern Entfernung aus dem Norden kamen, von der anderen Seite des Meeres, und sich rauschend am Strand brachen. Ulrika fasste den Schaft meines Penis an. Sie nahm die Hoden in die Hand und rieb sie, ich weiß nicht, wo sie das gelernt hatte. Und dann kam ich. Ich versuchte, mich aus ihr herauszuziehen, aber sie drückte mich fest an sich, und ich kam in ihr. Das ist okay, sagte sie. Das ist absolut okay. Du bist so süß.

Ulrika aus Malmö. Wo ist sie jetzt? Was macht sie? Was machte sie damals? Ich weiß nicht einmal das. Sie war ein warmer Schoß. Sie war zwei Brüste. Sie war eine enge, feuchte Möse. Und trotzdem war sie auch ein Mensch, ein Mensch mit einem Defekt, mit einem Riss im Inneren, denn keine heile, ausgeglichene, glückliche junge Frau verhält sich so, wie sie es tat. Ihr Freund hatte sie betrogen und verlassen. Sie war drogensüchtig. Ihre Mutter war gestorben. Oder etwas noch Schlimmeres, was weiß ich. Mit der Hand in ihrem Nacken torkelte ich zu den anderen zurück. Sie passte nicht richtig in meinen Arm, sie war viel zu klein. Der Kreis der Schweden löste sich bereits auf, Patrik Sjöberg trug den Akai-Rekorder auf der Schulter, die Honigblonde zog ihn an der Hand. Sie wollten nach Chania in die Disko, um dort bis zum Morgen zu tanzen. Hätte mich Ulrika gebeten mitzukommen, hätte ich es getan. Ich wäre mitgekommen. Hätte mit ihr getanzt. Hätte sie noch einmal gevögelt. Es ist total okay, wenn du nicht mitkommst, sagte sie stattdessen. Du bist süß. Du bist so supersüß. Lieb dich. Und dann gingen sie, nahmen ihre Stimmen mit, nahmen ihren Wein mit und ihre Musik. Als sie nicht mehr zu hören waren, wurde es jedoch nicht still. Kaum waren sie aus meinem Blickfeld verschwunden, kaum war ich wieder allein, kaum hatte ich mich kurz im Meer nass gemacht und setzte im Mondschein meinen Weg zum Hotel fort, kehrten die Gedanken mit ihrer ganzen schrecklichen Wucht zurück. Zum ersten Mal hatte ich das Gefühl, sie eventuell nicht aushalten zu können, es schien mir tatsächlich möglich, von meinen eigenen Gedanken erdrückt zu werden. So könnte es kommen. So würde es wahrscheinlich kommen. So kam es mir in jener Nacht vor, wenn du es wissen willst. Genau so.

1993, II

Was für eine entsetzliche Straße. Zu gerade und zu schnell, diese abscheuliche neue Autobahn. Liisa fährt auf der rechten Spur viel zu langsam, Fernbusse und voll beladene Lkws wollen sie überholen, würde sie ab und zu in den Rückspiegel schauen, könnte sie die wütenden Gesichter der Trucker sehen. Aber Liisa schaut nicht hin. Sie starrt auf die Straße und umklammert das Lenkrad, beißt sich die Unterlippe blutig, sie hat gerade erst den Ring 3 hinter sich gelassen und hat schon das Gefühl, diese Fahrt nicht zu überstehen. Warum fährt sie überhaupt? Warum hat sie ein Auto? Sie braucht es doch gar nicht. Trotzdem wollte sie unbedingt ihren alten Zweitwagen mit nach Helsinki nehmen, den Escort, den die Jungs heruntergefahren haben, und jetzt versucht sie, damit zu fahren, obwohl sie es nicht kann; vielleicht im Sommer auf dem Land, aber nicht hier, im Dunkeln, bei gefrierendem Sprühregen auf einer Straße, deren Geschwindigkeitsbegrenzung auch im Winter bei hundert liegt. Sie hatte keine Zeit zum Nachdenken. Sie hat nicht einmal erwogen, mit dem Zug zu fahren. Esko rief an, sie wurde von seinem Anruf geweckt und fuhr auf der Stelle los, noch bevor sie richtig verstand, was sie tat, saß sie im Auto.

Die Landschaft um sie herum zieht sich zusammen. Winterlich leere Rastplätze, auf den Feldern verstreute Gewerbehallen, menschenleere Überführungen, bedrohliche Schutzzäune, brutale Felsdurchbrüche, durch die Liisa mit angehaltenem Atem fährt. Bei Hyvinkää erlöschen endlich die Lampen entlang der Straße, es ist Tag geworden, im Prinzip, aber ein Tag ohne Licht, die ewige Sprühregendämmerung des zögerlich beginnenden Winters. Im Radio kommt ein bekanntes Lied, Liisa versucht mitzusingen, aber daraus wird nichts. Es ist nicht der Sommer 74, sie fahren nicht zur Ruderregatta nach Sulkava, Esko singt nicht mit ihr, und die Jungen auf der Rückbank rufen nicht, sie sollen still sein. Sie singt allein, und ihre dünne Stimme reicht nicht aus, um das Heulen des Motors zu übertönen.

Sie schafft es fast bis ans Ziel. Unter der Raststätte hindurch, die wie eine Brücke über die Autobahn gebaut worden ist, an der Abfahrt Turenki vorbei, fast bis in die Stadt. Man darf nicht anhalten, weiß Liisa, auf der Autobahn darf man auf keinen Fall anhalten. Die Autobahn ist wie das Leben, man muss in Bewegung bleiben und ungefähr im gleichen Tempo vorwärtskommen wie die anderen. Esko würde nie im Leben auf der Autobahn anhalten. Aber man kann nicht fahren, wenn man nichts sieht. Die Hände zittern, und die Augen werden feucht, sie kommen schon wieder, die verdammten Tränen. Eine junge Frau, die sie überholt, schaut besorgt herüber und drosselt das Tempo. Liisa winkt ab und zwingt sich zu einem normalen Gesichtsausdruck. Die Frau wendet den Blick ab und gibt Gas, die Rücklichter ihres Wagens verschwinden im Regen. Liisa lenkt den Escort vorsichtig an den Straßenrand, stößt die Tür auf und lässt Luft herein. Da sitzt sie und weint, auf der Standspur der Autobahn kurz vor Hämeenlinna. Auf einem Kahlschlagstreifen steht eine Reklametafel der Stadt. Liisa ist wer weiß wie oft daran vorbeigefahren, aber jetzt fällt es ihr auf, und sie starrt auf das im Lauf der Jahre ramponierte großflächige Werbeschild.

Eine Perle unter den Städten. Dachte sie das auch? Ja, bestimmt, so dachte sie auch. Aber jetzt will sie nicht dorthin zurück. Sie weiß es mit Sicherheit, sie will nicht zurück. Und Liisa weint nicht nur vor Trauer. Sie weint vor Zorn. Sie weint vor Angst. Sie hat Angst, dass ihr das neue Ich aus den Händen gleitet. Zwar hält sie es in Händen, aber es ist noch schwach wie der Griff eines Neugeborenen um den Zeigefinger der Mutter, sie fährt in diese Stadt zurück, die Stadt wird sie schlucken, und sie muss dortbleiben und ungeklärte Dinge klären. Die Grenze, an der sie sich jetzt befindet, ist nicht nur die Stadtgrenze, sondern die Grenze zwischen zwei Leben, und Liisa hasst Esa, der ihr das antut, der stets unglückliche Esa, der abscheulich egoistische Esa, wegen dem sie in diesem Escort sitzt, in dem es nach Zigaretten und Wunderbaum und all den Bierflaschen, die auf der Rückbank geöffnet wurden, riecht, an diesem Sonntagmorgen, an dem sie nach dem Samstagsspätdienst eigentlich in aller Ruhe im Bett liegen und schlafen und erst gegen Mittag aufstehen müsste, um Kaffee zu trinken und die Zeitung zu lesen. Sie liest die Sonntagsausgabe von *Helsingin Sanomat* immer besonders gründlich, auch die langen Artikel, die ihr fremd erscheinen.

Liisa schließt die Augen, setzt sich gerade hin und atmet so tief wie möglich. Langsam ein, langsam aus, wie bei den Entspannungsübungen in der Turnhalle. Sie ist neuerdings so eine Frau, eine Frau, die zu Entspannungsübungen geht. Dort liegt sie auf einer blauen Kunststoffmatte in der Schulturnhalle zwischen gleichaltrigen Frauen, hört auf die gleichmäßige Stimme der Lehrerin und spürt, wie ihre Gliedmaßen allmählich schlaff werden und wie ihre Gedanken sich beruhigen, sie erlebt den angenehmen Schwindel, wenn alles, was gewesen ist, in der Ferne verschwindet. Auf dem Heimweg nach der Stunde fühlt sie sich leichter als sonst, gelassen, glücklich, und sie will dieses Gefühl weder für Esa noch für sonst wen aufgeben, Esko und die Jungs verstehen das nicht, aber so ist es nun einmal. Sie kann sich nicht in den Menschen zurückverwandeln, der sie war, nur weil andere diesen Menschen vermissen.

Esko wartet vor dem Krankenhaus auf sie. Sie haben sich seit drei Monaten nicht gesehen, zuletzt sind sie sich im Sommer begegnet. Esko hat ein paar Kilo abgenommen, Liisa merkt es sofort, die alte, ohnehin unnötig große Winterjacke hängt wie ein Sack an ihm, und als sie über den Parkplatz zum Eingang gehen, erinnert sich Liisa an das, was Esko eines Abends am Telefon gesagt hat. Er versuche gar nicht erst zu kochen, er lebe hauptsächlich von Kebap. Das ist gut und billig. Man wird den Hunger los. Von den Türken gibt es neuerdings ja genug, und neue, engagierte Unternehmer, die muss man unterstützen, verdammt noch mal. Dann ist Liisa auch schon bei ihm, sie umarmt ihn oder er sie, es passiert automatisch. Esko nimmt ihre Hand, sie gehen Hand in Hand die Treppe hinauf und durch die Eingangshalle zu den Aufzügen. »Er schläft«, sagt Esko, als sie im Aufzug unter sich sind. »Der Junge schläft und sieht überhaupt nicht schlimm aus.« Als wäre es entscheidend, wie der Patient aussieht.

Esa schläft tatsächlich. Sein Gesicht ist blass, aber entspannt, auf der Stirn hat er eine lange, blutige Schramme, die Lippen sind leicht geöffnet. Liisa stellt einen Stuhl neben das Bett und nimmt den Geruch von Alkohol und Erbrochenem wahr. Sie drückt Esas Hand. Die Hand ist kalt, Liisa versucht, sie warm zu reiben. Esa reagiert nicht, er merkt es nicht mal. Esko hat die Hände in die Hüften gestemmt und schaut schweigend aus dem Fenster über die Fichtenwipfel hinweg. Der Arzt kommt und berichtet von der Nacht, viel gibt es nicht zu sagen: Magenspülung, Beruhigungsmittel. Der Patient wird bald aufwachen, spätestens am Nachmittag. Liisa kennt den Arzt, natürlich, sie kennt alle im Krankenhaus. Jetzt, da sie hier sitzt und ihn auf die vertraut langsame Art sprechen hört, hat sie das Gefühl, als würde auch er ihr vorwerfen, dass sie weggegangen ist.

Man kann nur abwarten. Sie gehen nach unten in die Cafeteria, kaufen sich Kaffee und Brötchen, setzen sich an den Tisch ganz hinten. Esko lässt ein Stück Zucker in die Tasse fallen und versucht dann, Liisas Hand zu nehmen. Liisa will nicht warten, sie sagt, was sie sich vorgenommen hat.

»Nimm Esa zu dir. Für ein paar Tage. Eine Woche. Wenigstens für die nächste Nacht.«

»Die nächste Nacht werden sie ihn wohl noch hierbehalten.«

»Nein. Hörst du gar nicht zu? Esa fehlt nichts. Ich meine physisch. Ihm fehlt physisch nichts, er braucht die Hilfe dieser Leute hier nicht. Die Hilfe muss auf anderem Weg organisiert werden.«

»Auf welchem Weg?«

»Frag mich nicht. Ich habe auch keinen Plan parat. Hast du das geglaubt? Nimm ihn mit in den Karhupolku.«

»Ein erwachsener Mann bei seinem Vater.«

»Du wohnst in dieser Stadt. Ich bitte dich darum.«

Sie wusste, dass Esko irritiert sein würde. Das war Teil des Plans, den sie im Auto auf der Standspur gemacht hatte, sie wollte Esko mit dem ersten Schachzug überraschen. Esko wirkt tatsächlich überrascht, er beißt so übertrieben großspurig in sein Eiersandwich, dass die Salzgurke auf den Teller fällt und Eigelb im Mundwinkel hängenbleibt. Zur Abwechslung trägt er wieder einen Schnurrbart, der steht ihm, aber es sammeln sich Essensreste darin.

»Was für Möglichkeiten haben wir sonst?«, spricht Liisa weiter. »Wo soll Esa hin? Zu Marjaana etwa? Wohl kaum. Wo ist sie überhaupt? Warum ist sie nicht hier?«

»Marjaana weiß wahrscheinlich gar nichts. Sie sind ja nicht mehr verheiratet. Vermutlich rufen sie zuerst die Eltern an. Vielleicht nur die. Das musst du doch besser wissen als ich.«

»Hast du Marjaana nicht angerufen?«

»Ich werde mich da nicht einmischen. Zwei erwachsene Menschen. Esa kann es ihr erzählen, wenn er will. Kann gut sein, dass er nicht will.«

»Nicht will? Esko, das war ein Selbstmordversuch!«

»Oder bloß ein Versehen. Der Junge hat mehrere Tage am

Stück getrunken. Und mit seinen Medikamenten Mist gebaut, sich verzählt. So was kommt vor.«

»Klar, jeden Tag.«

»Esa hat selbst den Krankenwagen gerufen. Verdammt noch mal, das hätte er doch nicht getan, wenn er hätte sterben wollen!«

Auf dem Nachbartisch liegt eine Zeitung, Esko schnappt sie sich und schlägt den Sportteil auf, als wäre nichts weiter. Es kehrt Stille ein, sie schweigen beide, und um sie herum passieren kleine, alltägliche Krankenhausdinge. Eine gebückte Achtzigjährige schleppt sich mit ihrem Rollator an die Theke und bemüht sich um ein Kuchenstückchen. In der Ecke steckt ein blasser Teenager Münzen in einen Bajazzo-Automaten. Ein Mann mittleren Alters kauft am Blumenkiosk einen riesigen Strauß blutroter Rosen. Liisa begreift auf einmal, dass Esko all das absichtlich ignoriert. Er liest nicht einmal in der Zeitung, er starrt nur vor sich hin, um nichts sehen zu müssen. Esko wäre am liebsten woanders, er hat Krankenhäuser schon immer gehasst, in seiner Welt existieren sie nicht, diese Gänge und Stockwerke und Zimmer, in denen die Menschen jeden Tag mit ihrer Sterblichkeit konfrontiert werden und bisweilen auch sterben. Auch der Junge am Bajazzo hat Krebs, vermutlich Leukämie, das sieht sie an seinem Gesicht. Man sieht es, wenn man sich traut hinzuschauen.

»Die Amerikaner sind übrigens wieder im All, das hast du sicher gehört. Endeavour heißt das Raumschiff. Die polieren in einer internationalen Raumstation den Spiegel eines Fernrohrs. Haben angeblich vor, den Rekord im Weltraumspaziergang aufzustellen. Es ist auch wieder eine Frau dabei, Kathryn Thornton. Kathryn C. Thornton, promovierte Physikerin.«

Hätten Esko und sie überhaupt zusammenleben können, wenn sie anderswo als auf der Geburtsstation gearbeitet hätte? Wenn sie Krankenschwester auf der Krebsstation gewesen wäre und sich nachts darüber gegrämt hätte, hätte Esko garantiert nichts davon wissen wollen. Er wäre sauer geworden, wenn sie ihm ab und zu davon erzählt hätte. Liisa sieht den Mann vor sich fast schockiert an, sie hat mit diesem Menschen ihr gesamtes Erwachsenenleben verbracht und ihn die ganze Zeit falsch verstanden. Sie hat ihn nur zur Hälfte verstanden, nur seinen zeitweiligen Mut. Sie hatte ausschließlich diesen Teil verstehen wollen und vor dem Rest die Augen verschlossen.

»CNN kriegt man jetzt rein. Ist klasse, man kann jeden Abend die amerikanischen Nachrichten sehen. Großartig, wie die bei den Weltraumsachen mit vollem Herzen dabei sind. In Florida drängen sich die Leute, um der Fähre einen guten Start zu wünschen.«

Etwas ist in den letzten Monaten geschehen, etwas, das Liisa selbst nicht versteht und auch keinem erklären kann. Esko ist nur noch eine Stimme, die sich vom Körper getrennt hat. Sie hat Eskos Stimme gehört, jeden Tag, und dabei hat sie um die Stimme herum einen Menschen konstruiert, der jetzt nicht vor ihr sitzt. Nicht einmal die Augen sind die Augen dieses Menschen, an diesem Sonntag sind Eskos Augen nicht besonders blau. Sie funkeln nicht, sie gucken nur verstohlen umher, suchen in der Cafeteria verzweifelt nach einem Fixpunkt. Die Hände greifen nach der Serviette und falten sie zu einem Flieger, der Fuß stampft unter dem Tisch auf den Boden, dass die Tassen wackeln.

»Im Leben passieren bisweilen auch unschöne Dinge«, sagt Liisa. »Solche, die man sich nicht wünscht.«

»Als wüsste ich das nicht.«

»Weißt du es? Weißt du es wirklich? Und wenn du es weißt, akzeptierst du es dann?«

»Ach leck mich doch …«

Esko zerknüllt die Serviette und lässt sie in die Kaffeetasse fallen. Er nimmt den Plastiklöffel, stochert damit einen Brotkrümel aus dem Zwischenraum seiner Vorderzähne und geht dann dazu über, den Löffel in Stücke zu reißen. Er zieht dünne Streifen ab und legt sie fein säuberlich nebeneinander auf die Tischdecke.

»Ich müsste auch bald mal los. Um zwölf hab ich einen Platz gemietet.«

»Einen Platz?«

»Ja, einen Tennisplatz, verdammt! Was ist daran so seltsam? Eki und ich haben sonntags unsere feste Zeit in der Halle.«

»Eki Saarinen.«

»Als wüsstest du das nicht. Derselbe alte Eki Saarinen. Er hat im Frühsommer angerufen. Da haben wir die Schläger aus dem Naphthalin geholt und die Mottenkugeln von den Bällen gewischt. Heutzutage ist die Platzmiete fast umsonst, die Halle geht bald in Konkurs, weil niemand mehr spielt. Man schämt sich beinahe, so wenig zu bezahlen.«

»Ist ja toll. Toll, dass du so günstig Tennis spielen kannst!«

»Was nützt es, wenn ich hier am Kaffeetisch Wache schiebe? Da kann ich genauso gut Filzbälle prügeln. Letzten Sonntag musste ich arbeiten, Eki wird sauer, wenn ich heute nicht komme.«

»Ich kann Eki anrufen und ihm sagen, warum du nicht kommst. Eki wird das schon verstehen, du.«

»Du rufst ihn, verdammt noch mal, nicht an! Du mischst dich nicht in meine Angelegenheiten ein und ich mich nicht in deine! War es nicht so? Oder wie?«

Esko springt auf und schnappt sich seine Jacke von der Stuhllehne. Liisa bleibt ruhig sitzen und mustert ihn, Esko versucht, ihrem Blick auszuweichen, aber es gelingt ihm nicht recht. Er schwenkt um und setzt sich wieder hin, lässt sich mit der Jacke auf dem Schoß nach hinten sinken und wirkt plötzlich ratlos. Ein alter Stammkunde geht mit seinem Tablett vorbei, Esko erkennt ihn, die Männer nicken sich zu. Liisa sieht, wie Esko sich schämt, die Scham mischt sich mit Angst und allgemeiner Hilflosigkeit. Sie kann sich nicht erinnern, wann sie Esko das letzte Mal so gesehen hat. Aber hängt das nur mit ihrer Blindheit zusammen, damit, wie sie ihn früher angeschaut hat?

»Wir machen es so: Ich gehe mich jetzt ein bisschen frisch machen und wische mir die verlaufene Schminke ab. Es ist niemand gestorben, es gibt keinen Grund, warum mein Gesicht aussehen soll wie der Hintern eines Greifvogels. Wie du immer sagst. Und während ich mich frisch mache, denkst du ein bisschen nach. Du überlegst dir ernsthaft, was ich dir vorgeschlagen habe, ob du Esa für die nächste Nacht mit zu dir nimmst. Und wenn ich wiederkomme, sagst du mir, was du dir überlegt hast. Abgemacht?«

Esko antwortet nicht. Liisa geht zur Toilette und tut, was sie angekündigt hat, sorgt dafür, dass sie wieder mehr wie ein Mensch aussieht. Sie wischt sich die Wimperntuschereste aus den Augenwinkeln und tuscht die Wimpern neu, tupft sich Puder auf die Wangen, richtet die Haare und trägt zum Schluss dezent Lippenstift auf. Der Farbton ist neu und Esko fremd, Liisa genießt die Vorstellung, vor Esko als jemand hinzutreten, den er nicht vollständig kennt. Aber als sie die Toilettentür aufmacht und den Tisch sieht, an dem sie gesessen haben, ist Esko nicht da. Esko hat die Zeitung sauber zusammengefaltet und auf den Plastikstuhl gelegt und ist gegangen. Die Bedienung hat das Geschirr abgeräumt und wischt gerade mit einem nassen Lappen den Tisch ab. Liisa sieht ihr zu, sie sieht der Frau namens Pirjo, die sie ein bisschen kennt, lange zu. Wieder eine Frau, deren Aufgabe darin besteht, die Spuren zu beseitigen, die Männer hinterlassen.

Sie wartet allein in der Kantine im Erdgeschoss und versucht vergebens, sich auf ihr Buch zu konzentrieren, dann stellt sie in ihrem Notizbuch eine Liste der Weihnachtsgeschenke auf, die noch zu kaufen sind, und löst die Rätsel in der Boulevardzeitung. Sie trinkt eine weitere Tasse Kaffee. Dann eine dritte. Zwischendurch geht sie nach oben, um mit Veikko zu reden, mit Veikko redet es sich leichter, jetzt, da Esko nicht dabei ist. Sie reden miteinander, wie es Berufskollegen tun, er erklärt ihr Esas Medikation und äußert seine Meinung, auch wenn sie unangenehm ist. Man müsste die Dosierung erhöhen, sagt Veikko zu ihr.

Wie fühlt sich Liisa? In gewisser Weise besser, weil eine Entscheidung getroffen wurde, weil Esko sie an ihrer Stelle getroffen hat. Sie ruft Ville und Timo an und berichtet, was passiert ist, erklärt möglichst entschieden, was sie zu tun beabsichtigt und in welcher Reihenfolge. Die Jungs sind überraschend ruhig, anscheinend handelt sie so, wie sie es schon früher hätte tun sollen. Ihre Söhne akzeptieren sie, auch Timo, mit dem sie seit einem halben Jahr nicht mehr gesprochen hat. Es ist ermutigend, so vernünftig zu sein, so verantwortungsbewusst, so gut. Man kann aus seiner Anständigkeit Trost beziehen, man kann an Esko denken, dessen Tennisstunde inzwischen vorbei ist und der vermutlich gerade mit Eki im Café der Tennishalle sitzt, eine Flasche *Hart-Sport* trinkt und sich über den Flug der Endeavour unterhält. Ja, das kann man, aber das Grauen, das Liisa am Morgen im Auto empfand, kommt auf der Stelle zurück, als sie am Nachmittag um drei ein weiteres Mal das Zimmer im dritten Stock betritt und Esa im Wachzustand erlebt. Ihr Kind sitzt am Bettrand und lässt die Beine baumeln, sein Blick schweift zerstreut durchs Zimmer, als verstünde es überhaupt nicht, wo es ist. Draußen gibt der Tag endgültig auf, es ist dämmrig im Raum, Liisa macht das Licht an, und als die Neonröhren aufflackern, hält sich Esa einen Arm vor die Augen. Der Junge ist ein Tier, das im Dunkeln lebt, die Mutter betritt seine Höhle.

»So«, sagt Liisa. »Jetzt packen wir deine Sachen zusammen und machen uns auf den Weg. Gehen wir.«

»Wohin?«

»Das werden wir dann schon sehen.«

Esas Kleider liegen im Schrank, Liisa nimmt sie heraus und wirft sie auf das Bett. Die schiefgetretenen alten Winterschuhe stehen unterm Bett, Liisa findet sie und stellt sie ihrem Jungen vor die Füße. Sie wartet einen Moment, aber nichts passiert, Esa sitzt bloß da. Liisa schaut in diesem unbarmherzigen, alles enthüllenden Licht auf ihr Kind, sie sieht die abstehenden Haare, den Zweitagebart und die schwarzen Ringe um die Augen. Der Geruch nach Alkohol und Erbrochenem ist nicht verflogen, er ist eher stärker geworden, weil Esa wach ist und schwer durch den Mund atmet. Liisa kniet sich auf den Boden und zieht ihm die Schuhe an die schlaffen Füße, so wie damals im Flur ihrer Wohnung in Kuopio.

»Los geht's. Wir machen uns jetzt auf den Weg und basta.«

»Wohin gehen wir? Sag mir zuerst, wohin.«

»Ich hab doch gesagt, dass wir das später sehen werden.«

»Wo komme ich hin?«

»Stell nicht ständig Fragen! Ein erwachsener Mann und fragt einem Löcher in den Bauch. Zieh jetzt die Schuhe an. Und den Mantel. Es ist Winter.«

»Wie soll ich irgendwohin gehen, wenn ich nicht weiß, wohin?«

Seine Stimme ist von den Medikamenten schwer und phlegmatisch. Der schlaftrunkene Idiot schmunzelt über seine eigenen Sätze. Liisa hält es nicht mehr aus, sie packt Esa an den Schultern und reißt das Kliniknachthemd hoch. Esa zuckt unter der Berührung zusammen, er krümmt sich, versucht, Liisa zu verscheuchen, aber sie hebt seine Arme an, zieht am Nachthemd, der Halsausschnitt ist eng, der Kopf bleibt stecken, und Liisa verliert fast die Nerven. Nun hilf endlich ein bisschen mit, verdammt noch mal, schreit sie. So ein Mist aber auch! Sie lässt sich auf den Bettrand fallen und fängt an zu weinen, wieder weint sie, wahrscheinlich hört man es bis auf den Flur, so wie auch ihr Schreien eben. Was mag Veikko von ihr denken? Und die Stationsschwester? Was soll das eigentlich werden, wie soll sie sich beherrschen, wie soll sie je damit fertigwerden? Sie hält die Augen geschlossen und versucht, auf die neue Art zu atmen, langsam ein und langsam aus, so wie es der wunderbare junge Trainer in der Schulturnhalle vorgemacht hat.

»Beruhig dich«, hört sie ihren Sohn sagen. »Ganz ruhig, liebe Mama, wir gehen, wenn es so weit ist. Wir haben's doch nicht eilig.«

Ein kurzes Stück heißt es noch durchhalten. Aus dem Klinikeingang auf den dunklen Parkplatz gehen, Esa an der Hand zum Auto führen. Nach Kurala fahren und die Tür des Reihenhauses aufschließen, dem Chaos begegnen, das darin natürlich herrscht. Esa im Wohnzimmer auf die Couch setzen und vor dem Fernseher warten lassen und mit der Arbeit anfangen: putzen und packen, die ewigen alltäglichen Verrichtungen. Liisa findet im Schrank eine Eishockeytasche aus den siebziger Jahren, die ist gut genug. Sie wirft die Tasche aufs ungemachte Bett und sucht Kleider für Esa zusammen. Natürlich sind alle schmutzig, die Hemden liegen kreuz und quer auf dem Fußboden, in den Ecken liegen einzelne Strümpfe und benutzte Unterhosen. Darüber, wie dreckig sie sind, darf man sich jetzt keine Gedanken machen, sie kommen mit, wie sie sind. Liisa holt Rasierapparat und Deo aus dem Bad, Medikamente aus dem Schrank, Mütze und dicke Jacke von der Garderobe, stopft alles wie es kommt in die Eishockeytasche, und nachdem sie gepackt hat, geht sie schnell mit dem Staubsauger durch die Wohnung und spült das schmutzige Geschirr in der Küche. Irgendwann muss Esa etwas gekocht haben, im Topf ist Brei angebrannt, in der Pfanne kleben Fischstäbchenreste, im Mülleimer riecht es nach Hühnerknochen. Die müssen noch weggebracht werden. Esa macht keine Anstalten, ihr zu helfen, er sitzt mit der Fernbedienung in der Hand im matten Schein des Fernsehers, als Liisa über den dunklen Hof schlittert und nach der Müllsammelstelle der Reihenhaussiedlung sucht.

Erst als alles erledigt ist, kommt Esa kurz zu sich. Liisa steht im Mantel im Flur und sieht zu, wie der Junge durch sein Zimmer irrt, Bücher und Platten in eine Plastiktüte fallen lässt. In eine andere Tüte steckt er alte Fotoalben, es sind so viele, dass die Tüte reißt und die Alben auf den Boden fallen. »Lass sie hier«, schlägt Liisa vor. »Vielleicht lassen wir die hier, das ist sicher besser.« Esa ist damit nicht einverstanden, und Liisa mag sich nicht mit ihm streiten. Sie findet in der Kammer eine größere und stabilere Plastiktüte für die Alben. »Die trägst du aber selbst«, sagt sie zu Esa. »Im Bizeps fehlt dir ja nichts, auch wenn du im Kopf nicht ganz richtig bist.« Er wirft sich die Eishockeytasche über die Schulter und nimmt die Plastiktüten in die Hände, das geht tatsächlich mühelos, als er mit seinem Gepäck über den Parkplatz zum Auto geht, sieht er fast normal aus. Liisa könnte eine Mutter sein, die ihren Sohn besucht hat, der ihr nun beim Tragen hilft. Aber dann macht Liisa die Türen des Escort auf. Esa lässt sich auf den Beifahrersitz fallen, sie setzt sich daneben und befindet sich nun mit diesem unglücklichen Menschen in einem Vakuum, aus dem es kein Entrinnen gibt.

Sie lässt den Motor an, gibt dabei ordentlich Gas, wie Ville es ihr geraten hat. Sie zieht die Lederhandschuhe an, packt das Lenkrad und fährt vorsichtig rückwärts vom Parkplatz. Sie beugt sich vor, um Esas Gurt zu befestigen, auch das muss sie offenbar tun, alles muss sie selbst tun, sie kämpft mit dem Schaltknüppel, um den Gang einzulegen, lässt die Kupplung kommen, der Motor hustet, aber das Auto setzt sich in Bewegung, und sie ist wieder unterwegs. Das genügt. Sie hat diesen Tag fast überstanden. Sie fährt dieselbe fürchterliche Strecke zurück nach Helsinki und übersteht auch das, sie fährt zu ihrem neuen Zuhause, und ihr Sohn, der sie braucht, wird mit ihr kommen, so stehen die Dinge jetzt, sie wird es überstehen, sie werden es beide überstehen. Inzwischen ist es Abend geworden, ein Novemberabend in einer ruhigen Wohngegend. Niemand ist auf der Straße, niemand sieht sie. Niemand sieht, wie der fünfzehn Jahre alte, einst kornblumenblaue Ford Escort leicht ruckelnd die von wenigen Laternen erleuchtete Straße entlangfährt, vorbei an Reihenhäusern, die sich gleichen, und an der Kreuzung zur Autobahn abbiegt, die tote Stadt und alle ihre Häuser, in denen sich glückliche Menschen auf eine erholsame Nacht vorbereiten, hinter sich lässt.

Ich sehe euch alle. Ihr seid die ganze Zeit so nah, auf dem Computerbildschirm kann ich das Haus erkennen, wo du im fünften Stock in diesem Augenblick schläfst oder wach bist und Regiepläne entwirfst oder ein Buch liest, vielleicht schläfst du auch leidenschaftlich mit Max oder ihr streitet euch, dass die Türen knallen, ich weiß es nicht. Man kann nicht ins Haus hineinschauen. Aber die Fenster sieht man, alle drei Fenster zum Park, das Bild ist scharf, der Kamerawagen von Google hat an einem grauen Frühlingstag alles aufgenommen, auch das Fallrohr der Regenrinne, an dem ich letzten Herbst nach der Rückkehr von eurer Premiere kurz Halt suchte. Mit einem Mausklick kann ich, wenn ich will, zu der Bar zurückkehren, die Husemannstraße entlanggleiten, die Danziger Straße überqueren und dann in die Dunckerstraße weitergehen bis zu dem kleinen Park. Da ist er: der Ort, an dem wir saßen. Oder ich wähle eine andere, breitere und ebenere Straße, den Silver Glen Way in Lake Worth, Florida. Ich wähle sie, fahre an identischen Häuserwürfeln entlang, vorbei an aufpolierten Vorgärten, vorbei an Briefkästen und kleinen amerikanischen Fahnen, und vor dem Silver Glen Way 212 steht ein Auto, in dem ich oft gesessen habe, Eskos kobaltblauer Chrysler SUV, er steht vor dem halb offenen Garagentor. Esko ist auch zu Hause, es ist früher Abend in Florida, er kann nirgendwo anders sein. Er hat sich auf einem Kabelkanal das Eishockeymatch des Tages angesehen, danach ein Mikrowellengericht gegessen oder ein Take-away und genießt jetzt vielleicht im Garten den warmen Märzabend. Kann sein, dass er im Pool schwimmt, den sich acht Bungalows teilen, auch den Pool sehe ich, wenn ich mit einem Mausklick die Perspektive ändere und in die Luft aufsteige wie ein Vogel. Aber Amerika beginnt mich zu langweilen. Das ermüdend unveränderliche, überall gleiche Amerika, schon nach zwei Minuten habe ich es so satt, dass ich die Gegend wechseln muss. Ich bin ein Vogel, ich fliege nach Madrid, dort findet gerade die Konferenz der europäischen Linksparteien statt, wo Finnland durch Marjaana Varisto, die Parteichefin des Linksbundes, vertreten ist. Als Konferenzort dient das Hotel Gran Meliá Fénix in der Calle de Hermosilla in der Innenstadt, ein Fünf-Sterne-Marmorschloss, auf dessen Zufahrtsrampe schwarze Limousinen parken. Ich weiß das, weil ich am Wochenende zufällig mit Marjaana telefoniert und sie gefragt habe, wo sie untergebracht sind. Hier natürlich, in einem für Vertreter der Linken gänzlich unpassenden Bau. In diesem Rahmen wollen sie den gierigen Banken Grenzen setzen und dem aus der Kontrolle geratenen globalen Finanzkapitalismus eine Alternative entgegenhalten, obwohl es ohne gierige Banken und den globalen Finanzkapitalismus solche Hotels gar nicht gäbe. Genau das ist heute das Problem der Linken: Der Kapitalismus ist außer Kontrolle geraten. Sie sagen es laut, und im Prinzip müsste jeder sie wählen. Neunundneunzig Prozent, alle außer den wirklichen Kapitalisten. Aber jeder weiß auch, dass die Linke das Geld der Kapitalisten braucht. Das ganze Wachstum, das sich der globale Finanzkapitalismus mit seinen fantastisch betrügerischen Methoden zusammenspinnt, braucht die Linke noch dringender als die Rechte, um ihre Wählerschaft wenigstens einigermaßen bei der Stange zu halten, auf dieses Geld kann die Linke auf keinen Fall verzichten, denn die Linke will an nichts sparen und muss daher auf demselben bösen Finanzmarkt um Kredite betteln, den sie in ihren Reden verflucht. Das ist der wunde Punkt der Linken, ihr Widerspruch, und Marjaana sieht das nicht einmal. Ich habe ihr ein Abonnement des *Economist* geschenkt, den sie nicht liest, sie ist nicht bereit, eine Zeitschrift des Feindes zu lesen, aber sie hat keine Hemmungen, in so einem Schloss zu übernachten. Es ist halb zwölf in Madrid, Marjaana schläft garantiert nicht. Sie sitzt in einem vermutlich mit weinrotem Plüsch, italienischem Marmor und Goldornamenten eingerichteten Zimmer und geht die Unterlagen für den nächsten Tag durch, schreibt ihren Blog, verfasst die Rede für die Gruppensitzung. Der dünne, bis ins Letzte gestylte persönliche Referent ist bei ihr, ein dreißigjähriger, immer gutgelaunter Mann, fast ebenso unermüdlich wie sie. Wäre er nicht stockschwul, hätten sie zwangsläufig eine Beziehung, denn sie verbringen ihre ganze Zeit miteinander. Ich bin neidisch auf diesen Samuli. Ich möchte an seiner Stelle sein. Ich möchte Marjaana herausfordern, mit ihr streiten, ihr sagen, dass sie eine miese Schwindlerin ist und dass die Linke von allen durchschaut wird. Ich möchte in Madrid sein, aber ich bin es nicht, ich bin nicht in Berlin, nicht in Lake Worth, nicht in Madrid. Ich bin hier, in dieser ausgelutschten Stadt, umgeben von meiner Vergangenheit, und schaue allein auf dieses Wunder namens Google Earth. Ich begreife es nicht, ich begreife nicht, dass es so ein Programm geben kann, und doch beeindruckt es mich nicht, denn es bringt euch mir nicht näher, ich empfinde die Entfernung nur noch deutlicher, wenn ich die stummen Gebäude betrachte, in denen ihr gerade euer Leben führt.

Natürlich könnte ich Marjaana eine E-Mail schreiben. Ich könnte einen Chat eröffnen, sie ist es gewohnt, viele Dinge gleichzeitig zu tun, sie könnte ohne weiteres mit mir chatten, während sie ein Manifest zur Verschärfung der Anforderungen für die Kapitalausstattung von Geldinstituten verfasst. Esko würde vermutlich auf eine SMS reagieren, er antwortet fast immer sofort. Vielleicht würdest auch du mir antworten. Aber das würde meinen Zustand nicht verbessern, das habe ich bereits gelernt. Ich wäre noch ruheloser, an zwei, drei Orten zugleich, und das geht nicht, besser, ich schreibe für mich selbst oder am Ende vielleicht an dich. Es ist besser, wenn ich allein bin, denn auch noch so viele Mitteilungen können meine grundsätzliche Einsamkeit nicht beseitigen. Im Gegenteil, die Flut der Nachrichten macht sie nur schlimmer. Zwischen mir und der Welt existiert eine Membran, dieselbe wie immer, und die Tatsache, dass die Welt auf kleinem Raum zusammengepresst wird, macht mir diese Membran noch bewusster.

Es gibt keine Verstecke mehr. Keine Geheimnisse, keine Rätsel, alles ist bekannt. Die Menge an Informationen macht uns zu Pessimisten, das passiert einfach, in den Jahren seit 2010 ist der Optimismus fast unmöglich aufrechtzuerhalten. Vielleicht ist nicht einmal mehr Esko dazu fähig. Wäre er dazu fähig, wenn er heute so alt wäre wie bei der Olympiade von Tokio, sechsundzwanzig? Als die Satelliten, die alles möglich machten, in den Himmel geschossen wurden und man Kabel unter dem Ozean verlegte, war Esko sechsundzwanzig, und darum beneide ich ihn. Ich kenne keinen einzigen sechsundzwanzigjährigen Optimisten. Ich kenne keinen, der an eine leuchtende Zukunft glaubt. Du tust es nicht, natürlich nicht, wie alle anderen Künstler machst du Kunst darüber, dass du nicht daran glaubst. Du verdienst damit Geld. Festigst deinen Ruf. Erwirbst dir Anerkennung, Respekt und Achtung. Eigentlich ist das verkehrt. Es ist unmoralisch, du bietest nichts Konstruktives, nur eine Vision der Zerstörung, und dafür wirst du belohnt. Deswegen bist du eine junge Visionärin. Es ist verkehrt, doch ich kann es dir trotzdem nicht zum Vorwurf machen, die Tatsachen, wie sie sich uns heute darstellen, sprechen für sich, es gibt keine Hoffnung. Alles wird zerstört: der skandinavische Wohlfahrtsstaat, das weltweite Finanzsystem, das Ökosystem der Ostsee, die ganze Erde. Zählt man die immer kleiner werdenden Geräte nicht mit, wird nichts Neues mehr konstruiert, es entsteht nichts, wir führen einen Stellungskrieg an

Fronten, die eine nach der anderen einbrechen. Und kommt unsere teuflische Hoffnungslosigkeit nicht im Grunde sogar von diesen immer kleiner werdenden Geräten? Sie führen uns alles in Realzeit vor Augen, wir werden überflutet. Wir ertrinken in schlechten Nachrichten, ersticken unter der Fülle von Meinungen, werden unter einer Lawine von Milliarden Mitteilungen verschüttet. Es gibt nur diese ewige Gegenwart, die ständig aktualisiert wird, und wir bleiben darin stecken. Gerade darum ist es uns nicht möglich, an die Zukunft zu glauben. Wir sind nicht mehr fähig, sie zu sehen. Wir kommen nicht dazu, sie uns vorzustellen. Wir haben keine Zeit. Es ist uns gelungen, eine Welt aufzubauen, deren Tempo unser Vorstellungsvermögen übersteigt. Der Mensch hat es noch immer nicht bis auf den Mars geschafft, wie Esko es mit sechsundzwanzig glaubte, es ist nicht passiert, es wird nie passieren, aber was nicht im Weltall passiert, das passiert hier. Wir kommen zum Mars und darüber hinaus, bis zu Pluto, bis an den Rand der Milchstraße. Die Entwicklung der Informationsvermittlung hat die Grenzen unserer Fantasie überschritten, wir haben keine Fantasie mehr, die Fantasie ist zerstört, die Fantasie ist uns geraubt worden. Ohne Fantasie geht alles gleichförmig dahin, jeder Tag gleicht dem anderen, jeden Morgen umgibt uns der gleiche verfluchte Nebel, der sich nie mehr auflösen wird. Wir alle erhalten ihn aufrecht, es gibt keinen, der ihn beseitigen würde. Es hat nie jemanden gegeben, keinen Gott; auch wenn ich versuche, mir selbst gegenüber etwas anderes zu behaupten, glaube ich nicht mehr an Gott. Was die Welt lenkt, ist der von allen Menschen auf der Welt gemeinsam bestimmte Wille und der Strom, der sich daraus bildet. Aber es gibt keinen Strom mehr, nur noch Nebel.

Erfindungen sind unwiderruflich. Man kann nicht im Nachhinein beschließen, dass es sie nicht gibt. Trotzdem spricht niemand darüber, wie sonderbar sie sind. Niemand spricht darüber, was sie mit uns machen. Mit uns oder aus uns? Aus uns. Sie formen uns, wir verstehen das bloß nicht, wir sind zu stolz auf unsere Erfindungen, um zu begreifen, wie uns geschieht. Auch Esko ist auf Facebook, denn Facebook ist erfunden worden, Facebook existiert, und Esko Vuori hält sich stets dort auf, wo etwas los ist. Darum hat er ein Facebook-Profil. Auf dem Profilfoto posiert er mit einer Tampa-Bay-Lightning-Mütze auf dem Kopf am Eingang zum Disneyland in Orlando, zusammen mit seinem besten Freund Bill Campbell. Er hat zweihundertsechsunddreißig Freunde in Finnland und Amerika, er postet natürlich auf Englisch. »*What a great day today. Watching the sunset in the Everglades. Reminds me of Lapland, only warmer and less insects.*« – »*A great game for Tampa Bay! Go, Sean Bergenheim, go!*« Er behauptet, das zu mögen. Es kommt ihm offenbar vollkommen natürlich und überhaupt nicht unwirklich vor. Fast alles ist für Esko immer natürlich gewesen, jedes neue Wunder die unausweichliche Folge des vorhergehenden. Aber wahrscheinlich nagt auch an ihm manchmal der Zweifel. Er ist ein Redner, er braucht lange Telefonate. Es nervt ihn, SMS und E-Mails zu schreiben. Er beklagt sich, weil die Leute keine Lust mehr haben, sich anzurufen. Kein Schwein ruft mehr an, alle tippen bloß auf ihren Apparaten herum, da bleibt mir auch nichts anderes übrig. Und so sitzt er in seinem Arbeitszimmer im Silver Glen Way im eiskalten, klimatisierten Bungalow und späht mit Jahr für Jahr schlechter werdenden Augen auf den Bildschirm. Er starrt auf das gleiche, kindisch einfache Betriebssystem wie fünfhundert Millionen andere Menschen auf diesem Planeten, der ewig auf seiner Umlaufbahn kreist, er postet sinnlose Sachen und hofft dabei so herzzerreißend, dass sie jemandem gefallen. Dreizehn Personen hat der Everglades-Status gefallen, das weiß ich genau: Am Tag nach seinem Ausflug ins Moor plauderte ich mit Esko über Skype, und da erzählte er es mir stolz. Verdammt noch mal, da hab ich eine gute Geschichte reingestellt! Sogar Aslak aus Ivalo hat den Daumen gehoben, Mensch. Kannst du dich an den erinnern, an Aslak Morottaja?

Gestern sah ich im Park einem Vater zu, der seiner Tochter das Fahrradfahren beibrachte. Das Mädchen konnte sich gerade mal einige Meter am Stück halten, aber der Mann war so ungeduldig, er hatte nicht einmal warten mögen, bis der Schnee geschmolzen war. Das Mädchen fiel hin, der Vater setzte es wieder aufs Rad und griff nach dem Gepäckträger. Mit der anderen Hand zog er sein Handy aus der Jackentasche. Ich erinnerte mich an die Sony-Videokamera, die ich im Oktober vor fünfundzwanzig Jahren vor dem Haus in Haukiluoma mit mir herumgeschleppt hatte. An das Gewicht des Apparats, an die Spuren, die er auf meiner Schulter hinterließ. An die Videokassette, die ich eingelegt hatte, die teuerste von TDK, wegen der besonderen Situation hatte ich die übliche gegen eine bessere Kassette ausgetauscht; ich erinnerte mich an den Tag und dachte, wie lächerlich leicht es dieser Vater hatte. Sein Handy wiegt vielleicht zweihundert Gramm. Der Speicher fasst tausend scharfe Fotos und eine halbe Stunde HD-Video. In der Tasche seiner Jeans führt er ein Gerät mit sich, mit dem er jeden einzelnen Moment im erstaunlichen Leben seiner erstaunlichen Tochter festhalten kann. Zwischen dem Ereignis und der gespeicherten Erinnerung gibt es keinerlei Verzögerung mehr, keine Wartezeit, nicht wie damals, als Bilder noch entwickelt werden mussten und man auf die Entwicklung wartete; als man im Fotoladen gespannt die Tüte mit den Bildern holte, sie auf der Straße öffnete und alle Bilder, die man in diesem Frühling gemacht hatte, ein erstes Mal durchsah. Vielleicht war diese Verzögerung nötig. Vielleicht hatte sie einen Sinn. Es war die Zeit, die ein Mensch brauchte, um von einem Ereignis zur Erinnerung überzugehen; es kann nicht beides gleichzeitig geben. Die gespeicherten Erinnerungen sind inzwischen endgültig gewichtslos geworden. Sie sind nicht mehr wie meine Schachtel mit den Mondsachen oder meine Fotoalben, sie benötigen keinen Dachboden, sie nehmen keinen Platz auf der Welt in Anspruch. Sie sind federleicht, imaginär, nur Nullen und Einsen. Im Bruchteil einer Sekunde werden sie vom einen Rand der Welt zum anderen übertragen. Es werden ständig mehr, niemand kann all die Bilder und Clips anschauen, keiner kann sich auch nur erinnern, sie gemacht zu haben. Sie bedeuten uns weniger als früher. Wir wollen uns an alles erinnern und erinnern uns genau deshalb an gar nichts mehr.

Manchmal, wenn ich unruhig bin und mich einfach nur beruhigen will, wenn die Überfülle dieser gegenwärtigen Welt mit ihrem ganzen Gewicht über mich hereinbricht, denke ich an unser Elektrogeschäft in der Sibeliuksenkatu. Ich stelle mir vor, wie es vor dreißig Jahren war, in den letzten Jahren der Siebziger und den frühen Achtzigern, und in meiner Vorstellung ist es mir bis in die kleinste Einzelheit präsent, ich kann die schmalen Gänge entlanggehen und mich an den Platz jedes einzelnen Produkts erinnern. An den Staub, der an den Mattscheiben haftete. An dämmerige regnerische Sommertage. An das Licht, das an hellen Wintersamstagen durch die Fenster fiel, an die Schatten, die es auf den Fußboden zeichnete, an die Bewegung dieser Schatten. An die Plastiktasten der Kasse und das Knarren der Schublade. An den Geruch im Lager und den Abfluss in der Toilette, der manchmal Zicken machte, an den Duft nach Kiefernseife in allen Ecken, immer freitags, weil am Vorabend die Putzfrau da gewesen war. An das Klingeln, das ertönte, wenn die Tür aufging und ein Kunde den Laden betrat; unter der Fußmatte befand sich ein Klingelkontakt. Der Kontakt war stabil und ging nicht kaputt, auch wenn schwere Gegenstände hereingeschafft wurden.

Ich erinnere mich an mich selbst im Geschäft. In Hemd und Krawatte und Hosen, die Liisa gebügelt hatte, die Haare sauber in der Mitte gescheitelt. Wie ich auf dem Paradeplatz vor der Reihe mit den Fernsehern stehe oder weiter hinten neben den neuen Rosenlew-Gefrierschränken oder vielleicht lieber in der Stereoecke, an meinem Lieblingsplatz, beim Versuch, eine fantastische Hi-Fi-Anlage von Pioneer aus Einzelkomponenten im verchromten Rack zu verkaufen, an einen Kunden, der den Laden wahrscheinlich dann doch mit einer halb so teuren ASA-3300-Kompaktanlage verlässt. Ich war ein ehrgeiziger Verkäufer, zumindest wenn es um Stereoanlagen ging, ich wollte allen möglichst gute Geräte verkaufen. Gute und zugleich teure, die Gewinnspanne bei Pioneer war ordentlich, und Esko unterstützte meine Bemühungen aus vollem Herzen. Er ließ mich die eine Ecke so einrichten, wie ich es wollte. Ließ mich einen gesonderten Raum zum Hören ausstatten, die Boxen richtig ausrichten. Erlaubte mir, beim Agfa-Importeur ein zweifellos ziemlich teures Kassettengestell zu ordern, in dem die Superchrom-, Stereochrom-, Superferro- und Ferrocolor-Kassetten verlockend glänzten, nach Qualitäten sortiert. Zu meiner Freude und zu Eskos Verblüffung steigerte das Gestell tatsächlich den Absatz, so wie es der Importeur versprochen hatte. Die billigste Ferrocolor kostete zwei Mark fünfundneunzig, die teuerste Superchrom zehn Mark neunzig. Diese Preise denke ich mir nicht aus, sie waren so. Wer hört den Unterschied, fragten mich die Kunden, jeder, der Ohren hat, antwortete ich ihnen, aber ehrlich gesagt hörte man den Unterschied zwischen Stereochrom und Superchrom nicht mehr, jedenfalls nicht bei den Geräten, mit denen die Leute zu Hause Musik hörten, die Stereochrom für sechs Mark fünfzig genügte auch meinem Anspruch völlig. Ich musste für jede Kassette den Einkaufspreis zahlen, drei neunzig das Stück, kostenlos ließ Esko sie mich nicht haben. Agfa produziert in einem Jahr so viel Tonband, dass es aneinandergeklebt neun Mal von der Erde bis zum Mond reichen würde, sagte ich den Kunden. Würde man sich sämtliche von Agfa produzierten Bänder am Stück anhören, würde das fünfzehntausend Jahre dauern. Das waren Sätze aus dem Werbematerial, das uns der Importeur geschickt hatte, und erstaunlicherweise wirkten sie, erwachsene Männer hörten mir andächtig zu und nickten, wenn ich die vertrauenerweckenden Standorte der Agfa-Werke hinterherschickte, Leverkusen und München. Bei Autos und Elektronik vertrauen die meisten finnischen Männer blind den Deutschen.

Esko verkaufte am liebsten Fernseher. Kühl- oder Haushaltsgeräte oder Kleinelektronik konnte er notfalls ohne Emotionen verkaufen, aber Fernseher nie. Jedenfalls nicht vor dreißig Jahren, aber bestimmt auch danach nicht. Er ärgerte sich wirklich für den Kunden, wenn dieser einen schlechten Apparat kaufte, zum Beispiel so einen kleinen Transistorkasten, wie ihn aus irgendeinem Grund fast alle im Winter 1980 vor der Olympiade von Lake Placid kauften. Das war die Fernsehmode damals, das Gegenteil von heute, je kleiner, desto besser. Scheißdreck, fluchte Esko im Pausenraum, die Entwicklung geht rückwärts und der Mensch mit ihr!

Ein Fernseher ist nicht irgendein Trumm, belehrte mich Esko. Ein Fernseher ist mehr, er ist ein Familienmitglied. Wenn eine ganze Familie hier reinkommt, um sich einen neuen Fernseher fürs Wohnzimmer auszusuchen, ist das ein bisschen so, wie wenn man sich nach einem Hund umschaut. Sie wollen ihn bewundern. Hören, was er kann. Sich für ihn begeistern. Wenn du das beachtest, Esa, läuft das Geschäft.

Und die Frau ist es, die am Ende entscheidet, merk dir das, der Mann glaubt, er trifft die Entscheidung, aber die Frau tut es. Du musst das Spiel über die Frau aufziehen.

Esko hatte noch mehr Lehrsätze parat, sie gehören zu diesem Geschäft in der damaligen Zeit, ich höre noch immer seine Stimme die Sätze wiederholen. Wenn kein Wind weht, braucht man keine Segel zu setzen. Mit einer stumpfen Säge braucht der Schreiner erst gar nicht mit der Arbeit anzufangen. Eine Freundschaft, die auf Geschäften basiert, ist besser als ein Geschäft, das auf Freundschaft beruht. Das Geschäft geht gut, wenn man Geschäfte macht. Da ertrinkt das Produkt im Preis, sagte er, als Toivola, dessen Geschäft zwei Häuserblocks entfernt lag, Zwanzig-Zoll-Farbfenseher von Dux für zwanzig Euro über dem Einkaufspreis verkaufte. Die Sätze stammten von ihm oder er hatte sie in einer Zeitschrift oder bei einem Kurs aufgeschnappt, speziell in dieser Phase seiner Laufbahn besuchte Esko nämlich eifrig Kurse. Sein Wissensdurst war zum Teil angeborene Neugier, hatte aber auch mit dem Minderwertigkeitskomplex zu tun, der ihn noch immer plagte, weil er die Schule abgebrochen hatte. Gewissenhaft heftete er alle Seminaraufzeichnungen ab, die Ordner standen in einem gesonderten Fach im abschließbaren Schrank. Das Diplom vom Buchhaltungskurs hing gerahmt an einem Ehrenplatz. So gut er konnte beherzigte er die Ratschläge, die er an den Händlertagen von den Ökonomen erhalten hatte, versuchte, nach und nach die Produktpalette zu verringern, sich auf die Top-Marken zu konzentrieren, das Lager klein zu halten, aber weil er aus einfachen Verhältnissen stammte, entsprach es seinem natürlichen Instinkt, den Laden vom Boden bis zur Decke zu füllen. Ein Geschäft muss nach einem Geschäft aussehen, sagte er. Verdammt noch mal, es muss aussehen wie ein türkischer Basar, voller Sachen. Es muss alle Apparate geben, die der Mensch will, und dazu solche, von denen er noch gar nicht weiß, dass er sie haben will. Entsprechend sah es bei uns aus, wir waren Pioniere. In dieser Stadt, die sich nur langsam für etwas Neues erwärmt, hatte Radio Vuori immer Produkte im Angebot, die noch kein Mensch vermisste. Ende der siebziger Jahre hatten wir im Hinterzimmer kistenweise Magnetbänder und im Regal die ersten Mikrocomputer stehen. Mit denen wurde kein Umsatz gemacht, mit denen schuf man sich ein Image. Mit dem Image nahm es Esko sehr genau, er akzeptierte keine unbekannten Billigmarken im Geschäft, keine italienischen und erst recht nichts aus dem Bereich des Warschauer Pakts. Wenn die Kette versuchte, über eine Kampagne jugoslawische Gefriertruhen in die Läden zu drücken, griff Esko auf der Stelle zum Telefon und teilte der Zentrale in farbigen Worten seine Meinung mit.

Wir liebten die Sachen. Esko liebte sie, ich liebte sie, alle liebten sie. Das ist die Wahrheit, und ich gestehe sie ein, was immer du darüber denken magst. Es war die Zeit vor dem CO_2-Fußabdruck und vor den Emissionstabellen, die Zeit vor der Verantwortung, die dem Einzelnen heute zusätzlich zu allen anderen Sorgen aufgebürdet wird und die niemand tragen, ja eigentlich nicht einmal verstehen kann. Wer begreift schon den CO_2-Abdruck? Du etwa? Falls du es wirklich verstehst, erkläre es mir bitte, und zwar so, dass ich es auch verstehe. Mach keine Kunst daraus, keine Performance, kein politisches Theaterstück. Erkläre es mir. Du sprichst so gern von nicht nachhaltiger Entwicklung, von falschen Zielen und von der Tragfähigkeit der Erde. Von Downshifting, von der Entscheidung, sich mit weniger zufriedenzugeben, von der Unmöglichkeit ständigen Wachstums – die Zauberworte, die ich einst in Tampere gelernt habe, werden heute durch neue Zauberworte ersetzt. Aber wenn ständiges Wachstum der einzige Weg ist, der von den Menschen akzeptiert wird? Der einzige, der uns dazu bringt, gemeinsam etwas aufzubauen, was auch immer, und nicht nur miteinander zu streiten und einander an die Gurgel zu gehen? Sich mit weniger zufriedenzugeben ist keine Perspektive. Keine Erzählung, die eine Nation zusammenhält. Es besteht nicht die geringste Möglichkeit, die Menschen dafür zu begeistern, sich gemeinsam mit weniger zufriedenzugeben, denn niemand will auf etwas verzichten, außerdem sind wir an Wunder gewöhnt, wir können nicht ohne sie leben. Die neue Wohnung ist immer größer als die alte. Das neue Auto schicker und besser. Es ist einfach so, es muss so sein, sonst geht die Entwicklung in die falsche Richtung und wir fühlen uns gescheitert, klein und unbedeutend. Diesem Gefühl beugen wir uns nicht einmal angesichts des unausweichlichen Untergangs. Wir stürzen lieber in den Abgrund, als kehrtzumachen oder wenigstens das Tempo zu drosseln. Und kann man dem Menschen letztlich einen Vorwurf daraus machen? Kann man dem Geparden vorwerfen, dass er so schnell läuft, wie er kann? Es ist nicht möglich, den Punkt zu definieren, an dem wir stehen bleiben müssten, auch wenn dieser Punkt endgültig überschritten ist, wie mir scheint, wie uns allen scheint, du hast recht.

Die Tage im Hinterhof des Geschäfts in der Sibeliuksenkatu, die Tage, an denen die Lieferungen kamen. Der Lieferwagen des Importeurs fuhr rückwärts die Einfahrt herein, die Kartons wurden auf die Laderampe gestellt und mit der Sackkarre ins Lager gebracht. Fast immer war etwas Neues dabei, und die Vorführmodelle der neuen Produkte wurden als Erstes ausgepackt und bestaunt. Sie wurden mit einem feuchten Tuch abgewischt und im Laden an einer vorab mit Bedacht gewählten Stelle plaziert. Es gab immer jemanden, der auf ein spezielles Gerät wartete. Meist war es natürlich ein Mann, ein treuer Abonnent von *Welt der Technik,* dieser Mann hinterließ uns seine Telefonnummer und kam sofort ins Geschäft, nachdem wir ihn angerufen hatten, im Laufschritt, wobei er seine Begeisterung so gut es ging verbarg.

Kein Problem. Ich wollte sowieso gerade was erledigen. Sein Auto wartete im Hof vor der Laderampe, dort, wo noch vor zwei Stunden der Lieferwagen des Importeurs gestanden hatte. Der Karton wurde in den Kofferraum geladen, das Geschäft per Handschlag bekräftigt, und der Mann fuhr zufrieden nach Hause. Ich vermisse diese Männer. Ich vermisse ihre unkomplizierte, stille Freude. Sie hatten für ihren Karton gearbeitet, als Lehrer oder Beamter oder Lagerist geschuftet, hatten entsprechend ihrer Zahlungsfähigkeit diesen neuen und besseren Staat finanziert, den damals noch alle gemeinsam aufbauten, und dies war nun ihr Lohn, ein neuer Fernseher, eine Stereoanlage oder ein Videorekorder, vielleicht auch Boxen oder eine Kamera. Etwas Zusätzliches, etwas, das man sich anschaffte, nachdem die Kreditrate bezahlt, die Skier und Schlittschuhe für die Kinder gekauft und man vielleicht die Leuchte für den Wohnzimmertisch besorgt hatte, die zu Hause in einer unausgesprochenen Abmachung mit der Ehefrau als Bedingung für die Anschaffung des Elektrogeräts gestellt worden war. Damals befanden sich die Dinge im Gleichgewicht, das Verhältnis von Opfern und Errungenschaften stimmte. Es gab die richtige Menge von Gegenständen, und sie hatten Preise, wie Waren sie haben sollten, keine geringfügigen, sondern spürbare. Man warf die Geräte nach Ablauf der Garantie nicht weg, um sie im nächsten Jahr durch etwas Neues zu ersetzen, sie waren kein Schund wie heute, sie waren in Erfüllung gegangene Träume. Ja, das stimmt, jetzt begreife ich es, diese Gegenstände waren Träume, und wir waren Traumhändler, das war unser Beruf. Kein Wunder, dass Esko seine Arbeit so sehr mochte.

Esko versuchte, einen Brief zu schreiben. Aus irgendeinem Grund fällt mir das jetzt ein, es war im April 1981, als ich mich schon entschieden hatte, mich in Tampere für Soziologie und Journalistik zu bewerben, und ihm das auch mitgeteilt hatte. In der Radiohändler-Zeitschrift war empfohlen worden, es mit einem persönlichen Brief an treue Kunden zu versuchen, als Form der Marketingkommunikation sei ein Brief des Händlers besser, als jedes Jahr noch mehr Geld in gesichtslose Reklame zu stecken. Es war geradezu rührend, Esko schaukelte an der Schreibmaschine vor und zurück und wirkte wie ein Tier im Käfig. Vor ihm lag der Artikel mit seinen banalen Anweisungen: Ein Brief muss nicht monoton sein, in einem Brief hat man keine Zeit für langes Händeschütteln, ein guter Brief ist der Zwillingsbruder der guten Rede. Wäre das wahr, hätte Esko erfolgreich sein müssen, denn wenn nötig konnte er sich schwindlig reden, aber aus dem Brief wurde nichts, er schnaufte, ächzte und brach sich einen ab. Das waren seine eigenen Worte. Solche Ausdrücke benutzte er, wenn es um unproduktives Handeln ging. Es war nicht mit anzusehen, mein Vater brauchte tatsächlich einmal Hilfe. Ich trat zu ihm, nötigte ihn aufzustehen und setzte mich an die Schreibmaschine. Sobald er stand, fühlte er sich befreit, das Ächzen hörte auf, und er konnte wieder denken. Esko diktierte, ich schrieb, und so funktionierte es einigermaßen. Es ging sogar gut, es wurde ein guter Brief, wir stritten uns nicht einmal, während wir ihn verfassten. Wir stritten uns auch sonst nicht oft, natürlich war ich für Eskos Geschmack zu zurückhaltend im Umgang mit den Kunden, aber mit der Zeit gewöhnte er sich daran. Man kann wahrscheinlich auch so Geschäfte machen, billigte er mir zu, nachdem ich einer Familie bei einem einzigen Besuch einen Satz Kühlgeräte und einen Fernseher verkauft hatte. Ich erinnere mich, wie er das zu mir sagte, es war im selben Frühling, in dem wir zusammen den Brief schrieben, es war ein guter Frühling und wir kamen so gut miteinander aus, dass es fast weh tut, sich daran zu erinnern.

Wir waren auch zusammen unterwegs. Fuhren zur Verbandssitzung nach Imatra. Zu Präsentationsveranstaltungen der Importeure nach Seinäjoki, Jyväskylä und Hyvinkää. Zum Philips-Werk nach Eindhoven. Nach Köln zur Elektronikmesse. Esko schnappte mich und nahm mich mit in seine Welt, ein bisschen wie an dem Sommermorgen nach dem Familientreffen, als er mich im kalten Wasser an sich zog, und eine Zeitlang hatte ich das Gefühl, dass seine Welt auch meine Welt sein könnte, warum nicht, immerhin war es die gesamte Kindheit hindurch mein Traum gewesen, dass mein Vater mich mitnähme. Dass ich ihm näherkäme. Dass es mehr solche Ausflüge gäbe wie in dem Mondsommer, als wir zu zweit nach Maaninka zu seinen Eltern fuhren, schon damals hatte sich mir diese Tour eingeprägt, und als wir zu zweit im Flugzeug nach Köln saßen, erinnerte ich mich, wie wir zehn Jahre zuvor im Ford Cortina gesessen hatten, auf der Straße zwischen Jyväskylä und Kuopio, und meinem Vater Wassertropfen aus den Haaren rannen und die Pastillendose neben dem Schalthebel nass machten. Auch in Köln war es schön. Natürlich gingen wir in den Dom, saßen nebeneinander in der ersten Bank, die Köpfe im Nacken, und betrachteten das Deckengewölbe. Es war Abend, der Dom fast leer, ich hatte drei Weizenbier getrunken, die Decke war schön, und wir saßen lange dort, so lange, bis ein Domschweizer uns vertrieb, weil der Dom geschlossen wurde. Esko und ich gingen geradewegs in das nächste Lokal und aßen Würste aus der Gegend, wahrlich mehr als genug, die Bedienung brachte uns immer neue Exemplare in unterschiedlichen Farben, denn Esko hatte beschlossen, die ganze Karte durchzuprobieren. Auf der Messe waren natürlich sämtliche finnischen Händler versammelt, alles, was Beine hatte, aber an diesem letzten Abend waren wir zu zweit, Esko hatte die Nase voll von seinen Kollegen, von ihrem ständigen Gejammer, er wollte in aller Ruhe die glänzende Zukunft seines Geschäfts planen. Diese glänzende Zukunft beinhaltete auch mich. Ich war sein Verbündeter, ich saß ihm gegenüber an einem Tisch, auf dem eine dicke, tropfende Kerze in einem klobigen Silberhalter stand und an dessen blütenweißer Tischdecke schwere Gewichte hingen. Ich war der Erstgeborene, der einzige seiner Söhne, der sich mit dem Lernen leichttat, derjenige, der einen Brief schreiben konnte, und ich wusste, was er für mich ins Auge fasste. Ich habe einen Zeitungsausschnitt aufgehoben, eine Reklame, erschienen im September 1980 in dem traditionellen, zuverlässigen Lokalblatt. Dort lächeln Esko und ich nebeneinander auf Passbildern, die wir eigens mitten am Arbeitstag in Hiltunens Fotogeschäft in der Kasarmikatu hatten machen lassen. »Verehrte Mitbürger, ich heiße Sie herzlich willkommen, die Neuheiten dieses Herbstes kennenzulernen. Mit im Geschäft nun auch mein Sohn Esa.«

Esko wollte natürlich, dass ich auf die Handelshochschule ging, was sonst, und ich dachte ernsthaft darüber nach. Im Frühling 1980 hatte ich mich fast zur Aufnahmeprüfung angemeldet. Vielleicht hätte ich hingehen sollen. Ich hätte die Handelshochschule besucht, die Leute dort kennengelernt, die dazugehörigen Bücher gelesen, und die Leute wären anders gewesen als diejenigen, die ich dann in Tampere kennenlernte, und die Bücher andere als diejenigen, die ich in Tampere las. Sie wären gewesen wie ich, wären aus ähnlichen Elternhäusern gekommen. Ihre Eltern hätten an Amerika und an die Sammlungspartei geglaubt und alle Sozialtanten und Steuererhöhungen verflucht und die ganze gleichmacherische, sich vor dem Kreml verneigende, einen zu Tode versteuernde Bevormundungsgesellschaft, die Esko und seine Freunde als Kekkoslowakei bezeichneten. Dort hätte ich wenigstens niemandem etwas vorspielen müssen. Kein Widerspruch hätte mich je zerrissen. Ich hätte einfach studiert und wäre danach zurückgekehrt, hätte meinen Platz in der Welt, die mein Vater aus dem Nichts geschaffen hatte, eingenommen, und irgendwann in diesem einfacheren, unkomplizierten Leben hätte ich zweifellos eine Frau getroffen, die bereit gewesen wäre, zu kochen und sich zu vermehren und daheim die Kinder zu hüten, bereit, Vorhänge auszusuchen und Möbel und vielleicht ein bisschen über die Farben der Tapeten zu streiten, bereit, in einem Backsteinschloss zu leben, das wir von meinem im Geschäft verdienten Geld rechtzeitig vor der Rezession und den in die Wolken geschossenen Zinsen in einem Stadtteil wie Hirsimäki gebaut hätten. Es wäre ein anderes Leben gewesen, und vielleicht wäre es wer weiß wie gut gewesen und hätte besser zu mir gepasst als dieses Leben, das ich zu führen versuche. In dem Leben hätte es jedenfalls genügend Momente zu zweit mit Esko gegeben. Es wären weitere Messen gekommen, in Berlin, Frankfurt, Las Vegas, Seoul. Ich hätte die Strukturen erneuert, wäre rechtzeitig zur elektronischen Buchführung übergegangen, hätte die unrentablen Produkte aus dem Sortiment ausgesondert. Mitte der achtziger Jahre, als er anfing, mit Hannula die unglückliche Halle zu planen, hätte ich ihm eine Aufstellung der wahren Kosten des Vorhabens vorgelegt. Er hätte sich natürlich gesträubt, aber auf die Vernunft gehört, wir wären Partner gewesen und Esko hätte mich respektiert, zwanzig Jahre lang hätte ich mich geduldig auf den Generationswechsel vorbereitet, der dann vor zehn Jahren stattgefunden hätte, und es wäre ein leichterer Generationswechsel gewesen als der, der wirklich stattgefunden hat. Leichter für Esko, leichter für Timo und Ville, leichter für mich. Leichter auch für Liisa, leichter für alle Beteiligten. Vielleicht glaubst du, dass ich Witze mache. Aber leider sind das ernste Fragen, Fragen, die mich in den dunkelsten Stunden der Nacht überkommen, auch jetzt, da der Mond wieder voll ist und an einem Himmel hängt, der heller ist als vor einem Monat, ein Frühjahrshimmel schon, ein nächtlicher Frühjahrshimmel voller Schattierungen, die miteinander kommunizieren und sich mischen und ineinandergleiten, wenn ein leichter Wind die Wolken über die Dächer der Kleinstadt treibt.

Das war es dann also, sagte Esko zu mir, als ich ihm meine Entscheidung mitteilte. Das ist es, was du willst? Er hatte den Brieföffner in der Hand, im Brieföffner waren seine Initialen eingraviert, und er war ihm wichtig. Er öffnete seine Rechnungen und die ganze übrige Post stets fein säuberlich mit diesem Messer von Fiskars. Die Klinge zeigte auf mich, Esko bemerkte es und legte das Messer auf den Tisch. Wenn es so ist, dann ist es gut. Du bist ein erwachsener Mensch, Esa, du tust, was du willst. Das sagte mein Vater zu mir, und es war klug gesagt, ich hatte nichts hinzuzufügen, verließ erleichtert den Raum und fühlte mich trotzdem etwas traurig, weil er so vernünftig war. Weil er überhaupt nicht versucht hatte, mich zu überreden. Weil er mich einfach gehen ließ. Weil er mir nie offen sagte, was er sich eigentlich wünschte und von mir erwartete.

1998

Sie hat gar nicht gewusst, dass sie so nachtragend ist. Sie hätte nie geglaubt, ein so gutes Gedächtnis zu haben. Aber so ist es, sie hat nichts vergessen, keine einzige Kränkung, keine dubiose Anspielung, kein einziges unfreundliches Gesprächsende. Ihr scheint, als könne sie sich jedes Gespräch, das sie mit dieser Person geführt hat, in Erinnerung rufen, bis hin zur geringsten Nuance. Liisa muss nur Marjaanas Stimme hören, die ersten Worte genügen, hier ist Marjaana, hallo, und schon erstarrt sie, umklammert den Hörer, dass die Fingerknöchel weiß hervortreten. Hallo, sagt Liisa, lange nichts von dir gehört, und sie erinnert sich an alle früheren Telefonate, auch an die, die nie geführt worden sind, sie erinnert sich, wie sie vor langer Zeit jeden Tag in Tampere anrief und sich nie jemand meldete. Sie erinnert sich an den Morgen nach Miias Geburt. An die Namensgebungsfeier, zu der sie nicht eingeladen waren. An den ersten Geburtstag des Mädchens; mit zitternder Stimme sang sie dem Kind am Telefon ein Geburtstagslied und wusste die ganze Zeit, dass Marjaana im Hintergrund zuhörte. An den Dezemberabend, als sie Esa zu sich holte, auch an dieses Gespräch kann sich Liisa erinnern, auch das ging schief. Marjaana fand damals, sie habe ihre Befugnisse überschritten und mache alles nur noch schlimmer.

Glaubt Marjaana, dass sie es vergessen hat? Ruft sie an, ohne an all diese Dinge zu denken, so wie sie jeden anderen anrufen würde? Die Parlamentsabgeordnete Marjaana Varisto ist es gewohnt zu telefonieren, sie führt wahrscheinlich zig Telefonate täglich, immer wenn sie Liisa anruft, klingt sie gehetzt. So auch jetzt, Liisa hört im Hintergrund die Stimme des Referenten, es ist Abend, fast acht Uhr, und Marjaana noch im Parlament. Sie ist neuerdings eine wichtige Person, fast ein Promi, die stellvertretende Fraktionsvorsitzende des Linksbundes. Bisweilen sieht man einen Artikel über sie in der Zeitung. So viele sind es gar nicht, dennoch fallen sie Liisa immer auf, sie liest sie alle und schneidet sie aus irgendeinem Grund aus, obwohl sie sich selbst darüber wundert. Sie ist es so gewohnt, es gehört zu ihren Aufgaben, sie ist die Mutter und führt das Buch mit den Zeitungsausschnitten: In Klarsichthüllen bewahrt sie gewissenhaft die Fotos und Interviews mit Esko aus dem Lokalblatt auf, die Ergebnisse der Juniorenspiele und alle möglichen anderen Sachen, an denen die Kinder zufällig beteiligt sind. Neuerdings hat sie zwei neue Objekte, Ville und Marjaana. Offenbar glaubt sie, dass Marjaana zur Familie gehört. Immer noch, trotz allem denkt sie das.

Marjaana will etwas von ihr, das weiß Liisa, sonst würde Marjaana nicht anrufen. Das gibt ihr etwas Sicherheit, und Marjaana klingt tatsächlich etwas verlegen. Liisa hört, wie sie sich räuspert und eine Halspastille mit den Backenzähnen zerbeißt.

»Könntest du dich vielleicht etwas öfter mit Miia treffen? Hättest du Zeit?«

»Öfter«, sagt Liisa ehrlich überrascht. »Du willst, dass Miia und ich uns öfter sehen?«

»Ja. Also ein bisschen öfter als jetzt. Einmal im Monat. Oder meinetwegen zweimal. Damit eine natürliche Verbindung bestehen bleibt.«

»Bestehen bleibt. Vielleicht eher entsteht?«

»Ich möchte, dass es in Miias Leben eine etwas ältere Frau gibt. Älter als ich. Obwohl du ja noch nicht alt bist, so meine ich das nicht. Also eine Großmutter. Es wäre schön, wenn Miia eine Großmutter in der Nähe hätte. Die andere wohnt in Lahti, und du bist nun einmal hier.«

»Schön zu hören, dass man unersetzlich ist.«

»Liisa, ich weiß, dass du mich nicht ausstehen kannst, aber lass uns jetzt nicht anfangen zu streiten. Ich rufe wegen Miia an. Und du fändest es doch auch schön. Dich mal richtig mit einem Menschen in ihrem Alter zu unterhalten. Sich ein bisschen besser kennenzulernen. Sie ist ein cleveres Mädchen.«

Besser kennenlernen, denkt Liisa. Das eigene Enkelkind kennenlernen, jetzt, da es nicht mal mehr ein Kind ist. Einen fünfzehnjährigen Teenager kennenlernen. Bislang hat Marjaana alles getan, um Liisa möglichst weit von Miia fernzuhalten, hat Liisas Existenz zwischendurch sogar geleugnet, und jetzt soll es also Zeit sein, sich kennenzulernen. Kennenlernen, das Wort hallt in ihrem Kopf nach. Allein das Wort ist eine Beleidigung. Liisa weiß, dass sie noch lange nach dem Gespräch daran denken wird.

»Hast du mit Esa geredet?«

»Nicht in letzter Zeit.«

»Wann zuletzt?«

»Ungefähr vor einem Monat. Vielleicht ist es noch länger her. Vor zwei Monaten.«

»Esa geht es wieder besser, da oben in Oulu. Fast schon gut.«

»Ich weiß.«

»Woher willst du das wissen? Wenn ihr nur alle zwei Monate telefoniert.«

Liisa erkennt ihre eigene Stimme nicht wieder. Sie ist angespannt und fremd, für Marjaana reserviert. Ist dieser Mann da, möchte Liisa fragen. Ist er jetzt bei dir, steht er hinter dir im Büro, ist es seine Stimme, die ich etwas erklären höre? Der Mann heißt Vesa Karjalainen, er ist der Jurist der Linksfraktion, Liisa weiß das nur, weil sie Zeitung liest. In der politischen Klatschspalte hat Liisa drei Zeilen über das Verhältnis von Marjaana mit diesem Mann gelesen. Das hat sie Esa natürlich nicht erzählt. Sie hofft, dass Esa es nicht weiß. Liisa stellt sich diesen Karjalainen jetzt vor, na klar ist er in Marjaanas Zimmer, sie sind unzertrennlich, später fahren sie mit dem Taxi zu Marjaanas Wohnung in Alppila und treiben es dort so laut, dass Miia nicht schlafen kann. Wegen Karjalainen braucht Marjaana sie, sie will mehr Zeit mit Karjalainen verbringen. Liisa fällt es schwer, sich zu beherrschen, würde sie das erste Wort aussprechen, das ihr in den Sinn kommt, es würde Hure lauten. Marjaana, die Hure, die brutale, betrügerische Hure, die um ein Haar Liisas sensiblen Sohn kaputt gemacht hat.

»Was hast du dir denn vorgestellt, was ich und Miia tun sollen?«

»Das kannst du selbst entscheiden. Das spielt keine so große Rolle. Ihr könnt meinetwegen ins Museum gehen oder in eine Ausstellung. Oder ins Theater, in letzter Zeit interessiert sich Miia besonders fürs Theater. Du würdest dich wundern, wie viel sie darüber weiß.«

Wie wäre es, wenn sie sagte, was sie denkt? Marjaana hat es doch auch immer so gemacht, gesagt, was ihr gerade eingefallen ist, und dann abgewartet, wie die anderen reagieren. Marjaana Varisto, die Unverfrorene, schon in ihrer ersten Legislaturperiode hat sie sich diesen Ruf erworben. Und dennoch rechnete ausgerechnet Marjaana ihr jedes Wort vor, das ihr irgendwann unglücklich herausgerutscht war. Herrgott aber auch, sagte sie damals, nachdem sie die Neuigkeit gehört hatte, die ihr wirklich einen Schrecken einjagte, und das war dann ihr Verbrechen, sie konnte es wiedergutmachen, alles, was sie danach sagte und tat, wurde im Licht jenes einen missglückten Nachmittags gedeutet. Herrgott aber auch. Das kann nicht wahr sein. Nicht schon jetzt. Seitdem war sie ein Ungeheuer, verrückt, psychisch gestört. Hielt krankhaft an ihrem Erstgeborenen fest, wollte nicht, dass ihr Junge erwachsen wurde. Was hatte Marjaana alles über sie gesagt, Esa ins Ohr geflüstert. Liisa weiß es nicht und wird es nie erfahren.

»Und wenn ich mit Miia lieber ins Kino gehe? Zum Beispiel in den neuen Film mit Kevin Costner? Eine alberne romantische Komödie aus Hollywood.«

»Das kannst du auch machen. Ganz wie du willst.«

»Und nach dem Kino shoppen. Essen bei McDonald's.«

»Zu McDonald's wird Miia kaum mitkommen. Du kannst es ja versuchen. Aber ist McDonald's und so nicht eher Eskos Ding?«

»Ich weiß nicht, wessen Ding es ist. Sicher auch meins. Unser gemeinsames Ding. Als im Dezember 1984 in Tampere der erste McDonald's in Finnland eröffnet wurde, standen wir unter den Ersten in der Schlange, Esko, Ville und ich. Timo dürfte auch dabei gewesen sein, ein halbes Jahr hatten wir auf den Tag gewartet. Solche Leute waren wir. Wir wären damals auch bei euch vorbeigekommen, aber wir trauten uns nicht.«

»Und ich habe euch verachtet, ja?«

»Das hast du. Du hast vor Abscheu gezittert, wenn wir uns zwangsläufig mal getroffen haben.«

»Das spielt sich alles nur in deinem Kopf ab. Und außerdem war das damals, heute führst du so ein Leben nicht mehr. Wie geht es dir?«

Wie es ihr geht? Unglaublich, ihre ehemalige Schwiegertochter fragt sie, wie es ihr geht. Und eigentlich geht es ihr gut, mehr als gut, sie hat sich an die Frau gewöhnt, die sie aus dem Spiegel in der Diele anschaut. Sie hat sich an die Diele gewöhnt, sich endgültig an das Leben hier gewöhnt. Es gibt einen Mann, der sie offenbar liebt, sie ist möglicherweise verliebt in diesen Mann, ein Mann, der ihr schon jetzt Dinge beigebracht hat, von denen sie nie geglaubt hätte, dass sie sie kann. Der sie befreit hat, wie es in den Zeitschriften heißt, der ihr geholfen hat, ihre Zweifel zu vergessen. Der Mann ist leichtgewichtiger als Esko, oder aber sie weiß sich als Gegengewicht zu ihm zu plazieren, sie hat nicht das Gefühl, erdrückt zu werden. Vielleicht sollte sie Marjaana davon erzählen. Es ist ihr endlich gelungen, sich zu emanzipieren, zwanzig Jahre zu spät, aber immerhin. Einmal, nachdem die schlimmsten Streitigkeiten beigelegt waren, hat sie in Tampere auf Miia aufgepasst. Es war Abend und sie hatte das Kind schlafen gelegt, sie saß alleine in Marjaanas und Esas gemeinsamen Arbeitszimmer und staunte über die Menge an Büchern. Sie ließ die Fingerspitzen über die Reihen der Buchrücken streifen, pflückte eines von Marjaanas Büchern heraus und blätterte im Schein der Schreibtischlampe darin. Damals verstand sie nichts davon, aber jetzt wäre sie vielleicht dazu in der Lage.

»Mir geht es gut«, sagt Liisa.

»Gut. Gut, das zu hören.«

»Und dir auch. Dir geht es auch gut?«

»Im Prinzip schon. Auch wenn die Freizeit ein bisschen knapp ist.«

»Das glaub ich. Ich hab verfolgt, was über dich in der Zeitung steht.«

Marjaana kam an jenem Abend früher nach Hause, als sie angekündigt hatte. Sie überraschte Liisa fast inmitten der Bücher, Liisa hörte die Tür gehen und huschte sogleich in den Flur. Dort zog Marjaana die Stiefel aus und hängte den Mantel an die Garderobe, trinken wir eine Tasse Tee, hatte Marjaana gefragt, und obwohl Liisas erster Gedanke war, sobald wie möglich zum Bahnhof zu fliehen, setzte sie sich brav an den Tisch und aß von den Brötchen, die Marjaana angeblich am Tag zuvor gebacken hatte. Sie enthielten Schrot und hatten ganze Körner obendrauf, sie fragte Marjaana nach dem Rezept. Worüber hätte sie sonst mit ihr reden sollen, das Rezept war das Einzige, was ihr einfiel. Überraschenderweise sagte Marjaana es ihr gern. Das Kochen, meinte Marjaana, möge sie nicht so gern, aber ihre Mutter habe ihr das Backen beigebracht. Brötchenteig sei ihre Spezialität, Esa sei angeblich verrückt nach diesen Brötchen.

Der Clou liege nicht so sehr in den Zutaten, sondern in der Art, sie zu machen, sie verlange etwas Geduld. Man müsse den Teig mit kaltem Wasser machen und zuerst einige Stunden im Kühlschrank stehen lassen. Falls zufällig Haferbrei übrig sei, könne man den ohne weiteres untermischen. Der Schrot sei Haferkleie, die Körner seien Sonnenblumenkörner, und wenn man die gerade nicht zur Hand habe, könne man natürlich auch etwas anderes ausprobieren, Kürbiskerne oder Leinsamen zum Beispiel. Wo kann man solche Körner denn kaufen, wollte Liisa von Marjaana wissen. Wie soll ich mir das alles merken, ich hab ein Gedächtnis wie ein Sieb. Marjaana schnappte sich einen Stift und schrieb das Rezept auf einen Zettel. Mit diesem Zettel in der Tasche verließ Liisa die Wohnung ihrer Schwiegertochter und stellte sich vor, Marjaanas Brötchen einmal auszuprobieren, doch es blieb bei der Vorstellung, daheim in ihrer eigenen Küche brachte sie es dann doch nicht fertig. Sie machte die gleichen Brötchen wie immer, ihre eigenen.

»Fehlt Miia etwas?«, fragt Liisa.

»Natürlich nicht. Wieso?«

»Weil du mich anrufst und um so etwas bittest. Da muss es doch einen Grund geben.«

»Was bist du immer so misstrauisch?«

»Ich bin halt so. Ich habe das Gefühl, als wäre mit Miia nicht alles in Ordnung.«

»Ich weiß nicht. Sie ist ziemlich empfindlich in letzter Zeit.«

»Inwiefern empfindlich?«

»Launisch. Unberechenbar. Ich weiß eigentlich gar nicht, was sie so denkt. Sie ist auch stiller als sonst, verbringt viel Zeit in ihrem Zimmer. Letzten Freitag kam sie eine Stunde später als vereinbart und nicht ganz nüchtern nach Hause.«

»Immerhin warst du daheim.«

»Es wird nur die Pubertät sein, sonst nichts. Glaube ich.«

»Es reicht nicht, wenn die Mutter das glaubt. Die Mutter sollte es wissen.«

Die Worte klingen bedeutungsvoll, als sie sie ausspricht, für einen Moment scheinen die Sätze genau richtig zu sein. Es ist gut, dass sie aus ihrem Mund kommen, gut, dass sie endlich einmal so mit Marjaana redet. Dann denkt Liisa an Esa, vor gar nicht so langer Zeit in dieser Wohnung, im Zimmer nebenan, und es kommt ihr nicht mehr so vor, als könnte sie Marjaana etwas über Mutterschaft beibringen, sie befürchtet, dass Marjaana ihre Worte aufgreift und wieder anfängt, mit ihr zu streiten. So weit kommt es zum Glück nicht, Marjaana hat keine Zeit, Marjaana will jetzt einfach das Gespräch beenden und mit ihrer Arbeit weitermachen. Der Mann befindet sich noch immer im selben Raum, Liisa hört seine durchdringende Stimme, es klingt, als telefoniere er. Wo ist Miia, möchte Liisa fragen. Warum bist du nicht bei Miia? Wer ist der Mann? Ist er ein besserer Mann als Esa, ist er ein Mann, wie du ihn willst? Was für einen Mann willst du? Willst du überhaupt einen?

»Ruf Miia an«, sagt Marjaana beinahe sanft. »Ruf sie an, Liisa, ich bitte dich darum.«

»Natürlich rufe ich sie an. Glaubst du, ich brächte es übers Herz, sie nicht anzurufen?«

»Gut. Miia hat mittlerweile ein Handy, ich habe es ihr gestern gekauft.«

»Ein Handy? Muss man in dem Alter schon ein Handy haben?«

»Fangen wir jetzt nicht damit an. Ich kann sie erreichen, sie kann mich erreichen. Was ist daran schlecht? Notier dir einfach die Nummer und hör auf, dir Gedanken zu machen.«

»Das kannst du.«

»Was kann ich?«

»Alles so hindrehen, dass ich die Dumme bin und du die Kluge bist.«

»Ich wollte mich bei dir bedanken. Danke, dass du Miia anrufen willst. Habt Spaß miteinander.«

Am nächsten Freitag steht Liisa im Foyer eines Theaters. Sie hat die reservierten Karten frühzeitig abgeholt, ihren Mantel an der Garderobe aufgehängt, aber von Miia ist weit und breit nichts zu sehen. Es ist zehn vor sieben, ringsum drängen sich die Menschen. Selbstsichere Menschen, Helsinkier, routinierte Theaterbesucher. In solchen Situationen hat Liisa noch immer das Gefühl, nicht in diese Stadt zu gehören. Sie hat sich sorgfältig gekleidet, den guten Pullover mit dem hohen Kragen angezogen und ihren neuen Blazer aufgebügelt, aber sie ist in diesem Theater noch nie gewesen, hier herrschen offenbar andere Sitten. Die erwachsenen Männer in ihren verschossenen Pullis und ungebügelten Jeans sehen aus, als ob sie direkt aus einer Vorlesung an der Uni kommen. Liisa ist overdressed, sie ist die doofe Cousine vom Land, ihr Blazer entlarvt sie. Diese Menschen hier kennen sich, und Liisa kennt keinen von ihnen, sie ist unsichtbar, sie steht verlassen neben der Kasse und hofft, dass Miia bald kommt. Die Türen zum Saal werden geöffnet, das Foyer leert sich, im Nu verschwinden die Stimmen um sie herum, aber das Mädchen lässt sich noch immer nicht blicken. Liisa fragt die Frau an der Kasse, was sie nun tun soll, die Frau schlägt vor, allein hineinzugehen, weil nach Beginn der Vorstellung kein Einlass mehr sei. Dann kommt Miia doch noch, im letzten Moment taucht sie mit Schneeflocken in den Haaren aus der Dunkelheit der Straße im hellerleuchteten Foyer auf, Liisa sieht kaum mehr als die Flocken, sie reißt Miia die Jacke herunter, dann eilen sie die Treppe hinauf, der Mann an der Tür zeigt ihnen die freien Plätze in der obersten Reihe, und sie mischen sich fast unbemerkt unter die anderen. Miia wirkt überhaupt nicht besorgt. Vielleicht macht sie so etwas dauernd, kommt auf den letzten Drücker, lässt andere Leute auf sich warten. Kommt sie auch zu spät zur Schule? Geht sie überhaupt hin? Der Anfang des Stücks geht an Liisa vorbei, sie kann sich nicht konzentrieren. Sie denkt nur an Miia, wirft im spärlich erleuchteten Zuschauerraum verstohlene Blicke auf sie, und Miia merkt nicht einmal, dass Liisa sie anschaut, das Kind ist von der ersten Minute an voll konzentriert.

Mit einem angenehmen Stück ist nicht zu rechnen, das weiß Liisa. Kein leichtes Sommertheater, keine heiteren anderthalb Stunden, wie man sie sich früher manchmal mit Kollegen auf der Bühne im Stadtpark angeschaut hat. So etwas will sie auch gar nicht sehen, sie ist jetzt ein neuer Mensch. Außerdem war sie nie ein Banause, sie hat sich immer auch richtige Theateraufführungen angesehen, Ende der siebziger Jahre ist sie mit Esko sogar manchmal bis nach Tampere gefahren, obwohl sich ihre Freunde darüber wunderten. Liisa hat die Kritiken gelesen. »Eine Familienhölle auf der Bühne«, »Wenn die Kulissen in sich zusammenfallen«, »Die Unmöglichkeit der Vergebung« – sie erinnert sich an die Überschriften der Artikel, und dennoch überrascht sie die Inszenierung. Sobald sie sich nach dem schwerfälligen Anfang mitreißen lässt, vergisst sie Miia vollkommen. Sie vergisst sogar sich selbst, vergisst die selbstsicheren Menschen um sich herum, die sich alle zu kennen scheinen. Liisa hat sich schon immer in alles Mögliche hineinversetzen können, sie kann weinen und lachen, sie weiß, dass sie eine dankbare Zuschauerin ist, aber diese Erfahrung ist anders. Es fühlt sich an, als würde man für kurze Zeit in der Welt des Theaterstücks verschwinden. Dieses Gefühl ist nicht nur angenehm, es hat auch etwas Gefährliches. In der Pause im Foyer denkt sie nur über diese Menschen nach – über die Figuren, korrigiert sie sich –, aber sie kommen einem wie echte Menschen vor, und dann kommt der zweite Teil, und die fürchterlichen Verbrechen des Vaters werden aufgedeckt, und der alte Mann bleibt allein, alle verstoßen ihn, er ist allein auf der Welt und bereut, was er getan hat. Liisa glaubt, diesen Mann zu verstehen. In gewisser Weise verstehen ihn auch seine Kinder, das ist entsetzlich, sie können die Taten des Mannes nicht fassen und sind dennoch nicht völlig verständnislos. Der Mann ist verwirrt, er ist besessen, in gewisser Hinsicht selbst ein Opfer. In seinem Kopf ist eine Stimme aufgetaucht, die ihn zum Ungeheuer gemacht hat. Äußerlich wirkt er normal, aber er ist eine Bestie, und diese Vorstellung ist unheimlich. Liisa weint natürlich, immer wenn sie ins Theater geht, hat sie zwei Taschentücher in der Handtasche, aber die reichen nicht, die Frau neben ihr gibt ihr welche ab, obwohl sie selbst weint. Auch ihr Mann weint. Die Hälfte des Publikums weint. Der ganze dunkle, warme, nach Parfüm, Zigaretten und Rotwein riechende Theatersaal weint, das vielfache vereinzelte Weinen wächst sich zu einem großen gemeinsamen Weinen aus, und dieses Weinen ist lang, es scheint nie mehr aufzuhören. Als die Lichter angehen und die Schauspieler unter den hellen Scheinwerfern auf der Bühne stehen, sehen sie ebenso erschüttert aus wie die Zuschauer. Eine Schauspielerin kämpft offensichtlich selbst mit den Tränen. Eine andere greift nach ihrer Hand und nimmt sie in den Arm, führt sie geborgen hinter die Bühne, nachdem sie sich dreimal verbeugt haben.

Dann ist alles vorbei, es herrscht wieder der Winter an diesem Helsinkier Novemberabend. Das ist merkwürdig, es schneit stärker, aber sonst ist auf der Straße alles so wie vor drei Stunden. Das hier ist die echte Welt, die Welt, in die man zurückkehren muss, es dauert einen Moment, bis man sich darin wieder sicher fühlt. Liisa sitzt Miia im Café am Fenstertisch gegenüber, sie hat eine riesige Zimtschnecke und eine Tasse Tee vor sich. Sie bricht ein kleines Stück von der Schnecke ab, doch die Vorstellung, es zu schlucken, ist unmöglich. Ihre Augen sind vom Weinen rot, auf der Theatertoilette hat sie immerhin einigermaßen das verlaufene Make-up korrigiert. Sie könnte jetzt ein großes Glas Rotwein gebrauchen, aber in Miias Gegenwart wagt sie nicht, sich eines zu bestellen.

»Ein furchtbares Stück«, sagt Liisa. »Ich bin immer noch total erschüttert, bestimmt werde ich das nie vergessen. Noch nie habe ich so etwas gesehen. Ich hab nicht mal gewusst, dass es so was gibt.«

»Es war schon ganz gut.«

»Ganz gut? Bloß ganz gut? Das war doch wahnsinnig toll! Furchtbar, schrecklich, wahnsinnig toll. Findest du nicht?«

»Ich hab doch gesagt, es war gut. Aber ich hab vielleicht ein bisschen mehr erwartet. Nach den Kritiken.«

»Mehr erwartet!«, empört sich Liisa. »Was hätte denn noch mehr drin sein können? Es war doch alles da. Wenn diese Familie noch mehr zu klären gehabt hätte, wäre ich in Ohnmacht gefallen. Jemand hätte mich aus dem Saal tragen müssen. Du.«

»Vielleicht war alles ein bisschen zu viel. Und auch vorhersehbar. Eine unglückliche Familie halt. Hat man schon öfter gesehen.«

»Ich habe noch nie so viel Unglück in einer einzigen Familie gesehen. Was guckst du dir eigentlich für Stücke an?«

»Alle möglichen. Total unterschiedliche Stile. Und Filme auch. Der Film, nach dem das Stück gemacht wurde, ist besser. Es war komisch, wie treu das Stück dem Film folgt. Wie wenig Theatermittel verwendet worden sind.«

»Sogar die Schauspieler haben ganz erschrocken gewirkt. Hast du das nicht gesehen? Beim Verbeugen haben sie ausgesehen, als hätten sie gerade einen Krieg überstanden.«

»Die Schauspieler waren gut. Die besten in Finnland.«

»Wie kann man so was Abend für Abend machen? Ich verstehe das nicht. Wie kann man hingehen und vor fremden Menschen so auftreten und sich anschließend daheim in

Ruhe schlafen legen? Das begreife ich beim besten Willen nicht.«

Die Frage bleibt in der Luft hängen, Miia hält sie offenbar einer Antwort nicht für würdig. Das Mädchen sitzt in zusammengekauerter Haltung auf dem Sofa und hält die Teetasse zwischen den Händen, die vom Schnee nassen, strohblonden Haare kleben an den babyrunden, leicht pickligen Wangen, und Liisa hat für einen Moment das Gefühl, Marjaana im Kleinformat zu betrachten. Marjaana geschrumpft, Marjaana als Kind vielleicht. Als sie klein war, sah Miia ihrem Vater Esa erstaunlich ähnlich, hatte ein ebenso schmales Gesicht und eine ebenso hohe Stirn, auch die Augen waren eindeutig die von Esa. Vielleicht sind es noch immer dieselben Augen, ja, doch, das sind sie, aber um die Augen herum hat sich alles verändert, die Züge des Vaters sind unter den Zügen der Mutter verschwunden, wie es bei Mädchen eben geschieht, wenn sie größer werden. Das hat man früher auch zu Liisa gesagt. Zuerst habe sie ganz wie ihr Vater ausgesehen und dann plötzlich wie die Mutter, irgendwann kehrte es sich einfach um. Esa verschwindet aus Miias Gesicht, muss Liisa unwillkürlich denken. Esa verschwindet aus Miias Gesicht, so wie Esa aus ihrem Leben verschwunden ist.

»Wärst du gerne Schauspielerin?«, fragt Liisa. Miia schaut sie unter ihrem Pony heraus an und wirkt auf einmal schüchtern und überrascht, zwei Jahre jünger.

»Ich weiß nicht. Nein. Ich glaub nicht. Schauspieler sind Exhibitionisten. Narzissten. Die wollen nur im Mittelpunkt stehen.«

»Und das willst du nicht?«

»Schauspieler sind im Theater bloß die Spielfiguren. Sie tun, was der Regisseur ihnen befiehlt. Die interessieren sich alle nur für ihre eigene Rolle, sie wollen möglichst viel zu spielen haben. Das große Ganze sehen die nicht.«

»Na, dann Regisseurin? Wärst du lieber Regisseurin?«

»Ich bin erst fünfzehn.«

»Das versuche ich die ganze Zeit zu kapieren. Marjaana hat gesagt, du willst aufs Gymnasium in Kallio. Auf dieses tolle künstlerische Gymnasium. Hast du das schon endgültig entschieden?«

»Na klar. Wenn die mich nicht nehmen, gehe ich nirgendwohin. Dann lass ich das Gymnasium sausen.«

»Jetzt übertreib mal nicht. Es gibt auch andere gute Schulen.«

»Glaubst du nicht, dass sie mich nehmen?«

»Das meine ich nicht. Natürlich nehmen sie dich.«

»Tun sie nicht. Es gibt unglaublich viele gute Bewerber. Gutaussehende. Viel besser aussehende als ich. Leute, die keine Angst vor Aufnahmeprüfungen haben.«

»Du hast doch auch keine Angst davor. Du machst jedenfalls nicht den Eindruck. Du bist klug und mutig und siehst gut aus.«

»Du kennst mich überhaupt nicht. Absolut nicht. Auf dieser ganzen Scheißwelt gibt es keinen Menschen, der mich richtig kennt.«

»Sag das nicht.«

»Ich werde ja wohl sagen dürfen, wie es mir geht. Oder stört dich das? Störe ich jetzt auch dein Leben? Warum sitzen wir eigentlich auf einmal hier, wir sind doch ewig nicht mehr zusammen irgendwohin gegangen? Wer von beiden hat dich angerufen, Esa oder Marjaana?«

Miia knallt die Teetasse auf den Tisch und sinkt noch mehr in sich zusammen. Marjaana, denkt Liisa. Die wütende Marjaana, ihre alte Feindin. Sie wendet den Blick ab und schaut auf die Straße, sie muss es tun, sie kann das Mädchen nicht ansehen, das plötzlich beschlossen hat, ganz und gar wie seine Mutter zu werden. Liisa sieht den Leuten zu, die zur Straßenbahnhaltestelle schlittern, die Männer mit aufgestellten Mantelkrägen, die Frauen bei ihren Männern eingehängt.

Alle richten den Blick zu Boden, um sich vor Wind und Schneegestöber zu schützen. Der nasse Schnee rutscht von den Dächern der parkenden Autos, das Fenster, durch das Liisa all das betrachtet, ist mit Tropfen gesprenkelt. Sie sammelt ihre Gedanken und wendet sich wieder Miia zu, versucht, ihr über die Kerze hinweg so versöhnlich wie nur möglich zuzulächeln.

»Hol uns zwei Gläser Wein«, sagt Miia.

»Das kann ich nicht tun.«

»Warum nicht? Du hast selbst Lust, das sehe ich. Ich sehe, wie du nach den Finnlandschweden da drüben guckst. Die ganze Zeit. Gib's zu.«

»Na ja, vielleicht ein bisschen.«

»Na also. Und ich bin fünfzehn. Ein Glas Wein. Das kann ich schon mal trinken.«

»Ich habe mit fünfzehn noch keinen einzigen Tropfen probiert.«

»Und darum bist du Abstinenzlerin geworden, ja?«

Wie viel weiß Miia? Wer hat ihr etwas erzählt? Gibt es da überhaupt was zu erzählen? Es sind ja schon immer Witze darüber gemacht worden, Esko hat bei den Partys in der Aulangontie Anspielungen gemacht, bei unserer Liisa ist der Mund nicht aus Rinde gemacht. Bei Esko allerdings auch nicht. Und es war nie ein Problem, sie konnte aufhören, wann immer sie wollte, sie konnte auch ohne auskommen, es hat nie ein Problem gegeben. Punkt. Aber in letzter Zeit, in den Jahren, seitdem sie allein lebt. Da hat es zweifellos Abende gegeben, an die sie jetzt lieber nicht denken möchte, Abende allein in ihrer Wohnung, manchmal auch dann, als Esa noch da war. Und die Weingläser der Finnlandschweden, sie sehen tatsächlich verlockend aus, Liisa kann sich nicht erinnern, je so große Weingläser gesehen zu haben. Die perfekt zurechtgemachten vierzigjährigen Frauen trinken ihren Pinot Noir aus blumenvasengroßen Gefäßen, die bei Stockmann wahrscheinlich hundertfünfzig das Stück kosten. Ja, sie möchte ein Glas. Sie findet, sie hat es sich verdient. Außerdem gehört es dazu, wer geht schon ins Theater, ohne hinterher ein Glas Wein zu trinken?

»Ich werde uns ein Schlückchen holen. Zur Feier des Tages. Du musst mir aber versprechen, dass du Marjaana nichts sagst.«

»Marjaana wäre das ziemlich egal.«

»Sag's ihr trotzdem nicht. Warte hier. Und guck mir nicht hinterher, lies meinetwegen in dem Buch, das du in der Jackentasche stecken hast. Wir machen daraus jetzt keine Programmnummer. Rot oder weiß?«

»Rot, bitte. Oder dasselbe wie du.«

»Dann rot. Ich geh bei der Gelegenheit zur Toilette, kann ein bisschen dauern, weil sie da Schlange stehen.«

»Kein Stress. Danke.«

»Jetzt bedank dich nicht auch noch«, sagt Liisa zu Miia. »Ich schäme mich so schon genug.«

Fünf Minuten später steht Liisa auf der Straße, auf dieser dunklen Novemberstraße, auf derselben Straße, die sie eben noch aus dem warmen Schoß des Cafés heraus betrachtet hat. Sie geht aufs Geratewohl die Straße hinunter, in die Richtung, aus der sie vor einer halben Stunde gekommen sind, die Sohlen ihrer Stiefel sind glatt, und sie rutscht natürlich aus, vor der Apotheke liegt sie plötzlich auf dem Boden. Ein junger Mann hilft ihr auf, tut es sehr weh, fragt er höflich, wahrscheinlich auch er ein Finnlandschwede, der ganze Stadtteil ist voll von diesen Menschen, die einen erstaunlichen Wohlstand und eine ebenso erstaunliche innere Ruhe ausstrahlen. Kein Problem, beteuert Liisa, alles in Ordnung, und der Mann klopft ihr den Schnee vom Mantel, wünscht ihr ein schönes Wochenende und geht dann seiner Wege. Wohin jetzt? Erst jetzt gerät Liisa wirklich in Panik, an der

Ecke der Kapteeninkatu und Vuorimiehenkatu, sie steht im fahlen Schein der grünen Apothekenbeleuchtung und hat das Gefühl, alles vermasselt zu haben, sie ist eine Idiotin, wie soll sie das nur Marjaana erklären? Am schlimmsten ist, dass sie trotz allem den Wein getrunken hat, im Stehen. Sie hat sich den Mantel angezogen und dabei getrunken, die Frauen am Nebentisch haben sie angestiert wie eine Geisteskranke, und trotzdem hat sie weitergetrunken. Ihre Söhne haben recht, sie muss mit dem Trinken aufpassen, sonst ist sie bald Alkoholikerin. Aber das ist jetzt nicht das Entscheidende, sie muss etwas tun, in irgendeine Richtung gehen. Vielleicht doch in die entgegengesetzte, in Richtung Straßenbahnhaltestelle und Innenstadt. Der Anstieg kommt ihr endlos vor, Liisa rutscht mit ihren unseligen Stiefeletten in einem fort aus. Auf halbem Weg kommt sie an dem Fenster vorbei, an dem sie gerade noch gesessen haben, der Tisch ist immer noch frei, Miias Glas steht unangetastet neben der Kerze. Erstaunlich, dass niemand daraus getrunken hat. Vielleicht hätte sie es tun sollen. Liisa ruft einmal Miias Namen, es klingt auf der Straße so verzweifelt, dass sie es kein zweites Mal wagt. Es besteht kein Grund zur Panik. Niemand ist gestorben oder stirbt, die Novemberdunkelheit bringt einen bloß auf allerhand schreckliche Gedanken. Und dann noch das Theaterstück. Warum haben sie sich nicht irgendeine Farce im Stadttheater angesehen, das wäre viel besser gewesen. Esko hätte die Vorstellung dieses Abends nicht gefallen. Absolut nicht, solche Familien gibt es gar nicht, hätte er gesagt, wenn sie nach dem Theater zusammengesessen hätten. Ist doch seltsam, dass immer nur das Unschöne und Abstoßende als richtige, ernst zu nehmende Kunst gilt. Je elender, desto besser. Je kummervoller der Künstler, desto mehr Geld gibt ihm der Staat.

Nach dem Anstieg tut sich die abfallende Straßenflucht auf, es kommt die massive Backsteinkirche samt dem Park, der sie umgibt. Liisa ist in der Kirche gewesen, irgendwann im ersten Sommer in dieser Stadt, als sie an freien Tagen mit der Eins in die Innenstadt fuhr und wie eine Touristin die Sehenswürdigkeiten abklapperte. Sie saß auf einer der Parkbänke, versuchte, ein Buch von Bo Carpelan zu lesen, und schaute den Jungen beim Fußballspielen zu. Liisa erinnert sich an diesen heißen Sommertag, an den gnädigen Schatten der Bäume, an das Kreischen der Möwen, an die vom Lindenblütensaft klebrige Bank; auf der Bank da drüben hat sie gesessen, und auf derselben Bank sitzt Miia, das einsame Mädchen, und wenn Liisa einmal malen können sollte wie Malmgren, würde sie das Bild malen, das sie jetzt vor Augen hat. Es ist tatsächlich wie ein Gemälde, und Liisa steht außerhalb davon. Es zerbricht, sobald sie näher herangeht und Miia sie bemerkt. »Entschuldigung«, sagt Miia sofort; sie richtet den Blick zu Boden, klingt aber aufrichtig.

Müsste sie sich empören? Wäre es ihre Pflicht, entspräche es ihrer Verantwortung als Erwachsene? Oder kann sie sich einfach neben das Mädchen setzen, auf die freie Hälfte der Bank, so wie sie es tun möchte und es letztlich auch tut. Sie wartet ab, bis Miia mit ihrem Wollfäustling den Schnee von der Bank gewischt hat, und setzt sich dann hin.

»Entschuldige bitte, das war gemein von mir. Ich wollte bloß sehen, was du tust.«

»So eine Art Test, was? Und ich bin durchgefallen.«

»Da kann man nicht durchfallen. Es gibt bloß zwei verschiedene Möglichkeiten. Und keine von beiden ist richtig.«

»Die eine schon. Und ich habe die falsche gewählt. Was hättest du getan, wenn ich dich nicht gefunden hätte? Ich bin ganz zufällig in die richtige Richtung gegangen und hier gelandet. Sonst wäre ich die ganze Nacht durchs Schneegestöber geirrt.«

»Du hast doch ein Handy in der Tasche. Ich hätte dich bald angerufen.«

»Hättest du?«

»Na klar. Bitte verzeih mir. Es war nur so eine Idee, ich hatte plötzlich halt das Gefühl. Und wollte wissen, wie das Stück weitergeht.«

»Das Leben ist kein Theaterstück. Und ich werde dich nie mehr ins Theater mitnehmen. Das kannst du vergessen.«

»Jetzt werd nicht sauer.«

»Ich bin schon sauer. Und zwar aus gutem Grund.«

»Bist du nicht. Du siehst nicht so aus. Du tust nur so.«

»Ach ja? Ich wusste gar nicht, dass ich so gut schauspielern kann.«

»Du kannst das. Alle Menschen können es. Schauspielen ist das Einfachste der Welt.«

Jetzt ist es wieder ein Bild, denkt Liisa. Jetzt ist es ein anderes Bild, ein Mädchen und eine ältere Frau nebeneinander auf einer Bank, die Leute auf der Korkeavuorenkatu können dieses Bild sehen. Jemand sieht es bestimmt, trotzt dem Schnee und hebt den Blick und sieht die beiden. Wie sie wohl aussehen? Liisa erinnert sich an einen anderen Abend, auf einmal kommt er ihr in den Sinn, ein anderer Abend in einer anderen Stadt in einer anderen Welt. Oder doch in derselben, denn so lange ist das nicht her. Auch damals saß sie in einem Park, hinter ihr ragte ein Kirchturm auf, und es schneite, genau solche dicken Flocken, es war der erste Schnee des Jahres, so wie jetzt. Achtundfünfzig Mal erster Schnee. Dies ist der achtundfünfzigste, bald werden es sechzig sein.

»Du bist bestimmt noch nie in Kuopio gewesen.«

»Nein. Leider nicht.«

»Ich weiß nicht, ob man das unbedingt bedauern muss. Was hättest du dort gesollt? Aber wenn du dort gewesen wärst, würdest du dich vielleicht an den Park erinnern. An den mit der Kirche. Eine schöne Kirche, nicht so schön wie diese, aber es ist ja auch bloß Kuopio und nicht Helsinki.«

»Ich hasse Helsinki.«

»Du hasst es?«

»Ich hasse es wie die Sau. Entschuldigung.«

»Und ich versuche, es zu mögen. Inzwischen habe ich sogar das Gefühl, dass ich es mag.«

»Du wolltest ja auch herkommen. Hast dich dafür entschieden. Ich habe gar nichts entschieden, mich hat man hierhergeschleift. Aber was war jetzt mit dem Park in Kuopio?«

»Mir fällt bloß gerade ein, wie ich damals dort saß. Im November 1961. Es war so ein Wetter wie jetzt, der erste Schnee des Winters. Die Erde genauso weiß, der Abend genauso dunkel. Ich war mit Esa einkaufen gewesen und hatte die Hausschlüssel vergessen. Darum saßen wir da. Esko arbeitete noch, er war mit Puupponen in der Gegend von Iisalmi Fernseher verkaufen.«

»Iisalmi kenne ich. Ich bin überhaupt nicht so eine Helsinkierin, wie du glaubst.«

»Nicht in Iisalmi, sondern in der Gegend. In einem kleinen Dorf. Ganz auf dem Land. Stell dir vor, so was hat man damals gemacht, ist mit dem Lieferwagen durch die Dörfer gefahren und hat den Leuten an der Haustür Fernseher verkauft. Manchmal hat man das Gefühl, aus einer anderen Zeit zu stammen. Aus derselben wie die eigene Mutter. Weil man so etwas miterlebt hat.«

»Opa war gut im Verkaufen von Fernsehern.«

»Oh ja. Er durfte sogar zur Olympiade nach Tokio. Davon hast du bestimmt gehört.«

»Zum ersten Mal mit fünf. Danach vielleicht zehn Mal. Und immer von Esko selbst.«

»Natürlich. Natürlich hast du davon gehört. Also auf so einer Tour war er, und ich hatte keinen Schlüssel und musste mit Esa warten, bis Esko nach Hause kam. Esa lag im Kinderwagen und schlief. Zum Glück hatte ich wenigstens den

Wagen dabei. Wir saßen nämlich lange dort, mindestens zwei, drei Stunden.«

»Konntet ihr nirgendwohin gehen? Hattet ihr keine Bekannten?«

»Ich weiß nicht. Wahrscheinlich nicht so wahnsinnig viele. Ich war ein Mädchen aus Leppävirta, ich kannte nicht besonders viele Leute in Kuopio. Jedenfalls nicht so gut, dass ich sie einfach hätte besuchen können. Zu den Puupponens hätte ich vielleicht gehen können, die Frau des Elektrohändlers war bestimmt zu Hause, aber sie war viel älter als ich, wir hatten eigentlich nichts miteinander zu reden. Ich war einundzwanzig.«

»Einundzwanzig. Total jung.«

»Das kannst du laut sagen. Und Maire Puupponen war vielleicht fünfzig. Bald reif fürs Grab, dachte ich damals, dabei war sie viel jünger, als ich es jetzt bin. Aber Esa und mir fehlte nichts. Es war ganz angenehm, da zu sitzen, in gewisser Weise war es ein schöner Abend, so wie jetzt. Ich saß auch sonst oft im Park, unsere Wohnung war gleich nebenan. Wenn mir daheim die Decke auf den Kopf fiel, ging ich immer in den Park.«

»Ist sie dir denn auf den Kopf gefallen?«

»Normalerweise nicht. Nicht so schlimm. Aber ab und zu hat nicht viel gefehlt. Ich war damals noch so jung. War mit einem Schlag Mutter geworden. Manchmal hatte ich das Gefühl, mit dem Baby in der Wohnung eingesperrt zu sein. Weil ich damals ja auch noch keinen Beruf hatte. Ich hatte nur Esa, und Esko natürlich.«

»Hat sich Esko nie um das Baby gekümmert?«

»Wie hätte er das tun sollen? Esko hat die ganze Zeit gearbeitet.«

Miia gräbt in den Taschen, ein Streichholz schabt über eine Reibefläche. Liisa ist nicht überrascht, schon im Theater hat sie gemerkt, dass die Kleider des Mädchens nach Rauch riechen. Miia erwartet, dass sie etwas sagt, und genau deswegen sagt sie nichts. Es ist nicht ihre Sache, sie ist nur die Großmutter. Aber wessen Sache ist es dann?

»Wie war Esa als kleines Kind?«

Liisa möchte antworten, aber sie hat das Gefühl, sich nicht erinnern zu können. Nicht so, wie Miia es sich vorstellt, so, wie man sich an die Kindheit seines ersten Kindes erinnern müsste.

»Ein einfaches Kind«, versucht es Liisa. »Esa war eher einfach als kompliziert. Enge Gehörgänge allerdings, viele Ohrenentzündungen nacheinander, da hat er geschrien. Aber ansonsten war er eher ruhig und ließ mich nachts schlafen.«

»Erzähl mir mehr. Was Persönliches. Über Esa, als er schon ein bisschen größer war.«

»Esa gefiel es nicht, als Timo auf die Welt kam. Als ich mit Timo aus dem Krankenhaus kam, wollte Esko ein Foto von den beiden machen. Von seinen Söhnen. Esko war furchtbar stolz, dass er zwei Söhne hatte, er wusste ja nicht, dass er noch einen dritten bekommen sollte. Aber Esa wollte einfach nicht. Man musste ihn zwingen, ich glaube, Esko hat ihn am Ohr gepackt, bevor er bereit war, sich zu setzen und seinen kleinen Bruder auf den Schoß zu nehmen. Er hatte Tränen in den Augen, als es blitzte. Sie weinten beide, Esa und Timo. Und Esko gefiel das gar nicht, er ärgerte sich, weil die Kinder ihm nicht das Foto gönnten, das er vor seinem inneren Auge sah.«

»Ich habe das Heulbild gesehen. Erzähl nicht von Fotos, erzähl mir von was anderem.«

Liisa versucht, sich nun ernsthaft zu erinnern, sie schließt kurz die Augen und atmet durch die Nase den Duft von Miias Zigarette ein, was ihr die Jahre, in denen die Jungen klein waren, näher bringt. Damals roch es bei ihnen daheim nach Rauch, noch in der Matti Alangon katu rauchten sie und Esko nebeneinander unter der Dunstabzugshaube in der

Küche. In der besten Zeit des Lebens, wie es immer heißt. Alle ihre alten Freunde sagen das, gemeinsam wiederholen sie solche Sätze, Liisa hört sie aus ihrem eigenen Mund: Die Jahre, als die Kinder klein waren, waren die beste Zeit des Lebens. War es tatsächlich so? Wenn man jetzt an diese Jahre zurückdenkt, scheinen alle Einzelheiten unter der Hektik zu verschwinden. So wie man sich bei einem Bild nur an die Farbe erinnert, ganz genau, an die Formen hingegen überhaupt nicht mehr. Esas erste Lebensjahre bekommt Liisa einigermaßen zu fassen, das Sitzen im Kirchenpark von Kuopio, diese Zeiten, aber dann wurde Timo geboren, und sie zogen in eine Stadt, in die sie nicht wollte, Esko arbeitete noch mehr, weil er nun ein eigenes Geschäft hatte, und trotzdem schaffte es Liisa, nebenbei ihre Ausbildung zu machen, sie wurde Krankenschwester, das war ein Wunder. Aber immer war da diese Hektik. Es gab keine Zeit für sich, auch keine gemeinsame Zeit mit dem Ehepartner. So etwas hat es damals noch nicht gegeben, die Begriffe waren noch gar nicht erfunden worden, die kamen erst später. Es gab nur die Zeit für die Familie, chaotisch, verworren, zwischen den Händen zerrinnend, Zeit, von der nie genug da war, um alles Notwendige zu erledigen. Einmal wollte sie an einem Sonntag mit Esko schlafen, sie hatten beide schreckliche Lust, aber die Jungen liefen ihnen zwischen den Füßen herum. Esa war vielleicht sechs, Timo erst ein Jahr. Esko schüttete eine Schachtel Pectus auf dem Fußboden aus, dann schlossen sie sich für einige Minuten im Schlafzimmer ein, und die Kinder sammelten inzwischen die Pastillen auf.

»Schläfst du?«

»Nein. Ich denke nur nach. Ich versuche, deine Frage zu beantworten.«

Miia kann man die Zeit nicht erklären. Man kann nicht einmal versuchen, ihr zu erklären, wie es ist, mit achtundfünfzig Jahren hier zu sitzen und an all das zu denken, sich an solche Dinge zu erinnern. Liisa möchte Miia erzählen, wie sonderbar das alles ist, wie sonderbar es ist, in wenigen Jahren in Rente zu gehen, wo man doch gerade erst ein Kind bekommen hat und als Mutter zu jung gewesen ist. Aber eine Fünfzehnjährige versteht von der Zeit noch weniger. Für eine Fünfzehnjährige existiert die Zeit nicht einmal. Über die Zeit macht man sich erst Gedanken, wenn man unmerklich älter wird, sich in neue, für Fünfzehnjährige unfassbare Daseinsformen begibt, die dann ebenfalls zurückbleiben, eine nach der anderen, wie abgetragene Jacken im Kleiderschrank. Dort hängen sie noch, in dem Haus im Karhupolku, an der langen Stange, in schwarzen Tüten, die sorgfältig mit Gummis verschlossen sind.

»Und? Überlegst du immer noch?«

»Einen Augenblick noch. Ich versuche, mich zu erinnern. Rauch deine Zigarette zu Ende.«

»Hab ich schon.«

»Dann steck dir eine neue an. Wenn du unbedingt klein bleiben und früh sterben willst.«

Sie ist nie Mutter eines Mädchens geworden. Manchmal hat sie das traurig gemacht, sie hat es niemandem gegenüber zugegeben, aber es machte sie traurig. Sie stand in gefütterten Stiefeln auf der Eishockeytribüne und beneidete Sirpa oder Laila oder Ritva, die mit ihren Töchtern in Helsinki oder Tampere Kleider kaufen gingen. Aber es wäre kompliziert gewesen. Es wäre schwieriger gewesen als ein Leben zwischen lauter Männern, es wäre hart geworden, ganz andere Fähigkeiten wären von ihr verlangt worden, solche, die Miia jetzt von ihr einfordert. Sie hätte mehr über richtig schwierige Dinge reden müssen. Über Gefühle, über das Leben, darüber, was es für ein Gefühl ist, sein eigenes Leben zu führen, und so etwas kann sie nicht, sie hat es nie gekonnt. Liisa spürt Miias Ungeduld. Sie hat das Gefühl, ihr ganzes Leben lang nichts Vernünftiges geredet zu haben. Sie kommt sich dumm vor, auch mit Esa kam sie sich oft so vor, Esa nannte sie einmal dumm. Mama, du bist dumm, sagte Esa, du redest nur so viel, um deine Dummheit zu verbergen. Dumm bist du, und du wirst immer dümmer, weil du immer nur redest und nicht zuhörst. Und jetzt ist sie still, wie Esa es sich gewünscht hat, und weiß nicht, was sie Esas Tochter sagen soll.

Liisa erinnert sich, wie Esa Bücher verschlang. Es war die Zeit, in der sie selbst keine Zeit zum Lesen hatte, sie kam von der Arbeit nach Hause und erledigte den Abwasch und steckte die Wäsche in die Waschmaschine, und wenn sie den langen Gang entlangrannte, sah sie durch die offene Tür Esa auf dem Bett liegen und lesen. Es wirkte unnahbar und etwas unheimlich, manchmal versuchte sie, ihn zu seinen Freunden zu scheuchen. Aber andererseits war sie stolz, ein Kind, das mit fünf Jahren lesen konnte, wo hatte sie nur ein solches Kind her? Esa wird einmal Jurist, dachte sie. Jurist, das war das Vornehmste, was sie sich damals vorstellen konnte. Jurist oder Arzt, aber Arzt war nichts für Esa, er konnte kein Blut sehen und wurde in der Schule einmal ohnmächtig, als er eine Spritze bekam. Esa konnte kein Blut sehen, sagt Liisa beinahe zu Miia, aber das hätte idiotisch geklungen, außerdem weiß Miia das bestimmt. Esa war nicht immer nur mit Büchern beschäftigt, erwägt Liisa zu sagen. Esa konnte gut Eishockey spielen, er war fast so talentiert wie Ville und wäre genauso weit gekommen, wenn er weitergemacht hätte. Aber das sind wieder Eskos Worte, Esko spricht so über Esa, um das zu umgehen, worüber er nicht sprechen will.

»Esa mochte keine Trennungen«, sagt Liisa schließlich.

»Trennungen? Was meinst du?«

»Wenn man sich von etwas trennen musste. Von irgendwo weggehen. Daran erinnere ich mich, es war für Esa immer ganz schlimm, wenn die Gäste weggingen. Zum Beispiel Oma und Opa, wenn sie uns besuchten. Oder Freunde von uns. Einmal waren wir in Saarijärvi im Sommerhaus von einem reichen Großhändler, den Esko kannte, das ganze Wochenende waren wir dort, zwei Nächte als Gäste der Familie. Esa war vielleicht fünf. Es gab dort nicht mal gleichaltrige Kinder, nur ein viel älteres Mädchen. Trotzdem weinte Esa bitterlich, als wir wegfuhren. Noch am Abend zu Hause weinte er. Ich wunderte mich darüber. Ich fand es nicht ganz normal, so lange zu weinen.«

»Was war das schon? Fünfjährige weinen eben. Ich auch. Ich hab oft geweint, wenn wir von euch nach Hause gefahren sind. Oder von Lähdeharju nach Tampere.«

»Ich kann mich nicht erinnern, dass du so geweint hättest. Allerdings haben wir uns viel zu wenig gesehen. Ich hätte dich gern öfter gesehen.«

»Doch, ich habe geweint. Du denkst erst darüber nach, was aus Esa geworden ist, und dann versuchst du, dich zu erinnern, wie er als Kind war. Erzähl mir nicht so eine Geschichte, erzähl mir, wie er wirklich war.«

»Du redest über ihn, als wäre er tot. Dabei wohnt er nur in einer anderen Stadt.«

»Irgendwie ist er auch tot.«

»Sag so was nicht!«

»Tot, tot, tot. Ein Mensch, der nicht ans Telefon geht, wenn ich ihn anrufe, ist tot.«

»Aber Esa geht doch ans Telefon, Herrgott. Dein Vater meldet sich immer, wenn du anrufst.«

»Woher willst du das wissen? Wer versucht ihn denn anzurufen, du oder ich?«

»Wie oft ist Marjaana denn zu Hause?«

»Was glaubst du? Ist eine Abgeordnete zu Hause? Ist Marjaana je zu Hause gewesen? Aber das ist kein Problem. Ich komm schon klar. Ich kann mich nicht einmal erinnern, wie es war, als noch jemand zu Hause war. Das ist so lange her.«

»Komm her.«

»In deinen Arm oder was? Bestimmt nicht.«

»Nun komm schon. Ich weiß, ich kann nicht vernünftig reden, aber ich habe offene Arme. Dir ist kalt, du hast ganz blaue Lippen. Und mir ist auch kalt. Ich krieg eine Harnwegsentzündung, wenn ich hier allein sitze. Komm her. Komm schon!«

»Du weinst wieder. Immer weinst du. Marjaana hat recht, du weinst immer nur, und das bedeutet gar nichts. Es ist bloß eine Angewohnheit.«

»Du weinst auch. Deine Augen sind feucht.«

»Leck mich am Arsch, Oma. Leck mich.«

»Komm her zu mir. Es gibt auf der Welt viel mehr als Worte. Ich will dich anfassen. Umarmen. Dich umarmen und nicht einen Meter von dir entfernt sitzen, mein kleines Mädchen.«

Es ist ein verzweifelter Versuch, Liisa glaubt gar nicht, dass er gelingen könnte. Trotzdem rückt sie näher heran, streckt die Hand aus und legt sie dem Mädchen in den Nacken. Sofort entwindet sich Miia und flüchtet so abrupt in die Freiheit, dass ihr die Mütze vom Kopf fliegt. Liisa gibt nicht auf. Sie bekommt Miia zu fassen, zieht sie an sich. Ihr Griff ist energisch, Miia ergibt sich allmählich. Liisa hört genau in dem Moment zu weinen auf, in dem Miia ernsthaft damit anfängt. Das Kind sinkt ihr in die Arme, zieht die Beine auf die Bank, liegt dort, und zum ersten Mal an diesem Abend, vielleicht zum ersten Mal seit Jahren hat Liisa das Gefühl, genau zu wissen, wie sie mit Miia umgehen muss. Liisa erinnert sich, wie sie selbst mit fünfzehn war, und auch wenn das Erinnerungsbild getrübt ist wie eine von der Sonne ausgebleichte Fotografie, hilft es ihr.

»Mein kleiner Schatz, alles wird gut. Es wird bestimmt alles gut.«

Bald werden sie aufstehen. Zur Straßenbahnhaltestelle gehen, einsteigen, zwischen lauter Betrunkenen mit der Drei nach Kallio fahren. Schweigend werden sie nebeneinandersitzen, doch einander näher als zuvor, etwas ist geschehen, und Liisa plant bereits, Miia nächste Woche anzurufen und ein neues Treffen vorzuschlagen, vielleicht den Film mit Kevin Costner, der könnte Miia guttun. Liisa möchte den Film sehen. Sie möchte mit Miia in dem neuen, großartigen Kino in der Kaisaniemenkatu sitzen, Popcorn aus derselben Tüte essen und Coca-Cola aus einem Becher trinken, der so groß ist wie damals, als sie mit den Jungs in Amerika waren. Sie möchte mit Miia im Forum einkaufen gehen, auch wenn Miia nichts braucht, Miia könnte einfach mitkommen. Ihr zuschauen, wie sie neue, weniger rutschige Winterstiefel anprobiert, es ist so öde, sich alleine etwas zum Anziehen zu kaufen. Miia könnte auch zu ihr nach Käpylä kommen, unter der Woche sogar öfter, an den Tagen, an denen sie Frühdienst hat, nach der Schule ist sie auf jeden Fall schon zu Hause und könnte für Miia kochen. Liisa streicht Miia übers Haar, wischt ihr die immer größeren und nasseren Schneeflocken von der Baumwolljacke, spürt, wie der Körper des Mädchens unter ihren Händen zittert. Sie sind allein in der Stadt, sie und Miia. Sie und ihr Enkelkind, Esas einzige Tochter. Dieser kleine Mensch, den sie vielleicht nicht so gut kennt, wie sie möchte, für den sie aber auch Verantwortung trägt, natürlich, wie hat sie je daran zweifeln können?

»Gehen wir?«, fragt Liisa.

»Noch nicht.«

»Dann nicht. Aber bald müssen wir. Sonst werden wir eingeschneit.«

»Bald gehen wir. Zusammen. Ganz bald. Aber ich bleib noch kurz so. Lass mich noch ein bisschen so bleiben.«

Warum auf Teufel komm raus zu diesem Nachmittag zurückkehren? Warum mit aller Gewalt versuchen, sich an etwas so Heikles und Schmerzhaftes zu erinnern? Ich weiß nicht, was für Medikamente man mir im Krankenhaus gegeben hatte, aber sie wirkten, ich wollte mehr davon; obwohl ich mich sonst an alles erinnere, weiß ich von diesem Sonntag nichts mehr. Etwas vielleicht doch, ich erinnere mich an die Fotoalben, die im Schlafzimmer auf den Fußboden fielen. Irgendwie auch daran, dass Liisa im Krankenhaus auf mich losging und ich überhaupt nicht versuchte, mich zu wehren, ich schützte mich nur, indem ich den Arm vors Gesicht hielt und mich zusammenkauerte. Aber auch diese kleinen Splitter sind ein bisschen wie Erinnerungsbilder aus der frühen Kindheit, ich erinnere mich eher an das, was man mir erzählt hat, als an das, was wirklich passiert ist. Später in Käpylä fing Liisa eines Abends plötzlich an zu weinen und sich bei mir zu entschuldigen, weil sie so wütend auf mich gewesen sei. Ich weiß immer noch nicht, wie böse sie war, ich kann mich einfach nicht erinnern. Sie hätte es mir gar nicht erzählen sollen, jetzt plagt es mich gelegentlich. Hat sie mich am Kragen gepackt? Hat sie mehr getan, als mir nur das Nachthemd vom Körper zu reißen? Hat sie mich an den Haaren gezogen, mit den Fäusten auf mich eingeschlagen? Als ich am nächsten Morgen aufwachte, hatte ich kleine blaue Flecken an den Armen.

Ich erinnere mich nämlich genau, wie ich aufwachte, am ersten Morgen in Liisas neuer Wohnung. Ich wachte auf, wie man aus einem Medikamentenschlaf erwacht, zunächst ohne zu wissen, wo ich war, und diesmal ließ das Gefühl lange nicht nach. Ich wusste es wirklich nicht. Wie auch, ich hatte die Wohnung ja nie zuvor gesehen. Das Bett war hart und schmal, ich wusste gleich, dass es nicht mein eigenes ist. Im Treppenhaus hörte man Männer arbeiten. Das Licht war überraschend hell für den Frühwinter, es schlängelte sich zwischen den Vorhängen hindurch ins Zimmer und schien mir direkt in die Augen. Ich betrachtete die Vorhänge, erkannte sie, die alten Vorhänge aus der Wohnung in der Aulangontie waren das Erste, was mir in dem sonst fremden Zimmer entfernt bekannt vorkam. Aber die Teilchen setzten sich noch immer nicht zusammen. Ich stand vorsichtig auf, ging ans Fenster, zog die Vorhänge zur Seite und hatte schlagartig das Panorama vor Augen, das ich die nächsten zweieinhalb Jahre betrachten würde, die Fichten und Felsen, die um die Bäume flatternden Spatzen und Krähen. Nach den Feldern von Kurala kam mir der Blick aus dem dritten Stock vor wie ein Schritt in den Himmel. Und dieser Himmel war noch dazu blau an einem dieser hellen Tage, die sich sogar ins undurchdringliche Dunkel des Dezembers verirren können, wenn auch selten. Es war beinahe ein guter Augenblick, ein stilles Innehalten. Für kurze Zeit sah ich die Umgebung so, wie sie wirklich war, als schöne Stadtlandschaft.

Aber dann drehte ich mich um. Ich drehte mich um und begriff natürlich nach und nach alles. Die Medikamente waren stark, hatten aber ihre Grenzen, ich befand mich nicht im Zustand der Bewusstlosigkeit. Ich sah die Bücher von Kaari Utrio im Lundia-Regal stehen und die geliebte alte Yucca-Palme auf dem Muurame-Schreibtisch. Die orange Wollstola und die Hausschuhe, die sie schon getragen hatte, als ich noch im Karhupolku wohnte. Den komischen Altar mit den Konfirmations- und Abiturfotos – aus irgendeinem Grund hatte sich Liisa in ihrem neuen Zuhause einen solchen Altar errichtet, lauter glückliche, erfolgreiche, lächelnde Kinder von Verwandten und Bekannten. Die Bettwäsche, in der ich geschlafen hatte, war meine alte von Marimekko,

Liisa hatte sie für Gäste hergebracht, als hätte sie geahnt, dass ich kommen würde. Ich ging in die Küche, und dort stand das Frühstück bereit, Müslischale und Tasse und Glas, mit Frischhaltefolie abgedeckte Brote. Die Kaffeemaschine musste nur angeschaltet werden. Auf dem Tisch lag ein gelber Post-it-Zettel, musste zur Arbeit, stand in der vertrauten runden Handschrift darauf, ruf an, wenn du wach bist, Mama, und ich saß am Tisch, hielt den Zettel in der Hand und begriff meine Lage, begriff, wie weit es mit mir gekommen war. Ich befand mich nun also an dem Punkt, der vorauszusehen gewesen war, den ich sogar erwartet hatte, der mich aber trotzdem überrascht hatte.

Ich versuchte zu kämpfen, kehrte ins Gästezimmer zurück und machte mein Bett, zog die Tagesdecke gerade, legte die Kissen an ihren Platz. Dann ging ich unter die Dusche, wusch und rasierte mich und betrachtete mich fast entschlossen im Spiegel über dem Waschbecken des vielleicht zwei Quadratmeter großen Bads. Ich würde verschwinden, ohne Spuren zu hinterlassen, ich würde die Wohnung sauber verlassen, würde irgendwann Liisa anrufen und mich artig bei ihr bedanken, das war mein Plan, und er ging fast auf. Ich zog Jeans und Hemd an, setzte mich in der Diele im Schneidersitz auf den Fußboden und versuchte, Jussi Kinnunen anzurufen. Immer wieder, bestimmt zehn Mal. Jussi meldete sich nicht. Jussi war der einzige Mensch, den ich anrufen konnte, der Einzige, der mich verstand, der Einzige, zu dem ich jetzt gehen konnte, aber er war irgendwo unterwegs, und so saß ich auf Liisas Flickenteppich und fiel nach und nach in mich zusammen. Ich bemerkte wieder das Zittern meiner Hände. In meinem linken Ohr meldete sich das Geräusch, das mich damals peinigte. Man hörte den Briefträger im Treppenhaus, ein Stoß Briefe fiel durch die Klappe in der Tür auf meine Füße, ich war wieder so empfindlich, dass ich irrsinnig erschrak. Und in dem Moment gab ich auf, endgültig und total. Ihr meint wahrscheinlich, es sei schon früher passiert, aber tatsächlich geschah es an jenem Montagvormittag Anfang Dezember 1993. Ich begriff, dass ich ein Mensch war, der mitten am Tag halb angezogen bei seiner Mutter auf dem Teppich saß und vor dem Briefträger erschrak. Ich war zu nichts mehr fähig, das verstand ich selbst, und war in gewisser Weise erleichtert. Das einzige Gefühl, das irgendwo hinter meiner Beklemmung als kleines Licht flackerte, war eine absurde Erleichterung.

Als Liisa nach Hause kam, saß ich im Wohnzimmer. Sie stand lange in der Diele und klimperte mit dem Schlüsselbund, tat so, als wäre sie mit etwas beschäftigt, obwohl wir beide wussten, dass sie allen Mut zusammennahm, um mir gegenüberzutreten. Ich saß in ihrer Wohnung auf der Couch, der Fernseher lief natürlich, *Reich und schön,* ich sah den langsamen Bewegungen der Menschen zu, die sich vielleicht zwei Jahre zuvor in einem billigen TV-Studio in San Fernando Valley am Rand von Los Angeles geküsst hatten, wo wir mit der ganzen Familie auch hingepilgert waren. Schließlich kam Liisa und setzte sich in den Sessel neben der Couch, in Reichweite, einen halben Meter von mir entfernt. Sie sagte nichts. Ich sagte nichts, wir schauten eine Weile *Reich und schön* wie zwei einander fremde Menschen im Wartezimmer eines Gesundheitszentrums oder vielleicht in der Psychiatrie. »Was hältst du von dieser Brooke«, fragte mich Liisa dann, »ist die nicht ziemlich ordinär?«

Es ging überraschend gut, es gelang beinahe, aber dann fing sie doch an zu weinen. Sie schloss die Augen und griff nach meinem Arm. Sie drückte mich, sie drückte mich fest. Ich spürte ihre Fingernägel, dass es weh tat.

Die Fingernägel meiner Mutter. Nägel, die sich tief in die Haut hineinbeißen und blaue halbrunde Flecken auf meinem Arm hinterlassen. Das eine Mal, als ich abends am Esstisch saß, Liisa hinter mir vorbeiging, mich ohne Vorwarnung an den Haaren packte und mir den Kopf so heftig nach hinten zog, dass die Halswirbel knackten. Irgendwo in ihr schwelte dieses Bedürfnis, mir weh zu tun. Sie wollte mir die Augen ausreißen. Sie ertrug meinen starren Blick nicht mehr. Sie nahm mir den Teller weg, warf die ungegessenen Koteletts in den Mülleimer, knallte Messer und Gabel mit aller Wucht auf den Fußboden, und dann war es wieder so weit: Meine Mutter weinte. Liisa weinte viel mehr als ich, ein deprimierter Mensch weint nicht, das Weinen ist die gesunde Reaktion eines gesunden Menschen. Liisa hat das schon immer gekonnt, weinen und lachen, vielleicht ist das ihr Schutzmechanismus. Oder was weiß ich, ich habe das Gefühl, sie gar nicht richtig zu kennen. Natürlich kenne ich sie nicht, letzten Endes kennt man niemanden. Aber wenn ich an sie in ihrer Wohnung in Käpylä denke, wenn ich mich an ihre Fingernägel erinnere, dann erscheint mir Liisa als besonders großes Rätsel, größer noch als Esko. Liisa war immer da gewesen, hatte immer in Eskos Schatten gestanden, so wie wir anderen auch, als Kind war ihre Nähe selbstverständlich gewesen, und jetzt, mit dreiunddreißig, hatte sich alles und auch wieder nichts geändert, alles war weiterhin selbstverständlich, ich wusste, dass ich mich auf sie verlassen konnte. Sie würde nie verschwinden so wie Esko. Sie würde nie solche Dinge von mir verlangen wie er. Ihre Liebe war bedingungslos. So dachte ich, und ich musste es mir nicht ausdenken, ich wusste es, ich fühlte es, sie war meine Mutter, und ich war bei ihr. Sie kochte für mich, wusch meine Kleider, wachte manchmal bis spät in die Nacht an meinem Bett, wenn ich Schwierigkeiten hatte einzuschlafen, und ihre Mutterliebe war grenzenlos; du darfst auf keinen Fall glauben, dass mich Liisa nur gekrallt, gekratzt und an den Haaren gezogen hat. Sie saß in dem alten türkisblauen Sessel und las mir etwas vor, weil ich sie darum bat, ich konnte nicht alleine einschlafen, ich schlief mit ihrer Stimme ein. Was las sie mir vor? Ich erinnere mich nicht einmal daran. Außer an *Ferien auf Saltkrokan.* Mitten im Sommer las mir Liisa *Ferien auf Saltkrokan* vor, wie konnte sie sich dazu nur bereit erklären? Ich wollte tatsächlich versinken. Ich wollte mich in meiner Trauer suhlen, zurück in die Höhle meiner Kindheit kriechen. Aber dann wollte ich auch wieder etwas über die blauen Sommertage, über die von Möwen gesprenkelten Felsen, über Kaninchen und Seehunde und kurios endende Angelausflüge hören. Als Kind mochte ich dieses Buch mehr als jedes andere, es passierte darin nichts, aber es war wie ein wunderbarer Traum. Ein Traum, in dem Leben herrschte, Leben und Traum zusammen. Außerdem hatte ich dir das Buch vorgelesen. Vermutlich wollte ich mich mit der Erinnerung daran quälen, Liisa las mir vor, ich lag im Bett, das Gesicht zur Wand, und erinnerte mich daran, wie du dich an mich gekuschelt hattest, in Kurala, in dem kleinen Zimmer, in dem kleinen Bett, in das ich nicht einmal hineinpasste, in dem wir aber trotzdem zusammen lagen.

Es gibt keine schöne Art, davon zu erzählen. Es gibt keine schöne Art, von einem erwachsenen Mann zu erzählen, dem seine Mutter eine Gutenachtgeschichte vorliest. Eine solche Schande möchte man sein Leben lang geheim halten, aber ich habe das Gefühl, dass es sinnlos wäre, dass es vielleicht besser ist, wenn du es weißt. Vielleicht kannst du es einmal benutzen und darüber schreiben, kannst ein Stück daraus machen, eine Familienhölle im Stil von Eugene O'Neill. Andererseits: Warum solltest du das tun? O'Neill ist bloß ein wiedergeborener, etwas wilderer Tschechow, an solchen Stücken bist du gar nicht interessiert. Sie handeln nicht von dieser Zeit. Sie enthalten keine Botschaft. Sie sind schon hundertmal gemacht worden. Und es stimmt ja, alles ist schon gemacht worden, alles wiederholt sich bis ins Unendliche, begabte Menschen träumen ihr Leben lang, glauben, ihr Leben sei einzigartig, und vergeuden es, indem sie darüber Stücke und Bücher schreiben, obwohl alles längst gesagt worden ist.

Habe ich Liisa damals verstanden? Ich glaube schon, irgendwie. Ich war nicht so weit weg, dass ich nichts mitbekommen hätte, ich begriff, was ihr an die Nieren ging, ich verstand, warum sie mich schlagen wollte. Sie war der Meinung, dass sie selbst erst am Anfang ihres Lebens stand, und genau in diesem unpassenden Moment wurde sie gezwungen, ein Versprechen, das sie vor mehr als dreißig Jahren im Zentralkrankenhaus von Kuopio gegeben hatte, in vollem Umfang einzulösen. Die Bedingungen der Mutterschaft, das Kleingedruckte: ewige Verantwortung ohne Umtausch- oder Rückgaberecht. Durch den Nebel hindurch begriff ich das. Aus Liisas Sicht war das alles unfair. Aber ihre Schwierigkeiten interessierten mich nicht. Ich dachte nicht an ihren Platz in der Konstellation oder an ihr Leben überhaupt. Ich versetzte mich nicht in sie hinein, wenn ich ab und zu etwas aufschrieb, dann ausschließlich über mich, mein Notizbuch von damals ist voller abgebrochener Sätze über meine umherirrenden Gedanken. Depression heißt, dass der Mensch sich in sich selbst verkriecht und die anderen vollkommen vergisst. Er stellt sich vor, der einzige Mensch auf der ganzen Welt zu sein, der diese entsetzliche Last spürt. Nein, das kann ich nicht einfach so behaupten, das ist idiotisch, ich merke es selbst: Als wüsste ich mit Sicherheit, was Depressionen sind. Als könnte ausgerechnet ich meine Erfahrungen in Worte fassen und mir selbst oder gar anderen erklären, was eigentlich geschah. Solche Erfahrungen fliehen die Wörter, man spricht nicht darüber, weil man nicht darüber sprechen kann. Es gibt keine Sprache dafür, sie lässt uns im entscheidenden Augenblick im Stich.

Ich versuche es trotzdem. Ich versuche, davon zu erzählen. Mitten am Tag gab es plötzlich solche Momente, im letzten Jahr, als ich die Zeitung machte, vielleicht schon früher. Vielleicht hatte es sie auch immer schon gegeben und sie waren einfach schnell vorübergegangen. Jetzt wurden sie allmählich länger. Und es wurde immer schwerer, über sie hinwegzugehen. Sie nahmen immer mehr Raum ein, es waren tiefe Schluchten, die sich vor mir auftaten, ich wusste zwar, dass ich mit einiger Wahrscheinlichkeit auf die andere Seite gelangen würde, aber ich konnte mir nicht mehr absolut sicher sein. Vielleicht war gerade das am schlimmsten: der Verlust der Sicherheit. Dass ich anfing, an mir zu zweifeln, dass ich vor diesen Momenten Angst bekam. Es gibt nur die Angst vor der Angst – wer hat das gesagt, Winston Churchill? Aber er sprach dabei vom Krieg, nicht von der Einsamkeit des Menschen. Oder doch. Vor langer Zeit habe ich seine Biografie gelesen, er war ein depressiver Mensch. Auf seiner Schulter saß ein schwarzer Hund, das waren Churchills eigene Worte, er nannte die Depression einen großen schwarzen Hund. Der Krieg war vorbei, England war gerettet, das Leben ging weiter, und Winston Churchill saß auf der Terrasse des Reid's Palace Hotels auf Madeira, hatte den schwarzen Hund auf der Schulter, betrachtete stumm den grenzenlosen Atlantik und spürte, wie sich vor ihm ein Abgrund auftat.

Es gibt keine Zeit, die man wirklich miteinander teilt. Die Zeit ist eine subjektive Erfahrung, sie läuft am Menschen vorbei, kann aber auch stehen bleiben. So kam es mir in jenen Momenten vor: als würde die Zeit einfach stehen bleiben. Ein Tag oder auch nur eine Stunde konnte entsetzlich lang sein. Alles war gut und im Großen und Ganzen unter Kontrolle, solange um mich herum das kollektiv aufrechterhaltene Geflecht der geteilten Zeit existierte, mit Arbeitstagen, die anfingen und endeten, mit Besprechungen und Mittagspausen und Verabredungen, mit alldem, was Menschen brauchen und gemeinsam aufbauen, um sich vor der Willkür der Zeit zu schützen. Dann wurde mir all das weggenommen, ich fiel aus den Zusammenhängen heraus, nicht als Einziger, Anfang der neunziger Jahre erging es wegen der Wirtschaftskrise vielen so, aber das tröstete mich nicht. Die Zeit, die mich umgab, war allein meine Zeit, über die Zeit der anderen wusste ich nichts. Immerhin hattest du eine Familie, sagst du jetzt vielleicht. Immerhin hattest du uns, du hattest mich, noch im letzten Herbst in Kurala hast du mich von der Schule abgeholt und mir Essen gemacht, was zum Teufel redest du da von Einsamkeit! Aber du musst mich verstehen, ich wusste damals schon, dass Marjaana nicht bei mir bleiben würde. Sie würde weggehen, und du würdest geteilt werden, in meinen Augen warst du es schon, und ich war es auch. Ich wusste, dass bald Wochen kämen, in denen es keine Menschen um mich herum geben würde und auch keine gemeinsame Zeit, sondern nur meine Zeit, die immer breiter werdenden Schluchten, über die ich nicht mehr hinwegkam.

Marjaana fand, dass ich es nicht einmal versuchte. Vielleicht findest du das auch. Ich kann nicht behaupten, gewissenhaft von neun bis zwei am Schreibtisch gesessen zu haben, wie ich es versprochen hatte, und in Redaktionen angerufen zu haben, um Artikel anzubieten. Die Aufträge, die ich über Beziehungen von *Kansan Uutiset,* dem wöchentlich erscheinenden Organ des Linksbundes, bekam, erledigte ich beschämend schlecht, bis ich sie gar nicht mehr erledigte. Marjaana war außer sich, angeblich machte ich ihren Ruf kaputt. Aber meiner Meinung nach hätte sie Verständnis haben müssen. Mein Traum war geschlachtet worden, ich war zurückgegangen auf Los. Einen neuen Traum hatte ich nicht, im Grunde wunderte ich mich über die anderen Menschen und ihre sonderbaren Träume. Über die Entschlossenheit, mit der sie ihnen nachjagten, über ihre alltägliche Hartnäckigkeit. Marjaana führte den örtlichen Linksbund an und dachte an die kommenden Parlamentswahlen. Esko fuhr jeden Morgen in sein Geschäft und versuchte, den Leuten

Kühlgefrierkombinationen zu verkaufen, obwohl das bereits hoffnungslos war, niemand hatte Geld, niemand wollte sie haben. Liisa fuhr mit dem Fahrrad in die Klinik und hielt dort neue Menschen auf dem Arm, ihre Tage hatten etwas mehr Sinn, aber nicht viel. Warum taten diese Menschen das? Was hielt sie in Bewegung? Selbstbetrug, Blindheit oder Dummheit? Warum gaben sie nicht einfach auf? Warum gaben nicht alle Menschen auf der ganzen Welt gleichzeitig auf? Es hatte doch alles keinen Sinn. Alles war in gleichem Maße vergebens, alles ging ohnehin unter, nichts blieb übrig. In jenem Herbst, in jenem Zimmer kamen mir solche Gedanken wie Erkenntnisse vor, wie Momente der Vernunft: Ich hatte etwas verstanden, was keiner vor mir verstanden hatte. Das ist Hochmut, sagte jemand zu mir. Marjaana war es, Marjaana am Telefon, als ihr schon in Helsinki wohntet und sie mich anrief und wir versuchten, uns über praktische Dinge zu verständigen, die mit dir zu tun hatten. Du allein nimmst dir dieses Recht, sagte Marjaana. Du bildest dir ein, so verdammt viel klüger als ich zu sein, klüger als dein Vater, klüger als alle anderen. Und vielleicht stimmt das, ich war hochmütig, bin es womöglich immer noch, aber der Hochmut ist nur eine spinnennetzdünne Hülle, die sich der depressive Mensch webt, um seine nackte Seele zu schützen.

Denn in Wahrheit kotzte es mich an. Es kotzte mich an, dass ich in der Wohnung meiner Mutter im Gästezimmer herumlag, während das einzige Leben, das ich hatte, an mir vorbeiglitt. Ich war mir jedes vergeudeten Tages bewusst, sie vermischten sich miteinander, diese Tage, aber ich trauerte trotzdem um sie. Mit anderen Worten: Ich glaubte mir selbst nicht. Ich glaubte nicht, dass ich recht hatte, ich glaubte im tiefsten Inneren nicht daran, dass es auf der Welt keinen Sinn gab. Oder doch, ich glaubte daran, ich wusste, dass es keinen gab, aber in den Momenten wirklicher Vernunft verstand ich auch, dass es alle anderen vermutlich ebenfalls wussten, sie wussten es ebenso gut wie ich und setzten ihr Leben trotzdem fort. Mehr als alles andere wollte ich zurück aufs Karussell, zurück ins gemeinsame Hamsterrad, zurück zu den beharrlichen Menschen, auf die ich stieß, wenn ich in den Supermarkt ging. Dreimal die Woche ging ich dorthin, mit einer Einkaufsliste, die mir Liisa geschrieben hatte, sie zwang mich dazu, in der schlimmsten Phase war es mein einziger Kontakt zur Welt außerhalb der Wohnung. Ich ging in den Supermarkt und betrachtete die Menschen und verachtete sie keinesfalls, sondern beneidete sie. Sie mochten es nicht, dass ich sie musterte, sie wichen meinem Blick aus, denn sie sahen, dass mit mir etwas nicht stimmte. Man sah es nie besonders deutlich, ich glaube es jedenfalls nicht, aber die Menschen wittern so etwas. Sie haben Angst, vom Wahnsinn angesteckt zu werden, auch wenn das natürlich nicht passiert. Jeder trägt den Samen seiner eigenen Verrücktheit in sich und versucht, damit klarzukommen. Versucht, ihn möglichst tief zu vergraben, ihn unter dem Mulch des Alltags festzutreten, ihn zu leugnen. Oder ihn zu akzeptieren. Manche tun das, manch Mutige oder jene, die so ängstlich sind, dass sie gar keine Wahl haben. Sie gestehen sich die Existenz ihrer Verrücktheit ein und glauben, sie hegen und veredeln, im Zaum halten und sogar nutzbar machen zu können. Ihr kann durchaus eine schöne Blume entsprießen. Wenn sie mit ihrem Schatten nicht alles zudeckt, kann man sie sogar bestaunen.

Irgendwann wirst du Kinder haben. Du und Max, vielleicht habt ihr irgendwann welche, auch wenn ich mir, ehrlich gesagt, Max nur schwer als Vater deiner Kinder vorstellen kann. Ich gehe trotzdem davon aus, dass der Tag kommen wird, spätestens mit fünfunddreißig wirst du auf andere Gedanken kommen und beschließen, doch noch Mutter zu werden. Du bekommst ein Kind. Das Kind wächst an dir fest. Du wächst an ihm fest. Du kannst schwören, dass es nicht geschehen wird, dass du deinen gesunden Verstand bewahren wirst, deine Selbständigkeit, du und das Kind, ihr seid zwei verschiedene Menschen, aber so ist es nicht, glaub mir. Dich wird es so, wie du bis dahin gewesen bist, dann nicht mehr geben.

Stattdessen gibt es euch, euch zwei. Auch euch drei, du und das Kind und Max, aber Max ist nicht an dich gebunden, wenn er sich entschließt zu gehen, dann geht er. Du kommst darüber hinweg. Aber der Entschluss des anderen – eine Wahl, die du nicht getroffen hast – bedeutet, dass euer Kind geteilt werden muss. Das Kind, das mehr deines ist, das mit dir verbunden ist, das ein Teil von dir ist, wie es deine Gliedmaßen sind. Max braucht es nicht einmal.

Aber es geschieht, das Kind wird geteilt. Du wirst geteilt. Max ist ausgezogen, hat am anderen Ende von Prenzlauer Berg eine Wohnung gefunden. Es gibt dort ein Kinderzimmer, Max hat die nötigen Sachen besorgt. Dein Kind ist dort, in einem Zimmer, in dem du vielleicht ein einziges Mal gewesen bist. Du sitzt an einem normalen grässlichen Werktagabend allein zu Hause und siehst das Zimmer vor dir. Du siehst das Zimmer und weißt, dass dein Kind dort ist, nicht besonders weit weg, bei einem Menschen, dessen Schwanz in dir gewesen ist, dessen Zunge in deinem Mund gewesen ist, ja, denn ihr wart euch einmal nah, ihr habt zusammen dieses Kind gezeugt, aber du kannst trotzdem nicht einfach deine Wohnung verlassen, ein paar Kilometer mit der Straßenbahn fahren und das Zimmer betreten, das ist verboten, das darfst du nicht tun. Du versuchst, es zu akzeptieren. Du versuchst es wirklich, mit der ganzen Kraft deiner Vernunft, aber es gelingt dir einfach nicht. Du sitzt in deiner Wohnung, deine Wohnung ist leer, das Kinderzimmer ist leer, der Kühlschrank ist wieder leer, im Bad hängt das Handtuch deines Kindes am Haken unter dem Pu-der-Bär-Aufkleber, im Becher steht seine kleine Zahnbürste, und es ist erst Montag, und du hast eine ganze Woche solcher Abende vor dir. Du sitzt am Küchentisch und schaust auf die Fenster gegenüber, die Familie, die du vom Sandkasten kennst, lässt sich dort gerade zum Abendessen nieder, eine glückliche Familie, und du bist nicht glücklich, deine Familie ist untergegangen, zerstört worden, dir auf einseitigen Beschluss geraubt worden. Du wärmst das Essen in der Mikrowelle auf und zwingst dich, es hinunterzuwürgen. Du schenkst dir ein Glas Wein ein, um diesen Moment zu ertragen, den Moment danach, um das alles zu ertragen. Und du erträgst es doch nicht. Man kann es nicht ertragen. Ich verstehe nicht, wie jemand dazu in der Lage ist, ich begreife nicht, warum es nicht allen so ergeht, wie es mir ergangen ist.

Jussi Kinnunen hat mich gerettet. Zwar nicht so, wie er selbst dachte, aber am Ende gelang es ihm doch, mich zu retten. Nachdem unser unglückliches gemeinsames Boot endlich auf Grund gelaufen war, rettete sich Jussi zurück nach Tampere. Wie von einem Magnet angezogen, suchte er den einzigen Ort in der Stadt oder vielleicht sogar auf der ganzen Welt auf, den er wirklich kannte. An die Universität würde er nie zurückkehren, er würde nicht einmal in die Richtung spucken, hatte er geschworen, aber im Januar 1992 zog er seinen mindestens zehn Jahre alten Forschungsplan aus der Schublade und redete fast glaubwürdig darüber, doch noch seine Magisterarbeit zu schreiben. Mit Hilfe seiner alten Beziehungen gelang es ihm sogar, sich trotz bedeutenden Widerstandes für kurze Zeit eine Stelle zu verschaffen. Er wurde EDV-Berater. Der Titel amüsierte ihn mindestens ebenso sehr wie mich, denn Jussi Kinnunen war ein Mann, der Stift und Papier liebte, sein Argwohn gegenüber jeglicher Technologie war allgemein bekannt. Trotzdem behauptete er, sich bei seiner Arbeit wohl zu fühlen, wenn ich mich recht erinnere. Zu der Zeit, als du mit Marjaana nach Helsinki zogst, war Jussis Leben für eine Weile geradezu erstaunlich geordnet. Ein ganzes Jahr lang trank er nicht. Er hatte Sari Kanerva zu sich nach Tampere geholt. Sie schafften sich sogar einen Hund an, einen riesigen, in alle Richtungen springenden Labrador, der so etwas wie ihr speichelnder Verlobungsring war. Jussi redete sich ein, endlich solide geworden zu sein. Er wollte unbedingt ein Kind, auch das weiß ich, obwohl er es nie laut aussprach. Ich freute mich für ihn und beneidete ihn zugleich, denn ich war geschieden und mein Traum war zerbrochen, ich fand es beinahe unerträglich, dass es Jussi Kinnunen auf einmal so gutging. Bald hatte sich das allerdings erledigt, ich ahnte es irgendwie, und das war traurig. Von außen sieht man oft mit schmerzlicher Deutlichkeit, wie baufällig die Konstruktionen sind, von denen die Menschen glauben, sie würden ewig halten.

Sari zog aus, und Jussi fing auf der Stelle an zu trinken. Er wurde gefeuert. Oder vielleicht auch nicht, vielleicht zeigte er im Suff bloß der ganzen beschissenen Datenverarbeitung den Mittelfinger und kündigte selbst. Ich kann mich nicht erinnern, ich verfolgte sein Scheitern nicht so genau, ich hatte selbst genug zu verarbeiten. All das geschah 1993, im Frühling, vielleicht im Frühsommer, und aus meiner Sicht war es nur gut, dass sich Jussi nun wieder mehr oder weniger in der gleichen Lage befand wie ich, denn so konnte ich an einsamen Wochenenden zu ihm fahren. Wenn ich meinen Rucksack in die Ecke warf und mein altes, schmutziges Laken über die vertraute Schaumstoffmatratze breitete, kam mir seine Bude für kurze Zeit wie eine Zuflucht vor. Aber ein kranker Mensch wird nicht gesund, wenn er vom Rotwein betrunken auf dem Linoleumboden liegt und Musik von Juice Leskinen und Hassisen kone hört. Marjaana ging mir nicht aus dem Sinn, auch wenn Jussi mich gewissenhaft an alle ihre schlechten Seiten erinnerte. In der Nacht war es manchmal für eine Weile gut, dann standen wir zu zweit auf dem Lüftungsbalkon und rauchten, der Alkohol zirkulierte in unseren Adern, der Freund schlang mir den Arm um den Hals, aber jedes Mal kam gnadenlos der nächste Tag, ich wachte mit einer Matschbirne und schmerzenden Gliedern auf der versifften Matratze auf, und Jussis und Saris Hund, der inzwischen nur noch Jussis Hund war, leckte mir die Hand. Jussi war in Kleidern auf der Couch eingeschlafen, nachdem er ein Glas Rotwein auf dem Teppich ausgekippt hatte. Es war Sonntagnachmittag, und es gab keine Hoffnung.

Jussi war stärker als ich. Er war die ganze Zeit stärker als ich, jedenfalls glaubte ich das. Er ließ sich nie völlig gehen, er war immer fähig, irgendwelche Entscheidungen zu treffen. Seine Mutter starb in dem Jahr, Ende Dezember, kurz nach meinem Zusammenbruch. Plötzlich besaß er in Joutseno ein Haus, dort zog er ein, und ich sah ihn nicht mehr. Vor seinem Umzug besuchte er mich in Helsinki, umarmte mich an der Haltestelle vor dem Supermarkt und verschwand zum Bahnhof Pasila, das war unsere letzte Begegnung. Komm, wenn du wieder in Ordnung bist, sagte Jussi zu mir. Komm nach Joutseno, da ist Platz, du kannst bei mir wohnen. Er machte keine Witze und sagte das nicht bloß, um mich aufzuheitern, er meinte es ernst. Wäre ich eines Tages mit meiner Umzugsladung vor seinem Haus aufgetaucht, wäre er nicht einmal überrascht gewesen.

In Joutseno fing er an zu schreiben. Er hatte davon schon früher oft gesprochen, und nachdem er in sein Elternhaus zurückgekehrt war, fing er sofort damit an. Ich habe nie eine Zeile seines Manuskripts gelesen, aber ich weiß, dass er Hunderte Seiten geschrieben hat. Ich kenne sogar ziemlich genau den Plan für seinen Roman, denn Jussi hackte in Joutseno auch regelmäßig Briefe herunter, in denen er von kaum etwas anderem berichtete. Ich hatte Schwierigkeiten, ihm zu antworten, ich bekam nichts heraus, aber das kümmerte ihn nicht. Er schrieb mir nicht, damit ich ihm antwortete. Vielleicht schrieb er nicht einmal an mich, sondern mehr an sich selbst. Er saß in seinem alten Zimmer im ersten Stock des gewöhnlichen Holzhauses und bearbeitete die elektrische Brother-Schreibmaschine, die er im letzten Moment aus den qualmenden Ruinen unserer stolzen Stadtzeitung herausgeholt hatte. Von seinem Fenster aus blickte man auf ein brachliegendes Feld und auf einen schmalen Streifen Wald, der ihm gehörte. Er war nun Angehöriger der besitzenden Klasse, darüber machte er Witze. Der Hund lag zu seinen Füßen unter dem Tisch, wenn er schrieb, im Regal gab die Kaffeemaschine Geräusche von sich, immer brannte eine Zigarette, und um in die richtige Stimmung zu kommen, hörte er die ganze Zeit Musik auf der miserablen Dux-Anlage, die so oft streikte. Ich brauche mir das nicht auszudenken, ich weiß sogar, welche Platten er hörte, denn in seinen Briefen schilderte Jussi auch die Arbeitsumstände detailliert. Er machte diese Aufzeichnungen, denn er wollte den Entstehungsprozess seines Romans protokollieren. Von Anfang an stellte er sich vor, ein großes Werk zu schreiben, ein gesellschaftlich bedeutendes Buch, wie es in diesem Land noch keiner geschrieben hatte und wie es kein anderer schreiben konnte. Jussi verfügte offenbar von Geburt an über diese Gabe: Man konnte ihn deprimieren, sein Selbstbewusstsein konnte ins Schwanken geraten, aber im tiefsten Inneren zweifelte er nie an der Wichtigkeit seines Tuns. Er war wie Esko, in dieser Hinsicht glichen sie einander.

Außerdem hatte Jussi recht. Kein anderer konnte diesen Roman schreiben, jedenfalls hat ihn keiner geschrieben. Jussi hätte es tun sollen, er hätte es gekonnt, wie sehr wünschte ich, er hätte sein Buch fertiggestellt. Zuerst sollte es ein schlichter Schlüsselroman über einen feuerroten Mann an einer feuerroten Universität werden. Jussi schrieb in der ersten

Person, einen originelleren Plan hatte er nicht. Aber er entwickelte sich weiter. Er versuchte, von seiner Person wegzukommen, und es gelang ihm auch, zufrieden berichtete er mir von seinen neuen Plänen: Er ging dazu über, die Geschichte eines Wissenschaftlers zu schreiben, der aus der DDR in den Westen floh, und wollte diese Geschichte seiner eigenen gegenüberstellen. Brief für Brief kam Neues hinzu, neue Figuren, Parallelhandlungen, und vielleicht verirrte sich Jussi als unerfahrener Schriftsteller und maßloser Mensch in der Fülle seiner Geschichten, seine manische Seite kam in Fahrt, inmitten meiner Niedergeschlagenheit hätte ich mir Sorgen um ihn machen müssen. Aber ich tat es nicht. Ich wollte es nicht. Ich wollte aus ganzem Herzen an sein Romanprojekt glauben, dieses Bedürfnis hatte mit meinem eigenen Zustand zu tun, mit meinem in jeder Hinsicht unmöglichen Leben in jenen Jahren. Es war für mich persönlich wichtig, dass Jussi sein Buch schrieb. Ich war stolz darauf, dass er gerade mir von seinem Schreiben erzählte. Nie habe ich gedacht, sein Traum könne zum Scheitern verurteilt sein oder nicht zu seinem Charakter passen. Er hatte seinen Glauben verloren, das war seine Tragödie, er brauchte eine Methode, um den Verlust seines Glaubens zu verarbeiten, und ich stellte mir vor, dass das Schreiben die Methode war, nach der er gesucht hatte, ich stellte mir vor, dass es ihm guttat. Damals hatte ich noch nie versucht, mehr als einen Zeitungsartikel zu schreiben, und wusste daher nicht, wie schwer und trügerisch und irreführend das Schreiben sein kann.

Dennoch werde ich nie glauben, dass Jussi Selbstmord begangen hat. Jussi ging aufs Eis, sagte mir Marjaana einmal vor nicht allzu langer Zeit, das war doch in dem Frühjahr, als Jussi aufs Eis ging, und ich wurde so wütend auf sie wie schon lange nicht mehr, Marjaana erschrak und versuchte erstaunlicherweise sogar zurückzunehmen, was sie gesagt hatte.

Denn Jussi Kinnunen war nicht aufs Eis gegangen. Er hatte den ganzen Winter über Netze unter dem Eis, in seinen Briefen hatte er mit seinen gelegentlichen Fängen angegeben. An jenem Sonntag wollte er ein paar Zander holen. Es war Ende April, am Ufer war der See schon offen, aber Jussi glaubte, dass das Eis weiter draußen noch trüge. Das war eine Annahme, die seinem Charakter entsprach. Er war nie ein Mensch gewesen, der lange überlegte und Angst vor offensichtlichen Gefahren hatte, die andere Menschen schon in der Kindheit zu fürchten gelernt haben. Hätte er vorgehabt, sich umzubringen, hätte er dann den Hund mit aufs Eis genommen? Hätte er Holz für mindestens ein Jahr gehackt, hätte er das Saunadach repariert, eine Woche vorher ein neues Fiberglasboot bestellt und einen größeren Außenbordmotor für den kommenden Sommer? Zweifellos war sein letzter Brief etwas wirr, er erreichte mich zwei Tage nach seinem Tod, Jussi schrieb, er habe sein gesamtes Manuskript verbrannt und danach erstmals seit langem wieder *Dark Side of the Moon* gehört. Es war eine seltsame Mitteilung, aber kein Abschiedsbrief. Am besten, ich fange mit der ganzen Scheiße noch mal von vorne an, schrieb Jussi, und warum hätte er das schreiben sollen, wenn er daran gedacht hätte, zwei Tage später aufs Eis zu gehen? Und seine Meinung über *Dark Side of the Moon* hatte sich auch nicht geändert, die Platte sei ein skrupelloser Grabraub, ein Verbrechen an Syd Barrett und der ganzen Menschheit. Jussi begriff immer noch nicht, wieso ich und Abermillionen andere Menschen eine solche Scheiße mögen konnten. Er war also bei klarem Verstand. Er war mehr oder weniger er selbst. Ich kann mir einfach nicht vorstellen, dass er sich umbringen wollte, nicht einmal ich war dazu imstande, und in Jussi hatte schon immer viel mehr Leben gesteckt als in mir.

Gleichgültig konnte er durchaus sein. Scheißegal, dachte er vielleicht, als er das Frühjahrseis betrat, wenn es tragen soll, dann trägt es, wenn nicht, dann war's das halt. Ein solcher Gedanke mochte in seinem Kopf aufgeblitzt sein, das kann ich mir vorstellen. Aber als das Eis dann unter seinen Gummistiefeln nachgab, kämpfte Jussi garantiert. Seine Finger suchten vergebens Halt am Rand des Eises, mit aller Kraft mühte er sich, seinen schweren Körper aus dem Wasser zu hieven. Hilfe, rief er. Hilfe, verdammt, helft mir endlich! Ich bin sicher, dass er fluchte. Er schrie, so laut er konnte, aber an dem See gab es nur wenige Häuser, niemand hörte ihn schreien. Er gab trotzdem nicht auf. Sein Kopf geriet unter die Oberfläche, er schluckte Wasser, aber er gab noch immer nicht auf. Er wollte leben. Er wollte auf keinen Fall sterben. Und als seine klammen Glieder aufhörten, sich zu bewegen, als sich seine Lunge mit Wasser füllte und er dem Grund entgegensank, dachte er, dass sein Leben brutal unvollendet blieb. Er hätte den Roman geschrieben. Er hätte von vorne angefangen, und der Roman wäre so geworden, wie er es wollte. Perfekt.

Ich beschloss, zu Jussis Beerdigung zu fahren. Ich entschied mich dafür, obwohl ich nicht wusste, wie ich die Reise überstehen sollte. Liisa fand, ich sollte nicht fahren, Esko ebenfalls, soweit ich mich erinnere. Marjaana sollte mit mir im selben Zug fahren, sie sollte meine Anstandsdame sein, aber am Tag der Beisetzung rief sie überraschend an und teilte mir mit, sie werde doch in Helsinki bleiben. Das waren in Marjaanas Leben damals die Prioritäten, und das sind sie bis heute. Sie sprach lieber auf der Jahresversammlung der Metallergewerkschaft zu potenziellen Wählern, als dass sie einen alten Freund auf seiner letzten Reise begleitete. Ich nahm ihre Entscheidung mit Verachtung zur Kenntnis. Ich verachtete Marjaana dafür. Aber ich sehnte mich auch nach ihr; ich war wegen Jussis Tod völlig außer Fassung, trotzdem hatte ich seit Tagen auf die Zugfahrt mit Marjaana gewartet, es war eine Ewigkeit her, seit ich sie das letzte Mal gesehen hatte. Nach wie vor bildete ich mir allerhand unsinniges Zeug ein und stellte mir vor, sie trotz meines erbärmlichen Zustandes zurückzugewinnen. Sie würde mich in neuem Licht sehen, als den, der ich einmal war, und ich würde mich in diesen Menschen zurückverwandeln und bekäme alles zurück, was ich verloren hatte, auch dich, vor allem dich. Die Hoffnung ist unvernünftig zäh. Die Liebe auch. Oder war das überhaupt noch Liebe, war es jemals Liebe gewesen, ist Liebe das richtige Wort für das Gefühl zwischen zwei erwachsenen Menschen? Man weiß vielleicht nur, dass man sein eigenes Kind für immer liebt. Nur diese Liebe vergeht mit Sicherheit nicht.

Andererseits war es auch eine Erleichterung, dass Marjaana nicht im Zug nach Lappeenranta neben mir saß. Ich war allein unterwegs, erstmals seit langem fuhr ich irgendwohin, und obwohl ich zur Beerdigung meines besten und einzigen Freundes fuhr, fühlte ich mich seltsam leicht. Ich spürte, dass sich etwas tat, womöglich schon getan hatte. Es war ein leicht bewölkter Maitag, die launische Sonne schwappte immer wieder durchs Fenster und erleuchtete den Waggon, in dem ich saß. Auf den Feldern gingen die Bauern ihrer Frühjahrsarbeit nach, Kinder fuhren auf Fahrrädern über die Bahnüberführungen. An den Birken sprossen endlich die Blätter, dieses Wunder war mir in Helsinki verborgen geblieben, jetzt konnte ich den Blick nicht von den hellgrünen Zweigen wenden, die im böigen Frühlingswind schwankten. Ab Kouvola saß eine gesprächige Frau, die viel lachte, neben mir, sie erzählte mir von ihren Agility-Hunden und wie man sie trainierte, und es fiel mir gar nicht schwer, mich mit ihr zu unterhalten, die Situation strengte mich überhaupt nicht an. Ich wünsche Ihnen einen schönen Sommer, sagte sie, als sie ausstieg. Da konnte sie nicht wissen, dass ich mich noch fünfzehn Jahre später an sie und ihre Hunde erinnern würde.

Eine solche Zugfahrt, ein Samstag im Mai. Das ist genau der Punkt, an dem die Erzählung kindisch klingt, so als hätte ich meiner Gottessehnsucht nachgegeben und Jussi zu meinem Jesus gemacht: Er starb, damit ich leben durfte. Aber ein Mensch, der sich verkrochen hat, braucht ein Erweckungserlebnis. Oder einen Tritt in den Arsch, wie Esko vermutlich sagen würde, jedenfalls etwas, das ihn zwingt, sich in Bewegung zu setzen. Gleich am Tag nach Jussis Begräbnis hatte ich zufällig einen Arzttermin, und auf dem Weg dorthin traf ich eine Entscheidung, die ich schon früher hätte treffen sollen. Ich brauchte diese Medikamente nicht alle. Ich brauchte nicht annähernd so viel. Es gab keinen anderen Weg zurück in die Welt, als sich ihr so, wie sie war, zu stellen. Davor graute mir, aber ich würde es versuchen, das war ich Jussi schuldig. Ich weiß nicht, woher der Gedanke kam, aber er war klar und eindeutig. Darauf konnte ich mich stützen, wenn in dem Sommer mit den Entzugserscheinungen und auch später noch in regelmäßigen Abständen die alten Ängste hochkamen. Atme, ermahnte ich mich damals. Atme. Was immer es ist, es geht vorbei. Ich erinnerte mich auch an etwas, das Jussi über dich gesagt hatte, nämlich dass ich begreifen müsse, wie viel ich habe, was für eine Verantwortung, was für eine Verpflichtung, was für ein Glück, wach auf, Esa, du hast viel mehr als ich, und ich erinnerte mich, wie Jussi manchmal genug von mir hatte, wenn ich in Embryonalstellung bei ihm auf dem Fußboden lag. Es liegt alles in deinen Händen, hatte er gesagt. In deinen eigenen Händen, in diesen verfluchten Händen, Esa. Tu endlich was, verdammt noch mal!

Ich trug seinen Sarg. Jussi hatte einmal erklärt, er wolle im Sarg bestattet werden, neben seinen Eltern, und obwohl das ein überraschender Wunsch war, wurde er erfüllt. Immerhin war kein Pfarrer anwesend, sein im Glauben unerschütterlicher kommunistischer Onkel, zwei andere Männer und ich trugen den Sarg aus der Leichenhalle ins Freie, wo die Beerdigungsgäste warteten. Der Sarg war schwer, und der Tragegurt scheuerte an der Schulter. Das Grab lag in der äußersten Ecke des Friedhofs, ich fragte mich unterwegs mehrmals, warum Jussi unbedingt in der Erde verwesen wollte, wo er sich doch auch hätte verbrennen lassen können. Andererseits war ich zufrieden, sein Gewicht zu spüren. Ich spürte es in meinen verkümmerten Muskeln und in den knackenden Gelenken, in der Schulter, die ich mir fast ausrenkte, als wir den Sarg endlich ins Grab hinabließen. Jussi war noch einen Moment da, als Leiche. Dann gab es ihn nicht mehr. Ich fühlte mich leichter, und diese Veränderung war sehr konkret. Jussi lag anderthalb Meter unter mir in der Erde, und ich warf eine Handvoll Sand auf seinen Sarg. Ich versuchte erst gar nicht, meine Tränen zurückzuhalten, ich weinte so, wie Liisa geweint hätte, und Annukka Viskari, die Frau, die ich fünfzehn Jahre zuvor zutiefst gehasst hatte, legte mir die Hand auf die Schulter.

Annukka sah inzwischen anders aus. Ihre Haare waren kürzer, sie kleidete sich eleganter. Sie lebte in Oulu und arbeitete als Chefin vom Dienst bei der Tageszeitung *Kaleva.* Wir saßen im Stadtzentrum von Joutseno in einem schäbigen Restaurant, eigentlich nur eine Kneipe, der Leichenschmaus sah dem Verstorbenen ähnlicher als die Beerdigung, und irgendwie ergab es sich, dass ich fast den ganzen Nachmittag nur mit Annukka redete. In Oulu gebe es eventuell Arbeit für brauchbare Freelance-Journalisten, sagte sie irgendwann, oder jedenfalls etwas in der Richtung, da wusste sie bereits, dass ich seit zweieinhalb Jahren bei meiner Mutter wohnte. Schreib für uns, sagte Annukka trotzdem. Du kannst es ja probehalber erst mal von Helsinki aus machen. Du bist doch arbeitsfähig? Doch, das bist du. Du siehst jedenfalls so aus. Das stimmte nicht. Zwar sah ich sicher besser aus als noch im Winter, aber der Alte war ich noch nicht, mir blieb nicht verborgen, wie mich die anderen Leute aus Tampere ansahen. Annukka und ich waren nie Freunde gewesen, wir kannten uns nicht einmal richtig, diese Frau hatte keinen Grund, mir die Hand zu reichen, und doch tat sie es. So in mich selbst verkrochen, wie ich war, hatte ich vieles vergessen, zum Beispiel, wie freundlich Menschen manchmal sein konnten. Zum ersten Mal seit Jahren dachte ich an das Gute im Menschen, und meine Augen wurden feucht. Das Gefühl mochte mit den zwei Gläsern Bier zu tun haben, ich hatte lange keinen Alkohol mehr getrunken, oder auch mit der Musik. Etwas kratzend kam »Hey Jude« aus den uralten Lautsprechern des einst anständigen Lokals, das während der Rezession zur Bierkneipe heruntergekommen war, und ich dachte an Paul McCartney, der das Stück geschrieben hatte. Ich erinnere mich genau, ich dachte an Paul McCartney, die Notizen, die ich im Spätzug nach Helsinki gemacht habe, bestätigen es. Paul McCartney existiert, dachte ich. Er ist ein echter Mensch und kein Fantasiewesen, er lebt irgendwo in London oder in einem Gutshaus am Rand von London, er hat dieses Lied geschrieben, das wir am Tag der Beerdigung von Jussi Kinnunen in Joutseno hören, und dieses Lied verbindet die Menschen, uns alle in diesem Raum hier, Millionen und Abermillionen auf der ganzen Welt; wir alle kennen den Schluss des Songs und können laut mitsingen, wenn wir wollen, und uns dabei den Arm um den Hals legen, zum Beispiel in Momenten, in denen wir uns vergewissern wollen, dass wir nicht allein sind. Ich bin nicht allein, dachte ich, ich stelle mir nur vor, dass ich es bin. Oder ich bin es, aber dann ist es auch Paul McCartney, dann ist es jeder. Allein bin ich, wenn ich beschließe, es zu sein. Es handelt sich um eine Entscheidung, dachte ich vielleicht und bestellte noch ein Bier für Annukka und mich, entweder entscheide ich mich, aufzugeben, oder ich bleibe hier hängen, so wie es alle anderen tun, sie bleiben an der Welt hängen, obwohl sie sie nicht besser verstehen als ich. Es lief »Hey Jude«, und ich traf meine Entscheidung, darum musste ich nach Oulu gehen, ich konnte mir nur einen Weg vorstellen, Halt zu finden.

Ich weiß, dass du das nicht verstehst. Du verstehst es immer noch nicht, und vielleicht sollst du es auch gar nicht verstehen, es ist etwas, das immer zwischen uns stehen wird: dass ich, nachdem ich einigermaßen auf die Beine gekommen war, ans andere Ende Finnlands zog. Aber ich wäre sonst nicht wieder auf die Beine gekommen. Ich musste weit weg von dem Zimmer, in dem ich gelegen hatte. Weit weg von Liisa, weit weg von Esko, weit weg von Marjaana. Weit weg von allem, weit weg auch von dir. Wenn es kein Mittel gab, dich ganz zurückzubekommen, fiel es mir leichter, sechshundert Kilometer von dir entfernt zu sein als sechs. Das klingt unsinnig, ich weiß. Kein Wunder, dass es uns immer so schwerfällt, darüber zu reden. Aber bitte, stell dir einmal folgende Situation vor: Du hättest ein Kind mit Max, das Kind müsste geteilt werden, du müsstest dich zweiteilen. So war es nämlich, ich hatte mich zweigeteilt und wollte wieder eins werden oder wenigstens etwas unversehrter, soweit das ohne dich möglich war.

2003, I

Vielleicht liegt es an den Worten seiner Mutter über Ulla und Liisa. An der Erinnerung an Sakkes Tod, der wieder einmal ausführlich durchgekaut werden musste. An den alten verblassten Fotos, den ewig gleichen Sätzen, an dem allgemeinen Gefühl von Alter und Resignation und Hoffnungslosigkeit, das ihm jedes Mal wie ein Schatten folgt, wenn er das Altersheim verlässt. Esko sitzt in der nach Zitrone duftenden Blase seines gewachsten Chevrolets und hat trotzdem den muffigen Geruch der Villa Tavastila in der Nase. Er hat sich in seinen Kleidern festgesetzt, dieser widerliche Anstaltsgeruch, der einen an salzloses Essen, frühe Schlafenszeiten und Hilfestellung bei der Abendtoilette erinnert. Er erinnert sich, wie die Tür zum Zimmer seiner Mutter sich hinter ihm schloss. Die Tür war neu, nobel, hydraulisch, sie gab ein dünnes Sauggeräusch von sich, seine Mutter rief ihm noch etwas hinterher, und dann ging er auch schon den Gang entlang in die Freiheit, und seine Mutter blieb mit der Katze auf dem Schoß in der Kammer zurück, in die sie der eigene Sohn gesperrt hat. Jedes Mal hat es etwas Endgültiges, ein bisschen so, als würde man einen Stein vor einen Höhleneingang wälzen. Eines Tages wird er selbst in der Höhle sitzen, und einer seiner Söhne wird mit ihm das Gleiche tun. Er hat versprochen, bis zum Mittagessen zu bleiben, sich dann aber eine halbe Stunde früher davongemacht, und jetzt fühlt er sich schuldig, als er an den enttäuschten Blick und die hilflosen Bitten seiner Mutter denkt. Bleib doch noch ein bisschen. Du hast es immer so furchtbar eilig. Du bist doch endlich in Pension, jetzt genieße deine Freiheit. Die Katze sprang seiner Mutter auf den Schoß, der schwarze Kater des Heims mit den funkelnden Augen, und Esko umarmte seine Mutter vorsichtig, bevor er ging, und spürte ihre Knochen, die beim kleinsten Fingerschnippen brechen würden. Die knöchernen Finger ergriffen sein Handgelenk und ließen es nicht los. Ihr Atem roch süßlich, er erinnerte an den Apfelsaft, den sie in Maaninka jeden Herbst aus den Kläräpfeln im eigenen Garten gepresst hatten.

Das Auto steht vor ihm an der Kreuzung, an der es nach Loimalahti abgeht. Ein Familienauto, ein giftgrüner Toyota Avensis Kombi, zwei Jahre alt. Esko registriert das alles, denn er interessiert sich für die Autos der Leute. Am Steuer sitzt eine junge, möglicherweise gutaussehende Frau mit blonden, zum Pferdeschwanz zusammengebundenen Haaren, die eine pinke Sportjacke trägt. So viel kann Esko von der Frau erkennen, nicht genug, er wird neugierig, er möchte bei Gelegenheit auf die Nebenspur wechseln und das Gesicht der Frau sehen. Es einfach sehen, mehr nicht, darum fährt Esko der Frau hinterher aus der Stadt hinaus, obwohl er in der Richtung nichts verloren hat.

Der Geruch ist hartnäckig, er will einfach nicht verschwinden. Esko dreht die Klimaanlage höher und schaltet das Radio ein, aber ihm gehen nach wie vor die uralten Sachen durch den Kopf, die immer gleichen Gespräche, die er schon auswendig kennt. Vor Erinnerungen muss man sich hüten. Wenn der Mensch anfängt, sich zurückzuerinnern, gerät er auf eine bestimmte Bahn und bewegt sich dort im Kreis, so wie seine Mutter. Man tritt immer wieder in die eigenen Fußspuren, und die werden tiefer und tiefer. Seine Mutter bewegt sich nicht im Kreis, sondern in einer Spirale. Sie hat das selbst verschuldet, sie hat die Erinnerungen heraufbeschworen. Esko folgt dem giftgrünen Avensis und kommt sich vor wie ein Gefangener seiner Vergangenheit. Stellen, an denen er normalerweise gedankenlos vorbeifährt, rufen jetzt alles Mögliche in den Sinn. Nach einem Saunaabend mit dem Lauftreff kamen sie einmal auf die Idee, am Schornstein des

Wärmekraftwerks da drüben hinaufzuklettern. An der Ecke des Einkaufszentrums fiel Ville mit dem Fahrrad hin, und zwei Vorderzähne brachen ab. Auf dem Tennisplatz hinterm Krankenhaus prügelten er und Eki Filzbälle, damals konnten sie beide noch nicht spielen, die Jungen liefen währenddessen durch den Wald und versteckten Kronkorken unter Fichtenwurzeln. In dem Reihenhaus dort wohnte Martti Hämäläinen, ein etwas einsilbiger Chirurg, jedoch mit guter Kondition. Bei dem fand in den siebziger Jahren immer am letzten Novemberwochenende ein Maskenball statt, und jetzt liegt der Mann als Futter für die Würmer da hinten auf dem Friedhof, ein Herzinfarkt nietete ihn innerhalb von zwei Minuten um, obwohl er Arzt war und es mit dem Essen genau nahm. Hämäläinen ist tot, Salminen ist tot, Ossi ist tot. Menschen, die Esko gut kennt, sterben plötzlich, so etwas ist nicht leicht zu akzeptieren, ja nicht einmal zu begreifen. Als er am Friedhof vorbei ist, kommt ihm am Straßenrand ein Mann entgegen, der ganz wie Hämäläinen aussieht, genauso groß und dünn, sogar eine ähnliche Mütze trägt er. Esko sieht ihm nach und merkt nicht, dass der giftgrüne Avensis angehalten hat, er will in eine Seitenstraße abbiegen, die Frau hat keine Lust gehabt, sich einzuordnen, das Auto steht mitten auf der Straße. Esko erkennt es zu spät und rammt den Avensis, dass die Plastikteile des Kühlers durch die Luft fliegen. Esko wird in den Gurt geschleudert, aber die Geschwindigkeit ist gering, er verletzt sich nicht. Auch der Frau passiert nichts, bei diesem Tempo kann nichts passieren, Esko begreift es sofort. Nur ein Blechschaden, Gott sei Dank.

Jetzt wird er es sehen, das Gesicht der Frau. Er rückt die Mütze zurecht und steigt möglichst lässig aus dem Wagen. Der Frühlingstag ist bleigrau, es weht ein eisiger Wind aus dem Norden, der die Mantelschöße erfasst, als Esko auf den Avensis zugeht. Die Frau ist leider wesentlich weniger attraktiv, als er sich vorgestellt hat, eine normale dreißigjährige Mutter. Kein bisschen geschminkt, schwarze Ringe unter den Augen, rotfleckige Wangen. Sie hält noch immer das Lenkrad umklammert und kommt nicht gleich auf die Idee, die Tür aufzumachen, als Esko an die Scheibe klopft. »Hat ein bisschen rumms gemacht«, sagt er. »Meine Schuld, tut mir leid.«

Die Frau verlangt einen Krankenwagen, sie habe sich womöglich den Nacken verletzt. Sie will auch die Polizei rufen, so habe ihr Mann es ihr gesagt, auch beim geringsten Blechschaden brauche man die Polizei. »Hier gibt es keine Unklarheiten«, versucht Esko zu beschwichtigen. Er lächelt, er bemüht sich, möglichst gut gelaunt zu bleiben, so wie manchmal bei einem besonders schwierigen Kunden. »Ich bin aufgefahren, ich zahle. Keine Frage. Und mir gehört hier ein Elektrogeschäft, Radio Vuori, an der Autobahn, wenn Sie in nächster Zeit was brauchen, dann kommen Sie einfach mit der ganzen Familie vorbei. Sie kriegen es zum Einkaufspreis.« Die Frau scheint kein Wort zu verstehen. Sie sagt nichts, sondern greift nur mit zitternden Händen zum Telefon. »Bleiben Sie hier«, kreischt sie, als Esko zu seinem Auto gehen will, um dort zu warten. »Sie gehen nirgendwohin, ich hab das Kennzeichen!«

Eine Viertelstunde später kommt die Polizei. Esko kennt einen der Polizisten, er heißt Hannikainen, auch er ein alter Bekannter aus dem Lauftreff. Esko merkt, wie Hannikainen ihn lange mustert, wahrscheinlich überlegt er, ob er ihn blasen lassen soll, und in gewisser Weise wäre es sogar leichter, wenn sich daraus eine Erklärung für den Schlamassel ergäbe. Es ist gestern ein bisschen spät geworden, Ulla und ich haben zwei Flaschen von dem trockenen französischen Weißwein geleert. So etwas würde jeder verstehen, das wäre ein Grund, jetzt aber gibt es keinen. Er steht an einer Straße neben seinem Auto mit peinlich zerknautschtem Kühler, der Nordwind fällt wie eine Hornisse über ihn her, und auch wenn Esko noch so sehr versucht, optimistisch zu bleiben, zu denken, dass sich dieser Tag noch zum Guten wenden wird, fällt ihm das in dem Moment verdammt schwer.

»Dieser Mann hat versucht, mich zu bestechen«, sagt die Frau zu Hannikainen.

»Bestimmt nicht«, erwidert Hannikainen.

»Und ob er es versucht hat. Glauben Sie mir etwa nicht? Der Opa fährt mir hinten rein und erzählt mir dann was von Elektrogeräten.«

»Dem Mann gehört tatsächlich ein Elektrogeschäft. Seit dreißig Jahren. Er heißt Esko Vuori.«

»Ach, Sie sind sogar mit ihm befreundet?«

»Ja. Esko kennt die ganze Stadt. Und die ganze Stadt kennt ihn.«

»Ich nicht. Es interessiert mich auch nicht, wer der Mann ist. Ob Kaufmann oder Klempner oder Bürgermeister. Er muss bezahlen.«

»Er wird bezahlen. Esko kommt für den Schaden auf, das ist klar. Wir erledigen jetzt den Papierkram und sehen zu, dass wir ins Warme kommen.«

Esko hat beschlossen, den Mund zu halten. Er will die schreckliche Frau nicht anschauen und sieht sich in der Gegend um. Schon auf den ersten Blick registriert er mindestens fünf Baustellen. Hier wohnen die Leute heutzutage, mitten auf dem verdammten Feld. Auf Arealen, die früher für unbewohnbar gehalten wurden, werden jetzt Bauplätze ausgewiesen, auf denen hellblaue Fertighäuser wie Pilze aus dem Boden schießen. Was für Familien wohnen da? Vorzeitig erschöpfte Mütter und Juristen und Ökonomen, die bis nach Helsinki pendeln. Vom Zugfahren ermüdete, wie Geigensaiten angespannte Leute, die beim Einkaufen keine Zeit haben und nicht mal ein paar Worte wechseln. Die Frau ist ein Musterbeispiel. So sind sie heutzutage, die Einwohner dieser Stadt, denkt Esko, und Hannikainen ist der gleichen Meinung. Als sie zum Streifenwagen gehen, um die Formulare auszufüllen, klopft ihm der Polizist leicht auf die Schulter. Es ist eine brüderliche Geste, aber es ist die Brüderschaft alter Männer, sie tröstet nicht besonders. Hannikainen hat noch immer seine sympathische Frau, Pirkko oder Paula, Esko kann sich an das Gesicht erinnern, aber auf Anhieb nicht an den Namen.

»Sie sollten sich mal die Augen untersuchen lassen«, sagt die Frau zu Esko, als die Papiere ausgefüllt sind. Sie stehen wieder in dem unerträglichen Wind am Straßenrand neben ihren Autos, Hannikainen zwischen ihnen an der Tür des Streifenwagens. »Oder Sie geben den Führerschein ganz ab und steigen auf öffentliche Verkehrsmittel um. Bis zu welchem Alter darf man eigentlich Auto fahren? Und wie blind?«

»Na, na, na«, sagt Hannikainen. »Wir wollen mal sachlich bleiben, es besteht kein Grund, einen ehrlichen Unternehmer als alten Mann zu beschimpfen. Ein paar Falten im Blech, mehr ist es nicht. Kein Personenschaden, das ist die Hauptsache.«

Er landet natürlich im Geschäft. Wo soll er sonst hingehen an so einem beschissenen Sonntag, nach dieser Demütigung? Wo sonst fühlt er sich so zu Hause? Esko öffnet die Plastikabdeckung und tippt den Code für die Alarmanlage ein, geht durch die menschenleere Halle, und dann ist er im Büro, in Sicherheit. Er sitzt auf seinem alten Schreibtischstuhl, vor sich ein Ordner mit Marketingmaterial von der Kette, in dem er sofort eifrig zu lesen beginnt. Eine halbe Stunde arbeitet er im Neonlicht und denkt schon fast nicht mehr an den Unfall, das Altersheim und den bleigrauen Tag draußen, er konzentriert sich auf die Arbeit, studiert mit der neuen Lesebrille die Auftragsbücher und macht sich mit seinem persönlichen, vergoldeten Stift Notizen. Eine ganze Seite mit Stichworten kommt auf dem karierten Block zusammen, Esko nimmt sich vor, am nächsten Tag seinen Söhnen die Gedanken vorzutragen. Sie werden sie gemeinsam durchgehen, gleich am Morgen müssen sie sich zusammensetzen, es haben sich Sachen angestaut, die schleunigst erledigt werden müssen. Esko kennt das alles durch und durch und hat für einen Moment das Gefühl, voller Tatkraft zu stecken. Dann macht er den Fehler, kurz zu verschnaufen, eine kleine Denkpause einzulegen, und der Raum, der vor zwei Monaten umgeräumt worden ist, beginnt ihn zu stören.

Er sitzt am falschen Platz, er kann nicht denken. Seine Sachen sind weggeschafft worden, die Jungs haben sie beseitigt. Er findet sein altes Diktiergerät nicht, auf dem er jetzt referieren würde, warum Radio Vuori nicht an der teuren Werbekampagne teilnehmen soll. Die Kette wird Jahr für Jahr gieriger, die Bedingungen, die sie den Geschäftsinhabern stellt, sind unverschämt, man darf sich unter keinen Umständen darauf einlassen. Esko durchwühlt Timos Schubladen, der Junge benützt Eskos alten Schreibtisch, den Eigentümertisch, aber er findet das Diktiergerät nicht, die Schubladen sind fast leer. Timo scheint nicht das Bedürfnis zu haben, etwas aufzubewahren, auch die Schreibtischplatte ist gespenstisch leer. Taschenrechner, Telefon, Computerbildschirm und Tastatur, auf der Schreibunterlage zwei exakt ausgerichtete Stifte und darunter senkrecht ein Lineal. Timo ist immer derjenige gewesen, der seine Sachen in Ordnung gehalten hat. Reicht das? Über das Innere der Geräte hat Timo alles gewusst, er weiß es noch immer, aber Verkaufen ist keine Angelegenheit für Elektroingenieure.

Von Ville kann man nicht sagen, dass er zu viel von einem Ingenieur an sich hätte. Er ist eine Verkäufernatur, bei ihm setzen sich die Kiefer in Bewegung, sobald ein Kunde den

Laden betritt. Das gefällt Esko an Ville. Der Junge ist nicht schüchtern, er steigt zur Gänze in jede Situation ein, so wie noch vor zwei Jahren auf dem Eis. Aber genau das ist das Problem. Ville sollte auf dem Eis sein. Im Prinzip kommt er guter Dinge ins Geschäft, aber alle wissen, dass er eigentlich nicht hier sein dürfte. Hätte ihn der Verteidiger von HIFK nicht vor drei Jahren im November so brutal an die Bande gerammt, hätte Ville jetzt nicht seinen Schreibtisch gegenüber dem seines großen Bruders im Büro stehen. Sicherheitshalber durchsucht Esko auch Villes Tisch. Er findet dosenweise Kautabak, einen alten Spielplan und Zeitungsausschnitte aus dem letzten Profijahr. Den Puck aus seinem allerletzten Spiel hat er auch aufgehoben, ihn ziert der Reklameaufkleber eines Optikers. »Auch dieser Puck geht aufs Konto von: Sehzentrum!«, sagte der Hallensprecher immer, wenn eine Scheibe übers Plexiglas flog. Auf dem Tisch steht in einem prächtigen Nussholzrahmen ein Bild aus der Zeit in Amerika, Ville im Trikot der Maine Mariners, als die Tür zur NHL für einen Moment einen Spaltbreit offen stand. Auch da kam ein gestörter Verteidiger angeschossen, irgendein Riese, der in der nordischen Tundra Kanadas mit rohem Bärenfleisch großgezogen worden war, verursachte die erste schwere Gehirnerschütterung, und das war der Wendepunkt, ein unschöner Zufall, ein Unglück. Dabei war es nicht mal ein Unfall, denn der Kerl, an dessen Namen sich Esko nicht erinnern will, hatte beschlossen, Ville umzunieten. Es war Rache, nichts als blödsinnige Rache. Später fand sich ein Video von dem Spiel. Liisa hat es sich nie angesehen. Er ließ es nicht zu, es wäre zu viel für sie gewesen.

So ist der Lauf der Dinge, versucht Esko zu denken. Kann man nichts machen. Die Verletzung des Jüngsten bereitet ihm mittlerweile größeren Kummer als das Schicksal seines Erstgeborenen. Er vermisst die Heimspiele. Dass er Ville nicht mehr anfeuern kann. Es war großartig, unter den

Freunden und all den anderen Leuten auf der Haupttribüne zu sitzen, die ganze Halle wusste, da sitzt Villes Vater. Aber es ist, wie es ist, da hilft es nicht, sich zu grämen, der einst vielversprechende Außenstürmer Ville Vuori ist heute stellvertretender Geschäftsführer von Radio Vuori. Timo ist der Geschäftsführer, Esko nur noch Vorstandsmitglied. Offiziell ist er am Tagesgeschäft nicht mehr beteiligt, offiziell ist er Rentner, und ein Rentner muss lernen, sich zu beherrschen und wenigstens einen Teil seiner Gedanken für sich zu behalten. Die Jungen sind der Meinung, dass er sich zu sehr einmischt. Dass er ihnen ständig zwischen den Beinen herumläuft, stur seine alten Lieblingsmarken im Laden hält, ihre Ideen von einer Verkleinerung der Produktpalette und der Konzentration auf Kampagnenprodukte torpediert. Die Jungen wären sauer, wenn sie sehen würden, wie er ihre Schreibtischschubladen durchwühlt. Such dir ein Hobby, sagen sie zu ihm, verbessere dein Handicap, und vielleicht tut er das auch, verdammt. Er wird es tun, sobald die Jungen wissen, wie sich das Rad ohne ihn dreht. Denn nach wie vor ist Esko der Einzige, der ein intaktes Verhältnis zur Ladenkette hat. Der Einzige, der in der Lage ist, bei den Importeuren einen ordentlichen Preis auszuhandeln, der Einzige, der weiß, wie man mit Vertretern umgeht. Er ist ein in die Jahre gekommener Tanzbär, der sich in die Ecke zwängt, um den Jungen nicht im Weg zu sein, man braucht ihn nicht mehr, sagt man ihm, aber wenn das Publikum ins Zelt kommt, zerrt man ihn doch in die Manege, damit er seine Kunststückchen vorführt. Es gibt alte Kunden, die bei keinem anderen etwas kaufen. Wenn Esko nicht da ist, machen sie an der Tür kehrt und fahren zu Toivola oder zum Elektromarkt.

Wo sind sie jetzt, die großen Geschäftsführer? Das Büro ist leer, keiner da. Timo sitzt wahrscheinlich beim Muttertagsessen im Restaurant, im Aulanko oder im Piparkakkutalo, und anschließend stopft er sich bei seiner Schwiegermutter Erdbeerkuchen in den rasend schnell wachsenden Bauch. Und Ville sitzt mit seiner neuen blonden Freundin, die er im Fitnessstudio kennengelernt hat, auf der Terrasse des Seecasinos. Oder vielleicht doch nicht, bei dem Wetter, denkt Esko dann, vielleicht ist er im Kino oder am Vanajavesi-See und macht das Boot fahrtauglich. Aber warum sind die Jungen nicht hier? Als er an dem Punkt war, an dem sich seine Söhne jetzt befinden, war der Sonntag ein Arbeitstag wie jeder andere. An den anderen Tagen wurde verkauft, sonntags wurde erledigt, was liegen geblieben war: Rechnungen wurden abgeheftet, Bestellungen geplant, das Lager durchgezählt. Und es wurde geputzt. Sonntags machte er mit Liisa im Geschäft sauber, denn eine Putzfrau konnten sie sich natürlich nicht leisten. Esa passte im Büro auf Timo und später auch auf Ville auf, während Liisa saugte und den Boden putzte und Esko die Regale ordnete und den Staub von den Ausstellungsstücken wischte. All das wäre unerledigt geblieben, wenn er, wie es im großen Buch heißt, den Sabbat geheiligt hätte, aber die Jungen scheinen anderer Meinung zu sein, sonntags sieht man nicht einmal aus Versehen einen von ihnen im Geschäft. Er hat gar nicht gewusst, so fromme Kinder großgezogen zu haben.

Esko holt einen Lappen aus dem Schrank im WC, macht ihn unterm Wasserhahn nass und geht in den Verkaufsraum. Er schaltet einen Fernseher an, wischt eine Viertelstunde Staub, zuerst energisch, dann mit nachlassendem Eifer, und schaut mit einem Auge auf das Baseballspiel im Fernseher. Der Laden ist einigermaßen sauber und das Tageslicht deprimierend grau, man sieht den Staub nicht einmal. Esko legt den Lappen aus der Hand und bleibt kurz vor der elektrischen Schiebetür stehen. Draußen peitscht der Wind die finnische Fahne an der Stange und treibt eine einsame Plastiktüte über den leeren Parkplatz. Es sieht aus, als wirbelten weiße Flocken durch die Luft. Es gibt nichts Schlimmeres als Schneeregen im Mai. Gerade erst sind die Golfplätze geöffnet worden, die Bäume haben Blätter bekommen und der Sommer steht im Prinzip vor der Tür. Gestern noch war es verheißungsvoll warm, er hatte Koteletts gegrillt und mit Ulla auf der Terrasse in der Sonne gesessen und es sich gutgehen lassen. Jetzt ziert sich der Frühling wieder, so wie immer. Der Frühling ist eine unzuverlässige Jahreszeit, er kann sich nicht entscheiden. Darum hat Esko den Frühling nie besonders gemocht, er erinnert ihn an zögerliche Menschen.

Warum, zum Teufel, schert er sich überhaupt ums Wetter? Die Wetterlage ist bloß ein Umstand, das Wetter kann man nicht ändern, auch wenn man sich noch so sehr darüber ärgert, man kann sich anpassen wie an andere Umstände auch. Menschen, die ununterbrochen das Wetter beobachten, sind alt oder schwach, Menschen wie seine Mutter, auch heute sprach sie die Hälfte der Zeit über nichts als das Wetter: Der Frühling ist auch nicht mehr das, was er war. Der Winter, der Sommer, der Herbst ebenfalls nicht. Auch sonst beklagte sie sich bloß, sie sehnt sich nach ihrem Zuhause, sie hat niemanden, mit dem sie sich unterhalten kann, die Pfleger haben es immer nur eilig, zum Kaffeetrinken zu kommen. Nichts als Klagen, nichts als Lamento, dabei ist das Altersheim neu und vornehm, das Beste, was es in der Stadt gibt. Mit Hilfe von Beziehungen hat Esko seine Mutter aus Maaninka holen und hier unterbringen können, sie müsste dankbar sein. Was wäre die Alternative gewesen nach dem Tod des Vaters? Hätte sie mit ihren rheumatischen Fingern allein in dem morschen Haus bleiben und Rote Bete aus der Erde klauben sollen? Oder hätte sie in ein Altersheim in Kuopio ziehen sollen, wo keines der Kinder wohnt, wäre das besser gewesen? Die alte Hexe, denkt Esko verbittert. Die Mutter ist seine Gegnerin, eine üble pessimistische Hexe. Er ist ins Büro zurückgekehrt und hat sich auf die Ledercouch geworfen, dort liegt er mit offenen Augen und denkt daran, wie seine Mutter im Altersheimbett liegt und er in der Zimmerecke sitzt. Hätte er ihr geglaubt, hätte er sich damals nicht einmal den ersten Wechsel ausstellen lassen. Er wäre nie zur Olympiade nach Tokio gekommen. Seine Mutter hatte immer nur Angst und Zweifel und war sich sicher gewesen, dass Esko irgendwann über seine großen Pläne stolpern würde. Dabei hatte er ihr immer brav wertvolle Sachen mitgebracht, auch heute wieder, einen neuen Radiowecker von Siemens. Sie meinte natürlich, der alte hätte es noch getan. Gerade als er gehen wollte, sagte sie etwas über Liisa. Du musst Liisa anrufen, es ist doch Muttertag! Immerhin ist sie die Mutter deiner Kinder.

Vielleicht hat sie recht, vielleicht sollte er sie anrufen. Esko gräbt das Handy aus der Hosentasche und erwägt ernsthaft, anzurufen. Seit dem letzten Mal sind drei Monate vergangen, damals ging es um die Beerdigung seiner Schwiegermutter und das Gespräch endete in einem munteren Streit. Danach schwor er hoch und heilig, Liisa nie mehr anzurufen, nicht bevor sie ihn angerufen hatte. Aber der Mensch ist schwach in solchen Momenten, allein auf der Welt, vor den Blicken anderer geschützt. Wen sollte es stören, wenn er anruft? Wer würde es überhaupt erfahren? Esko möchte mit geschlossenen Augen in diesem Büro auf der Ledercouch liegen und Liisas Stimme hören, wie sie heiter und verspielt wie ein Gebirgsbach im Frühling in sein Ohr plätschert. Solche Telefonate hat es früher manchmal gegeben. Manchmal, vor langer Zeit, an kalten Frühlingssonntagen wie diesem, nachdem er den ganzen Tag alleine den Laden aufgeräumt hatte, lag er auf derselben Couch, die damals an einer anderen Stelle stand, und plauderte mit Liisa, die mit den Jungen zu Hause war.

Es ist seltsam, aber er vermisst Liisas Gesicht und Körper, ihre körperliche Nähe, fast weniger als ihre Stimme. Über all die Jahrzehnte hinweg bildete sie das Hintergrundgeräusch seines Lebens, gleichmäßig und verlässlich wie ein plapperndes Radio. Ulla ist aus anderem Holz geschnitzt, um sie herum herrschen eher Stille und Frieden. Ulla würde nie die Hefewecken im Ofen vergessen. Ulla würde ihm nie ein Loch ins Hemd bügeln. Esko denkt an Ullas Gesicht an diesem Morgen im Flur. Sie wollten eigentlich gemeinsam zum Altersheim fahren, aber er schnappte sich ungerührt die eingepackte Azalee, die Ulla am Vortag in der Stadt gekauft hatte, und ließ die Frau, mit der er zusammenlebte, einfach stehen. Sie ist nicht deine Mutter, sagte er zu Ulla. Nicht mal deine Schwiegermutter. Dieser Mensch bedeutet dir nichts, bleib daheim und mach das Mittagessen fertig. Warum hat er das getan? Zumal es dumm war, denn wäre Ulla dabei gewesen, hätte sich seine Mutter nicht getraut, die ganze Zeit zu jammern.

Er müsste Ulla dankbarer sein, denkt Esko. Ulla ist lieb und schön, im Prinzip die perfekte Lebensgefährtin. Und trotzdem stimmen manche Kleinigkeiten nicht, winzig kleine, so klein, dass man nicht einmal wagt, sie auszusprechen. Der fremde Parfümduft im WC im ersten Stock. Die glatte neue Bettwäsche. Die Einrichtungszeitschriften, die wie aus dem Nichts auf dem Couchtisch aufgetaucht sind, die Reihe der Duftkerzen auf dem Badewannenrand, die nach der Wäsche anders zusammengelegten Kleider. Ullas Angewohnheit, auf der Seite zu schlafen, und das ab und zu durch die halb geöffneten Lippen dringende Pfeifen, die unruhigen Füße, die es in der Nacht auf seine Seite drängt. Fast jede Nacht wacht er davon auf, dass Ullas Zehen seine Zehen befummeln. Am Morgen in der Küche gießt sich Ulla als Erstes ein großes Glas mit frisch gepresstem Saft aus Äpfeln und Karotten ein, ohne diesen Saft ist der ganze Tag im Eimer, und nachdem sie ihn andächtig getrunken hat, breitet sie die Zeitung vor sich auf dem Tisch aus, so dass eine Ecke Eskos

Breiteller streift. Das ist ärgerlich, man hat das Gefühl, zu zweit gar nicht an einen Tisch zu passen. Und da kommt ihm der Gedanke: Mit Liisa habe ich zwanzig Jahre lang ohne Probleme an einen Tisch gepasst.

Die Wanduhr tickt, aus dem Verkaufsraum hört man das gleichmäßige Brummen der Kühlgeräte. Esko liegt auf der Couch und erinnert sich an die Aprilsonne, die endlich untergegangen war, an den blauschwarzen Dämmer und den letzten blutroten Schein irgendwo am Himmelsrand. Es war warm, es plätscherte in den Regenrinnen, der Hof bestand nur aus Matsch, er sprang über die Pfützen, erinnert er sich, und kurz vor der Haustür klatschte er doch noch in eine hinein, rutschte aus und machte sich die ganze Hose nass. Im Vorraum zog er sie aus, hängte sie in den Wärmeschrank und schlich in Unterhosen ins Haus. Er hörte den Fernseher, der Fernseher lief, aber unten war niemand, das ganze Ferienhaus war dunkel. Er schaute eine Weile die Zehn-Uhr-Nachrichten und trank einen Whisky. Liisa schlief, stellte er sich vor, alles war im Großen und Ganzen in Ordnung, es bestand kein Grund zur Eile. Aber als er die Tür zum Schlafzimmer aufmachte, war Liisa nicht da.

Liisa war oben, sie lag im Finsteren auf der alten Matratze der Jungs unter der Dachschräge. Dort hatte sie sich ohne Laken oder Bettdecke zusammengerollt, nur die Tagesdecke hatte sie über sich gezogen. Nicht einmal umgezogen hatte sie sich, er merkte gleich, dass sie ihre Kleider noch anhatte, als er in langen Unterhosen zu ihr kroch, um die Versöhnung einzuleiten. Er beeilte sich tatsächlich nicht, er war langsamer als je zuvor, so wie Liisa es von ihm verlangte. Er war gerade am Anfang, hatte ihr sanft den Pullover über den Kopf gezogen, die Hand unters Unterhemd geschoben, wo die Haut so warm war wie immer, und als er ihr den Gürtel öffnete und langsam die Hose auszog, fing Liisa plötzlich an zu weinen, mit einem sonderbaren Jaulen, nicht wie sonst.

Sie drehte sich um und kratzte mit ihren Nägeln an seiner Brust. Sie kratzte fest, es entstanden rote Streifen, noch zwei Tage später betrachtete er die Spuren im Spiegel. Es war ein so sonderbares Verhalten, dass er nicht wütend werden konnte. Eher machte er sich Sorgen und ahnte vielleicht auch etwas. Oft ahnt man die wirklich unangenehmen Dinge kurz zuvor. Er hielt Liisas Handgelenke fest umklammert und ließ erst los, als sie sich beruhigt zu haben schien. Liisa keuchte, sie keuchten beide, aber in unterschiedlichem Rhythmus, im dunklen Obergeschoss ihres Ferienhauses in Saariselkä. Warum musste es in Lappland passieren? Warum ausgerechnet dort, an seinem Lieblingsort? Denn jetzt ging es los. Liisa hatte sich aufgesetzt und lehnte an der Balkenwand, er lag noch auf der Matratze. Liisa fing an zu reden, aber mit einer Stimme, die nicht Liisas Stimme war, und mit Worten, die auch nicht ihre waren, sie redete und er hörte zu und versuchte, sie wer weiß wie oft zu unterbrechen, aber sie ließ es nicht zu. Alles kam in einem Schwall aus ihr heraus, die ganze verdammte Geschichte. Er hörte sie sich zuerst an wie etwas, das einem anderen Menschen passiert war. Er stand auf, flüchtete sich in den Sessel in der hintersten Ecke, und da saß er dann wie der bärtige Kerl in der Bergman-Fernsehserie aus den siebziger Jahren, er kam sich vor wie dieser Mann, er war nicht er selbst. Was tat der Mann? Er weinte. Wurde zwischendurch wütend, zerschlug Gläser. Aber Esko musste nicht weinen, und er hatte auch keine Lust, etwas kaputt zu machen. Außerdem hatte der Mann seine Frau betrogen, er war nicht der Mann, er war die Frau. Liisa und er hatten sich die Serie damals zusammen angeschaut. Das heißt, sie hatten es versucht, denn keiner hielt bis zum Schluss durch, weil es nichts als sinnlose Streiterei war, was sie sahen.

Dann war Liisa fertig und wartete ab, dass er etwas tat. Nachdem sie alles gesagt hatte, war sie wieder mehr Liisa geworden, die seltsam kühle Gewissheit war verschwunden.

Das war es dann wohl, sagte er. Dann teilen wir die Löffel. Nach den Feiertagen rufen wir den Anwalt an. Ich sage es den Jungs, du bleibst still. Solche Dinge sagte er zu Liisa, für diese Option entschied er sich. Der Mann war hart und kalt, die Frau brauchte gar nicht erst um Gnade zu flehen, fast glaubte er an diese Vorstellung, und Liisa glaubte auch daran. So wurde es vereinbart, er stieg die Treppe hinunter und Liisa blieb oben, sie waren nun getrennt und würden nie mehr in einem Bett schlafen. Aber die Sonne ging trotzdem auf, und er wurde von ihren Strahlen wach, trat vom Schlafzimmer ins Wohnzimmer, das in demselben Aprillicht badete wie am Morgen zuvor. Liisa stand am Herd und kochte Brei, in Skikleidung, mit der Absicht hinauszugehen wie an jedem anderen Morgen, und er wachste ihre Skier, und sie gingen Skilaufen, liefen bis Kuukkelilampi, saßen dort an der Raststelle unter lauter ähnlichen Ehepaaren, die sich das meiste schon vor langer Zeit gesagt hatten, und aßen schweinisch teure gegrillte Maränen. Und wenn er sich richtig erinnert, war während der ganzen Tour keine Rede von der Nacht, in der Nachmittagssonne schien es, als hätte es die Nacht gar nicht gegeben. Das war die andere Option. Dass sie nicht redeten, dass sie auf Skiern hintereinander herliefen, dass er wieder ohne zu mucksen so langsam lief wie Liisa, er hielt es für eine unausgesprochene Abmachung, das Versprechen, dass es trotz allem weiterginge. Er war bereit, dieses Versprechen zu geben. Er nahm an, dass auch Liisa dazu bereit war. Und als sie zum Haus zurückkehrten und die Skier nebeneinander an die Wand lehnten und ohne die Skischuhe auszuziehen hineingingen, war das wieder wie selbstverständlich sein Leben, und er wollte es unter keinen Umständen aufgeben. Er konnte sich unmöglich vorstellen, dass es solche Tage nicht mehr geben sollte.

Liisa hat mich zwei Mal betrogen, denkt Esko allein auf der Couch in seinem Büro. Eigentlich drei Mal, um genau zu sein. Drei Mal hat mich Liisa betrogen. Zuerst diese Geschichte, die so unfassbar lang gegangen war. Dann, weil sie mir davon erzählt hat. Das hätte sie nicht tun müssen, sie hat es für sich getan. Und dann hat sie mir noch dieses Versprechen gegeben, das Versprechen weiterzumachen, und wie alle ihre Versprechen hielt sie es nicht.

In Eskos Traum fliegt Liisa. Mit einem Heißluftballon, so wie die zwei Burschen vor ein paar Jahren, Bertrand Piccard und Brian Jones, letzte Woche kam auf CNN ein Dokumentarfilm über sie, daher dieser Traum, davon und von der Beerdigung, auf der er vor einer Woche war, die Beisetzung eines Elektrohändlers, den er gekannt hatte. Liisa fliegt mit dem Heißluftballon über ihn hinweg, er winkt ihr zu, Liisa lächelt und winkt zurück, und er versteht nicht, warum Liisa ohne ihn in diesem Korb ist, er bedeutet ihr, sie solle ihn holen, aber Liisa glaubt, er winke ihr nur weiter fröhlich zu. Komm her, will er ihr sagen. Verdammt noch mal, komm jetzt und nimm mich mit! Es ist Frühling und ein klarer Tag, er steht auf einem grünen Rasen, vielleicht auf einem Golfplatz, aber man sieht keine Fähnchen, keine Löcher und keine Leute. Dann passiert etwas, ein jäher Schnitt wie immer im Traum, und er liegt im Sarg wie Elektrohändler Ossi Vainikainen in Jyväskylä am Sonntag vor einer Woche. Er liegt im offenen Sarg, die Leute scharen sich um ihn, und das Schreckliche ist, dass er lebt, es ist ein entsetzlicher Fehler passiert, er hört und sieht alles und erfasst genau, was die Leute über ihn sagen. Jansson, der Geschäftsführer des Elektrohändlerverbands, spricht, er hat auch in Jyväskylä geredet, seine Worte sind die gleichen. Primus inter pares, sagt Jansson, der Beste unter seinesgleichen. Esko Vuori war ein Mann, der lange Arbeitstage nicht gescheut hat. Die Sache der Elektrohändler war ihm eine Herzensangelegenheit, er widmete sein Leben dem Geschäft und dem Handel. Esko war am Sonntag, den 9. Mai zum letzten Mal in seinem Geschäft, sein amerikanischer Wagen wurde auf dem Parkplatz gesehen, und das spiegelt hervorragend seine Einstellung zur Arbeit und sein Engagement für den Betrieb wider. Ein Fachgeschäft ist immer ein Fachgeschäft, davon war Esko Vuori bis zum Schluss fest überzeugt, nur durch Kompetenz und Fortbildung können wir uns von den Ramschläden abheben. Solche Dinge sagt Jansson mit dem Kranz in der Hand, bereit, seinen letzten Gruß niederzulegen, und um Jansson herum haben sich alle anderen gruppiert, einige sind Elektrohändler, andere Verwandte, die Jungen stehen in einer Reihe, Ulla steht mit einem schwarzen Pillbox-Hut etwas abseits von den Jungen, auch Mutters Rollstuhl ist vor den Altar geschoben worden. Seine Mutter beugt sich über ihn und ergreift seine Hand, er versucht, ihr etwas zu sagen, aber auch sie hört ihn nicht, sondern wischt sich nur die Tränen ab. Und Liisa ist nirgendwo zu sehen, Liisa ist am Himmel, sie fliegt über ihn hinweg, und das Kirchendach scheint aus Glas zu sein, denn er sieht nun deutlich Liisas Ballon, auf dem eine Sony-Reklame prangt. Liisa fliegt tief, aus dem Korb ist ein Seil herabgelassen worden, Liisa ist also zurückgekehrt, um ihn zu suchen und dieses schreckliche Missverständnis zu klären. Er schreit jetzt, er schreit so laut, wie es die Lunge hergibt, aber Liisa hört ihn nicht. Niemand hört ihn, niemand bemerkt ihn. Jansson wirft eine Handvoll Sand auf ihn, die Orgel fängt an zu spielen, die Frauen weinen und die Männer senken das Kinn, Liisa weint erstaunlicherweise nicht, sondern betrachtet ihn besorgt durch das Kirchendach. Liisa sieht ihn, so scheint es, und es muss einen Weg geben, er muss zu ihr, er muss in den Heißluftballon, der blau ist und das Logo von Sony trägt, dort muss er hin. Komm und hol mich hier raus, ruft er Liisa zu. Komm, verdammt noch mal, und hol mich! Flieg nicht bloß da oben rum! Esko ruft im Traum nach Liisa, der Traum ist so lebendig, dass er laut schreit, aber niemand hört den Schrei, nur er selbst, er ist wirklich allein. Er wacht von seinem eigenen Schrei auf, begreift, dass er mit schweißnassem Rücken auf der Couch im Büro liegt und den klebrigen Geschmack eines schiefgegangenen Mittagsschlafs im Mund hat.

HAST DU DEN Film gesehen? Ich habe ihn dir vor zwei Jahren zum Geburtstag geschickt, seitdem wollte ich dich oft danach fragen, aber es ist nie etwas daraus geworden. Ich habe nicht daran gedacht, es hat keine Gelegenheit gegeben. Wenn ich dich am Telefon erwische, gibt es immer so viele andere Dinge zu besprechen.

Ich kann meine Augen nicht von diesem Mann lösen. Philippe Petit, der gestikulierende, zungenfertige kleine Franzose, der als Kind in einen Topf mit Zaubertrank gefallen ist. Dieser Mann ist zu einer Zwangsvorstellung geworden – wieder so ein Rätsel, das ich lösen möchte. Er legt in vierhundertzwanzig Metern Höhe auf einem dünnen Stahlseil eine Strecke von sechzig Metern zurück. Setzt sich zwischendurch in aller Ruhe auf das Seil und genießt die Aussicht, geht dann weiter. Auf den Straßen unten haben sich Leute versammelt, sie schauen Philippe Petit zu. Petit sieht sie. Es ist das Jahr 1974, und dies ist sein wahnsinniger Traum, er hat Jahre davon geträumt, heute setzt er ihn in die Tat um. Das Stahlseil ist zwischen zwei Häusertürmen gespannt, und er geht vom einen zum anderen und zurück.

Es sieht unglaublich aus. Du musst dir diesen Film anschauen, die Szene ist vielleicht das Bedeutsamste und zugleich das Schönste, das ich je gesehen habe. Ich habe sie mir gerade wieder angeschaut. Er hat das nicht wirklich getan, dachte ich. Niemand kann so etwas tun. Es fällt mir leichter, die Astronauten zu verstehen als Philippe Petit. Die Astronauten haben die ganze Menschheit hinter sich, Petit hat seinen Traum allein erfunden. Er ist bestürzend, unfassbar, haarsträubend mutig, ich, der ich manchmal vor meinem eigenen Schatten Angst habe, kann seinen Mut nur bewundern. Und andererseits ist Petit ein Feigling, auch das denke ich bisweilen, denn das, was er tut, hat natürlich überhaupt keinen Sinn. Er fokussiert alle Gedanken auf sein sinnloses Ziel und schließt in dessen Schatten alles aus, was im Leben wirklich wichtig ist. Er kann nicht mit anderen Menschen zusammen sein. Er kann nicht lieben. Er ist unmöglich, völlig unerträglich, ein Arschloch, so sagen es seine ehemaligen Helfer im Film geradeheraus oder in Anspielungen. Er ist jetzt sechzig, bald ein alter Mann. Er ist von einem Wolkenkratzer zum anderen gegangen, aber was hat er sonst getan? Als er es getan hat, war er noch keine dreißig, jetzt ist er sechzig, sein Leben danach war nichts als die Erinnerung an das Vergangene. Auch das sieht man im Film: Dieser Mann lebt nicht in der Gegenwart. Er lebt nicht in derselben Welt wie wir anderen. Eigentlich kann ich das nicht sagen, denn natürlich lebt er, und das wundert mich ja gerade: dass es so einen Menschen gibt. Dass es so einen Traum gibt. Die Türme waren noch im Bau, Petit sah in einer französischen Zeitung eine Zeichnung davon, und in dem Moment entstand sein Traum. Dann waren die Türme fertig, ein anderer Mann sah, wie hoch sie aufragten, und sie waren ihm ein Dorn im Auge. Dieser Mann hatte ebenfalls einen Traum, und er setzte ihn ebenfalls in die Tat um.

Auch deswegen bin ich so süchtig nach diesem Film. Es wäre nicht dasselbe, wenn die Wolkenkratzer noch stehen würden. Es wäre nicht dasselbe, hätten wir beide nicht nebeneinander auf dem südlichen Turm gestanden, auf der Aussichtsplattform im 110. Stock, an jenem heißen Dienstag im August. Du erinnerst dich an den Augenblick. Und ob du dich daran erinnerst, verdammt. An diesen Augenblick unseres gemeinsamen Lebens erinnerst du dich garantiert ebenso gut wie ich, da kann ich mir sicher sein, und diese Gewissheit gefällt mir. Wir stehen da oben und haben keine Ahnung. Wir wissen nicht, dass Mohammed Atta bereits die für seine

Aufgabe nötige Ausbildung erhalten hat, dass er sich von seiner Familie verabschiedet hat und in London auf den Startbefehl wartet. Wir wissen nicht, dass Osama bin Laden irgendwo in Pakistan in einer Höhle sitzt, seinen Untergebenen Befehle erteilt und vielleicht ein ähnliches Kribbeln verspürt wie Philippe Petit siebenundzwanzig Jahre zuvor, als er mit dem Stahlseil im Rucksack an den Aufsehern im World Trade Center vorbeiging. Wir wissen nicht, dass der amerikanische Geheimdienst unzählige Hinweise auf den geplanten Terroranschlag erhalten und eine Warnung an das Weiße Haus gegeben hat. Wir wissen nicht, dass George W. Bush, der Mann, den wir beide für einen zu Unrecht ins Amt gewählten, aber relativ harmlosen Präsidenten halten, beschlossen hat, die Warnungen des Geheimdienstes zu ignorieren. Wir wissen nicht, dass du genau vier Wochen später in deinem Appartement in der Porthaninkatu den Fernseher einschalten wirst, denselben Turm einstürzen siehst und natürlich sofort mich anrufst, zuerst mich, ich habe frei und bin vor der Insel Hailuoto beim Fischen, aber mein Handy hat Netz. Du bist der erste Mensch, der mich anruft. Du bist sogar schneller als Esko, er ruft erst nach dir an.

Aber das wissen wir noch nicht. Wir wissen überhaupt nichts. Die ganze Weltgeschichte ändert ihre Richtung, wir befinden uns an einem Wendepunkt, aber auch das können wir noch nicht erfassen, eine neue Zeit beginnt, aber für einen Moment leben wir noch in der alten. In der Zeit der Unschuld, in der Zeit des Films von Philippe Petit, auch die Farben sind an diesem Dienstagmorgen warm wie in den alten Schmalfilmszenen, in denen er von einem Tower zum anderen geht. Bauschige Schönwetterwolken treiben am Himmel. Die Vormittagssonne lässt die Wolkenkratzer glänzen. Der Wind kommt aus westlicher Richtung, vom Battery Park, kein übermäßiger Wind, aber mit unberechenbaren Böen. Er bringt das Tuch, das du dir um den Hals geschlungen hast, zum Flattern und reißt einem alten Mann aus Oklahoma, der neben uns steht, die Mütze vom Kopf. Wir reden über das Theaterstück, das wir am Tag zuvor gesehen haben, ein Broadway-Drama, das jede Zeitung der Stadt gelobt, dir aber natürlich nicht gefallen hat. Du bist so kritisch, wie es sich für die Abiturientin eines künstlerischen Gymnasiums gehört, und ich versuche zu widersprechen. Der Text ist gekonnt, sagte ich. Und dann John Malkovich ... John Malkovich ist, verdammt noch mal, ein Halbgott. John Malkovich ist vielleicht der am meisten überschätzte Schauspieler der Welt, sagst du. Über solche Dinge reden wir, es ist die Zeit der Unschuld, wir kommen nicht auf die Idee, über etwas anderes zu reden, und der Mann aus Oklahoma bekommt seine Mütze wieder, seine sonnige Frau nimmt seine Hand. *Awesome,* sagt der Mann zu uns. *Isn't it just unbelievable, this view, what do you think, guys? Yes, it is,* antworte ich. *Incredible, amazing,* ich spreche so, wie man mit Amerikanern spricht, und sage außerdem die Wahrheit, denn die Aussicht ist unglaublich. Du schaust mich schräg von unten an, du bist achtzehn und hasst Amerika prinzipiell und tust alles, um dich nicht beeindrucken zu lassen. Aber es gelingt dir nicht. Es will dir nicht recht gelingen, deine Wangen werden rot, die Augen verraten dich. Wir treten näher an den Rand der Aussichtsplattform. Näher, immer näher. Ich habe hier schon einmal gestanden, ich erinnere mich daran, ich erinnere mich, wie Liisa sich weigerte, bis ans Geländer zu gehen, obwohl Esko sie hinter sich herzog. Und jetzt glaubst du, dass ich Angst habe, du bist mir ein paar Schritte voraus, ich habe mich zurückfallen lassen. Kommst du, fragst du. Willst du nicht kommen? Du hast der Stadt den Rücken zugekehrt, streckst die Hand nach mir aus, schaust mir ungeduldig und vielleicht ein bisschen besorgt in die Augen. Du willst nicht, dass ich Angst habe. Und ich habe keine Angst. Zwar würde ich wohl nicht in vierhundert Metern Höhe zwischen den Twin Towers hin- und hergehen, aber ich habe keine besondere Höhenangst. Meine Ängste sind anderer Art, vermutlich ähnlich wie die Ängste der meisten Menschen, schwerer zu verorten und leider auch schwerer zu heilen. Ich zögere also nicht vor Angst, ich zögere nur, um den Augenblick in die Länge zu ziehen, und dann warte ich nicht mehr, sondern komme zu dir. Nehme deine Hand und halte sie fest, lasse nicht zu, dass du dich von mir löst. Du versuchst es nicht einmal. Es ist Dienstag, der 14. August 2001, wir stehen Hand in Hand auf dem Dach des World Trade Center und wissen nichts, niemand weiß etwas, vielleicht fünfzehn von fünf Milliarden Menschen wissen etwas, und wir gehören nicht zu ihnen.

Wenn ich an unsere New-York-Reise denken will, höre ich immer dieselbe Platte. Der Name der Band hat für mich keine Bedeutung, ich vergesse ihn jedes Mal, aber du weißt, welche Platte ich meine, du hast sie mir im Herbst gebrannt. Es war die Zeit, als die Menschen sich noch gegenseitig CDs brannten, und du hattest die Angewohnheit, mich hin und wieder mit deinen neuen finnischen Bands bekannt zu machen, auch diese Zeit ist vergangen und darum vermisse ich sie. Die Gruppe klingt genau wie Joy Division. Ich bin kein besonderer Musikkenner, aber so frische Spuren erkenne ich sofort, in dem einsamen Herbst in Tampere hörte ich so viel Joy Division, dass ich es nie vergessen werde. Zuerst kam ich darüber nicht hinweg. Die Platte weckte in mir nur die offenbar unweigerlich zum mittleren Lebensalter gehörende Gewissheit, dass alles auf der Welt schon einmal da gewesen ist, sich ständig wiederholt, und mich darum nichts mehr so berühren kann, wie es früher möglich war. Das ist ein deprimierendes Gefühl. Es ist schwer, damit zu leben. Aber zwischendurch gerät es in Vergessenheit, und bei dieser Platte ist es mir so gegangen: Ich mag diese Band fast mehr als die ursprüngliche. Ich mag sie schon allein deshalb mehr, weil der Sänger, soweit ich weiß, nicht Selbstmord begangen hat. *It's up to me now,* singt dieser Mann, *turn on the bright lights,* und Ian Curtis hätte so etwas nie gesungen, es wäre ihm viel zu zuversichtlich gewesen. »NYC« heißt der Song, das beste Stück auf der Platte. »NYC«, das Lied handelt von New York, und so klingt es auch. Ich höre es jetzt und habe das Gefühl, als ginge ich durch die Straßen von Manhattan.

Hörten wir diese Platte im Flugzeug? Nein, du wolltest mir deine zweite aktuelle Lieblingsband vorführen. Vier Jungs aus New York, mit Röhrenhosen und nach oben gebürsteten Haaren, auch das hatte ich schon mal gesehen. Sie erinnerten mich an eine andere Formation aus der Zeit von Joy Division, die ich nie gemocht hatte und deren Namen ich gnädig vergessen habe. Aber alle diese Gedanken behielt ich für mich, als du über dem Atlantik den Kopfhörer abnahmst und mich auffordertest, es mir anzuhören. Du hast mir den Kopfhörer aufgesetzt, den teuren, sorgfältig ausbalancierten Sennheiser, den ich dir zu Weihnachten geschenkt hatte. Du hast es irgendwie sanft getan, dich mir auf dem engen Raum zugewandt. Die Hörkapseln saßen nicht richtig auf meinen Ohren, du musstest sie verstellen, deine Hände kitzelten an meinem Kopf. Ich sah dein Gesicht aus so großer Nähe wie seit Jahren nicht mehr, und du lächeltest mich an. Ich begriff, dass auch du dir eine gelungene Reise wünschtest, ich erinnere mich, wie erleichtert ich darüber war. Dann war der kurze Augenblick der Nähe vorbei, du wandtest dich wieder von mir ab und nahmst ein Buch aus deiner Tasche. Lustlos blättertest du vielleicht zehn Minuten lang darin, machtest die Augen zu und sankst in den Schlaf. Ich hörte die Platte zu Ende und fing wieder von vorne an. Ich hörte sie ein zweites Mal, denn es war deine Platte und ich wollte verstehen, warum sie dir gefiel, die Musik war zweifellos melodisch, aber auch ermüdend, das gleichmäßig monotone Ticktack der Jungs aus New York in den Röhrenhosen hallte in meinem Schädel wider, während ich über deinen Schlaf wachte und dich endlich einmal in aller Ruhe betrachten konnte. Den Winter über hattest du dich gewaltig verändert, hattest dir die Haare geschnitten und abgenommen, aus dem falschen Blickwinkel betrachtet warst du mir fast störend fremd. Andererseits brachten mir deine runden Wangen und die Bögen deiner Ohren sofort das vierjährige Mädchen in Erinnerung, das an einem Abend im Dezember mit mir von Haukiluoma in die Innenstadt fuhr. Selbst das Buch war das gleiche, ich hatte es nie zu Ende gelesen. Du sicher auch nicht, du warst damals im Flugzeug erst ganz am Anfang.

All das war so merkwürdig. Traurig, na klar, aber andererseits saßest du neben mir, wir waren zusammen auf dem Weg nach New York, mein dominierendes Gefühl in dem Moment war keineswegs Traurigkeit. Ich hatte es seit Jahren geplant: Wenn Miia achtzehn wird, fahre ich mit ihr nach New York. Nicht nach Sankt Petersburg oder Budapest oder Prag, wie Marjaana vorschlug. New York ist das Beste, was Amerika zu bieten hat, ein in die Irre führender Wegweiser, ein Angebot zum Kennenlernen. In gewisser Weise ist es gar nicht Amerika, und doch ist es seine Seele, sein Gehirn und sein Herz. Das wusste auch Osama, er wollte das Herz seines Feindes treffen.

Du hast dich in New York verliebt. Versuch gar nicht erst zu widersprechen, du hast dich verliebt. Natürlich warst du bedingungslos und zwischendurch so schlechter Laune, wie es Achtzehnjährige sind, hast auf das Malkovich-Stück, den neuen Bürgermeister und die verschärften Ordnungsregeln in der Stadt geschimpft, auch auf den größten Teil der Restaurants, in die ich dich mitnahm. Du schlurftest in deiner grünen Armeejacke und in Springerstiefeln über die 5th Avenue und sagtest, du würdest am liebsten die Schaufenster eintreten und die Sachen an die Leute auf der Straße verteilen. Du lagst im Central Park auf einem Felsen und sagtest, dir täten all die Jogger leid, sie sähen vielleicht glücklich und gesund aus, seien im Innersten aber unglücklich, sie wüssten, wie verfault das System war, sie seien Sklavenhalter des globalen Kapitalismus, aber zugleich auch seine Sklaven. In dem Augenblick hattest du *No Logo* von Naomi Klein in der Hand, deine schwarze Bibel. Du erzähltest mir, wie widerwärtig sich die Polizei im Juni in Göteborg verhalten habe, zum ersten Mal warst du bereit, mir von deiner Fahrt dorthin zu erzählen, und ich erinnerte mich, wie besorgt ich gewesen war, als ich von der Randale erfahren hatte, ich wusste, du warst dort, und du gingst nicht ans Telefon, ein ums andere Mal rief ich Marjaana an und beschimpfte sie, weil sie dir erlaubt hatte, mit diesen verdammten Anarchisten hinzufahren.

Auch wenn ein Mensch noch so entschlossen ist, sich Amerika zu widersetzen, so kann er New York doch nicht widerstehen. Du warst hartnäckig, hast dagegen angekämpft, so gut es ging, konntest die Schönheit der Stadt aber nicht übersehen. Wir gingen weiter in den Central Park hinein, und du hörtest auf, von Sklaven des Kapitalismus in Nike-Klamotten zu reden. Wir traten in den Schatten eines riesigen alten Ahornbaums und breiteten den Proviant, den wir in einem Deli gekauft hatten, vor uns aus. Am nächsten Tag wanderten wir durch Greenwich Village, gerieten nach Bowery und East Village, verirrten uns kurz nach Chinatown, nahmen die U-Bahn nach Brooklyn, und als wir dann auf der anderen Seite des Flusses in Williamsburg standen und Manhattan von Osten her sahen, erschloss sich dir erstmals das Ausmaß von New York.

Ich wollte unbedingt mit dir nach Ellis Island fahren. Ich wusste, dass wir dorthin mussten, Mitte der Woche gabst du schließlich nach. Auf der Rückfahrt mit der Fähre schwiegst du, die Freiheitsstatue blieb zurück, die Südspitze von Manhattan näherte sich, und du dachtest an das Gleiche wie ich, an die Reise, die die Menschen auf den Schwarzweißfotos einst unternommen hatten, an die Träume und Wünsche und Hoffnungen, die sie aus der alten Welt mitgebracht hatten und die Amerika zu dem gemacht hatten, was es war. Nicht McDonald's oder Starbucks oder Microsoft hatten Amerika erfunden. Diese Menschen hatten es getan, diese Menschen, die vor nicht allzu langer Zeit gelebt hatten, und ihre Nachkommen. Deshalb hatte ich mit dir nach New York gewollt, um dich an die Grautöne zu erinnern: um dir zu zeigen, wie viel Schönes und Gutes es in diesem von christlichen Fanatikern und transnationalen Korporationen regierten, nach Öl durstenden Schurkenstaat gab. Nachdem ich zwanzig Jahre lang heftig mit Esko diskutiert hatte, war ich sein Anwalt geworden.

Ich lüge. Ich schreibe wie ein verdammter Reiseleiter. Als hätten wir uns die Sehenswürdigkeiten nur in trautem Einvernehmen angeschaut, als wäre unsere New-York-Reise für mich einfach und unkompliziert gewesen und ich hätte alles unter Kontrolle gehabt. In Wahrheit graute mir. Mir graute davor, mit dir im selben Hotelzimmer aufzuwachen und dir guten Morgen zu wünschen, mir graute davor, darauf zu warten, bis das Bad frei war, mir graute davor, im Gänsemarsch in den Frühstücksraum zu gehen und Kaffee zu bestellen und das Tagesprogramm zu planen. Es gab kein Modell, keine vorgegebene Konstellation, nichts Eindeutiges und Sicheres, auf das ich mich hätte stützen können. Ich war ein vierzigjähriger Mann im Urlaub in New York mit seiner achtzehnjährigen Tochter, und ich hatte keine Erfahrung mit solchen Situationen. Du warst volljährig, zumindest der Form nach erwachsen. Wir waren zwei erwachsene Menschen, Mann und Frau, ich konnte dich nicht einmal richtig anschauen, ohne verlegen zu sein, und dennoch hatten an einem Junimorgen achtzehn Jahre zuvor deine weichen, neugeborenen Nägel an meiner Brust gekratzt.

War ich selbst wirklich erwachsen? In New York kam es mir nicht immer so vor. Ich war wesentlich erwachsener gewesen, als du noch ein Kind warst und ich für dich verantwortlich war. Ich trug die Verantwortung für dich, die Verantwortung hatte aus mir einen Elternteil gemacht. Dann landete ich bei meiner Mutter, machte mich wieder zum Kind und war danach nicht mehr der Alte geworden, als einundvierzigjähriger Mann war ich ein Kind. Ich sah uns im schmuddeligen Spiegel des klaustrophobisch kleinen Fahrstuhls im Best Western Midtown, und ich hatte das Gefühl, dein großer Bruder oder ein Freund deiner Eltern zu sein, wie dein Vater sah ich jedenfalls nicht aus, ich sah nicht viel anders aus als damals in der Geburtsklinik auf dem Gang. Ich trug noch immer Jeans, Turnschuhe und T-Shirt, wenn auch nicht mehr orange, sondern ein ziemlich enges schwarzes ohne Logo, und meine Haare waren die gleichen, sie waren mir geblieben; die überzähligen Kilos von den Medikamenten waren längst verschwunden, man sah nicht einmal eine kleine Wölbung über dem Gürtel, wie sie alle anderen schlanken vierzigjährigen Männer hatten. Die Krankheit hatte mich auf merkwürdige Weise verjüngt oder zumindest mein Altern verlangsamt, ich sah jung aus für mein Alter, das sagten mir die Frauen in Oulu. Ehrlich gesagt war ich stolz auf mein Aussehen. Ich hatte gerade Laura kennengelernt, hatte nach zwanzig Jahren Pause wieder angefangen, Sport zu treiben, ging zweimal die Woche laufen und einmal ins Fitnessstudio, und meiner Meinung nach sah man mir das bereits an. Ich hoffte die ganze Zeit, dass du etwas über mein Äußeres sagen würdest, so verdammt blöd war ich, so eitel, so kindisch. Ich war ein Kind und benahm mich wie ein Kind, darum ging unser letzter Abend in New York so gründlich schief.

Wir saßen in einem Restaurant in der Bleecker Street. Du

erinnerst dich bestimmt an das Lokal, an den Abend, es dürfte der zweite Moment aus unserem gemeinsamen Leben sein, an den du dich genauso deutlich erinnerst wie ich. Wieder einmal saßen wir also in einem Restaurant, und das, obwohl es in den Restaurants am schlimmsten war, immer die gleiche unmögliche Konstellation, zwischen uns der Tisch wie eine hundert Meter tiefe Schlucht, die mit Worten überbrückt werden musste. Viel leichter war es, mit dir im Menschengewimmel auf der Straße zu reden oder in der U-Bahn, wenn der Zug auf den Gleisen rumpelte. Du hattest schlechte Laune, denn wir waren den ganzen Tag durch die Stadt gelaufen, du warst gereizt wie Marjaana, wenn sie Hunger hatte und müde war. Du behauptetest, das vegetarische Risotto wäre mit Fleischbrühe gemacht worden, die Portion stand unangetastet vor dir. Die Stiefel, die du dir auf dem Flohmarkt von Coney Island gekauft hattest, scheuerten, du hattest eine Blase an der Ferse, zogst den Strumpf aus und versorgtest unterm Tisch deinen Fuß. Das war auf keinen Fall der richtige Moment. Ich hätte still sein und meine Gedanken für mich behalten sollen. Aber die Zeit wurde knapp, am nächsten Morgen würden wir im Taxi zum Flughafen sitzen, und ich hatte beschlossen, dir alles zu erzählen, ich hatte es mir vor langer Zeit vorgenommen, schon im Frühjahr, als ich die Flüge gebucht hatte. In New York erzähle ich es ihr. In New York werden wir endlich miteinander reden. Miia ist jetzt erwachsen, Miia muss es wissen.

Ich fing also an zu erzählen. Es war nicht einmal besonders schwer, du saßest fast unbeweglich da, aber ich ließ mich davon nicht stören. So hatte ich es mir vorgestellt, ich rede, und du hörst zu. Meiner Meinung nach war alles klar und eindeutig, ich war die Geschichte zahllose Male durchgegangen, ich bildete mir tatsächlich ein, es sei eine Geschichte, die man auf nur eine Art verstehen konnte. Marjaana hatte mich betrogen, hatte mich angelogen, hatte allein eine Entscheidung getroffen, die wir beide hätten treffen müssen. Marjaana sagte, sie fahre zu einer Versammlung nach Tampere, ging aber stattdessen ins Krankenhaus, um eine unbedeutende Kleinigkeit beseitigen zu lassen. In die Universitätsklinik Tampere, in das Krankenhaus, in dem du geboren worden warst, sie ging nach Tampere, weil sie nicht wollte, dass Liisa etwas erfuhr. Sie handelte unvertretbar schnell, erst in der Woche zuvor hatte sie mir von der Schwangerschaft erzählt. Sie wusste genau, was ich dachte, ich hatte es ihr so gesagt, dass sie es nicht falsch verstehen konnte, darum beeilte sie sich. Am nächsten Tag kam sie überraschend früh nach Hause. Es war erst Nachmittag, wir fingen gemeinsam an zu kochen, das hatten wir lange nicht mehr getan, und beim Zwiebelschneiden erzählte mir deine Mutter, wo sie gewesen war und was sie getan hatte. Ich hätte sie mit dem Küchenhandtuch erdrosseln können. Ich hätte ihr das Messer aus der Hand nehmen und ins Herz stechen können. Dennoch wollte ich weiter mit ihr zusammen sein, ich ertrug den Gedanken nicht, dass sie mich verlassen könnte. Aber auch das würde sie jetzt tun, nachdem sie diese unfassbare, kaltblütige Tat begangen hatte. Schrei mich nicht an, sagte Marjaana zu mir. Miia macht Hausaufgaben, Miia hört dich. Ich kann nicht wieder anfangen, Windeln zu wechseln, ich habe andere Pläne, bei der nächsten Wahl komme ich locker ins Parlament. Und du taugst im Moment nicht als Vater eines Babys, du bist nicht in dem Zustand. Ein Unfall genügt, oder ist ein Unfall etwa nicht genug? Nein, so hatte es Marjaana sicher nicht gesagt, das habe ich mir später ausgedacht. Aber das war es, was endgültig alles kaputt machte, das sagte ich dir am Restauranttisch in der Bleecker Street an unserem letzten gemeinsamen Abend in New York, das war die offene Wunde, zu deren Heilung wir nach Kreta geflogen waren. Darum hatten wir uns dort so oft gestritten.

Du sagtest nichts. Du antwortetest nicht auf meine Frage,

du schautest schräg nach unten und riebst noch entschlossener deinen wehen Fuß. Mir fiel ein, warum ich Restauranttische ganz besonders hasste, nicht nur, weil sie das Reden erschwerten, sondern weil ich eine schmerzliche, immer wiederkehrende Erinnerung hatte, an der Marjaana ebenfalls schuld war. Es war ihr Vorschlag gewesen, nach der Trennung jedes Jahr am letzten Schultag zu dritt essen zu gehen und dein Zeugnis zu feiern. Es war jedes Mal furchtbar gewesen, eine jährlich zelebrierte Gedenkfeier für eine Familie, die einmal existiert hatte.

Ich hätte das Kind gewollt, sagte ich zu dir. Die Restaurantfenster standen halb offen, brütende Augusthitze strömte in den dämmrigen Raum. In der Ecke baute ein dünner Folkmusiker mit Stoppelbart sein Equipment auf, kroch auf allen vieren zwischen den Kabeln herum und flirtete nebenbei mit der Bedienung. Du warst weiterhin mit der Blase an deinem Fuß beschäftigt.

Ich hätte das Kind gewollt, sagte ich noch einmal. Hast du gehört? Ich hätte es gewollt. Marjaana hätte es nur zur Welt bringen müssen. Marjaana hätte sich an seiner Versorgung überhaupt nicht zu beteiligen brauchen. Sie hätte sich in aller Ruhe den so verdammt wichtigen Sachen widmen können, die man je nach Blickwinkel als Weltanschauung, Karriere oder Selbstbetrug bezeichnen konnte. Ich hätte das Baby allein versorgt. Ich hätte das geschafft, glaubst du mir das? Das Baby hätte mich gerettet, alles wäre anders geworden. Hörst du mir überhaupt zu? Schau mich an. Schau mich an, Miia! Verdammte Scheiße, schau mich an!

Sagte ich wirklich verdammte Scheiße? Wahrscheinlich. Ich weiß noch, dass ich die Stuhlkante umklammerte. Der Gitarrist hob den Kopf und sah mich schräg an, der junge Mann am Nebentisch hüstelte hörbar. Ich dachte nicht mehr nach, ich leerte mit zwei Schlucken das zweite Glas Wein dieses Tages, obwohl ich bis dahin auf der ganzen Reise fast nichts getrunken hatte. Alkohol war nichts mehr für mich. Zwar hatte ich die Medikamente komplett abgesetzt, aber es war von ihnen eine chemische Spur im zentralen Nervensystem zurückgeblieben. Trotzdem kann ich die Schuld nicht auf die Medikamente schieben. Wenn ich versuche, ehrlich zu sein, kann ich das nicht tun. Dein Schweigen machte mich rasend, es war Marjaanas Schweigen, und ich reagierte mit einem Automatismus darauf wie auf einen Stromschlag.

Sag etwas, sagte ich als Nächstes. Sag du auch etwas und glotz nicht bloß. Was glotzt du so?

Mama hatte recht, sagtest du. Du warst nicht in dem Zustand dafür. Kein Wunder, dass sie kein zweites Kind mit dir haben wollte.

Das kannst du so nicht sagen, verflucht! Außerdem war ich damals noch in guter Verfassung. Woher willst du wissen, in welchem Zustand ich war?

Ich bin deine Tochter. Ich habe mit dir zusammengewohnt.

Du warst damals acht.

Na und? Achtjährige kapieren so was. Achtjährige haben Augen im Kopf.

Du erinnerst dich falsch. Du erinnerst dich ganz falsch. Du weißt das nicht.

Das ist so krank. Voll gestört. *Das Baby hätte mich gerettet.* Wer alle Tassen im Schrank hat, sagt so was nicht.

Was ist daran krank? Ich hätte einen Grund zu leben gehabt.

Und ich? War ich kein Grund zu leben?

Marjaana hat dich mir weggenommen.

Mama hat mich mitgenommen. Sie hat sich um mich gekümmert. Du bist abgetaucht.

Warum nennst du sie plötzlich Mama? Du hast doch immer Marjaana zu ihr gesagt.

Scheiße, du bist so durchgeknallt. Du bist verrückt! Sie ist meine Mutter, darf ich sie da nicht Mama nennen?

Es ist furchtbar, daran zurückzudenken. Dein Gesicht war verzerrt, deine Stimme vom unterdrückten Weinen angespannt, du wandest dich auf dem Stuhl, als würde dich jemand mit kleinen Nadeln stechen. *C'mon guys, take it easy,* sagte jemand. Der Mann am Nachbartisch oder der Folkgitarrist, einer von beiden, es brachte mich in Rage, wie wir von allen Leuten im Restaurant beobachtet wurden. Noch bereute ich nichts, keinen einzigen Satz. Es wunderte mich nur, dass du mich nicht verstehen konntest, ich begriff einfach nicht, wie das möglich war. Erst viel später kapierte ich, dass du mich gar nicht hättest verstehen können. Es war nicht nur das, was ich zu sagen versuchte, ich redete auch in einer unbegreiflichen Sprache. Meine Zeitform war der Konjunktiv Imperfekt, und eine solche Zeitform gibt es im Leben einer Achtzehnjährigen nicht. Auch ich hatte sie in dem Alter nicht gekannt, all das, was hätte sein können, staut sich im Menschen erst später an. Das hätte ich damals in der Bleecker Street verstehen können. Ich hätte es verstehen müssen, aber mir war das Blut aus dem Gehirn gewichen, so wie es bisweilen geschieht. Ich weiß nicht, wohin das ganze Blut gegangen war, meine Knöchel waren weiß, und meine Finger zitterten. Ich konnte unmöglich sitzen bleiben, ich stand auf und stützte mich mit beiden Händen auf den Tisch. In einem Glas standen Messer und Gabeln, ich warf es um, nicht aus Versehen, sondern absichtlich, die Besteckteile breiteten sich klimpernd auf dem Tisch aus. Das Weinglas kippte um. Wir fixierten uns gegenseitig und hatten beide Tränen in den Augen. Geh weg, sagtest du zu mir. Geh, wenn du meinst, geh, so wie früher auch immer. Geh weg! Lauf weg! Lauf davon! Verpiss dich!

Es ist mir noch immer unverständlich, dass ich es wirklich tat. Ich schnappte meine Jeansjacke vom Haken, trat in den dunklen Augustabend hinaus und ging die Bleecker Street entlang nach Westen. Auch um zehn Uhr war die Straße noch voller Leben, voller junger, gutaussehender Menschen, die die Nähe anderer Menschen suchten, es sah aus, als könnte kein Kummer dieser Welt ihnen je etwas anhaben. Sie existierten nicht für mich und ich nicht für sie, schien mir. Was ging in mir vor? Was dachte ich mir eigentlich? Wahrscheinlich nichts, ich befand mich noch in der sicheren Blase meines Zorns, für eine Weile schützte sie mich vor meinen Gedanken und trieb meine Beine an. Ich ging so schnell, dass ich außer Atem kam, ich hörte meine Lunge, hörte sie viel deutlicher als die Geräusche der Stadt. Gelbe Taxis beschleunigten, Busse rumpelten vorbei, die Ampeln piepsten, aber der Rhythmus meiner Schritte hämmerte lauter in meinem Kopf als alle anderen Geräusche. Ich kam an die Kreuzung der 6th Avenue und bog links ab. Ich ging nach Süden, überquerte die große Kreuzung der West House Street und kam zur U-Bahn-Station Spring Street. Ungefähr dort, am Eingang zur U-Bahn-Station, klarte mein Kopf schmerzlich auf. Am Vortag hatten wir dort zusammengestanden, du und ich, hatten in aller Ruhe den Stadtplan studiert und waren dann auf der Rolltreppe nach unten gefahren, und als ich nun allein an derselben Stelle stand und fremde Leute mich mit den Ellbogen anrempelten, begriff ich, dass ich überhaupt keinen Plan hatte. Ich war einfach gegangen, hatte den Tisch verlassen wie vor zehn Jahren auf Kreta. Wieder einmal war ich weggegangen, als könnte ich sämtliche Probleme im Leben nur lösen, indem ich vor ihnen floh. Du hattest recht, ich war ein Feigling, ich floh und machte noch immer nicht kehrt, es war so viel Wut übrig, dass ich damit bis zur Canal Street kam. An die Kreuzung von Canal Street und Broadway, dann noch einen Häuserblock weiter, und dort blieb ich endgültig stehen. Ich sank auf dem Bürgersteig zusammen, lehnte mich an eine Hauswand, ich war schweißnass, erst jetzt merkte ich das.

Jemand kam und bot mir seine Hand an. Ein Passant, ein Schwarzer im Anzug, er wollte mich unbedingt hochziehen. *No, thank you,* sagte ich. *Leave me alone. Please go away!* Er war ein freundlicher Mensch, aber ich kannte ihn nicht, er kannte mich nicht, keiner kannte den anderen. Fremd und gigantisch und unfassbar ragte die Stadt um mich herum auf, ich war ein verirrter Mensch in ihrem gnadenlosen Schlund, und ich verstand, was für ein entsetzlicher Ort New York war, sein Maßstab unterstrich meine Nichtigkeit. Erstmals nach Jahren geriet ich für einen Moment in Panik. Voller Entsetzen sprang ich auf, lief in irgendeine Richtung und war mir für eine Weile nicht sicher, ob mein Leben nach diesem Augenblick weiterginge wie zuvor. Dies war der Tag, dies war der Moment, dies war die Umgebung. Ich würde mich endgültig lösen, und nichts würde mich mehr an diese gemeinsame Wirklichkeit binden. Ich würde nie mehr zurückkehren, jedenfalls nicht aus eigener Kraft, du müsstest mich holen, und es wäre deine Aufgabe, mich nach Hause zu bringen und dorthin zu schaffen, wo Menschen, die sich von der gemeinsamen Wirklichkeit gelöst haben, hingebracht werden. Ich erinnere mich, dass mir das sogar im Moment des tiefsten Entsetzens unfair erschien. Wie war es möglich, dass mir so etwas gerade jetzt passierte, ich hatte doch ein neues Leben in einer anderen Stadt angefangen, hatte eine Arbeit gefunden, die ich mochte und zu der ich fähig war, ich war mit dir nach New York gefahren. Alles war so gutgegangen, noch drei Stunden zuvor war alles perfekt gewesen, wir hatten nebeneinander auf einer Parkbank im Washington Square Park gesessen und mit zwei Holzlöffeln aus einer Packung Cherry-Garcia-Eis von Ben & Jerry's gegessen. Der Gedanke an das Eis half mir. Es war etwas, das ich mit Sicherheit erlebt hatte, etwas, an dem ich mich festhalten konnte. Mit aller Macht dachte ich daran, an dich und mich im Washington Square Park beim Eisessen, und allmählich ließ das Entsetzen nach, ich stand an der Ecke von Grand Street und Mercer Street, es war nach zehn Uhr, am Mittwoch, den 15. August in New York. Die Tatsachen blieben bestehen, so war es. Die letzte Attacke lag so lange zurück, dass ich mich nicht mehr an das Gefühl danach erinnerte: an die morphinartige pure Erleichterung, die von Trauer und Scham bald in schweren, schwarzen Schlick verwandelt wurde.

Ich hatte ein Handy in der Tasche, aber es funktionierte nicht. Ich wusste, dass es nicht funktionierte, es war kein Triband-Telefon, dennoch versuchte ich, dich anzurufen. Ich fand eine Telefonzelle und versuchte, dich zu erreichen, obwohl du exakt das gleiche Handy hattest wie ich, in New York konnten wir uns nicht gegenseitig anrufen, das hatten wir mehrfach getestet. Ich überlegte, ob ich Liisa anrufen sollte, sie war die Erste, die mir einfiel, meine Mutter. Dann dachte ich an Marjaana, sie war deine Mutter, ich hatte ihre Tochter in New York verloren, und vielleicht sollte sie das wissen. Ich wählte ihre Nummer, war schon in der Leitung, da fiel mir ein, dass es in Finnland Nacht war, ich würde sie wecken, und was sollte ich ihr überhaupt sagen. Ich knallte den Hörer auf die Gabel und verließ die Telefonzelle. Für einen Moment lehnte ich mich an die Tür und atmete so tief und so ruhig wie möglich ein und aus. Dann ging ich wieder hinein und rief Laura an. Ich liebe dich, sagte Laura zu mir. Geh ins Hotel und warte auf Miia, alles wird gut, bleib ganz ruhig. Ich liebe dich, Esa. Du bist ein so wunderbarer Mensch, dass du es selbst nicht begreifst. Warum sagte sie mir das? Warum war sie so gut zu mir? Ich kannte sie ja kaum, wir hatten uns im Frühling im *Nelivitonen* getroffen, bei einem Konzert von Kauko Röyhkä, im Sommer hatte ich ein paar Nächte und zwei entspannte Sonntage bei ihr verbracht. Trotzdem sprach Laura schon damals so zu mir und meinte, was sie sagte, sie war sich sicher, und ich zweifelte daran nicht einmal.

Inzwischen hatte es angefangen zu regnen. Große, träge Tropfen klatschten auf die Straße und durchnässten mich im Nu, als ich in westliche Richtung ging. Es war noch immer unwirklich warm, irgendwo über der Stadt sammelte ein Gewitter Kräfte. Ich ging schnell, entgegenkommende Passanten wichen mir aus, ich hatte eine Richtung, und der Strom der gelben Taxis auf der 6th Avenue riss nicht ab, genau wie ich es erhofft hatte, fast sofort hielt eines vor mir an, der Fahrer stammte aus Pakistan oder Afghanistan, irgendwo aus der Gegend. Er war gesprächig, wollte wissen, wo ich herkomme. Die Antwort versetzte ihn in Begeisterung, er liebte Finnland. Er besaß einen Bildband über Finnland. Ein Fahrgast hatte ihm den geschenkt, er sagte, er schaue sich die Bilder an, wenn das Leben in New York gerade mal wieder so richtig übel sei. Hier gibt es doch nichts, sagte der Mann und wies aus dem Fenster. Nichts als Menschen und Autos. In Finnland hat jeder seinen eigenen See. Das stimmt doch? In Finnland gibt es so viele Seen, dass jeder Finne seinen eigenen hat. Ja, antwortete ich. So ungefähr. Im Winter wird unterm Eis geangelt, fuhr der Mann fort, im Sommer geht die Sonne nicht unter, und ich hörte ihm zu, seinem Akzent, ich hörte ihm gern zu, es war gut, dass er redete. Turku, ist das nicht eine besonders schöne Stadt? Ja, das ist sie. Sollte ich einmal genug Geld beisammenhaben, komme ich nach Finnland. Gute Idee. Im Sommer oder im Winter? Unbedingt im Sommer. Der Mann lächelte die ganze Zeit, ich versuchte zurückzulächeln, und irgendwann wurde mein Lächeln echt, denn der Mann war rührend in seiner Begeisterung. Er hatte eine Frau und zwei Kinder, eine kleine Wohnung in Queens. Er fuhr zwölf Stunden am Tag. Nur sonntags hatte er frei, einen Tag pro Woche, und dann ging er nach dem Mittagessen mit seinen Söhnen auf den Schulhof nebenan, um Basketball zu spielen, auch das erzählte er mir, als wir im Innenstadtstau standen. Am Times Square steckte das Taxi endgültig fest, und ich konnte nicht mehr warten. Ich gab dem Pakistani sein Geld, sprang aus dem Wagen und rannte die letzten Häuserblocks zum Hotel.

Zuerst sah ich deinen Rücken. Du standest mit dem Rücken zur Tür an der Rezeption und sprachst mit der freundlichen, silberhaarigen Frau, die während der ganzen Woche für uns da gewesen war. Die Klingel läutete, als ich eintrat, du drehtest dich sofort um. Du sahst erschrocken aus, so wie einmal als Fünfjährige an der Kundeninformation im Supermarkt, nachdem du mir davongelaufen warst. Diesmal war ich dir davongelaufen. Du warst da, wartetest auf mich, du breitetest die Arme aus und kamst auf mich zu. Du sahst mich nicht an, und ich konnte dich nicht ansehen, blind prallten wir gegeneinander, und ich spürte deine Hände. Etwas schlaff, etwas kühl, aber deine Hände. Ich drückte dich an mich. Ich drückte dich fest. Die Frau mit den Silberhaaren wandte sich ab.

In der Nacht gab es dann ein höllisches Gewitter. Dein Bett stand am Fenster, als ich vom Donner aufwachte, saßest du bereits da und schautest auf die Straße. Ich betrachtete dich und dachte, dass Marjaana nie so dagesessen hätte, sie war ein furchtloser Mensch und hatte Angst vor Gewitter und Dunkelheit, vor solchen Dingen, vor denen furchtlose Menschen Angst haben. Ich setzte mich neben dich. Du batest mich darum. Wir saßen im Schlafanzug einen halben Meter voneinander entfernt, und gegabelte Blitze zerteilten den Himmel über Manhattan, der Donner ließ die Scheiben erzittern, irgendwann gingen im Haus gegenüber für zwei Sekunden die Lichter aus. In großen Schwallen fuhr der Regen über unser einziges Fenster, die Scheibe sah aus wie ein mit breitem Pinsel gemaltes Bild, man konnte kaum hindurchsehen. Schön, sagtest du zu mir. Total schön, oder? Ja, antwortete ich, irrsinnig schön, und ich kann mich nicht erinnern, dass wir mehr gesagt hätten. Vielleicht haben wir das auch nicht, das Gewitter tobte über New York, und du und ich schauten ihm zu, nebeneinander auf dem Rand deines Bettes, im zwölften Stock des Hotels Best Western Midtown, im Zimmer 1204. Das war die Zimmernummer, die Schlüsselkarte hatte ich während der ganzen Taxifahrt von Lower Manhattan zum Hotel in der Hand gehalten, die Ziffern hatten sich mir eingeprägt.

2003, II

Jemand kitzelt sie an den Füßen. Davon wacht Liisa auf, vom Kitzeln an den Fußsohlen, sie kennt das Gefühl aus der Kindheit, es mischt sich unter den Ausklang ihres Schlafs. Sie öffnet die Augen ein wenig und sieht hoch über sich die Decke, sie ist leuchtend weiß, das Licht, das durchs offene Fenster hereinfällt, blitzt in den Kristallen des Kronleuchters, und Liisa weiß nicht auf Anhieb, wo sie sich befindet, in einem Schloss offenbar. Ihr Mund ist klebrig, die Zunge haftet am Gaumen, die Augen fallen wie von selbst wieder zu. Aber das Kitzeln geht weiter, und allmählich erinnert sich Liisa an den Abend zuvor, genau genommen an die Nacht. Der Flug von Helsinki hatte Verspätung, es war bereits Mitternacht, als sie ins Hotel kamen. Ursprünglich hatten sie ins Theater gehen wollen, und für danach hatte Matti einen Tisch im Restaurant reserviert, aber diese Pläne scheiterten. Todmüde von der Reise fielen sie beide direkt in dieses massive alte Ehebett.

»Wie wäre es mit Aufstehen? Damit nicht der ganze Tag an die Heilsarmee verschenkt wird.«

Das Bett ist herrlich weich. Die Decken sind dick, die Laken frisch, das Waschmittel duftet anders als zu Hause. Ein Fünf-Sterne-Bett in einem Fünf-Sterne-Hotel. Liisa erinnert sich an die Fassade in der nächtlichen Beleuchtung, an den pastellroten Farbton, an den Portier, der sofort nach ihren Koffern griff. Das Foyer war klein und gemütlich und zugleich luxuriös, die freundliche junge Frau an der Rezeption empfing sie wie die Angehörigen eines Königshauses. An einem solchen Ort befindet sie sich, und da sie nun weiß, wo sie ist, möchte sie einfach weiterschlafen. Das Bett ist ein wunderbar warmer Schoß, in dem man für den ganzen Tag versinken könnte.

»Augen auf, dann geht es schon. So wie früher. Ein bisschen Erfahrung mit dem Aufstehen hast du ja.«

Liisa zwingt sich, die Augen aufzumachen. Offenbar war sie sogar zu faul gewesen, die Kontaktlinsen herauszunehmen, sie reiben jetzt an den Pupillen. Andererseits sieht sie Matti endlich einmal scharf. An den gewöhnlichen Morgen zu zweit ist er aus zwei Metern Abstand betrachtet nur eine undeutliche Gestalt. Jetzt sitzt er komplett angezogen am Bettrand, in der braunen Cordhose und in dem Hemd, das er sich letzten Sommer beim Jazzfestival in Pori gekauft hat. Die silbergrauen Haare sind ungekämmt, am Kinn sprießen anlässlich des Urlaubs Stoppeln. So sieht Matti neuerdings aus, etwas anders als damals, als sie sich kennenlernten. Seit fast drei Jahren ist er in Frührente, sein ehemaliges Leben als Geschäftsführer eines Verlags rückt in immer weitere Ferne. Dennoch sieht man die Spuren dieses Lebens noch: teure Brille, die Kleider immer tadellos sauber und sorgfältig gebügelt, am Handgelenk die goldene Uhr, die er von seinem Arbeitgeber zum Abschied bekommen hat. Das Uhrarmband streift Liisas Haut, als Matti die Hand unter die Decke schiebt und auf ihren Oberschenkel legt.

»Obwohl es einem leidtun kann, dich aufzuwecken. Du siehst so niedlich aus, wenn du schläfst. Wie ein kleines Mädchen.«

»Hör auf. Du bist ein erwachsener Mann.«

»Es stimmt. Zum ersten Mal habe ich das kleine Mädchen gesehen, das du einmal gewesen bist.«

»Bestimmt erinnerst du dich bloß an die Fotos, die wir vor einer Woche angeschaut haben.«

»Ich habe mich nicht erinnert, ich habe es gesehen. Und um mir die Zeit zu vertreiben, habe ich angefangen, dieses Mädchen zu zeichnen.«

Matti scheint sich tatsächlich an die Arbeit gemacht zu haben. Liisa setzt sich auf, lehnt sich ans Kopfende des Bettes und sieht das Zubehör, das auf dem kostbar wirkenden antiken Tisch ausgebreitet worden ist: die Skizzenblöcke und die Bleistifte, das schwarze Moleskine-Notizbuch, das alte, dicke Kunstbuch, das Matti immer dabeihat. Auf dem Tisch steht auch eine Tasse Kaffee neben einer offenen Packung salziger Kekse, allem Anschein nach ist er schon länger wach. Es ist nicht einmal mehr Morgen, sondern helllichter Tag, und Liisa schämt sich, so lange geschlafen zu haben und noch im Nachthemd herumzuliegen. Mit Schimmel am Hintern, wie Esko immer sagte. Seiner Meinung nach schlief sie sonntags zu lang, aber das kam von der Schichtarbeit und nicht von angeborener Faulheit. Jetzt ist es genauso, in der Nacht vor der Abreise hat Matti sich daheim schön ausschlafen können, während Liisa in der Frauenklinik zwölf Stunden Dienst hatte. Trotzdem schämt sie sich, sie wäre gerne angezogen. Sie wäre gerne schon in der Stadt oder wenigstens ausgehfertig, es dauert mindestens eine halbe Stunde, bis sie sich so weit zurechtgemacht hat, dass sie sich unter die Leute wagt. Sie kann sich nicht einfach ein Jazz-Hemd überziehen und unrasiert bleiben, sie ist eine Frau, einigermaßen erträgliches Altern ist für Frauen doppelt so schwer wie für Männer. Matti betrachtet sie unverwandt, Liisa wagt es nicht einmal, aufzustehen und unter die Dusche zu gehen.

Sie sind seit bald fünf Jahren mehr oder weniger zusammen. Und bald sind sie es offiziell, denn sie planen, sich ein Haus zu kaufen und ein Boot anzuschaffen. Dennoch kommt es Liisa wie ein ewiges Date vor. Die Techtelmechtelphase zieht sich unendlich in die Länge, was sich ein bisschen komisch anfühlt, wenn sie ihr Alter in Betracht zieht. Sie haben weniger gute Jahre vor sich als früher einmal. Es gibt keine Tage zu verschwenden, wenn man lieben will, muss man es jetzt tun. Aber sie sind beide so vernünftig und klug. Sie sind vorsichtig, Liisa noch mehr als Matti. Und es gibt nichts und niemanden, das oder der sie zwingen könnte, irgendeine

Entscheidung zu treffen, niemand, der käme und sie vom Steg ins kalte Wasser stieße.

»Heimlich einen schlafenden Menschen zeichnen«, sagt Liisa. »Schämst du dich nicht?«

»Ich muss es ja heimlich tun, weil du mir nicht Modell sitzen willst. Weil du dich mit Zähnen und Klauen dagegen wehrst. Wann wirst du nachgeben?«

»Niemals. Gib's endlich auf. Du kannst dir das Fragen sparen.«

»Dann machen wir es anders herum. Du zeichnest mich. Mit oder ohne Kleider, egal in welcher Pose. Oder hast du ganz damit aufgehört?«

»Nein. Habe ich nicht.«

Und selbst wenn, denkt Liisa gereizt. Selbst wenn ich damit aufgehört hätte, was soll die Anspielung? Wenn jemand sie nach ihren Hobbys fragt, sagt sie weiterhin, sie lerne ein bisschen zu malen. Sie hat aber keinerlei Ambitionen und kann auch nichts, aber sie hat nun einmal Spaß am Malen, seit sie ein kleines Mädchen war. Aus irgendeinem Grund besuchte Matti denselben Malkurs an der Volkshochschule, obwohl er kein Anfänger mehr war, sie arbeiteten nebeneinander, Matti lobte und ermunterte sie, sie glaubte an all das Schöne, das er ihr sagte, das war leicht, solange er nur ein Kursteilnehmer war und nicht mehr. Dann wurden sie ein Paar oder etwas in der Art, und sie begann, an Mattis Aufrichtigkeit zu zweifeln.

Am Anfang befanden sie sich auf Augenhöhe, jedenfalls konnte Liisa sich das einbilden. Jetzt ist Matti ein richtiger Künstler, er hat eine Ausstellung in der Stadtbibliothek von Tammisaari gehabt. Im Herbst kommen die Arbeiten nach Hanko und dann nach Karjaa, vielleicht auch noch nach Lohja. Matti malt die ganze Zeit eifrig neue Bilder. Das ist natürlich großartig, niemand ist auf Matti so stolz wie Liisa, sie hat alle Schwarzen Bretter in der Frauenklinik mit Werbung für seine Ausstellungen zugepflastert. Aber je weiter Matti kommt, desto größer wird die Kluft zwischen ihnen. Liisa hat das Gefühl, sich nicht einmal mehr zu trauen, ihre Staffelei so wie damals in der Volkshochschule neben Mattis Staffelei aufzustellen. Und trotzdem ist genau das ihr Plan: Sie kaufen sich ein altes Haus irgendwo in der Gegend um Kirkkonummi und ziehen sich dort aufs Altenteil zurück. Sie malen zusammen, denn das Haus hat natürlich ein Nebengebäude, aus dem man ein Atelier machen kann, dort tappen sie im Morgengrauen in Hausschuhen und mit der Kaffeetasse in der Hand hin und bleiben bis zum späten Nachmittag. Wessen Traum ist das? Wie ist er in ihren Kopf gekommen? Hat sie in diesem Traum eine andere Funktion, als Kaffee zu kochen?

»Ich habe dir nichts mitgebracht«, sagt Matti. »Ist das okay?!«

»Was, um Himmels willen, hättest du mir mitbringen sollen?«

»Ein Geschenk. Frühstück ans Bett. Kaffee und Croissants und ein Glas Sekt. Immerhin ist Muttertag.«

»Jetzt hör aber auf. Gerade hast du gesagt, ich sehe aus wie ein kleines Mädchen. Deine Mutter bin ich jedenfalls nicht.«

»Das nicht. Aber ich bin dein Mann.«

Matti beugt sich über sie und küsst sie. Der Kuss ist lang und zärtlich, Matti küsst überraschend gut, bricht nie mittendrin ab, wie es die meisten Männer tun. Oder Liisa hat sie jedes Mal verschreckt, auch das ist möglich, denn sie hat selbst erst mit sechzig gelernt, wie man richtig küsst. Im Prinzip ist es einfach, einen anderen Menschen zu küssen, und doch gibt es unzählige Arten des Scheiterns.

»Ich sollte wohl mal unter die Dusche gehen«, sagt Liisa. »Nur ganz kurz.«

»Warum gehst du dann nicht?«

»Weil du auf meinen Beinen sitzt.«

»Tue ich nicht. Du kommst schon vorbei.«

»Nein. Setz dich an den Tisch.«

»Warum?«

»Frag nicht so viel, Herrschaftszeiten. Geh einfach. Geh und setz dich hin. Du kannst ja inzwischen das kleine Mädchen zeichnen, während ich mich so zurechtmache, dass du dich traust, mit mir in die Stadt zu gehen.«

»Und wenn ich dir beim Zurechtmachen helfe?«

»Und wie, wenn ich fragen darf? Geh jetzt, oder wir kommen hier nie raus.«

Ein ungeschliffener Diamant in Mitteleuropa. Eine Perle, die noch entdeckt werden will. Eine Stadt wie eine Schmuckschatulle. Liisa geht Hand in Hand mit Matti durch die schmalen Gassen von Ljubljana und erinnert sich an diese Sätze, sie hat sie im Flugzeug gelesen, mit einem Glas Sekt in der Hand. Matti hat ihr in der Akademischen Buchhandlung zwei verschiedene Stadtführer gekauft und zusätzlich eine blaue Mappe mit ausgedrucktem Material aus dem Internet gefüllt. Die Geschichte Ljubljanas und Sloweniens, Beispiele für die Architektur, ein langer Essay über die lokale Malkunst. Sie lasen die Texte beide, und Liisa gab sich alle Mühe, sich zu konzentrieren, aber das war nicht leicht, das meiste war auf Englisch, und der Sekt stieg ihr im Nu in den von der Arbeit müden Kopf. Mattis Stimme klang ernst und monoton, es war, als liefe am Sonntagnachmittag das Radio, das erste Programm des öffentlich-rechtlichen Rundfunks. Es war ein riesiger Stapel Blätter, Matti hatte ihre Zwei-Tage-Reise vorbereitet, als würden sie für mehrere Jahre in die Stadt ziehen.

Auch für diesen Tag hat er ein Programm aufgestellt, er hält den Stadtplan von Ljubljana in der Hand, und der ist voller sorgfältig gezogener schwarzer Kreise. Matti hat vorab die Gebäude ausgeguckt, die er unbedingt sehen muss, die

Universität, die Konzerthalle, die alte Oper, das Grand Hotel Union, und jetzt absolvieren sie diese Runde. Matti ist der Reiseführer und Liisa die Touristin. Liisa hat nichts dagegen. Das systematische Vorgehen des Mannes hat sie anfangs verwundert, inzwischen hat sie gelernt, es zu mögen. Mattis Malerei entspricht natürlich seinem Charakter, er trägt die Farben dick, aber doch maßvoll auf, es gibt nichts Grelles auf den Bildern. In seiner Wohnung in Helsinki-Lauttasaari stehen antike Erbstücke auf blanken Holzböden, an den Wänden hängen wenige große Gemälde, Liisa hört das Echo ihrer Stimme in den karg möblierten Zimmern. Trotzdem bewundert sie die Wohnung, denn sie bewundert den Mann, der sich alleine so einrichten kann. Sie bewundert Mattis selbstverständliche Sicherheit und seine urbanen Wurzeln. Die Tatsache, dass er das beste Gymnasium und die Handelshochschule besucht hat und ihr Geschichten aus dem Helsinki der fünfziger Jahre erzählen kann. Matti ist gebildet, Matti ist intelligent, wenn er will, kann er sogar witzig sein, und in Mitteleuropa herrscht Sommer, und die Sonne scheint so warm, dass man keine Jacke braucht. Matti hilft ihr, sie auszuziehen, wie es ein Gentleman tut, und trägt ihre neue teure Übergangsjacke über dem Arm, als sie die Runde fortsetzen und am Theater vorbei zum Fluss gehen.

Steinerne Brücken wölben sich über den ruhig fließenden Strom. Die Äste der Trauerweiden reichen bis zwanzig Zentimeter an die Wasseroberfläche heran, sie sind voll belaubt, das Gewicht der Blätter scheint sie nach unten zu ziehen. Die Fassaden, die Blechdächer, die gleichen kafkaesken Lampen wie in Prag, am Flussufer muss man unwillkürlich an Prag denken, und Liisa versucht, die Erinnerungen zu vergessen, ergreift fest Mattis Hand und lehnt sich an ihn. So tun es alle in dieser Stadt, sie gehen Arm in Arm. Alte und Junge, frisch Verheiratete in den Flitterwochen ebenso wie wohlhabende Pensionäre, Europäer, Amerikaner, Asiaten, auf einer Brücke begreift Liisa, dass ihnen nur Paare entgegenkommen. Die Männer sind nicht in Männergruppen unterwegs, die Frauen mittleren Alters nicht auf Kulturreise mit anderen Frauen mittleren Alters. Niemand geht hier allein. Nein, in Ljubljana gibt es nur Paare, und zwar ausschließlich verliebte Paare, dies ist eine Stadt, in die man mit einem Menschen kommt, den man noch nicht richtig kennt. Auch die sechzigjährigen Deutschen dort, die einem Straßenmusikanten zuhören, sind wahrscheinlich zum zweiten Mal verheiratet, sie haben bestimmt nicht ihr ganzes Leben miteinander verbracht. Das sieht man einfach, Liisa sieht es an der Art, mit der die beiden sich ansehen.

»Wir sind übrigens genau in die richtige Stadt gekommen«, stellt Liisa fest und lächelt. Matti legt ihr den Arm um die Schulter und zieht sie an sich.

»Eine unfassbar schöne Stadt. Und was für ein perfekter Tag. Der Frühling ist hier schon ein Stück weiter als zu Hause.«

»Welcher Frühling? Das ist richtiger Sommer.«

»Allerdings auch ziemlich viele Touristen. Wir hätten vor zehn Jahren kommen müssen.«

»Wie hätte das gehen sollen? Da waren wir ja noch nicht mal zusammen.«

»Immerhin ist es nicht so voll wie in Prag. Obwohl es Prag ist, ein bisschen wie Prag im Kleinformat. Ein kleineres, sympathischeres und jungfräulicheres Prag. Warst du schon mal in Prag?«

»Ja, war ich.«

Matti fragt nicht weiter. Er braucht nicht zu fragen, er weiß, mit wem Liisa in Prag gewesen ist, ihre Augen leuchten wie immer auf, wenn die Rede auf Esko kommt. Matti nimmt ihre Hand, und sie gehen die gepflasterte Gasse zur Burg hinauf, auch die stammt direkt aus Prag, die Burg, die hoch über der Stadt wacht, Prag will nicht aus Liisas Gedanken verschwinden, etwas außer Atem steigt sie hinter Matti die Treppe hinauf und erinnert sich an ihren romantischen Städteurlaub in Prag. Das war im Dezember 1992, sie hielt damals schon nach Wohnungen in Helsinki Ausschau, brach aber trotzdem noch einmal mit Esko zu einem verlängerten Wochenende auf. Jeden Tag fiel sanfter, reiner Schnee, abends badete die Stadt in weichem, goldgelbem Licht wie die Kulisse für einen romantischen Film. Sie gingen ähnliche Straßen entlang wie hier, überquerten ähnliche Brücken, stiegen zweimal ähnlich gewundene Gassen zur Burg hinauf, und die ganze Zeit wollte Esko ihre Hand halten, er drückte sie regelrecht, so wie Matti es jetzt tut. Esko hatte unbedingt nach Prag gewollt, das war außergewöhnlich, der Westen, der Süden und im Frühjahr der Norden waren die Himmelsrichtungen, in die er normalerweise freiwillig reiste. Und natürlich gefiel ihm Prag nicht, überhaupt nicht, er hasste die Stadt, egal wie sehr er das Gegenteil behauptete. Ich liebe dich, sagte Esko zu ihr, was für eine großartige Stadt, und beide Behauptungen waren nicht wahr, sondern Wunschdenken. In Wirklichkeit verabscheute Esko sie, er konnte nicht vergessen, sie sah es an seinen Augen, als sie in einer verrauchten Kellerkneipe fast kostenloses Urquell tranken. In Wirklichkeit fand er Prag beklemmend alt und verwinkelt, die Sackgassen und schattigen Plätze, die Denkmäler für einen depressiven Schriftsteller, dunkle, bedrohliche Gebäude, von Dohlen besetzte Kirchtürme und Spuren, die die Russen hinterlassen hatten. Sie befanden sich am denkbar unpassendsten Ort. In Amerika oder wenigstens in Paris hätte es Hoffnung für sie geben können, Prag war für sie damals genauso falsch wie Ljubljana jetzt für Liisa und Matti richtig war.

Ganz neue Erlebnisse gibt es in diesem Alter nicht mehr. Jeder Augenblick lässt sich mit einem früheren vergleichen, jeder Tag mit einem anderen, bereits gelebten. Liisa schaut genauer auf Mattis Brillengestell und wird sich bewusst, dass es mindestens zehn Jahre alt ist. Matti hat es nicht alleine ausgesucht, seine Ex-Frau war dabei. Erstmals seit langem muss Liisa an diese Marja denken. Auch sie stammt aus Helsinki, hat ein vornehmes Gymnasium besucht, ist Französischlehrerin und Opernexpertin und schreibt an einer Doktorarbeit. Eine schöne Frau, schmales Gesicht, hohe Wangenknochen, lange blonde Haare; auf den Bildern aus den siebziger Jahren, die Matti neulich weggeräumt hat, sieht sie aus wie Anne Pohtamo, die ehemalige Miss Finnland. Warum sind Matti und Marja nicht zusammengeblieben? Weil sie keine Kinder bekommen haben? Matti redet nie über seine Ex-Frau, und dieses Schweigen wirkt mittlerweile nicht mehr natürlich.

»Hast du mit Marja viele solcher Reisen unternommen?«, fragt Liisa.

»Wieso? Natürlich haben wir allerlei gemacht, wir waren ja dreißig Jahre zusammen. Und die ganze Zeit zu zweit, ohne Nachwuchs. Ab und zu hatten wir sogar ein bisschen zu viel Freizeit.«

»Wart ihr auch hier?«

»Was soll das denn jetzt? Ich hätte es dir schon gesagt, wenn ich schon mal hier gewesen wäre.«

»Es wäre nicht schlimm, ich möchte es nur lieber wissen.«

»Was fängst du plötzlich an, eifersüchtig zu werden? Ich dachte, das wäre eher mein Job.«

»Du sprichst mit mir nie über Marja. Warum nicht?«

»Weil ich nicht will, dass du mit mir über diesen verdammten Esko redest. Ist das nicht klar und deutlich? Wir haben darüber doch längst gesprochen. Unsere früheren Leben gehören nicht hierher.«

»Man kann sie aber nicht einfach so wegwischen.«

»Warum nicht? Genau das tun wir. Wir sind hier in Ljubljana, Liisa, du und ich. Zu zweit. Und vor uns steht die Burg von Ljubljana. Dort gehen wir hin. Wir besteigen den Aussichtsturm und betrachten die Landschaft. Und dann gehen wir in die Stadt zurück, essen etwas, ruhen uns vor dem Abend ein bisschen im Hotel aus und reden nicht mehr über solche Dinge. Keine dummen Fragen. Wir genießen diese paar Tage. Wollen wir uns darauf einigen?«

»Eine halbe Stunde«, sagt Matti zu Liisa oben auf dem Aussichtsturm. Er hat gerade einen Anruf erhalten und fünf Minuten in sein Handy getuschelt, um die Ecke, damit Liisa nichts hört. »Oder sagen wir lieber, eine Stunde, ich muss etwas Unaufschiebbares erledigen. Wir sehen uns in einer Stunde in dem Café neben der Brücke.« Liisa fragt nicht, wer ihn angerufen hat und warum, sie ist eigentlich nicht eifersüchtig, Matti darf nicht glauben, dass sie es ist, darum nickt sie nur und lächelt zu dem überraschenden Vorschlag. Matti umarmt sie, bevor er geht, drückt ihre Hüften und küsst ihren Nacken. »Verschwinde jetzt«, sagt Liisa. »Geh, wenn du gehen musst, es gibt auch ein Leben ohne dich.«

Liisa bleibt allein am Turmfenster stehen und schaut auf die Stadt hinunter. Auf die ziegelroten, etwas krummen Dächer, die berückend windschiefen Schornsteine und die hier und da aufragenden Kirchtürme, auf den Fluss, der sich um die Innenstadt schlingt, und auf die grünen Höhenzüge, die das kesselartige Tal umgeben. Zwischen den Hügeln und der Altstadt stehen wesentlich weniger idyllische Gebäude, Hochhausungetüme aus jugoslawischer Zeit, die Esko wahrscheinlich als Russenbunker bezeichnen würde. In diesen Russenbunkern wohnen Menschen. Richtige Menschen, für die Ljubljana etwas anderes ist als die Kulisse eines romantischen Wochenendes. Jenseits der Bahnlinie sieht Liisa einen großen grauen Koloss, das muss ein Krankenhaus sein. Dort wird auch in diesem Moment ein Mensch geboren, genau jetzt, an diesem frühen Nachmittag, eine glückliche slowenische Mutter hält ihr Neugeborenes an die Brust, das ihr die hiesige Hebamme gerade übergeben hat. Es geschieht in dieser Stadt, und Liisa weiß nichts davon. Sie ist bloß eine Touristin, sie hat hier nichts zu tun. Um sie herum gibt es weiterhin nur verliebte Paare, jedes Paar hält auf dem Turm sein eigenes kleines rundes Fenster besetzt, und jetzt, da Matti Liisa kurz allein gelassen hat, gehört sie nicht mehr so dazu wie vorher.

Liisa überlässt ihren Platz einem wartenden jungen Paar, steigt die Treppe hinunter und geht durch die schmalen Gassen zurück zum Fluss. Im Café setzt sie sich an einen Tisch zum Ufer hin, bestellt sich einen Cappuccino und ein Glas Weißwein. Ein kleines Glas, denn es ist erst ein Uhr. Matti sagt nie etwas über ihren Alkoholkonsum, aber Liisa fühlt sich trotzdem ein bisschen schuldig, wenn sie alleine trinkt.

Sie nimmt die Kamera aus der Handtasche. Das Fotografieren kommt ihr immer noch fremd vor, in ihrem früheren Leben hat sie nie Fotos gemacht. Das gehörte nicht zu ihren Aufgaben, sie besaß nicht einmal eine Kamera, bis Matti ihr vor zwei Jahren diese kleine Canon zu Weihnachten schenkte. Er sagt, es sei beim Malen nützlich. Wenn man die Welt durch die Linse betrachte, lerne man eine Komposition zu gestalten, und das versucht Liisa nun, so gut sie kann: die einzelnen Bestandteile in eine Ordnung zu bringen. Sie braucht im Vordergrund ein Detail, das weiß sie, sonst entsteht der Eindruck der Perspektive nicht. Sonst gibt es nicht einmal ein Foto, bloß eine tausendfach geknipste Stadtansicht. Ein kleiner sandbrauner Vogel lässt sich zwei Meter von ihr entfernt auf dem Brückengeländer nieder, da ist es, ihr Detail, aber der Vogel ist nicht zur Kooperation bereit, er fliegt davon, ehe Liisa scharfstellen und abdrücken kann.

Sie erkennt den Vogel nicht. Ein Spatz ist es nicht und auch keine Drossel, was dann? Sicherlich nichts Seltenes, er sieht nicht selten aus. Beschämend, so wenig zu wissen. Beschämend all das, was sie über die Welt nicht weiß und auch nicht mehr lernen wird. Sie war nie gut darin, Vögel, Pflanzen, Pilze und Waldtiere zu erkennen, nicht einmal als Schülerin, und das bisschen, das sie damals wusste, scheint sie vergessen zu haben. Ihre Mutter hätte ihr jetzt helfen können. Ihre Mutter sprach immer von den Vögeln, je älter sie wurde, umso schärfer wurde ihr Blick. In den letzten Jahren führte sie sogar ein Vogeltagebuch. Sie saß allein am Küchentisch ihrer einsamen Seniorenwohnung in der Puijonkatu in Kuopio und wollte natürlich um keinen Preis ins Altersheim, obwohl sie sich so sehr nach Gesellschaft sehnte, und die kleinen blauen Hefte, in die sie ihre Beobachtungen eintrug, befinden sich jetzt in Liisas Besitz, sie hat sie mitgenommen, als sie nach dem Tod der Mutter mit Leena und Helena die Wohnung ausräumte. Zwischen den Vogelbeobachtungen stehen längere Tagebucheinträge, Klagen über das Wetter, Gedanken zur gottlosen modernen Welt, selten ein alltägliches Gespräch mit der Nachbarin, und natürlich Erinnerungen, endlose Erinnerungen. Am Schluss lebte die Mutter mehr in ihren Erinnerungen als in der Gegenwart, so wie es bei Menschen, die alt genug sind, immer der Fall ist.

Liisa hat die Hefte nicht ganz gelesen, nur hier und da darin geblättert. Die Aufzeichnungen sind so traurig, man kann sie nicht lesen, ohne selbst traurig zu werden. Sie rief ihre Mutter gewissenhaft dreimal die Woche an und besuchte sie zweimal im Jahr. Bei ihren Besuchen blieb sie stets eine Nacht oder zwei, breitete das Laken auf dem Sofa im Wohnzimmer aus und stand um sechs Uhr auf, um mit ihrer Mutter Kaffee zu trinken und zu plaudern. Sie hat ihre Mutter nicht vernachlässigt, ihrer Meinung nach war sie ein braves Mädchen. Aber ihre Mutter war anderer Meinung, sie erwartete mehr von ihr, und Liisa hat Angst, dass die Mutter etwas Unschönes über sie geschrieben hat. Wollte sie deshalb unbedingt die Hefte haben? Ließ sie sie deshalb beim Aufräumen in der Handtasche verschwinden, ohne dass Leena und Helena etwas merkten?

Der Meinung ihrer Mutter nach hätte sie sich nie von Esko trennen dürfen. Darüber hat sie mit Sicherheit etwas geschrieben, in den zehn Jahre alten Aufzeichnungen würde Liisa garantiert etwas Unangenehmes finden. Ihre Mutter hielt sie für verrückt und wollte nach der Trennung ein halbes Jahr nicht mit Liisa reden. Auch war sie nie nach Helsinki gekommen, obwohl sie vor einigen Jahren noch gut reisen konnte. Hätte sie es getan, hätte sie Liisas Lebenssituation anerkannt, und ein solches Zugeständnis wollte sie nicht machen. Bis zu ihrem Tod, noch vorige Weihnachten, als sie sich zum letzten Mal sahen, lamentierte ihre Mutter, was für einen unglaublich großartigen Mann Liisa in ihrer Unvernunft verlassen habe. Sie wusste, dass ihre Mutter und Esko auch nach der Trennung noch telefoniert hatten. Außerdem hatte Esko ihre Mutter weiterhin mit neuen Geräten versorgt, Mikrowellenherd, Toaster, Fernseher oder Waschmaschine, immer wenn Liisa zu ihrer Mutter fuhr, stand ein neuer Apparat da. Diese verdammten Geheimbündler spannen hinter ihrem Rücken Intrigen, wahrscheinlich ließ sie Esko deshalb nicht zur Beerdigung, obwohl er gern gekommen wäre. Das kann doch nicht dein Ernst sein, wunderte er sich am Telefon. Und ob ich komme. Ich will mich von Sirkka verabschieden. Ist es schon so weit mit dir, fragte er schließlich fast verzweifelt. Willst du Krieg, verdammt noch mal? Na gut, dann führen wir eben Krieg. Bis zum bitteren Ende! Allerdings klang es nicht so, als hätte er Lust darauf, er legte nur wütend auf und blieb der Kirche, so wie Liisa es sich gewünscht hatte, fern. Sie selbst saß bei der Gedenkfeier neben einem Mann, der ihrer Mutter fast fremd gewesen war, und hörte zu, wie Timo eine Rede vom Blatt ablas, die Esko für ihre Mutter geschrieben hatte. Es war eine gute Rede,

Timo las sie mit seiner farblosen Stimme vor, aber trotzdem brachten Eskos Worte sie zum Weinen.

Die Mutter ist gegangen, Liisa ist die Nächste in der Reihe. Dies ist der erste Muttertag ohne Mutter, wahrscheinlich sollte sie von nun an alle überflüssigen Pläne aufgeben und sich dem Alter fügen. Dabei fühlt sie sich gar nicht besonders alt. Die Sonne scheint vom wolkenlosen Himmel, sie sitzt in der möglicherweise schönsten Stadt der Welt am Tisch eines Straßencafés, die Bedienung kommt vorbei, und sie bestellt sich ohne Scheu ein zweites Glas Wein, so etwas hätte ihre Mutter nie getan. Im Lauf ihres Lebens war ihre Mutter dreimal im Ausland, zweimal in Schweden und einmal auf den Kanarischen Inseln. Auf die Kanaren schleppten sie die Mutter fast gewaltsam, Esko kaufte ihr heimlich das Ticket, holte sie mit Timo und Ville von Kuopio ab und brachte sie direkt zur Maschine nach Las Palmas. Mit dreiundsechzig, in dem Alter, in dem Liisa jetzt ist, ging ihre Mutter wegen ihrer Knie in Frührente und fing an, auf den Tod zu warten. Andererseits machte sie sich nichts vor, bildete sich nicht ein, jünger zu sein, als sie war. Liisa läuft hier mit Matti Hand in Hand durch die Stadt wie ein junges Liebespaar, sie machen gemeinsame Pläne, als gäbe es keine Vergangenheit. Dabei ist sie Oma, mehrfache Großmutter, sie müsste am Muttertag zu Hause sitzen und auf den Besuch der Enkelkinder warten.

Liisa nimmt das Handy aus der Tasche und legt es vor sich auf den Tisch. Es ist neu und sieht fremd aus, das gute alte Handy ist ihr in der Klinik aus der Kitteltasche auf die Treppe gefallen. Jetzt hat sie ein neueres, besseres, teureres, eines, das sie noch nicht einmal richtig bedienen kann, und der Speicher des Telefons enthält ihr Adressbuch. Sie zahlte im Handy-Laden im Bahnhofuntergeschoss zehn Euro extra dafür, dass der Verkäufer ihre Daten vom alten Handy aufs neue übertrug. Aber was fängt man mit einem Telefon an, das nicht klingelt? Es hat den ganzen Tag nicht geklingelt, obwohl Muttertag ist, und plötzlich findet Liisa das unerträglich. Sie ist selbst schuld, denn sie hat allen gesagt, sie sei verreist. Ihr braucht nicht anzurufen, sagte sie zu ihren Söhnen und Miia, das wird nur unnötig teuer. Denkt einfach, es wäre ein ganz gewöhnlicher Sonntag. Aber der Muttertag ist kein gewöhnlicher Sonntag, deswegen sitzt sie ja gerade in Ljubljana im Café. Als Matti sie nach dem passenden Zeitpunkt fragte, schlug sie selbst dieses Wochenende vor.

Eine Oma ist nichts ohne Opa. Eine Oma allein ist unvollständig, nur eine Hälfte des Ganzen. Wenn Timo und Ville manchmal mit den Kindern zu Besuch kommen, sieht Liisa den Vorwurf in ihren Augen. Liisa hat alles so kompliziert gemacht. Liisa zwingt sie, auf der Autobahn hin- und herzufahren. Wegen Liisa gibt es im Leben der Kinder eine zusätzliche Person, einen gewissen Matti. Bei der Oma sollte der Opa sein, stattdessen sitzt dort ein Matti, und im Grunde hat Liisa sogar Verständnis für ihre Söhne, sie ist keine Großmutter, wie sie es sich früher selbst ausgemalt hat. Aber die Zukunft, die sie sich vorstellte, war an ein Leben gebunden, das sie ändern wollte. Und wenn ein Mensch sein Leben ändert, verliert er die ursprünglich erdachte Zukunft.

Liisa nimmt das Handy vom Tisch und schaltet es aus. Sie wartet eine Weile, dann schaltet sie es wieder ein. Sie spielt mit dem Gedanken, eine SMS mit einem Gruß an alle größeren Enkelkinder zu schreiben, nimmt davon aber Abstand, denn am Muttertag sollte es umgekehrt sein. Und was sollte sie überhaupt schreiben? »Viele Grüße aus dem wunderbar romantischen Ljubljana. Die Oma ist hier mit Matti auf Liebesurlaub. Ich habe bis Mittag geschlafen und bin davon aufgewacht, dass Matti meine Zehen geküsst hat. Jetzt lasse ich mir im Straßencafé ein Glas Weißwein schmecken und verbrenne mir wahrscheinlich in der Sonne das Gesicht.«

Sie schaltet das Handy aus und steckt es wieder in die Handtasche. Früher hat sie bei Auslandsreisen ja auch nicht daran gedacht, dass jemand aus Finnland anrufen könnte, alles war klarer, alles war besser. Nur dass es nicht stimmt, alles war genauso wie heute. In gewisser Weise hat sich die Welt überraschend wenig verändert. In gewisser Weise verändert sie sich überhaupt nicht.

Der sandbraune Vogel ist wieder auf dem Brückengeländer gelandet, genau an derselben Stelle wie vorhin. Derselbe Vogel oder ein ganz ähnlicher, Liisa hält ihn für ihren alten widerstrebenden Bekannten. Er bleibt sitzen, als sie die Kamera aus dem Etui nimmt, der Vogel ist ganz regungslos, Liisa hat Zeit und wählt den Bildausschnitt in aller Ruhe, komponiert hinein, was sie drinhaben will: die Bogenbrücke und ihre weiß leuchtenden Balustraden, die auf der Brücke spielende Geigerin und das flussabwärts treibende kleine Schiff sowie den Studenten auf der Wiese am anderen Ufer, der in einem Buch liest. Der sandbraune Vogel sitzt im Vordergrund, so wie es sein soll, Liisa drückt den Auslöser, und diesmal fliegt ihr Motiv nicht davon. Zufrieden mit sich kostet sie einen Mundvoll Weißwein, nimmt das Taschenbuch von Milan Kundera aus der Handtasche und fängt an zu lesen. Sie beschließt, so lange zu lesen, bis Matti kommt, sie liest in einem Straßencafé in Ljubljana eine halbe Stunde Kundera, ohne dass jemand sie stört. Nun denkt sie wieder, dass sie ein glücklicher Mensch ist und nirgendwo anders sein möchte.

Kaum ist Matti zurückgekommen und hat sich ihr gegenüber hingesetzt, bestellt er eine Flasche Champagner. Die Bedienung bringt sie sofort und köpft sie spektakulär mit einem scharfen Schwerthieb, so wie es ein anderer Kellner vor langer Zeit in Andalusien getan hat, als sie mit Esko dort war, auch dieses Wunder hat Liisa schon einmal gesehen.

Jetzt steckt die geköpfte Flasche zwischen ihnen in einer silbernen Schale im Eis und verrät dem ganzen Café, dass sie Anlass zum Feiern haben. Liisa weiß nur noch nicht, worin er besteht. Matti sagt nichts, er lächelt bloß, und Liisa versucht, dieses merkwürdige Lächeln zu deuten. Worum geht es? Wohl kaum um den Muttertag, vielleicht um einen Heiratsantrag, hoffentlich nicht. Bis jetzt sind sie beide der Meinung gewesen, dass es genügt, wenn man einmal im Leben vorm Pfarrer steht.

»Kannst du dich an das Haus erinnern, das wir besichtigt haben?«, fängt Matti schließlich an.

»Das in Kirkkonummi?«

»Genau das. Das war doch ziemlich perfekt für unsere Bedürfnisse.«

»Ziemlich. Aber auch ganz schön teuer und renovierungsbedürftig.«

»Na ja. Geschmackssachen. Kleinigkeiten. Was die Renovierungsbedürftigkeit betrifft, waren wir vielleicht etwas unterschiedlicher Meinung.«

»Was ist mit dem Haus?«

»Es ist jetzt unser Haus. Der Makler hat mich angerufen, als wir auf der Burg waren, und gesagt, es gäbe einen anderen ernsthaften Interessenten, der habe sich das Haus heute Mittag angesehen. Wenn wir es ernst meinten, sollten wir schnell handeln.«

»Herrschaftszeiten, das kann doch nicht wahr sein!«

»Herrschaftszeiten, Herrschaftszeiten, nimm das Glas in die Hand, Liisa. Nimm dein Glas und stoß mit mir an. Darauf müssen wir trinken!«

Liisa tut, wie Matti es befiehlt, zu mehr ist sie nicht fähig, ihre Gläser stoßen über dem Champagnerpokal zusammen. Matti lässt sein Glas zwischen den Fingern eine volle Umdrehung gegen den Uhrzeigersinn vollführen und leert es dann fast auf einen Zug. Er wirkt erregt, auf seiner Stirn haben sich Schweißtropfen gebildet. Auf seinem Abstecher ins Hotel hat er sich ein frisches kariertes Hemd angezogen, aber auch dessen Achseln sind bereits feucht.

»Ich verstehe das nicht«, sagt Liisa. »Meinst du das jetzt ernst? Sagst du die Wahrheit oder machst du Witze?«

»Soweit ich weiß, ist heute Muttertag und nicht der erste April.«

»Warum muss das so laufen? So plötzlich. Hals über Kopf.«

»Ich habe das nicht innerhalb einer Sekunde entschieden, sondern letzte Woche bereits eingefädelt. Und als der Makler jetzt anrief, habe ich beschlossen zu handeln.«

»Was hast du in der Zwischenzeit gemacht? Wo warst du? Wofür hast du anderthalb Stunden gebraucht?«

»Ich habe ein paar finanzielle Dinge geregelt. Sichergestellt, dass ich über die nötigen Mittel verfüge.«

»Und? Verfügst du darüber?«

»Sieht so aus. Ich verkaufe die Wohnung in Lauttasaari, denn was soll ich noch damit. Ich habe es satt, dort zu wohnen. Wenn ich noch ein paar Aktien schlachte, kann ich das Haus sogar allein kaufen, wenn du dich nicht beteiligen willst.«

»Du hast es doch schon gekauft. Hast die Anzahlung geleistet. Allein.«

»Vielleicht ist es ganz gut, dass es nur unter meinem Namen läuft. Weil wir ja noch nicht einmal verheiratet sind. Da muss man keine zwei Kaufverträge aufsetzen.«

Matti leert sein Glas und schenkt sich nach. Das ist nicht wahr, denkt Liisa noch immer, Matti würde nie so impulsiv handeln. Matti ist dazu nicht fähig, das hat sie immer geglaubt. Vermutlich dachte er das auch, und nun war es ihm gelungen, sich selbst zu überraschen. Darum zittern seine Hände, als er den Moët & Chandon wieder ins Eis stellt.

»Und du denkst, dass ich da trotzdem einziehe?«

»Na klar. Was denn sonst? Du wirst mit mir dort wohnen und malen. Du hast doch immer gesagt, dass dir Helsinki zu groß ist. Dass du irgendwohin willst, wo es ein bisschen Garten und Wald und Platz gibt. Dort haben wir das alles. Fast zweitausend Quadratmeter Grund. Nebengebäude. Fünfhundert Meter bis zum See mit Badestrand und Bootsplätzen.«

Liisa denkt an den Ort, von dem Matti spricht. An die nicht asphaltierte Straße, die zu dem Haus führt, an die dunklen Fichten um das Haus herum und an das Haus selbst, an die vermutlich in den fünfziger Jahren gelb gestrichenen Wände, an das Moos auf dem Sockel und der Eingangstreppe. An die wunderbar gemütliche Küche und an das helle Wohnzimmer, dessen Fenster nach Westen gehen. Vor zwei Wochen war ein sonniger Sonntag, sie und Matti standen als einzige Kunden in diesem Wohnzimmer und hörten dem Makler zu, der ihnen etwas von ungenutztem Baurecht und den Abwassergräben, die von den Vorbesitzern gezogen worden waren, erzählte. Matti hörte genau zu und machte sich auf der Rückseite des Infoblatts Notizen. Liisa schlich in die Küche zurück und bestaunte den alten Backofen, öffnete die Klappe und schnupperte nach dem Duft. Auf dem Boden lagen ein paar Brotkrumen, die wischte sie weg, und dann stand sie im Licht der Frühlingssonne in der Küche, mit Brotkrumen der ehemaligen Hausfrau in der Hand und fragte sich, wie es wäre, in diesem Haus zu leben, in dieser Küche zu hantieren, in diesem Ofen etwas zu backen.

»Ich habe dir gesagt, wir sollten ein bisschen warten. Soweit ich mich erinnere, habe ich dir das deutlich gesagt. Ich arbeite ja noch.«

»Du hast gesagt, du könntest in Frührente gehen. Oder zumindest in Teilzeit.«

»Ich habe gesagt, dass ich über diese Option nachdenken

könnte. Ich habe nicht gesagt, dass du für mich entscheiden sollst.«

»Ich habe nichts für dich entschieden. Du tust, was dir gefällt.«

»Es gefällt mir, zur Arbeit zu gehen. Ich bin im besten Arbeitsalter. Ich habe nie so viel gekonnt wie jetzt.«

»Geh arbeiten, wenn du willst. Von dort sind es dreißig Kilometer bis in die Stadt. Eine halbe Stunde mit dem Auto.«

»Ich hasse es, mit dem Auto in die Stadt zu fahren.«

»Dann bringe ich dich eben hin. Und hole dich wieder ab. Liisa, meine Kleine, es ist genau das Haus, das wir wollten.«

»Warum haben wir darüber nicht reden können? Warum haben wir die Entscheidung nicht gemeinsam getroffen? Was hast du dir eigentlich dabei gedacht?«

»Ich wollte nicht, dass wir unsere kurzen Urlaubstage damit verbringen, uns über solche Dinge den Kopf zu zerbrechen. Was ändert sich denn durch das Überlegen? Wir hätten uns doch sowieso dafür entschieden, das Haus zu kaufen, das Haus hat dir gefallen. Einfach wunderbar, hast du gesagt. Und wir mussten jetzt aktiv werden. Sonst wäre es weg gewesen, hat der Makler gesagt.«

Matti nimmt erneut die Flasche aus dem Eis und gießt Champagner in beide Gläser. Er wirkt auf einmal weich und hilflos, fast feminin mit seinem etwas herausgewachsenen grauen Pagenkopf. Matti pinkelt im Sitzen, brennt immer ein Streichholz ab, nachdem er auf der Toilette gewesen ist, das ist eine seiner hartnäckigen Angewohnheiten, auch nach fünf Jahren weiß Liisa noch nicht, was sie von dem Schwefelgeruch auf der Toilette in Mattis Wohnung in Lauttasaari halten soll. Bisweilen hat sie den Verdacht, dass Matti nicht zäh genug ist. Er hat immer gut verdient, die letzten fünfundzwanzig Jahre am selben sicheren Arbeitsplatz, er ist an Rückschläge nicht gewöhnt, er ist im tiefsten Innern ein Genießer, ein Mensch, der es im Leben immer leicht gehabt hat. Wird er sich um so ein altes Haus kümmern? Kann er es überhaupt? Er ist zwar geschickt mit den Händen, aber vielleicht nur in bestimmten Dingen, er kann natürlich eine Leinwand spannen und sein Boot in Schuss halten, aber richtige Renovierungsarbeiten und die ständigen Reparaturen, mit denen man es in so einem alten Haus unweigerlich zu tun hat, wer führt die aus? Allein mit dem Rasenmähen und dem Schneeräumen im Winter hat man alle Hände voll zu tun, und sie werden beide älter, Jahr für Jahr geht alles ein bisschen langsamer, wird anstrengender und nimmt mehr Zeit in Anspruch. Liisa merkt es bereits, sie ist langsamer als früher. Sie ist vielleicht glücklicher, aber auch langsamer, und vielleicht hängt das eine mit dem anderen zusammen.

»Glaubst du alles, was der Makler dir sagt?«

»Worauf willst du hinaus?«

»Darauf, dass der Makler ein Verkäufer ist. Er will ein Geschäft machen. Und ich war mehr als dreißig Jahre mit einem Verkäufer verheiratet, ich weiß, wie Geschäfte gemacht werden.«

Matti erschrickt und wendet sich einen Moment ab. Die Sonne verschwindet hinter einer Wolke, das Licht fällt aus einem seltsamen Winkel auf Mattis Gesicht, er sieht fast fremd aus. Dann kommt die Sonne wieder hervor, und das Fremdheitsgefühl geht vorbei. Mattis zeitweise Hilflosigkeit weckt in Liisa eine Zärtlichkeit, die sie bei keinem anderen Mann empfunden hat.

»Entschuldige. Verzeih mir, mein Schatz. Ich wollte Esko da nicht mit hineinziehen.«

»Ich verzeihe dir. Ich verzeihe dir alles.«

»Was alles?«

Liisa streckt die Hand über den Tisch, legt sie Matti auf die Wange und fährt mit den Fingern langsam die Bartstoppeln entlang. Matti schließt kurz die Augen. Die Berührung dauert lang, der Augenblick dehnt sich, sie sagen beide nichts. Liisa erinnert sich an den alten Backofen und die Mehldosen aus Blech im Regal daneben. Die ehemalige Bewohnerin hatte sie aus irgendeinem Grund zurückgelassen, sie waren alle leer, warteten darauf, wieder gefüllt zu werden. Vielleicht könnte sie, Liisa, sie füllen. Sie könnte die wunderbaren Dosen füllen und dann backen, sie hat schon lange nicht mehr richtig gebacken, denn in dem Ofen in ihrer Wohnung in Käpylä geht das nicht. In so einem gemauerten Backofen könnte man hingegen Wunder vollbringen. Sonntagmorgens könnte sie karelische Piroggen backen, so wie ihre Mutter, nach Mutters Geheimrezept, das sie bestimmt noch nicht vergessen hat. Das Haus wäre idyllisch, Liisa wäre eine Oma, die in einem idyllischen Haus karelische Piroggen backt, und es wäre für die Kinder einfacher, dorthin zu kommen als nach Käpylä, zuerst vielleicht Valtteri allein, später würden die Jungs von Timo und Ville zusammen zum Übernachten kommen, sie würden sich allmählich an Matti gewöhnen und Matti sich an sie.

»Na, nun ist es eh zu spät, sich darüber Gedanken zu machen«, sagt Liisa so sanft, wie es nur geht. Man muss nach vorne schauen, denkt sie. Zwangsläufig, man darf nicht auf der Stelle stehen bleiben, auch wenn man noch so müde ist und die Schritte kürzer werden. Ich bin nicht meine Mutter, die nur noch auf den Tod gewartet hat. »Was soll ich weiter schmollen, getan ist getan.«

»So ist es. Und meiner Meinung nach ist es ein gutes und vernünftiges Geschäft.«

»Ein gemachtes Geschäft ist immer ein gutes Geschäft. Wenn das Geschäft gemacht ist, soll man es nicht bereuen.«

»Das sind sicher auch Gedanken eines Geschäftsmannes.«

»Nein, meine eigenen. Ich mochte das Haus wirklich. Beziehungsweise mag es. Ich werde lernen, es zu mögen. Hast du den Backofen gesehen?«

»Gab es da einen? Ist mir gar nicht aufgefallen.«

»Ein fantastischer Ofen, du wirst sehen. Ich werde alles Mögliche backen. Hefebrot, Roggenbrot, Fladen. So gutes Brot, dass du es nicht glaubst.«

»Ich glaube es.«

»Tust du nicht. Du hast noch nicht gesehen, was ich kann. Ich habe es dir noch nicht zeigen können.«

»Doch, das hast du. In jeder Hinsicht.«

»Hab ich nicht.«

»Ich liebe dich, Liisa. Auch wenn du das schon weißt. Liebst du mich?«

»So etwas darf man nicht fragen.«

»Liebst du mich? Nun sag schon.«

»Natürlich liebe ich dich. Das weißt du doch.«

Mattis Augen sind hell und fragend und eine Spur mutlos. Liisa schaut ihm in die Augen und versucht zu lächeln. Matti hat für sie eine Entscheidung getroffen, das ist ärgerlich, das ist verkehrt, aber vielleicht versteht sie es später oder vergisst es. Das Leben ist so, man kann Dinge vergessen.

»Stoßen wir noch einmal an?«, schlägt Matti vor. »In etwas friedlicherer Stimmung.«

»Stoßen wir an.«

»Auf die Zukunft. Auf unsere gemeinsame Zukunft.«

»Gut. Dann auf unsere gemeinsame Zukunft.«

Der sandbraune Vogel hat sich aufs Brückengeländer gesetzt. Wieder an dieselbe Stelle, derselbe Vogel, es sieht aus, als musterte er sie beide, mit aufgeplusterter Brust und erhobenem Schnabel schaut er in ihre Richtung. Liisa betrachtet den Vogel, der plötzlich auffliegt, eine kleine Runde über dem Tisch dreht und dann entschlossen davonfliegt, irgendwohin, wohin er offenbar muss, über den Fluss ans andere Ufer. Aber so weit kommt der Vogel nicht, auf der Hälfte der Strecke ändert er die Richtung. Es ist ein kleiner dummer Vogel und weiß nicht, wohin er will, vielleicht sucht er Gesellschaft, fühlt sich einsam und mag nicht weiterfliegen. Er kehrt fast exakt an die Stelle zurück, von der aus er gestartet ist, und wartet dann auf etwas, vielleicht auf einen anderen sandbraunen Vogel, der von einem Ausflug zurückkommt und sich neben ihn setzt.

ARVO ANDREA SAKRELIUS interessierte sich schon als Schüler für Physik, Chemie und Elektrizitätslehre. Mit fünfzehn Jahren ging er nach Viipuri, arbeitete dort zwei Jahre im Elektrogeschäft von Verwandten und kehrte als Elektriker nach Turku zurück. In seiner Kellerwerkstatt bastelte er zu seinem eigenen Vergnügen Rundfunkempfänger, bis er mit dreißig auf die Idee kam, eine Firma zu gründen. Er warf einen Blick auf die Anfangsbuchstaben seines Namens und nannte die Firma ASA-Radio. Man schrieb das Jahr 1930.

Zur gleichen Zeit arbeitete in Schweden Axel Harald Holstensson, der Sohn eines Erzverladers, in der Fabrik von ASEA. In seiner Freizeit beschäftigte er sich mit Elektrotechnik und gründete 1918 in Motala eine Elektro- und Installationsfirma. Weil das Geschäft nicht richtig lief, importierte Axel billige Komponenten aus Deutschland und lernte, aus ihnen Radios zu bauen. Die Firma bekam den Namen Luxor, denn 1923 hatte man gerade das Grab von Tutanchamun entdeckt, und die ägyptischen Pharaonen waren das Spannendste, was sich ein Mensch damals vorstellen konnte.

ASA-Radio fing gleich nach seiner Gründung munter an zu wachsen. 1937 beschäftigte die Firma bereits hundertzwanzig Mitarbeiter und eröffnete Filialen in Pori, Rauma und Forssa. Vor dem Krieg wurden zwölftausend Empfänger im Jahr hergestellt, und sie wurden auch verkauft, obwohl der Preis eines Radios dem Monatseinkommen eines normalen Arbeiters entsprach. Die Kriegszeit überstand das Unternehmen dank Lieferungen an die Armee, aber erst nach dem Krieg bewies Sakrelius seinen wahren Kaufmannsinstinkt. Er war am Puls der Zeit, brachte als Erster UKW-Radios auf den Markt und begann bereits 1956 mit der Fertigung von Fernsehgeräten. ASA besaß in Turku eine zwei Hektar große Fabrikhalle, deren Produktion zur Hälfte ins Ausland ging: nach England, Norwegen, Deutschland, Österreich, Belgien und in die Schweiz. Sogar in Kuwait, Nigeria und Singapur sah man mit in Finnland hergestellten Empfangsgeräten fern.

Weil Axel Harald Holstensson zufällig Schwede war, fiel seine Glanzzeit noch glänzender aus. Im Land war Geld vorhanden, und die Schweden mit ihrem Herdenverhalten kauften als große, gläubige Masse schon Radios und Grammophone von Luxor, als die Finnen noch mit Lebensmittelkarten vor sich hin krebsten. Die Produktion von Fernsehern nahm Holstensson zur gleichen Zeit auf wie Arvo Sakrelius in Finnland, allerdings in größerem Umfang. Zusammen mit Philips teilte sich Luxor bis in die siebziger Jahre hinein die Marktführerschaft in den nordischen Ländern. Aber dann widerfuhr Axel etwas sehr Unschwedisches: Sein Glück wendete sich. 1976 brannte das Luxor-Werk, und für eine Weile musste die Produktion von Fernsehern eingestellt werden. Gleichzeitig öffnete sich der Markt endgültig für Importware aus dem Fernen Osten, und das war es dann mit Luxor. 1979 befand sich das Werk bereits in den Händen des schwedischen Staats. Im selben Jahr wurde auf der anderen Seite des Bottnischen Meerbusens ASA an das Unternehmen Oy Lohja Ab verkauft, und auch von diesem Geschäft lässt sich kaum etwas Erfreuliches berichten. Die Initialen von Arvo Sakrelius verschwanden von den Empfängern und wurden durch den Namen Finlux ersetzt. Finlux wurde zunächst an Nokia, von Nokia an Semi-Tech Global in Hongkong und von Semi-Tech Global an Otrum Electronics in Norwegen verkauft. Noch Anfang der zweitausender Jahre versuchten die Norweger mit bewundernswerter Hartnäckigkeit, das geistige Erbe von Arvo Andrea Sakrelius zu wahren und Fernseher in Turku herzustellen, aber daraus wurde natürlich nichts mehr. Die unglückseligen Leute in Turku fertigten noch Apparate mit Bildröhren, als die ganze Welt bereits zu Flachbildschirmen überging.

Arvo und Axel: große Männer ihrer Zeit, die von einer neuen Ära überrollt wurden. Und nicht nur sie. Für viele andere galt das Gleiche. Ich denke an die Marken zurück, die Radio Vuori seinerzeit stolz vertrat, und lese in Wikipedia jedes Mal die gleiche traurige Geschichte in leichten Variationen: Blaupunkt wurde von Bosch an das Investorenkonsortium Aurelius AG verkauft. Die norwegische Firma Tandberg gehört der amerikanischen Cisco, Schaub-Lorenz, von Esko immer nur »Saab-Loren« genannt, der italienischen General Trading S.p.A. Grundig ging 2003 in Konkurs und der ehrenvolle Markenname in den Besitz der türkischen Beko Kox Holding Group über. Nordmende, die Lieblingsmarke von Veikko Hukkanen, deren Vertretung auch Esko in den Anfangsjahren seines Geschäfts kurz innehatte, wird als Produktname nur noch in Irland verwendet. Und auch dort ist er in den Dreck gezogen und aus irgendwelchen Gründen mit Produkten aus der weißen Linie vermengt worden. Hukkanen würde sich im Grab umdrehen, wenn er eine Spülmaschine oder eine Gefriertruhe von Nordmende zu Gesicht bekäme.

Dagegen die Sonnyboys: Akio Morita und Masaru Ibuka. Ihnen gelang es, einen Riesen zu gebären, dessen Größe sie sich im Nachkriegsjapan von 1945 kaum hatten vorstellen können. Aktiengesellschaft, Mischkonzern, sagt Wikipedia über ihr Unternehmen heute. Sitz in Minato, Tokio, Japan. Schlüsselpersonen Howard Stringer, Ryoji Chubachi, Kazuo Hirai, Masaru Kato. Der Umsatz lag 2010 bei 88,2 Milliarden Dollar, der Wert des Unternehmens bei 188 694 Milliarden. Es beschäftigte 167 900 Menschen auf der ganzen Welt. Außer Elektrogeräten produziert und vertreibt das vor fünfundsechzig Jahren von zwei Männern erschaffene Ungeheuer Filme, Musik und Spiele, aber das scheint noch nicht zu reichen. Ich lese bei Wikipedia, dass Sony Anlage- und Versicherungsdienstleistungen anbietet und über ein Tochterunternehmen mit dem Finanzsektor verbandelt ist. Und doch war Masaru Ibuka ursprünglich bloß ein an Kabeln und Stromkreisen interessierter Nerd mit Brille, der 1945 in einem von Bomben halb zerstörten Kaufhaus in Tokio einen Radioreparaturbetrieb gründete. Er war nicht einmal ein Pionier seiner Branche, er folgte Arvo und Axel mit zwanzig Jahren Verspätung. Aber Ibuka erhielt in den fünfziger Jahren die Chance, nach Amerika zu reisen. Dabei stieß er auf den in Bells Labor entwickelten Transistor, und mit irgendeinem sagenhaften Trick gelang es Ibuka, Bell die Lizenz der Transistortechnologie abzukaufen. »Sony war nicht der erste Hersteller von Transistorradios, aber sein Produkt hatte den größten Erfolg«, sagt Wikipedia. »Das Modell TR-63 ließ von 1957 an den US-Markt explodieren und ebnete den Weg für einen ganz neuen Zweig der Elektroindustrie.«

Sonnyboys, und was für welche. Der Name Sony ist eine Kombination aus zwei Wörtern, aus dem lateinischen *sonus* und dem amerikanischen Slangausdruck *sonny.* Der Begriff *Sonnyboys* war in Japan damals allgemein gebräuchlich, er bezeichnete clevere junge Männer, die wussten, wie man auftrat. Akio Morita und Masaru Ibuka hielten sich dafür, für sonnige Jungs, Kinder des Sommers und des Lichts, wahre Optimisten. Ein bisschen wie Esko, sie gehörten derselben Spezies an. Esko selbst glaubte, dass sie das waren. Er kannte die Geschichte aller Marken, die er verkaufte, erzählte uns auch die anderen, am meisten aber liebte er diese, die Entstehungsgeschichte von Sony. Ich weiß noch, wie er schon Ende der siebziger Jahre, als Radio Vuori noch gar nicht Sony-Händler war, voller Bewunderung über Morita und Ibuka sprach. Verdammt noch mal, da hatten zwei junge Kerle die richtige Einstellung! Sind nach Amerika, haben das

Spiel gespielt, das in Amerika gespielt wird, mit großem Einsatz, und den ganzen Kontinent erobert. Für Esko war dies das Großartigste, was ein Mensch tun konnte, Amerika erobern, ganz gleich, um welche Tätigkeit oder um welchen Lebensbereich es sich handelte. Ende der achtziger Jahre versuchte er sogar, U2 zu hören, obwohl er die Musik überhaupt nicht mochte, er fand nur super, dass die armen irischen Jungs plötzlich auf der Titelseite der *Time* standen und in Memphis und Nashville die Säle füllten. Womöglich war es eine Midlife-Verirrung, ein Protest gegen das Altern, denn zu der Zeit bewunderte Esko auch Michael Jackson und besonders Madonna. Als ich im Herbst 1987 ins Geschäft kam, um mit Esko über meine Lokalzeitung zu reden, lief gerade »Material Girl«. Auf fünf Bildschirmen war MTV eingeschaltet, auch daran erinnere ich mich jetzt.

Esko selbst hielt sich für kein bisschen sentimental. Er prahlte förmlich damit, es nicht zu sein und nicht die alten Zeiten herbeizusehnen. Er trauerte nicht um Luxor, warum sollte er, seinerzeit hatte er mit Luxor gutes Geld verdient, aber jetzt hinkten die schwedischen Produkte hoffnungslos der Zeit hinterher. Für ASA und andere finnische Marken empfand er etwas mehr Sympathie, denn natürlich hatte er mit seinen Kumpels sämtliche finnischen Werke besucht und gedachte in schwachen Momenten der alleinerziehenden Mütter, die ihre Arbeit am Fertigungsband verloren hatten. Mit Staatsgeld durften die Fabriken trotzdem nicht gerettet werden. Nein, verdammt, empörte sich Esko, natürlich nicht, das verwässert doch die ganze Idee. So funktioniert halt die Marktwirtschaft, der Kapitalismus ist wie die Natur, die Lebensuntauglichen werden ausgesondert, die Lebenstüchtigen setzen sich durch. Darum ist Amerika so reich. Darum wird die ganze westliche Welt Jahr für Jahr wohlhabender. Aber was hatte sein kleines Elektrogeschäft mit Akio Moritas und Masaru Ibukas Konzernungeheuer zu tun, das sich wie Schimmel in alle Richtungen ausbreitete? Wie konnten er und sie gemeinsame Interessen haben? Esko hielt sich für einen Sony-Anhänger mit Leib und Seele, es war wie eine Religion, Sony war sein Götze. Irgendwann in den achtziger Jahren hatte er sogar Bilder von Morita und Ibuka an der Wand hängen, an einem Ehrenplatz im Hinterzimmer des Ladens in der Sibeliuksenkatu, rechts und links von Ronald Reagans Foto.

Es ist unschön, das zu sagen, aber mein Vater hat sich selbst nie verstanden. Er erkannte seinen eigenen inneren Widerspruch nicht. Er bildete sich ein, an den reinen, unverdünnten Kapitalismus zu glauben, obwohl er während seiner ganzen Laufbahn im Berufsverband engagiert war. Ich erinnere mich an ihn als Vorsitzenden des Elektrohändlerverbands. Ich erinnere mich gut an die Verbandssitzungen, an die Konferenzen, in denen ich Anfang der achtziger Jahre selbst saß. Esko und seine Kollegen vertraten nicht den freien Wettbewerb und den puren Kapitalismus, im Gegenteil. Ihr Bestreben bestand gerade darin, den Wettbewerb zu beschränken, die ihrer Meinung nach geeignete Anzahl von Akteuren in der Branche zu halten, um sich den Kuchen zu teilen, und zwar so, dass jeder ein ordentliches Stück abbekam. Hätten sie entscheiden dürfen, hätte man für den Verkauf von Fernsehern in Finnland eine Lizenz gebraucht. Nur Verbandsmitglieder hätten sie verkaufen dürfen, nur ein Geschäft pro Gemeinde hätte eine bestimmte Marke vertreten dürfen. Die Preise hätte man nicht zu weit herabsetzen dürfen, denn das hätte bedeutet, von der gemeinsamen Fuhre zu essen, sprich, dem Nachbarladen das Brot zu stehlen. Genossenschaftsläden hätten überhaupt keine Elektrogeräte verkaufen dürfen, das hielt Esko für Wettbewerbsverzerrung. Anfang der siebziger Jahre machten wir auf der Fahrt in den Sommerurlaub an einer Tankstelle halt, wo Kofferradios im Regal standen. Zufällig handelte es sich um die

Filiale einer Genossenschaftskette, und Esko war außer sich wie ein Bär, dem man in den Hintern geschossen hatte. Diese verdammten Sozis und ihre Gemeinheiten, fluchte er. Die lassen die Genossenschaftler am Tisch des ehrlichen Unternehmers mitessen!

So ein Kapitalist war Esko, keineswegs so vollblütig, wie er sich einbildete. Abgesehen davon lebten wir zu Eskos Zeiten noch gar nicht im Kapitalismus. Der wahre Kapitalismus kam erst später, nachdem die Sowjetunion auseinandergefallen war, die Welt kurz durchatmete und sich Esko ein Jahrzehnt lang über seinen endgültigen Sieg freuen konnte. Es geschah erst um die Jahrtausendwende. Das Gegengewicht war weg, der wirkliche Kapitalismus kam, und seine Logik war gnadenlos, sie wischte alles Überschüssige weg, alles, was menschlich war, auf jeden Fall alles, was weggewischt werden konnte. Die Exklusivverkaufsverträge. Die Großhandelsketten. Die gutgelaunten Bezirksvertreter. Die gutgelaunten Einzelhändler. Der Einzelhändler war nur ein Zwischenstadium in der unvermeidlichen Kette der kapitalistischen Evolution, der Einzelhändler wird nicht mehr gebraucht, bald wird es ihn nicht mehr geben. Schon der Name des Besitzers am Fenster eines Geschäfts ist heutzutage zu viel, es stört das standardisierte Einkaufserlebnis des Kunden. Vor zwei Jahren hat mir Timo erzählt, er habe von der Kette einen Brief bekommen, in dem man ihn und Ville aufgefordert habe, alle Aufkleber zu entfernen, auf denen der Name Radio Vuori ebenso groß gedruckt war wie der Name der Kette. Und wenn der Einzelhändler verschwindet, dann verschwindet die Seele, ohne den Händler ist das Kaufen und Verkaufen kein menschlicher Vorgang mehr. Dann bleibt nur noch die logistische Kette übrig, die mit immer geringeren Kosten den Menschen immer kleinere Dinge beschafft. Nur die Fernseher werden größer, alles andere schrumpft.

Esko hat das geahnt. Die Veränderung zeichnete sich ab, sie war schon halb da, als er mit fünfundsechzig schweren Herzens sein Versprechen hielt und das Geschäft meinen Brüdern übergab. Schon einige Jahre bevor *Gigantti* seine erste höllisch große Halle am Autobahnring von Helsinki bauen ließ. Im Prinzip lag sie weit von Radio Vuori entfernt, im sicheren Abstand von hundert Kilometern, und für Esko hatte *Gigantti* auch noch gar nichts Besorgniserregendes. Jetzt kommen halt die Dänen zu uns und versuchen ihr Glück, sagte er damals, im Jahr 1998, sollen sie es nur versuchen. In dem Winter fuhr er mit Timo und Ville in Spionageabsicht hin und kehrte zufrieden zurück, denn die Halle war angeblich öde wie ein Ausschusslager der Armee, die Verkäufer ahnungslos wie Schneemänner, der Preisunterschied zu den mit Sinn und Verstand gefüllten eigenen Regalen nicht besonders groß. Nicht nennenswert. Man merke ihn kaum. Kein Problem, sagten sie, keine Sorge, wir haben es weiterhin selbst in der Hand. Timo glaubte das vielleicht. Ville glaubte es mit Sicherheit, Ville hat Eskos Optimismus ohne Eskos Urteilsvermögen. Esko hingegen ist nie dumm gewesen. Kann sein, dass ich ihn die ganze Zeit für cleverer hielt, als er ist, aber ich bin mir sicher, dass er begriff, was die Stunde geschlagen hatte. Das wurmte ihn, Anfang des Jahrtausends, und nicht nur meiner Meinung nach war er damals zwei, drei Jahre deprimiert, das einzige Mal in seinem Leben. Damals baute er auch den Unfall. Es war merkwürdig, er konnte nie erklären, warum er am helllichten Tag dieser Frau hinterhergefahren war. Und warum schämte er sich so sehr dafür? Warum wollte er nicht darüber reden? Und warum ließ er Ulla bei sich im Karhupolku einziehen? Auch das passierte sonderbar schnell. Plötzlich wohnte sie da und ein halbes Jahr später schon nicht mehr. Woraufhin kein Wort mehr über sie verloren wurde. Ulla war doch keine optimierte Version von Liisa gewesen, so wie sie es hätte sein sollen.

Natürlich plagte Esko die Schwierigkeit des Loslassens, er vermisste Liisa noch immer. Bestimmt gefiel es ihm nicht, sechzig zu sein, sich in der Metallzeit zu befinden, wie er witzelte: Gold im Mund, Silber an den Schläfen, Blei in den Gelenken. Aber es steckte noch etwas anderes hinter der für ihn untypischen Düsternis. Vielleicht dachte er an Arvo Sakrelius und Axel Holstensson. An ihr Schicksal, an das Verschwinden oder zumindest das Verblassen ihres Lebenswerks. Vielleicht begriff mein Vater, dass es seinem Lebenswerk ebenso ergehen würde. Es konnte nicht immer nur wachsen, so wie er bisher geglaubt hatte. Damit meine ich nicht, dass sich Esko dessen sicher gewesen wäre. Ich meine nicht, dass er auf einmal die nahe Zukunft seines Geschäfts und die Entwicklung des Kapitalismus deutlich vor sich gesehen, alle Hoffnung verloren und eingesehen hätte, sich fünfzig Jahre lang getäuscht zu haben. Menschen, die den Optimismus zu ihrer Religion gemacht haben, ertragen den Keim des Zweifels nicht. Schon der kleinste pessimistische Gedanke, den andere Leute als Realismus bezeichnen würden, quält sie wie ein Stein im Schuh. Sie machen sich deswegen Vorwürfe. Seine Anwesenheit bedrückt sie. Sie bekommen eine kleine Ahnung davon, wie das Leben für die meisten anderen Menschen dauernd ist, auch mein Leben, Tag für Tag, und so ein Leben wollen sie nicht, sie wollen zurück in die Sicherheit ihrer geschlossenen heilen Welt.

Zu der Zeit besuchte mich Esko einmal. Es war im Herbst 2003, Ende September oder Anfang Oktober, er rief mich an und sagte, er wolle vorbeischauen, als wäre es das Normalste der Welt. Er sei mit einem mir unbekannten Freund in Lappland beim Fischen und könnte auf der Rückfahrt Halt in Oulu machen.

Wir hatten uns über ein Jahr nicht gesehen. Wenn ich in den Süden fuhr, dann immer nur nach Helsinki, um dich zu sehen, und Esko wollte nicht nach Helsinki kommen, denn Helsinki war Liisas Stadt, Liisa hatte sie von Anfang an als ihre Stadt deklariert. Esko war so solidarisch oder auch nur so eifersüchtig, dass er, wenn es irgendwie vermeidbar war, die Grenze des Autobahnrings 3 nicht überschritt. So hatte sich unser Kontakt auf gelegentliche Telefonate beschränkt, die unbestreitbar auf seine Veranlassung stattfanden, er war es, der anrief, ich rief ihn nie an. Esko wählte gelegentlich meine Nummer, wenn er im Auto saß. Dann hörte ich seine von der Freisprechanlage verzerrte Stimme, die sich mit dem gleichmäßigen Fahrgeräusch und mit Johnny Cash oder Dolly Parton oder Elvis vermischte, denn nach den wilden Achtzigern war er längst wieder zu seinen musikalischen Fundamenten zurückgekehrt. »Wie geht's dem Meisterjournalisten«, fing er das Gespräch an. »Gut, aber macht nichts, wie?« All das, worüber wir nie gesprochen haben, all das, worüber wir hätten reden müssen, stand wie eine Mauer zwischen uns, und keiner von uns wagte es, sich auch nur auszumalen, diese Mauer je zu überwinden. Esko sprach über die Tabelle der Eishockeyliga, über die aktuellen Schlagzeilen, über Paavo Lipponen, über idiotische Entscheidungen des Stadtrats, und ich kann mich nicht erinnern, worüber ich redete, vielleicht über einen Artikel, an dem ich gerade arbeitete. Über *Oulun Kärpät*, die Ouluer Hermeline, wie die hiesige Erstligamannschaft hieß, ziemlich oft darüber. Die Hermeline fingen damals gerade an, erfolgreich zu werden, und Esko empfand aus mir unbekannten Gründen eine große Sympathie für sie. Die Hermeline waren ein sicheres Gesprächsthema, das bestmögliche, deutlich besser als zum Beispiel der Krieg im Irak. Esko hielt den Angriff natürlich für berechtigt, Bush und Blair taten das, wozu anderen Staatsführern der Mumm fehlte, sie stürzten den Völkermörder und Diktator vom Thron, den die Deutschen, die Franzosen und natürlich auch die Finnen nur bemuttern wollten.

Er hatte ein Interview mit einem irakischen Asylbewerber aufgenommen, den Saddams Spießgesellen gefoltert hatten. Im Frühjahr, kurz nach Kriegsausbruch, hatte er mir das Band per Post geschickt und mich gleich am nächsten Tag angerufen und gefragt, ob ich es mir schon angeschaut hätte. Es gab so viele Dinge, über die man mit ihm nicht diskutieren konnte. Es war gut, dass wir in unterschiedlichen Landesteilen lebten, so konnten wir immer übers Wetter reden, was sogar begründet erschien, denn es gab tatsächlich Unterschiede im Wetter um uns herum. Wie ist das Wetter bei euch, fragte Esko immer als Erstes nach dem gutgelaunten Eingangsgruß.

Und dann war er da, stand plötzlich leibhaftig vor mir. Läutete an einem regnerischen Donnerstagabend an der Tür und stand mit seinem kleinen Rollkoffer im scheußlichen Licht des Treppenhauses. Endlich hatte er sich also so einen Koffer gekauft, der im Flugzeug in die Handgepäckablage passte, lange hatte er davon gesprochen. Seine Herbstjacke war neu. Die Mütze war die alte, die ausgeblichene blaue von Finlayson, ich verstand nicht, warum er sich immer eine neue Jacke kaufte, aber nie die Mütze wechselte. Er kam nicht einmal dazu, sie an die Garderobe zu hängen, denn wir gingen sofort zum Essen. Es schien mir leichter, ihm am Ecktisch im *Fransmanni* bei einer Flasche Bonuskartenwein zu begegnen, als ihn gleich in meine Wohnung zu lassen. Ich hatte für ihn sauber gemacht. Ich hatte neue Gästebettwäsche gekauft und das Bett bezogen, hatte einen großen roten Teppich fürs Wohnzimmer angeschafft, damit die Wohnung nicht so kahl wirkte, aber ein Loch war es trotzdem, zu klein für uns beide. Es war eine gute Idee, zu *Fransmanni* zu gehen. Wir aßen Filetsteaks vom Rind, tranken eine ganze Flasche Rotwein und einen Kognak hinterher, und die beruhigende Einrichtung des Kettenrestaurants umgab uns wie ein wunderbar gewöhnlicher Traum. Auf den Tischen brannten

Kerzen, im offenen Kamin flackerte ein künstliches Feuer, die Massentierhaltungskuh wurde Rind genannt und die gezüchtete Lachsforelle als Bachforelle bezeichnet. Esko hatte echte Forellen gefangen, der Tenojoki war ein Fluss, aus dem man die Fische wie im Märchen herauszog. Er redete hauptsächlich davon. Gar nicht so übel, sagte er über meine Wohnung, als wir später nach Hause kamen. Überhaupt nicht übel. Dann schloss ich mich in mein Zimmer ein, und er tat, was er tat, ging pinkeln und putzte sich die Zähne, gurgelte vermutlich mit dem giftgrünen Vademecum-Mundwasser, das er immer bei sich hatte.

Mitten in der Nacht stand ich in der Tür zum Wohnzimmer und betrachtete meinen Vater. Er lag auf der Bettcouch wie ein Embryo. Die Haltung kam mir ulkig vor, die Tatsache, dass er auf der Seite lag, in meiner Erinnerung schlief er auf dem Rücken. Seine klobigen Knie ragten unter der Decke hervor, die Hände lagen in Gebetshaltung vor dem Gesicht, das Licht der Straßenlampe drang durch die Schlitze der Jalousie und beleuchtete seine Glatze. Er sah entspannt aus, nur ein sanftes Schnarchen drang durch die Lippen. Ich fragte mich, wann ich ihn zuletzt schlafend gesehen hatte. Es war mehr als zehn Jahre her, dass wir das letzte Mal unter einem Dach übernachtet hatten, irgendwann Ende der achtziger Jahre im Karhupolku, an einem Wochenende, an dem sich Marjaana bei einem Kongress in Riga aufhielt und ich dich spät abholen kam, aber nicht mehr fahrtüchtig war und darum beschloss, über Nacht zu bleiben. Aber an dieses Mal dachte ich nicht, denn damals hatte ich Esko natürlich nicht schlafend gesehen, die Nacht, an die ich mich erinnerte, lag weiter zurück. Wir waren in Kalifornien, in einem Motel am Rand von San Francisco, wir Kinder in einem Zimmer, Esko und Liisa im anderen, und die Zimmer lagen nebeneinander und waren mit einer Tür verbunden. Mitten in der Nacht, als alle anderen schliefen, öffnete ich die Tür und betrachtete meinen Vater, so wie ich jetzt den fünfundzwanzig Jahre älteren Mann betrachtete. Damals hatte Liisa neben ihm gelegen. Jetzt war er allein, und seine Einsamkeit versetzte mir einen Stich. Er hatte seine Jeans fein säuberlich zusammengelegt, die Strümpfe zusammengerollt, das Hemd über die Stuhllehne gehängt. Handy und Brille hatte er hinter der Couch versteckt, damit er in der Nacht, wenn er pinkeln musste, nicht aus Versehen darauftrat. Ich sah ihn das alles tun, die Handlungen eines einsamen Mannes, und jetzt lag er mit angezogenen Beinen auf der Seite, um sich warm zu halten. Damals in San Francisco hatte er protzig auf dem Rücken gelegen, fast ohne Decke, mit nacktem Oberkörper, die behaarten Beine weit auseinander, das ganze Bett einnehmend. Jetzt trug er einen zweiteiligen Flanellpyjama. Er war immer noch groß, wirkte aber geschrumpft, er nahm auf der Welt weniger Platz ein. Auch das Geräusch aus seinem Mund war klein, er schnarchte eigentlich nicht, sein Atem pfiff nur ein wenig. Ich trat zu ihm, stieß ihn an der Schulter an und stoppte das Geräusch. Esko knurrte wie zum Dank und war dann still.

Am nächsten Morgen war er wieder mehr er selbst. Fast schien er zu begreifen, dass ich ihn in seiner Einsamkeit erwischt hatte, denn gleich am Frühstückstisch fing er an, von dieser Ulla zu sprechen, über die am Vorabend kein Wort gefallen war. Er fuhrwerkte in der Küche herum, als wäre er der Gastgeber und ich sein Gast. Er wollte unbedingt Eier und Speck braten, tadelte mich, weil es keinen Speck gab, wollte schon zur nächsten Tankstelle fahren, um welchen zu holen. Das tat er dann doch nicht, sondern gab sich mit den Eiern zufrieden und ließ sie fast anbrennen. Das ist Esko. So ist er schon immer gewesen. Ich aß seine schwarzen Eier und hörte mir an, wie gut es bei ihm und Ulla lief, seit Ulla bei ihm eingezogen war, in dem Alter braucht der Mensch halt einen Gefährten an seiner Seite, sagte Esko, ich weiß noch, wie seltsam es mir vorkam, dass er mit solchen geliehenen Illustriertensätzen über seine Beziehung sprach. Ich dachte, dass ich ihn nicht kannte. Wie hätte ich ihn auch kennen sollen, ich war vierzig und lebte seit zwanzig Jahren nicht mehr bei ihm, diese zwanzig Jahre lagen zwischen uns, und daran war nichts Außergewöhnliches. Aber so war es auch wieder nicht, leider. Er war mir zugleich so verdammt vertraut, dass ich es fast unerträglich fand. Seine schwarzen Spiegeleier, die ausgebreitete Zeitung auf dem Tisch, seine Art, die Tasse in der Luft schweben zu lassen, so dass ständig die Gefahr bestand, dass Kaffee auf die Tischdecke schwappte. Er war mein Vater, und ich kannte ihn durch und durch, und mein eigentliches Problem bestand darin, dass er mir trotzdem fremd war. Ich konnte ihm gegenüber nicht gleichgültig bleiben, ich konnte es einfach nicht. Ich wünschte, mein Verhältnis zu ihm wäre eindeutiger, ich wünschte, er hätte mir etwas wirklich Schlimmes angetan, mich geschlagen oder immer nur alles niedergemacht, was ich tat. Dass er so wäre wie Väter in Romanen oder Filmen, wie König Lear oder Vito Corleone. Wäre Esko so eine Figur gewesen, hätte ich es mit ihm ausgehalten, dann hätte ich sein Sohn sein können. Aber das war er natürlich nicht. Er war ein Mensch, wie ihn nicht einmal Shakespeare hätte schreiben können, denn einen Menschen kann man nicht schreiben. Ein Mensch ist ein Mensch, aus Fleisch und Blut, aus Wünschen und Träumen, aus widersprüchlichen Gedanken – da sitzt dir ein fünfundsechzigjähriger Mann, der dein Vater ist, eines Morgens in einer verdammten Mietswohnung in Oulu gegenüber, und du hast keine Ahnung von diesen Gedanken. Das Rätsel wird nicht gelöst, niemals. Und die Zeit vergeht und schleift und formt uns alle, wischt den Menschen weg, den du nicht rechtzeitig verstanden hast. Er zermahlte das dunkle Roggenbrot zwischen den Backenzähnen, er schlürfte den Kaffee. Mir wurde schlecht von seinem Schmatzen, ich wünschte, er wäre nicht da, wünschte, ich wäre allein, wünschte, er wäre gar nicht gekommen. Aber die Wahrheit lautete, dass er mir nichts Schlimmes angetan hatte. Im Gegenteil, auf seine zerstreute Art war er mir so gut es ging eine Stütze gewesen und hatte mir immer nur das Beste gewünscht. Ich hätte es gern bezweifelt, aber ich konnte es nicht. Seine größte Sünde war seine Unfähigkeit zu reden, doch diese Sünde teilte ich mit ihm, auch jetzt saß ich schweigend neben ihm. Egoistisch war er, ein verdammt egoistischer Mensch, aber war ich es denn weniger? Vielleicht setzte ich meinen Egoismus nur behutsamer und raffinierter um, möglicherweise auch gefährlicher. Ich hatte mir vorgestellt, da zu sein. Zu verstehen. Mich zu kümmern, dir ein Vater zu sein, wie es Esko nie für mich war. Das war mein Ziel als Vater, besser zu sein als er, und am Anfang war ich mir auf geradezu rührende Weise sicher, dass ich dabei nicht scheitern konnte.

Ich drehe mich im Kreis. Ich merke es, diese Erinnerung zieht mich tiefer als üblich in sich hinein, ich komme überhaupt nicht zur Sache. Aber Eskos Besuch in Oulu war für mich wichtig, denn mein Vater war offener, zugänglicher als sonst. Mehr Pawel Iwanow, weniger Buzz Aldrin. Ein oder zwei Jahre später kam er aus der schwierigen Phase heraus, vergaß seine Zweifel oder begrub sie tief genug, ein Jahr später hätten wir unser Gespräch nicht mehr führen können.

Ich hatte vorgehabt, ans Meer zu gehen, an eine Stelle, die Nallikari hieß, denn das war mein Lieblingsort in Oulu, ich hätte ihn Esko gern gezeigt. Wir hätten die Treppe zum Sprungturm hinaufsteigen und aufs düstere nordische Meer schauen können, das zu der Zeit den Sommer hinter sich gelassen hatte und aussah, als wäre es bereit, am nächsten Tag zuzufrieren. Ich machte einen entsprechenden Vorschlag, aber Esko wollte unbedingt golfen. Er hatte sein Bag im Kofferraum des Chevrolet, hatte es von Lappland mitgeschleppt, weil er auf der Rückfahrt den Platz in Sankivaara ausprobieren wollte, wo er noch nie gespielt hatte. Da kannst du auch spazieren gehen, ohne was zu tun, sagte er zu mir. Du glaubst gar nicht, wie sehr man da in Bewegung ist! Du solltest es mal ausprobieren, du hast ein gutes Auge für den Ball. Es war nicht das erste Mal, dass er mich zu überreden versuchte, Golf zu spielen, zum ersten Mal hatten wir vor fünfzehn Jahren darüber gesprochen und seitdem bestimmt zig Male.

So war ich also sein Caddy. Ich ging neben ihm her und zerrte den Wagen mit dem Bag hinter mir her, verfolgte an jedem Loch das endlose Abwägen, wenn er den passenden Schläger für den Abschlag wählte. Vor dem langen Schlag absolvierte er eine endlose Serie mentaler Übungen, starrte mit zusammengekniffenen Lippen auf das zweihundert Meter entfernte Fähnchen und schwang den Driver in der Luft. Esko war kein echter Golfer. Ich sah ihn zum ersten Mal auf dem Platz, er war nicht ganz so miserabel, wie Timo und Ville behauptet hatten, aber nach zwei Wochen Üben hätte ich besser geschlagen. Seine Arme und Beine sind im Verhältnis zum übrigen Körper zu groß, er beherrscht die eigenen Gliedmaßen nicht. Das war schon immer sein Problem gewesen, bei allen Ballsportarten, und es war natürlich nicht verschwunden, sondern schlimmer geworden, so wie alle Wehwehchen und schlechten Angewohnheiten und unangenehmen Charakterzüge mit dem Alter schlimmer werden. Ich erinnerte mich, wie es mit ihm auf dem Tennisplatz hinter dem Krankenhaus war, Mitte der siebziger Jahre, wenn Eki nicht konnte, spielte ich gegen Esko, und er war natürlich physisch noch viel stärker als ich, aber trotzdem leicht zu besiegen.

Die meiste Zeit schwiegen wir. Eine solche Stille war in Eskos Gegenwart selten, aber nun umgab uns der Herbst von Oulu, über uns hing ein bleigrauer Himmel, der jeden zum Verstummen gebracht hätte. Nach dem fünften Loch fing es auch noch an zu regnen. Esko zog für uns beide Regenjacken aus dem Bag, und wir gingen weiter. Mich nervte das Schweigen allmählich, ich wollte etwas sagen, irgendetwas, blieb aber trotzdem stumm. Ich reichte Esko seinen Wünschen gemäß die Schläger und wischte sie nach dem Schlag mit einem Tuch ab, das er mir gegeben hatte.

Wir standen auf dem Golfplatz Sankivaara am siebten Loch, am Ende, genau am Fähnchen. Esko hatte gerade einen Dreifachbogey geschlagen und sich gebückt, um den Ball aufzuheben. Er hielt den Ball in der einen Hand, in der anderen den Schläger und blieb vor mir in der Hocke. »Sag mir mal eins, Esa«, fing er an. »Sag du es mir, weil ich keine Lust mehr habe, darüber nachzudenken. Hast du dich wirklich umbringen wollen?«

Seine Stimme klang seltsam gepresst. Ich stand da und blickte auf ihn herab. Er befand sich immer noch in der Hocke, blieb ungewöhnlich lang in dieser Haltung, vielleicht bat er mich unbewusst um Verzeihung, und da nichts passierte, da ich seine Frage nicht beantwortete, rappelte er sich schließlich mühsam auf, nahm mir das Tuch aus der Hand und reinigte selbst seinen Schläger. Esko schaute zu Boden, ich in den Himmel, es war der schwere nordische Himmel von Oulu, er war anders als im Süden, und wieder begriff ich, dass ich aus einer plötzlichen Laune heraus in diese Stadt gekommen war, dass es nicht meine Stadt war, ich gehörte hier ebenso wenig her wie Esko. »Nein«, sagte ich schließlich als Antwort auf seine Frage. »Habe ich nicht.«

»Was war es dann, Mensch? Was wolltest du?«

Mit einer einzigen wütenden Bewegung rammte er den Schläger in das Cartbag, packte den Trolleygriff und machte sich so schnell auf den Weg zum nächsten Loch, dass es fast aussah, als würde er rennen. Seine Schritte waren lang, aber er lief gebückt. Entschlossen wie ein Muli zog er das schreckliche blaue Trumm hinter sich her. Auch darauf prangte das

Logo von Sony, Esko hatte es vor fünf Jahren bei einem Golfturnier gewonnen, das der Importeur für die Händler veranstaltet hatte; vermutlich bei der Tombola, denn das Turnier hatte er unmöglich gewinnen können. Mich machte das Logo traurig. Diese vier Buchstaben, dieser furchtbare Stempel, den er ewig mit sich herumschleppte. Sony. Sony. Akio Morita und Masaru Ibuka. Immer dasselbe Scheiß-Sony. Wäre es möglich gewesen, hätte Esko Ende der achtziger Jahre wahrscheinlich sogar den Namen geändert. Esko Sony. Esa Sony. Vater und Sohn Sony. Er ging forsch den sanften Anstieg neben der Sandgrube hinauf, ein fröhliches Rentnerpaar fuhr im Golfauto an ihm vorbei, Esko winkte, obwohl er die Leute unmöglich kennen konnte. Es war ein Reflex. Er kannte alle Leute in allen Städten, sogar in Oulu. Aber woher will ich das wissen, vielleicht waren der Mann und die Frau alte Freunde, vielleicht kannte er sie wirklich. Ich stand weiterhin am Fähnchen von Loch sieben und sah ihm hinterher, brachte es nicht fertig, ihm zu folgen, und musste schließlich rennen, um ihn einzuholen, ich lief seinem blauen Sony-Wagen hinterher und erreichte ihn gerade, als er sich am nächsten Loch zum Abschlag aufbaute.

»Du hattest ein Kind, Esa! Du hattest Familie. Und trotzdem hättest du dich fast umgebracht, verdammt noch mal!«

»Ich hatte keine Familie mehr. Die Familie war mir weggenommen worden.«

»Weggenommen, weggenommen! Wer hat sie dir denn weggenommen? Bei dir sind immer die anderen schuld. Wahrscheinlich ist es auch meine Schuld. Beschuldigst du mich, weil du fast das Handtuch geschmissen hättest? Wahrscheinlich. Und Liisa beschuldigst du auch. Liisa beschuldigt mich. Leck mich am Arsch, was hab ich es satt, dass mir dauernd Vorwürfe gemacht werden.«

Der Ball lag schon auf dem Tee, Esko hatte ihn hingelegt, während er sprach. Ich reichte ihm den Schläger, diesmal feilte er nicht an seiner Position, sondern schlug sofort. Wir beobachteten beide die Flugkurve des Balles. Er flog genau in die richtige Richtung und landete zweihundert Meter entfernt mitten auf der Bahn. Es war der beste Abschlag, den Esko an diesem Tag schaffte, die Wut hatte seinen Bewegungen die Langsamkeit genommen, er dachte an nichts, und darum klappte es. Leck mich, sagte er. Leck mich, was für ein Schlag. Dann ging er wieder los, nahm seinen Trolley, folgte dem Ball, und ich lief ihm erneut hinterher, und als ich ihn eingeholt hatte, fing ich an zu reden, und mein Vater schwieg, ich sagte ihm Dinge, an die ich mich nicht genau erinnern kann und an die ich mich vielleicht auch nicht erinnern will. Außer uns war niemand mehr auf dem Platz. Der Regen schlug uns waagrecht ins Gesicht. Das war der Wind vom Bottenwiek, ich schrie, und der Wind rief mit mir um die Wette. Esko hatte zuerst die Fassung verloren, jetzt war ich an der Reihe.

Du bist wie ein Baum, sagte ich zu ihm. Wie eine verdammte Eiche. Du wirfst Schatten, und in dem Schatten kann man unmöglich gerade wachsen. Ich bin nicht sicher, aber ich habe das Gefühl, mich so ausgedrückt zu haben. Ich erinnerte mich an Tarmo Mannis Worte, mein ganzes Leben lang hatte ich sie nicht vergessen. Ich redete, ich hatte etwas zu sagen, und Esko lief mir davon und machte mit seinen Wunderschlägen weiter. Er schlug am ganzen Loch unfassbar gut, er wäre unter Par geblieben, hätte er mit seinem letzten Put ein bisschen mehr Glück gehabt. Hast du den Arsch offen? Ich bin doch kein Baum, sagte Esko zu mir. Ich bin doch kein Scheißbaum. Was redest du da, Junge, ich versteh dich nicht. Aber er verstand es sehr wohl. Er verstand zumindest mehr als zuvor. Er war endlich einmal offen, sein Leben lief gerade auch nicht in geordneten Bahnen, und ich war ihm näher als seit vielen Jahren, ich war glücklich, dass er da war, es stimmt, ich war wütend, aber ich war auch glücklich. Wir saßen im leeren Clubrestaurant, im Kamin brannte Feuer, wir hatten Malt Whisky im Glas und Erdnüsse auf dem Tisch, in diese Sofaecke hatten wir uns nach dem neunten Loch gesetzt, weil das Wetter unmöglich geworden war, ich hatte mich beruhigt und Esko hatte aufgehört zu grollen, wir redeten ruhig und vernünftig miteinander, wenn ich jetzt daran zurückdenke, erinnere ich mich an unsere ruhigen, gleichmäßigen Stimmen in jenem mit ungelesenen Büchern ausgekleideten Raum.

Leben heißt, die Verzweiflung abzuschütteln, sagte Esko zu mir. Er hatte die Brille abgesetzt und drehte sie vor dem Gesicht hin und her wie seinerzeit im Hinterzimmer des Ladens, kaute zwischendurch am linken Bügel, wo man bei genauem Hinsehen die Bissspuren erkennen konnte. Er hielt den Kopf schief, saß etwas zusammengesunken im Sessel unter einem Schwarzweißfoto von Jack Nicklaus und zwei über Kreuz an die Wand genagelten Wilson-Golfschlägern. Ich hatte ihm erzählt, wie es war, nach dem Krankenhausaufenthalt bei Liisa aufzuwachen. Ich hatte versucht, es ihm zu erzählen, es wenigstens versucht. Esko wiederum hatte versucht, mir von Saariselkä zu erzählen. Ich hätte weitergemacht, sagte er. Mit deiner Mutter weitergemacht, ich hätte ihr alles verziehen. Einfach weitergelebt. So ist das Leben manchmal, sagte er dann, Leben heißt, die Verzweiflung abzuschütteln, und es klang nicht so, als spräche er von meinem Leben oder vom Leben allgemein, nein, er sprach von seinem Leben. Auf dem Platz war es ihm bereits gelungen, mich zu überraschen, jetzt gelang es ihm ein zweites Mal an diesem Tag. Denn ich hatte nie an die Möglichkeit gedacht, dass mein Vater unter irgendwelchen Umständen Verzweiflung empfinden könnte. Dass er es sich oder gar einem anderen eingestehen würde. Dass die Verzweiflung seine Begleiterin gewesen sein könnte, wie sie es für mich immer gewesen war, etwas, das er nur viel entschlossener und erfolgreicher und hartnäckiger abschüttelte als ich. Es war ein erstaunlicher Gedanke. Er passte nicht in mein Gehirn. Er veränderte alles, ein bisschen so, als hätte ich mein ganzes Leben im Dunkeln verbracht und plötzlich machte jemand ohne Vorwarnung das Licht an. Für einen Augenblick war das Licht hell, ich glaubte ihm, alles war deutlich, aber gleich am nächsten Tag, vielleicht schon am selben Abend, nachdem Esko abgereist war, trübte sich alles wieder ein.

2011, I

Kann man das je satt haben? Das klimatisierte Schlafzimmer, das schlaffördernde, weiche Bett, den in die Wand eingelassenen Fünfzig-Zoll-Plasmafernseher am Fußende des Bettes? Die achtundneunzig Programme, selbst mitten in der Nacht in Reichweite, nur zwei Knopfdrücke auf der Fernbedienung entfernt? Den weichen Teppichboden unter den Füßen, die in die Decke integrierten Halogenlampen, die große WC-Schüssel im Bad und das riesige Waschbecken? Die geräumigen Kühlschrankfächer? Den vorgeschnittenen Käse und die ergiebigen Behälter mit Erdnussbutter, die herrlichen Kanister mit einer halben Gallone Orangensaft voller Fruchtfleisch? Es ist zwei Uhr nachts, Freitag, der 8. Juli 2011, Esko steht in Shorts von Gap und einem Polohemd von Hilfiger in der Küche seines Bungalows und trinkt Tropicana direkt aus dem Behälter. Er dreht die Jalousien hoch und schaut auf den Pool. Den teilen sich acht Parteien, aber er stellt sich vor, dass er nur ihm gehört. Er ist ein wohlhabender Mann, er lebt in Amerika, er hat einen eigenen Swimmingpool, eine eigene, von Liegestühlen und Sonnenschirmen und noch etwas kleinwüchsigen Palmen gesäumte, nierenförmige Oase, wo der mexikanische Hausmeister jeden Abend Blätter und sonstigen Schmutz aussiebt. In der Nacht wird das Wasser gereinigt, aber Esko könnte trotzdem jederzeit hineinspringen. Eigentlich würde er das gern tun, er hat nur vier Stunden geschlafen, ist aber überhaupt nicht müde. Jeden Tag sollte man mindestens fünfhundert Meter schwimmen. Der Pool ist klein, aber Esko schwimmt hartnäckig im Kreis, mit dreiundsiebzig Jahren darf man keine Abstriche machen, was die Bewegung anbelangt. Heute wird er die tägliche Strecke nicht schwimmen, das ist besorgniserregend, aber vielleicht kann er sie durch einen Spaziergang ersetzen. In Titusville werden sie mit Sicherheit zu Fuß gehen müssen, am Abend haben sie in den Lokalnachrichten gesagt, es würden sehr viele Menschen kommen. Wer weiß, wo sie das Auto parken müssen, eventuell mehrere Kilometer entfernt. Beziehungsweise Meilen, er ist ja in Amerika. Er versucht, in Meilen, Zoll und Yards zu denken, auch wenn es ihm schwerfällt, er kommt sich vor, als säße er wieder in der Schule und paukte das Einmaleins.

Die Garage ist so gebaut, wie jede Garage auf der ganzen Welt gebaut sein sollte, man kommt direkt vom Haus hinein. Der Schlüssel zum Chrysler steckt in den Shorts, Esko muss ihn nicht einmal herausnehmen, um die Türen aufschnappen zu lassen. Er lädt die Sachen ein, die er sich am Vorabend überlegt hat: vier Klappstühle und einen kleinen Picknicktisch, Gummistiefel für den Fall, dass es regnet, ein Sixpack Bud Light und zwei Flaschen Coca-Cola. Den vierten Stuhl will er wieder herausnehmen, legt ihn aber zurück, denn wer weiß, und im Auto ist Platz genug. Den Rucksack stellt Esko vorsichtig auf den Rücksitz, damit die Thermosflasche im Seitenfach auch bestimmt aufrecht bleibt, im Frühling, als sie in Disneyworld waren, haben Timos Kinder ihm das Auto mit Kartoffelchips und Erdnüssen versaut, es kostete ihn einen ganzen Nachmittag, die Sitze sauber zu schrubben, und es gingen doch nicht alle Flecken raus. Timo wurde sauer, als Esko etwas sagte. Für so ein Schiff hast du Geld, verdammt noch mal, und dann kommt es darauf an, wie meine Kinder ihren Proviant essen? Jetzt schämt er sich für die ganze Geschichte, es ist still und dunkel in der Garage, Esko will möglichst schnell hinaus. Er schlägt die Heckklappe zu und erinnert sich, wie Timo sie bei ihrem Streit damals im April zuschlug. Er hätte den Mund halten sollen, da Timo und die Kinder nun einmal bei ihm waren. Eigentlich stritten sie um Geld, nicht um Fettflecken, alles, was mit Geld zu tun hat, kommt nur allzu leicht an die Oberfläche. Esko würde Timo sein Verhalten gern erklären, jetzt, da der Streit einige Monate zurückliegt und es genug Zeit zum Nachdenken gegeben hat. Mit zunehmendem Alter sehnt sich der Mensch eben nach mehr Ordnung, würde er zu dem Jungen sagen. Eine Kleinigkeit, ich wollte nicht penibel sein. Tut mir leid, wenn ich die Aktien deiner Meinung nach zu teuer verkauft habe, aber das schien damals der gängige Preis zu sein. Entschuldigung. Andererseits: Warum sollte er Timo um Vergebung bitten? Er hat den Jungs eine schuldenfreie Firma samt Kundenstamm hinterlassen. Auch nach seinem Ausscheiden hat es in der Branche gute Jahre gegeben, er verfolgt noch immer die Statistiken im Fachblatt *Heimelektronik,* es werden noch Geschäfte gemacht. Ist es denn, verdammt noch mal, seine Schuld, wenn seine Söhne nicht mithalten?

Esko lässt den Motor an, legt den Automatikgang ein und fährt rückwärts die Rampe hinunter auf die Straße. Das Garagentor schließt sich automatisch, auch diese kleine Annehmlichkeit muntert ihn jedes Mal auf. Im Karhupolku musste man immer aussteigen, bei jedem Wetter. Esko erinnert sich, wie abscheulich es war, mit Halbschuhen im Schneeregen zu stehen und an dem schweren Tor zu zerren. In Amerika passiert so etwas nicht, auf dieser Seite des Atlantiks weiß man die Dinge so zu regeln, dass der Alltag angenehmer über die Bühne geht. In Lake Worth könnte sogar Liisa fahren, denkt Esko, ein kleines Kind oder ein halb blinder Greis könnte es, auf so breiten Straßen ist es unmöglich, einen Unfall zu bauen. Der Chrysler Voyager gleitet nun majestätisch über die ovale Schleife des Silver Glen Way, Esko hält sich gewissenhaft an die Geschwindigkeitsbegrenzung, obwohl kein Verkehr herrscht, die Kreuzung Lake Worth Road ist frei, aber er muss kurz an der Ampel warten. Auf der großen Straße erhöht er die Geschwindigkeit auf fünfzig Meilen pro Stunde, aktiviert den Tempomat und folgt der schnurgeraden Straße in Richtung Meer und Innenstadt. Er schaltet das Radio ein und wählt von den einprogrammierten Sendern denjenigen, den er fast immer hört, einen Sender, der gute alte Klassiker spielt und in passenden Abständen ein bisschen Jazz, das, was auch Bill und Susie hören. Bill hat ihm den Sender gezeigt, vorher hörte er im Auto hauptsächlich seine eigenen CDs.

Ein Radiosender ist viel besser als CDs. Esko mag die Vorstellung, dass ihm ein lebender Mensch ausgesuchte Stücke vorspielt. Auch jetzt sitzt in einem Studio in West Palm Beach ein Moderator, ein Mann mit angenehmer Samtstimme, der offenbar Ross heißt. Die Sendung ist nicht aufgezeichnet, Ross ist um diese Zeit tatsächlich wach und sieht vor dem Fenster genau dieselbe pechschwarze Sommernacht Floridas und spricht vom Morgen, der in vier oder fünf Stunden anbrechen wird. *»It's a bit of a sad day for America«*, sagt Ross nachdenklich. *»End of an era, makes you think. Still, out of the ashes of the old something new will be born. The dream will live on.«* Esko hört Ross mucksmäuschenstill zu und nickt, ohne dass es jemand sieht, er steht auf der Drive-in-Spur von Dunkin' Donuts hinter einem ferienhausgroßen Wohnmobil aus Alabama und wartet, bis er an die Reihe kommt. Nachdem er den großen Kaffee und einen Zimtdonut bekommen hat, fährt er an den Rand des Parkplatzes und hört zu, wie Ross, der ihm bereits wie ein guter Freund erscheint, von seiner Kindheit erzählt. Ross ist älter, als Esko zunächst vermutet hat, kein Greenhorn mehr. Als kleiner Junge in Cincinnati, Ohio, stand er auf dem Dach seines Elternhauses, betrachtete die Sterne und nahm sich vor, Astronaut zu werden. *»Now it is no longer possible. Have to think of something else«*, lacht Ross und legt eine Platte auf, Esko kennt das Stück nicht, aber es kommt ihm trotzdem bekannt vor. Er fragt sich, ob es möglich wäre, direkt im Studio anzurufen und Ross zu erzählen, dass er daheim in Maaninka, Finnland, genau das Gleiche getan hat, obwohl er damals kein kleiner Junge mehr war, sondern ein Kerl von fast zwanzig Jahren. Vom Dach aus sah man nicht wesentlich besser, aber der Himmel schien fünf Meter weniger weit weg zu sein. Allerdings träumte er nicht von einer Karriere als Astronaut, er war zwar ganz groß im Träumen, doch seine Träume hatten Grenzen. Ihm war klar, dass er als Finne nie ins Weltall kommen würde. Ross hingegen hätte es schaffen können. Und Bill, Bill Campbell, mit dem Esko sich heute den Start des letzten bemannten Weltraumshuttles anschauen wird, Bill hätte es fast geschafft. Zu der Zeit, als Esko in Linienbussen zwischen Kuopio und den Landgemeinden hin- und herfuhr, flog Bill im Überschallflugzeug über die Mojave-Wüste. Dort wohnte Bill auch, mitten im Niemandsland, in der höllischen Hitze. Bei einem Wochenendurlaub in San Francisco lernte er dann Susie kennen, und Susie zog zu ihm, sie lebten in barackenähnlichen, primitiven Verhältnissen, es war Liebe auf den ersten Blick, Susie war bereit, für Bill alles aufzugeben. Bill war ein junger Pilot der Luftwaffe. Er war verblüffend schnell, einer von den hundertzehn, die 1959 von der neugegründeten NASA einen Brief mit der Einladung zu geheimen Tests erhielten. Von diesen Tests weiß Esko noch immer so gut wie nichts, es gibt Dinge, über die Bill nicht reden will, wenn man ihn danach fragt. Das sind Staatsgeheimnisse, sagt Bill. *I can't tell you, Esko, don't even ask.* Natürlich ärgert sich Bill über den Ausgang der Tests. Er kam unter die besten dreißig und schied dann aus.

So unfassbar dicht dran, denkt Esko. Sein Freund Bill Campbell hätte unter den auserwählten sieben sein können. Bill hätte Alan Shepard sein können, der erste Amerikaner außerhalb der Erdatmosphäre. Er hätte Neil Armstrong sein und als Erster den Fuß auf den Mond setzen können. Ein Jammer, dass es Bill nicht geschafft hat, aber auch das ist schon ein Wunder, dass er persönlich einen Mann kennt, der fast im Weltall gewesen wäre. Esko ist anders als die meisten Finnen in Lake Worth, die die Sprache nicht können und mit anderen Finnen im Finnland-Haus finnischen Kaffee trinken und auf den nächsten Donnerstagstango warten. Er ist fast wie ein Amerikaner, er hat Freunde wie Bill Campbell. Echte Amerikaner, Fast-Astronauten, Menschen, die nicht aufgeben, verdammt noch mal. Bill versuchte es drei Jahre später noch einmal, diesmal wurde er ins Astronautenprogramm der NASA aufgenommen. Seine Ausbildung war fast abgeschlossen, alles sah gut aus, früher oder später wäre er an der Reihe gewesen, ins Weltall zu fliegen. Dann passierte etwas Unglückliches mit dem Gleichgewichtssinn. Esko weiß nicht genau, was, auch das gehört zu den Dingen, über die Bill nicht gern redet. Das Problem trat beim letzten Simulationsflug auf und konnte nicht korrigiert werden, und so kehrte Bill zunächst zur Luftwaffe zurück, schied zwei Jahre später auch dort aus, zog in seine Heimat Michigan und gründete eine hübsch erfolgreiche Firma im Bereich Müllentsorgung, die inzwischen von seinen Söhnen betrieben wird.

Aus dieser Firma stammt Bills Geld, aus dem Mülltransport. Eine Luxusvilla am Oakmont Drive, neben dem Golfplatz von Palm Beach, drei Autos und ein paar Motorräder in der Garage, ein wirklich eigener Swimmingpool, daneben ein Gästehaus von der Größe eines finnischen Einfamilienhauses, wo Esko einige Male übernachtet hat, als es spät geworden war. Greencard in einem schockierend teuren Club, Esko könnte sich die niemals leisten, und als Finne würde man ihn wahrscheinlich sowieso nicht aufnehmen. Ohne Bill Campbell hätte er auf dem Green nichts verloren. Jetzt spielt er einmal die Woche in Palm Beach, immer am Donnerstagvormittag. Dienstagnachmittags stemmt er mit Bill Gewichte im Fitnessraum der Campbells im Kellergeschoss ihres Hauses. Wie zu seiner Astronautenzeit befolgt Bill das einfache Programm, das ein Fitnesstrainer der NASA aufgestellt hat. Esko absolviert die Serie mit leichteren Hanteln, kommt nach einem Jahr Training aber schon ganz gut mit. Bisweilen ruft Bill ihn überraschend an und lädt ihn ein. Es läuft immer so herum, Bill weiß kaum, wo Esko wohnt. Er ist Esko Vuori. Esko the Mountain. Esko Mount Everest. Esko from Finland. Und Bill mag die Finnen, denn Susie hat schwedische Wurzeln, und für Bill gehören alle Skandinavier ein und demselben langbeinigen, blonden, sexuell freizügigen Volk an. Esko will sich da nicht an kleine Unterschiede klammern. Er hört gern zu, wenn Bill von Susies Urgroßvater erzählt, der Ende des 19. Jahrhunderts aus der schwedischen Provinz Dalarna nach Amerika kam und Milchfarmer in Minnesota wurde.

Dass er Bill kennenlernte, hat er Darlene zu verdanken. Vor zwei Jahren war er mit ihr zusammen und bildete sich ein, es könnte etwas daraus werden, ihr zuliebe ging er bisweilen sonntags mit in die Kirche. Den Namen Bill Campbell kannte er bereits, er hatte ihn auf einem vergoldeten Schild an der Mauer der presbyterianischen Kirche von Lake Worth gesehen, als einer der größten Spender. Auf dem Parkplatz fing Darlene dann mit Bill und Susie zu plaudern an. *»Esko, this gentleman here is the great Bill Campbell«*, sagte Darlene kichernd, und Bill Campbell war viel entspannter, als Esko es sich vorgestellt hatte, er boxte Darlene scherzhaft und andeutungsweise in den Bauch und hielt Esko die Pranke hin. Sein Händedruck war militärisch fest, die dunklen Augen sahen Esko direkt an. *»Always nice to see new faces here in the house of Lord«*, sagte Bill, ein Satz, der irgendwie nicht in seinen Mund passte. Esko fällt es noch immer schwer, den Glauben mit Bills sonstigen Eigenschaften in Übereinstimmung zu bringen. Wenn ein Mensch ein so eisernes Selbstbewusstsein hat wie Bill, müsste Gott eigentlich überflüssig sein. Offenbar hat Bill erst nach seiner Fliegerkarriere zum Glauben gefunden, und Gott ersetzt nun etwas, das es früher im Leben gegeben hat, so ist es in der Regel der Fall. Gott braucht man dann, wenn etwas fehlt, ansonsten kommt der Mensch gut ohne ihn aus.

Esko zerknüllt das Donutpapier, stellt den leeren Kaffeebecher auf die Fußmatte des Beifahrersitzes und schämt sich für seine gottlosen Gedanken. Er würde gern mehr an Gott glauben, dann wäre er ein besserer Amerikaner. »Gott segne Amerika«, sagt auch Ross gerade im Radio. Es ist 2.26 Uhr, sein Dienst scheint vorbei zu sein, er verabschiedet sich von seinen Hörern. »Gott segne unsere großartigen Astronauten auf ihrem letzten Flug. Gott segne Amerika ohne unsere großartigen Astronauten.« Dann legt Ross die letzte Platte der Sendung auf und trifft eine überraschend verspielte Wahl: Sinatras »Fly Me to the Moon«. Zuerst ärgert sich Esko über diesen Gag, er schnaubt verächtlich, aber Sinatra ist eben Sinatra, unmerklich trommeln die Finger auf dem Lenkrad, und der linke Fuß klopft ein bisschen im Takt. Auf der letzten Meile bis zum Haus der Campbells summt Esko das Stück mit.

Das Tor ist offen, seine Ankunft wird erwartet. Esko parkt auf dem gewohnten Platz unter den Palmen, das Licht bleibt einen Moment an, nachdem der Motor aus ist, die Kegel treffen das Ehepaar Campbell und beleuchten ihre Bewegungen. Bill und Susie stehen hinter Bills schwarzem Hummer. Die Heckklappe ist offen, Bill gibt Anweisungen, und Susie lädt die Sachen so ein, wie ihr Mann es will. Bill ist genau wie alle Berufssoldaten, die Esko kennt, penibel in Kleinigkeiten. Susie ist seine treue Dienerin, daran gewöhnt, sich im Hintergrund zu halten und ihrem Anführer die Wünsche von den Augen abzulesen. Esko betrachtet die beiden und spürt einen Stich von Neid im Herzen. Liisa wird nicht kommen, das fällt ihm jetzt wieder ein, als er am Dienstag mit ihr sprach, sagte Liisa, sie werde auf keinen Fall kommen. Er war wütend auf sie und nannte sie egoistisch und kindisch. Liisa sagte, er sei selbst ein Kind. Er sei nie erwachsen geworden, und das sei sein Problem. Immer diese verdammten Ideen! Diese absonderlichen Überraschungen, über die sich alle wahnsinnig freuen sollen. Das Telefongespräch endete im offenen Streit, und als er gestern noch einmal versuchte, sie anzurufen, meldete sich Liisa nicht.

Esko hat nicht mehr vor, sie noch einmal anzurufen. Nein, verdammt. Es wird lange dauern, bis er das nächste Mal zum Telefon greifen und Liisas Nummer wählen wird. Eher ruft er Darlene an. Darlene käme vielleicht zurück, würde mit ihrem Pontiac vorfahren und in ihrem etwas zu knappen, tulpenroten Badeanzug neben ihm am Pool liegen, so wie letzten Herbst. Das hatte was für sich, Darlene ist eine vitale Frau, die viel lacht. Jünger als Esko, gerade mal sechzig, in ihrer Gegenwart kommt er sich gut und gern zehn Jahre jünger vor. Aber Darlene braucht seine Gesellschaft eigentlich nicht. Er war nicht der Mann, der in ihrem Leben fehlte. Am Ende konnte er die Erinnerungen an den Immobilienmakler Donnie Dartwood nicht mehr hören, der keine Zwiebeln auf dem Hamburger mochte, unter atopischer Haut litt, Modelleisenbahnen sammelte, Baseball mehr als Football mochte und sein ganzes Leben lang leidenschaftlicher Fan der Boston Red Sox war. Wenn Darlene abends am Glastisch auf der Veranda die Karten austeilte und er folgsam seinen Platz einnahm, kam er sich wie ein Ersatzschauspieler vor, der für einen anderen einspringt. An Allerheiligen stand er mit Darlene am Grab von Donnie Dartwood in Lantana und begriff, dass er nicht weitermachen wollte. Dieser tote Mann war Teil seines Lebens geworden, das fand er unerträglich.

Das Licht der Taschenlampe trifft seine Augen, Bill richtet die große Maglite direkt auf ihn. Bill und Susie haben alles eingepackt, sie warten auf ihn, Susie lächelt ihn sonnig an, wie sie es immer tut, und bedeutet ihm auszusteigen. Esko begreift, dass er gedankenverloren im Wagen sitzt wie ein Idiot. Er steigt aus, spürt die feuchte Sommernacht und schnappt den Rucksack vom Rücksitz. Dann lässt er das Lenkradschloss einrasten und drückt sanft die Fahrertür zu. Während er mit Bill den Tisch und die Stühle vom Chrysler in den Hummer umlädt, nimmt Susie bereits auf ihrem Sitz Platz. Randy läuft die ganze Zeit zwischen ihren Füßen herum, Bills schwarzer Labrador, dessen grelles Bellen auf dem Grundstück widerhallt. Sein Herrchen schlägt die Heckklappe zu, und der Hund schlüpft durch die offene Hintertür ins Auto. »So, Esko from Finland«, sagt Bill Campbell mit seiner immer gleich lauten Stimme. »Dann wollen wir uns mal auf den Weg machen, einen Traum zu begraben.«

Die I-95 führt geradeaus durch die Ebenen Floridas nach Norden. Die Landschaft wirkt noch flacher, wenn man sie von der hohen Rückbank eines Hummer aus betrachtet, genauso öde wie Ostbottnien, das Esko nie gemocht hat. In Momenten wie diesen denkt er manchmal, dass er sich mit dem gleichen Aufwand auch in Kalifornien oder in den Rocky Mountains hätte niederlassen können, in einer Ecke des Kontinents, wo die Landschaft Formen hat. Hier hat sie keine, alles ist platt und außerdem drei Stunden lang einschläfernd schwarz. Die Lichtmasten der Motels und Tankstellen leuchten mit ihrer ewigen Neonreklame, die Schweinwerfer der entgegenkommenden Autos perforieren die Dunkelheit, aber das Fehlen der Oberflächenformen lässt die Schwärze trotzdem endlos erscheinen. Sie sind erst dreißig Meilen gefahren, haben gerade mal Palm Beach hinter sich gelassen, doch Esko kommt es so vor, als wären sie eine Ewigkeit unterwegs. Bill und Susie sitzen vorne wie Vater und Mutter, Esko ist das Kind auf der Rückbank. Randy, der Labrador, hat ihm die Schnauze auf die Füße gelegt, ab und zu beugt sich Esko nach vorne, um den Hund zu kraulen. Der Schädel fühlt sich klein an, überraschend zerbrechlich, obwohl der Hund groß und stark ist. Er hat Hunde sein Leben lang gemocht, jedoch nie selbst einen gehabt. Warum nicht? Weil er keine Zeit gehabt hat? Oder weil Liisa von dem Gedanken nicht so begeistert war? Und wenn er sich jetzt einen Hund anschaffen würde? So einen großen Hund wie Bill ihn hat, das könnte eine gute Idee sein. Das würde ihn wenigstens zwingen, sich zu bewegen, dann könnte er nicht abends auf der Couch liegen bleiben und einschlafen, wie es ihm bisweilen passiert.

Bill ist genauso schlechter Laune, wie Esko befürchtet hat. Bill weiß, was Esko denkt, er muss es wissen. Dennoch hat Esko das Gefühl, als würde sein Freund an ihm zweifeln oder ihm Vorwürfe machen. Ab und zu dreht sich Bill beim Sprechen so lange nach hinten um, dass es Esko graut. Bill Campbell fährt schnell, immerhin hat er die Schallmauer durchbrochen, dagegen sind fünfundsiebzig Meilen auf einer schnurgeraden Autobahn Schrittgeschwindigkeit.

»Was wird von uns übrig bleiben, wenn es keine Astronauten mehr gibt, Esko? Was wird von Amerika bleiben? Als dieses Land aufgebaut wurde, arbeiteten sich unsere Vorväter durch den gesamten feindlichen Kontinent, von einem Ozean zum anderen. Als wir die Küste erreicht hatten, richteten wir den Blick zum Himmel. Und schlugen den Weg nach oben ein, bis zum Mond. Als Erste. Welchen Weg schlagen wir jetzt ein? Was will dieser erbärmliche Präsident? Herzlich willkommen im Amerika von Obama!«

War es nicht Bush junior, der beschloss, das Weltraumprogramm zu beenden, denkt Esko. Natürlich war er es, ein Weltraumprogramm fährt man nicht innerhalb von zwei Jahren herunter. Bush traf die Entscheidung in seiner ersten Amtszeit, nachdem die Columbia über Texas explodiert war. Esko überlegt, ob er den Gedanken laut aussprechen soll, kann aber nicht einmal ansetzen, denn Bill kommt nun in Fahrt.

»Er ist ein Kommunist. Barack Obama ist ein Kommunist. Nicht mal ein echter Amerikaner, dieser verdammte Robin Hood ist nicht einmal hier geboren worden. Genauso gut könntest du Präsident der Vereinigten Staaten sein. Du, Esko from Finland, du wärst ein viel besserer Präsident als Obama. Weil du kein Kommunist bist.«

»Nein, das bin ich wirklich nicht.«

»Natürlich nicht. Du bist ein Unternehmer wie ich. Hast als Selbständiger dein Vermögen gemacht. Bist durch deine Arbeit aus deiner Hütte heraus- und hierhergekommen, davor habe ich Respekt. Du weißt, was es heißt, selbständig zu sein. Zu arbeiten. Aber Barack Obama weiß es nicht. Was war dieser Obama überhaupt in Chicago, bevor er in die Politik ging? Jugendpfleger? Sein Leben lang hat er nur Geld verteilt, das andere Leute mit ihrer Arbeit verdient haben. Das kann er, der Obama, Geld verteilen. Das ist das Einzige, was dieser Mann kann. Und wenn das Geld nicht reicht, leiht er sich was von den Chinesen oder druckt welches. Er ist ein Kommunist. Genau wie Kennedy, ein Kommunist.«

»Kennedy doch nicht?«

»Kommunist. Auch Roosevelt war Kommunist. Alle, die versuchen, aus Amerika ein Land zu machen, in dem einfach nur das Geld, das andere verdient haben, verteilt wird, sind Kommunisten. Wir sind hier nicht in Frankreich oder Schweden oder in der Sowjetunion. Oder in Finnland. Hier muss man allein zurechtkommen. Selbständig. Kennedy war Kommunist.«

»Ein Kommunist, der das Apollo-Programm startete.«

»Kommunist bleibt Kommunist. Glaub mir, Esko, widersprich mir nicht. Wer von uns beiden hat sein Leben lang hier gewohnt, du oder ich? Wer von uns beiden ist Amerikaner?«

Bill richtet den Blick kurz auf die Straße, Susie legt ihrem Mann beruhigend die Hand auf den Arm. Esko krault den Hund und schaut auf die Straßenschilder, Willow Lakes, Ten

Mile Creek, sie scheinen überhaupt nicht vorwärtszukommen. Er versucht, die verbleibenden Meilen nicht zu zählen, und erinnert sich, wie er im Hinterzimmer von Puupponens Geschäft heulte, als er von Kennedys Tod erfuhr. Auch Bill wird Kennedy damals nicht für einen Kommunisten gehalten haben. Bill hätte nicht einmal so geredet, als sie sich kennenlernten, die Veränderung ist danach eingetreten, und Esko gefällt das nicht, er mag die Tea-Party-Leute nicht, zu deren Demonstrationen Bill ihn lockt. Es ist natürlich großartig, dass es so viele Menschen gibt, die vom Staat nichts haben wollen. In Finnland ist eine Demonstration unvorstellbar, auf der die Menschen fordern, der Staat solle seine Ausgaben kürzen. Aber diese Leute, ihre fanatisch verzerrten Gesichter, der Ton ihrer Reden. Esko möchte Bill am liebsten erzählen, wie viel ihm Kennedy damals in den sechziger Jahren in Kuopio bedeutet hat. Immerhin lebte er in der Nachbarschaft der echten Kommunisten und zum Teil unter ihnen, John Fitzgerald Kennedy war garantiert keiner von denen, sondern ein Leuchtturm in der Finsternis. Ein Mensch, der ihm durch seine bloße Existenz Hoffnung gab. Aber Esko weiß längst, dass sich Bill nicht vorstellen kann, wo er herkommt. Es interessiert Bill nicht, kein Amerikaner interessiert sich für sein vor langer Zeit verschwundenes Finnland.

»Und außerdem Jurist«, fährt Bill fort. »Kennedy war Jurist. Obama ist Jurist. Die Juristen sind die Wurzeln allen Übels, wir sind eine Nation von Juristen geworden. Juristen bringen nichts zustande. Sie tun nichts. Sie bauen keine Straßen und keine Brücken und keine Wolkenkratzer. Juristen schicken keine Menschen ins All, sie können das nicht. Juristen können nichts anderes, als den Menschen Angst einzujagen, aber das können sie leider sehr gut. Damit haben die Juristen die Amerikaner um den Verstand gebracht. Wir werden bald eine Nation von Feiglingen sein.«

»Das hier ist ein großartiges Land. Das beste Land der Welt«, sagt Esko.

»Du musst auf Esko hören, Darling«, mischt sich Susie ins Gespräch ein. »Hör ab und zu auf Esko, Esko hat recht. Das hier ist ein großartiges Land.«

»Natürlich ist es das! Das großartigste und mächtigste Land der Welt, das braucht ihr einem wie mir nicht zu sagen. Darum geht es ja gerade. Wir müssen die Fahne hochhalten. Und jetzt fliegen die Chinesen zum Mond, rollen da oben unsere Fahne ein und stellen stattdessen ihre auf.«

»So weit wird es nicht kommen.«

»Aber ja. Warum sollten sie das nicht tun? Nenne mir einen vernünftigen Grund. Hiung Lui und Tiang Mao werden hingehen und ihre Fahne aufstellen, verdammt. Vielleicht dauert es noch fünfzehn Jahre. Oder zwanzig. Die Chinesen haben zurzeit ja eine Menge anderer Dinge zu erledigen. Aber wir Amerikaner werden vorher Bettler sein. Wenn wir nächsten Winter einen Astronauten ins All schicken wollen, müssen wir die Russen um eine Mitfahrgelegenheit anpumpen. Einundfünfzig Millionen Bucks kostet das Ticket. Das ist einfach nur demütigend. Eine Schande. Ich kann das nicht glauben.«

»Das zu begreifen, fällt mir auch schwer.«

»Amerika sollte immer an der Spitze stehen. Den anderen ein Vorbild sein und den Weg ebnen. Wenn Amerika aufhört, sich anzustrengen, kommen wir nie auf den Mars.«

»Obama hat gestern allerdings im Fernsehen gesagt, es geht auf den Mars. Und dass er das noch erleben will.«

»Er ist Kommunist! Vergiss Obama, Esko, es spielt keine Rolle, was ein Kommunist sagt oder nicht. Überlegt doch mal, wie die Welt aussehen würde, wenn König Ferdinand zu Kolumbus nein gesagt hätte. Nein, nicht jetzt, Christoph, das Geld reicht nicht, ich gebe meine Peseten lieber für neue Perücken und komische Hüte aus. Dann wäre Amerika nie entdeckt worden! Wir wären nicht hier. Würden nicht auf dieser Straße fahren. Diese Straße würde es gar nicht geben. Hier geht es um verdammt große Dinge. Und am Ende trotzdem um Peanuts. Ratet mal, wie viel der Bundesstaat spart, wenn er keine bemannten Weltraumflüge mehr macht. Drei Milliarden. Drei kümmerliche Milliarden, habe ich gelesen! Das ist weniger, als wir jedes Jahr an Maissubventionen ausgeben.«

Bill verstummt für eine Weile und starrt gerade vor sich hin. Nur die linke Hand hält das Lenkrad, die rechte liegt tatenlos auf dem Oberschenkel. Auf der rechten Spur fahren zwei riesige Lastwagen, der eine trägt das Logo von FedEx, der andere das von K-Martin. Der Hummer zieht an ihnen vorbei, und Esko stellt fest, dass er fast auf der Höhe der Lkw-Fahrer sitzt. Auch die Räder sind gewaltig, er weiß, dass die Straße Schwellen hat, aber im Hummer merkt man sie nicht. Das Auto hat etwas Unautohaftes, man kann es nicht einmal richtig bewundern, es ist mehr ein Kriegsgerät. Darum fährt es Bill wahrscheinlich, es erinnert ihn an das Cockpit eines Düsenjägers.

»Auch wenn es wahrscheinlich egal ist, welche Fahne auf dem Mond weht. Wenn man nicht vorhat, noch weiter zu gehen, ist es vielleicht besser, wenn man mit dem Geld gleich Popcorn herstellt. Was macht die letzte Atlantik-Besatzung im All? Bringt ein paar Sachen zur internationalen Raumstation und räumt bei der Gelegenheit den Müll weg. Ziemlich teure Müllabfuhr. Pizzataxi. Das ganze Ding ist schon vor vierzig Jahren auf die falsche Spur geraten, man hätte einen ganz anderen Weg wählen müssen. Hätten wir damals mit dem Constellation-Projekt weitergemacht, hätten wir seit zwanzig Jahren einen festen Stützpunkt auf dem Mond. Glaubst du das, Esko?«

»Das glaube ich.«

»Gut. Weil ich mich mit diesen Dingen auskenne. Ich habe

die Kalkulationen mit eigenen Augen gesehen. Ich habe Unterlagen gesehen, über die ich nicht sprechen kann, tut mir leid. Wir hätten es so machen müssen, dann wären wir längst auf dem Mars gewesen. Schon längst! Gott sei Dank bin ich rechtzeitig von der NASA losgekommen. Und habe dort nicht das einzige Leben, das ich habe, vergeudet.«

»Bill, Darling«, sagt Susie sanft. »Beruhige dich ein wenig.«

Sie hat ihre Hand auf Bills Hand gelegt, ihre langen Finger streicheln die grauen Härchen. Die Geste ist unangenehm intim, Susie beugt sich über die Mittelkonsole und drückt ihrem Mann kurz die Lippen auf die Wange. Dann zieht sie sich wieder in ihren Frieden zurück, zieht die Beine auf den Sitz und wickelt sich in die Wolldecke. Ihr Gesicht wendet sich zum Fenster und ist nicht mehr zu sehen, Esko sieht von Bills Frau nur noch die Füße, die unter der Wolldecke hervorragen. Die knochigen, runzligen Füße einer schlanken alten Frau und die leuchtend rot lackierten Fußnägel. Die Nägel glänzen, Susie hat sie am Abend vor dem Schlafengehen frisch lackiert, noch mit vierundsiebzig hält sie so entschlossen an ihrer vergänglichen Schönheit fest, wie Bill auf seine Form achtet.

Diese beiden, Bill und Susie. Diese beiden vor über fünfzig Jahren in der Mojave-Wüste, in einer kargen Armeebaracke, der tollkühne Pilot und seine reizende Frau. Esko erinnert sich an ihr Hochzeitsbild, es steht in Bills Arbeitszimmer, und er betrachtete es ausführlich, als er dort einmal allein gelassen wurde. Bill trägt auf dem Bild natürlich eine Uniform, er ist Soldat, aber er lächelt wie ein Zivilist. Er lacht übers ganze Gesicht, so dass man die Zähne sieht. Susie lächelt ebenso breit, ihr Mund wirkt unverhältnismäßig groß in dem zierlichen Gesicht, die dicken roten Lippen umrahmen die perlweißen Zähne so symmetrisch wie die langen dunklen Haare die noch etwas kindlich runden Wangen. Bill und Susie waren ein auffälliges Paar, das Hochzeitsfoto bestätigte nur, was Esko ohnehin geahnt hatte. Er weiß etliches über ihre ersten Dates, sie erzählten ihm an einem Sonntagnachmittag davon, als er bei ihnen war, um College-Football zu schauen. Susie war Bedienung bei Fisherman's Wharf gewesen, Bill hatte an drei Abenden hintereinander vor dem Lokal auf sie gewartet. Beim dritten Mal war es ihm gelungen, sie mitzunehmen, sie waren zu Fuß auf die Golden Gate Bridge gegangen. Als sie die Mitte der Bucht erreicht hatten, küssten sie sich zum ersten Mal und betrachteten die Hügel von San Francisco ringsum, das Meer war schwarz und ruhig, irgendwo vor ihnen zeichnete sich die Gefängnisinsel Alcatraz ab. Sie standen tatsächlich so auf dieser Brücke, diese beiden Menschen, irgendwann im Sommer 1958, es war dieselbe Brücke, die Esko zur gleichen Zeit auf Schwarzweißfotos in dem Nachschlagewerk *Die schönsten Orte der Welt* betrachtete, das er sich von seinem ersten Lohn bei Puupponen in Karvonens Buchladen gekauft hatte. Kein Wunder, dass es Bill und Susie so weit gebracht hatten. Kein Wunder, dass sie immer noch zusammen waren. Sie waren nicht am Ufer eines finnischen Sees namens Kallavesi entlanggegangen, sondern über die Golden Gate Bridge.

Bill streckt nun seinerseits die Hand nach Susie aus, sie bewegt sich träge unter der Wolldecke und reibt die nackten Beine seiner Frau. Ob bei ihnen im Bett noch etwas läuft? Wahrscheinlich, jedenfalls rutschen Bills Geschichten regelmäßig unter die Gürtellinie. Esko kann nicht mehr hinsehen, er schließt die Augen und lehnt den Kopf ans Fenster. Der Hund leckt seine Fußgelenke, das kitzelt, aber er hat sich daran gewöhnt. Susie schaltet das Radio ein. Es ist der Sender, den Esko in seinem Auto gehört hat, nur der Moderator hat gewechselt. Der Neue heißt Mike, und Mike hat keine große Lust, das Wort zu ergreifen, er wechselt nur die Platten. »Delilah« von Tom Jones. Die Rolling Stones mit »Angie«. Ein Beatles-Stück, in dem ebenfalls eine Frau mit Vornamen angesprochen wird, aber die Beatles stammen nicht aus Amerika, sind also nicht so wichtig, Eskos Beatles-Kenntnisse weisen große Lücken auf. Im Auto spricht niemand mehr, der Wagen rollt gleichmäßig, der Kopf am Fenster zittert nicht einmal. Die Müdigkeit, die beim Aufwachen nicht zu spüren gewesen ist, überkommt ihn nun doch, es ist noch immer Nacht. Kann er es wagen, einzunicken? Wäre das peinlich? Bleibt Bill alleine wach? Dann wechselt das Musikstück ohne Ansage, Esko erkennt es sofort. Er erkennt es am ersten Ton, er ist darin geübt, von allen Musikstücken auf der Welt genau dieses zu erkennen. *I'm so young and you're so old, this, my darling, I've been told.* Er hält die Augen geschlossen und hört zu, seine Lippen bewegen sich ganz leicht, es fällt ihm schwer, nicht mitzusingen. Wäre er allein, würde er laut singen.

Es war eine Überraschung. Es war das Allerbeste an jenem Tag, es gelang ihm tatsächlich, Liisa zu überraschen. Bald nach Mittsommer kam ihm die Idee, und er konnte sie geheim halten, er verriet Liisa nicht, wohin sie fuhren und warum. Er fragte nur beiläufig, ob sie sich eventuell den betreffenden Mittwoch im August freinehmen könne. Liisa ahnte nichts. Auch im Zug noch nicht. Er behauptete, sie würden in Tampere aussteigen. Sie saßen nebeneinander im halb leeren Waggon, der Zug schnaufte nach Süden, und Esko erinnert sich, wie schwer es ihm fiel, still zu bleiben, das Geheimnis brannte ihm auf den Lippen. Sie hatten sich zwei Wochen lang nicht gesehen, Liisa hatte den Sommer daheim in Leppävirta verbracht. Nach ihrer Rückkehr nach Kuopio hatte sie sich die Haare schneiden lassen, sie genierte sich, als er ihr deswegen ein Kompliment machte. Es sah gut aus, er log kein bisschen, Liisa war an diesem Tag schöner, als er es in Erinnerung hatte. Zufälligerweise saß ein alter Armeekamerad im selben Waggon und schaute neidisch herüber. Was hatten Esko und Liisa gemacht? Sich gegenseitig das

Horoskop aus der Frauenzeitschrift vorgelesen, die Liisa am Bahnhof gekauft hatte. Am Preisausschreiben der Zeitschrift teilgenommen. Der Hauptgewinn war eine Reise nach Spanien, sie planten auf der Stelle die Reise, die sie mit Sicherheit gewinnen würden. Liisa hatte auch eine Zeitschrift mit Kreuzworträtseln in der Tasche, sie lösten sie zusammen. Liisa war erstaunlich gut, weil sie ihr ganzes kurzes Leben lang mit ihrem Vater Kreuzworträtsel gelöst hatte.

Setzen wir uns wieder hin, sagte er am Bahnhof Tampere zu Liisa. Wir fahren noch weiter. Er hatte ihr schon in den Mantel geholfen, und Liisa hatte sich das Tuch umgebunden, beide standen sie startbereit im Gang. Zuerst glaubte Liisa ihm nicht. Führ mich nicht an der Nase herum. Hör auf, mich zu ärgern. Wir fahren nicht nach Tampere, ehrlich nicht. Auf der Höhe von Toijala zog er die Fahrkarten aus der Innentasche und gab sie Liisa, und Liisa drehte sie vor ihren Augen hin und her wie ein argwöhnischer Händler einen gefälschten Geldschein. Die sind echt. Glaub mir, gültige Währung. Er hatte die Gelegenheit genutzt und den Arm um Liisa gelegt, und jetzt wandte sie sich ihm überraschend zu und küsste ihn direkt auf den Mund. Der Kuss dauerte länger als jeder einzelne zuvor, er küsste Liisa und sah die Waldlandschaft vorübergleiten, sie waren in Bewegung, und das war ein grandioses Gefühl. Er war erst wenige Male zuvor mit dem Zug gefahren, aber noch nie bis Helsinki. Das hatte er Liisa allerdings nicht erzählt und konnte es auch nicht mehr nachholen, weil es ihm irgendwann gelungen war, die Lüge anzubringen, er kenne Helsinki wie seine Westentasche.

Sie stiegen aus und gingen durch das Bahnhofsgebäude. Unmittelbar davor war die Straßenbahnhaltestelle, so wie Urho Puupponen es angekündigt hatte. Sie standen in der Nachmittagssonne an der Haltestelle und warteten auf die Linie drei, die Drei fährt so komische Schleifen, aber am Ende hält sie vor Linnanmäki, hatte Urho gesagt. Die Bahn war von Anfang an voller Leute. Je näher sie dem Vergnügungspark Linnanmäki kamen, umso besser wurde die Stimmung. Liisa drückte sich an ihn, er drückte ihre Hand und roch an ihrem Haar. In Kuopio wäre das nicht möglich gewesen, in einer Straßenbahn in Helsinki kam es einem plötzlich ganz normal vor. Es waren so viele wie sie im Wagen, Paare von kaum zwanzig Jahren, durch ihre Anwesenheit machten sie sich gegenseitig Mut, und die junge, lodernde Liebe ließ die Fenster der Straßenbahn beschlagen. Im Laufschritt eilten sie von der Haltestelle in der Viipurinkatu den Anstieg zum Eingang hinauf, standen eine Zeitlang Schlange, bis die Tore aufgingen und die ganze lärmende Meute hineinstürmte. Er zog Liisa hinter sich her durchs Gedränge. Nun komm schon, trieb er sie an, komm. Liisa war damals noch langsam, aber die Eile lohnte sich, denn sie bekamen gute Plätze, nur zwanzig Meter von der Bühne entfernt. Paul Anka war das Kind libanesischer Einwanderer, ein Wunderknabe, der in Kanada im Kirchenchor gesungen und seinen ersten Hit mit vierzehn geschrieben hatte, all das und vieles mehr wusste Esko, er hatte sich schlaugemacht, und da stand dieser Mensch nun, leibhaftig vor ihren Augen: Paul Anka wirkte überraschend klein und kindlich, trat lächelnd ans Mikrofon, winkte den Mädchen in der ersten Reihe zu und gab dem Orchester das Zeichen zum Einsatz.

Esko erinnert sich an den Augenblick, an die eine Minute vor der Freilichtbühne des Vergnügungsparks Linnanmäki. Die Mädchen kreischten so sehr, dass Anka seine eigene Stimme nicht hören konnte. Auch Liisa kreischte, nicht so laut wie manche anderen, aber immerhin, und er wollte nicht, dass sie das tat, für einen flüchtigen Moment bereute er es, sie hierhergebracht zu haben. Er war eifersüchtig. Er war eifersüchtig auf Paul Anka und nicht nur auf ihn, sondern auch auf alle anderen Männer, auf die Jungen in seinem Alter, die ihre eigenen tollen Freundinnen hatten, es war, als könnte ihm jeder von ihnen Liisa abspenstig machen. Jetzt muss er darüber lächeln, aber damals war es bitterernst. Er war zum ersten Mal im Leben eifersüchtig, er konnte es zu nichts in Relation setzen, und er wusste noch nicht, was Liisa wusste, denn damals in Linnanmäki musste es Liisa zumindest schon geahnt haben. In der Woche nach der Fahrt nach Helsinki kam Liisa eines Abends mit ihrer Neuigkeit ins Geschäft. Nach Ladenschluss, Puupponen war schon gegangen, Esko machte gerade die Kasse. Paul Anka war da sicher schon zu Hause in Kanada. Oder zumindest in Gröna Lund in Stockholm oder im Tivoli von Kopenhagen, jedenfalls weit entfernt von Helsinki und noch weiter von Kuopio. Er wiederum war in Kuopio mit einer Frau, die aus Versehen schwanger geworden war, und dort würde er bleiben. Esko erinnert sich, wie sie schweigend um den Block gingen und sich vor dem Blumenladen trennten, ohne sich zu umarmen, an dem Abend war er nicht fähig, Liisa in den Arm zu nehmen. Er konnte ihr auch nicht in die Augen schauen, sie nicht einmal richtig anfassen. Aber das Gefühl ging erstaunlich schnell vorbei, schon am nächsten Morgen war ihm leichter zumute. Er rief Liisa bei der Arbeit an und bat um Verzeihung, sie trafen sich noch am selben Abend und machten einen längeren Spaziergang. Später trank er bei ihr Tee und blieb über Nacht. Sie schliefen mindestens zweimal miteinander, daran erinnert er sich jetzt.

Ob Liisa weiß, wie es Paul Anka heute geht? Esko weiß es, im Frühling kam er einmal auf die Idee, es über Google herauszufinden. Er wünschte, er hätte es nicht getan. Das alles kommt ihm auf einmal hoffnungslos traurig vor, ein Mann von fast siebzig Jahren, der Vater eines kleinen Kindes ist. Die Mutter des Kindes ist eine dreißigjährige Schwedin, die Pauls Fitnesstrainerin war, vor fünf Jahren haben sie geheiratet, Paul und die Silikonblondine, jetzt hat sie ihr Geld bekommen, und das Paar hat sich scheiden lassen. Paul Anka heute, ein weißhaariger Mann mit gebleichten Zähnen und einem kleinen Jungen. Esko erinnert sich an das Foto auf dem Bildschirm, und auf dem Rücksitz von Bill Campbells Hummer, an der Schwelle zum Schlaf, vermischt sich das Bild mit einem anderen, älteren Bild von Paul Anka, kein Foto, sondern eine Erinnerung an den achtzehnjährigen Jungen auf der Bühne von Linnanmäki, dessen Hand er fast berührt hätte. Esko ist enttäuscht von Paul Anka. Er hat das Gefühl, dass Paul Anka ihn betrogen hat. Zum Glück weiß Liisa nicht, dass Anka einen fünfjährigen Sohn hat, woher sollte sie das wissen, es ist besser, dass sie es nicht weiß. Und vielleicht ist es besser, dass Liisa jetzt dort ist, wo sie nun einmal ist, daheim in Helsinki oder noch wahrscheinlicher in dem Sommerhaus in Fiskars, das sie gemietet hat, Liisa sitzt mit einem Buch in der Hand auf dem Steg und sonnt sich. Sechs Stunden Zeitunterschied, in Finnland ist es bereits Morgen. In Finnland ist es Morgen, denkt Esko, und plötzlich erinnert er sich an einen vollkommenen Hochsommermorgen in Lähdeharju, ihrem Sommerhaus. Dieser Morgen liegt vielleicht dreißig Jahre zurück, aber er scheint greifbar nah zu sein. Esko erinnert sich, wie er an dem Morgen vom Maränenfischen zurückkam, er erinnert sich an die Stille auf dem See, an den Himmel, der einen heißen Tag versprach. An das Plätschern der Ruder im Wasser und das Knirschen der Dollen, an den Prachttaucher, der weiter draußen rief, an den Laut, der entstand, als der Vordersteven des Boots ans Ufer stieß. Er legte die Netze in den Bottich und trug ihn zur Sauna. Liisa war inzwischen wach und kam ihm vom Haus entgegen. Zusammen breiteten sie die Netze auf der Saunaterrasse aus und pflückten die Kleinen Maränen ab. Liisa löste zwei Fische in der Zeit, die er für einen brauchte. Es gab eine Menge davon, damals zog man die Kleinen Maränen so leicht aus dem See wie Lachs aus dem Zuchtbecken, auch an dem Morgen war das Netz voller Fische. Sie waren mit eigenen Händen gefangen worden und glitzerten in der Morgensonne wie kleine Silbermünzen.

»Esko, are you all right? Are you asleep?«

Schläft er? Offensichtlich. Jedenfalls hat er die Augen so fest geschlossen, dass es ihm schwerfällt, die oberen und unteren Lider voneinander zu lösen. Seine Augen sind wie zugeschwollen, es gelingt ihm nicht, den Blick zu schärfen, er sieht zunächst nur undeutlich eine fremde Frau auf dem Beifahrersitz, die sich zu ihm umgedreht und ihm eine Hand aufs Knie gelegt hat. Die Frau lächelt ihm zu, rüttelt sanft an seinem Bein, weckt ihn. »Esko«, hört er die Frau sagen. »Wach auf, Esko, noch sechzig Meilen, wir halten an der nächsten Tankstelle an und trinken einen Kaffee.« Die fremde Frau spricht zu ihm, ein fremder Hund leckt an seinen Füßen, eine fremde Landschaft gleitet an ihm vorbei, vielleicht zwei Sekunden lang ist alles falsch und fremd, dann gelingt es Esko, den Traum abzuschütteln und in das Auto zurückzukehren, in den schwarzen Hummer seines Freundes Bill Campbell. Dieser biegt nun von der I-95 ab und nähert sich den Werbesäulen von KFC, McDonald's, Holiday Inn und Wendy's rechts der Autobahn. Es gibt nichts, was so groß und erstaunlich ist wie Amerika. Es ist endlos. Amerika setzt sich immer weiter fort, die gleichen Landschaften wiederholen sich in leichten Variationen, die Straße endet nie, und das ist ein gutes Gefühl, wenn man sich allmählich daran gewöhnt hat, Esko mag dieses Gefühl. Wegen dieses Gefühls ist er nach Amerika gekommen, er will es nicht loslassen. Er will es nie satthaben. Er will nicht zurückkehren.

WARUM IST ES so schwer, sich daran zu erinnern, dass man glücklich gewesen ist? Warum ist es so schwer, darüber zu schreiben? Wieder einmal diese Frage, eine Frage, die auch Anton Pawlowitsch beschäftigte: Warum flieht das Glück die Worte? Denn egal, wie seine Erzählungen und Theaterstücke sind, egal, wie sehr er in seinen Briefen über den schweren Beruf und allgemeine Schwermut klagte, er mochte sein Leben. Er war ein hilfsbereiter Mensch, er mochte andere Menschen. Er wollte die Arbeit als Arzt nie ganz aufgeben, er wollte anderen helfen und seinen Alltag mit ihnen teilen. Dass Tschechow verschlossen und zynisch gewesen wäre und geradezu misogyn, wie Marjaana behauptete und du womöglich glaubst, trifft einfach nicht zu. Es ist ein entsetzliches Missverständnis, wäre er es gewesen, hätte er solche Bücher nie schreiben können. »Gott erbarme, wie viele gute Menschen es in Russland gibt«, schrieb Tschechow, nachdem er das Straflager Sachalin besucht hatte. Außerdem war er Optimist. Wenn er zum Beispiel in den *Drei Schwestern* schrieb, wie herrlich das Leben auf der Erde in zweihundert Jahren sein würde, machte er keineswegs Witze. »Er hatte das Wachstum einer Menschheit im Sinn, die gerade erst mit dem Denken begann, die harmonische Weiterentwicklung des Menschen«, schreibt der sowjetische Schriftsteller Ilja Ehrenburg in seinem Buch *Tschechow, nochmals gelesen.* Es ist ein Plädoyer für Anton Pawlowitsch und auch sonst ein außerordentliches Büchlein, nimm es irgendwann aus meinem Regal und lies es, dann wirst du endlich begreifen, wie sehr du dich irrst.

Der Regentag mit Esko auf dem Golfplatz ist kein Sinnbild für mein Leben in jenem Herbst in Oulu. Ich war nicht die ganze Zeit deprimiert oder dachte an meinen Vater, im Grunde dachte ich sehr wenig an ihn. Auch an jenem Tag dachte ich nach seiner Abreise nicht mehr an ihn. Als sein Besuch vorbei war, als er sein Golfbag im Kofferraum verstaut hatte und die Rücklichter seines Autos verschwunden waren, machte ich mich sofort auf den Weg zu Laura. Ich zögerte keinen Moment, fünf Minuten später war ich unterwegs und weitere fünfzehn Minuten später in ihrer Wohnung, wo ich die meisten Nächte verbrachte. Ich vegetierte nicht als Junggeselle allein in meinem Loch in der Pakkahuoneenkatu vor mich hin, auch wenn es mir so scheinen möchte.

Laura hatte auf mich gewartet, hatte gekocht und Badewasser eingelassen. Wir gingen in die Wanne, wir schliefen miteinander, dann aßen wir, und danach lagen wir eng umschlungen auf ihrer roten Couch und sahen uns einen Film an, den ich ausgeliehen hatte. Fast jeden Samstag schauten wir einen geliehenen Film an, der Samstagabend war unser gemeinsamer freier Abend, wir hatten beide unregelmäßige Arbeitszeiten und arbeiteten wie die Verrückten. Laura wollte eine Amtsrichterstelle am Gericht, und um dieses Ziel zu erreichen, musste sie nicht nur ihre eigenen Sachen erledigen, sondern auch die von älteren Kollegen. Mich trieb mein spät erwachter Ehrgeiz an. In Oulu hatte ich mich als Journalist neu entdeckt – wie Annukka sagte, hatte ich nur einen ungewöhnlich langen Winterschlaf gehalten und blühte nun unter den richtigen Umständen im fortgeschrittenen Alter auf. Auch an jenem Abend auf der Couch, als mein Kopf auf Lauras Schoß lag, dachte ich wahrscheinlich an meinen Auftrag in der nächsten Woche. Ich sollte mit Valtonen nach Norden fahren, ins Tornedal, und für die Sonntagsseiten eine Reportage über die Menschen dort und ihre tornedalfinnische Kultur schreiben. Solche Geschichten schrieb ich in Oulu, groß und interessant. Mein Gehirn hatte sich nie richtig auf den Nachrichtenjournalismus einstellen können, aber es war überraschend gut für einen freieren und empathischeren Journalismus geeignet. Ich war ein guter Beobachter des Tangomarkts von Seinäjoki, der Eröffnung von Ikea in Haaparanta oder eines sommerlichen Wohnwagenparks in Kainuu. Ich konnte den Leuten zuhören, ein bisschen wie Anton Pawlowitsch als Arzt, und darüber meine eigene, literarisch bescheidene Version schreiben. Meistens machte ich lebensnahe Reportagen, das war mein Spezialgebiet, und eigentlich war es merkwürdig, denn dabei musste ich mich wildfremden Leuten nähern und sie auch noch dazu bringen, mir zu vertrauen. Eigentlich hatte es fast mit Verkaufen zu tun. Dem Charakter nach war ich wahrscheinlich von Anfang an als Journalist ebenso ungeeignet, wie ich es als Verkäufer zu sein glaubte. Aber die Menschen verändern sich. Was mir widerfahren ist, hat mich vielleicht geduldiger gemacht, andere Menschen und ihr Leben interessieren mich mehr als zuvor. Ich kann bei ihnen sitzen und ihnen zuhören, möchte mich in ihre Schicksale hineinversetzen. Außerdem hatte ich einen perfekten Partner, denn in schwierigen Situationen brach Pasi, der Fotograf, das Eis für mich und redete uns den Weg frei, so dass wir kamen, wohin wir wollten.

In der Sommernacht des großen Familientreffens von Keurusselkä erklärte Esko uns allen den Sinn des Lebens. Arbeiten und lieben, sagte er feierlich, die Augen feucht vom Alkohol und vor Rührung. Danke für diese Weisheit, Esko, stichelte Veikko ein bisschen. Die Großspurigkeit seines großen Bruders ging ihm manchmal auf die Nerven, aber meistens amüsierte er sich darüber. Der Haushaltsgerätehändler Esko Vuori definiert den Sinn des Lebens. Aber wenn ich jetzt über diesen Satz nachdenke, kommt er mir ziemlich vernünftig vor. Eine Arbeit machen, die man auf eine Art genießen kann. Einen Menschen lieben und von ihm geliebt werden. Wenn diese Bedingungen erfüllt sind, ist das Leben fast erfreulich, und in Oulu arbeitete und liebte ich, das ist wahr, ich liebte Laura, und natürlich liebte ich dich.

New York war der Wendepunkt, der schreckliche Abend in Lower Manhattan, der uns einander trotzdem ein Stück näher brachte. Ich war dir nicht nah, aber doch etwas näher. Immerhin. Ziemlich viel. Du warst, wo du sein wolltest, an der Theaterhochschule, warst beim zweiten Versuch aufgenommen worden, und ich war so stolz, dass du dich geschämt hättest, wenn du es gewusst hättest. Ich fuhr mit Pasi Valtonen von unseren Auftragsreisen zurück und erzählte ihm von dir, nicht alle in der Redaktion wussten, dass ich eine erwachsene Tochter hatte, aber mit Pasi konnte ich reden. Er war selbst geschieden und hatte einen sechzehnjährigen Sohn in Tampere, den er einmal im Monat sah, entweder dort oder in Oulu. Als unsere Freundschaft sich vertieft hatte, erzählte ich ihm von der Reise nach New York. Die Initiative war natürlich von ihm ausgegangen, er hatte von einer Schifffahrt nach Schweden mit seinem Samuli erzählt, bei der sie ein ähnliches, ebenso missglücktes Gespräch geführt hatten. Im Volvo roch es nach Rauch, es liefen die Dire Straits, »Private Investigations«, ich erinnere mich an die Atmosphäre, und Pasi hörte mir zu und hielt auf meine Bitte an einer Bushaltestelle an. Er beschwerte sich nicht, weil er so spät nach Hause kommen würde, sondern wartete brav im Auto, während ich draußen in der Kälte stand und mit dir sprach. Du warst auf einem Fest der Hochschule, im Hintergrund hörte man den Lärm, aber du hattest es nicht eilig, du warst guter Laune und suchtest dir zum Reden einen stilleren Ort. Wir unterhielten uns in aller Ruhe, über nichts Besonderes, aber lange. Ich erzählte dir, wo ich herkam, dachte laut darüber nach, wie ich die Geschichte schreiben würde. Du sprachst von deiner Übung im dramatischen Schreiben, du hattest Schwierigkeiten, den Anfang zu finden. Irgendwie gelang es mir, dir zu helfen, ich weiß nicht mehr genau, wie, aber ich weiß noch, dass Sterne am wolkenlosen Frosthimmel standen und der Wind Schnee über die Straße trieb, es war eine eiskalte Dezembernacht, und ich stand in der lebensgefährlichen Kälte an der Haltestelle und war innerlich warm und voller Hoffnung. Irgendwann kam Pasi und setzte mir die Mütze auf, dann setzte er sich wieder ins Auto und ließ uns zu Ende reden. Schön, dass du angerufen hast, sagtest du, als wir aufhörten. War schön, mit dir zu reden. Schreib einen guten Artikel.

Ich will mich auch an den alkoholisierten Frühlingstag zwei Jahre später erinnern, zum Beispiel. Warum sollte ich mich nicht ebenso deutlich daran erinnern wie an den Herbst, den Golfplatz und Esko? Es war erst Mitte Mai, aber ungewöhnlich warm, die Sonne schien vom wolkenlosen Himmel, als Laura und ich zum Flughafen fuhren, um dich abzuholen. Sie war nervös. Ich war noch nervöser. Ich hatte diesen Tag unter wer weiß was für miserablen Vorwänden hinausgeschoben, bis er nicht mehr zu umgehen war, es war das Jahr 2005 und wir wohnten praktisch zusammen, es war höchste Zeit, dass ihr euch kennenlerntet. Ich verstehe nicht, was mir solche Angst machte, vielleicht die Tatsache, dass Laura in jeder Hinsicht anders als Marjaana war. Ich wollte nicht, dass du mich mit ihr sahst und dachtest, nun hätte ich endlich jemanden gefunden, der zu mir passt. Oder ich weiß nicht, vielleicht befürchtete ich auch, dass Laura deiner Meinung nach nicht zu mir passte, es war einfach ein aufregender Moment, vielleicht muss ich das gar nicht näher erklären. Wir standen auf dem Flughafenparkplatz und warteten auf dich, Lauras Hand war schweißnass, aber als wir dich dann durch die elektrische Schiebetür treten sahen, ahnte ich bereits, dass alles gutgehen würde. Es war Frühling und du warst guter Dinge, auf der Fahrt in die Stadt herrschte keine angespannte Stimmung, wir waren zum ersten Mal zu dritt, und im Gegensatz zu dem, was ich mir vorgestellt hatte, war das beinahe leicht. Weil es so warm war, setzten wir uns in der Fußgängerzone vor einem Lokal ins Freie und ließen die Nachmittagsstunden in der Sonne vorübergleiten. In der Redaktion endete die Tagschicht, zwei Kollegen kamen zufällig vorbei und setzten sich zu uns. Ari war in der Politik, Marja in der Kultur, und als Marja hörte, wo du studiertest, wollte sie gar nicht mehr aufhören zu reden. Sie hatte ihre eigene Auffassung vom zeitgenössischen finnischen Theater, und die entsprach nicht deinen Vorstellungen. Trotzdem bliebst du gut gelaunt, schlugst am Ende lediglich vor, anderswohin zu gehen, und das taten wir auch, wir gingen in ein anderes Lokal und setzten uns dort bis zum Abend ins Freie. Irgendwann ging Laura Sonnencreme kaufen, weil alle Gesichter rot wurden. Ziemlich speziell, sagtest du. Würde man nicht erwarten, dass man nach Oulu kommt, um sich zu sonnen. Überraschend erwachte Lauras Heimatliebe, und sie fing an, die guten Seiten von Oulu aufzuzählen, auch das Wetter war angeblich nicht so schlimm, wie man im Süden glaube, obwohl es ehrlich gesagt schlimm ist, das sagte ich dir, und Laura gab sofort nach. Okay, sagte sie. Es ist eine Scheißstadt, und alle wissen das. Ihre Haltung war plötzlich sehr ouluspezifisch, lakonisch. Das fandest du witzig, so wie ich auch, wir hatten alle unseren Spaß, und das hatte nicht nur mit dem Bier zu tun, das wir im Laufe des Nachmittags tranken. Gegen Abend hatten wir endlich genug und gingen zur Wohnung, Laura und du zwei Meter voraus, ich hinter euch, und ich sah euch zu und hörte eure betrunkenen Worte und dachte, dass ich mich an diesen Tag erinnern würde, er war mir gegeben worden, dieser Tag, ich würde ihn in mir aufbewahren.

Niemand verweigert die Liebe, hat Liisa einmal zu mir gesagt. Vielleicht hat sie den Satz nicht wirklich gesagt, sondern ich habe ihn im Nachhinein erfunden, denn Liisa drückte sich selten so deutlich aus. Dennoch war es ein Gedanke von ihr, Liebe kann man nicht verweigern. Der Mensch ist dazu einfach nicht fähig. Jeder Mensch nimmt die Liebe an, die er bekommt, ob sie erlaubt ist oder nicht. Das war die Verteidigungsrede meiner Mutter, ihre Erklärung, so verstand ich es, auch wenn ich sie nicht darum gebeten hatte.

Ich habe darüber nachgedacht. Nicht zu dem Zeitpunkt selbst, da wollte ich nur ausweichen, aber später. Es stimmt, Liebe kann man eigentlich nicht verweigern. Man kann sie auch nicht gezielt suchen, sie trifft den einen und macht einen Bogen um den anderen und ist auf der Welt ungleichmäßig verteilt. Manchen Menschen wird zu viel Liebe angeboten, andere wiederum finden sie nie. Liebe kann man sich nicht verdienen, Liebe ist ein Geschenk, das einem gemacht wird. Die Liebe ist der Schutz, den der Mensch gegen die Welt braucht, die Liebe ist Energie, die Liebe ist Strom. Solange man an diesen Strom angeschlossen ist, ist alles gut und alles möglich, auch Dinge, von denen man nie geglaubt hat, dass man dazu fähig wäre. Ohne Laura wäre ich nicht so ein Schreiber geworden. Mein Talent, das so lange Winterschlaf gehalten hatte, wäre nicht aufgeblüht, wenn es nicht von ihrer Liebe genährt worden wäre. Was zwischen uns war, war Liebe und ist es immer noch, ich liebe sie, und sie liebt mich, auch wenn sie jetzt anders heißt und mit einem erfolgreichen, anständigen Elektroingenieur verheiratet ist und gerade ihr zweites Kind erwartet. Ich kann sie jederzeit anrufen, die Wärme in ihrer Stimme hören, und das genügt, ich bin mehr als ein Freund und mehr, als sie ihrem Ingenieur erzählt.

Ein Relikt der Liebe ist immer noch Liebe. Ein schabender Splitter oder eine Dosis Energie, entweder zerstörerisch oder stärkend, und aus irgendeinem Grund ist meine Liebe zu Laura von der letztgenannten Sorte, barmherzig und vielleicht sehr selten. Auch nach der Trennung habe ich Halt darin gefunden, dass das Wunder überhaupt geschah. Dass sie mich fand. Dass ich sie fand. Dass es uns gelang, so viele gute Jahre miteinander zu verbringen und am Ende über alles zu reden, sogar über das, was uns schließlich trennte. Sie war zweiunddreißig, als wir uns kennenlernten, sie hatte grenzenlos Zeit. Dann war sie fünfunddreißig. Siebenunddreißig. Achtunddreißig. Verblüffend schnell kam das Jahr 2008 und meine junge Laura war achtunddreißig, sie hatte ihr Ziel erreicht, die Amtsrichterstelle bekommen, und was sie früher übers Kinderkriegen gesagt hatte, traf nicht mehr zu, sie hatte ihre Meinung geändert, das verstand ich sehr wohl. Ich sah sehr genau, was ihr fehlte und was sie wollte. Ich versuchte, mich an den Gedanken zu gewöhnen, das hätte eigentlich nicht so schwer sein dürfen. Ich hätte mich einfach freuen sollen. Aber das tat ich nicht. Wir lagen wie früher auf der Couch und sahen uns *Der Stadtneurotiker* an, und ich wusste, gleich würde sie wieder damit anfangen, würde versuchen, mich auf ihre gemäßigte Art zu überreden. Nur einmal wurde sie richtig wütend und schüttete mir ein Glas Wein über. Wovor hast du Angst, verdammt noch mal? Tu es! Sei ein Mann und tu es! Mach mir ein Kind, und anschließend kannst du gehen, wenn du willst. Ist das etwa zu viel verlangt? Ich verlange doch überhaupt nichts von dir! Ich kümmere mich auch alleine darum, ich will es einfach haben, und diese Sätze erkannte ich wieder, Jahre zuvor hatte ich sie selbst ausgesprochen.

Normalerweise aber redete Laura nicht so. Normalerweise stritten wir uns nicht, nicht über dieses Thema und nicht über anderes. Sie ist ein so herzlicher Mensch, dass sie gar nicht aggressiv werden kann, eher bringt sie den anderen in aller Stille dazu, sich ihrer Sicht der Dinge zu fügen, und wenn ich nicht meine Entscheidung getroffen hätte, hätte ich wahrscheinlich irgendwann nachgegeben. Nein, die Liebe kann man nicht verweigern. Stattdessen kann man seine eigene Fähigkeit zu lieben einschätzen und gehen, wenn sie nicht ausreicht. Wenn sie nicht ausreicht, ist es falsch zu bleiben. Ich weiß, was du denkst. Ich erinnere mich natürlich an das Telefongespräch, ich hatte beschlossen, zurück in den Süden des Landes zu ziehen, du hattest davon gehört und riefst mich sofort an. Wahrscheinlich hattest du vorher mit Laura gesprochen, sie hatte dich angerufen oder du sie, vielleicht hatte sie dich sogar gebeten, mit mir zu reden. In den paar Jahren wart ihr euch ziemlich nah gekommen, du standest zu hundert Prozent auf ihrer Seite. Nein, sagtest du. Nein, nein, nein, eine vernünftige Begründung nach der anderen räumtest du aus dem Weg. Papa, ich weiß, dass du nur Angst hast. Du musst darüber hinwegkommen, du bleibst in Oulu, ich will, dass du dortbleibst! Du musst! Papa, sagtest du. Aber ich tat das Richtige, ich tat, was ich tun musste. Ich tat, was ich tun wollte, ich wollte als Freelancer arbeiten, und wenn man frei arbeiten will, geht das am besten im Süden des Landes, ich floh nicht vor der Liebe, auch wenn es für dich so aussah. Und wenn ich jetzt an die Alternative denke, wenn ich daran denke, dass ich jetzt Vater eines dreijährigen Kindes wäre, kommt es mir fast so vor, als hätte ich damals mehr über mich gewusst, als mir klar war.

2011, II

Nein. Niemals. Auf keinen Fall, ich werde nicht kommen. So hatte es Liisa beschlossen, vermeintlich ohne zu zögern, die Sache war klar, sie traf ihre Entscheidung gleich im April, als überraschend die Flugtickets kamen. Esko rief zwei Tage später an und erkundigte sich beiläufig, ob sie eventuell Post bekommen habe. Hab ich, antwortete Liisa, danke für die Einladung. Aber der Brief ist anscheinend nicht an die richtige Adresse gegangen. Esko gab natürlich nicht auf, sondern rief wieder an, mindestens einmal die Woche. Jedes Mal reagierte sie auf die gleiche Weise. Nein danke, ein völlig absurder Vorschlag. Storniere die Tickets, solange es noch geht. Versuche nicht, mich zu überreden, ich denke nicht einmal darüber nach. Sie hatte sich entschieden, den Sommer allein im Sommerhaus zu verbringen. Dort hatte sie sich häuslich eingerichtet, dort ging es ihr gut. Sie las und arbeitete zwischendurch im Garten, pflegte ihr kleines Kartoffelbeet, ging jeden Morgen schwimmen und machte jeden Abend Feuer im Saunaofen und war überhaupt nicht einsam, denn ihre Kollegin Riitta hatte einen Kilometer entfernt ihr Sommerhaus, dort ging sie hin, wenn sie Gesellschaft suchte. An diesem Freitag wollten sie mit anderen Ehemaligen aus dem sechsten Stock der Frauenklinik gemeinsam feiern.

Die Feier beginnt in diesem Moment, der Tisch ist gedeckt, Riitta, Sinikka, Sohvi und Arja heben ihre Sektgläser und schneiden den Erdbeerkuchen an, aber Liisa ist nicht dabei, denn sie steht hier, an der Kreuzung von Broad Street und Washington Avenue in Titusville, Florida. Ein endloser Strom von Menschen zieht an ihr vorbei, alle sind in Gesellschaft, und alle haben ein Ziel: den Titusville Space Park. Die Musik, die von dort herüberdringt, mischt sich mit den Geräuschen der vorbeifahrenden Autos, mit dem Hupen und dem allgemeinen Lärm. Liisa sieht kleine Kinder mit Astronautenhelmen. Eine ganze glückliche Familie in orangefarbigen NASA-Overalls. Einen bocksbärtigen Mann mit Pferdeschwanz, der sich in eine riesige amerikanische Fahne gewickelt hat. Seine mit Silikonbrüsten ausgestattete Frau geht neben ihm her. Die Menschen lächeln Liisa zu, aber so, wie man einer Fremden zulächelt, als wäre sie Luft.

Vielleicht bin ich es, denkt sie. Ich bin nicht wirklich hier, kann es gar nicht sein, noch vorgestern war ich in meinem Sommerhaus in Sicherheit. Da war es Mittwochabend, jetzt ist es Freitagmorgen. Am Mittwochabend trank sie allein ein bisschen Weißwein, vielleicht einen Schluck mehr als sonst. Nachdem sie sich mit Esko am Telefon gestritten hatte, saß sie am Tisch und holte das Kuvert hervor. Sie hatte den ganzen Sommer keinen Blick darauf geworfen. Vielleicht hatte sie den Brief im Frühling nicht richtig gelesen, sondern nur die Flugtickets gesehen und sich sofort aufgeregt. Jetzt betrachtete sie den Begleitbrief, den Esko auf dem Computer zusammengebastelt hatte, das Bild des Space Shuttles, das wegen des defekten Druckers etwas blass war, und in dem Moment passierte etwas. Beim Schlafengehen stellte sie vorsichtshalber den Wecker. In den frühen Morgenstunden dachte sie dann nicht mehr nach, sondern fuhr vom Sommerhaus durch die nebelverhangene Landschaft in die Stadt, packte in ihrer Wohnung in Käpylä den Koffer und nahm ein Taxi zum Flughafen. Zwei Stunden später saß sie in der Maschine nach Frankfurt, wo sie in den Flug nach Miami umstieg, und bis dahin kam ihr das überhaupt nicht idiotisch vor, im Gegenteil, sie war stolz auf sich. Sie war eine vitale, unbefangene Siebzigjährige, eine Frau, die ihre Pläne im Nu ändern und zum Beispiel einfach so nach Amerika fliegen konnte, ohne es monatelang geplant zu haben, wie es die meisten älteren Leute taten. Sie kam ohne Probleme am

Frankfurter Flughafen zurecht, verirrte sich nicht auf den schrecklichen Gängen, musste nicht einmal jemanden um Rat fragen. In der Lufthansa-Maschine unterhielt sie sich mit einer Zahnärztin aus Orlando, die Beth hieß und so alt war wie sie und gerade von ihrem Sohn kam, der als Jurist in München arbeitete. Beth zeigte ihr auf dem Laptop Fotos von ihren Enkelkindern, und sie präsentierte ihre eigenen Enkel auf dem Display ihres Handys. Auch in Miami ging alles gut, der Platz vor dem Terminal war voller Busse, die alle gleich aussahen, aber sie fand ohne Hilfe den richtigen.

Gestern war ihr die ganze Idee noch so reizvoll erschienen, auch spät am Abend noch, als sie in dem billigen Motel an der Fernstraße 1 schlafen ging: Esko weiß nichts, ich werde ihn überraschen. Aber jetzt ist es Morgen, und alles kommt ihr nur noch idiotisch vor. Wegen des Zeitunterschieds ist sie um drei in der Nacht aufgewacht und hat danach nicht wieder einschlafen können. Sie fühlt sich alt und zerbrechlich, ihr tun die Beine weh, und ihr ist ein bisschen schwindlig. Dieser Müdigkeitsschwindel gehört zu ihren neuen Beschwerden, vor zehn Jahren hat sie solche Probleme nicht gehabt. Liisa möchte sich am liebsten auf die Bordsteinkante setzen und sich einen Moment ausruhen, aber dann würden all die fremden Menschen ihre Schwäche sehen.

Wie um Himmels willen soll sie Esko hier ausfindig machen? Sie hatte überhaupt nicht daran gedacht, dass das ein Problem sein könnte, erst beim Blick auf die Morgennachrichten im Fernsehen hat sie begriffen, um was für ein Großereignis es sich hier handelt. Die Straßenränder sind mit Autos zugeparkt, und es kommen immer mehr hinzu, aus dem Norden und aus dem Süden. Auf den Rasenflächen stehen Zelte, in denen die Eifrigsten übernachtet haben. Tausende Menschen sind hier, womöglich Zehntausende oder noch mehr, man kann es schwer schätzen, und Esko kann überall sein, Titusville Space Park ist die einzige Adresse, die

Liisa hat. Es ist Viertel vor acht, bis zum Start des Space Shuttles sind es noch dreieinhalb Stunden. Vielleicht ist Esko schon vor langer Zeit mit seinen neuen Freunden angekommen, dann steht sie vergebens an dieser Kreuzung. Sie hat ein Handy in der Tasche, sie könnte anrufen, aber das will sie nicht. Entweder sie findet Esko ohne Telefon oder gar nicht. Aber will sie ihn denn finden?

Auf der anderen Straßenseite gibt es eine Starbucks-Filiale, dort holt sich Liisa einen großen Cappuccino und geht damit in die Richtung, in die alle gehen. Vor dem Eingang zum Park muss sie eine Zeitlang anstehen, dann kommt sie hinein und durchkämmt systematisch die Rasenfläche, Quadratmeter für Quadratmeter, so, wie sie früher Eskos Autoschlüssel gesucht hat oder Schulbücher der Jungs oder eine Krawattennadel oder den Ehering. In der Matti Alangon katu und in der Aulangontie und später im Karhupolku war immer irgendetwas gerade verschwunden, und sofort wurde Liisa um Hilfe gerufen, keiner ihrer Männer hatte Lust, selbst zu suchen. Aber die einzige Chance, zu finden, was man sucht, besteht darin, richtig zu suchen, mal eben hierhin und mal dorthin gucken genügt nicht. Liisa weiß das, und so bewegt sie sich vom linken Rand des Geländes zum rechten vorwärts und kommt dabei an einem Grüppchen nach dem anderen vorbei. An Rentnerehepaaren mit Picknicktischen und transportablen Grills, an Scharen von Männern in geschmacklosen Last-Space-Shuttle-Launch-Hemden. An kinderlosen Paaren und an Familien, natürlich an Familien, an endlos vielen einander ähnelnden gutgelaunten jungen Familien. Vor zehn Jahren hätte es ihr noch weh getan, sie zu sehen, aber jetzt findet sie es nicht mehr so schlimm. Ein flinker kleiner Junge rempelt sie mit seiner aufblasbaren Weltraumrakete an, und Liisa denkt nicht mehr automatisch an ihre Söhne, als sie noch klein waren. Dieses Leben liegt so weit zurück, es ist unter ihrem späteren Leben vergraben.

Damals konnte sie sich das unmöglich vorstellen, jetzt ist es der Fall. Sie hilft dem Jungen einfach auf die Beine, wischt ihm die Erde vom T-Shirt und schickt ihn zu seiner Mutter. Sie winkt der jungen Frau kurz zu, und diese winkt ihr zum Dank zurück.

Und da ist Esko! Die Frau setzt sich auf eine Wolldecke, der kleine Junge läuft ihr in die Arme, Liisa schaut ihnen einen Moment zu, und da sieht sie im Hintergrund jemanden unter einer Palme stehen, den sie erkennt: Esko. Er sieht sie natürlich nicht, er hält mit dem Fernglas nach dem Space Shuttle Ausschau, das startbereit auf der anderen Seite der Meerenge in Cape Canaveral steht. Das Ehepaar, mit dem Esko hergekommen ist, sitzt ein paar Meter entfernt, Esko steht abseits und schaut allein in die Ferne.

Liisa geht langsam auf Esko zu und mustert ihn. Vor über einem Jahr sind sie sich zum letzten Mal begegnet, bei Timo zu Hause, zur Abiturfeier von Valtteri. Da waren nur Leute, die sie kannte, um sie herum, jetzt sind es ausschließlich fremde Menschen, und es ist besser so, sie begegnet Esko lieber hier. Auf seinem Kopf sitzt eine Miami-Dolphins-Mütze. Die Shorts sind ein bisschen zu kurz, die noch immer schlanken und fast jungenhaften Beine ragen so weiß wie immer heraus. Er trägt die gleichen leuchtend neuen Turnschuhe wie alle amerikanischen Männer, sie sind eigentlich zum Laufen gedacht, aber Esko läuft bestimmt nicht mehr. Auf dem Weg in den Park muss er an einem Verkaufsstand vorbeigekommen sein, wo er der Verlockung nicht widerstehen konnte, obwohl es nur noch die Größe XXL gab. Das Last-Space-Shuttle-Launch-Shirt ist ihm an den Ärmeln zu kurz, aber sonst viel zu groß, es hängt an ihm wie das Krankenhausnachthemd an einem Krebspatienten. Früher nahm es Esko immer sehr genau mit seiner Kleidung, jetzt hat er sich so ein Hemd übergezogen. Esko sieht aus wie ein Mann, der allein lebt, einer, der nicht auf sich achtet, der keine Lust mehr dazu hat. Das ist nicht die Wahrheit, Liisa weiß das, aber sie sieht so einen Mann vor sich, sie kann die letzten Schritte nicht machen, sie hat das Gefühl, es nicht über sich zu bringen. Noch könnte sie umkehren. Noch wäre es möglich, einfach zu verschwinden, Titusville so schnell, wie sie gekommen ist, zu verlassen. Esko würde es nie erfahren.

Dann setzt Esko das Fernglas ab und bemerkt sie. Wegen dieses Gesichtsausdrucks ist Liisa gekommen, um die Verblüffung auf Eskos Gesicht zu sehen. Sie hat nicht darüber nachgedacht, was nach der Überraschung möglicherweise passiert, aber dieser erste Augenblick ist genau so, wie sie es sich vorgestellt hat, und in diesem Augenblick denkt sie nicht nach. Esko kommt ihr mit großen Schritten entgegen und umarmt sie bestimmt eine halbe Minute lang vor aller Augen, ohne ein Wort zu sagen. Sie verschwindet in Eskos Armen, und es fühlt sich überhaupt nicht schlecht oder beklemmend an, Liisa wird bewusst, wie sehr sie sich nach Berührung gesehnt hat. Es sind Jahre vergangen, seit sie zuletzt jemand so umarmt hat.

Der große Bruder, denkt Liisa etwas später und leicht verdrossen. Was Esko sein Leben lang gefehlt hat, ist ein großer Bruder, darum hat er diese Lücke selbst geschlossen. Immer sucht und findet er einen, den er verehren und dessen Taten er mit großen Augen bestaunen kann. In den sechziger Jahren war es zuerst Puupponen und dann Hukkanen, in den siebziger Jahren Bankdirektor Pirttilä. In den achtziger Jahren Kari Kaunisto, der Spekulant, der mit großem Geld und noch größeren Plänen von Helsinki nach Hämeenlinna kam, sich eine Eishockeymannschaft und einen Fußballverein kaufte und in der Rezession dann unter dubiosen Umständen in Konkurs ging. Was die Zeit danach betrifft, weiß es Liisa nicht so genau, irgendein Idol wird Esko schon gehabt haben, und in Amerika ist es nun offenbar dieser Mann: der

Fast-Astronaut Bill Campbell, von dem Liisa schon oft am Telefon gehört hat und den sie jetzt zum ersten Mal leibhaftig vor sich sieht. Campbell sitzt ihr und Esko auf seinem Campingstuhl gegenüber und redet pausenlos. Seine dünne, schöne und beneidenswert gleichmäßig gebräunte Frau Susie ist die ganze Zeit beschäftigt. Sie wendet Würstchen und Brötchen auf dem Einweggrill, gießt Cola light in Plastikbecher, macht zuerst ihrem Mann einen Hot Dog, dann Esko und erst dann Liisa, und die ganze Zeit redet Bill Campbell und schlägt zwischendurch die Hände zusammen, als applaudiere er seinen eigenen Gedanken. Chinesischen Produkten müsse man so hohe Zollgebühren draufknallen, dass Schluss wäre mit der Billigproduktion. An der mexikanischen Grenze müsse man einen Elektrozaun aufstellen. Die Klimaveränderung sei ein Komplott der europäischen Sozialisten. Liisa versteht nicht alles, sie hat nie so gut Englisch gelernt wie Esko. Wenn jemand so schnell und mit so starkem Akzent spricht wie Bill, gerät sie in Gefahr, den Faden zu verlieren. Esko kapiert offenbar alles, zumindest nickt er ständig zu den Worten seines neuen Freundes. Man kann sich schwer vorstellen, dass Esko einen Elektrozaun an der mexikanischen Grenze errichten will, aber hier geht es gar nicht um Meinungen, Bill ist ein Alphatier, der unangefochtene König in seinem kleinen Kreis. Männer brauchen das. Sie brauchen eine Hierarchie, Männer sind so gebaut. Das scheint in diesem Moment selbstverständlich, aber Liisa hat nie so gedacht, als sie noch jeden Tag von Männern umgeben war. Solche Gedanken sind ihr erst später gekommen, wie alle einigermaßen klaren und vernünftigen Gedanken, man begreift alles erst im Nachhinein, wenn man die Dinge von außen betrachtet, so wie jetzt, da sie Esko beobachtet.

Matti brauchte keinen großen Bruder. Matti hatte auch keinen männlichen Freundeskreis, irgendwann wünschte sich Liisa geradezu, er würde mal mit anderen Männern wegfahren. Mit dem Schiff nach Stockholm zum Beispiel, zu einem Eishockeymatch, nach London, um sich Bilder anzusehen, egal wohin. Ruf jemanden an, sagte sie zu Matti. Ruf deine alten Kollegen an. Aber Matti wollte nicht, Matti wollte immer nur malen und mit ihr zusammen sein, er sagte, er habe seine Freunde lange genug gesehen. Glaubst du, sechzigjährige Kerle hätten so irrsinnig viel Spaß miteinander? Bisweilen tat er, was er angekündigt hatte, chauffierte sie zur Arbeit und holte sie ab, fuhr zweimal am Tag von Kirkkonummi nach Helsinki und zurück. Esko hatte sie nie von der Klinik abgeholt, auch wenn sie noch so darum gebeten hatte. Du hast doch ein Fahrrad, nimm das. Oder komm mit dem Bus, es fahren schließlich Busse. Matti hingegen wartete auf dem Parkplatz der Frauenklinik auf sie, stieg jedes Mal aus, um ihr die Tür zu öffnen, und dann saßen sie nebeneinander in Mattis selbst im Winter gleichmäßig warmem Passat, und sie erzählte vom Dienst, und Matti hörte ihr zu. Es waren schöne gemeinsame Autofahrten, in den ersten zwei Jahren, als auf der Arbeit noch alles gut lief.

Matti nahm die Liebe wie ein wesentlich jüngerer Mann. Vielleicht kam es daher, dass er keine Kinder hatte, vielleicht hatte er deswegen mehr Liebe zu vergeben. Liisa schien im Gegensatz zu ihm mehr Vergangenheit zu haben, obwohl sie genau gleich alt waren. Und Matti war eifersüchtig auf ihre Vergangenheit, auch auf die Enkelkinder. Sie hatte endlich erreicht, dass die Jungs sie in den Skiferien für zwei Nächte besuchen durften, und dann sperrte sich Matti in der Zeit im Atelier ein und kam nur zum Schlafen heraus. Er sah die Teenager als Konkurrenten, das war so tragikomisch, dass man darüber gelacht hätte, wenn es nicht zum Heulen gewesen wäre. Zum Glück hatte sie ihre Wohnung nicht verkauft, sondern nur vermietet, die Wohnung wartete auf sie, sie konnte dorthin zurückkehren und musste sich nicht ein neues einsames Zuhause aufbauen. Hätte es die Wohnung in Käpylä nicht gegeben, wäre sie wahrscheinlich bei Matti geblieben. Dann hätte sie die gelegentlichen Szenen ertragen und alles, was gut war, genossen: die Gesellschaft am Frühstückstisch, die Fernsehabende nach der Sauna, die gemeinsamen Ausflüge in den Wald zum Pilzesammeln. Die ganzen Quiches und Sultsinas mit Pilzen und all die anderen Sachen, die sie in dem gemauerten Ofen backte. Der Ofen war genauso gut, wie sie es sich vorgestellt hatte. Jetzt hat sie wieder nur den mindestens sechzig Jahre alten Rosenlew, der erstaunlicherweise noch funktioniert, es scheint sinnlos, ihn zu ersetzen. Für wen soll sie auch backen? Wie lange wird sie überhaupt noch backen? Wenn der Ofen bis jetzt gehalten hat, dann wird er bestimmt so lange halten wie sie selbst, bis zum Schluss wird sie allein mit ihrem Ofen in Helsinki zusammenleben, so wie ihre Mutter seinerzeit in Kuopio. An manchen Tagen geht sie früh ins Bett, liest in den Heften, die sie geerbt hat, und stellt fest, dass sie die düsteren Gedanken ihrer Mutter inzwischen fast versteht.

Was für ein Alter willst du haben, hat Esko sie vor kurzem erst gefragt. Es war eine gute Frage. Über diese Frage dachte sie nach, als sie sich am Mittwochabend in ihrem gemieteten Ferienhäuschen in Fiskars australischen Chardonnay aus dem Pappbehälter ins Glas laufen ließ und nach kurzem Zögern das von Esko gebastelte DIN-A4-Kunstwerk hervorholte. *Eine Ära geht zu Ende,* stand darauf. *Eine Ära, die du und ich zusammen erlebt haben. Komm am 8. Juli 2011 mit mir nach Titusville, um Zeuge ihres Endes zu sein. Keine Forderungen. Keine Hintergedanken. Keine Verpflichtungen. Keinerlei Kosten, alle Ausgaben werden ersetzt. Ich wäre nur echt froh, wenn du kommen würdest. Aufrichtig. Esko.* Die Hand, die diese Sätze schrieb, Eskos rechte Hand, hat sich unauffällig auf ihre linke Hand auf der Armlehne des Campingstuhls gelegt. Am Handgelenk funkelt das Goldkettchen, das Liisa an einem warmen Frühjahrssamstag, eine

Woche vor Eskos Fünfzigstem, bei Juwelier Lehto am Markt gekauft hatte. Es war ein sympathisches Geschäft, Lehto ein angenehmer Mann, sie bekam immer Rabatt und musste nicht sofort zahlen. In dreißig Jahren hatte sie dort allein für ihre Patenkinder so viele Silberlöffel, Manschettenknöpfe und Konfirmationskettchen gekauft, dass Heikki Lehto ihr Verschwinden aus der Stadt bedauert haben musste.

Liisa befreit ihre Hand, Esko wirft ihr einen enttäuschten Blick zu. Auch die Campbells schauen sie an, vor allem Bill mustert sie mit seinen stechenden Schimpansenaugen. Liisa sitzt erst seit einer Stunde in diesem Park und hat diesen allmächtigen Mann bereits gründlich satt. Sie kann sich allerdings vorstellen, wie unwiderstehlich er als junger Mann gewesen sein mag. Sie versteht Bills Frau. Susie verhält sich so, wie Liisa es täte, wenn sie mit Bill verheiratet wäre. Das Paar nervt sie gar nicht mal so sehr, was sie nervt ist Esko in der Gesellschaft dieses Paares. Sein bewundernder Schafsblick, wenn Bill die technischen Einzelheiten des Atlantis-Shuttles referiert. Bill hält einen Stock in der Hand, damit zeichnet er etwas auf die Erde. Wie der Mathematiklehrer in der Volksschule von Leppävirta mit dem Kartenstock in der Hand. Den konnte man auch mal auf die Finger kriegen, wenn der Stoff nicht ankam.

»Gehen wir«, flüstert Liisa Esko zu. Aus seinem Gehörgang schieben sich lange weiße Haare, Liisa ist so nah, dass sie sieht, wie sie sich kräuseln. Das Rasierwasser ist das gleiche alte Lagerfeld, das Esko seit den achtziger Jahren benutzt, er ist von Kouros dazu übergegangen, Karl Lagerfeld, der Endpunkt von Eskos Düften. Der Duft des vornehmen Mannes – damals, vor langer Zeit.

»Gehen wir etwas näher heran, um uns den Start anzusehen. Hörst du? Schütteln wir die beiden ab.«

»Das geht nicht. Wir können hier nicht weg.«

»Wieso nicht? Wir sind doch erwachsene Menschen.

Kommen deine neuen Freunde nicht allein zurecht? Lass uns zur Anlegestelle gehen, dort sieht man besser.«

»Sieht man hier nicht gut genug?«

»Du vielleicht. Wenn alle Leute aufstehen, sehe ich nichts mehr.«

»Ich kann dich hochheben.«

»Ich gehe jetzt. Kannst ja nachkommen, wenn dir danach ist.«

Liisa steht auf, gibt Susie ihren Plastikbecher und ihren Pappteller und bedankt sich für Speis und Trank. Sie sagt nicht einmal, wohin sie geht, sie sagt nur, sie werde eine Toilette aufsuchen und danach etwas spazieren gehen. Susie erbietet sich, mitzukommen und ihr den Weg zu zeigen, aber Liisa lehnt das Angebot ab. Bill schaut Liisa von unten herauf an und blickt zwischendurch auf Esko, es sieht aus, als zwinkerte der große Bruder dem kleinen Bruder zu, und der arme Esko weiß nicht, was er tun soll, gehen oder bleiben. Er dreht die leere Budweiser-Flasche in der Hand, fleht Liisa mit den Augen an, sich zu setzen, aber das hat Liisa nicht vor. Sie merkt, dass sie die Situation genießt, sie schämt sich ein bisschen, aber nicht genug, um von ihrem Plan Abstand zu nehmen.

»It was very nice to meet you«, sagt sie. *»You were very kind, thank you for everything. Hope to see you soon again.«*

Esko folgt ihr, natürlich kommt ihr Esko nach. Liisa muss allerdings überraschend weit gehen, je näher sie dem Ufer kommt, desto mehr Menschen sind um sie herum, sie glaubt schon, ihn erneut verloren zu haben. Sie steht vielleicht fünfzig Meter vom Ufer entfernt zwischen einer Spanisch sprechenden Großfamilie und den Mitgliedern einer Motorradgang. Die Motorradfahrer haben in ihrem Kreis ein Transistorradio aufgestellt, *an hour to go,* hört Liisa, eine Stunde bis zum Start. Die Männerstimme im Radio verstummt und ein Musikstück fängt an, nachdem sie eine Zeitlang zugehört hat, erkennt Liisa die Melodie und erinnert sich an die Geschichte, die das Lied erzählt: Ein Astronaut bleibt allein in seiner Kapsel und zieht seine einsame Bahn. Esa hatte sie danach gefragt. Esa konnte noch kein Englisch und erkannte nur das Wort *space*, darum interessierte er sich dafür. Sie hörte genau zu, konnte sich schließlich mit Hilfe des Wörterbuchs einen gewissen Reim machen und brachte es doch nicht übers Herz, Esa zu erzählen, worum es ging, sie dachte, die Geschichte sei für einen Neunjährigen zu traurig. Liisa denkt an den Astronauten, der in seiner Raumfähre gefangen ist, und an den erwachsenen Esa auf der anderen Seite des Atlantiks, an das Zimmer der Jungen in der Matti Alangon katu und an das Transistorradio in der Zimmerecke, und dann werden ihre Gedanken unterbrochen, denn von hinten legt sich eine Hand auf ihre Schulter und reißt sie beinahe um.

»Was soll das, Liisa? Was ist das für ein Spielchen? Warum kommst du hierher und führst dich so auf?«

»Ich führe mich nicht auf.«

»Und ob du das tust, verdammt. Alles Spielchen, von Anfang an. Tauchst hier auf, ohne dich vorher zu melden. Ohne wenigstens anzurufen. Warum hast du nicht heute Morgen angerufen, dann wären wir am Motel vorbeigefahren und hätten dich abgeholt?«

»Der Akku war leer. Und ich hatte keinen Adapter, wie man ihn hier braucht, die haben ja andere Steckdosen. Wie du wahrscheinlich weißt.«

»An der Rezeption kriegt man einen Adapter, man muss nur danach fragen. Du hättest anrufen müssen, verdammt! Ich schäme mich, weil Bill und Susi keine Ahnung hatten.«

»Du schämst dich für mein Gesicht, oder wie? Stimmt, es hat neuerdings ein paar Falten. Und es hängt ein bisschen. Im Gegensatz zu Susies Gesicht. Aber die hat sich das bestimmt in irgendeiner Klinik machen lassen. Keine siebzigjährige Frau hat solche Backen. Keine Frau in meinem Alter hat unter dem Kragen nicht ein paar Lappen hängen. Nur zur Information.«

»Was redest du da, Mensch?«

»Der Mann ist wahrscheinlich auch beim Chirurgen gewesen. Mit Sicherheit. Guck dir nur seine Visage an. Und warum muss er unbedingt vor unseren Augen das Hemd wechseln? Um seine Muskeln zu zeigen. Hat der einen Komplex mit seinem Alter?«

»Hast du einen? Es klingt ein bisschen danach.«

»Ich altere mit Würde. Ich lasse die Schwerkraft siegen.«

»Bill und Susie sind nette Leute. Sie sind meine Freunde hier. Vor denen braucht man nicht zu demonstrieren, wenn einem mein Gesicht nicht gefällt.«

»Ich bin ja wohl wegen deinem Gesicht hergekommen und nicht wegen ihren Gesichtern. Dein Name stand unter der Einladung.«

»Ein bisschen Benehmen, verdammt noch mal. Wir sind hier in Amerika. Die Amerikaner verstehen so einen Terz nicht. Du bist ziemlich seltsam neuerdings.«

»Wahrscheinlich bin ich das. Und du scheinst neuerdings Amerikaner zu sein.«

Liisa reißt sich los. Auf der Stelle kommen ihr die alten Streitigkeiten in den Sinn. Hunderte Male hat sie sich mit diesem Mann gestritten, darum kommt ihr das alles so bekannt vor, sie geht wütend weiter, und Esko kommt ihr mit etwas Abstand hinterher. Und so wie es dem Schema entspricht, beruhigt sich Esko, nachdem er sich als Erster aufgeregt hat, auch schon wieder. Kaum ist es ihm gelungen, sie in Rage zu bringen, zeigt er sich versöhnungsbereit. So ist es immer gewesen, auch jetzt hört Liisa die vertraute, beschwichtigende Stimme hinter sich. Warte, sagt Esko. Warte, Liisa, bleib stehen, lass uns in aller Ruhe reden. Und auch wenn Liisa so weit wie möglich vor diesen ewigen Forderungen davonlaufen möchte, erfüllt sie ihre Rolle in dem vertrauten Stück und bleibt stehen.

»Entschuldigung«, sagt Esko. »Machen wir einen neuen Versuch. Die Einladung war ja tatsächlich für zwei und nicht für vier. Wo willst du hin? Wir gehen, wohin du willst, ganz egal.«

»Näher ans Ufer. Meinetwegen zur Anlegestelle. Kommt man dahin?«

»Wenn man will, kommt man auch hin.«

»Sieht ziemlich voll aus.«

»Nicht so voll, dass nicht noch ein schlanker Po dazwischen passt.«

»Mein Po ist alles andere als schlank.«

»Ich dachte ja auch daran, dass du auf meinem Schoß sitzt.«

»Du kannst mich mal kreuzweise.«

»Aber die Hand musst du mir geben. Sonst schaffen wir es auf keinen Fall zusammen bis zur Anlegestelle. Am Ende gehst du verloren oder haust einfach ab.«

»Na, dann nimm sie eben, wenn du unbedingt willst.«

Esko nimmt ihre Hand und setzt sich entschlossen in Bewegung. *Sorry,* sagt er, *excuse me,* und als es ihm gelungen ist, eine Öffnung in die Menschenmauer zu stoßen, schlüpft Liisa hinein. So kommen sie voran, überraschend schnell, Esko zieht sie hinter sich her, und bald stehen sie auf der Anlegestelle, wo es für einen Moment stockt, weil einfach zu viele Menschen da sind. Das Gedränge wird beklemmend, Liisa schlägt vor, umzukehren, aber Esko gibt nicht auf. »Wir haben heute unseren fünfzigsten Hochzeitstag«, sagt er zu den fremden Leuten. »Meine wunderbare Frau und ich feiern heute Goldene Hochzeit, wir sind extra von Finnland hierhergekommen, gibt es vielleicht nicht noch ein Plätzchen für uns?« Und so kommt es, dass ein junges Paar ihnen ihre Plätze abtritt, sie dürfen tatsächlich vorne ans Geländer, der gutaussehende, dunkelhaarige Mann und seine frisch Angetraute bleiben hinter ihnen stehen. Es stellt sich heraus, dass die beiden erst vor einer Woche in New York geheiratet haben und in Florida auf Hochzeitsreise sind. *Fifty years,* sagt der junge Mann. *Fifty years, it's amazing. Unbelievable! You guys are so lucky.* Liisa lächelt die über beide Ohren verliebte Ehefrau so gut sie kann an, und diese erwidert das Lächeln im Arm ihres Mannes auf breite amerikanische Art.

Sie sind jetzt also ein Ehepaar, dicht an dicht im Menschengedränge. Liisa kann es nicht verhindern, dass ihr Esko lässig den Arm um die Schulter legt und sie an sich zieht. Er wirkt außerordentlich zufrieden, nimmt das Fernglas aus der Umhängetasche und hängt es Liisa um den Hals.

»Guck mal da rüber, Mädchen. Hast du überhaupt schon richtig hingeschaut? Da ist sie, die Atlantis, bereit zum Start. STS-135, der letzte bemannte Raumflug der Amerikaner.«

»Sieht prächtig aus.«

»Schau genau hin. Das ist die letzte Gelegenheit.«

Liisa hat solche Shuttles schon mehrmals im Fernsehen gesehen, aber der Bildschirm vermittelt nicht die richtige Vorstellung von der Größe. Die Atlantis steht jenseits der Bucht auf der Startrampe, die zwischen den Wolken hervordrän gende Sonne lässt sie kurz weiß aufleuchten. Die Raumfähre ist tatsächlich erstaunlich schön, und der riesige pistolenkugelförmige Kegel hinter ihr ist noch schöner. Er ist orange, ein warmer und doch leuchtender Farbton, ein bisschen wie die Ahornblätter, die im Karhupolku vom Baum fielen und die sie mit Esko im Herbst zusammenrechte, nachdem die Jungs ausgezogen waren.

»Das große orange Ding ist der externe Treibstoffbehälter. Die kleineren weißen Dinger rechts und links vom Shuttle sind Booster, die beim Start für Geschwindigkeit sorgen.

Zwei Minuten nach dem Start fallen sie ab, und es bleibt nur die Raumfähre übrig. Aber das wusstest du ja schon.«

»Ja, ich glaube.«

»Du wusstest es, wir haben darüber gesprochen. Die Fluggeschwindigkeit der Atlantis beträgt achtzehntausend Meilen pro Stunde. Achteinhalb Minuten nach dem Start hat die Fähre ihre Flugbahn erreicht.«

»Hoffentlich.«

»Warum nicht? Red keinen Unsinn, das ist ein Routineflug von Profis. Der Pilot heißt Doug Hurley. Der Kapitän ist Chris Ferguson. In wesentlich sichereren Händen kann die Maschine nicht liegen, Ferguson hat schon mehrere Aufträge im All hinter sich. Ehemaliger Kampfflieger der Luftwaffe, kam, wenn ich mich richtig erinnere, Ende der neunziger Jahre ins Astronautenprogramm der NASA. Stammt aus Philadelphia, daheim warten Frau und drei Kinder auf ihn. Hobbys: Golf, Holzarbeiten und Schlagzeug.«

Von solchen Dingen ist Eskos Kopf schon immer voll gewesen. Wo die Weltraumflieger studiert haben, wo sie herkommen, was ihre Hobbys sind, wie ihre Frauen und Kinder heißen. Bestimmt hat Esko noch das Buch mit dem karierten Einband in seiner Umhängetasche, in dem er sich schon früher Notizen über jeden bemannten amerikanischen Raumflug machte. Die Tasche ist alt, sie hängt abgenutzt, halb leer und ebenso traurig an Eskos rechter Seite wie das nicht minder alte Kofferradio an der linken Seite. Nachdem das Geschäft auf die Söhne übergegangen ist, muss Esko offenbar nicht mehr die neuesten Geräte haben.

»Diesmal ist wieder eine Frau dabei, Sandra Magnus, eine Elektroingenieurin, die auch einen Doktor in Physik hat, eine unheimlich clevere Frau. Hat ihren ersten Raumflug vor neun Jahren gemacht, 2002.«

Sandra Magnus. Christa McAuliffe. Von allen Astronauten nach Armstrong und Aldrin kennt Liisa nur einen Namen: Christa McAuliffe. Über sie wurde 1985 bei der Weihnachtsfeier der Bezirksgruppe des finnisch-amerikanischen Vereins lange gesprochen. Christa McAuliffe, *Teacher in Space.* Christa marschierte mit den anderen Besatzungsmitgliedern frisch und munter zur Raumfähre und winkte den Schülern ihrer Schule zu, die aus Boston eingeflogen worden waren, um den Start des Shuttles zu beobachten. Ville wohnte damals noch zu Hause, und Esko war irgendwo auf Reisen, sie schaute sich den Start mit Ville zusammen live im Fernsehen an. Dann explodierte die Challenger samt der jungen schönen Lehrerin, am Himmel blieb nur eine sonderbar zweigeteilte Rauchwolke zurück, und später am Abend dachte Liisa, dass die Wolke die Form von Teufelshörnern hatte. Sie sah die schreckliche Katastrophe noch viele Male im Fernsehen. In einer späten Nachrichtensendung wurden die Eltern von Christa gezeigt, wie sie ungläubig zum Himmel starrten. Sie glaubten nicht, was sie sahen. Sie konnten es nicht fassen, das war das Schlimmste. Christa hatte selbst Kinder, und die waren mit Sicherheit unter den geladenen Gästen. Natürlich waren sie es, man zeigte sie nur aus Scham nicht im Fernsehen. Was dachten die Kinder, als sie sahen, wie ihre Mutter in der Luft zu einem Feuerball explodierte? Was ist danach aus ihrem Leben geworden? Wie kann man so ein Ereignis je vergessen?

Unsinn, denkt Liisa. Alles vollkommener Unsinn, nichts als männliches Gehabe. Was ist schon dabei, dass Atlantis der letzte bemannte Weltraumflug sein soll? Was gibt es da zu trauern? Es wäre eher ein Grund zum Feiern. Sie steht nicht ganz so im Wald, wie Esko es sich vorstellt, sie liest die Zeitung, auch im Flugzeug hat sie wieder einen langen Artikel über den letzten bemannten Raumflug gelesen. Darin hieß es, der Mensch werde im Weltall nicht gebraucht. Roboter erledigten die gleichen Aufgaben wesentlich effizienter, billiger und sicherer. Wenn Roboter auf der Erdumlaufbahn bleiben, muss niemand trauern. Außerdem ist kein Geld mehr da, schon gar nicht in Amerika, so hat Liisa es verstanden, und das bisschen, was man noch hat, sollte man vielleicht nicht unbedingt in den Himmel schießen. Dieses ganze Gerede vom Ende einer Ära, dieses allgemeine melancholische Pathos! Sie hat nie einen Gedanken daran verschwendet, dass ihr Leben mit irgendwelchen Weltraumraketen zu tun haben könnte.

Wenn ihre Ära endet, dann aus anderen Gründen. Sie endet, weil ihr Körper irgendwann versagt. Weil die Zellen sich nicht endlos teilen. Weil sie schlicht und einfach müde werden und sich in ihnen unwiderrufliche Veränderungen vollziehen. Falls nichts Unerwartetes geschieht, wird sie an Krebs sterben, und auch Esko stirbt, so wird es sein. Wäre das Geld, das im Weltall vergeudet wurde, in die Krebsforschung investiert worden, gäbe es womöglich ein Medikament. Dann würden sie zehn oder zwanzig Jahre länger leben, sie würden hundert werden. Hätten Frauen entscheiden dürfen, wären die vergeudeten Milliarden anders genutzt worden, die Wissenschaftler hätten in den Labors in Mikroskope gespäht, und diese Arbeit wäre mit keinem Risiko verbunden, die Helden wären in Sicherheit, sie würden nicht in Gefahr schweben zu sterben, so wie Doug Hurley, Chris Ferguson und Sandra Magnus jetzt in diesem schrecklichen Shuttle da drüben. Die Astronauten sitzen angeschnallt in der Atlantis, die Luken sind geschlossen, die Begleiter haben die Gangway verlassen. Die Minuten vergehen, und Sandra Magnus' Herz pocht, denn Sandra Magnus muss unweigerlich an Christa McAuliffe denken. Hat Sandra Magnus Kinder? Hoffentlich nicht. Keine Mutter sollte sich je in die Nähe einer Weltraumfähre begeben.

Für kurze Zeit ist sich Liisa ihrer Gedanken sicher. Sie will diesen explodierenden Sarg nicht länger bestaunen, sie zwingt Esko, das Fernglas zu nehmen. Sie dreht sich um und sieht wieder die über beide Ohren verliebte frische Ehefrau, die ihr ebenso freundlich zulächelt wie vorhin. Der in die amerikanische Fahne gewickelte Mann mit dem Pferdeschwanz hat es ebenfalls bis hierher geschafft, er steht mit seinem Schatz fünfzehn Meter entfernt, noch näher am vorderen Rand der Anlegestelle als Liisa und Esko. Es ist elf Uhr, bald Mittag, es scheint, als flimmerte die feuchte Mittagshitze elektrisch, Liisa spürt die allgemeine kribbelnde Erwartung und kann nicht mehr vernünftig denken. Sie ist immer noch derselbe Mensch, der im Wohnzimmer in der Matti Alangon katu den Zuschauern des Mondstudios Saft servierte. Sie hat fast alles gesehen, was auch Esko gesehen hat, Sputnik auf seiner Bahn, Armstrong, der seinen Fuß auf den Mond setzt, die Challenger-Explosion. Sogar im Kennedy Space Center ist sie gewesen, hat Esko und die Jungs in Astronautenanzügen fotografiert, die Bilder sind außergewöhnlich gut geworden. An Weihnachten machten sie fünfzig Abzüge, die jedem Weihnachtsbrief beigelegt wurden. Auch das musste sie Esko zuliebe tun, Weihnachtsbriefe schreiben wie in Amerika.

»Wie lange noch?«, fragt Liisa.

»Nicht mehr lange«, erwidert Esko. »Noch zehn Minuten.«

»Gut. Ich kann nämlich nicht mehr warten. Ich muss pinkeln.«

»Hier kommst du jetzt nicht weg. Da sind wir die besten Plätze sofort los.«

Wie fühlt sich Esko in diesem Augenblick? Früher war sie davon überzeugt, Eskos Gefühle und Gedanken zu kennen. Sie prahlte sogar damit: Ich kenne diesen Mann. Sie waren sich so nah, wie es zwei Menschen nur sein können, sie teilten den Alltag, die Kinder, die Schulden, das Geld, sie hatten gemeinsame Träume, ihre Haut rieb sich aneinander. Sie schnitt Esko im Bad die Haare, und Esko lackierte ihr zum Dank manchmal die Fußnägel. Dennoch war Esko ihr ein

Rätsel, und sie war ihm ein Rätsel, vielleicht waren sie zueinander nie so ehrlich gewesen, wie sie es hätten sein sollen.

»Der Tank enthält hochoktaniges Kerosin, Flugbenzin, das eigens für diesen Zweck raffiniert worden ist. Bei der Startbeschleunigung gehen davon mehrere tausend Liter in der Sekunde drauf, stell dir das mal vor!«

»Ich versuche es mir vorzustellen.«

»Es verbrennt im Nu. Eigentlich explodiert es, der Start eines Space Shuttles ist am ehesten eine Explosion. Die Masten, an denen die Fähre und die Tanks stehen, werden gesprengt.«

»Schön, das zu hören.«

»Das ist schon erstaunlich. Unfassbar, wie genau alles durchdacht ist und wie viel Arbeit dahintersteckt. Zweihunderttausend Unzen Metall, Spitzentechnologie und Menschenfleisch schießen da gleich in den Himmel, mein Schatz.«

Go, baby, go! Go, baby, go! Go, baby, go, sagt die Frau neben Liisa unaufhörlich, aber die Atlantis scheint sich nicht bewegen zu wollen. Eine halbe Minute vor dem entscheidenden Augenblick wird der Countdown plötzlich gestoppt, auf der Anlegestelle herrscht Unklarheit darüber, was da vorgeht. Wenn der Start jetzt nicht glückt, muss man unter Umständen bis zum nächsten Tag warten. Auch länger, sagt Esko, manchmal ist der Start verschoben worden und hat sich gleich um mehrere Tage verzögert. Dann läuft die Uhr plötzlich doch weiter, es sind noch dreißig Sekunden übrig, die Sekunden sind kurz und vergehen im Nu, *go baby go,* leiert die Frau neben Liisa, ihre Stimme ist rau vom Rauchen und von der Anspannung. Die Motoren springen an, die Atlantis erbebt auf der Startrampe und steigt dann in die Luft auf, und die Frau neben Liisa erhöht gleichmäßig die Lautstärke, als drehe jemand am Volume-Knopf an ihrem Rumpf. *Go, baby, go! Go, baby, go! Go, baby, go!* Aus dem Chaos aller

Stimmen hört Liisa diese Stimme heraus, das Jaulen einer wild tobenden Frau, sie ist so durchdringend, diese Stimme, dass Liisa zuerst gar nicht merkt, was auf der anderen Seite neben ihr passiert.

Esko weint. Und zwar nicht etwa still vor sich hin, sondern lautstark, so dass es in der Menge Aufmerksamkeit erregt. Der gutaussende junge Mann schaut Liisa fragend an, seine über beide Ohren verliebte Ehefrau wirkt besorgt. *»Is everything all right«*, fragt der Mann. *»Yes«*, antwortet Liisa. *»Everything is great, I am sure.«* Das Pärchen geht ihr mittlerweile auf die Nerven, die jungen Leute sollen sich um ihre eigenen Angelegenheiten kümmern, sich in ihre Hochzeitssuite verziehen und die Jugend genießen.

Liisa stellt sich hinter Esko, schlingt die Arme um ihn und drückt ihr Gesicht an seinen Rücken. Wie sie so dastehen, wird ihr wieder einmal bewusst, wie klein sie ist. Esko ist groß, manche Dinge ändern sich nicht, auch wenn die Zeit noch so schnell vorüberrennt. Der Körper unter ihren Armen bebt, der ganze Mann zittert, und das Weinen lässt nicht nach, sondern nimmt weiter zu, Esko scheint auf die Berührung nicht zu reagieren oder sie nicht einmal wahrzunehmen.

Liisa muss etwas unternehmen, alle anderen erwarten das von ihr. Sie trägt die Verantwortung, wie manchmal auf der Arbeit, wenn eine Erstgebärende starr vor Entsetzen war und der junge Arzt nicht mehr tat, als auf die Zahlen zu stieren. Liisa war die Älteste und Erfahrenste im Raum und wusste, wie man mit einer verschreckten Frau in einem solchen Moment umgehen musste. Jetzt nimmt sie Esko entschlossen an der Hand und führt ihn von der Anlegestelle fort, so wie er sie hergeführt hat. Esko wehrt sich nicht, er lässt sich führen. *»Excuse me«*, sagt Liisa laut. *»Excuse me, we have to go, my husband is not feeling well.« My husband*, mein Mann. Aber was soll sie sonst sagen? *My ex-husband?*

Father of my children? My friend? Esko ist nicht ihr Freund, Esko ist schwerer als ein Freund. Liisa zieht ihn hinter sich her und merkt, wie sie unter der Last müde wird.

Schließlich erreichen sie den Sandstrand. Liisa bleibt kurz stehen, Eskos Hand löst sich aus ihrer. Esko sagt nichts, er kehrt Liisa den Rücken zu und wischt sich die Augenwinkel. Liisa versucht, nicht hinzuschauen, sie blickt auf die Leute ringsum, sie haben die Köpfe in den Nacken gelegt und die Augen zum Himmel gerichtet. Die meisten von ihnen schauen nach wie vor nach oben, obwohl das Shuttle längst verschwunden ist. Vielleicht wollen sie es mit ihren Blicken schützen. Vielleicht haben sie Angst vor einer Explosion. Auch wenn in diesem Stadium der Beschleunigung die Challenger bereits explodiert war. Sandra Magnus ist weiter gekommen als Christa McAuliffe, Start und Landung sind die gefährlichsten Phasen eines Weltraumflugs, und der Start ist so gut wie überstanden. Eskos Kofferradio läuft die ganze Zeit, nun, da der Lärm nachlässt, hört Liisa eine monotone Männerstimme aus dem Studio der NASA. Die Stimme listet Zahlen auf, so und so hohe Geschwindigkeit, so und so lange Flugzeit. Esko fummelt an seiner Tasche, holt erneut das Fernglas heraus und schaut entschlossen in die gleiche Richtung wie alle anderen. Hier bin ich wieder, so wie früher. Das von eben war nichts. »Alles in Ordnung?«, fragt Liisa, aber Esko antwortet nicht.

Was nun? Liisa wird wieder bewusst, dass sie keinerlei Plan hat. Ihr Flug zurück geht erst am Dienstag, dazwischen liegt ein ganzes Wochenende, sie weiß nicht, was in dieser Zeit passieren wird. Sie kann es nicht einmal für diesen Tag sagen, die Raumfähre ist auf dem Weg und der Tag erst zur Hälfte um, Liisa weiß nicht, wie er weitergehen soll. Was hat Esko sich vorgestellt? Verabschieden sie sich jetzt voneinander, kehrt Esko zu seinen Freunden zurück? Wohl kaum. Esko hat sie hergeholt, er wird sie nicht gehen lassen, sondern versuchen, sie zu sich zu locken. Der Rückflug geht von Miami aus, sagt Esko zu ihr, du willst doch nicht hierbleiben? Das ist wahr, in Titusville kann sie nicht bleiben. Genauso gut könnte sie in Lake Worth übernachten, im Bungalow gibt es ein Gästezimmer und im Gästezimmer eine Bettcouch und einen Schreibtisch und natürlich einen Fernseher, all das weiß Liisa, weil Esko es ihr erzählt hat. Aber die Wohnung in Lake Worth hat Liisa nie gesehen, nicht einmal Bilder davon. Sie kann es sich vorstellen, das Haus ist voller Sachen, aber trotzdem leer, es fehlt etwas, die Hand einer Frau, ihre Hand, und Liisa will das nicht sehen, vielleicht könnte Esko stattdessen mit ihr in das Motel kommen, in dem sie die letzte Nacht verbracht hat. Das Zimmer war groß, fast so groß wie ihre Wohnung in Käpylä. Dort gab es zwei lächerlich große Ehebetten, eines für jeden. Sie könnten in diesen Betten schlafen, jeder in seinem, in den frühen Morgenstunden, wenn sie wegen des Zeitunterschieds aufwacht, könnte sie Esko wecken, und sie würden sich unterhalten, so wie früher manchmal. Liisa wünscht sich, es wäre Nacht, die Nacht würde Schutz bieten und Zeit zum Nachdenken geben; die mittägliche Helligkeit erscheint ihr plötzlich unerträglich entlarvend. Mit Macht drängt die Sonne zwischen den Wolken hervor und blendet, Liisa hat die Sonnenbrille im Motel vergessen, die bräuchte sie jetzt, sie ist alt, und ihre Augen sind empfindlich. Ein alter Mensch braucht immer mehr Dinge. Was früher überflüssig war, wird notwendig, man kommt nicht ohne aus. Ob Esko diesen Gedanken nachvollziehen könnte? Wäre er ihrer Meinung?

»Das war schon gewaltig«, hört Liisa ihn sagen. »Ein gewaltiges Erlebnis. Gewaltig, mehr kann man dazu nicht sagen.«

Esko hat das Fernglas abgesetzt. In diesem Licht an diesem Tag auf dieser Seite der Erde sind seine Augen wieder merkwürdig blau und wirken überhaupt nicht verblasst. Die

Pupillen sind allerdings auch rot, aber das hat mit dem Anfall von eben zu tun.

»Was guckst du?«, fragt Liisa.

»Nichts.«

»Du guckst mich an.«

»Ja und? Du bist ein seltener Anblick.«

»Sehe ich so aus, wie du es in Erinnerung hast?«

»Im Großen und Ganzen.«

»Sag, was du denkst. Oder was du gerade gedacht hast.«

»Das ist nicht so einfach.«

»Versuch es trotzdem.«

»Ich weiß es schon gar nicht mehr. Der Zustand ist vorbei.«

»Ich hab mich schon ein bisschen gewundert. Ich tue es immer noch.«

Esko schaut in die andere Richtung und schweigt eine Weile, dann dreht er das Kofferradio ab. Es geht nicht sofort aus, der Sender springt rauschend wieder an. Esko hantiert eine Weile am Apparat, bis er ihn zum Schweigen bringt.

»Wie soll ich das sagen. Ich kann einfach nicht glauben, dass es das letzte Mal gewesen ist. Dass es kein nächstes Mal geben wird. Dass es aus ist. Ich will das einfach nicht kapieren.«

»Du willst es nicht kapieren, oder du kapierst es nicht?«

»Ich will es nicht und kapiere es nicht.«

»Irgendwas wird schon kommen. Es ist neuerdings ja wieder vom Mars die Rede.«

»Woher weißt du das?«

»Hab ich im Fernsehen gesehen.«

Wenn sie jetzt mit Esko nach Lake Worth fahren würde, wenn sie ihre Sachen im Gästezimmer ausbreiten und die Bettcouch beziehen würde. Wenn sie mitten in der Nacht von der Couch aufstehen und zu Esko ins Schlafzimmer gehen, sich auf ihre Seite rechts von ihm legen würde. Worüber würden sie dann reden? Über die gleichen Dinge wie damals, über alte Themen? Oder über die Dinge aus der Zwischenzeit, die sie nicht voneinander wissen? Zwischen ihnen liegen zwanzig Jahre mit solchen Dingen. Andererseits gibt es immer noch mehr gemeinsame Dinge: dreißig Jahre. Diese Dinge sind älter, aber sie kommen einem wichtiger vor. An Matti und Kirkkonummi denkt Liisa nicht mehr, von Matti träumt sie nie. Von Esko manchmal schon.

»Zum Glück waren wir zu zweit. Immerhin hab ich nicht zu flennen angefangen, als Bill dabei war.«

»Das kannst du laut sagen.«

»Du musst ganz still sein, so wie du früher immer geflennt hast.«

»Das hab ich allerdings.«

»Ich weiß auch nicht, was in mich gefahren ist. Ich schäme mich höllisch.«

Liisa tritt einen Schritt näher. Sie hebt die Hand und berührt Eskos Wange, die Wange ist feucht, und Esko weiß nicht, wie er auf die plötzliche Zärtlichkeit reagieren soll, Liisa spürt, wie er zuckt und sie ungewollt fast von sich stößt. Dann packt er ihre Hand, hält sie kurz in der Luft, sie sehen sich in die Augen, Liisa legt den Kopf schräg, und ihre Lippen berühren Eskos Lippen, sie schmecken genauso rauh, wie sie aussehen, Esko hat wieder einmal vergessen, sie einzucremen. Der Kuss ist keine Entscheidung, jedenfalls fühlt er sich nicht so an. Er passiert einfach, auf der Welt passieren jeden Augenblick Millionen Dinge, außerdem sieht niemand zu, niemanden kümmert es. Sie sind weit weg von zu Hause, auf der anderen Seite des Ozeans, in Finnland gibt es so gut wie keinen, der sie braucht. Die Jahre, in denen Liisa im Leben eines anderen Menschen notwendig gewesen wäre, liegen weit zurück.

Ich bin jetzt alt, denkt sie. Ich bin frei, das Alter ist voller kleiner, unschöner Dinge, aber Alter bedeutet auch Freiheit.

Esko drückt sie fest an sich, sie ist klein in seinen Armen, wie immer. Dennoch hat sie das Gefühl, dass es diesmal anders herum ist, dass sie Esko im Arm hält. Sie tut es noch einmal, drückt ihm die Lippen auf den Mund. Esko erwidert ihren Kuss wie vor zweiundfünfzig Jahren im Kirchenpark von Kuopio. Dieselben zwei Menschen, mein Vater, meine Mutter, und der Himmel über ihnen ist derselbe Himmel, der Himmel ist immer derselbe, ebenso weit, ebenso gleichgültig, ebenso wenig interessiert an den Wundern der Menschen und ihren Irrtümern gegenüber ebenso gnädig.

Das Theater ist für dich die Familie, die du nie gehabt hast. Eine sichere, risikolose Familie, denn jedem Mitglied ist von Anfang an klar, dass die Theaterfamilie nur eine begrenzte Zeit existieren wird. Vielleicht ein halbes Jahr, manchmal nur einige Monate, so lange eben, wie die Proben und die Aufführungen eines Stückes dauern, und trotzdem ist es für diesen flüchtigen Moment eine Familie. Eure Theatergruppe ist der Versuch, die Familie etwas dauerhafter zu machen, eine Stufe familienähnlicher, und doch ist es keine Familie in dem beängstigenden Sinn echter Familien. Wenn sie auseinanderfällt, ist das nicht traurig, sondern ein Vorgang, der früher oder später zu erwarten ist und dessen Unausweichlichkeit niemand bestreitet. Fünf Jahre, hast du in einem Interview gesagt. Fünf Jahre maximal reichen die gemeinsamen Ideen aus. Nichts ist ewig, der kreative Prozess ist eine unablässige Bewegung, irgendwann wird es Zeit, etwas anderes zu machen.

Das alles ist sonnenklar. Du begreifst es natürlich selbst, hast es vielleicht von Anfang an begriffen, allein mir ist das aus irgendeinem Grund lange nicht gelungen. Ich verstand es erst bei meinem jüngsten Besuch in Berlin vor zwei Wochen. Bis zur Premiere waren es da noch drei Tage. Ich saß mit zwei halb verhungert aussehenden Beleuchtern und der bis zum Hals tätowierten Bühnenbildnerin im Zuschauerraum des kleinen Kellertheaters. Eigentlich hatte ich mir vorgestellt, zu einer Durchlaufprobe zu kommen und die fertige Aufführung zu sehen, denn so hattest du es mir am Vortag gesagt, aber dann war am Morgen beschlossen worden, den zweiten Akt auseinanderzunehmen und vollkommen neu zu organisieren. Mit anderen Worten: Es herrschte eine Krisensituation. Eine Krise, die du entweder absichtlich herbeigeführt hattest oder die dadurch entstanden war, dass der Druck im Kessel zu hoch geworden war, ich weiß es nicht. Ich war ein Außenstehender, saß zwar nur zehn Meter vom Geschehen auf der Bühne entfernt, war aber in keiner Weise daran beteiligt, niemand nahm auch nur Notiz von mir, ich sah euch allen zu wie einem inszenierten Stück. Es kam mir wie Theater vor, obwohl es das nicht wahr, das Skript fehlte. Trotzdem agiertet ihr alle ein bisschen wie nach Skript, ihr hattet es im Kopf, ihr spieltet eure Rollen. Womöglich kam die Krise nur für mich überraschend, denn die Beleuchter und die Bühnenbildnerin verfolgten die Situation fast gleichgültig. Sie gehörten zumindest halb zur Familie, sie bewegten sich an ihrem Rand und wussten besser als ich, wie es in dieser Familie normalerweise zuging.

Es war faszinierend, euch zu beobachten. Es war das erste und vielleicht letzte Mal, dass ich dich wirklich in deinem Beruf erlebte, bei dem, was du Tag für Tag tust, und ich hatte danach das Gefühl, dich besser zu verstehen. Ich verstehe, warum du diese Arbeit machen willst. Ich verstehe, warum du so gut darin bist. Ich verstehe, warum sie dir so viel bedeutet. Mehr brauchst du nicht, nicht einmal Kinder, sagst du, und in gewisser Weise verstehe ich auch das. Alle anderen lehnten sich an dich. Sie vertrauten dir vollkommen, ich sah, wie sehr sie dich achteten. Vielleicht bewiesen sie ihr Vertrauen, indem sie Schwierigkeiten machten, aber so funktioniert eine Familie, Vertrauen heißt, dass man sich traut, den Schmutzeimer über dem anderen auszuleeren und seine Last dem Stärkeren aufzubürden. Max marschierte aufgeregt um den Tisch auf der Bühne und verlangte genauere Anweisungen von dir, Lise lehnte sich an die Kulisse und schlug ab und zu mit der Faust dagegen, die anderen lagen zumeist bedrückt auf dem Boden. Deine Gelassenheit inmitten all dessen war verblüffend. Ich begriff nicht, wie du so ruhig bleiben konntest. Schließlich bist du schwarz-weiß wie Marjaana und hast meine cholerischen Gene. Ich saß im Zuschauerraum, fragte mich, woher deine Ruhe stammte, und kam irgendwann darauf: von den Reibereien zwischen Marjaana und mir vermutlich. Ich sah dich an dem Restauranttisch in Kreta und an all den anderen Tischen, an denen wir gesessen hatten. Wir waren von Anfang bis Ende nur zu dritt gewesen. Du warst zwischen mir und Marjaana, immer zwischen uns, immer. Wenn ein Konflikt entsteht, versuchst du, ihn zu lösen, zu schlichten, das ist deine Art zu existieren. Du hast dich nicht davor gescheut. Du hast keine Angst vor dem Streit, warum auch, wenn jemand von Kindheit an den Streit gewohnt ist, dann du. Ich sah dir in Berlin zu, und du warst mir fremd und vertraut zugleich, sowohl Erwachsene als auch Kind, meine Tochter und die Mutter der Theaterfamilie, ich war so stolz auf dich, dass es mir im Herzen weh tat, und zugleich machte es mich traurig, es dir nie sagen zu können.

Es geht weiter. Was du tust, was ihr gemeinsam tut, alles ist noch am Anfang. Du bist erst neunundzwanzig und jetzt schon so weit, du wirst älter und vermutlich ein bisschen milder werden und darum noch besser. Irgendwann wirst du Tschechow machen, glaube ich, eigentlich bin ich mir sogar sicher, dass du ihn machen wirst, alle jungen schlechtgelaunten Regisseure machen irgendwann Tschechow, auch du, du wirst Ehrenburgs Buch lesen und den *Kirschgarten* oder *Die drei Schwestern* machen. Oder den *Iwanow,* vielleicht eher den *Iwanow,* den könntest du zu fassen bekommen, denn ich bin ein bisschen wie Iwanow, ebenso unmöglich. Du wartest noch ein bisschen, und dann machst du den *Iwanow.* Oder du machst ihn nicht, machst stattdessen etwas anderes, zig Inszenierungen, und bist in Sicherheit, denn dein Leben findet im Theater statt, du hast dein Talent, du hast deine Arbeit, du hast eine Familie, die dir niemand rauben kann. So dachte ich, nein, empfand ich, und dieses Gefühl wurde dadurch bestärkt, dass du mich überhaupt nicht bemerktest. Ich durfte dir in aller Ruhe zusehen. Das Licht auf der Bühne war hell, der Zuschauerraum lag im Dunkeln. Du saßest im Licht, ich saß im Schatten und kam mir unsichtbar vor, kaum mehr anwesend.

Am Ende lagen alle auf dem Boden, auch Lise und Max. Sie lagen in undefinierten Positionen da, der eine auf dem Rücken, der andere auf der Seite, der Dritte in Embryonalstellung, und für einige Minuten herrschte vollkommene Stille, nur zwei Deckenlampen surrten. Du saßest mit geradem Rücken und ausgestreckten Beinen auf einem Stuhl und bewegtest dich nicht, keiner von euch bewegte sich. Es war wie eine Performance, ein geplantes Arrangement. Dann standest du vom Stuhl auf, schautest die anderen an, deine Kinder. Du gingst zu ihnen und stelltest einen nach dem anderen wieder auf die Beine. Du gabst ihnen die Hand, und sie erhoben sich träge. Du stelltest sie mit dem Gesicht zueinander auf, machtest Paare aus ihnen. Die Paare fassten sich an der Hand und fingen langsam an, sich zu bewegen, Max und Lise zuerst, danach die beiden anderen Paare. Es war genau genommen kein Tanz, auch wenn es ein bisschen danach aussah, die Paare setzten zunächst langsam, aber allmählich immer entschlossener ein Modell um, das sie kannten. Der eine lehnte sich mit seinem ganzen Gewicht an den anderen, und der stemmte sich mit seinem Körper dagegen. So bewegten sie sich von einer Seite der Bühne zur anderen und wechselten dann die Rollen. Noch hatte keiner etwas gesagt. Man hörte nur die Turnschuhsohlen auf dem schwarzen Vinylboden und das Rascheln der Hosenbeine. Nach einer Weile kam ein gedämpftes Keuchen hinzu, denn was sie taten, war anstrengend, das konnte ich sehen. Aber vor allem war es schön. Es war schön und betörend, man hätte nicht wegsehen können, selbst wenn man es versucht hätte.

Du warst die Vier. Ich war die Fünf. Marjaana war die Sechs. Die Vier sitzt jetzt im Wagen, sagtest du. Die Fünf schiebt. Die Sechs ist auf der Arbeit. Jetzt putzt sich die Vier die Zähne. Die Vier geht ins Bad. Die Fünf gibt der Vier das Handtuch. Toll, die Sechs ist von der Arbeit nach Hause gekommen! Jetzt sind sie alle zusammen, die Vier und die Fünf und die Sechs essen Abendbrot. Lange ging das so, monatelang. Du warst damals drei, nicht älter, und mich verblüffte deine Methode, die Welt in den Griff zu bekommen. Sie war kreativ und systematisch zugleich, sie war genial, ich hatte nicht gewusst, das Dreijährige so klug sind. Es sind auch nicht alle Dreijährigen so. Du warst es, du warst so intelligent, dass ich dich für größer hielt, als du warst. Du warst auch ängstlich, bis du in die Schule kamst, konnte man dich leicht erschrecken, ich dachte nicht immer daran, wie leicht das passierte. Einmal spielte ich in Lähdeharju in der Sauna einen Troll und jagte dir damit einen solchen Schrecken ein, dass du dich den ganzen Abend nicht mehr davon erholtest. Ich war weiterhin der Troll, der Troll kochte dir deinen Abendbrei und deckte dich zum Schlafen zu, noch am nächsten Morgen mustertest du mich misstrauisch. Auch darauf bin ich nichts als stolz. Auf deine Fähigkeit, sich in etwas hineinzuleben, auf deine erstaunliche Fantasie. Sie war größer und erstaunlicher als die Fantasie, die ich als Kind hatte – ein weiterer Beweis für deine außergewöhnliche Begabung.

Und jetzt bist du erwachsen und versuchst, deine Fantasie zu leugnen. Du bestreitest ihre Bedeutung, die imaginären Schicksale imaginärer Menschen interessieren dich nicht, du willst von dem erzählen, was wirklich passiert. Von der Gegenwart, von der Gesellschaft, von der Welt um dich herum. Da brauche man keine Fantasie, da brauche man einen scharfen Blick. Das ewige Bedürfnis, sich ins Schicksal nicht existierender Personen hineinzuversetzen, sei eine primitive Schwäche, die man ablegen müsse.

Aber wie kann man so sicher die Grenze ziehen? Warum muss sie überhaupt gezogen werden? Die Welt, die du so genau zu sehen glaubst, ist deine Vorstellung von der Welt. Vielleicht ist am Ende alles Vorstellung, es gibt kein stärkeres Band zwischen den Menschen als die Fantasie, nur die Fantasie kann uns zusammenbringen. Wir können Jahrzehnte in der Nähe eines Menschen verbringen, unser ganzes Leben, und in dieses Leben passen nur wenige seltene Augenblicke hinein, in denen der Kanal wirklich offen ist und man sagen kann: Ich verstehe diesen Menschen, und er versteht mich.

Abgesehen davon treten wir einer nach dem anderen ab. Wenn der Mensch aus der Welt scheidet, nimmt er seine eigene Welt mit. Es geschieht im Nu, das Herz hört auf zu schlagen, das Bewusstsein hält an, und es gibt eine Welt weniger auf der Welt. Die Fotos bleiben, die alten Videobänder und die auf den Computer überspielten Schmalfilme, die Festplatten und die Handys und die externen Zusatzspeicher voller festgehaltener Augenblicke, alle diese immer erfindungsreicheren, aber im Grunde ebenso verzweifelten Versuche, die Zeit anzuhalten und das Leben zu archivieren. Ein Foto erzählt nicht, was ein Mensch gedacht hat, der Mensch auf dem Foto schweigt. Auf einem Videoclip sagt er vielleicht ein paar Sätze, banal und alltäglich, sie verhüllen mehr, als sie preisgeben, und Fragen kann man ihm nicht mehr stellen. Man kann nicht einmal darauf hoffen, diesem Menschen noch einmal zu begegnen. Spätestens dann, eigentlich schon vorher, bleibt nichts als die Fantasie übrig: Wir können uns nur vorstellen, wie es ist, ein Mensch an unserer Seite zu sein. Und die Vorstellungskraft reicht natürlich nicht aus. Sie ist ein mangelhaftes Werkzeug, ein bisschen wie eine Brücke, auf der man bis zur Mitte der Schlucht kommt, aber nicht bis auf die andere Seite. Es ist verdammt deprimierend, wenn der aufrichtige Versuch zu verstehen im Scheitern endet. Man will über einen anderen Menschen schreiben und drängt unweigerlich selbst an dessen Stelle. In gewisser Weise hast du recht, mit Fantasie bringt man nichts zustande, und doch ist sie alles, was wir haben. Ein Mensch ohne Fantasie ist am Leben nicht interessiert, weder am eigenen noch an dem von anderen.

Tiere betrauern sich ja auch nicht, wenn sie sterben. Dieser Satz, dieser Satz vor mir, ein Satz auf vergilbtem Schreibmaschinenpapier, zwischen den Seiten meines alten Tagebuchs.

Ich habe ihn vor achtzehn Jahren geschrieben, mit vierunddreißig, als ich fast (aber nur fast) sterben wollte. Ich schrieb ihn auf meiner alten Schreibmaschine im Gästezimmer von Liisas Wohnung in Käpylä, in einer entsetzlichen Sommernacht, als die Eichhörnchen in den Bäumen raschelten und der Himmel bereits aufhellte und ich wieder einmal keine Hoffnung auf Schlaf hatte. Ich hatte den ganzen Nachmittag geschlafen, war also wach und beschloss, mein Testament zu machen. Wenn ich mich recht erinnere, hatte ich damals einen Plan, ich wollte noch am selben Tag aufs Dach des vierstöckigen Hauses klettern. Es gibt das Ausmaß meiner Tatkraft und meiner Fantasie gut wieder, dass ich mir nicht vorstellen konnte, es weiter zu schaffen. So ging es mir damals, aber ich habe es überstanden, und wenn man so eine Nacht übersteht, bildet man sich irgendwann ein, alles zu überstehen.

Der Gedanke, mein Körper könne mich im Stich lassen, war mir aus irgendeinem Grund vollkommen fremd. Ich hatte geglaubt, gegen meine Psyche zu kämpfen, meinem Körper vertraute ich blind. Nie kam mir in den Sinn, dass sich meine Zellen einmal gegen mich wenden könnten. So etwas passierte anderen Menschen, normalen Menschen, nicht mir, denn ich war etwas Besonderes. Warum nur? Woher diese Gewissheit?

Natürlich hätte ich es früher sagen sollen. Natürlich hätte ich sofort alle anrufen müssen, Esko und Liisa und Marjaana, wenigstens dich. Aber ich glaubte, ich würde wieder gesund werden. Ich glaubte tatsächlich, vollkommen geheilt zu werden, obwohl mir eine solche Chance kaum eingeräumt wurde, so sehr vertraute ich meinem Körper, der doch viel stärker sein sollte als meine Psyche. Aber das war er nicht, im Gegenteil, er schien mich schneller im Stich zu lassen als prognostiziert. Ich sollte noch jede Menge Jahre vor mir haben, mindestens fünf, aber jetzt sind womöglich nur ein Herbst, ein Winter und ein Frühling übrig. Womöglich nicht einmal ein ganzes Jahr. Fast kann ich die Tage, die mir bleiben, einzeln abzählen, sie passen in einen Kalender, und trotzdem geht es mir noch einigermaßen gut. Jetzt, da die Behandlungen wieder einmal ausgesetzt worden sind, fühle ich mich manchmal genau wie früher. Denn man spürt die Krankheit nicht, nicht in jedem Augenblick. Erstaunlich eigentlich, aber man denkt nicht einmal ständig daran. Darum habe ich sie so lange verheimlichen und mir einreden können, die Zellen würden zur Vernunft kommen, sie müssten es einfach tun. Warum, zum Teufel, sollte ich an etwas so Banalem wie Lymphdrüsenkrebs sterben, nachdem ich einmal beschlossen hatte, nicht vom Dach eines mehrstöckigen Hauses zu springen?

Jeder Mensch hat eine Lebensphase, in der er in Hochform ist. Das war eine Theorie von Jussi und mir, wir hatten sie im betrunkenen Zustand entwickelt, in seiner heruntergekommenen Bude in Tampere, und damals war keiner von uns beiden in Hochform, sondern weit davon entfernt. Stattdessen habe ich das Gefühl, jetzt in Hochform zu sein. Jedenfalls in besserer Form als mit dreißig. Besser als jetzt werde ich nicht mehr, ich bin anderen Menschen näher oder aber habe einfach gelernt, meine elementare Einsamkeit zu akzeptieren. Ich habe Arbeit, ich muss den Aufträgen nicht hinterhertelefonieren, ungeplant habe ich gelernt, besser zu schreiben, als ich es mir je vorgestellt hatte. Ich könnte gut und gern die nächsten zwanzig oder dreißig Jahre so weiterleben. Ich könnte alle deine Inszenierungen sehen. Ich könnte auch noch jemanden finden, manche Menschen finden eine neue Liebe noch mit siebzig, oder sie finden die alte wieder. Es geschehen erstaunliche Dinge. Aber all das wird bei mir nicht der Fall sein, und wenn ich das wirklich begreifen würde, wäre ich kein Mensch. Aber ich versuche es.

Habe ich auch dir gegenüber behauptet, dass hinter meinem letzten Umzug die Vernunft steckte? In Wahrheit führte mich das Gefühl zurück. Das Gefühl, das ich hier zu finden glaubte und das ich auch fand. Es war noch immer hier, es wartete auf mich, und ich liebe diese Stadt, ich liebe sie viel mehr, als ich sie hasse, das ist die Wahrheit, und ich schäme mich nicht mehr dafür. Ich sitze bei einem Eishockeymatch und feuere die Mannschaft dieser Stadt an, das habe ich selbstverständlich immer getan, aber nach vielen Jahren Pause tue ich es jetzt unverhohlen, und auch wenn es neuerdings Logen in der Halle gibt, obwohl sie modern, warm, geruch- und geschmacklos ist, so ist sie doch nach wie vor das nach langem Warten fertige Kunsteis, an dessen Bande ich mit eiskalten Füßen stehe. Die Pucks knallen gegen das Plexiglas, das sich unter der Wucht der Tacklings biegt, ich erinnere mich an den Aufprall und an die verbrannte Wurst und den heißen Saft, an den Pappbecher, den ich zwischen meinen Fäustlingen hielt, für eine kurze Zeit will ich mich an all das erinnern. Darum bin ich hierhergekommen, um mich besser zu erinnern, denn unvermeidlich erinnere ich mich, fliehen hilft nicht. Ich kann diese Stadt nicht verleugnen, ohne mich selbst zu verleugnen. Und die Stadt setzt ihr Leben fort. In meiner Vorstellung bleibt sie gleich, unveränderlich, aber eigentlich wandelt sie sich, ich sehe, wie sie sich verändert, und ich habe gelernt, mich darüber zu freuen. Über die neuen Mütter und Väter, die neuen kleinen Kinder in neuen Gärten, die neuen Häuser, die in den neuen Wohnvierteln entstehen. Über die Wachstumsgenehmigungen und Erweiterungspläne, die großen Reden des Bürgermeisters, die Zeitungsartikel, in denen Zugezogene die Lebensqualität und die schöne Umgebung loben. Am ersten warmen Tag des Sommers gehe ich den Uferweg des Stadtparks entlang, und da kommen sie mir entgegen, die fremden Menschen. Sie schieben Kinderwagen, führen ihre Hunde aus, laufen im neuen Sportdress zum Aulanko und zurück. Auf der anderen Seite des Sees rollen die Züge nach Süden oder nach Norden, von der Eisenbahnbrücke nähert sich ein Boot, dem Wellen folgen, ich setze mich am Ufer auf einen Stein und lasse diese Wellen meine Zehen umspülen. Die Ahornblätter filtern das Licht. Die Drosseln schwatzen. Der Flieder duftet. Der Flieder, die Blüten des Frühsommers. Ich rieche den Fliederduft und denke, dass es all dies immer geben wird, das Wasser, die Steine, die Bäume, die Züge, die Boote und die Menschen, immer werden neue Züge und Boote und Menschen kommen. Sinnlos, über das Vergehen der Dinge zu trauern, sie vergehen nicht, und die Stadt ist stärker als ich, sie ist ewig, sie ist es wirklich.

»Ich sterbe«, sagte Anton Pawlowitsch am 15. Juli 1904, am letzten Tag seines Lebens. Er sagte es aus irgendeinem Grund auf Deutsch, obwohl er sonst so gut wie kein Deutsch sprach. Bei ihm waren Olga und der Arzt, Anton Pawlowitsch saß ungewöhnlich aufrecht da und sprach die beiden Worte mit klarer, tragender Stimme aus. Der Arzt gab ihm eine beruhigende Kampferspritze und bestellte in der Küche eine Flasche Champagner. »Es ist eine Zeitlang her, dass ich zuletzt Champagner getrunken habe«, sagte Tschechow und lächelte Olga an. Er trank sein Glas leer, legte sich auf die linke Seite und hörte fast sofort auf zu atmen. Olga saß neben ihm und rief seinen Namen, aber Anton Pawlowitsch hörte es nicht mehr. Seine Augen waren geschlossen, sein Gesicht war entspannt. Friedlich wie ein Kind lag er im Bett und konnte den Ruf seiner Liebsten nicht mehr erwidern.

HANNAH KENT

DAS SEELENHAUS

ROMAN

Island 1828. Agnes ist eine selbstbewusste und verschlossene Frau. Sie wird als hart arbeitende Magd respektiert, was sie denkt und fühlt, behält sie für sich. Als sie des Mordes an zwei Männern angeklagt wird, ist sie allein. Die Zeit bis zur Hinrichtung soll sie auf dem Hof eines Beamten verbringen. Die Familie ist außer sich, eine Mörderin beherbergen zu müssen – bis Agnes Stück um Stück die Geschichte ihres Lebens preisgibt.

DROEMER

MECHTILD BORRMANN

DIE ANDERE HÄLFTE DER HOFFNUNG

ROMAN

Valentina führt ein hartes, entbehrungsreiches Leben. Sie lebt im äußeren Ring der verbotenen Zone, die nach der Katastrophe von Tschernobyl eingerichtet wurde, und wartet auf die Rückkehr ihrer Tochter aus Deutschland. Diese wollte dort zusammen mit ihrer Freundin studieren – die Uni Kiew hatte Stipendien und einen geldbringenden Studentenjob vermittelt. Doch schon seit vielen Monaten hat Valentina nichts mehr von ihrer Tochter gehört. Sie scheint spurlos verschwunden. Verschwunden, wie auch zweihundert weitere Studentinnen, die angeblich ein Stipendium in Deutschland erhalten haben. Was ist geschehen?

DROEMER